ULLSTEIN

Das Buch

Nach sieben Jahren Ehe mit einem Landarzt, sieben Jahren als Hausfrau und Mutter, erbt Cassia von ihrer Patin Leonora ein Vermögen. Anders kann man im Jahr 1935 eine halbe Million Pfund nicht bezeichnen. Cassia nimmt sich fest vor, sich nicht von der Erbschaft beeindrucken zu lassen. Doch das viele Geld verändert sie. Cassia wird wieder selbstbewusster und mutiger. Ist sie nicht schon seit langer Zeit unzufrieden? War es richtig, ihre Ausbildung als Ärztin brachliegen zu lassen? Cassia beginnt ihr Leben zu ändern und genießt diese Freiheit. Bis sie in Schwierigkeiten gerät und eine Frage immer drängender wird: Wie kam Leonora eigentlich zu so viel Geld?

Die Autorin

Bestsellerautorin Penny Vincenzi begann ihre Karriere als Sekretärin bei *Vogue* und ist heute Redakteurin bei *Cosmopolitan*. Sie ist verheiratet und hat vier Töchter. *Leonoras Vermächtnis* ist ihr siebter Roman.

Penny Vincenzi

Leonoras Vermächtnis

Roman

Aus dem Englischen
von Anke Grube

Ullstein

Ullstein Taschenbuchverlag
Der Ullstein Taschenbuchverlag ist ein Unternehmen
der Econ Ullstein List Verlag GmbH & Co. KG, München
Deutsche Erstausgabe
1. Auflage 2001

Titel der englischen Originalausgabe: Windfall (Orion Books Ltd., London)
Übersetzung: Anke Grube
Redaktion: Maria Buchwald
Umschlagkonzept: Lohmüller Werbeagentur GmbH & Co. KG, Berlin
Umschlaggestaltung: Init GmbH, Bielefeld
Titelabbildung: AKG, Berlin
Gesetzt aus der Sabon
Satz: Pinkuin Satz und Datentechnik
Druck und Bindearbeiten: Ebner Ulm
Printed in Germany
ISBN 3-548-25168-4

1

Juni 1935

Cassia Fallon schrubbte gerade die Altarstufen, als sie erfuhr, dass sie eine halbe Million Pfund geerbt hatte. Später dachte sie oft, dass es angesichts der märchenhaften Natur der ganzen Sache kaum günstiger hätte kommen können. Hätte sie eben eine der anderen Aufgaben erledigt, die ihr Leben ausfüllten – die Kinder gebadet, im Garten gearbeitet, Gäste bewirtet, den Dienstplan für die Frauenhilfe erstellt oder einen der vielen Telefonanrufe entgegengenommen, die ihren Mann an irgendein Krankenbett riefen –, hätte es längst keine so anrührende Geschichte abgegeben. Aber das Nebeneinander dieser beiden Umstände, dass sie auf den Knien Steinstufen schrubbte, für Gotteslohn, als sie erfuhr, dass sie mit einem Mal unheimlich reich war: Das war höchste Dramatik.

So dramatisch, wie sie es später erinnerte, war es natürlich gar nicht gewesen: Edward war einfach mit dem Anwalt ihrer Patentante, Mr. Brewster, in der Kirche erschienen. Der Anwalt war sehr aufgeregt gewesen, als er Cassia nicht zu Hause angetroffen hatte, weil er ihr eine außerordentlich wichtige Mitteilung zu machen hatte. Es stimmte, sie hatte einen Termin mit ihm vereinbart, aber sie hatte es vergessen, und Edward, wie immer irritiert über ihre Untüchtigkeit, hatte ihn hierher geführt.

»Mr. Brewster sagt, er müsse unbedingt persönlich mit

dir sprechen und dir das Testament zeigen. Er ist eigens aus London hergekommen. Ich finde es wirklich nicht richtig von dir, so etwas zu vergessen«, rügte Edward.

Cassia entschuldigte sich und setzte sich mit Edward und Mr. Brewster in die Kirchenvorhalle. Er war ein Mann von ungemein langweiligem Aussehen, geradezu die Karikatur eines Anwalts mit seinem dunkelgrauen Anzug, der dunkelgrauen Krawatte, der schwarzen Melone und der schon recht mitgenommenen schwarzen Aktentasche. Seine Stimme war ebenso langweilig, dazu monoton und leicht larmoyant, aber Cassia hörte aufmerksam zu, als er den sie betreffenden Teil des Testaments vorlas und ihr alles genau erklärte. Und nachdem sie die außerordentliche Ankündigung gehört und erklärt hatte, ja, sie hätte verstanden, und nachdem sie sich erkundigt hatte, ob sofort etwas zu erledigen sei, was er verneint hatte, fragte sie, ob es ihm etwas ausmachen würde, wenn sie erst mal die Altarstufen fertig putzte. Mr. Brewster, der offensichtlich schon lange aufgehört hatte, sich über irgendein Verhalten zu wundern, und sei es noch so exzentrisch, sagte, nein, natürlich mache es ihm nichts aus. Aber Edward folgte ihr den Mittelgang hinunter und blieb stehen, während sie sich hinhockte und den Wischlappen auswrang.

»Du hast doch wohl verstanden, was er gesagt hat, oder?«, fragte er. »Ich meine, du hast doch mitbekommen, wie viel Geld es ist?«

»Ja. Ja, natürlich habe ich das. Vielen Dank.«

»Schön. Ich habe mich nur gewundert. Deine Reaktion kommt mir reichlich seltsam vor.«

»Tut mir Leid, Edward, aber was sollte ich denn deiner Meinung nach tun?«, fragte sie lächelnd. »Ein Lied anstimmen oder ein glühendes Dankgebet sprechen?«

»Nein, natürlich nicht. Du wirkst nur so ruhig. Ich ... also, ich fühle mich überhaupt nicht ruhig.«

»Entschuldige«, sagte Cassia, obwohl sie nicht genau wusste, wofür sie sich eigentlich entschuldigte.

»Und ich bin der Ansicht, dass du jetzt mit nach Hause kommen solltest.«

»Ich muss das hier erst fertig machen. Wirklich. Bring Mr. Brewster zu uns und bitte Peggy, ihm eine Tasse Tee aufzubrühen. Ich komme sofort nach.«

Edward starrte sie an, zückte sein Taschentuch und putzte sich die Nase. Das tat er immer, wenn er nicht wusste, wie er reagieren sollte. »Cassia«, sagte er, »ich frage mich langsam wirklich, ob du auch begriffen hast ...«

»Edward, ich habe es sehr gut begriffen. Vielen Dank. Ich habe eine halbe Million Pfund geerbt. Von meiner Patin. Aber das Geld wird sich nicht in Luft auflösen, und Mrs. Venables wird wütend sein, wenn ich die Stufen nicht fertig putze. Morgen ist hier eine Hochzeit. Und da Mr. Brewster nun mal den ganzen Weg auf sich genommen hat, wird es ihm sicher nichts ausmachen, noch zehn Minuten zu warten.«

»Ja«, sagte Edward und starrte sie an, als wüsste er nicht genau, wer sie eigentlich war – womit er zufällig einmal ziemlich richtig lag. »Na gut.« Dann wandte er ihr den Rücken zu und kehrte mit raschem Gang in den Vorraum zurück. Sie hörte ihn mit Mr. Brewster reden, und die Schritte der beiden Männer entfernten sich.

Cassia wischte die Stufen sehr gründlich sauber, überzeugte sich, dass keine Streifen mehr zu sehen waren, trug das schmutzige Putzwasser in die Sakristei und kippte es in den Ausguss.

Es war ein wunderschöner Tag. Wie passend, dachte sie, als sie langsam nach Hause ging, und dann dachte sie, wie albern, vom Wetter zu erwarten, zu dieser außerordentlichen Nachricht zu passen. Wenn es ein scheußlicher Tag gewesen wäre, regnerisch und windig, der Jahreszeit nicht entsprechend – oder doch, schließlich war Juni und sie waren in England –, hätte sie das durchaus auch als passend empfinden können, vielleicht sogar noch mehr: Sie hätte sich sagen können, jetzt können wir irgendwo Ferien machen, wo es warm und sonnig ist, in Südfrankreich beispielsweise.

Sie fragte sich, warum sie sich nicht komischer fühlte. Vielleicht stand sie unter Schock. In der Notaufnahme hatte sie Leute mit abgerissenen Fingern oder Zehen gesehen, die ganz ruhig auf den Doktor warteten und mit ihrem Stuhlnachbarn über das Wetter diskutierten. Aber andererseits kam es ihr gar nicht so vor, als sei es ein Schock für sie gewesen. Und sie nahm auch nicht an, es müsse irgendein Irrtum geschehen sein oder es könne unmöglich wahr sein.

Es gelang ihr nicht, ihre Gefühle zu bestimmen. Am ehesten ließ es sich vielleicht noch damit vergleichen, wie sie sich gefühlt hatte, als sie ... ja, was? Als sie erfuhr, dass sie ihr Abschlussexamen mit Auszeichnung bestanden hatte? Nein, denn das hatte sie ihrer eigenen Arbeit und Intelligenz zu verdanken. Als Edward sie gebeten hatte, ihn zu heiraten? Oder vielmehr, als er seinem Vater mitgeteilt hatte, sie würden heiraten? Nein. Das war eine eher komplizierte Geschichte gewesen. Als Bertie geboren wurde? Oder William? Nein, dieses schiere, wilde Glücksgefühl, das sie damals empfunden hatte, war mit ihrer jetzigen ruhigen Hinnahme nicht zu vergleichen.

Vielleicht, als ihr mitgeteilt wurde, dass ihr drittes Kind ein Mädchen war. Ein kleines Mädchen, lieb und ruhig, hatte sie gedacht und durch den nachlassenden Schmerz zu dem Arzt und der Hebamme hochgelächelt, ganz anders als die schrecklichen, lauten, liebenswerten Jungen. Damals hatte sie eine schlichte, klare Freude empfunden (natürlich hatte sie da noch nicht gewusst, dass Delia die Lauteste von der ganzen Bande werden würde). Das traf es eher, aber die Geburt einer lang ersehnten Tochter mit dem Erhalt einer großen Geldsumme zu vergleichen war irgendwie furchtbar.

Cassia gab es auf. So hatte sie noch nie empfunden, wie sollte sie auch. Eigentlich fühlte sie gar nichts. Noch nicht.

Es war ein schöner Spaziergang von St. Marys zu ihrem Haus, das Monks Ridge House genannt wurde, da es hoch über dem Dorf Monks Heath auf dem Kamm des Hügels erbaut worden war. Man hatte einen schönen Ausblick über das kleine Tal, den sich dahinschlängelnden Fluss, die dichte Häusergruppe um einen Dorfanger wie aus dem Bilderbuch und die ein wenig abseits davon gelegene Kirche. Monks Ridge war ein Landhaus aus rotem Backstein und einem dunklen Schieferdach, wie es für West Sussex typisch war, frühviktorianisch und mit einer ungewöhnlich schönen, fächerförmigen Lünette über der Eingangstür. Wie müde Cassia auch sein mochte, wie entmutigt von ihrer Unfähigkeit, die perfekte Arztfrau und Mutter zu sein – wenn sie um die Straßenecke bog und Monks Ridge erblickte, wurde ihr leichter ums Herz. Es war, als würde ein Freund da stehen und auf sie warten, unkritisch, erfreut, sie zu sehen, ohne Forderungen zu stellen. Da so vieles in ihrem Leben kritisch war und viele Anforderungen an sie gestellt wurden, empfand sie das Haus als äußerst beruhigend.

Cassia hatte das Haus vom ersten Augenblick an geliebt. Zieh hier ein, schien es zu sagen, ich werde dir keinen Ärger machen. Und so war es. Das Haus war warm im Winter und kühl im Sommer, nie froren die Leitungen ein, und das Feuer im Kamin brannte wunderbar. Die Räume waren weder zu groß noch zu klein und der Garten war genügsam und anspruchslos.

Es gab einen großen, nicht schönen, aber auch nicht hässlichen Seitenanbau, der in den letzten Regierungsjahren der alten Königin entstanden war und hervorragende Praxisräume für Edward abgab. Und hinten war ein kleiner Wintergarten mit Bogenfenstern. Cassia war es gelungen, dort eine Weinrebe zu ziehen, und wenn sie in Sommernächten nicht schlafen konnte (meistens weil sie versuchte, ein schreiendes Baby zu beruhigen), saß sie im Schaukelstuhl im Wintergarten und betrachtete die Sterne.

Die Sterne hatte Cassia immer geliebt. In einer ihrer frühesten Erinnerungen stand sie im Garten, ihre Hand in die ihres Vaters geschoben, und blickte zum Himmel auf, während er ihr das Sternbild zeigte, nach dem sie benannt war. Es gelang ihr nie so recht, die Gestalt einer Dame auszumachen, die auf einem Stuhl saß und die Arme ausstreckte, aber sie tat so als ob, um ihm eine Freude zu machen. Auch die Geschichte gefiel ihr, die er ihr oft erzählte, wie Kassiopeia zur Strafe als Sternbild an den Himmel gesetzt worden war, weil sie mit der Schönheit ihrer Tochter Andromeda geprahlt hatte.

Cassia liebte den Wintergarten, obwohl Edward fand, er verschwende Heizkosten und nehme zu viel Platz weg. Das mit den Heizkosten sah sie ein, doch der zweite Einwand war eindeutig unsinnig: Es lag mindestens noch ein halber Morgen Garten dahinter, hauptsächlich Wiesland mit Obstbäumen und Obststräuchern.

Seltsamerweise (aber vielleicht sogar bedeutsamerweise, dachte sie), fand sie Edward im Wintergarten, wo er mit Mr. Brewster saß.

»Hallo. Tut mir Leid, dass es so lange gedauert hat. Macht Peggy Tee?«

»Ja, und ich sollte mich wirklich auf den Weg machen. Ich habe noch jede Menge Krankenbesuche vor mir. Kommst du jetzt allein zurecht?«, fragte Edward.

»Ja, natürlich. Wir kommen schon zurecht, nicht wahr, Mr. Brewster? Sie erzählen mir noch ein bisschen, und ich höre zu.«

»Ja, sicher«, antwortete Mr. Brewster.

Als Edward gegangen war, kam eine aufgeregt aussehende Peggy mit dem Teetablett. Fremde im Haus machten sie nervös.

»Danke, Peggy. Mr. Brewster, möchten Sie ein Stück Kuchen?«

»Das wäre wunderbar, vielen Dank.«

Der Kuchen war natürlich alles andere als wunderbar, da Cassia ihn gebacken hatte. Er war in der Mitte zusammengefallen. Aber Mr. Brewster aß sein Stück unkritisch auf und nahm sogar noch ein zweites.

»Vielleicht sollten wir alles noch einmal durchgehen. Um alle Unklarheiten zu beseitigen.«

»Ja, ich würde das Testament gern noch einmal genauer ansehen. Hat sonst noch jemand etwas geerbt?«

»Es gibt ein paar kleinere Legate für die Dienerschaft und so weiter. Lady Beatty fand offenbar, dass Sie die würdigste Empfängerin seien. Und da sie kinderlos war und von Sir Richard getrennt lebte ...«

»Ist er schon benachrichtigt worden?«

»Noch nicht. Ich werde es ihm noch mitteilen, als Geste der Höflichkeit, da die beiden ja viele Jahre miteinander verheiratet waren.«

»Ja. Ich habe ihm geschrieben, als Leonora – Lady Beatty – starb«, sagte Cassia.

»Wahrscheinlich hat der Bruder Ihrer Patin Sie von ihrem Tod in Kenntnis gesetzt.«

»Eigentlich war es seine Frau, Cecily Harrington. Wir hatten immer ein sehr gutes Verhältnis zueinander. Werden die Harringtons im Testament erwähnt?«

»Lady Beatty hat lediglich dem ältesten Kind ein kleines Armband hinterlassen.«

»O ja, Fanny. Ein liebes kleines Ding. Na ja, so klein ist sie gar nicht mehr, sie muss mittlerweile schon fast zehn sein. Entschuldigung, Mr. Brewster, das kann Sie kaum interessieren.«

Mr. Brewster lächelte Cassia an. »Ich finde die Familien anderer Leute unendlich faszinierend.«

Cassia starrte auf das Testament, auf die Worte: »In Ausübung meiner Befugnis zur Einsetzung eines Begünstigten erkläre ich mein Patenkind Cassiopeia Blanche Fallon ...«

»Aber da steht nicht, wie viel Geld es ist«, warf Cassia ein.

»Das liegt daran, dass das Kapital von den Vermögensverwaltern investiert wurde. Als das Testament aufgesetzt wurde, ließ sich also unmöglich sagen, wie viel es letztendlich sein würde. Zufällig beträgt die Summe jetzt ein wenig über fünfhunderttausend Pfund, genau gesagt, fünfhundertundelf Pfund.«

»Gütiger Himmel«, sagte Cassia. »Geld vermehrt sich, was?«

»Wenn es gut investiert ist, ja. Natürlich kann das Kapital ebenso gut abnehmen.«

»Warum hat sie mir das Geld nicht einfach hinterlassen? Ich meine, warum ist es treuhänderisch gebunden?«

Mr. Brewster räusperte sich. »Lady Beatty war wohl ein wenig ... extravagant. Sie erklärte mir, es werde für das Beste gehalten, wenn sie das Geld in treuhänderische Verwaltung gebe.«

»Ja, nun, das ist sicherlich wahr. Ich verstehe. Und die Harringtons wissen nichts davon?«

»Nein, ganz recht. Ich habe Ihre Patin im März auf ihren Wunsch hin in Paris aufgesucht, um das Testament aufzusetzen. Sie sind naturgemäß die einzige Person, die es bislang zu Gesicht bekommen hat. Sie und Ihr Gatte, heißt das.«

»Das war in der Apartmentwohnung in Passy, nehme ich an?«

»In der Tat. Sehr schön, muss ich sagen.«

»Sie war wohl damals schon ziemlich krank?«

»Sie war zweifellos nicht bei bester Gesundheit«, antwortete Mr. Brewster, »obwohl offensichtlich gut für sie gesorgt wurde.«

»War sie allein?«

»Ja. Abgesehen vom Personal natürlich, und meines Wissens war ständig eine Krankenschwester zur Stelle.«

»Ich verstehe.« Also hatte Leonora ihre letzten Tage zumindest in Bequemlichkeit und Komfort zugebracht. Cassia hatte sich schon Gedanken – nein, sie hatte sich große Sorgen deswegen gemacht. »Und wie geht es nun weiter, Mr. Brewster?«

»Es müssen gewisse Formalitäten erledigt werden. Sie können noch nicht an das Geld heran. Ich als Testamentsvollstrecker muss eine gerichtliche Testamentsbestätigung erwirken, aber das braucht Sie nicht zu kümmern. Ach ja, und da ist noch ein Brief an Sie, ebenfalls bei mir hinterlegt, von Ihrer Patin.«

Cassia nahm den Umschlag entgegen und öffnete ihn sehr vorsichtig. Es war ein merkwürdiges Gefühl, fast als hätte Leonora plötzlich den Raum betreten. Als sie die extravagante Schrift las, die sich verschlungen über das dicke, cremefarbene Papier zog, war ihr fast, als könne sie Leonoras heisere, amüsierte Stimme hören.

»Mein liebstes Sternenkind …« Oh, dieser alberne Kosename, dachte Cassia, und plötzlich fühlte sie sich in den Palmenhof des Ritz zurückversetzt, in den sie, zwölf Jahre alt, von Benedict geführt wurde …

Cassia war auf Einladung ihrer reichen, mondänen Patin nach London gekommen, um die Friedensparade mitzuerleben. Damals hatte sie Leonora erst wenige Male gesehen, und seit drei Jahren hatten sie überhaupt keinen Kontakt mehr gehabt. Cassia war freudig erregt, aber auch sehr nervös, als sie in Euston auf dem Bahnsteig stand und versuchte, ihre Patin in dem dichten Gedränge von Leuten auszumachen, die alle zu der großen Siegesfeier in die Hauptstadt gekommen waren.

Nach einer sehr langen Stunde war Benedict Harrington, Leonoras Bruder, erschienen und hatte sich charmant für die Verspätung entschuldigt. »Leonora ist aufgehalten worden, Gott weiß wie und wieso. Sie hat mich aus heiterem Himmel angerufen und mich gebeten, dich abzuholen. Die Wartezeit muss dir sehr lang vorgekommen sein. Tut mir Leid.«

Benedict war hoch gewachsen und schlank, mit goldenen Haaren und braunen Augen. Eine ungewöhnliche Kombination. Cassia fand ihn ausgesprochen attraktiv, und auch sein taubengrauer Anzug gefiel ihr sehr. Sie hatte ihn angelächelt und ihm versichert, alles sei bestens. In dem Fall, sagte er, müsse sie außerordentlich tapfer sein, denn er wäre in ihrem Alter vor Angst vergangen, wenn er sich ganz allein in London wieder gefunden hätte. Er war angewiesen worden, sie ins Ritz zu bringen, wo Leonora mit einigen Freundinnen den Tee einnahm. »Sie dachte, das würde dir mehr Spaß machen, als einfach zu ihr nach Hause zu fahren.«

Cassia hatte höflich erwidert, das klänge sehr lustig, obwohl sie es eigentlich vorgezogen hätte, zu Hause mit Leonora Tee zu trinken.

Als sie durch die rot, weiß und blau geschmückten Straßen Londons fuhren, zog Benedict mit leicht zitternder Hand ein Zigarettenetui hervor. Er rauchte auf dem ganzen Weg zum Ritz, während er sie auf die Londoner Sehenswürdigkeiten hinwies, an denen sie vorbeikamen. Cassia fragte sich, warum er wohl so nervös war, und kam zu dem Ergebnis, es müsse an der Parade morgen liegen, bei der er sein Regiment anführen sollte. Nervös oder nicht, er gefiel ihr ausgesprochen gut: Er öffnete ihr die Tür des Taxis, als sei sie eine Erwachsene, griff nach ihrem schäbigen braunen Lederkoffer und führte sie durch die Schwingtüren ins Ritz.

Drinnen blieb Cassia stehen und schnappte laut nach Luft. Nichts, was sie je gesehen hatte, hätte sie hierauf vorbereiten können – auf die atemberaubend hohen Decken, die vergoldeten Stühle, die Kronleuchter, die unglaublich flotten, eleganten Leute überall.

»Komm, hier entlang«, sagte Benedict. »Ach, da ist sie ja«, und da kam Leonora auf sie zu, lächelnd und mit ausgestreckten Armen.

»Schätzchen!«, rief sie und gab Cassia einen Kuss. »Ich freue mich ja so, dass wir uns endlich mal wiedersehen.« Sie führte sie ein paar Stufen hinauf, und sie befanden sich in einem großen Raum mit Glasdach, in dem Teetische und große Palmen standen. Leonora geleitete sie zu einem Tisch, an dem mehrere Damen saßen. Sie waren alle ganz wundervoll angezogen, dachte Cassia, mit ihren pastellfarbenen Nachmittagskleidern und todschicken Hüten. Leonora trug ein Kleid aus aprikosenfarbener Seide und ihr Hut war eine entzückende Konfektion aus Rosen und Federn. Aber es waren die Strümpfe der Damen, die Cassia zuerst auffielen. Sie waren nicht schwarz, nicht einmal dunkelbraun, sondern von einem ganz hellen Beige. Solche Strümpfe hatte sie noch nie gesehen, ja, sie hatte noch nicht einmal gewusst, dass es so etwas gab.

Leonora legte den Arm um Cassia und schaute sie an. Sie war so hoch gewachsen wie ihr Bruder und wie er hatte sie goldenes Haar und braune Augen. »Wie hübsch du bist!«, sagte sie. »Und sehr groß für dein Alter. Also, wie soll ich dich nennen? Cassiopeia ist ein ziemlich langer Name.«

»Die meisten Leute nennen mich Cassia«, sagte Cassia und lächelte sie an, »aber ...«

»Ich tue nicht gern, was die meisten Leute tun. Cassia klingt langweilig, finde ich. Ich werde dich – Sternenkind nennen, wie findest du das? Hört alle mal her! Ich möchte euch mein Patenkind Cassiopeia Berridge vorstellen, aber wir werden sie Sternenkind nennen. Benedict, mein Schatz, trink doch mit uns Tee.«

»Nein, Leonora, vielen Dank. Ich habe vor morgen noch jede Menge zu erledigen.«

»Na schön. Sternenkind, setz dich doch bitte neben die Dame in Gelb.«

Benedict lächelte Cassia an und beugte sich kurz über ihre Hand. »Auf Wiedersehen«, sagte er. »Wir sehen uns dann morgen nach der Parade.«

»Vielen Dank«, erwiderte sie, »und viel Glück morgen.«

»Wirklich ein göttlicher Anblick, dein Bruder«, meinte eine der Damen.

»Immer noch nicht verlobt?«, fragte eine andere.

»Nein, noch nicht«, antwortete Leonora etwas hastig. »Also, Sternenkind, möchtest du Kuchen oder Sandwiches?« Sie winkte den Kellner herbei.

Und dann, zu Cassia tiefstem Entsetzen, kramte sie in ihrer zierlichen Handtasche herum, zog ein sehr schönes Zigarettenetui hervor und nahm eine Zigarette heraus. Der Kellner eilte herbei, und Cassia war sicher, dass er sie gleich auffordern würde, das Restaurant zu verlassen. In der Öffentlichkeit zu rauchen war das Schlimmste, was eine Dame sich leisten konnte, das wusste sie. Aber der Kellner tat nichts dergleichen, sondern zog ein Streichholzheftchen aus der Tasche und gab Leonora Feuer.

In der Ecke der Terrasse spielte ein Pianist »If You Were the Only Girl in the World«. Cassia saß da, hörte der Musik zu und schaute die Damen in den hellen Strümpfen an, die ihre Zigaretten rauchten, und wusste, dass sie eine vollkommen andere und ganz wunderbare Welt betreten hatte.

Cassia riss sich von ihren Erinnerungen los und zwang sich, sich auf den Brief zu konzentrieren.

Mein liebstes Sternenkind,

wenn du das liest, werde ich nicht mehr bei euch sein. Scheußliche Sache, die ich mir da eingefangen habe. Es gibt keine Hoffnung, sagen die Ärzte. Ich hoffe nur, es wird schnell gehen.

Du sollst das Geld haben und es nicht etwa klug und vernünftig anlegen – Gott bewahre, Schatz –, sondern gut ausgeben. Tu damit, was immer dir gefällt – aber hab Spaß dabei. Amüsier dich. Du warst mein liebstes Kind, das Kind, das ich nie hatte. Von allen Dingen und Menschen habe ich dich am meisten vermisst, nachdem ich England verlassen hatte. Du hast mir schrecklich gefehlt. Es hat mich sehr glücklich gemacht, dich aufwachsen zu sehen, dich bei uns wohnen zu lassen, dich bei Hof vorzustellen. Damit möchte ich sagen, danke für alles.

Alles Gute, Schatz.

In Liebe, Leonora

Die Buchstaben verschwammen ihr vor Augen.

»Alles in Ordnung, Mrs. Fallon?« Mr. Brewsters Stimme klang besorgt.

»Ja. Ja, vielen Dank.« Cassia suchte nach ihrem Taschentuch. »Es war nur der Brief. Als ich ihn gelesen habe, sah ich sie plötzlich wieder vor mir. Ich habe sie sehr geliebt.«

»Selbstverständlich. Lady Beatty war eine Freundin Ihrer Mutter, soweit ich weiß.«

»Ja. Sie war viel jünger als meine Mutter, aber ihre Mütter waren sehr gute Freundinnen und meine Mutter hat Leonora immer wic eine Puppe behandelt – sie in ihrer Puppenkarre herumgeschoben und sie herumgetragen. Leonora hat sie vergöttert. Sie sind bis zum Schluss Freundinnen geblieben – das heißt, bis meine Mutter starb –, obwohl sie ein ganz unterschiedliches Leben geführt haben. Leonora hat zweimal geheiratet, beide Male wahnsinnig reiche Männer, und lebte in London, während meine Mutter mit einem Bibliothekar aus Leeds verheiratet war, der ein eher bescheidenes Gehalt bezog.

Ich habe während meines ganzen Medizinstudiums bei Leonora und Sir Richard gewohnt. Sie hat einen Ball für mich gegeben und mich bei Hof vorgestellt – mir alle erdenklichen wunderbaren Dinge ermöglicht. Aber das erste Mal habe ich Leonora 1919 besucht, wegen der Friedensparade. Ich dachte, ich wäre im Wunderland. Ich war ein kleines Mädchen aus der Provinz, sehr naiv und bieder, erst zwölf Jahre alt, und kam in dieses riesige, vornehme Haus voller Dienstboten, lernte ganz ungewöhnliche, exotische Leute kennen ... Noch etwas Tee, Mr. Brewster?«

»Ja, gern. Bitte erzählen Sie weiter. Erzählen Sie mir von der Friedensparade. Mein Vater war auch im Krieg, aber ich habe die Parade nicht gesehen.«

»Oh, es war unglaublich, einfach phantastisch. Wie traurig, dass Sie das versäumt haben. Ich habe gerufen, bis ich heiser war. Die Parade dauerte Stunden, es war ein solcher Pomp und eine solche Pracht, und alles laut und bunt. Natürlich marschierten der König mit und die Prinzen, die ganze Generalität, Haig, Admiral Beatty, Sir Roger Keyes, Feldmarschall Smuts. Die ganze britische Armee, die in Frankreich gedient hatte, zog an uns vorüber, sämtliche Militärkapellen, und so viele Pferde. Große Gruppen von Männern kamen im Gleichschritt Whitehall herunter, am provisorischen Ehrenmal vorbei, und salutierten davor, salutierten vor dem Cenotaph der glorreichen Gefallenen. Und ich dachte, wie wir wohl alle an diesem Tag, für sein Land zu sterben ist fast so gut wie leben. Ich habe drei Onkel in diesem Krieg verloren, und an diesem Tag, nur an diesem einen Tag, hatte ich das Gefühl, dass es das irgendwie wert gewesen sei. Nur war es das natürlich nicht ...«

»Mein Vater hat im Krieg beide Beine verloren«, sagte Mr. Brewster ruhig. »Zu seinem Glück, zu unser aller Glück, hatte er ein kleines, unabhängiges Einkommen. Aber viele unglückliche Veteranen haben die nächsten zehn oder fünfzehn Jahre damit zugebracht, Streichhölzer zu verkaufen. Es ist eine Schande.«

Nach einem längeren Schweigen lächelte er Cassia an und sagte: »Nun, das bringt nichts, nicht wahr? Ich möchte auf keinen Fall zu viel von Ihrer Zeit in Anspruch nehmen.«

»Ich bin es, die Ihre Zeit in Anspruch nimmt, Mr. Brewster. Es tut mir Leid. Es schien mir nur irgendwie ... passend zu sein, über Leonora zu sprechen, und die Zeit damals.«

»Natürlich.« Er tätschelte ihr die Hand. Er war wirklich ein sehr netter Mann, fand Cassia, gar nicht langweilig und farblos, wie sie zuerst gedacht hatte. »Nun, wenn Sie noch irgendwelche Fragen haben, dann stellen Sie sie bitte. Ich werde Sie benachrichtigen, sobald das Geld Ihnen zur Verfügung steht. Ansonsten sollte ich jetzt wohl nach London zurückkehren. Dürfte ich mir vielleicht telefonisch ein Taxi rufen, das mich zum Bahnhof bringt?«

»Ja, selbstverständlich. Es tut mir Leid, dass ich Sie nicht hinfahren kann, aber Edward braucht das Auto für seine Krankenbesuche.«

»Selbstverständlich. Nein, ich kann gut ein Taxi nehmen, das ist kein Problem.« Plötzlich entspannte sich sein Gesicht und er lächelte verschwörerisch. »Sie könnten jetzt natürlich in Erwägung ziehen, sich ein eigenes Auto zuzulegen. Nur ein Vorschlag meinerseits, natürlich.«

»Gütiger Himmel«, antwortete Cassia, »ja, das könnte ich wohl. Wir werden sehen. Na, ich rufe jedenfalls mal ein Taxi.«

Als sie in der Diele stand und darauf wartete, dass das örtliche Taxiunternehmen sich meldete, dachte sie, wie seltsam es sein würde, sich überlegen zu können, ob sie sich etwas kaufen wollte, ohne Edward fragen zu müssen, ohne endlose Diskussionen.

Wirklich eine recht angenehme Aussicht ...

Als Mr. Brewster gegangen war, ging Cassia in die Küche und räumte ein wenig auf. Es gelang ihr nie, die Küche so in Schuss zu halten, wie es sich gehörte, aber sie gab sich alle Mühe. Sie hatte keine Lust dazu, sie verabscheute Hausarbeit, aber es musste sein. Monks Ridge war eigentlich viel zu groß, um das Haus nur mit Peggys eher inkompetenter Hilfe zu bewirtschaften, besonders mit drei kleinen Kindern. »Ich kann mir überhaupt nicht vorstellen, wie du ohne Nanny zurechtkommst, Cassia«, hatte Cecily einmal gesagt, und Cassia hatte ziemlich brüsk erwidert, dass sie schon irgendwie zurechtkäme, wie alle anderen Leute, die sich eben keine Kinderfrau leisten konnten.

Sie warf einen Blick auf die Uhr: fast zwei. Delia hatte schon viel zu lange geschlafen. Das Kind würde heute Abend nie zur Ruhe kommen. Cassia würde sie aufwecken müssen und sie auf einen Spaziergang mitnehmen – was vielleicht ohnehin ganz gut war, denn beim Spazierengehen konnte sie nachdenken. Bertie kam erst um vier aus der kleinen Dorfschule und William spielte im Pfarrhaus; also hatten sie und Delia den Nachmittag für sich. Delia benahm sich immer besser, wenn ihre Brüder nicht dabei waren.

Cassia machte sich auf die Suche nach Peggy, die gerade Edwards Hemden bügelte. Peggy tat das gern, wenn auch längst nicht so gut wie Mrs. Briggs, die Zugehfrau, aber sie fühlte sich wichtig, wenn sie die Hemden des Doktors bügelte.

»Peggy«, sagte Cassia taktvoll, »Peggy, lassen Sie das erst mal liegen. Kümmern Sie sich ums Abendessen. Ich dachte an Fischpastete, habe aber keine Zeit, sie zu machen. Ich muss William abholen und …«

»Schon gut, Mrs. Fallon, ich kann beides schaffen«, gab

Peggy zur Antwort und lächelte sie an. »Ich weiß doch, wie eigen der Doktor mit seinen Hemden ist.«

»Äh ... ja, das ist er, aber ...«

»Machen Sie sich keine Gedanken, Mrs. Fallon. Ist alles in Ordnung? Dieser Mann hat doch keine schlechten Nachrichten gebracht, oder?«

»Nein, Peggy, nein. Nur eine ... Familienangelegenheit.«

Cassia ging langsam zum Kinderzimmer hoch. Delia schlief noch fest, den Daumen in den Rosenmund gesteckt, und die blonden Löckchen klebten ihr feucht am Kopf. Sie sah so süß aus, wenn sie schlief, es war eine Schande, sie aufzuwecken. Aber es musste sein. Cassia machte sich lautstark im Zimmer zu schaffen. Delia wand sich, öffnete die großen dunkelblauen Augen – sie hatte die Augen ihrer Mutter geerbt – und fing prompt an zu greinen.

»Hallo Mäuschen!«, sagte Cassia mit ein wenig forcierter Fröhlichkeit. »Zeit zum Aufstehen. Ich dachte, wir machen einen schönen Spaziergang.«

Delia schüttelte den Kopf.

»Also, ich gehe jedenfalls spazieren«, verkündete Cassia mit wachsender Irritation, »und du wirst mitkommen müssen. Wir könnten in den Wald gehen, vielleicht sehen wir ja ein Kaninchen ...«

Cassia trug Delia nach unten, gab ihr etwas zu trinken, setzte sie in die zerbeulte alte Kinderkarre, die im Vorbau stand, und schnallte das Kind fest. Sie bat Peggy, auch wirklich alle Anrufe zu notieren, rief Buffy, einen Basset von außerordentlich sanfter Gemütsart, und schlug den Feldweg ein. Laut sang sie »One Man Went to Mow« und versuchte damit, Delias Geschrei zu übertönen. Wie eine Frau, die gerade eine halbe Million geerbt hatte, fühlte sie sich nicht gerade ...

Cassia war achtundzwanzig. Sie war atemberaubend anzusehen, wenn auch nicht im herkömmlichen Sinn hübsch, mit ihrem dicken, ährenblonden Haar, den veilchenblauen Augen und einem sinnlichen, vollen Mund, der sich an den Winkeln aufwärts bog. Sie war schlank und sehr groß – fast einsachtzig –, ein Umstand, der, wie sie behauptete, eine nicht zu unterschätzende Auswirkung auf ihre Persönlichkeit gehabt hatte, denn alle hatten sie von frühester Kindheit an für älter gehalten, als sie war.

Geboren war sie 1907, genau neun Monate nach der Hochzeit ihrer Eltern. Duncan Berridge und Blanche Hampton waren sich begegnet, als sie ein überfälliges Buch in die Leihbibliothek zurückbrachte, und hatten sich leidenschaftlich ineinander verliebt. Nur achtzehn Monate später hatten sie geheiratet, ziemlich überstürzt nach den Maßstäben der damaligen Zeit. Es war eine Liebe, die nie in irgendeiner Weise nachgelassen hatte: Sie liebten einander über alles und bewunderten sich gegenseitig, trotz der düsteren Vorhersagen von Blanches Vater, der fand, die einzige Tochter eines wohlhabenden Notars hätte eine bessere Partie machen können als Duncan, den er hartnäckig als Bürobeamten bezeichnete. Aber da Blanche eine ernsthafte junge Frau war und ihr die Fähigkeit abging, viele junge Männer zu fesseln, und ihr Vater ihr zudem nur wenig mitgeben konnte, stimmte er zu, als Duncan um ihre Hand anhielt.

Blanche mochte ernsthaft sein, aber sie war auch schön. Sie trug ihr Haar in einem Nackenknoten, schweres, dunkles Haar um ein blasses, ovales Gesicht, und sie hatte verblüffend blaue Augen, die sie ihrer Tochter vererbt hatte. Zuvor von vier Brüdern und einer harten, diktatorischen Mutter unterdrückt, blühte sie in ihrer glücklichen Ehe auf, unterstützte ihren Mann in allen Dingen, führte mit Geschick den Haushalt und wurde nebenbei zu einer Verfechterin der Rechte der Frau. Es gehörte zu Cassias frühesten Erinnerungen, dass ihre Mutter ihrem Vater Artikel aus der Zeitschrift der Suffragetten und Berichte über deren Kämpfe vorlas. Sie machte keinen Hehl aus ihrer Bewunderung für die Stimmrechtsbewegung – die er teilte, was für einen Mann seiner Generation höchst ungewöhnlich war.

Da sich so bald nach der Hochzeit Nachwuchs einstellte, rechneten Duncan und Blanche mit einer großen Familie, aber viele Jahre lang blieb Cassia das einzige Kind. Das hatte tief greifende Auswirkungen auf sie. Da sie keine Brüder hatte, die ihr vorgezogen wurden, gelangte sie nie zu der Ansicht, dass Männer das höhere, überlegene Geschlecht seien, und das Fehlen von Rivalen um die Zuwendung ihrer Eltern verlieh ihr ein gelassenes, heiteres Selbstvertrauen. Sie war zudem sehr reif für ihr Alter, was darauf zurückzuführen war, dass sie einen Großteil ihrer Zeit in der Gesellschaft ihrer Eltern verbrachte.

Sie kam schon früh ins Internat. 1916 war es sehr ungewöhnlich, dass ein kleines Mädchen ins Internat kam, und in gewisser Weise war es Cassias Missgeschick, dass ihre Eltern, die sie zärtlich liebten, so sehr bestrebt waren, ihr eine gute Ausbildung zukommen zu lassen. Ihr Vater hatte mit vierzehn die Schule verlassen müssen, und obwohl er belesen war und ausgezeichnet Klavier und Klarinette spielte, hatte er keinen Studienabschluss vorzuweisen. In Gesellschaft gebildeter Leute blieb ihm dieser Mangel stets schmerzlich bewusst. Blanche, der als einziges Mitglied ihrer Familie eine anständige Bildung vorenthalten worden war, nur aufgrund ihres Geschlechts, fand, dass ihre Tochter Besseres verdient hatte. Als Cassia also neun wurde und es in der näheren Umgebung keine gute Vorbereitungsanstalt für das Gymnasium gab, wurde eine andere Lösung gefunden: ein kleines Internat, dreißig Meilen entfernt. Ein paar Jahrzehnte später hätten elterliche Chauffeure sie turnusmäßig jeden Tag dort hingebracht und wieder abgeholt, aber 1916 besaßen nur die sehr Reichen ein Auto, und die Internatsgebühren von zwanzig Pfund pro Semester schienen erschwinglicher.

Und so wurde Cassia Schülerin im Hammond House, einem großen viktorianischen Herrenhaus in den Außenbezirken von Leeds, wo sie mit vielen anderen munteren kleinen Mädchen zusammenkam, die meist sehr freundlich waren. Miss Hammond, die Direktorin, war eine aufgeklärte und warmherzige Frau, die unter der wundervollen Ägide von Miss Beale und Miss Buss am Cheltenham Ladies' College studiert hatte. Sie war der leidenschaftlichen Überzeugung, dass Mädchen nicht nur ebenso intelligent waren wie Jungen, sondern sich auch ebenso einen Beruf wählen und ihn ausüben konnten und sollten. Viele ihrer Schülerinnen wechselten später zum hervorragenden Mädchengymnasium von Leeds, so auch Cassia.

Miss Hammond liebte ihre Schülerinnen und gab jeden Sonntagnachmittag eine Teegesellschaft in ihrem Arbeitszimmer. Die Kinder saßen vor dem Feuer, rösteten Teekuchen, tranken heißen Kakao und konnten über alles reden, was ihnen am Herzen lag. In Cassias Fall war das häufig ihre absolute und unbeirrbare Entschlossenheit, Ärztin zu werden.

Als Cassia zehn wurde, meldete Blanche sich freiwillig zum Kriegssanitätsdienst und arbeitete als Krankenschwester in einem Lazarett außerhalb von Finchfield. Sie hatte immer in der Krankenpflege tätig sein wollen und in gewisser Weise war sie nie glücklicher als zu dieser Zeit. Frühmorgens legte sie mit dem Rad die dreieinhalb Meilen zum Militärkrankenhaus zurück und kam spätabends mit schmerzendem Rücken und schweren Beinen nach Hause, um Duncan zu berichten, was sie erlebt hatte. Blanche stellte erfreut fest, dass sie überhaupt nicht zimperlich war und eine echte Begabung für die Krankenpflege besaß. Sie bekam grauenhafte Dinge zu sehen und hörte Geschichten, die ihr das Herz brachen; aber insgesamt fühlte sie sich zum ersten Mal in ihrem Leben richtig ausgefüllt.

Cassia bekam von Krieg nicht viel mit. Natürlich wusste sie, dass Krieg war; jeden Tag in der Schule und jeden Sonntag in der Kirche wurde um einen günstigen Kriegsverlauf und das Wohlergehen der Männer an der Front gebetet. Dann und wann wurde ein Mädchen in Miss Hammonds Büro gerufen und kam schluchzend wieder heraus, nachdem sie erfahren hatte, dass ein Bruder oder Onkel oder, was am schlimmsten war, der Vater gefallen oder verwundet worden war.

Auch wusste Cassia, dass die Kämpfe zwar schrecklich waren, aber ihre tapferen, standhaften Soldaten unter der meisterhaften Führung ihrer Generäle unstreitig dabei waren, den Krieg zu gewinnen. Drei der Brüder ihrer Mutter standen an der Front.

Ihr Vater war nicht gesund genug, um nach Frankreich zu gehen, was sie mit tiefer Dankbarkeit erfüllte. Sie war auch froh, dass er ziemlich alt aussah, weil das hieß, dass niemand ihm auf der Straße eine weiße Feder anstecken würde, um ihn als Feigling zu brandmarken.

1917, in den Sommerferien, fragte Blanche Cassia eines Nachmittags, ob sie Lust hätte, zu einem der Lazarettkonzerte mitzukommen und für die Soldaten zu singen. »Diese armen Männer. Die Konzerte muntern sie immer so auf.

Ich habe die Oberschwester gefragt, und es würde sie sehr freuen, wenn du dazu bereit wärst. Dein Vater wird dich am Klavier begleiten.«

Cassia war gern dazu bereit. Sie hatte eine schöne Stimme und war schon bei mehreren Schulkonzerten im Hammond House aufgetreten. Sie übte ein paar beliebte Kriegslieder wie »It's a Long Way to Tipperary« und »Pack Up Your Troubles in Your Old Kit Bag« ein, aber auch einige romantischere Schlager wie »If You Were the Only Girl in the World« und »Daisy, Daisy«.

Blanche zog Cassia ihr neues weißes Musselinkleid mit den Rüschen, weiße Strümpfe und Schuhe an und band ihr ein weißes Band in das dunkelgoldene Haar. Die drei brachen gemeinsam in dem Wägelchen auf, das einer von Blanches Brüdern ihnen zusammen mit einem trägen Pony für die Dauer des Krieges geliehen hatte.

Cassia, die nie zuvor in dem Militärkrankenhaus gewesen war, wurde plötzlich nervös, als sie mit Pferd und Wagen vor den hohen, grimmigen Mauern vorfuhren. Die Parkanlagen waren von Männern bevölkert, manche in Rollstühlen, manche mit bandagierten Augen, während andere langsam an Stöcken oder Krücken umhergingen. Alle trugen die dunkelblauen Flanellanzüge der im Krieg Verwundeten. Die meisten blickten auf, als das Wägelchen vorbeifuhr, lächelten die Insassen an oder winkten sogar, wenn sie Blanche erkannten, aber einige blieben regungslos und starrten mit bleichen, abgezehrten Gesichtern ins Leere. Cassia wusste, dass sie unter einer Kriegsneurose litten. Blanche hatte es ihr erklärt. Die Betroffenen lebten teilweise oder ganz in sich zurückgezogen in einer schrecklichen, gespenstischen, halb realen Welt, die meiste Zeit unfähig, Kontakt mit der Außenwelt aufzunehmen. »Mit der Zeit, hofft man, werden sie wieder ins normale Leben zurückfinden und wieder sie selbst sein. Sie brauchen nur gute Pflege und die Liebe ihrer Familien. Aber jetzt sind sie in einem bedauernswerten Zustand, die Ärmsten.«

Weit schlimmer dran, fand Cassia, waren die Männer in Rollstühlen, denen beide Beine amputiert worden waren. Sie war ganz verblüfft, als sie zwei Blinde heiser lachen hörte. Es schien ihr fast unglaublich, dass Menschen, die so viel zu erdulden hatten, auch nur lächeln konnten, geschweige denn lachen. Sie selbst wäre lieber gestorben. Aber sie lächelte und winkte zurück, folgte ihrer Mutter, die zu einigen der Patienten trat, sagte »Guten Tag« und schüttelte ihnen die Hand. »Gott segne sie«, hörte sie mehrmals und »was für ein reizender kleiner Engel«, und ihre Nervosität legte sich. Als sie beim Konzert an die Reihe kam, machte es ihr großen Spaß, auf der Bühne zu stehen und ihre einstudierten Lieder zu singen. Und als das ganze Publikum applaudierte und »*encore, encore*« rief und Duncan sie anstrahlte, nickte und »Are There Any More At Home Like You?« zu spielen begann und alle Beifall klatschten, noch bevor sie den ersten Ton gesungen hatte, hatte sie das Gefühl, zum ersten Mal in ihrem Leben etwas wirklich Nützliches getan zu haben.

Nach dem Konzert ließ Blanche Cassia bei ihrem Vater zurück, während sie ein Gespräch mit der Oberschwester führte. Sie standen in einem Korridor und warteten auf Blanche, als sie ein grauenhaftes Stöhnen aus einem kleinen Seitenzimmer kommen hörten. Cassia riss sich von der Hand ihres Vaters los, fast gegen ihren Willen von dem Stöhnen angezogen, rannte hin und öffnete die Tür.

Der Mann, der dort in einem Krankenhausbett lag, litt offenbar unerträgliche Schmerzen. Er krümmte sich und warf den Kopf hoch wie ein scheuendes Pferd. Ein Verband bedeckte seine Augen und er atmete keuchend, aber als er die Tür aufgehen hörte, wandte er sich Cassia zu. »Bitte«, flehte er, »bitte, ich kann es nicht mehr ertragen. Bitte helfen Sie mir, in Gottes Namen.«

Cassia sah ihn einen Augenblick lang an und sagte dann: »Warten Sie, ich komme gleich zurück, ich verspreche es«, drehte sich um und stieß mit ihrer Mutter zusammen.

»Mama, Mama«, rief Cassia, umklammerte die Hände ihrer Mutter und zog sie in das Krankenzimmer, »dieser arme Mann leidet ganz entsetzliche Schmerzen. Gib ihm etwas dagegen, bitte, bitte.«

»Cassia, ich kann ihm unmöglich etwas geben«, erklärte Blanche. »Damit würde ich meine Kompetenzen überschreiten.«

»Aber du bist doch Krankenschwester! Du musst, du musst ihm etwas geben, bitte, hör doch, er weint.«

Der Mann stieß eine seltsame Mischung aus Stöhnen und Schluchzen hervor und rief wieder um Hilfe.

Cassia brach in Tränen aus. »Warum willst du ihm denn nicht helfen?«

»Kind, er hat eine Gasvergiftung. Das ist eine schreckliche Sache. Er ist gerade erst eingeliefert worden und …«

»Aber jetzt ist er hier. Du musst ihm doch helfen können. Dafür ist ein Krankenhaus doch da.«

Blanche überprüfte das Krankenblatt, das am Fußende des Bettes hing, zog Cassia hinaus und schloss die Tür von außen. Die Schreie des Mannes wurden dadurch kaum gedämpft.

»Mama, bitte. Du bist grausam, das ist doch furchtbar. Warum hast du ihm nicht …«

»Cassia, bitte hör mir zu. Ich kann nicht entscheiden, was für Medikamente er bekommt. Das ist Sache des Arztes. Die Ärzte wissen es am besten, und sein Arzt hat entschieden, dass er bis morgen früh keine weiteren Mittel bekommen darf.«

Cassia schaute ihre Mutter an, versuchte, die schrecklichen Schmerzenslaute des Mannes zu überhören, drehte sich auf dem Absatz um und marschierte entschieden auf ihren Vater zu, der sich gerade mit der Oberschwester unterhielt, einer hoch gewachsenen, imposanten, schönen Frau mit dunkelrotem Haar und einem sehr langen, eleganten Hals. »Ach, Cassia! Es war wirklich ein Vergnügen, dich singen zu hören. Wie ich gerade zu deinem Vater sagte, hast du den Männern eine große Freude gemacht.«

»Bitte«, rief Cassia, »bitte helfen Sie dem Mann da drin.« Sie wies auf die Tür. »Er hat solche Schmerzen, und meine Mutter sagt ...« Sie hielt inne, und Tränen rannen ihr aus den Augen, erschrockene, entsetzte Tränen.

»Ja? Was sagt deine Mutter?«

»Nur die Ärzte können etwas tun. Nur die Ärzte können entscheiden, welche Medikamente er bekommt.«

»Vollkommen richtig. Erst vor einer Stunde ist der Doktor bei ihm gewesen und hat ihm etwas verordnet. Der Patient hat seine Medikamente bekommen und es geht ihm schon viel besser.«

Cassia starrte sie an. »Es geht ihm nicht besser. Er leidet furchtbar, das hören Sie doch!«

»Cassia!«, rief Blanche schockiert.

»Cassia.« Die Oberschwester kniete sich hin und nahm ihre Hand. »Ich weiß, wie dir das vorkommen muss. Es ist nicht so, dass ich ihm nicht helfen will. Ich kann es nicht. Wir tun für den armen Mann, was in unserer Macht steht. Es tut mir Leid, dass du das miterlebt hast.«

»Das ist doch ganz egal«, sagte Cassia und zog ihre Hand zurück. »Aber er hat solche Schmerzen. Der Doktor muss einen Fehler gemacht haben. Wahrscheinlich ist ihm nicht klar, wie sehr der Mann leidet. Ich finde, Sie sollten es ihm sagen ...« Sie wischte sich die Tränen aus den Augen.

»Ich fürchte, so geht das nicht«, sagte die Oberschwester, die langsam die Geduld zu verlieren begann. »Es ist nicht an uns, die Entscheidungen der Ärzte infrage zu stellen.«

»Ich finde, das sollten Sie aber«, erklärte Cassia unerschütterlich.

»Kind, sei still!«, zischte Blanche.

»Cassia«, sagte die Oberschwester, »du bist offensichtlich ein überaus freundliches, fürsorgliches Mädchen, aber du bist nicht in der Lage, die Situation richtig einzuschätzen. Vielleicht wirst du eines Tages hierher zurückkehren und es lernen, und deinen Mut und deine Freundlichkeit für eine gute Sache einsetzen – als Krankenschwester.«

Cassia blickte sie an. »Nein. Nein, ich will nicht Krankenschwester werden. Ich will selbst Entscheidungen treffen können. Ich werde Ärztin.«

Nur, trotz dieses visionären Augenblicks, trotz eines leidenschaftlichen Willens zum Erfolg und obwohl sie einen Abschluss von einer der besten medizinischen Hochschulen des Landes hatte, mit den bestmöglichen Noten, praktizierte sie nicht als Ärztin. Sie arbeitete als unbezahlte Sekretärin für ihren Mann, gab allenfalls schwangeren Frauen oder Frauen, die vor kurzem entbunden hatten, inoffizielle Ratschläge, mischte Hustenmedizin und verband gelegentlich einem Patienten, der jammernd im Sprechzimmer saß, das Knie. Und das schmerzte sie, das machte sie todunglücklich, jeden Tag ihres Lebens.

2

»Die Fischpastete ist ausgezeichnet, Peggy.« Edward lächelte das Mädchen über seinen leeren Teller hinweg an. »Ist noch etwas da?«

»Ein bisschen, Dr. Fallon. Freut mich, dass es Ihnen schmeckt.« Peggy errötete. Sie war Edward sehr ergeben, und sein Lob war nicht leicht zu erringen. »Fisch ist Nahrung für das Gehirn, hat meine Mutter immer gesagt. Ich seh nach, ob noch was da ist.«

Sie verschwand. Peggy war keine besonders gute Haushälterin – so ließ sie sich gern nennen –, aber sie war den Fallons sehr ergeben. Es machte ihr nichts aus, auch mal zu putzen oder Windeln zu waschen, obwohl Mrs. Briggs den Großteil der groben Arbeiten erledigte. Das machte vermutlich einen Gutteil ihrer Unzulänglichkeiten wett. Peggy kam mit der Auflaufform zurück und häufte Fischpastete auf Edwards Teller.

»Papa braucht keine extra Gehirnnahrung. Sein Gehirn ist ja schon riesengroß, nicht, Papa?«

»Ich hoffe es.« Edward lächelte Bertie an. »Aber allzu sicher bin ich mir da nicht.«

»Es muss riesengroß sein, sonst könntest du doch kein Arzt sein, stimmt's, Mama?«

»Natürlich«, antwortete Cassia und lächelte entschlossen ihren Mann und ihren ältesten Sohn an, die sich so überwältigend glichen. Beide hatten glattes braunes Haar, braune Augen, ein längliches Gesicht und waren groß und hager. Bertie war jetzt schon der Größte in seiner Klasse und er fing bereits an, ein wenig linkisch zu werden. William hingegen, der sich noch ein bisschen Babyspeck bewahrt hatte, war blond und blauäugig wie seine Mutter und seine kleine Schwester.

»O Gott, das Telefon. Nicht noch ein Baby, bitte! Nicht heute«, seufzte Edward.

»Ist es bei irgendwem so weit?«

»Bei Maxine Foster ist es fast so weit. Ja, Peggy?«

»Mr. Harrington möchte Mrs. Fallon sprechen.«

»Oh, sag ihm, ich würde ihn zurückrufen. Erklär ihm, dass wir beim Abendessen sind. Und stell fest, ob er in Devon ist oder in London.«

»Ja, Mrs. Fallon.«

»Was will er denn?«, fragte Edward.

»Keine Ahnung«, sagte Cassia kurz. Sie überlegte, ob Benedict wegen des Testaments anrief – er war schließlich Leonoras Bruder. Die beiden hatten sich sehr nahe gestanden, und sie hatte es ihm sicher erzählt.

Sie fühlte sich mittlerweile ganz komisch. Offenbar ließ die Betäubung nach. Natürlich war sie aufgeregt, aber vor allem empfand sie eine große Traurigkeit. Sie hatte nicht gewusst, wie krank Leonora war, sie hatte keine Ahnung gehabt, dass sie im Sterben lag, und so hatte sie ihre Patin nicht besucht. Auch an dem stillen, hastig arrangierten Begräbnis in Paris hatte sie nicht teilnehmen können, und folglich hatte sie damals nicht nur getrauert, sondern auch ein furchtbar schlechtes Gewissen gehabt. Irgendwie hatte dieser Tag, Leonoras Vermächtnis, vor allem aber ihr Brief, alles wieder aufgerührt. Cassia saß da und dachte an Leonora, an ihren Mut, ihre Albernheit, ihre Schönheit, ihren Witz, ihre Fähigkeit, sich zu amüsieren – und wurde sich von neuem bewusst, dass sie fort war, unwiederbringlich fort ...

Als Cassia den Kopf hob, sah sie, dass Edward sie mit mitfühlender Besorgnis betrachtete, und lächelte ihn schwach an.

Er erwiderte das Lächeln. »Warum setzt du dich nicht kurz ins Wohnzimmer? Ruh dich aus.«

Gelegentlich, ganz gelegentlich, fiel ihr wieder ein, warum sie ihn geheiratet hatte.

Als sie vor dem Kaminfeuer saß und im *Telegraph* blätterte, fing Delia an zu schreien. Es hatte keinen Zweck, niemand sonst konnte das Kind beruhigen. Sie würde zu ihr gehen müssen.

Sie machte Delia ein Fläschchen, fütterte sie, brachte sie zur Ruhe und ging wieder nach unten. Edward war in der Diele.

»Ich werde nur eben Benedict zurückrufen«, sagte sie.

»Na gut, aber sprich nicht zu lange, hörst du? Ich erwarte so halb einen Anruf wegen des Babys, und Ferngespräche sind …«

»Teuer?«, ergänzte sie amüsiert und sah ihn ruhig und fest an. »Mach dir keine Sorgen, Edward. Vielleicht kann ich ja in Zukunft etwas zu der Rechnung beisteuern.« Später betrachtete sie das immer als einen ganz entscheidenden Augenblick.

Cecily meldete sich. »Cassia. Wie nett, dass du anrufst. Wie geht's?«

»Ganz gut, Cecily, danke. Und dir?«

»Oh, bestens. Natürlich habe ich unheimlich viel um die Ohren. Nächste Woche ist Rennwoche in Ascot, wir haben dort ein Haus gemietet, und danach fahren wir nach Südfrankreich, mit den Kindern und ein paar Freunden. Cassia, warum kommt ihr nicht mit? Wir würden einen Mordsspaß haben.«

»Cecily, das wird nicht gehen, obwohl ich wahnsinnig gern mitkommen würde. Edward kann sich nicht freinehmen, und …«

»Dann fahr doch ohne ihn. Nur für ein paar Tage. Es würde dir gut tun. Du hast neulich so müde ausgesehen.«

Ja, das stimmte wahrscheinlich, dachte Cassia, sie sah immer müde aus. Sie *war* immer müde, ihr Leben war eine einzige unablässige Anstrengung. Wie in einer Vision sah sie sich plötzlich in Südfrankreich an einem Swimming-Pool liegen. Benedict und Cecily mieteten jedes Jahr im Juli ein Haus in der Nähe von Nizza und luden Freunde dahin ein, amüsante, attraktive Leute. Einmal war Cassia mitgefahren – nachdem sie ihre Doktorprüfung bestanden hatte. Sie hatte in der Sonne gelegen, Cocktails genippt, Unsinn geredet und sich Unsinn angehört, Bézigue und Backgammon gespielt und in den Nächten hatten sie am Pool zum Grammophon getanzt oder waren nach Nizza in irgendeinen Nachtclub gefahren. Einmal waren sie ins Casino gegangen. Am letzten Tag ihres Aufenthalts war Leonora gekommen, voller Klatschgeschichten über Paris und Le Touquet, und wollte den neuesten Klatsch aus London hören. Es war eine magische, hedonistische, zauberhafte Zeit gewesen. Jetzt kam ihr diese Zeit, wie ein Großteil ihres früheren Lebens, wie ein unwahrscheinlicher, unmöglicher Traum vor.

»Ich fürchte, das geht nicht«, erklärte sie. »Edward hat mich gern an seiner Seite, aber es ist lieb, dass du gefragt hast. Ähm, könnte ich mal mit Benedict sprechen? Er hat vorhin angerufen.«

»Ja, natürlich. Augenblick, ich hole ihn. Überleg es dir doch noch mal. Wir hätten dich so gern dabei. Wir werden uns sehr amüsieren.«

Die liebe Cecily, sie hatte eine so ungekünstelt liebevolle, herzliche Art und war so unwiderstehlich optimistisch. Natürlich hatte sie diesen Optimismus auch bitter nötig. Sie genoss viele der Annehmlichkeiten des Lebens, aber das hatte sie auch verdient.

»Hallo, Cassia, hier ist Benedict. Ich wollte dir nur sagen, dass wir einen Gedenkgottesdienst für Leonora abhalten. Eine Menge Leute konnten nicht zur Beerdigung kommen, und ich finde es irgendwie schäbig, es dabei bewenden zu lassen. So gegen Ende des Monats, dachten wir. Passt es dir am achtundzwanzigsten?«

»Sicher. Wo wird er stattfinden?«

»In St. George, am Hanover Square. Es ist eine wunderschöne Kirche und der Pfarrer ist ein Freund von mir. Richard wird wahrscheinlich nicht kommen, obwohl ich ihn selbstverständlich fragen werde, und einige von Leonoras alten Freunden scheinen sich irgendwie in Luft aufgelöst zu haben – aber aus der alten Clique werden viele teilnehmen, und natürlich kommt Harry. Ich habe ihn gebeten, eine Rede zu halten. Er hat zugestimmt.«

»Wie schön«, sagte sie vorsichtig. »Was ist mit Rollo Gresham?«

»Ich weiß nicht«, antwortete Benedict etwas hastig. »Er ist in letzter Zeit ausgesprochen schwer zu erreichen.«

»Aber er war doch ihr …« Ja, wie sollte man Rollo Greshams Rolle in Leonoras Leben beschreiben? Er war ihr Liebhaber gewesen, ja, aber nicht nur das: Sie hatte jahrelang mit ihm zusammengelebt, und obwohl sie sich getrennt hatten, waren sie gute Freunde geblieben, hatte Leonora immer gesagt. Er hatte sie gut versorgt zurückgelassen … sehr gut versorgt, wie es schien. »Ich dachte nur, er würde vielleicht gern dabei sein«, beendete Cassia lahm ihren Satz.

»Wir werden sehen. Natürlich werde ich jeden Versuch unternehmen, ihn zu benachrichtigen.« Benedicts Stimme klang leicht gereizt. »Und ich dachte, es wäre nett, wenn Rupert Cameron käme. Leonora hatte ihn schrecklich gern. Nur habe ich weder seine Adresse noch seine Telefonnummer. Vielleicht könntest du …«

»Ja, natürlich. Es ist eine Nummer in Brighton, 427.«

»Großartig. Glaubst du, er würde vielleicht eine Rede halten? Oder etwas lesen? Er hat eine so phantastische Stimme. Was hältst du davon?«

»Das ist eine ausgesprochen gute Idee. Er macht es sicher gern, er hat Leonora auch sehr gemocht. Im Augenblick gönnt er sich eine Ruhepause, wie es bei Schauspielern so schön heißt, also wird er bestimmt kommen können.«

Sie lächelte. Rupert würde es wirklich gern machen. Er hatte Leonora einfach angebetet, und sie ihn auch. Es würde schön sein, ihn dabeizuhaben – sie würde sich sonst sehr allein fühlen, da Edward zweifellos irgendeine Ausrede finden würde, wie immer bei solchen Anlässen.

Benedict unterbrach ihre wandernden Gedanken. »Gut. Also, ich glaube, das wäre im Augenblick alles. Ich melde mich bei Cameron. Ach ja, und ich habe gehört, dass Cecily dich gebeten hat, nach Frankreich mitzukommen. Das ist eine nette Idee, wir würden dich gern dabeihaben.«

»Ich überlege es mir, aber ich sehe wirklich nicht, wie ich …«

Wie du was, Cassia?, dachte sie. Wie du wegkommen sollst, wie du das Fahrgeld aufbringen, dir ein paar Sachen zum Anziehen kaufen, Edward ohne sein Unterstützungssystem zurücklassen kannst? Aber es wäre durchaus gegangen. Mit einem Mal war es nicht mehr unmöglich; sie sollte zumindest darüber nachdenken. Nicht zum ersten Mal seit Mr. Brewsters Besuch kam ihr die berauschende, fast schockierende Erkenntnis, dass sie jetzt tun konnte, was ihr gefiel. Entschlossen unterdrückte sie den Gedanken. Das war nicht fair. An ihrer Beziehung zu Edward, an ihrer Loyalität ihm gegenüber hatte sich nichts geändert, nur weil sie jetzt Geld hatte. Nichts Wichtiges würde sich ändern. Sie würde es nicht zulassen.

Sie kehrte ins Wohnzimmer zurück, wo Edward sich ein Radiokonzert anhörte. Er drehte die Lautstärke herunter. »Na, was wollte er?«

»Es wird einen Gedenkgottesdienst für Leonora geben. Benedict wollte es mir mitteilen.«

»Das ist eine nette Idee.«

»Ja. Du wirst doch mitkommen, oder?«

»Sicher, wenn ich eine Vertretung bekomme. Nicht, dass es irgendwen interessiert, ob ich komme oder nicht.«

»Mich interessiert es.«

»Tatsächlich?« Er lächelte sie an, sein langsames, liebenswürdiges Lächeln, das sie in letzter Zeit immer seltener zu sehen bekam. »Das freut mich zu hören. Aber diese ganzen Leute – ihre Freunde, die ganze Clique. Die werden ja wohl kaum Wert auf meine Anwesenheit legen.«

»Oh, Edward, sei nicht albern, bitte. Die Platte hat doch schon einen Sprung.«

»Ich komme, wenn ich kann. Gut?« Nach einer kurzen Pause fügte er hinzu: »Wusste Benedict Bescheid? Über das Geld?«

»Er hat es nicht erwähnt und ich hätte es als unpassend empfunden, davon anzufangen. Was hätte ich auch sagen sollen? Rat mal, was passiert ist? Leonora hat mir eine halbe Million Pfund hinterlassen?«

»Eine halbe Million Pfund«, wiederholte Edward. »Das ist ein beachtliches Vermögen. Ich hoffe, es hat alles seine Richtigkeit.«

»Oh, Edward, aber natürlich hat es das«, versicherte sie, halb amüsiert, halb irritiert. »Wieso sollte es nicht?«

Sie saß in einem Lehnstuhl, hörte der Musik zu und dachte an Leonora. Wie war es möglich, dass Menschen, die ein so schönes Leben führten, ein Leben voller Freuden, die geliebt wurden, so viel Angst, Gier, Kummer und Verzweiflung darin einließen? Was hatte Leonora nur dazu getrieben, alles wegzuwerfen? Was für ein Wahnsinn. Und es war Wahnsinn gewesen. Eine Krankheit.

»Es ist eine Sucht«, hatte Benedict Cassia erklärt, an dem schrecklichen Tag, als Leonora nach Frankreich durchgebrannt war, weg von Sir Richard, der sich von einem liebevollen Ehemann in einen bitteren Gefängniswärter verwandelt hatte, als sie alle Sicherheit hinter sich ließ und in ihr neues, leeres, trostloses Leben floh.

Cassia, die damals während ihres Medizinstudiums bei ihnen wohnte, war in ein stilles, totes Haus zurückgekehrt. Sir Richard hatte sich in seinem Arbeitszimmer eingeschlossen. Trost suchend war sie zu Benedict und Cecily gegangen und hatte weinend dagesessen, während Benedict versuchte, es ihr zu erklären. »Sie ist Glücksspielerin. Es ist eine Krankheit, genauso wie Kokainsucht oder Alkoholismus. Sie kann nichts dagegen machen.« Er hatte versucht, seiner Schwester zu helfen. Anfangs hatte er versucht, sie vom Spielen abzuhalten, sie vor angeblichen Freunden gewarnt, denen ihr Reichtum bekannt war und die ein leichtes Opfer in ihr sahen. Lange hatte er ihr Geld gegeben, ihr immer wieder aus der Patsche geholfen, Spielkasinos, private Spielclubs und Gläubiger ausbezahlt. Und als er nichts mehr für sie tun konnte, als Richard herausbekam, was los war, hatte er ihr beigestanden, während sie sich ihrem Mann stellte und sich bemühte, alles wieder gutzumachen.

Zur Krise kam es, als ein antiquitätenbegeisterter Freund von Sir Richard zum Dinner kam und fragte, ob er für eine Ausstellung ein Diadem ausborgen könne, das Richards Großmutter gehört hatte. »Ich habe es nie vergessen, es ist eine wirklich vollkommene Goldschmiedearbeit. Und die Fassungen der Rubine – ganz außergewöhnlich.«

»Natürlich leihen wir es dir«, sagte Sir Richard. »Leonora hat es, aber es wäre uns eine Ehre, nicht wahr, meine Liebe?«

»Ja, sicher ... das heißt ... wann, sagten Sie ...«

»Nicht vor November, nur würde ich gern vorher mal einen Blick darauf werfen, damit es in den Katalog aufgenommen werden kann.«

»Warum nicht jetzt gleich?«, meinte Sir Richard. »Wir holen es und ...«

Mit einem lauten Krachen stürzte der Stuhl um, auf den Leonora sich aufgestützt hatte, und sie fiel ohnmächtig zu Boden.

Da war alles herausgekommen: Das Diadem war verkauft. Leonoras ganzer Schmuck war verkauft, zumeist Erbstücke, die Sir Richards Mutter gehört hatten. Leonora hatte ausgezeichnete Kopien anfertigen lassen und die getragen, und mit dem Erlös ihre Spielschulden bezahlt. Es war eine schreckliche, trostlose Zeit gewesen und Cassia war nie ganz darüber hinweggekommen.

Sir Richard hatte Miss Monkton ins Haus geholt, um ein Auge auf Leonora zu haben. Miss Monkton, offiziell die Gesellschafterin, in Wahrheit ein Spitzel, eine Frau, die sich durch dünne Haarbüschel und üblen Mundgeruch auszeichnete, wurde dafür bezahlt, ihre Schutzbefohlene zu beobachten, ihre Gespräche zu belauschen, überall da hinzugehen, wo sie hinging. Cassia musste mit ansehen, wie Leonoras Persönlichkeit durch ihr Elend zerfiel, wie sie still und farblos wurde, und fett, weil sie zu viel aß, der einzige Genuss, dem sie sich noch hingeben konnte. Ihre Freunde hatten sich von ihr zurückgezogen – wer hatte schon den Wunsch, mit solch offener Schande in

Verbindung gebracht zu werden? Urplötzlich lebte Cassia in einem stillen, unglücklichen Haus, das von Feindseligkeit und bösen Worten geprägt war. Es war schwer zu ertragen gewesen, und sie erfuhr noch nicht einmal den Grund dafür, denn Leonora wollte nicht darüber sprechen, und Sir Richard konnte es nicht. Fast zwei Jahre später hatte sie dann, als sie nach Hause kam, Harris, Leonoras Zofe, weinend vorgefunden; Sir Richard hatte sich in seinem Arbeitszimmer eingeschlossen, und Leonora war fort.

Cassia hatte sie mehrmals in Paris besucht. Sie lebte in einer prachtvollen Dachterrassenwohnung in der Avenue Foch – »Sieh mal, wenn man die Hand ausstreckt, kann man fast den Eiffelturm berühren«, hatte Leonora gesagt, als sie Cassia auf den Balkon hinausführte –, zusammen mit Rollo Gresham, einem ungeschlachten Klotz von Mann, den Cassia verabscheute. Wie kann sie nur?, hatte Cassia sich gefragt. Aber schließlich war ihr klar geworden, dass Leonora nichts auf der Welt dringender brauchte als Geld, Geld aus einer Quelle, die ihre Sucht verstand – und Gresham hatte Unmengen davon. Fünf Jahre hatten sie zusammengelebt. Sir Richard ließ sich scheiden und heiratete die heilige Margaret, wie Rupert seine neue Gattin respektlos taufte. Rollo Gresham hatte Leonora schließlich verlassen, aber er hatte sie wohl versorgt zurückgelassen und sich offenbar sehr bemüht, ihr die bestmögliche medizinische Betreuung zukommen zu lassen. Offensichtlich hatte Cassia ihm Unrecht getan und er war ein viel freundlicherer, besserer Mensch, als sie gedacht hatte. Wieder dachte Cassia an die arme Leonora, die so tapfer gewesen war, so schön, so großzügig – so außerordentlich großzügig …

Edward schaltete das Radio aus und sagte: »Gehen wir doch noch oben. Du siehst erschöpft aus.«

»Ich bin überhaupt nicht erschöpft«, entgegnete sie leicht gereizt.

»Na, es wäre doch trotzdem nett.«

Wieder das Lächeln, das liebenswürdige, süße Lächeln. Sie wusste, was es bedeutete, dieses Lächeln, im Zusammenhang mit Bett. Er wollte sie lieben. Na, sie hatte nichts dagegen. Es kam mittlerweile immer seltener vor, und es war selten mehr als nett, aber sie genoss es trotzdem, weil sie sich ihm dann näher fühlte, liebevoller, versöhnlicher. Aber wieso sollte sie sich ihm gegenüber versöhnlich fühlen? Das war doch Unfug. Es war schließlich nicht Edwards Schuld, dass er Arzt war und sie nicht, dass sie eine miserable Hausfrau war und nur eine leidliche Ehefrau. Es war nicht seine Schuld, dass sie zutiefst unzufrieden war. Wenn es irgendjemandes Schuld war, dann ihre.

»Ja.« Sie erwiderte das Lächeln. »Ja, das wäre nett.«

Cassia lag im Bett und sah zu, wie er sich auszog, seine Sachen ordentlich zusammenfaltete, sich das Haar und die Zähne bürstete, nackt ins Bett stieg und das Licht ausdrehte. Sie war ebenfalls nackt – dadurch, dass sie ihr Nachthemd nicht angezogen hatte, gab sie ihm zu verstehen, dass sie bereit war, dass sie ihn wollte. Und sie war bereit, sehr bereit: Sie spürte, wie sie sich nach ihm ausstreckte, aus hungrigen, unbefriedigten Tiefen, und sie hoffte, wünschte sich sehnlichst, dass er sich heute Nacht Zeit lassen würde, dass er auf sie warten würde, sie fliegen lassen würde, zum Höhepunkt führen – was schon eine ganze Weile nicht mehr der Fall gewesen war. Oft ließen Edwards Bedürfnisse, die ihn plötzlich und dringlich überkamen, jetzt keinen Raum für Geduld, für sie. Sie fühlte sich im Bett ausgenutzt, schlecht behandelt, wie sonst in ihrer Ehe auch: wie eine wichtige, sogar notwendige Voraussetzung, die aber nicht die Würdigung, Rücksichtnahme und Fürsorge erhielt, die ihr gebührte.

Er begann, sie zu küssen, langsam und gründlich, wie er alles tat. Die Ereignisse des Tages hatten ihre Gefühle intensiviert und plötzlich wollte sie ihn so sehr. Sie reagierte, mit dem Mund, den Händen, ihrer Stimme, sagte ihm, dass sie ihn liebte, dass sie ihn wollte. Normalerweise mochte er das nicht besonders, es machte ihn verlegen, und er befürchtete immer, jemand könne es hören, aber heute schien er erfreut darüber und erwiderte ihre Liebeserklärungen.

Er fing an, mit den Händen über ihren Körper zu streichen, langsam, rhythmisch, liebkoste ihre Brüste, ihren Bauch, ihre Hüften. Sie wölbte sich ihm entgegen und fühlte, wie sie sich mit sinnenberauschter, steigender Wonne anspannte, straffte, löste. Diesmal würde es gut werden, sagte sie sich, es würde gut werden, ein langes, süßes Öffnen und Entfalten. Ihr Körper würde sich von ihm nehmen, was ihm zustand. Gerade als sie das Strahlen, das helle Leuchten in sich zu spüren begann, die hohen Gipfel der Lust, und anfing, sich nach ihnen auszustrecken, auf der Welle zu reiten, fühlte sie, wie er sich veränderte, sich anspannte, und wusste, dass er nicht warten, sie nicht mitnehmen würde. Wieder würde er allein weitergehen und sie zurücklassen, nach ihm rufend, enttäuscht, noch immer hungrig, und furchtbar, schrecklich allein.

Gut, sagte sie sich später, als sie in der Küche saß und eine Tasse Tee trank (sie hatte ihn schnarchend und verklärt lächelnd im Bett zurückgelassen), vielleicht war es in der Ehe eben so. Das wurde eben aus der Leidenschaft, aus dem hellen, strahlenden Entzücken, das einmal da gewesen war. Und dann dachte sie, weil solche Gedanken sie stets zur Ehrlichkeit verleiteten, dass es mit Edward dieses helle Entzücken nie gegeben hatte. Es war immer vernünftige, warme, kameradschaftliche Zuneigung gewesen.

Sie hatte Edward auf der Universität kennen gelernt. Er war ihr um zwei Jahre voraus, machte gerade sein Klinikum und leistete schon praktische Arbeit im Krankenhaus. Nach den drei Jahren des theoretischen Grundstudiums war das ein gewaltiger Schritt nach vorn. An ihrem ersten Tag hatte Cassia einige der Studenten, die sich von den richtigen Ärzten durch ihre kurzen weißen Kittel unterschieden, bei der Visite gesehen. Sie sprachen mit den Patienten, durften sie sogar unter den wachsamen Blicken ihrer Professoren untersuchen. Cassia konnte sich noch gut erinnern, wie unvorstellbar fern ihr das Erreichen dieses Stadiums vorgekommen war. Dieser erste Tag war der furchteinflößendste und wunderbarste Tag ihres Lebens gewesen, dachte sie mit einem Lächeln. Sie erinnerte sich an die siebzehnjährige Cassia, die in einem gewaltigen Raum stand, der sich ins Unendliche zu erstrecken schien, einem Saal, voll gestellt mit großen Edelstahltischen, auf denen Reihen um Reihen weiß umwickelter Objekte lagen.

Der Dekan stand in der Tür und wies Cassia und den übrigen Neulingen ihren Platz an. »Ah, Miss Berridge«, hatte er gesagt, »Sie gehen zu Tisch vierundzwanzig und nehmen das linke Bein.«

Das Gefühl, sich in einem Alptraum zu befinden, hatte sich verstärkt. Eben noch hatte der Dekan sie aufgefordert, die Leichen mit Respekt zu behandeln. Die Leichen, die einmal Menschen gewesen waren. Und sie hatte das linke Bein eines dieser Menschen zugeteilt bekommen. Sie näherte sich Tisch vierundzwanzig und sah sich ihre Leiche an. Der Geruch war grauenhaft; wohl wegen des Formaldehyds. Noch grässlicher war, dass die Venen hervorstanden, dunkel und rot. Einen schrecklichen Augenblick befürchtete sie, sich übergeben zu müssen. Sie holte tief Luft.

Ihre Kommilitonen hatten vollkommen normal gewirkt, sogar ganz munter. Einige griffen bereits nach dem Skalpell und schnitten in die ihnen zugewiesenen Leichname. Cassia hatte hilflos dagestanden, unfähig, sich zu bewegen, und fragte sich, ob es wohl tapferer war, sofort nach Hause zu gehen oder da zu bleiben und zu tun, was ihr gesagt wurde.

»Das ist nur Farbe«, erklärte eine amüsierte, aber freundliche Stimme. »Keine Angst! Kommen Sie, ich zeige Ihnen, wie es gemacht wird.«

Cassia blickte auf und sah ein junges Mädchen vor sich stehen und sie anlächeln, ein roter Lockenkopf, klein und ein wenig pummelig. »Ich bin Jenny Porter. Alles in Ordnung? Sie sehen schrecklich aus.«

»Ich fühle mich auch schrecklich.«

»Das ist offenbar der schlimmste Teil. Mein Vater hat mir davon erzählt. Er hat …«

»Sagen Sie es nicht. Er hat hier studiert. Mein Vater ist offenbar die einzige Ausnahme. Ich bin Cassia Berridge. Schön, bringen wir's hinter uns.« Cassia griff nach ihrem Skalpell und fragte sich, ob es möglich war, mit geschlossenen Augen erfolgreich in eine Vene zu schneiden.

Ein paar Wochen später saß sie mit einem böse verstauchten Knöchel in der Notaufnahme. Sie war auf einem Stück Leber ausgerutscht, mit dem ihre Kommilitonen sich im Seziersaal beworfen hatten.

Die Notaufnahme war nicht allzu voll. Jenny und Tom

Cavanagh, die sie hergebracht hatten, waren gegangen, um sich eine Tasse Tee zu holen. Die Dienst habende Krankenschwester hatte einen Blick auf Cassias Knöchel geworfen und ihn für verstaucht erklärt.

»Das muss bandagiert werden. Hallo, Sie. Kommen Sie und übernehmen Sie das.«

Cassia hatte sich vornübergebeugt und rieb ihren Knöchel, um den Schmerz zu lindern, und so war das Erste, was sie von Edward Fallon sah, seine schönen, schlanken Hände mit den langen Fingern. Um das knochige Handgelenk trug er eine ziemlich lädierte goldene Armbanduhr und seine Ärmelaufschläge waren abgewetzt. Also kein reicher Student. Vielleicht hatte er auch ein Stipendium, wie sie.

»Hallo«, sagte er. Auch seine Stimme war angenehm, hell und ein wenig schüchtern. »Ich bin ...«

»Ich seh schon.« Sie blickte auf sein Namensschild. »Mr. E. Fallon. Hallo. Cassia Berridge. Erstes Jahr.«

»Viertes. Was haben Sie denn mit Ihrem Fuß angestellt?«

»Ich bin im Seziersaal ausgerutscht.«

»Ach je. Leber oder Frosch?« Er grinste sie an. Schöne Zähne hat er auch, dachte Cassia, ein bisschen schief, aber sehr weiß. Sie nahm den Rest seiner Erscheinung in sich auf – längliches Gesicht, welliges braunes Haar, haselnussbraune Augen, Sommersprossen, ein netter, freundlicher Gesichtsausdruck, als würde er häufig lächeln – und kehrte mit einem Ruck in die Realität zurück.

»Leber.«

»Ach je, ach je, diese Medizinstudenten. Also, dann wollen wir mal.« Er fing an, den Verband um ihren Fuß zu wickeln, den Kopf gesenkt.

Cassia fragte: »Es macht also Spaß, das Klinikum?«

»Es ist prima. Gefällt mir wirklich sehr.«

»Hat Ihr Vater hier studiert?«, erkundigte sie sich.

»Nein, aber mein Großvater. Und Ihrer?«

»Nein. Das muss ein Novum sein. Zwei Studenten treffen aufeinander, deren Väter beide nicht hier studiert haben.«

»Mein Vater ist Lehrer«, erzählte Edward Fallon und befestigte das Ende des Verbandes. »In einem Internat in Sussex. Und Ihrer?«

»Er ist Bibliothekar. In Leeds.«

»Ah. Und wo wohnen Sie, in einem Studentenwohnheim?«

»Nein, bei meiner Patentante und ihrem Mann.«

»Wie nett für Sie. Ein bisschen wie zu Hause, ganz familiär. Studentenbuden sind grässlich.«

»Ja«, sagte Cassia und dachte an die Residenz am Grosvenor Square, in der sie wohnte, die Dienerschaft, die luxuriösen, delikaten Mahlzeiten. Familiär war wohl kaum das richtige Wort dafür.

»So, das wäre erledigt. Wie fühlt sich der Knöchel an, wenn Sie ihn belasten?«

»Gut. Viel besser. Vielen Dank. Ich muss aber noch auf meine Freunde warten.«

»Schön! Soll ich Ihnen eine Tasse Tee besorgen? Ich kann ja behaupten, dass Sie einen Schock erlitten haben.« Er grinste sie an.

»O nein. Ich werde einfach hier sitzen bleiben und zuschauen. Mal sehen, wie es ist, in der Notaufnahme zu arbeiten.«

»Ganz okay«, sagte er. Die Antwort kam überlegt und bedächtig. Wenn man ihn fragte, ob es bald regnen würde, dachte Cassia, würde er es wahrscheinlich ebenso gründlich bedenken, bevor er eine Antwort gab. »Wie schon gesagt, es gefällt mir wirklich sehr.«

»Für welches Fachgebiet werden Sie sich entscheiden?«

»Chirurgie, denke ich«, antwortete Edward.

»Ich auch! Ich ...«

»Mr. Fallon! Würden Sie mal kommen, wenn Sie einen Augenblick Zeit haben?« Die Stimme der Schwester klang sarkastisch.

Edward Fallon schenkte Cassia ein letztes schnelles Lächeln und eilte davon. Sie blickte ihm gedankenvoll nach. Er war viel netter und sehr viel weniger arrogant als die meisten anderen männlichen Studenten, fand sie.

Sie hatte ihn schon fast vergessen, als der Pförtner des Universitätsgebäudes sie eines Abends zu sich rief. »Miss Berridge! Ich habe eine Nachricht für Sie, von einem jungen Mann.«

»Danke.«

»Ein sehr netter junger Herr, das. Student im Krankenhaus. Wollen Sie den Brief nicht aufmachen?«

Es war eine Einladung zum Weihnachtsball der Medizinstudenten, von Edward Fallon, geschrieben mit einer wie gestochen wirkenden, ordentlichen Handschrift. Cassia überlegte, ob sie ihr mittlerweile zwei Jahre altes Debütantinnenkleid noch anziehen konnte oder ob es bereits völlig aus der Mode war. Aber das würde ihm wohl kaum auffallen.

»Sie sehen wunderschön aus«, sagte Edward Fallon und errötete. Er errötete oft, was Cassia gefiel. Ihr gefiel alles an ihm: sein ziemlich unordentliches gutes Aussehen (durch die Smokingjacke vorteilhaft zur Geltung gebracht), seine langsame, sanfte Sprechweise, sein ernsthaftes Interesse an allem, was sie zu sagen hatte, sein Mangel an Arroganz, seine Leidenschaft für den Arztberuf, seine außerordentlich altmodischen guten Manieren.

Er hatte darauf bestanden, sie zu Hause abzuholen, und ließ ein Taxi draußen warten. Erst später entdeckte sie, dass er den ganzen Weg von Camden Town, wo seine Studentenbude war, nach Mayfair zu Fuß zurückgelegt hatte, weil er sich sonst nicht hätte leisten können, sie mit dem Taxi auch wieder nach Hause zu bringen.

Sir Richard, der darauf bestanden hatte, ihn kennen zu lernen, begegnete er außerordentlich respektvoll, ohne unterwürfig zu sein, und zu Leonora war er charmant und höflich. Der Anblick des Hauses war ganz offensichtlich ein Schock für ihn.

Der Tanz fand im Universitätsgebäude für Einrichtungen und Veranstaltungen der Studentenschaft statt. Die Veranstalter, zu denen auch Edward gehörte, wie er ihr stolz mitteilte, hatten schwer geschuftet und alles mit großen Stechpalmen- und Eibenzweigen sowie einem Übermaß an roten Bändern geschmückt. Die Tische waren ebenfalls mit Stechpalmenzweigen und mit Christrosen dekoriert, und als das Essen serviert wurde, wurde das Licht gedämpft und Kerzen auf den Tischen angezündet.

Edward geleitete Cassia zu ihrem Tisch, stellte sie ziemlich formell einigen seiner Freunde vor und fragte sehr ernsthaft, ob sie tanzen wolle.

»Natürlich!«, sagte Cassia. »Sind wir nicht deswegen hier?«

Er war kein guter Tänzer, was ihr schon etwas ausmachte, weil sie selbst sehr gut tanzte. Aber er war großzügig und erlaubte seinen Freunden, sie aufzufordern. Als sie mit einem dieser Freunde einen Black Bottom aufs Parkett legte, dass alle stehen blieben und zusahen, stand er so verloren am Rand der Tanzfläche, dass sie prompt ein schlechtes Gewissen bekam.

Edward sorgte dafür, dass sie immer genug zu trinken

hatte, während der Pegel seines eigenen Glases kaum abnahm (er konnte sich nicht mehr als eine zusätzliche Flasche Wein leisten, und in der Eintrittskarte für den Ball war eine halbe Flasche inbegriffen), und erkundigte sich mehrmals, ob ihr auch warm genug sei.

»Mir ist sehr warm, Edward, vielen Dank. Selbst in diesem ziemlich offenherzigen Kleid. Es war mein ... also, ich habe es im Sommer getragen. Nicht diesen Sommer, im letzten«, fügte sie hastig hinzu, denn sie hatte panische Angst davor, er könne sie für reich halten. Da hatte er ihr gesagt, dass sie wunderschön aussehe.

»Danke«, sagte Cassia leichthin und lächelte in seine haselnussbraunen Augen.

Er sah sie einen Moment ganz andächtig an. »Ich meine es ernst, ich sage das nicht nur so. Ich sage nie etwas nur so.«

»Nein«, bestätigte sie, jetzt selbst ganz ernst, »das merke ich.« Es war ein seltsam bedeutungsvoller Augenblick.

Danach ging sie nur noch mit Edward auf die Tanzfläche, und sie tanzten nur die unproblematischen Tänze – Walzer und gelegentlich einen schnellen Foxtrott.

»Sie haben offenbar schon häufig getanzt«, bemerkte er, als sie zu ihrem Tisch zurückkehrten.

»Oh, ich habe es in der Schule gelernt und letztes Jahr habe ich ein paar Tanzveranstaltungen besucht.«

»Und wo leben Ihre Eltern?«

»Mein Vater lebt in Leeds. Meine Mutter ist schon vor langer Zeit gestorben«, fügte sie rasch hinzu.

»Ist Ihr Vater so reich wie Ihr Patenonkel?«, fragte Edward, plötzlich verlegen.

»Gütiger Himmel, nein, er hat gar kein Geld. Ich habe ein Stipendium. Meine Mutter und Leonora waren als Kinder befreundet, und Vater ist wohler dabei, wenn ich sicher unter Richards und Leonoras Dach lebe. Er hält London für gefährlich.«

»Mein Vater ist auch nicht reich«, erklärte Edward nach einer langen, bedächtigen Pause.

»Nein«, sagte sie leichthin, »das ist nicht zu übersehen.« Und hätte sich auf die Zunge beißen können, denn er errötete und blickte zu Boden.

»Entschuldigung«, sagte Cassia, denn der Fauxpas war zu groß, um ihn einfach stillschweigend zu übergehen, und legte ihre Hand auf Edwards. Er zog seine Hand weg und fing an, mit seinen Manschettenknöpfen herumzuspielen. »Edward«, flehte sie, »bitte vergeben Sie mir. Sie haben mich missverstanden.«

»Das glaube ich kaum. Sie meinten, es sei offensichtlich, dass ich kein Geld habe. Bedaure. Zweifellos sind Sie anderes gewohnt.«

»Natürlich nicht«, erwiderte Cassia, langsam zur Verzweiflung getrieben. »Dass ich während des Semesters in diesem ... diesem bombastischen Haus wohne, heißt doch nicht, dass unser Haus genauso ist. Mein Vater hat panische Angst davor, seine Stelle zu verlieren, ich habe eine öffentliche Schule besucht und meine beste Freundin hat über dem Gemüseladen ihres Vaters gewohnt.«

Er wandte sich ihr zu und lächelte sein langsames, bedächtiges Lächeln. »Ich weiß, es ist albern von mir, deswegen so empfindlich zu sein, aber ...«

»Sehr albern. Es spielt doch überhaupt keine Rolle und nichts langweilt mich mehr als reiche Leute und ihr lappischer Unfug, und ...«

Und dann geschah es, absurderweise wie aufs Stichwort.

»Cassia! Schätzchen! Wie schön, dich zu sehen. Dachte ich's mir doch, dass du das bist. Und in deinem Debütantinnenkleid, wie süß.«

Sie erkannte die Stimme und blickte auf. Es war Edwina Fox-Ashley, absolut atemberaubend in einem silbernen Kleid und einer großen silbernen Feder in ihrem glänzenden dunklen Haar. Sie hing am Arm eines rotgesichtigen Jungen, der eine Flasche Champagner umklammerte. »Wieso bist du hier, Schätzchen, wer hat dich eingeladen?«

»Edwina, darf ich dir Edward Fallon vorstellen, einen Kommilitonen. Ich studiere hier Medizin, im ersten Jahr.«

»Gütiger Himmel, tatsächlich? Ich kann mich erinnern, dass du ziemlich ernsthaft warst, aber ich hätte es nie für möglich gehalten, dass wirklich was daraus werden würde. Archie Symington studiert übrigens auch hier Medizin. Er verabscheut es, nicht wahr, Archie? Er macht es nur, um Papa glücklich zu machen. Hör mal, Schätzchen, wir müssen gehen, aber ich melde mich. Küsschen, Küsschen. Edward, war schön, Sie kennen zu lernen.«

Als Cassia sich wieder Edward Fallon zuwandte, sah sie, wie erwartet, einen Ausdruck in seinen Augen, der an Abscheu grenzte.

»Ihr Debütantinnenkleid? Sie haben den ganzen Kram mitgemacht?«

»Na ja, schon«, gab Cassia zögernd zu, »aber nur, um ...«

»Um Papa glücklich zu machen?« Edwards Stimme klang sehr kalt. Es gab nichts, was sie hätte sagen oder tun können, um den Abend zu retten oder die frühere glückliche Stimmung wiederherzustellen – absolut nichts.

Monate vergingen, und Cassia schlug sich Edward aus dem Kopf, arbeitete hart und hatte viel Spaß. Und dann starb ihr Vater an Lungenkrebs – ein schrecklicher, unerwarteter, unvorhergesehener Schock. Aber Cassia war überzeugt, dass sein Tod eigentlich auf die langen, einsamen Jahre zurückzuführen war, in denen er sich abgerackert hatte, um sie großzuziehen und seine Stelle nicht zu verlieren, ohne die Hilfe und Unterstützung seiner geliebten Blanche. Die langen Jahre, in denen er ohne die Hilfe zurechtkommen musste, die seine Tochter ihm hätte geben können und sollen.

Sie war bei Cecily und Benedict zum Dinner gewesen und hatte sich jede Menge albernen Klatsch über den Prinzen von Wales angehört, als sie die Nachricht erhielt.

Das Schlimmste war die Scham, die Scham und die Schuldgefühle. Scham darüber, dass sie nicht bemerkt hatte, wie krank ihr Vater war – oder hatte sie sorgsam weggesehen? –, Schuldgefühle, weil sie ihn verlassen hatte, obwohl er so gebrechlich war.

»Wie konnte ich das nur tun?«, sagte sie zu Leonora, die sie nach Leeds begleitet hatte. »Wie konnte ich einfach wegfahren, zurück zu meinem blöden, egoistischen Leben, ohne zu bemerken, wie krank er war?«

»Weil, mein Liebling – komm her, setz dich hin, lass dich drücken, so ist es gut, so ist es besser –, weil er es so gewollt hat.«

»Aber das stimmt nicht. Er wollte, dass ich daheim bleibe und ihm Gesellschaft leiste, und ich habe ihm einfach den Rücken zugedreht und bin gegangen. Weihnachten war ich so ungeduldig mit ihm – er wurde langsam taub, weißt du, und man musste alles ganz laut sagen, und schließlich habe ich kaum noch etwas gesagt, weil mich das so nervös gemacht hat. Und ich hatte ihm versprochen, mir am letzten Abend ein Radiokonzert mit ihm anzuhören, und er hatte sich so darauf gefreut, aber dann kamen ein paar alte Schulkameradinnen vorbei und fragten, ob ich mit ihnen essen gehen wollte, und er sagte, geh nur, amüsier dich. Und ich bin mitgegangen. Und als ich am nächsten Morgen wegfuhr, hat er gehustet. Ich hätte bleiben sollen, Leonora, ich hätte bleiben sollen, und ...«

»Sternenkind, hör auf. Nun hör mir mal zu. Er hatte Krebs. Lungenkrebs. Er wäre gestorben, ob du nun da gewesen wärst oder nicht. Natürlich wollte er nicht, dass du bei ihm daheim hocken bleibst; das hätte ihm überhaupt nicht gefallen. Und er hatte noch Glück, er ist ganz plötzlich gestorben, fast schmerzlos. Oft dauert es Monate, qualvolle Monate voll schrecklicher Schmerzen.«

»Leonora, versuch nicht, mir gut zuzureden«, erwiderte Cassia mit plötzlichem Ärger und zog sich zurück. »Ich habe es nicht verdient und ich werde mich nicht besser fühlen, das ist unmöglich. O Gott! Ich hasse mich.«

Irgendwie überstand sie die Beerdigung. Nachher gab es eine kleine Trauerfeier in ihrem Elternhaus. Cassia blickte sich im Wohnzimmer um und dachte, nie wieder wird mir dieses Haus wie mein Zuhause erscheinen. Noch nie hatte sie sich so allein gefühlt. Nur Rupert, der die ganze Zeit an ihrer Seite geblieben war und ihre Hand gehalten hatte, schien so richtig bei ihr zu sein; die Übrigen, sogar Leonora und Sir Richard, waren ferne, fast unvertraute Gestalten.

Eine positive Auswirkung hatte der Tod ihres Vaters: Er brachte sie wieder mit Edward zusammen. Edward Fallon hatte Cassia in der Aufnahme des Krankenhauses stehen sehen, wo sie auf Tom Cavanagh wartete, und er kam zu ihr und drückte ihr sein Beileid aus. »Es muss schrecklich für Sie sein.«

»Ja«, sagte sie schlicht, »das ist es. Aber man muss damit fertig werden.«

»Ja, natürlich. Ich wollte Ihnen schreiben, aber ...«

»Es war sehr nett von Ihnen, mich darauf anzusprechen.

Den meisten Leuten ist es peinlich. Sie tun so, als sei nichts geschehen, oder als hätte ich eine Erkältung gehabt oder so was.«

»Wirklich?« Er sah aufrichtig überrascht aus. Nach einer langen, quälenden Pause sagte er: »Ich habe mich damals ziemlich dumm benommen. Auf dem Ball.«

»Ach, ich weiß nicht«, entgegnete Cassia vorsichtig. »Ich kann mir vorstellen, wie es auf Sie gewirkt haben muss.«

»So?« Er errötete wieder. »Das hoffe ich. Jedenfalls« – die Worte sprudelten jetzt nur so aus ihm heraus –, »vielleicht könnten wir ja mal ins Kino gehen. Oder mögen Sie keine Filme? Wir könnten auch ...«

»Ich gehe wahnsinnig gern ins Kino«, sagte Cassia. »Danke.«

»Schön. Samstag also? Ich hole Sie ab.«

Cassia war schon einmal verliebt gewesen, in Rupert Cameron, also wusste sie, dass das, was sie für Edward empfand, keine Verliebtheit war. Es tat nicht weh, es brachte ihr Herz nicht zum Hämmern und wühlte ihren Magen nicht auf. Eine merkliche Wirkung auf ihre Sinne hatte er bislang nicht ausgeübt. Aber zu mehr als ein paar zögerlichen Küssen war es auch noch nicht gekommen. Sie gingen ins Kino, er lud sie zum Essen im Lyons Corner House ein, und als es langsam Sommer wurde, machten sie öfters ein Picknick im Hyde Park oder in Kensington Gardens. Was sie aber in seiner Gegenwart empfand, war ein klares, einfaches Glücksgefühl. Zum ersten Mal in ihrem Leben stand sie jemandem nahe, der die gleichen Anliegen, Interessen, Ambitionen und Hoffnungen hatte. Auch in ihren politischen Ansichten waren sie sich einig. Beide waren leicht sozialistisch angehaucht, unterstützten den Streik der Minenarbeiter und waren gegen die rigoroseren Auswirkungen des englischen Klassensystems. Beide waren fest entschlossen, sich später als Ärzte für eine Gesundheitsreform einzusetzen, die eine medizinische Versorgung für alle sichern sollte. Zurzeit konnten viele nicht zum Arzt gehen, wenn sie krank waren, weil sie sich das nicht leisten konnten. Edward war sogar ein entschiedener Befürworter von Frauen im Arztberuf.

»Ich glaube, du wirst eine wunderbare Ärztin abgeben«, sagte er an einem lauen Sommerabend zu Cassia, »eine ganz großartige Ärztin, und dein Geschlecht spielt dabei doch überhaupt keine Rolle. Warum sollte es?«

»Genau«, erwiderte Cassia, »aber sag mal, Edward, wie würdest du es finden, wenn du für eine Frau arbeiten müsstest? Ich meine, wenn eine Frau dir sagen könnte, was du tun sollst?«

»Das wäre – etwas anderes.«

»Und warum?«

»Na ja, weil ich finde ...«

»Dass Männer doch das höhere Geschlecht sind?« Sie lächelte zu ihm auf.

»Nein, das nicht, aber vielleicht von Natur aus besser zum Führen befähigt. Ich meine, so ist es in der Natur doch auch, oder? Das Männchen jeder Spezies ist dominant.«

»Hauptsächlich aus physischen Gründen«, meinte Cassia. »Du nimmt doch wohl hoffentlich nicht an, dass Männer intelligenter sind?«

»Nein, natürlich nicht, aber – na ja – sie haben von Natur aus mehr Autorität.«

»Ich verstehe. Soll ich also in zwanzig Jahren, wenn ich eine medizinische Autorität bin, meine Studenten mich auf der Visite begleiten und ich sie instruiere, die männlichen Studenten ausschließen? Weil ich nicht genug Autorität ihnen gegenüber hätte?«

»Nein, aber ...«

Cassia lachte plötzlich. »Lass gut sein, Edward. Ich versuche nur, dich mit Fangfragen hereinzulegen. Aber ich bin überzeugt, dass es einmal viele Medizinprofessorinnen geben wird und sie jede Menge Autorität haben werden. Warten wir es ab.«

»Sag mal«, fragte Edward leicht verlegen, »wenn du verheiratet wärst ... würdest du dann weiter praktizieren?«

»Aber natürlich«, antwortete sie, ehrlich erstaunt über diese Frage.

»Selbst wenn du Kinder hättest?«

»Ja. Ich hoffe, du willst damit nicht sagen, du würdest von deiner Frau erwarten, ihren Beruf aufzugeben, wenn Kinder kämen. Warum sollte ich nicht als Ärztin arbeiten? Das wäre eine furchtbare Verschwendung.«

»Ja«, sagte er zweifelnd, »ja, das stimmt wohl. Aber es wäre ein bisschen hart für die Kinder, meinst du nicht?«

»Oh, ich weiß nicht. Ich müsste natürlich eine Hilfe haben. Aber eine unglückliche, frustrierte Mutter nützt auch niemandem was, oder?«

»Warum sollte sie unglücklich und frustriert sein?«

»Weil sie nicht tut, was sie eigentlich tun will«, versetzte Cassia ungeduldig.

»Aber sicher gibt es doch keine lohnendere, erfüllendere Aufgabe, als sich um Kinder zu kümmern? Ist das nicht der höchste Beruf der Frau?«

»Da bin ich überhaupt nicht deiner Meinung. Nein, ich werde in erster Linie Ärztin sein und erst in zweiter Linie Mutter. Mein Mann wird das eben akzeptieren müssen.«

Ende Juni galten sie und Edward allgemein als Paar. Cassia stellte es leicht erstaunt fest, denn es hatte sich irgendwie ganz von selbst so entwickelt.

Gelegentlich kam ein Brief von Rupert, der nach Hollywood gegangen war, um dort sein Glück zu machen, aber nur wechselnde Starlets gefunden hatte, mit denen er eine Reihe offenbar katastrophaler Affären hatte. Dann fiel ihr wieder ein, wie Leidenschaft sich anfühlte, und sie war dankbar dafür, dass sie die Qualen der Liebe nicht länger erdulden musste. Sie hatte Edward sehr gern, und da sie ganz bestimmt nicht auf der Suche nach einem Ehemann war, nicht einmal auf der Suche nach einem Liebhaber, fand sie, dass sie wunderbar zueinander passten. Manchmal fragte sie sich, ob er überhaupt fähig war, ihr Liebhaber zu werden, so sanft und leidenschaftslos wirkte er. Und dann geschah etwas, das alles veränderte.

»Ich bin durchgefallen. Ich habe das Abschlussexamen nicht bestanden.«

Cassia saß auf dem Bett und blickte zu Edward hoch, auf sein bleiches Gesicht, seine wie flehentlich zusammengekrampften Hände, und ihr fiel nichts ein, mit dem sie ihn hätte trösten können.

»Ich habe es meinem Vater erzählt«, berichtete er. »Ich habe ihn sofort angerufen, und er war sehr nett. Es ist so schwer für ihn, und für meine Mutter natürlich auch – sie haben solche Opfer gebracht, damit ich hier Medizin studieren kann. Meine Mutter war umheimlich lieb, wie Mütter eben so sind, sie war nur besorgt um mich, gar nicht enttäuscht von mir. Sie meinte, ich müsse sie unbedingt bald besuchen kommen, und das werde ich auch, demnächst. Ich muss eine Lösung finden, ich muss mich entscheiden, was ich tun soll, und …«

»Edward«, sagte Cassia, »Edward, komm her. Komm und setz dich zu mir. Bitte.«

Sie befanden sich in seinem kleinen Zimmer. Im letzten

Jahr war sie hier ziemlich oft gewesen. Mittlerweile war sie selbst Medizinstudentin im höheren Semester (sie hatte ihr Zwischenexamen als Jahrgangsbeste bestanden) und dieses Zimmer war so eine Art zweites Zuhause für sie geworden. Die recht liberale Vermieterin, die Cassia mochte und ein mütterliches Interesse an Edward nahm, hatte keine Einwände. Sie hatten hier zusammen gelernt, gelesen, geplaudert, sich Konzerte in Edwards blechernem Radio angehört, Berge von Sandwiches verzehrt und literweise Tee getrunken. Cassia hatte Edward hier empfangen, wenn er nach Hause kam, grau im Gesicht vor Erschöpfung, nachdem er achtundvierzig, zweiundsechzig oder zweiundsiebzig Stunden Dienst in der Notaufnahme, der Entbindungsstation oder der Chirurgie gehabt hatte. Sie hatte ihm bei seinen Aufzeichnungen, seiner Doktorarbeit und der Stoffwiederholung für das Examen geholfen.

Edward trat zu ihr und sie streckte die Arme aus. Er setzte sich neben sie auf das Bett und vergrub den Kopf an ihrer Schulter. So verharrte er lange in völligem Schweigen.

»Ich habe so schwer geschuftet«, sagte er plötzlich und setzte sich auf, »ich habe so schrecklich hart gearbeitet. Es ist einfach unfair. Viele haben überhaupt nichts getan und trotzdem bestanden. Ich muss wohl einfach blöd sein. Ist das die Erklärung, was meinst du? Meine Intelligenz reicht nicht aus, so einfach ist das.«

»Edward«, widersprach Cassia, »natürlich bist du intelligent genug. Du kannst nur mit der Prüfungssituation nicht umgehen. Es sind die Nerven, da kann man nichts machen …«

»Nein«, erwiderte er, »da kann man nichts machen und deswegen bin ich durchgefallen. Ich habe versagt und ich werde weiter versagen.« Seine Stimme wurde immer lauter, denn er begann wütend zu werden, wütend auf sie.

»Für dich ist es einfach«, sagte er. »Dir machen Prüfungen nichts aus, du blühst in Prüfungssituationen geradezu auf. Du weißt doch überhaupt nicht, wie das ist, da zu sitzen, mit einem Gehirn, das sich in ein verdammtes Rührei verwandelt hat, und zu versuchen, die Prüfungsfragen zu kapieren. Du hast leicht reden, und ...«

Cassia stand auf. »Entschuldige, Edward, aber ich glaube, das Gespräch führt uns jetzt nicht weiter. Ich komme wieder, wenn du dich ein bisschen beruhigt hast.«

»Nein«, flehte er, Panik in der Stimme, »geh nicht, Cassia, bitte. Es tut mir Leid. Geh nicht. Ich brauche dich, ich brauche dich. Ich liebe dich so sehr und ...«

Es war vollkommen still im Raum. Cassia stand regungslos da und starrte ihn an.

Edward sah sie an. »Habe ich das gesagt? Habe ich das wirklich gesagt?«

»Ja, das hast du. Du hast es wirklich gesagt.«

»Gütiger Gott.« Langsam breitete sich ein zaghaftes Lächeln auf seinem Gesicht aus. »Ich kann es gar nicht glauben. Ich wollte dir das schon so lange sagen, aber ich konnte einfach nicht. Jedes Mal habe ich mir geschworen, meinen ganzen Mut zusammenzunehmen und es dir zu sagen, aber ich brachte es einfach nicht fertig. Und die ganze Zeit zwischen unseren Treffen habe ich mich verflucht und mir gesagt, nächstes Mal mache ich es aber bestimmt.«

Er verstummte einen Augenblick, und dann lächelte er richtig, zum ersten Mal an diesem Tag.

»Ich liebe dich. Ich liebe dich so sehr. O Gott, jetzt habe ich dich verlegen gemacht.«

»Nein, nein, überhaupt nicht. Ich finde es sehr schön.«

»Cassia, glaubst du, dass du mich auch lieben könntest?«

»Ja, Edward«, antwortete sie, und mit einem leichten

Schock wurde ihr klar, dass das stimmte. Sie glaubte, dass sie ihn lieben könnte.

Und dann, weil sie ihn trösten wollte, damit er sich besser fühlte, legte sie sich aufs Bett und streckte die Arme nach ihm aus. Danach wurde alles ziemlich konfus, er küsste sie, liebkoste sie und sagte ihr, wie sehr er sie liebe, und dann drehte er ihr mit einem tiefen Seufzer den Rücken zu. »Nein. Nein, das dürfen wir nicht.«

»Oh, Edward, aber du weißt doch, wie ich darüber denke«, wandte sie ein, denn sie hatten schon mehrmals heftige Diskussionen geführt, bei denen sie dargelegt hatte, dass es bei der Sexualität um Liebe ging und sie keineswegs an die Ehe gekoppelt war.

Er entgegnete, das ändere nichts an seiner Ansicht und er dächte nun mal das Gegenteil. Und dann lagen sie lange Zeit nur still da und hielten sich bei der Hand.

Edward wurde gestattet, das Examen im darauf folgenden Jahr noch einmal zu wiederholen. »Das habe ich dir doch gesagt«, meinte Cassia.

»Ja, aber für Vater ist es hart, mich noch ein Jahr unterstützen zu müssen. Nächstes Mal muss ich bestehen, und zwar gut. Ich muss einfach.«

Edwards Vater hoffte, dass sein Sohn die Praxis des Allgemeinmediziners bei ihnen im Dorf übernehmen könne. Der Landarzt, ein enger Freund von ihm, würde in Kürze in den Ruhestand gehen. Das war schon länger eine strittige Frage zwischen ihnen, erklärte Edward.

»Er begreift einfach nicht, dass ich unbedingt Chirurg werden will. Aber nach dieser Sache sollte ich vielleicht nachgeben und ihm den Gefallen tun.«

»Bei etwas so Wichtigem«, konterte Cassia, »musst du tun, was *du* willst.«

Edward würde für einige Monate nach Hause gehen; er konnte sein Studium erst im September wieder aufnehmen.

»Und ich kann David Martin, das ist unser Landarzt, bei seinen Krankenbesuchen begleiten und in der Apotheke aushelfen. Das wird mir wertvolle Erfahrungen vermitteln. Aber du wirst mir furchtbar fehlen.«

»Du wirst mir auch fehlen«, sagte Cassia, und sie meinte es ernst.

Mitte August erhielt sie einen Brief von Edward. Seine Eltern wollten sie gern kennen lernen (»Ich habe ihnen schon viel von dir erzählt«) und hatten sie für das kommende Wochenende eingeladen. »Es ist so schön hier, und ich würde dir gern alles zeigen. Das Wetter ist wunderbar, bring einen Tennisschläger mit – wir können die Schultennisplätze benutzen, im Moment sind ja Sommerferien. Und einen Badeanzug, falls wir an die See fahren wollen. Ich könnte dich Freitagabend an der Station Haywards Heath abholen. Bitte komm. Ich liebe dich. Edward.« Cassia schrieb zurück, dass sie wahnsinnig gern käme.

Die Fallons wohnten in einem recht düsteren, schlichten kleinen Haus am Rande des Schulgeländes. Alle Wände waren mit Fotografien von Gruppen kleiner Jungen bedeckt, mit Desmond Fallon in der Mitte.

Edwards Vater war ein zutiefst ernsthafter Mann, pompös wie alle Schullehrer, und sichtlich stolz auf seinen Sohn, obwohl ihm sein Scheitern offenkundig peinlich war. Mrs. Fallon war still und schüchtern, nahm Cassia herzlich auf und schien fast etwas Angst vor ihr zu haben.

»Wir hatten so sehr gehofft«, erklärte Desmond Fallon am ersten Abend beim allerersten gemeinsamen Essen, »dass Edward mittlerweile seine Doktorprüfung bestanden haben würde. Dann hätte ich Weihnachten in den Ruhestand treten können. Aber es sollte eben nicht sein, und natürlich werde ich ihn finanziell unterstützen, bis er doch noch ans Ziel gelangt, was ich zuversichtlich hoffe.«

»Aber natürlich wird er«, sagte Cassia bestimmt und lächelte Edward an. Kein Wunder, dass er ein so geringes Selbstvertrauen hatte und Prüfungen als fast unerträgliche Nervenprobe empfand. »Nächstes Mal wird er sicher bestehen. Er zeigt sonst so gute Leistungen und man hält allgemein außerordentlich viel von ihm.«

»Wirklich, Miss Berridge?« Barbara Fallon beugte sich vor, einen ängstlichen Ausdruck in den blassblauen Augen. »Es ist also wirklich nur ein vorübergehendes Problem?«

»Aber natürlich, Mrs. Fallon, und bitte nennen Sie mich Cassia. Alle sind überzeugt, dass er einen hervorragenden Chirurgen abgeben wird.«

»Es tut gut, das zu hören«, sagte Barbara, »nicht wahr, Desmond?«

»Ja, obwohl wir eigentlich gar nicht so versessen darauf sind, dass Edward Chirurg wird, Cassia. Wir hatten so sehr gehofft, dass er Allgemeinmediziner werden und die Praxis hier im Dorf übernehmen würde. Der Doktor ist ein enger Freund von uns und es wäre schön, das Gefühl haben zu können, dass Edward die Brücke zwischen Vergangenheit und Zukunft bildet.«

»Allgemeinmedizin ist sicher gut«, meinte Cassia vorsichtig, »aber die Chirurgie ist sehr viel aufregender.«

»Mir war gar nicht klar, dass man Arzt wird, weil das so aufregend ist«, sagte Desmond Fallon trocken.

»Oh, Mr. Fallon, es ist die aufregendste Sache der Welt. Die richtige Diagnose zu stellen, Patienten zu retten ...«

»Tatsächlich? So hatte ich es noch gar nicht gesehen. Edward ist nicht so zungenfertig wie Sie.«

Edward lächelte verlegen. »Cassia ist außerordentlich redegewandt«, bestätigte er. »Ich wünschte, ich hätte diese Gabe auch. Aber ja, deswegen möchte ich Chirurg werden, wegen der Dramatik, der ...«

»Gütiger Himmel«, rief Barbara Fallon aus, »da hatte ich nun immer gedacht, beim ärztlichen Beruf, jedenfalls bei den Hausärzten, ginge es darum, Dramatik möglichst zu vermeiden. Ich dachte immer, der Arzt leiste einfach einen guten, soliden Beitrag zum Gemeinwohl.« Sie warf Cassia einen durchdringenden Blick zu. »Und Sie, Cassia? Sie wollen doch sicher nicht Chirurgin werden? Eine Frau wäre dafür wohl kaum geeignet, könnte ich mir vorstellen.«

»Doch, eigentlich schon.« Cassia lächelte sie an. »Ich würde sehr gern Chirurgin werden. Am liebsten in der Geburtshilfe.«

»Tatsächlich! Es ist ja ziemlich ungewöhnlich, selbst heutzutage, dass eine Frau Medizin studiert und dann noch solche Ambitionen hat.«

»Sehr ungewöhnlich. In meinem Jahrgang sind nur sechs Frauen. Sieben im darauf folgenden. Natürlich wird es mit jedem Jahr besser, die Anzahl studierender Frauen steigt ständig.«

»Ob besser in diesem Zusammenhang das richtige Wort ist, wage ich zu bezweifeln.« Desmond Fallons Stimme klang milde, aber sein Blick war scharf. »Ich bin der Ansicht, dass dieses neumodische Bestreben der Frauen, einen Beruf zu ergreifen, anstatt Ehe und Mutterschaft als ihre Bestimmung anzusehen, sich als zerstörerisch erweisen wird. Die Familie ist das Fundament der Gesellschaft, und die Frau als Ehefrau und Mutter ist die Klammer, die alles zusammenhält. Wenn zu viele Frauen diese Rolle vernachlässigen, könnten wir in ernste Schwierigkeiten geraten.«

»Ich denke, wir können beides tun«, wandte Cassia vorsichtig ein. »Einen Beruf ausüben und uns um die Familie kümmern.«

»In diesem Punkt stimme ich nicht mit Ihnen überein. Die Mutter- und Hausfrauenpflichten fordern eine Frau ganz und gar.«

»Wir dürfen Cassia nicht verleiten, sich über dieses Thema auszulassen«, warf Edward unerwarteterweise ein. »Sie echauffiert sich dabei immer sehr.«

Cassia starrte Edward leicht schockiert an. Sie wollte nicht unhöflich sein, empfand aber einen unwiderstehlichen Drang, ihren Standpunkt weiter darzulegen. »Es ist doch so«, führte sie aus, »die Welt ändert sich. Ich finde, man sollte zumindest unvoreingenommen bleiben, meinen Sie nicht?«

»Sicher, sicher«, sagte Barbara Fallon vorsichtig und wechselte das Thema. »Ihre eigene Geschichte war ja sehr ungewöhnlich, Cassia. Ich meine, dass Sie schon so früh Ihre Mutter verloren haben. Wie traurig.«

»Ja, das war es. Sie starb im Kindbett, als ich dreizehn war. Sie war eine wunderbare Frau. Sie hat den Glauben in mir erweckt, dass Frauen ihr eigenes Leben führen sollten. Ihrem eigenen Herzen folgen.«

Cassia war plötzlich unverhältnismäßig aufgewühlt. Unvermittelt war die Erinnerung wieder da und sie sah sich in dem winzigen Krankenhauszimmer stehen. Sie hatte ihre tote Mutter angesehen und versucht, dieses stille, stumme Wesen, das so fern und friedlich aussah, mit der lebensprühenden, unermüdlich tätigen Frau in Verbindung zu bringen, die sie geliebt, bestraft, inspiriert und unterstützt hatte, die ihr eine Gefährtin und Freundin gewesen war, die ihr vor allem das Gefühl vermittelt hatte, es gebe nichts, gar nichts, was sie nicht erreichen könnte, wenn sie es nur wirklich wollte ...

»Ein Großteil von dem, was ich erreicht habe, habe ich für sie getan«, erklärte Cassia ziemlich lahm in das peinliche Schweigen hinein und putzte sich heftig die Nase.

»Tatsächlich?«, sagte Barbara Fallon. »Wie nett.«

Dämliche, zugeknöpfte Pute, dachte Cassia.

Desmond Fallon warf ein: »Sie leben in London ja wohl bei Ihrer Patentante und deren Gatten. Ziemlich wohlhabende Leute, wie ich gehört habe?« Sein Blick war plötzlich ganz durchdringend. Sieh an, dachte Cassia, ihm gefällt der Gedanke, dass sein Sohn eine Frau mit reichen Verbindungen aufgetan hat. »Ja«, erwiderte sie vorsichtig, »mein Patenonkel besitzt ein großes Industrieunternehmen.«

»Er wurde geadelt, wie ich höre?«

Also, warum um alles in der Welt hatte Edward ihnen das denn erzählt? »Ja. Wegen seiner Verdienste während des Krieges, Herstellung von Munition und so weiter.«

Am nächsten Tag machten Cassia und Edward ein Picknick. Sie hörte zu, während Edward lange von seinen Eltern erzählte, von ihrem Leben im Internat, ihrer Position in der Gemeinde und wie wichtig es ihnen war, dass er dem gerecht wurde, was sie als ihre hohen Ansprüche ansahen.

Endlich sagte sie: »Edward, das ist ja sehr interessant, aber komm, lass uns mal eine Weile schweigen«, und legte sich auf den Farnteppich des Waldes und sie küssten sich lange. Seine Küsse waren so langsam und bedächtig wie immer.

»Ich liebe dich«, sagte er, »ich liebe dich sehr. Du liebst mich doch auch, oder?«

»Edward, das weißt du doch«, antwortete Cassia wachsam. Sie verstand langsam, wie tief seine Unsicherheit gehen musste und warum ihm ihre höhere soziale Stellung so viel ausmachte, ihr Leben mit Leonora und Sir Richard.

Die Fallons gingen am Abend aus – »zu einer Gesellschaft im Herrenhaus«, verkündete Barbara Fallon, der offenkundig sehr daran lag, dass Cassia begriff, dass sie mit den besten Familien der Nachbarschaft verkehrten. »Doris hat Ihnen ein Abendessen vorbereitet. Nichts Warmes, fürchte ich, aber …«

»Es ist sicher köstlich«, sagte Cassia. »Vielen Dank.«

Der kalte Imbiss war alles andere als köstlich: Lammfleisch, Salat und Brot, gefolgt von einer winzigen Portion Fruchtmus mit Schlagsahne und Crackern mit Käse. Während sie den Nachtisch verzehrte, musste sie ungewollt an die wunderbaren Mahlzeiten am Grosvenor Square denken und zu ihrem Entsetzen hörte sie sich aufseufzen.

»Alles in Ordnung?«, fragte Edward und sie erwiderte, ja sicher, sie sei nur ein wenig müde. Und dann rief er aus, was bin ich nur für ein Gastgeber, ich habe dir nicht mal ein Glas Wein angeboten. Er schlug vor, eine Flasche aus dem Keller zu holen. »Vater wird nichts dagegen haben, er ist da sehr großzügig.«

Cassia konnte sich nur schwer vorstellen, dass Desmond Fallon in irgendetwas großzügig sein sollte, aber sie lächelte und sagte, ja, das wäre schön.

Der Rotwein war nichts Besonderes, hatte aber den erwünschten Effekt; er heiterte Cassia auf und entspannte sie, und nach einer Weile, als sie das Geschirr weggeräumt und abgewaschen hatten, fragte sie, ob sie nicht ein paar Schallplatten auf dem Grammophon abspielen wollten.

Sie fanden ein paar altmodische Tanzplatten und tanzten danach. Nach ein paar Gläsern Wein fingen sie an, sich ziemlich enthusiastisch auf dem Sofa zu küssen, aber schon ein paar Minuten später lehnte sich Edward, dem offenkundig unbehaglich zu Mute war, zurück.

»Entschuldige. Es ist nur so, dass sie bald zurückkommen könnten.«

»Gehen wir doch nach oben. In dein Zimmer. Oder in meines.«

Edward errötete. »Oh, ach, ich weiß nicht. Ich meine ...«

»Es würde Mama nicht gefallen. Edward, um Himmels willen, du bist doch erwachsen. Außerdem würde sie ja nicht wissen, dass wir beide da drin sind. Sie wird einfach annehmen, dass wir früh zu Bett gegangen sind – was wir auch tun könnten ...« Sie war ziemlich betrunken, wurde ihr klar. Sie lächelte ihn an, beugte sich vor, küsste ihn fest auf den Mund und suchte mit der Zunge nach seiner Zunge.

Er zog sich zurück. »Cassia, du weißt ...«

Sie fühlte einen Stich der Irritation. »Oh, Edward. Ja, ich weiß es in der Tat. Manchmal frage ich mich, ob du mich überhaupt begehrst.«

»Du weißt, dass ich dich begehre.«

»Ich weiß gar nichts. Beweis es mir.«

»Schön«, sagte er und unvermittelt veränderte sich etwas in seinem Gesicht. »Ich beweise es dir.«

Und so kam es, dass sie irgendwie auf Edwards Bett zu liegen kamen und er sie küsste und sie seine Küsse erwiderte, und von Verlangen entbrannt, spürte sie ihn, griff in seine Hose, spürte seine Erektion, hart, zitternd, und sie wollte ihn, ganz dringlich, wollte ihn in sich spüren, und sie sagte ihm das, und nein, sagte er, nein, das sei nicht recht. »Es ist nichts Falsches dabei, Edward«, rief sie in leidenschaftlicher Frustration und küsste ihn fest, fiebrig, und dann erwiderte er ihre Küsse, ließ eine Hand unter ihren Rock gleiten, suchend, nach ihr fühlend, während die andere ihre Brust liebkoste, sie knetete, und gerade als er den Kopf hob, ihr in die Augen sah und sagte: »O Gott, ich liebe dich«, ging die Tür des Schlafzimmers auf, und über Edwards Schulter hinweg sah sie Desmond Fallons Gesicht, der sie mit einer Mischung aus Ungläubigkeit und Widerwillen anstarrte. Edward rollte von ihr herunter und kämpfte sich in eine sitzende Position hoch und bass erstaunt hörte sie ihn sagen: »Vater, tut mir Leid, dass du dich aufgeregt hast, aber – na ja, wir wollen heiraten.«

Sie hätte gedacht – wenn man sie vorher gefragt hätte –, dass sie es abstreiten würde, sofort und auf der Stelle, dass sie gesagt hätte, nein, wir wollen nicht heiraten, das hat überhaupt nichts damit zu tun, aber sie war so bestürzt, so gedemütigt, so absolut herabgewürdigt durch das, was geschehen war, dass sie mitmachte.

Desmond teilte mit, er sei schockiert, dass sein Sohn sich derartig benehmen könne, erklärte, dass er ihn unten sprechen wolle, und ging hinaus.

Edward sah Cassia kleinlaut an und schwieg, und sie erwiderte den Blick und hätte am liebsten klargestellt, dass sie nicht heiraten würden, dass es nicht wahr sei, aber angesichts seiner Verlegenheit und seines Kummers brachte sie es nicht übers Herz.

Endlich sagte er: »Vielleicht sollten wir hier aufräumen und nach unten gehen.«

»Nein, Edward. Ich gehe nicht nach unten. Tut mir Leid, dass du deinen Eltern allein gegenübertreten musst, aber ich bin ein wenig aus der Fassung. Ich gehe ins Bett. Bitte erklär ihnen das.«

Er verließ niedergeschlagen den Raum. Cassia hörte ihn

im Bad und ging in ihr Zimmer, wo sie sich unter den Decken verkroch. Sie fühlte sich elend, aber zu ihrer großen Überraschung schlief sie schnell ein.

Als sie am Morgen aufwachte, empfand sie Zerknirschung und Reue, gemischt mit Panik. Die Sache musste geklärt werden.

Sie stand auf, nahm ein Bad und packte ihren Koffer. Es würde das Beste sein, so bald wie möglich abzureisen, nachdem sie klargestellt hatte, dass Edwards Ankündigung von gestern Abend ein Irrtum gewesen war. Vorsichtig ging sie nach unten und trat ins Esszimmer. Von Desmond und Barbara war nichts zu sehen, aber Edward stand vor der Anrichte und häufte sich gebratenen Schinkenspeck auf den Teller. Er drehte sich um und lächelte sie an.

»Cassia! Guten Morgen. Hast du gut geschlafen?«

»Ja, danke. Überraschend gut. Edward …«

Er unterbrach sie. »Ich hatte gestern noch ein sehr gutes Gespräch mit den Eltern. Sie waren fabelhaft, einfach wunderbar. Sehr tolerant, sogar meine Mutter. Ich glaube, sie denken – na ja«, er lächelte ein bisschen verschämt, »dass ich einfach ein heißblütiger junger Mann bin und es ganz natürlich ist, was ich getan habe.«

»Aber wir haben doch gar nichts getan.«

»Ich weiß, aber es war offensichtlich, was hätte passieren können.«

»Ich verstehe.« Ihre Stimme war kühl. »Und was bin ich, wenn du ein heißblütiger junger Mann bist? Eine Schlampe?«

»Nein, natürlich nicht. Sobald sie sich beruhigt hatten, bekannten die Eltern, dass sie dich sehr schätzen. Du hast sie sehr beeindruckt.«

»Wie schön.«

»Ja«, bestätigte er. Die Ironie in ihrer Stimme war ihm offenbar entgangen. »Und sie meinten noch, dass eine lange Verlobungszeit natürlich eine große Belastung für junge Leute ist. Sie können sich noch gut daran erinnern, wie es war, als sie jung waren.«

»Aber von einer langen Verlobungszeit kann doch gar keine Rede sein.«

»Ich weiß, aber es hat geholfen, dass ich es angedeutet habe. Eine inoffizielle Verlobung natürlich. Sie schienen sehr froh darüber zu sein.«

»Edward, es gibt nichts, worüber sie froh sein könnten. Wir sind nicht ...«

Die Tür ging auf und Desmond Fallon kam herein. Er nickte ihr kurz zu, sagte Guten Morgen und erklärte, er und Barbara wollten in die Kirche gehen. »Es wäre nett, wenn ihr uns begleiten würdet.«

»Aber natürlich«, sagte Edward. »Cassia, kommst du mit?«

Er sah so verzweifelt aus, dass sie zustimmte. Sie würde die Sache klären, sobald sie zurückkamen.

Die Kirche war brechend voll. Nach dem Gottesdienst traten verschiedene Freunde der Fallons zu ihnen. Zu Cassias Erstaunen wurde sie allen sehr höflich vorgestellt, von Barbara sogar mit offensichtlichem Stolz. Sie erzählte allen, dass Cassia mit Edward Medizin studierte.

»Ein paar Semester unter ihm«, fügte sie jedes Mal sorgsam hinzu, als sei es undenkbar, dass sie auf derselben Stufe stehen könnten.

Jedes Mal erklärte Desmond: »Es ist natürlich sehr ungewöhnlich für eine Frau, Medizin zu studieren.«

Langsam dämmerte ihr, dass in der Welt, in der die Fallons sich bewegten, eine Medizinstudentin wirklich etwas Beeindruckendes war.

Sie kehrten zum Haus der Fallons zurück, und Desmond und Barbara verschwanden.

»Edward«, sagte Cassia eindringlich, »wir müssen reden. Und dann will ich fahren.«

»Fahren! Wohin?«

»Zurück nach London. Ich kann hier nicht bleiben. Es ist zu schwierig für mich, und außerdem ...«

»Ach, da seid ihr ja.« Desmond Fallon lächelte fast. »Kommt mit ins Wohnzimmer, wir würden gern ein paar Worte sagen.«

Sie sah Edward verzweifelt an, aber er lächelte nur ermutigend, nahm ihren Arm und führte sie ins Wohnzimmer. Barbara stand bei einem Beistelltischchen, auf dem eine Flasche Champagner und vier Gläser standen. Desmond öffnete die Flasche mit großer Geste, schenkte ein und reichte ihr ein Glas. Der Champagner war warm und sehr süß. Sie versuchte, begeistert zu wirken.

»Also«, sagte Desmond, der immer noch Edward anschaute, »meine Glückwünsche. Euch beiden. Natürlich seid ihr noch sehr jung, aber offenbar ist es euch ja sehr ernst.«

»Mr. Fallon ...«, begann Cassia.

»Nein, kein Wort mehr darüber. Natürlich steht euch noch eine lange Wartezeit bevor. Es versteht sich von selbst, dass ihr erst heiraten könnt, wenn Edward seinen Abschluss gemacht hat. Und ...« Der Blick, den er ihr zuwarf, war fast verschwörerisch. »... und deine Ansichten über die Berufstätigkeit verheirateter Frauen werden sich sicher bald ändern. Also lasst uns anstoßen. Auf euch beide. Auf die Zukunft.«

»Auf die Zukunft«, echote Barbara.

Es schien unglaublich grausam zu sein, ihnen zu eröffnen, dass es keine Zukunft geben würde. Oder jedenfalls nicht die, die sie sich ausmalten.

Später brachte Edward sie zum Bahnhof. Desmond hatte ihm das Auto geliehen. Sie waren früh dran und warteten auf den Zug.

Cassia holte tief Luft. »Edward, wir sind nicht verlobt, und das weißt du. Du hättest nie behaupten dürfen ...«

»Aber wir könnten verlobt sein. Wir sollten es sein. Ich habe die Sache nur ein wenig beschleunigt. Ich liebe dich, ich liebe dich sehr. Und du liebst mich.«

»Edward ...«

»Du liebst mich doch, oder?« Er sah so verletzt aus, so besorgt, dass sie Angst bekam. »Du hast gesagt, dass du mich liebst.«

»Ich liebe dich ja, aber ...«

»Na also. Was könnte dann schöner und natürlicher sein, als dass wir heiraten? Cassia, mit dir an meiner Seite kann ich alles erreichen, das weiß ich. Ich liebe dich so sehr und ich bin so glücklich.« Er lächelte auf sie hinunter. »Weißt du, vielleicht ist es ganz gut, dass es so gekommen ist. Ich hätte nie den Mut aufgebracht, dich kalten Blutes zu fragen, sozusagen. Ah, da kommt der Zug. Komm, wir suchen dir einen Sitzplatz.«

Ein Freund seiner Eltern war auf dem Bahnsteig, ein derber, lauter Mann, den Cassia vorhin, nach der Kirche, kennen gelernt hatte. Er verkündete, er würde sich zu ihr setzen, wenn sie nichts dagegen hätte. Aber natürlich nicht, sagte Cassia und gab die Hoffnung auf, die Sache zu klären. Sie würde warten, bis Edward wieder in London war.

Und das war der fatale, nicht wieder gutzumachende Fehler gewesen.

3

»Mein Augenstern, du siehst einfach hinreißend aus.«

Cassia lächelte Rupert an. Es stimmte nicht, sie sah keineswegs hinreißend aus; er hingegen schon. Wie unfair, dass Männer, selbst mit Mitte fünfzig, was Rupert eindeutig war, immer noch so außerordentlich attraktiv sein konnten, während Frauen des gleichen Alters einfach alt waren.

Und, o Gott, er war attraktiv. Das silberblonde Haar war so dicht wie eh und je, die blauen Augen ebenso leuchtend, die wunderbaren, wie gemeißelten Züge noch ebenso straff, der hoch gewachsene Körper ebenso schlank. Irgendwie brachte er es immer zuwege, auszusehen, als sei er in der Obhut eines erstklassigen Schneiders und guten Kammerdieners, obwohl er nie viel Geld gehabt hatte. Das war Teil seiner Begabung, seines Charmes – seines Schauspielercharmes. So wie er jedes Publikum bezauberte, bezauberte er seine Umgebung mit seiner vollendeten Grazie und seinem Interesse an allem. Heute trug er einen dunkelgrauen Nadelstreifenanzug, der ohne die schwarz-rosa gestreifte Seidenkrawatte – natürlich im Prince-of-Wales-Stil gebunden – eher durchschnittlich gewirkt hätte.

Cassia stand da, sog ihn in sich auf und dachte, wie sehr sie ihn immer noch liebte, wie sehr er ihr fehlte. »Ach Rupert«, sagte sie schlicht, »es ist so schön, dich zu sehen.«

»Was für eine Freude, dich zu sehen, mein Augenstern. Und du siehst umwerfend aus. Todschicker Hut.«

»Findest du? Ich habe ihn vorhin gekauft. Ich kann doch Leonora nicht enttäuschen, dachte ich mir, also bin ich zu Harvey Nichols gegangen, zum Andenken an sie. Findest du ihn wirklich gut?«

»Er ist perfekt. Sieht teuer aus.«

»War er auch. Sehr teuer.« Sie lächelte ihn an – ein verwegenes Lächeln. Ebenso verwegen und wundervoll leichtsinnig hatte sie sich gefühlt, als sie den Scheck ausstellte und dabei immer wieder auf den Hut schaute, der, noch ohne Seidenpapier, in der Hutschachtel lag: Er war aus schwarzem Stroh, mit einem flachen Kopfteil und einer riesigen Krempe, und die Garnitur, ein breites rotes Band, war zu einer extravaganten, theatralischen Schleife gebunden.

»Wo ist denn Edward?«

»Er konnte nicht kommen.«

Rupert beugte sich herunter und gab ihr einen Kuss auf die Wange. »Dann werde ich als sein Stellvertreter fungieren. Mit dem größten Vergnügen, wie ich hinzufügen möchte. Was hältst du davon?«

»Das wäre schön, Rupert, danke.«

»Gut denn. Nimm meinen Arm. Wollen wir hineingehen, oder willst du auf Benedict und Cecily warten? Ich bin äußerst nervös wegen der Lesung, kann ich dir sagen.«

»Rupert, du weißt doch gar nicht, was Nerven sind«, lachte Cassia. »Welchen Text hast du dir ausgesucht?«

»Diese schöne Stelle aus der Offenbarung, kennst du sie?«

Cassia schüttelte den Kopf. »Nein. Ich bin nicht sehr bibelfest, fürchte ich.«

»Na, dann bereite dich auf eine Überraschung vor. Ah, da kommt Benedict. Und Cecily. Entschuldige mich einen Augenblick, mein Augenstern, ich will nur noch mal kurz einen Blick auf den Text werfen. Wir sehen uns drinnen. Halt mir einen Platz frei.«

»Cassia, meine Liebe«, sagte Benedict Harrington und gab ihr einen Kuss. »Du siehst gut aus. Nicht wahr, Cecily?«

»Glänzend«, fand Cecily. »Entzückender Hut, Cassia.«

»Gefällt er dir? Findest du ihn nicht ein bisschen frivol?«

»Selbst wenn, was nicht der Fall ist, wäre es egal. Es ist ein Gedenkgottesdienst, keine Beerdigung«, erklärte Cecily bestimmt. »Und schließlich hatte Leonora ihr Leben der Frivolität geweiht.«

Cassia lächelte sie an und gab ihr einen Kuss auf die Wange. Cecily war mindestens einen Kopf kleiner als Cassia, appetitlich, üppig und sehr hübsch. Mit ihrer Fähigkeit zum belanglosen Geplauder tarnte sie einen klaren, scharfen Verstand.

Benedicts Anblick ließ die Erinnerung an Leonora in ihr hochsteigen. In ihrer Bruder-Schwester-Ähnlichkeit hätten sie fast aus einem Stück von Shakespeare stammen können. Als sie ihn ansah, kehrte ungewollt die Erinnerung an ihren Debütantinnenball zurück, auf dem Harry Moreton ihr das Unaussprechliche, das Schockierende mitgeteilt hatte, wie er ihr den Ball verdorben hatte, der bis dahin so vollkommen, so zauberhaft gewesen war. Sie lächelte Benedict an und löschte entschlossen die Erinnerung aus. »Das war eine wunderbare Idee, Benedict. Ich bin so froh, dass du daran gedacht hast.«

»Sie hat es verdient«, erklärte er schlicht.

»Ja, das hat sie«, bestätigte Cassia und zu ihrer eigenen Überraschung gab sie ihm noch einen Kuss. Wie sie alle neigte sie dazu, zu vergessen, wie sehr er seine Schwester geliebt hatte.

Benedict lächelte sie an und drehte sich um, als er seinen Namen rufen hörte.

Es waren die Fox-Ashleys, Sir Marcus hoch gewachsen und elegant in seinem Cutaway, seine Gattin gefährlich chic. Ihre Stimme erhob sich über das gedämpfte Geplauder der übrigen Teilnehmer.

»Benedict, mein Lieber, was für eine Menschenmenge.

Aber natürlich, wer kann schon einem solchen Anlass widerstehen, nicht wahr?«

Benedict, unfehlbar höflich, lächelte sie an. »Ich freue mich jedenfalls, dass du nicht widerstehen konntest, Sylvia. Du siehst phantastisch aus. Wo ist denn Edwina?«

»Oh, irgendwo da drüben. Sie ist ziemlich geladen, weil Harry heute Morgen unbedingt ausreiten musste. Edwina ist furchtbar wütend auf ihn, aber mach dir keine Gedanken, er wird schon rechtzeitig kommen. Er war furchtbar geschmeichelt, als du ihn gebeten hast, die Lesung zu übernehmen. Wirklich zu süß von dir.«

»Er war schließlich Leonoras Cousin.«

»Ja, war er wohl. Schrecklich komplizierte Familienverhältnisse. Oh, Cassia, ich hatte dich gar nicht gesehen. Entzückender Hut.«

»Danke«, sagte Cassia. »Benedict, wollen wir hineingehen?« Im Augenblick hatte sie nur einen Wunsch: Sie wollte sicher an ihrem Platz sitzen, bei den Harringtons, bevor Harry Moreton eintraf.

Die Kirche war brechend voll. Cassia war ebenso überrascht wie Benedict. »Ich hätte nicht gedacht, dass so viele Leute kommen würden. Das ist schön. Oh, Cassia, gütiger Gott, da ist Richard.«

Cassia fühlte brennende Tränen in den Augen aufsteigen. »Ich bin so froh«, sagte sie und schaute Sir Richard an, der von seiner neuen Frau Margaret begleitet wurde, die Leonora so unähnlich war, so durch und durch vernünftig und klug.

Sir Richard trat zu ihnen, beugte sich herunter und gab ihr einen Kuss auf die Wange.

»Guten Morgen, mein Liebes. Was für eine Freude, dich zu sehen.«

»Schön, dich zu sehen, Onkel Richard. Ich bin so froh, dass du gekommen bist.«

Die Orgel setzte ein und spielte die wunderbar lyrischen, perlenden Töne von »Jesu, meine Freude«. Sir Richard tätschelte ihr die Hand. »Wir sehen uns nachher.«

»Gott sei Dank«, zischte Benedict plötzlich in ihr Ohr. »Da ist Harry.«

Mit einer außerordentlichen Willensanstrengung gelang es ihr, sich nicht umzudrehen.

Nach dem Gebet, einigen Kirchenliedern und dem dreiundzwanzigsten Psalm ging Rupert zum Lesepult und begann mit seiner tiefen, klangvollen, geschulten Stimme die schönen Zeilen aus der Offenbarung zu lesen: »Und siehe, ich sah einen neuen Himmel und eine neue Erde.«

Als er mit den Worten schloss: »Der Tod wird nicht mehr sein, weder Leid noch Geschrei noch Schmerz wird mehr sein«, spürte Cassia, wie die Trauer sie erfüllte, sie verwundete. Sie biss sich auf die Lippen, bis sie fast bluteten, um das aufsteigende Schluchzen zu unterdrücken, griff nach Cecilys Hand, fast ohne es zu merken, und durch einen Tränenschleier sah sie Harry Moreton durch das Mittelschiff gehen. Vorne drehte er sich um und sah die Gemeinde an und der Blick seiner dunklen Augen fiel auf Cassia. Er erkannte sie, doch weder nickte noch lächelte er, noch blickte er weg. Lange Zeit stand er vollkommen still da und dann endlich öffnete er das Buch, das er in der Hand hielt, und begann zu lesen.

»Prediger drei«, verkündete er und schwieg wieder lange. »Ein jegliches hat seine Zeit und alles Vorhaben unter dem Himmel hat seine Stunde: Geborenwerden hat seine Zeit, Sterben hat seine Zeit …«

Seine tiefe, schwere Stimme war unglaublich bewegend. Cassia saß mit geschlossenen Augen da und erinnerte sich daran, wie ihre seltsame, gefährliche, schwierige Beziehung begonnen hatte. Sie dachte an ihren ersten Besuch in London und an den großen, verdrossenen Jungen, der zum Tee gebracht worden war, damit sie zusammen spielen konnten.

»Harry ist mein Cousin zweiten Grades«, hatte Leonora erklärt. »Ihr zwei werdet wunderbar miteinander auskommen.«

Eher unwahrscheinlich, hatte Cassia gedacht und Harry angesehen, der merkwürdig angezogen war (er trug ein Seidenhemd und kurze Hosen). Seine dunklen Locken waren zu lang und die braunen Augen blickten finster vor Widerwillen gegen sie und die ganze Situation.

Sie war lächelnd auf ihn zugegangen. »Hallo, ich bin Cassia.«

Harry hatte ihr die Hand geschüttelt, das Lächeln aber nicht erwidert. Er setzte sich auf einen Stuhl und starrte in den Garten hinaus.

»Was würdest du gerne machen?«, fragte Cassia.

»Ist mir egal«, antwortete er.

»Wir könnten ›Mensch ärgere dich nicht‹ spielen. Oder ein Kartenspiel. Wie du willst.«

»Ich hasse Spiele.« Er griff nach den *Illustrated London News* und blatterte darın herum.

»Wir könnten in den Garten gehen.«

»Es regnet.«

Sie hatte verärgert aufgegeben und sich mit einem Puzzle an den Tisch gesetzt. Nach einer Weile war Harris, Leonoras Zofe, hereingekommen und hatte gefragt, ob sie gern Tee haben würden. Schweigend hatte Cassia am Tisch gesessen und zugesehen, wie Harry stumm einen Stapel Sandwiches vertilgte. Sie machte noch einen Versuch.

»Der Kuchen ist lecker, nicht?«, bemerkte sie mit vollem Mund.

»Er ist ganz gut.«

»Hast du gerade Ferien, wie ich? Wo gehst du zur Schule?«

»Ich gehe nicht zur Schule«, erwiderte er. »Ich habe einen Hauslehrer. Bis ich nach Eton komme, natürlich.«

»Ist das nicht ein bisschen langweilig? Und einsam?«

»Keineswegs. Ich ziehe die Gesellschaft von Erwachsenen vor.«

Cassia hatte genug. »Bist du nicht schon ein bisschen zu alt, um ein Kindermädchen zu haben?« Er war in Begleitung einer uniformierten Kinderfrau eingetroffen.

»Nein. Jemand muss sich ja um mich kümmern.«

»Was ist mit deiner Mutter?«

»Ich habe keine Mutter. Sie ist bei meiner Geburt gestorben.«

Mitleid erfüllte Cassia. »Das tut mir Leid, Harry«, sagte sie. »Wie schrecklich für dich.«

Harry Moreton sah sie an und sein Gesichtsausdruck wurde noch feindseliger. »Überhaupt nicht«, entgegnete er. »Schließlich habe ich sie nicht gekannt.«

»Nein, aber was ist mit deinem Vater? Du bist sicher oft mit ihm zusammen.«

»Ich habe keinen Vater. Er ist in der Schlacht an der Marne gefallen. Als ich acht war.«

Cassia sah ihn einen Augenblick lang mit stummem Entsetzen an und dann stand sie auf und verließ den Raum.

»Ich konnte es einfach nicht ertragen«, erklärte sie ihm Jahre später. »Ich fand es so furchtbar, dass du so leben musstest, ohne Eltern, ohne jemanden, der dich liebt und sich um dich kümmert. Und niemand hatte sich die Mühe gemacht, mir etwas so Wichtiges mitzuteilen.«

Als Leonora später am Abend in ihr Zimmer kam, war

sie empört. »Cassiopeia« – schon daran, dass sie ihren vollen Namen aussprach, konnte man das Ausmaß ihres Zorns erkennen –, »wie kannst du es wagen, Harry derart unhöflich zu behandeln? Wie ich höre, bist du einfach aus dem Zimmer gegangen.«

»Er war sehr unhöflich zu mir. Sehr unhöflich und unfreundlich.«

»Selbst wenn dem so war, er war Gast in diesem Haus und es war deine Pflicht und Schuldigkeit, ihn höflich zu behandeln.«

»Ich habe es versucht, ehrlich. Und warum hast du mir nicht gesagt, dass er keine Eltern hat?«

»Ich hatte nicht angenommen«, konterte Leonora, »dass das für dich von Wichtigkeit ist.«

»Aber natürlich ist es das«, rief Cassia, jetzt selbst ganz empört. »Es ist furchtbar wichtig. Es erklärt so viel. Wer kümmert sich denn überhaupt um ihn?«

»Oh, Dienstboten. Es sind jede Menge Leute im Haus.«

»Er hat noch nicht einmal Großeltern?«

»Na ja, er hat einen Großvater mütterlicherseits, der bei ihm lebt, aber er will nichts mit Harry zu tun haben. Er hat ihm nie vergeben, dass er seine Tochter umgebracht hat – so sieht er es jedenfalls. Sobald Harry ins Internat kommt, wird sein Großvater wieder in sein eigenes Haus ziehen.«

»Und Harry wird ganz alleine leben? Nur von Dienstboten umgeben?«

»Das tut er doch jetzt schon, mehr oder weniger.«

»Oh«, sagte Cassia. Ihre Gedanken wirbelten durcheinander, so entsetzlich fand sie Harrys erbärmliches, einsames, ungeliebtes Leben. »Leonora, es tut mir Leid, dass ich so unhöflich zu ihm war. Ich ... ich werde ihm schreiben und mich entschuldigen.«

Sie hatte Harry geschrieben, einen unbeholfenen kurzen Brief. Er hatte nicht geantwortet und sie hatte ihn erst zwei Jahre später wiedergesehen.

»Geborenwerden hat seine Zeit, Sterben hat seine Zeit.« Harry hatte die Worte am Ende seiner Lesung noch einmal wiederholt, was sie noch bewegender machte. Er klappte die Bibel zu, sah wieder auf die versammelte Gemeinde und kehrte dann langsam zu seinem Platz neben Edwina zurück. Als er an Cassia vorbeikam, schaute er sie nachdenklich an, als wüsste er nicht recht, was er von ihr halten sollte. Sie begegnete fest dem Blick dieser tiefen, dunklen Augen und sah nicht weg.

Ein Lunchbuffet war im Speisezimmer in Benedicts Haus am Eaton Place aufgebaut worden. Die Terrassentüren standen offen und ließen die warme goldene Luft herein. Im Garten verteilt standen kleine Tische, die sich langsam mit plaudernden, lachenden, Küsschen gebenden Leuten füllten. Das Personal bewegte sich mit Tabletts durch die Menge, bot Cocktailhappen an und schenkte Champagner aus. Den besten Champagner, dachte Cassia, die die Etiketten mit offener Neugier studiert hatte, voller Staunen über die ungeheure, absurde Großzügigkeit des Ganzen.

Sie trat zu Richard. »Hallo, Onkel Richard.«

»Mein liebstes Kind, wie schön, dich zu sehen. Und wie gut du aussiehst. Margaret musste los, zu einem ihrer Wohltätigkeitskomitees, weißt du. Ich wäre auch am liebsten nach Hause gegangen, aber ich wollte nicht unfreundlich erscheinen. Leonoras Tod hat mich sehr betrübt«, fuhr er fort, und sein grimmiges altes Gesicht wurde plötzlich weicher. »Ich hatte sie schrecklich gern, und manchmal fürchte ich, dass ich damals alles ganz falsch angepackt habe. Ich weiß nicht.«

»Du hast getan, was du für das Beste hieltest.«

»Ja, aber das Bestgemeinte kann das Allerschlimmste sein. Ich glaube, ich war der falsche Mann für sie. Leider.«

»Richard, das stimmt nicht. Sie hat dich sehr geliebt, das weiß ich.«

»Nicht so sehr wie dich. Du warst das Licht ihres Lebens. Das Kind, das sie nie hatte. Arme Leonora ... Liebes, ich muss los. Komm doch mal und besuch mich, es würde mich sehr freuen.«

»Gern ... Äh, Onkel Richard?«

»Ja, Liebes?«

»Leonora ... ich nehme an, du weißt, dass sie mir Geld hinterlassen hat.« Sie fand, sie musste es ihm sagen; es wäre falsch, es nicht zu tun; und dann sah sie ihn an und entdeckte verwirrt und beunruhigt einen Ausdruck von – ja, was? Schock? Nein. Überraschung? Ja. Ungläubigkeit? Fast. Und dann ein sorgfältiges Haltungbewahren, ein glattes, verbindliches Lächeln.

»Wie schön. Ich bin entzückt, das zu hören. Wie ich eben schon sagte, du warst das Kind, das sie nie hatte. Vergeude es nicht, Liebes. Mach mal Ferien, kauf dir ein paar neue Kleider oder vielleicht ein eigenes kleines Auto. So hätte sie es gewollt.«

Sie fühlte sich unbehaglich und war unfähig, ihm zu sagen, dass er nicht verstanden hatte, dass es sehr viel Geld war.

Sie sah der hoch gewachsenen, elegant gekleideten Gestalt nach, die sich durch den geräuschvollen Raum bewegte, zwischen all den anderen elegant gekleideten Menschen hindurch, und dachte, wie anders das Leben doch war, das sie jetzt führte, wie sehr sie sich daran gewöhnt hatte, sparsam wirtschaften zu müssen.

»Cassia?«, sagte Harry Moretons Stimme hinter ihr.

Langsam und zögernd drehte sie sich um.

»Wie geht's?«

»Sehr gut, danke, Harry. Deine Lesung hat mir sehr gefallen.«

»Schön«, erwiderte er achtlos. Gegen ihren Willen spürte sie tief in sich ein Ziehen, hart, scharf, fühlte sich zu ihm und seiner Sexualität hingezogen und vergebens versuchte sie, seinem Blick auszuweichen. Er lächelte, erkannte es als das, was es war, und genoss es.

»Wirklich schön, dich mal wieder zu sehen«, stellte er nach einem emotionsgeladenen Schweigen fest. »Ich war hocherfreut, als ich hörte, dass du kommen konntest.«

»Natürlich bin ich gekommen. Ich fand den Gottesdienst wunderbar. Ich hatte ja so halb mit Rollo Gresham gerechnet.«

»Na, da hast du dich geirrt«, entgegnete Harry kurz. Seine Feindseligkeit gegenüber Gresham war nicht zu übersehen, und Cassia fragte sich, was wohl der Grund dafür sein mochte. »Ist der Doktor nicht da?«, fragte er unvermittelt.

»Nein, er musste zu einer Entbindung«, erwiderte sie knapp.

»Wie musterhaft. Also, erzähl mir, wie es so läuft – das Leben auf dem Lande, die Familie, alles.«

»Es läuft alles bestens. Und der Familie geht es gut.«

»Ich bin entzückt, das zu hören. Und was treibst du so? Irgendwas mit Medizin?«

»Oh, dafür bleibt gar keine Zeit«, sagte sie schnell. »Ich muss mich um den Haushalt kümmern, und ich engagiere mich im Gemeindeleben. Ich mache viel ehrenamtliche Arbeit.«

»Ach herrje. Das klingt ein wenig nach kreuzbraver Rechtschaffenheit.«

»Harry«, versetzte sie, »gegen Rechtschaffenheit ist nichts einzuwenden.«

»Da würde ich dir widersprechen.« Seine Augen funkelten süffisant. »Meiner Ansicht nach ist jede Menge dagegen einzuwenden. Rechtschaffenheit ist ermüdend, langweilig und selbstgerecht. Und unattraktiv.«

»Und das Gegenteil hat dann wohl in deinen Augen großen Wert.«

»O ja. Zum einen ist es amüsant. Wertlose Persönlichkeiten besitzen einen gewissen Charme. Man könnte das sogar als herausfordernd bezeichnen. Und selbstgerecht sind sie nicht.«

»Großen Wert kann ich darin nicht erkennen.«

»Da würde ich erneut widersprechen. Es ist viel wert, amüsant zu sein. Und Charme zu haben.«

»Was für ein absurdes Gespräch«, bemerkte sie, und dann sah sie, dass er sie angrinste.

»Ich hatte ganz vergessen«, sagte er, streckte die Hand aus und tätschelte ihren Arm, »wie viel Spaß es macht, dich zu necken.«

»Es tut gut, dich zu sehen«, bekannte sie plötzlich und vergaß, vorsichtig zu sein, überrascht über sich selbst.

»Es tut auch gut, dich zu sehen. O Gott, da kommt Edwina. Wir müssen los. Wie schade, wo du doch endlich mal einen Tag freibekommen hast.«

»Ich kann jederzeit nach London fahren«, entgegnete sie gereizt. »Ich habe nur keine Zeit dafür. In einer Landarztpraxis ist immer furchtbar viel zu tun.«

»Ich verstehe. Na, wir verabschieden uns jetzt wohl besser.« Er nahm ihre Hand, beugte sich vor und küsste sie auf die Wange, und dann trat er einen Schritt zurück und musterte sie. »Todschicker Hut. Er sieht wahnsinnig teuer aus. Es überrascht mich, dass das Gehalt eines Landarztes dafür ausreicht.«

4

»Cecily und Benedict haben gefragt, ob wir mitkommen wollen«, berichtete Cassia. »Nach Südfrankreich.«

»Frankreich?«, rief Bertie. »Können wir nicht hinfahren? Wir haben jetzt Französisch in der Schule und …«

»Bertie, natürlich können wir nicht hinfahren. Keiner von uns und am wenigsten du.«

»Doch, könnte er«, warf Cassia schnell ein. »Er ist eingeladen. Wir sind alle eingeladen.«

Edward lief rot an. »Vollkommen ausgeschlossen. Das sollte doch wohl auf der Hand liegen.«

»Aber warum denn?«

»Cassia, ich kann hier nicht weg. Ich kann mir keinen Vertreter leisten, und wir müssten schließlich die Fahrt bezahlen. Das wäre viel zu teuer. Ich …« Und dann sah er Cassia an, und sie wusste, was er dachte: Sie könnte jetzt ohne weiteres die Fahrkarten kaufen, sie war jetzt in der Lage, sich alles zu leisten …

»Ja«, sagte sie hastig. »Du hast ganz Recht, ich habe nicht nachgedacht.«

Später am Vormittag rief sie zu ihrer eigenen Überraschung Mr. Brewster an. »Ich habe mich nur gefragt, wie lange es dauert, bis ich an das Geld heran kann. An einen kleinen Teil davon, heißt das.«

»Einige Monate, würde ich meinen. Warum, hatten Sie etwas Bestimmtes im Sinn?«

»O nein. Ich wollte es nur wissen, das ist alles. Ich meine, wir hatten vor, zu renovieren und …«

»Mrs. Fallon, jede Bank wird Ihnen ein Darlehen geben, wenn Sie das Testament vorlegen. Sie müssen sie nur an mich verweisen. Sie brauchen nicht zu warten. Wirklich nicht.«

Als Edward zum Mittagessen kam, hatte er schlechte Laune. »Cassia, das Sprechzimmer war brechend voll, und ich wäre dir dankbar, wenn du dich in einem solchen Fall etwas mehr zur Verfügung halten könntest. Zweimal hätte ich dich dringend zur Herstellung einer Arznei benötigt und du warst einfach nicht da. Es kann doch nicht so schwer sein, am Vormittag zu Hause zu bleiben.«

»Edward, ich hatte heute furchtbar viel zu erledigen«, rechtfertigte sich Cassia.

»Das hätte doch sicher warten können. Alles nur eine Frage der Organisation. Früher warst du doch so tüchtig.«

Cassia zählte bis zehn, und da ihr klar war, dass es am besten war, es schnell hinter sich zu bringen, sagte sie ihm gleich, dass sie auch morgen Vormittag nicht im Haus sein würde, wegen eines Zahnarzttermins.

»Um Himmels willen, ist es denn wirklich zu viel verlangt, solche Sachen auf den Nachmittag zu verlegen? Ich kann in der Praxis nicht ohne deine Hilfe auskommen, und ... Oh, ich muss los. Wir sehen uns später.«

»Mrs. Venables, ich fürchte, ich werde mich nächste Woche nicht um den Blumenschmuck für den Altar kümmern können. Ich fahre weg.«

»Sie fahren weg, Mrs. Fallon? Wohin denn?«

»Nach Frankreich.«

»Gütiger Himmel. Der Doktor hat das gestern gar nicht erwähnt.«

»Der Doktor kommt nicht mit.«

»Oh, ich verstehe«, sagte Mrs. Venables.

Das tun Sie nicht, Sie verstehen überhaupt nichts, dachte Cassia, legte den Hörer auf und betrachtete den abgewetzten Teppich in der Diele. Es kam ihr vor, als hätte sie in den letzten Tagen häufig auf diesen Teppich gestarrt, während sie die notwendigen Telefonate erledigte: mit Cecily, mit Mr. Brewster, mit dem Reisebüro, mit Harrods – Harrods, grundgütiger Himmel. Sie hatte die Ferienkleidung für die Kinder bei Harrods bestellt. Das war einfacher, als mit ihnen zum Einkaufen in die Stadt zu fahren, ungemein einfach eigentlich. Sie hatte nichts weiter zu tun brauchen, als ein Konto zu eröffnen, die Größen anzugeben und eine Auswahl an Hemden, Shorts, Badeanzügen und Sonnenhüten zu bestellen, die vier Tage später eintrafen. Dann war sie für einen Schwindel erregenden Tag nach London gefahren, ganz krank vor Schuldgefühlen und Aufregung, um sich selbst etwas zum Anziehen zu kaufen: ein paar Leinenkleider, die modischen weiten Damenhosen und Oberteile aus fein gestricktem Seidenjersey, Sandalen, einen neuen Badeanzug, einen Sonnenhut mit gewaltiger Krempe und ein langes blassrosa Abendkleid aus Crêpe de Chine – nur für den Fall, dass sie mal nach Nizza fahren würden. Es schienen ungeheuer viele Kleider für sechs Tage zu sein, mehr Kleider, als sie sich in den letzten sechs Jahren gekauft hatte.

Nein, Mrs. Venables konnte unmöglich verstehen, was diese sechs Tage Frankreich für sie bedeuteten, und Cassia tat ihr Bestes, es ebenfalls nicht zu sehen. Es war nicht nur ein wohlverdienter Urlaub, nicht einmal nur ein Griff nach der Unabhängigkeit, es war ein Schlag, ein harter, schneller Schlag gegen den weichen Unterbauch ihrer Ehe. Zum ersten Mal in den sechs Jahren ihrer Ehe hatte sie sich Edward widersetzt, hatte getan, was sie wollte, gegen seinen ausdrücklichen Wunsch. Edward würde wunderbar zurechtkommen: Peggy würde sich um ihn kümmern, und Mrs. Briggs. Das ganze Dorf würde sich um ihn scharen.

Natürlich hatte es mit dem Geld zu tun. Darum war es eigentlich bei ihrem Streit gegangen, um das Geld, nicht darum, dass sie allein nach Frankreich fuhr (du tust das ohne mich, gegen mich, hatte er ihr vorgeworfen). Und Edward, der sich nach einem ersten feindseligen Ausbruch versöhnlich gegeben und schließlich erklärt hatte, sie hätte wirklich einen Kurzurlaub verdient und ja, es sei eine gute Idee, hatte ebenso gut gewusst wie sie, dass es eigentlich um das Geld ging.

»Ist es nicht schön hier?«, fragte Cecily. Sie stand mit Cassia und Fanny neben dem Schwimmbecken.

»Wunderschön«, antwortete Cassia lächelnd, »einfach märchenhaft.«

Das Schwimmbecken war in eine weiß geflieste Terrasse eingelassen, die von Olivenbäumen und rankenden Bougainvilleen umstanden war und ungefähr hundert Meter unterhalb des Hauses lag. Das Personal bereitete die Terrasse für den Abend vor, zündete Laternen an, stellte kleine Tischchen hin, trug Gläser, Cocktailshaker, ein Grammophon und Schallplatten hinaus. Unterhalb des Schwimmbeckens erstreckte sich ein Rasen mit großen Pinien und Oleanderbüschen zum Meer hinunter. Die Luft war erfüllt von schwerem Blütenduft, vermischt mit dem leichteren Aroma der Kräuter.

»Gewöhnlich nehmen wir die Drinks hier«, erklärte Cecily. »Unsere Nachbarn aus der Villa nebenan kommen heute Abend vorbei, sie sind wirklich wahnsinnig nett. Nichts Formelles, Cassia. Später werden wir oben zu Abend essen.« Cassia blickte hoch: Weitere Dienstboten stellten eine lange Tafel auf einer höher gelegenen, großen Terrasse auf. Das Haus war hinreißend, von ganz blassem Rosa, mit geschwungenen Balkonen und einem fast flachen Dach.

Bertie erschien auf einem der oberen Balkone und winkte. »Mama! Komm hoch, es ist wie in einem Schiff.«

»Ich gehe besser mal zu den Kindern«, sagte Cassia. »Delia schreit sich wahrscheinlich schon die Seele aus dem Leib, und ...«

»Nanny kümmert sich um Delia«, erklärte Cecily. »Fanny, mein Schatz, geh und hol Bertie und William her. Sie würden sicher gern noch eine Runde schwimmen, bevor sie ins Bett gehen. Komm, Cassia, setz dich. Einen Cocktail oder lieber Champagner?«

»Du meine Güte. Champagner, bitte. Wenn du auch ein Glas trinkst.«

»Natürlich, obwohl ich nicht zu viel trinken darf. Anordnung des Arztes.«

»Wirklich? Warum denn nicht?«

»Ich bin wieder mal in anderen Umständen.«

»Oh, Cecily.« Cassia beugte sich vor und gab ihr einen Kuss. »Wie schön. Ich freue mich so für dich. Wie fühlst du dich?«

»Oh, es geht. Ich hoffe nur, dass es diesmal ein Junge wird. Es würde Benedict so freuen, einen Jungen zu haben.« Was für eine Ironie, dachte Cecily und griff nach Zigarettenetui und Feuerzeug. Was für ein Ausspruch. Wie furchtbar zutreffend.

Sie wusste, dass sie von Glück sagen konnte, wieder empfangen zu haben. Die Gelegenheiten waren rar genug. Meist war sie ja sehr geduldig, aber eines Abends, vor einigen Monaten, war sie aus der Fassung geraten. Gesagt hatte sie natürlich nichts, aber sie hatte ein ziemlich merkwürdiges Telefongespräch mitbekommen. Wie sich herausstellte, war alles vollkommen harmlos gewesen, aber Benedict, der natürlich genau wusste, was sie so aufgeregt hatte, war in ihr Zimmer gekommen und hatte wortlos versucht, sie zu trösten. Und plötzlich hatte sie ihn so sehr gewollt und er hatte reagiert – zu ihrer großen Überraschung. Danach hatte er neben ihr gelegen, sie in den Armen gehalten und ihr gesagt, wie sehr er sie liebe und was für ein Glückspilz er doch sei.

Als sie ihm ein paar Wochen später mitteilte, dass sie schwanger war, war er wie immer überströmend glücklich gewesen. Natürlich gab es mehr als einen Grund für seine Freude. Sicher, er liebte seine Kinder und war sehr gern Vater, aber so konnte er auch wieder einmal der Welt beweisen, dass er ein glücklich verheirateter Familienvater war.

O Gott, dachte Cecily, warf den Kopf zurück und lächelte Cassia mühsam an, die plötzlich leicht vor ihren Augen verschwamm. Wie schwer verdient das alles doch war: die schönen Häuser, die Dienerschaft, der ganze luxuriöse Hintergrund ihres schwierigen, gefährlichen Lebens.

»Es ist nicht einfach, weißt du«, gestand sie plötzlich, »womit ich leben muss. Immer in Sorge, immer in Angst. Immer die Angst, die Leute könnten es wissen. Ich hoffe nur ...« Sie riss sich sichtlich zusammen und lächelte Cassia an, »ich hoffe nur, dass es wirklich ausgestanden ist. Dass er jetzt in Ordnung ist.«

»Du kannst nicht mit ihm darüber reden?«

»Gütiger Himmel, nein. Das ist immer meine Hauptregel gewesen. Es ignorieren, so tun, als wäre nie etwas gewesen. Nur so kann er – können wir – in Sicherheit leben. Und ich glaube, dass alles in Ordnung ist. Er ist doch glücklich, meinst du nicht auch?«

»Sicher ist er glücklich«, pflichtete Cassia ihr bei, »dank dir.«

»Und du, Cassia, bist du glücklich?«

Die unerwartete Frage kam fast wie ein Schock. Cassia hielt Gesicht und Stimme eisern unter Kontrolle. »Aber natürlich. Wahnsinnig glücklich. Wie könnte ich es nicht sein?«

»Ach, nur so. Nicht alle sind glücklich. Und dein Leben ist ja so schwierig«, sagte Cecily schnell.

»Unsinn, das ist es überhaupt nicht. Oh, ich weiß, wir haben nicht viel Geld und ...« Sie hielt inne und überlegte, ob das der Moment war, es Cecily zu erzählen oder zumindest herauszufinden, ob sie es wusste, entschied sich aber dagegen. »... ich habe nicht viel Hilfe im Haushalt und bei den Kindern, aber das stört mich nicht. Ich kann von Glück sagen, dass ich Edward und die Kinder habe. Ich bin wirklich sehr glücklich«, endete sie und hoffte, dass ihre kleine Ansprache nicht allzu einstudiert geklungen hatte.

»Gut«, meinte Cecily leichthin, »ich hatte gehofft, dass du das sagen würdest. Es ist schön, dich hier zu haben. Vielen Dank für deinen Besuch.«

»Ich finde es wunderbar hier. Vielen Dank für die Einladung.«

Die Tage glitten vorüber: goldene, idyllische, hedonistische Tage. Drei Tage verstrichen, bevor Cassia sich dem Müßiggang ergab. Aber als sie am Sonntag aufwachte, war es bereits elf und die Villa seltsam still. Sie zog ihren Badeanzug an, warf einen Bademantel um und ging zur ersten Terrasse hinunter.

Smith, eines der Hausmädchen aus dem Londoner Haus, lächelte sie an. »Guten Morgen, Madam. Mrs.

Harrington bat mich, Ihnen mitzuteilen, dass sie Freunde vom Bahnhof abholt. Und Nanny macht mit den Kindern einen Spaziergang. Hätten Sie jetzt gern das Frühstück, Madam?«

»Nur Kaffee, bitte. Und vielleicht Orangensaft.«

Sie trank in kleinen Schlucken ihren Kaffee, das Gesicht zur heißen Sonne erhoben. Gott, wie sollte sie hiernach wieder mit dem wirklichen Leben zurechtkommen? Selbst Delia hatte in den letzten achtundvierzig Stunden kaum gequengelt. In weniger als zwei Tagen würden sie aufbrechen und nach England heimkehren. Nach Monks Heath. Zu Edward. O mein Gott. Zu Edward.

In jenem Herbst hatte sie darauf gewartet, dass Edward nach London zurückkehrte, damit sie die Sache ein für alle Mal richtigstellen konnte. Ihr Leben war klar vorgeplant, es gab keinen Platz für Verwirrungen. In diesem Jahr würde sie ihr Klinikum in der Notaufnahme und der Chirurgie oder in der Gynäkologie absolvieren. Sie saß in ihrem Zimmer in dem Haus am Grosvenor Square und wiederholte die magischen Worte wieder und wieder, wie einen Rosenkranz.

An dem Abend, an dem Edward zurückkam, ging sie zu ihm. Er war angespannt und nervös, denn am nächsten Morgen stand ihm ein Gespräch mit dem Dekan bevor. »Davon hängt eine Menge ab. Ich muss ihn beeindrucken, ich muss ihn überzeugen, dass ich es schaffen kann.«

Es schien nicht fair, das Problemgespräch jetzt zu führen, ihm Sorgen zu bereiten, ihn noch nervöser zu machen.

Am nächsten Tag kam er in die Notaufnahme und hatte nun oft zweiundsiebzig Stunden Dienst, ohne Pause. Wenn er nach Hause kam, war er grau vor Müdigkeit. Danach konnte sie unmöglich mit ihm darüber sprechen.

Das Muster setzte sich fort: Es gab immer einen Grund, den Mund zu halten, Edward nicht aufzuregen. Edward, der ständig erschöpft war und gleichzeitig dringend lernen musste, war ganz offenkundig nicht in der Verfassung, ein ernsthaftes Gespräch über die Zukunft zu führen. Wenn er einmal nicht mehr unter so starker Belastung stände, könnten sie immer noch reden. Es hatte keine Eile – geändert hatte sich ja nichts. Sie liebte ihn immer noch und war glücklich mit ihm. Sie wollte ihn nur nicht heiraten.

Weihnachten bekam sie drei Tage frei, während Edward die ganze Zeit Dienst hatte. Heiligabend verbrachten sie zusammen in dem kleinen Arztzimmer der Notaufnahme und aßen Truthahnsandwiches.

»Ohne dich würde ich das nie durchhalten«, sagte er, beugte sich vor und küsste sie. »Ich liebe dich so sehr.«

Sie konnte ihm unmöglich das bisschen Weihnachtsfreude auch noch verderben.

Kurz nach Weihnachten kam Cassia in die Abteilung für Chirurgie, zu Horace Amstruther, einem der bedeutendsten Chirurgen seiner Zeit, berühmt für seine Exzentrik.

Sie hatte außerordentliches Glück gehabt, bei ihm lernen zu dürfen, das wusste sie. Trotzdem war es eine entsetzliche Prüfung, eine Nervenprobe. Sie verbrachte lange Stunden im Operationssaal, beobachtete den großen Mann bei der Arbeit, hielt ihre Beobachtungen in schriftlichen Berichten fest und wurde häufig demütigenden Kreuzverhören über den Operationstisch hinweg unterzogen.

Trotzdem liebte Cassia den Operationssaal: die Intensität, die grimmige Konzentration, die Gefahren (jede Minute konnte der Blutdruck des Patienten fallen oder das Herz aussetzen), die erschreckenden Entdeckungen (ein ausgedehnter Infektionsherd, Tumore, die größer waren als erwartet). Ihr Privatleben schien demgegenüber völlig bedeutungslos.

Im Frühjahr wurde Edward in die Geburtshilfeabteilung versetzt. Seine Doktorprüfung stand bevor und er war in einem fürchterlichen Zustand, arbeitete gelegentlich sechsundneunzig Stunden hintereinander und versuchte, danach noch zu lernen.

Er bestand die Doktorprüfung, aber nur knapp. Nicht gut genug, um eine Stelle als Arzt im Praktikum in der Universitätsklinik St. Christopher's angeboten zu bekommen, und damit nicht gut genug, um seinen Facharzt in Chirurgie zu machen. Das Beste, auf das er hoffen konnte, war eine Stelle in einem städtischen Krankenhaus und dann eine Praxis als Allgemeinmediziner. All seine Hoffnungen für die Zukunft waren zerschlagen worden. In dieser Nacht liebten sie sich zum ersten Mal. Sie fand, das sei das Einzige, mit dem sie ihm Trost spenden konnte. Auch das war eine Enttäuschung – für sie. Er lag in ihren Armen, geißelte abwechselnd sich selbst und sagte ihr dann wieder, wie sehr er sie liebe und wie wunderbar sie sei.

Edward bekam eine Stelle als Arzt im Praktikum in einem Krankenhaus in Harrow. Er ging ungern, aber es gab keine Alternative. Cassia sah ihn selten, meist nur jedes dritte Wochenende. Das war eine Erleichterung – weil er so unglücklich war und weil sie so wunderbar, so vollkommen von ihrer Arbeit in der Geburtshilfeabteilung in Anspruch genommen war.

Wenn sie sich trafen, dann meistens in seiner Bleibe in der Nähe des Krankenhauses und nur kurz. Sie sprachen wenig und bewusst nicht von der Zukunft, denn seine war zu ungewiss und ihre für ihn zu bedrohlich.

Sie liebten sich so oft wie möglich. Zumindest das wurde langsam befriedigender. Cassia entdeckte ihren Körper, seinen Hunger, die Freuden, die er ihr zu schenken vermochte, und konnte zumindest im Bett hemmungslos und fordernd sein. Edward war zaghafter, immer noch instinktiv von Schuldgefühlen geplagt, entwickelte aber langsam mehr Geschick.

In der Woche, in der ihre Abschlussprüfungen begannen, entdeckte sie, dass sie schwanger war. Anfangs konnte sie es nicht glauben. Sie war sicher, dass der Prüfungsstress für das Ausbleiben ihrer Periode und die Übelkeit verantwortlich war. Sie war immer so vorsichtig gewesen, hatte sich von einer Ärztin ein Pessar anpassen und die Handhabung erklären lassen.

Sie standen in seinem kleinen Zimmer. »Ich bin schwanger«, sagte sie, starrte ihn an und fragte sich, warum er lächelte, warum er so glücklich aussah.

»Ich habe eine Praxis«, verkündete er, scheinbar ohne sie gehört zu haben. »Nicht in unserem Dorf, aber ganz in der Nähe. Vater schießt mir das Geld vor, damit ich die Praxis kaufen kann.«

»Gut«, sagte sie, »ich freue mich so. Edward, ich bin schwanger.«

»Schon gut, ist in Ordnung.« Als hätte sie geäußert, dass sie gern eine Tasse Tee hätte. »Das macht doch überhaupt nichts. Wir können jetzt heiraten. Das ist doch nicht schlimm – eigentlich ist es sogar ganz wunderbar.«

Und sie stand da und starrte ihn an, wunderte sich über seine Blindheit, seine Dämlichkeit, viel zu unglücklich für sie beide, um ihm mitzuteilen, dass sie die Doktorprüfung mit Auszeichnung bestanden und eine Stelle als Ärztin im Praktikum in St. Christopher's angeboten bekommen hatte.

Und so hatte der Alptraum begonnen. Ursprünglich hatte sie in Erwägung gezogen, das Kind abzutreiben, aber es war nicht nur ihr Kind, es war auch Edwards, und sie wusste, dass sie mit ihm darüber sprechen musste. Er war zutiefst erschüttert gewesen.

»Es ist ein lebendes Wesen«, wiederholte er immer wieder und starrte sie ungläubig an. »Unser Kind. Das kannst du nicht tun, Cassia. Du kannst es doch nicht einfach umbringen. Ich kann nicht glauben, dass du an so was auch nur denken magst.«

»Aber«, rief sie voller Qual aus, »mein Leben, mein Beruf! Ich will doch in die Chirurgie gehen, und ich könnte es, ich ...«

»Ja, ich weiß, dass du es könntest.« Er hatte sie angesehen und in seinen Augen war ein schrecklicher Schmerz. »Du kannst deinen Facharzt machen und ich nicht. Ich weiß.«

»Edward, so ist es doch nicht.« Gott, was konnte sie tun, damit er sich besser fühlte, weniger herabgewürdigt, weniger gedemütigt?

»Doch«, erwiderte er, »und daran kannst du nichts ändern. Du bist klüger als ich, du hast besser abgeschnitten als ich, du kannst all deine Ziele erreichen. Ich nicht. Wie schön für dich, Cassia. Wie schön für dich.«

Er litt entsetzlich. »Du hast gesagt, dass du mich liebst«, erinnerte er sie beharrlich. »Wieso willst du mich nicht heiraten? Was habe ich denn getan?«

»Ich liebe dich doch«, beruhigte Cassia ihn, von Schuldgefühlen gepeinigt. »Ich liebe dich doch. Ich weiß nur nicht, ob ich dich heiraten will.«

»Aber warum denn nicht? Was hat sich verändert? Du hast versprochen, mich zu heiraten.«

»Nein«, entgegnete sie, »das habe ich nie getan.«

»Du hast nie gesagt, dass du mich nicht heiraten würdest. Ich habe doch alles nur für dich getan. Meine Liebe zu dir hat mir meine geistige Gesundheit bewahrt. Du hast ja keine Ahnung, wie oft ich in den letzten drei Jahren fast zerbrochen wäre, wie oft ich fast aufgegeben hätte. Und dann habe ich gedacht: Nein, eines Tages wird es sich gelohnt haben.«

»Edward, bitte nicht.«

»Du kannst mich nicht zum Schweigen bringen«, zischte er mit plötzlich aufwallendem Ärger, »nur weil es dir so passt. Du musst es wissen.«

Sie ging zu Rupert, um die Sache mit ihm zu besprechen, wie sie alles mit ihm besprach.

»Du kannst nicht einfach tun, was du willst«, erklärte er schlicht. »Du hast eine Verantwortung – dem Kind gegenüber, Edward gegenüber, dir selbst gegenüber. Sein Glück und seine Karriere hängen von dir ab. Wenn du jetzt deinen eigenen Weg gehst, zerstörst du drei Leben.«

»Du hast leicht reden«, stieß sie hervor. »Du bist frei, du kannst tun, was du willst. Deine berufliche Karriere steht ja nicht auf dem Spiel.«

»Cassia, du redest wie ein Kind.« Sein Gesichtsausdruck war strenger, als sie es je bei ihm gesehen hatte. »Es läuft nicht immer so, wie man es wünscht. Edward liebt dich, und du liebst ihn doch auch. Das ist es, was zählt, und daran musst du festhalten.«

Schließlich, ausgelaugt von Schuldgefühlen, Selbsthass, körperlicher Übelkeit und der Notwendigkeit, die Sache geklärt zu bekommen, erklärte sie sich bereit, Edward zu heiraten. Sie wäre verrückt, wenn sie es nicht täte, sagte sie sich. Edward liebte sie und natürlich liebte sie ihn. Sie mussten auch an ihr Kind denken. Sie passten so gut zusammen, es gab überhaupt keinen Grund, ihn nicht zu heiraten. Und sie war ja schließlich Ärztin, wie Edward immer sagte, wie sie sich immer sagte; in ein paar Jahren konnte sie wieder anfangen, nicht als Chirurgin, aber als Allgemeinmedizinerin, vielleicht sogar in der Geburtshilfe. Es war nicht alles verloren, es war ja nur aufgeschoben.

Die Hochzeit fand abwegigerweise im Haus ihrer Großmutter in Halifax statt, denn Cassia wollte eine kleine Hochzeit. Es kamen nur wenige Gäste: keiner ihrer Londoner Bekannten, nur Rupert, ein paar Kommilitonen, Benedict und Cecily. Leonora weigerte sich zu kommen. Sie behauptete, sie würde sich vorkommen wie Banquos Geist auf dem Fest. Cassias Bitten fruchteten nichts.

Sir Richard führte sie zum Altar und einen Monat später zogen sie nach Monks Heath, wo sie dann einfach als Frau des Doktors bekannt war.

»Sieh an, die Frau des Doktors.«

Cassia öffnete die Augen. Die Stimme erkannte sie sofort, das Gesicht, mit dem glühenden Sonnenball hinter sich, war nur ein dunkler, verschwommener Fleck.

»Du solltest wirklich nicht so lange in diesem recht offenherzigen Badeanzug in der Sonne liegen«, bemerkte Harry Moreton. »Sehr hübsch übrigens, aber du wirst einen Sonnenbrand bekommen.«

»Ich bin eingeschlafen.« Sie versuchte, nicht säuerlich zu klingen, denn sie wusste, dass er Recht hatte.

»Vielleicht solltest du einen Bademantel überziehen. Hier, ist das deiner?«

»Ja, danke. Ich wusste gar nicht, dass du heute kommen würdest.« Sie zuckte leicht zusammen, als sie den Bademantel überstreifte, denn ihre Schultern waren in der Tat verbrannt. Es ärgerte sie, dass Cecily ihr seine Ankunft verheimlicht hatte.

»Ich auch nicht. Wir wollten eigentlich erst nächste Woche kommen. Aber dann dachten wir plötzlich, warum warten. In London ist es brütend heiß und es ist sowieso niemand in der Stadt. Wir haben den Golden Arrow genommen. Wunderbar bequem.«

»Ja, ich weiß. Wir sind auch damit gekommen.«

»Ach wirklich?«

»Ja. Überrascht dich das?«

»Nein, natürlich nicht. Nichts, was du tun könntest, überrascht mich, Cassia.«

»Vorsicht, das könnte ich als Herausforderung ansehen«, meinte sie leichthin. »Hallo, Edwina.«

Edwina Moreton kam mit großen Schritten die Stufen vom Haus herunter. Sie sah müde und gereizt aus. »Gott, ist das heiß. Hallo, Cassia. Du hast einen furchtbaren Sonnenbrand.«

»Ja, ich weiß.«

»Ich kann niemanden finden, der die Koffer auspackt, und ich will einen Drink, und ...«

»Vielleicht könntest du deine Koffer selbst auspacken. Zumindest die Badesachen herausholen.« Der Gesichtsausdruck, mit dem Harry seine Frau ansah, war interessant, dachte Cassia: absolute, distanzierte Gleichgültigkeit.

»Harry, ich bin doch nicht vierundzwanzig Stunden gefahren, um die Arbeit meiner Zofe zu machen. Ich wünschte, wir hätten Mildred mitgebracht.«

»Und ich bin überaus froh, dass wir das nicht getan haben. Mir macht es nichts aus, mal mein eigener Kammerdiener zu sein. Bis dann.«

»Arrogantes Schwein«, zischte Edwina und setzte sich. »Na schön, da wären wir. Scheint ja ganz nett zu sein, muss ich sagen.«

»Es ist wunderschön. Mir graut schon jetzt davor, wieder nach Hause zu fahren. Ich liebe die Sonne, und es ist einfach wunderbar, dass Nanny sich um die Kinder kümmert ...«

»Willst du damit sagen, dass du keine Kinderfrau hast? Wie ungewöhnlich. Ist das irgendeine progressive neue Idee oder was?«

»Nein«, antwortete Cassia, »wir können uns keine Kinderfrau leisten«, und dann dachte sie, wie in letzter Zeit so häufig, dass sie sich jetzt durchaus ...

»Cassia, nun hör doch mal zu. Ich wollte wissen, wann gewöhnlich der Lunch serviert wird.«

»Oh, entschuldige. Ungefähr um halb zwei. Wir essen unten am Pool, ganz zwanglos.«

»Ich glaube, ich mache vorher noch ein Nickerchen. Ach je, da kommt Harry. Ich flitz mal auf der anderen Seite hoch. Bis dann.«

Harry erschien in einem schwarzen Frotteebademantel. »Ich gehe schwimmen. Willst du auch ins Wasser?«

Cassia schüttelte den Kopf und setzte ihre Sonnenbrille auf. Sie lehnte sich in ihrem Liegestuhl zurück und versuchte, ihn nicht anzusehen. Sie war nervös und ihre gute Laune war vollkommen verflogen. Wenn sie gewusst hätte, dass Harry kommen würde, wäre sie nie hergereist. Warum um alles in der Welt hatte Cecily sie nicht vorgewarnt?

Er hatte seinen Bademantel ausgezogen. Darunter trug er einen schwarzen Badeanzug. Arme und Beine waren muskulös, er sah wie immer unglaublich fit aus, kein Gramm Fett zu viel auf dem breiten, kräftigen Körper, und – Cassia wandte den Blick ab und griff nach ihrem Buch. Mit einem lauten Plantschen tauchte er ins Wasser. Sie starrte auf die Seiten und hatte keine Ahnung, was sie da las.

Am Abend wurden sechs Gäste zum Dinner erwartet. »Ich fühle mich verpflichtet, Edwina zu unterhalten«, erklärte Cecily, »sie ist so furchtbar anspruchsvoll. Tut mir Leid, dass die Moretons zur gleichen Zeit hier sind wie du. Ich weiß, was du von Harry hältst, aber ich konnte sie nicht davon abhalten. Sie haben heute früh angerufen, aus Nizza. Offenbar hat Harry Benedict letzte Woche angeklingelt und gefragt, ob es ihm etwas ausmachen würde, wenn sie früher kämen, und Benedict hat gesagt, natürlich könnten sie früher kommen. Kein Wort zu mir natürlich.«

»Cecily, wegen mir brauchst du dir keine Gedanken zu machen. Ich komme mittlerweile ganz gut mit Harry zurecht.«

»Ich weiß. Na jedenfalls, ich muss noch mal mit der Köchin reden. Sie sagt, es passt ihr nicht, an einem Sonntag vier Gänge zubereiten zu müssen. Ich meine, was um Himmels willen spricht denn dagegen, das ist doch vollkommen absurd ...«

Cassia lächelte der geschäftig davoneilenden Cecily nach.

Die vier Gänge waren superb. Und natürlich gab es eine endlose Aufeinanderfolge von Weinen. Cassia, die ihr blassrosa Crêpe-de-Chine-Kleid trug, saß zwischen zwei sehr gut aussehenden Männern – Cecily hatte dafür gesorgt, dass zwischen ihr und Harry möglichst viel Abstand war. In der weichen, duftenden Dunkelheit gerieten ihre Sinne langsam in süße Verwirrung. Die Unterhaltung drehte sich um Freunde, Feste, wer sich gerade wo aufhielt. Amüsanter, genießerischer Klatsch.

»Wunderbares Fleckchen Erde, Benedict«, bemerkte einer der attraktiven Männer, dessen Name Max war.

»Ist das da drüben nicht Greshams Villa?«, fragte Cassias anderer Tischnachbar und wies auf einige Lichter, die weit draußen auf dem Vorgebirge aufschienen. »Wir haben da mal diniert, vor ein paar Jahren.«

»Es war sein Haus«, erklärte Max. »Er hat es verkauft. Wahrscheinlich wollte er näher beim Casino sein.«

Alle lachten. Alle außer Harry, fiel Cassia auf. Er sah fast zornig aus. Sie hatte gar nicht gewusst, wie stark seine Abneigung Gresham gegenüber war.

Die Unterhaltung wandte sich dem Prinzen von Wales und Mrs. Simpson zu, die gerade gemeinsam Urlaub machten (natürlich zusammen mit einer größeren Gesellschaft), der Entwicklung ihrer Affäre, der absoluten Feindseligkeit der alten Königin ihr gegenüber. Es wurde besprochen, was Thelma Furness, Emerald Cunard und die alte Flamme des Prinzen, Mrs. Dudley Ward, dazu zu sagen hatten. Wallis' Eleganz wurde hervorgehoben – »Sie glänzt zu sehr«, fand eine der Frauen, »im Vergleich zu ihr wirkt jede andere Frau im Raum nachlässig gekleidet.«

»Aber sie hat ziemlich harte Gesichtszüge, findest du nicht auch?«, bemerkte eine andere. »Ich dachte immer, der Prinz bevorzuge hübsche Frauen.«

»Ah, aber sie hat ganz spezielle Fähigkeiten, heißt es«, sagte Edwina.

»Du glaubst diesen Unsinn doch nicht etwa, Edwina?«

»Aber natürlich. Jeder weiß, dass er ein winzig kleines Problem hat.«

»Winzig klein ist der richtige Ausdruck«, lachte einer der Männer.

»Wie hat er es dann geschafft, dass Freda so lange bei ihm geblieben ist?«

»O Mamie, welche Frau würde nicht bei ihm bleiben, kleines Problem hin oder her? Und vielleicht hatte Freda diese speziellen Fähigkeiten ja auch«, deutete Edwina an und weigerte sich dann lachend, mehr zu enthüllen.

Harry schaute seine Frau mit einem Ausdruck distanzierter Gleichgültigkeit an, genau wie vorhin, fiel Cassia auf. Edwina sah phantastisch aus in ihrem weißen Seidenanzug mit den weit geschnittenen Hosen, goldenen, smaragdbesetzten Armreifen an den dünnen Armen und dazu passenden Smaragdspangen im dunklen Haar. Und sie war völlig betrunken.

»Nun, ich würde es gerne sehen, wenn er bald König wird«, stellte einer der attraktiven Männer fest. »Das Land braucht ihn. Er wird viel für England tun.«

»Ich wüsste nicht, wieso«, widersprach Benedict. »Bislang hat er keinerlei Talent für irgendwas bewiesen, außer fürs Tanzen und Golfspielen.«

»Das ist nicht wahr«, warf Harry ein. »Er hat die Fähigkeit, die Sympathien der Menschen zu gewinnen.«

»Ja, und er setzt sich ernsthaft für soziale Belange ein, für die Minenarbeiter und die Arbeitslosen überhaupt«, ergänzte Cassia. »Ich glaube, er fühlt sehr stark für sein Volk: für all seine Landsleute.«

»Höre ich da sozialistische Anklänge?«, fragte ihr Tischnachbar.

Sie schenkte ihm ihr liebreizendstes Lächeln. »Ja, das tun Sie wohl, wenn Sozialismus bedeutet, Interesse an ganz gewöhnlichen Leuten zu haben, an Leuten, die nicht reich sind und deren Stimme nicht gehört wird.«

»Beim Generalstreik war diese Stimme aber sehr deutlich vernehmbar. Und dann diese absurden Hungermärsche in Sheffield. Das war praktisch Aufruhr.«

»Ja, aber die Arbeitslosen sind verzweifelt und haben Hunger, und die Regierung hatte gedroht, ihnen ihre minimale Arbeitslosenunterstützung auch noch zu kürzen.«

»Ja, aber sie haben ihren Willen durchgesetzt, oder? Der Arbeitsminister, wie heißt er noch mal, Stanley, musste ihren Forderungen nachgeben. Der so genannte kleine Mann, oder wie immer Sie ihn nennen wollen, scheint mir bestens zurechtzukommen.«

»O Max, was für eine stark vereinfachende Sichtweise«, sagte Harry trocken. »Und es ist recht einfach für dich, solche Ansichten zu äußern, während du hier sitzt und Benedicts Premier Cru süffelst. Das ist einer der Gründe, warum Baldwin den Prinzen nicht mag – weil ihm die Herzen der Leute zufliegen. Der Premierminister ist eifersüchtig. Es würde mich nicht überraschen, wenn Baldwin sich quer stellen würde, wenn es hart auf hart kommt. Wenn er eine Verfassungskrise heraufbeschwören würde.«

»Was für ein Unsinn, Harry, dazu wird es nicht kommen«, meinte Cecily. »Der Prinz amüsiert sich doch nur mit Wallis, solange er es noch kann. Aber die Unterhaltung ist ja schrecklich ernst geworden. Wollen wir nicht tanzen?«

Cassia stand auf; ihr war ein bisschen schwindelig. Sie ging auf ihr Zimmer, bürstete sich das Haar, zog sich die Lippen nach, legte Parfüm auf. Sie wollte tanzen. Musik drang vom Schwimmbecken herauf, all ihre Lieblingsschlager: »Just the Way You Look Tonight«, »Let's Face the Music and Dance«, »Let's do it« …

Als sie zurückkehrte, fand sie den Tisch verlassen bis auf Harry, der einen Brandy trank und an seiner Zigarre zog.

Er sah sie an, lächelte und wies auf den Stuhl neben sich. Sie zögerte kurz und setzte sich.

»War schön, dich ausnahmsweise mal auf meiner Seite zu finden«, bemerkte er.

»Was? Oh, das, ja, ich war ganz deiner Ansicht. Ich glaube wirklich, er hat diese Gabe.«

»Aber Wallis hat sie nicht. Na, jedenfalls danke, dass du für mich Partei ergriffen hast.«

»Ich habe eigentlich nicht für dich Partei ergriffen.« Sie lachte. »Ich denke wirklich so, wie du genau weißt.«

»Ja«, sagte er, plötzlich ganz ernst. »Sag mal, Cassia, bereust du es manchmal, deinen Beruf aufgegeben zu haben? Bereust du es, den Plan aufgegeben zu haben, diesen Menschen zu helfen?«

»Aber nein«, antwortete sie, etwas hastig. »Außerdem helfe ich ja Edward, ihnen zu helfen. Das ist eines der Dinge, die wir gemeinsam haben.«

»Ich verstehe. Sehr löblich.« Sein Blick war amüsiert. »Sag, hast du den Abend genossen? Du siehst wirklich gut aus.«

»Danke. Ja, ich habe den Abend genossen.«

»Und hast du mir vergeben, dass ich gekommen bin?«

»Harry, sei doch nicht albern.« Und dann, weil es ihr plötzlich wichtig erschien, dass er es erfuhr, fügte sie hinzu: »Leonora hat mir Geld hinterlassen, Harry.«

»Wirklich?« Er schenkte sich eine Tasse Kaffee ein. »Nun, sie hatte dich immer sehr gern …«

»Ja, und ich sie auch. Ich wünschte, ich hätte sie in den letzten Monaten, die ihr noch blieben, öfter gesehen. Ich fühle mich so schuldig deswegen.«

»Du wusstest ja nicht, wie krank sie war. Niemand wusste das.«

»Nicht einmal du?«

»Nein.« Seine Stimme, seine Augen waren bar jeder Emotion. »Ich habe es auch erst kurz vor dem Ende erfahren.«

»Aber es ging ihr doch gut? Ich meine, sie war doch nicht ganz allein? Ich könnte es nicht ertragen, wenn sie ...«

»Cassia, es wurde sehr gut für sie gesorgt. Das kann ich dir versichern.«

»Du hast sie also gesehen?«

»Ja«, bestätigte er abrupt. Er schien aufgewühlt: Leonora und er hatten sich sehr gern gehabt.

»Sie fehlt dir sicher sehr«, sagte sie vorsichtig.

»Ja, sie fehlt mir.« Er schüttelte die ernste Stimmung ab. »Und wofür willst du das Geld ausgeben? Noch mehr Hüte?«

»Harry, es war ziemlich viel Geld.«

»Das freut mich für dich. Ich hoffe, du hast Spaß damit.«

»Genau das hat Leonora auch gesagt. In ihrem Brief an mich.«

Nach einer fast unmerklichen Pause meinte er: »Na ja, dafür ist Geld schließlich da.« Dann fuhr er fort, offensichtlich in dem Wunsch, das Thema zu wechseln: »Ich nehme an, du würdest gern hinuntergehen und tanzen. Du tanzt doch gern, nicht wahr, Cassia? Und recht gut, soweit ich mich erinnere.«

»Inzwischen nicht mehr, fürchte ich.«

»Tanzt der Doktor denn nicht gern?«

»Nicht sehr.«

»Was genießt er dann? Essen? Wein? Seine Arbeit?«

»Das alles«, versetzte sie forsch.

»Und dich, hoffe ich. Weiß er dich gebührend zu schätzen, Cassia?« Harry sprach leichthin, doch es klang ein wenig bemüht.

»Aber selbstverständlich.«

»Gut. Dann hast du Glück gehabt. Ich glaube kaum, dass Edwina mich zu schätzen weiß.«

»Ach komm. Natürlich tut sie das.«

»Ich fürchte nicht.« Seine Stimme war plötzlich schroff. »Wir wollen hier doch keine törichten Allgemeinplätze austauschen. Aber was konnte ich schon erwarten, äh, Cassia?«

»Ich weiß nicht.« Die Richtung, die das Gespräch nahm, begann ihr Angst zu machen.

»Das solltest du aber. Komm, wir gehen zum Pool hinunter.«

Sie hätte mit ihm getanzt. Vielleicht hätten sie ihr Gespräch fortgesetzt, vielleicht wären sie sich in den folgenden goldenen Mittelmeertagen näher gekommen. Aber gerade als sie und Harry die Stufen hinuntergehen wollten, kam der Butler und sagte, sie möge bitte Edward zurückrufen. Sie blickte auf den Mond, der sich im Wasser spiegelte, die roten Oleanderblüten, die im Dunkeln fast unsichtbar geworden waren, die leuchtenden weißen Blüten, während Edward ihr mitteilte, dass seine Mutter gestorben war. Cassia solle sofort nach Hause kommen.

5

In den nächsten Wochen war das Leben äußerst schwierig. Edward war gedrückter Stimmung, und sein Vater, der es ursprünglich abgelehnt hatte, bei ihnen zu bleiben, zog seinen Aufenthalt dann in die Länge. Er blieb fast einen Monat und warf einen depressiven Schatten, der über dem Haus hing. Die Kinder nutzten die Lage aus, um sich unmöglich aufzuführen, und Cassia konnte einfach nichts richtig machen. Edward fuhr sie an, beschwerte sich über die Kinder, den Zustand des Hauses, seine enorme Arbeitsbelastung. Als sie ihn darauf hinwies, ziemlich behutsam, wie sie fand, dass sie ihm viel von seiner Arbeit abnehmen könnte, wenn er es nur zulassen würde, schrie er, er habe keine Ahnung, wovon sie rede, stürmte aus dem Zimmer und knallte die Tür hinter sich zu. Natürlich verhielt er sich nur so, weil er um seine Mutter trauerte, die er sehr geliebt hatte. Aber schwer zu ertragen war es trotzdem.

Und als er zurückkam und sagte, er habe es satt, dass sie ihm ständig mit ihrer eigenen Karriere in den Ohren liege, statt ihn zu unterstützen, verlor sie die Beherrschung und tat, was sie immer tat, wenn ihr alles zu viel wurde: Sie fuhr nach Brighton, um Rupert zu besuchen.

»Ich muss dir etwas erzählen«, sagte sie zu Rupert, als sie ihn anrief, um ein Treffen auszumachen. »Etwas Wichtiges. Und ich könnte dringend etwas Aufmunterung gebrauchen.«

»Klingt spannend. Mein Augenstern, natürlich musst du kommen. Ich führe dich zum Lunch aus.«

»Nein, Rupert«, widersprach sie. »Ich führe dich aus.«

Wie oft hatte sie davon geträumt, so etwas zu sagen, dachte sie, als der Zug von Haywards Heath nach Brighton zuckelte. Wie oft hatte sie davon geträumt, erwachsen zu sein, eine bezaubernde Frau, und Rupert Cameron zum Essen einzuladen. Mittags, oder auch abends. Und nach dem Essen würde Rupert ihr seine leidenschaftliche, verzweifelte Liebe erklären und sie anflehen, mit ihm durchzubrennen, und sie würde natürlich zustimmen, und dann würden sie sich irgendwo in einer luxuriösen Suite in einem phantastischen Hotel wieder finden ...

Lachend erzählte sie Rupert von ihren Jugendträumen,

während sie enorm große Garnelen verspeisten und einen außerordentlich guten weißen Burgunder dazu tranken.

»Ich habe dich so sehr geliebt«, seufzte sie. »Ich war so schrecklich in dich verliebt.«

»Soll das etwa heißen, dass du mich nicht mehr liebst?«

»Doch, natürlich liebe ich dich, aber anders, das ist doch klar. Ich bin schließlich glücklich verheiratet.«

»Das hoffe ich.« Plötzlich ernst geworden, strich er ihr über die Wange. »Das hoffe ich.«

»Doch, ja, nur diese letzten Wochen haben mich ziemlich heruntergezogen. Du hattest ja so Recht, als du mir gesagt hast, dass ich Edward heiraten sollte. Ich bin deinem Rat gefolgt und ...«

»Hast du dich damals wirklich so sehr von dem beeinflussen lassen, was ich gesagt habe?«

»Du hattest einen großen Einfluss auf meine Entscheidung. Auf mich. Das hast du immer gehabt, das weißt du. Ich nehme an, es ... es hat den Ausschlag gegeben. Ich brauchte einfach nur jemanden, der mir das aufzeigte. Wir passen so gut zueinander, Edward und ich, und es wäre falsch gewesen, einfach meinen eigenen Weg zu gehen. Schließlich hatten wir auch eine Verantwortung dem Kind gegenüber.«

»O Gott. Du scheinst dich an jedes einzelne Wort des verdammten Textbuchs zu erinnern.«

»Ja, das tue ich. Aber nur, weil es ein so gutes Textbuch war.«

Nach einem langen Schweigen meinte er: »Tja, ich hoffe, Edward weiß dich zu würdigen.«

»Seltsam, das hat ...« Sie hielt inne.

»Ja?«

»Das hat Harry neulich auch gesagt.«

»Du hast dich freundschaftlich mit Harry unterhalten?

Unglaublich. Und wo fand diese höfliche Konversation statt?«

»In Frankreich.«

»In Frankreich! Du lieber Himmel, was hat euch denn beide nach Frankreich geführt?«

»Cecily. Und Benedict. Ich habe sie dort besucht.«

»Wie ausgesprochen dekadent. Ich bin überrascht über Edward.«

»Edward ist nicht mitgekommen«, erklärte sie, etwas hastig.

»Oh, ich verstehe.«

»Nein, du verstehst nicht. Es hängt mit dem zusammen, was ich dir erzählen wollte.«

Und dann sagte sie es ihm. Zuerst war er erstaunt, verblüfft sogar, dann entzückt, und dann überlegte er, was es für sie bedeuten würde. Sie hatte ja gewusst, dass er genau so reagieren würde.

»Wie hat Edward es aufgenommen?«

»Er hat sich gefreut«, antwortete sie schnell.

»Gut.« Rupert sah sie nachdenklich an. »Leonora hat eben gewusst, dass du das Geld am dringendsten brauchst. Und wie sehen jetzt deine Pläne aus? Was wirst du mit dem Geld anfangen? Längerfristig, meine ich. Du könntest doch jetzt in deinen Beruf zurückkehren, oder?«

»O Rupert, das geht nicht«, rief sie aus, schockiert darüber, dass er das Unaussprechliche, das Undenkbare ausgesprochen hatte. Sie war dem Gedanken ausgewichen, hatte sich geweigert, es auch nur für einen Augenblick in Erwägung zu ziehen.

»Aber mein Augenstern, warum um alles in der Welt denn nicht? Sicher wollte Leonora dir doch genau das ermöglichen. Bestimmt wollte sie dir die Freiheit geben, das zu tun, was du immer tun wolltest.«

Sie starrte ihn an. Das Argument klang irgendwie zu gut vorbereitet, zu gut durchdacht. »Hat sie etwa mit dir darüber gesprochen, Rupert?«

»Nein. Nein, ich hatte keine Ahnung, was sie vorhatte. Aber ich finde, es liegt auf der Hand. Da hast du nun so viel Geld, du hast die Möglichkeit, deinen Traum zu verwirklichen – und du tust es nicht. Ich meine, was willst du denn mit all dem Geld anfangen, Herrgott noch mal, es für Kleider ausgeben?«

»Nein. Nein, natürlich nicht.« Sie fühlte sich plötzlich ganz gefühlsduselig, bedroht von seiner Stimmung.

»Entschuldige, Püppchen. Es ist nur so, dass mir so viel an dir liegt. Es liegt mir am Herzen, was aus dir wird. Das war immer schon so.«

»Ich weiß«, sagte sie und erinnerte sich an die wundervolle, zauberhafte, romantische Zeit, die er in ihrem Elternhaus in Leeds verbracht hatte.

Er bestand darauf, sie an seinem ersten Abend zum Essen einzuladen. Er war damals bei einer Repertoirebühne, die am Stadttheater von Leeds ein Gastspiel gab, und hatte ihren Vater aufgesucht. Cassia war damals erst fünfzehn gewesen. Sie hatte eines der Kleider angezogen, die Leonora ihr bei ihrem letzten Besuch in London gekauft hatte – ein marineblaues, mit cremefarbener Borte besetztes Wollkleid. Es stand ihr ausgesprochen gut und ließ sie sehr erwachsen aussehen.

Rupert hatte darauf bestanden, ihr ein Glas Wein einzuschenken – »Das wird dir gut tun« –, und sie hatte erfahren, dass er und Duncan sich aus der Schule kannten und Rupert bei der Hochzeit ihrer Eltern gewesen war. Danach hatten sie sich aus den Augen verloren, während Rupert eine, wie er behauptete, erfolglose Schauspielkarriere verfolgte. In Cassias Ohren hörte es sich unglaublich glamourös an. Er würde drei Wochen lang am Stadttheater von Leeds auftreten, in *Justiz*, dem »Sozialdrama« von Galsworthy. Rupert spielte die Hauptrolle, den Angestellen, der aus Liebe zum Scheckfälscher wird und dafür zwei Jahre in Einzelhaft kommt.

»Natürlich bin ich eigentlich schon ein bisschen alt dafür«, bekannte er und lächelte Cassia wehmütig an, »aber aus irgendwelchen Gründen habe ich die Rolle bekommen.«

»Ich finde nicht, dass Sie alt aussehen«, erwiderte Cassia und lächelte zurück. »Ich finde, Sie sehen sehr jung aus.«

»Was für eine außerordentlich charmante Tochter du hast, Duncan. Du musst sehr stolz auf sie sein.«

»Ich bin sehr stolz auf sie«, sagte ihr Vater, und Cassia dachte, dass sie sich für den Rest ihres Lebens an diesen Augenblick erinnern würde. Sie sonnte sich in ihrer Bewunderung – der ihres Vaters und der dieses wunderbaren, gut aussehenden Fremden. Und als sie da saß, in dem warmen, goldenen Kerzenlicht des Restaurants, ein bisschen beschwipst, und die beiden ansah, spürte sie zum allerersten Mal das Aufflackern sexueller Anziehung und sah es in den Augen eines Mannes erwidert.

»Und wo bist du untergekommen?«, fragte Duncan.

»Ah, das ist nicht so schön. Die schreckliche Vermieterin steht wahrscheinlich schon mit der Nudelholz hinter der Haustür und wartet auf meine Rückkehr. Die Liste der Hausregeln in meinem Zimmer ist so lang, dass sie praktisch die ganze Wand einnimmt. Das Frühstück wird um halb acht serviert – könnt ihr euch so etwas Grauenhaftes vorstellen? Abendessen gibt es um sechs, aber wer auch nur fünf Minuten zu spät kommt, geht leer aus. Baden kann man nur zwischen acht und neun Uhr abends, und zwar nach vorheriger Anmeldung.«

Cassia lächelte ihn an und dachte, wie charmant er doch war, irgendwie fähig, alles amüsant und witzig klingen zu lassen, als sie ihren Vater sagen hörte: »Wohn doch bei uns. Wir hätten dich gern bei uns, nicht wahr, Cassia?«

»Ja«, sagte sie, »liebend gern.«

Es folgten drei Wochen reiner Seligkeit. Rupert Cameron war nicht nur charmant, wie sie schnell feststellte, sondern besaß ein angenehmes, liebenswürdiges Wesen, war gleichmäßig heiter, amüsant und lustig. Wenn sie von der Schule nach Hause kam (früher als seit Monaten, und sie eilte die Straße entlang, anstatt sich dahinzuschleppen), war er meistens da, machte ihr eine Tasse Tee und erkundigte sich, wie ihr Tag gewesen war.

Sie waren im Theater gewesen und hatten ihn in *Justiz* gesehen, und Cassia fand, dass er atemberaubend gewesen war, einfach großartig.

Wenn er von der Vorstellung zurückkehrte, war sie meistens schon im Bett, aber eines Nachts, als sie nicht schlafen konnte und in die Küche ging, um sich einen Kakao zu machen, kam er gerade.

»Gut trifft sich's unterm Mond, stolze Cassia«, deklamierte er. »Machst du mir auch einen Kakao?«

Vor Freude wurde ihr ganz warm ums Herz, und sie bereitete ihm einen großen Becher Kakao und setzte sich zu ihm an den Küchentisch, und er trank seine Schokolade und plauderte mit ihr.

Schließlich meinte er traurig: »Ich würde ja liebend gern die ganze Nacht hier sitzen und mit dir reden, aber ich fürchte, deinem Vater würde das gar nicht gefallen.«

Er stand auf und ging zur Küchentür und dann drehte er sich um und schaute sie an. Dabei hatte sie ihren schäbigen alten Bademantel an! Wenn sie es doch nur gewusst hätte –

dann hätte sie den schönen Morgenrock aus Seide übergeworfen, den Leonora ihr geschenkt hatte. Rupert warf ihr eine Kusshand zu, trat zu ihr, beugte sich hinunter und küsste sie sehr sanft auf die Lippen.

»Wie hübsch du bist. Und was für ein entzückender Abschluss des Tages.«

Über eine Stunde saß Cassia in der Küche, durchlebte jeden Satz, jedes Wort noch einmal, das sie ausgetauscht hatten, erinnerte sich an jedes Lächeln, erkundete das freudige Pochen, halb gefühlsmäßig, halb körperlich, das sie tief in ihrem Körper gespürt hatte, als er sie küsste. Dann schlich sie leise nach oben, an seinem Zimmer vorbei, und legte sich ins Bett, wo sie noch stundenlang freudig wachlag.

Bald darauf war Rupert abgereist. Er schrieb gelegentlich; einmal berichtete er, dass er Leonora aufgesucht hatte, auf Cassias Vorschlag hin, und herzlich aufgenommen worden war. Er hatte ihren Bruder kennen gelernt, der ihm sehr gefiel, und natürlich Sir Richard. Viele Monate später schrieb er, dass er in Manchester im *Kaufmann von Venedig* auftreten werde und hoffe, dass Duncan und Cassia einmal in die Vorstellung kommen würden.

Sie hatten die Theaterkarten gekauft und ein Hotelzimmer reserviert, denn nach Manchester war es zu weit, um am Abend wieder zurückzufahren – und dann wachte Duncan genau an dem Morgen mit einer schweren Migräne auf und der Arzt verordnete strikte Bettruhe.

»Also bin ich einfach alleine gekommen«, erklärte Cassia Rupert ruhig, als sie nach der Vorstellung im Restaurant saßen.

»Aber werden sie sich nicht schreckliche Sorgen machen?«

»Nein, überhaupt nicht. Vater hat ein Schlafmittel bekommen und wird erst morgen früh aufwachen, und Molly und Phyllis denken, dass ich bei einer Freundin übernachte.«

»Ich bin gerührt, dass du so viel riskiert hast, um das Stück zu sehen.«

»Um dich zu sehen«, berichtigte sie entschieden, »nicht das Stück. Und es war wunderbar, du warst wunderbar, und es hat sich auf jeden Fall gelohnt.«

»Du weißt genau, was du willst, was? Was macht die Schule? Und deine Zukunftspläne?«

»Es steht nicht gut«, gestand Cassia und brach in Tränen aus. Und versuchte unter Schluchzern zu erklären, wie furchtbar schwierig es war, eine ehrgeizige Schülerin zu sein und sich gleichzeitig um einen anspruchsvollen Vater zu kümmern, der nicht einsah, wieso sie nicht die Haushaltsführung beaufsichtigen und ihm jeden Abend sein Essen kochen konnte.

»Natürlich ist es schwierig«, bestätigte Rupert liebevoll und reichte ihr ein Taschentuch, »und es ist offensichtlich, dass du Hilfe brauchst. Vielleicht sollte ich mal mit deinem Vater reden.«

»Er würde dir nicht zuhören«, sagte sie kurz. »Und er will eigentlich auch nicht, dass ich Medizin studiere. Er findet, ich soll von der Schule abgehen und Sekretärin werden.«

»Na«, lachte er, »wenn es zu einem Kampf zwischen dir als unwiderstehliche Kraft und ihm als unbewegliches Objekt kommt, weiß ich, auf welcher Seite ich stehe. In fünfzehn Jahren, wenn ich wirklich alt sein werde und unter allen möglichen unerfreulichen Krankheiten leide, werde ich sagen: ›Schickt nach Dr. Berridge, sie wird mich kurieren‹, und ich hoffe, dann nicht enttäuscht zu werden.«

»Sei nicht so gönnerhaft.« Sie war plötzlich ärgerlich.

»Ich bin erwachsen, und ich werde mit meinem Leben anfangen, was ich will, und nichts und niemand wird mich aufhalten.«

»Sag mal, Cassia«, fragte er unvermittelt, »findest du mich eigentlich sehr alt?«

»Nein«, entgegnete sie schnell, »überhaupt nicht. Und überhaupt, welche Rolle spielt das Alter schon, wenn zwei Menschen ...«

»Ja«, wiederholte er sehr sanft, »wenn zwei Menschen was?«

Sie spürte, wie ihr eine elende, unkontrollierbare Röte ins Gesicht stieg, und trank hastig einen großen Schluck Wein. »Nichts. Gar nichts.«

Nach einem langen Schweigen erklärte er: »Hör zu, es ist schon sehr spät. Es ist meine Pflicht und Schuldigkeit, dich schleunigst in dein Hotel zurückzubringen; mir graut vor dem, was dein Vater sagen wird, wenn er herausfindet ...«

»Was könnte er schon dagegen haben?«

»Oh, mein Augenstern«, rief er, halb lachend, halb todernst aus, »wenn du das nicht weißt, bist du wirklich noch ein Kind.«

»Oh«, sagte sie sehr leise, denn sie wusste, was er meinte, und dieses Wissen war zutiefst rätselhaft und aufregend. Sie sah ihn über den Tisch hinweg an, über den von Kerzen erleuchteten Raum zwischen ihnen, und sah ihre Gefühle für ihn, diese warmen, auflodernden, beunruhigenden Gefühle, in seinen Augen erwidert. »Ja, ich weiß es«, fuhr sie leise fort, »und es kümmert mich nicht. Es wäre mir auch egal, wenn ... wenn das, was er denken könnte, wahr wäre.« Und sie wusste, dass er es in Betracht zog, einen kurzen Augenblick lang, und sie war bereit, unbekümmert, wundervoll bereit. Aber dann sagte er mit dünner Stimme:

»Doch, Cassia, mein Liebling, es würde dich kümmern. Wenn nicht heute, dann morgen.«

»Nein. Nein, würde es nicht.«

»Aber mich«, verkündete er und versuchte zu lächeln. »Ich werde dich jetzt in dein Hotel bringen und morgen werde ich dich persönlich nach Leeds zurückbegleiten, mich dem alten Löwen stellen und ihm versichern, dass nichts Unziemliches zwischen uns vorgefallen ist.« Er streckte die Hand aus. »Komm. Auf dem Weg können wir über deine Zukunft sprechen.«

Cassia fühlte sich gedemütigt. Ihr war heiß, und sie fühlte sich ganz krank vor Scham. Sie hatte sich ihm an den Hals geworfen und es hatte ihn verlegen und elend gemacht. Sehr rasch stand sie auf und begegnete fest seinem Blick. »Ja, schön. Gute Idee.«

»Also«, sagte er am nächsten Morgen, als sie sich in einem leeren Zugabteil eingerichtet hatten, »jetzt hör mir mal gut zu. Wir haben nicht viel Zeit, und es wichtig, dass du mich verstehst. Zunächst einmal möchte ich dir versichern, wie sehr ich dich bewundere. Ich finde dich sehr reif und sehr mutig. Und außerordentlich attraktiv. Und genau deshalb muss ich jetzt mit dir reden. Mein Verhalten war unverantwortlich. Ich habe deine Jugend und Unerfahrenheit auf schändliche Weise ausgenutzt. Ich habe mit dir geflirtet und dich behandelt, als wärst du schon sehr viel älter, einfach deshalb, weil ich dich so attraktiv finde. Du bist absolut wunderbar, Cassia. Ich könnte ... nun ja, egal. Du kannst es dir sicher vorstellen. Vielleicht auch nicht. Man weiß ja nie so genau, was junge Mädchen heutzutage wissen und was nicht.«

Cassia wagte es, ihn kurz anzusehen. Sein Blick war auf sie gerichtet und sein Gesichtsausdruck war so ehrlich, so hilflos reuig, dass sie fast gelacht hätte. »Oh, ich weiß eine ganze Menge«, behauptete sie vorsichtig und wandte ihre Aufmerksamkeit wieder ihren Händen zu. »Wir hatten jede Menge Biologie in der Schule. Ich hänge nicht dem Irrglauben an, dass Kinder in Stachelbeerbüschen gefunden oder vom Storch gebracht werden.«

»Zumindest etwas.« Rupert stieß einen schweren Seufzer aus. »Aber trotzdem war mein Verhalten schändlich. Nachdem ich das geklärt habe, möchte ich, dass du verstehst, wie sehr ich mich gestern zu dir hingezogen gefühlt habe. Ich will nicht, dass du dich zurückgestoßen und gedemütigt fühlst. Ich musste all meine Selbstkontrolle aufwenden, um dich abzuweisen. Zweifellos war das sehr gut für mich und zumindest eine gewisse Strafe für das unverzeihliche Verhalten, das ich an den Tag gelegt habe. Ich habe dich geküsst, dich ermutigt, obwohl du doch erst fünfzehn bist und noch dazu einsam und unglücklich – man müsste mich eigentlich erschießen. Ich habe die Moral eines Straßenkaters, und gestern Abend konnte ich mich nur zurückhalten, weil ich dich sehr mag und dich respektiere. Verstehst du das?«

»Ich glaube schon«, antwortete Cassia.

»Ich möchte nur, dass du etwas weißt. Ich bin ein Schweinehund, ich weiß, aber ich kann nicht anders, ich bewundere dich. Ich bewundere dich sehr. Ist das jetzt furchtbar, habe ich damit alles nur noch schlimmer gemacht?«

Und plötzlich fühlte Cassia sich vollkommen anders, nicht länger wie eine törichte, peinliche Jungfrau, sondern wie eine begehrenswerte, selbstsichere Frau. »Nein. Ich fühle mich viel besser. Danke. Und ich werde ja älter und dann wirst du dich weniger schuldig fühlen, und wer weiß, was dann passiert.«

Er ergriff ihre Hand und starrte sie an, sein Daumen massierte ihre Handfläche, und dann hob er ihre Hand an die Lippen und küsste sie, ließ seinen Mund darauf verweilen, und dann drehte er ihre Hand um und küsste die Handfläche, einen langen, langen Moment lang. Cassia blickte auf seinen gesenkten Kopf hinab, ganz auf den Augenblick konzentriert, und dachte, dass sie das in ihrer Erinnerung bewahren musste, jede kleinste Einzelheit, für immer, und dann hob er den Kopf und sah sie an, mit ganz ernstem Gesicht, und sagte: »Oh, Cassia.«

Plötzlich ergriff ein auflodernder Mut von ihr Besitz und sagte ihr, was sie tun sollte. Sie beugte sich vor, nahm seinen Kopf in beide Hände, zog ihn sehr sanft zu sich heran und küsste ihn auf den Mund.

Sie spürte seine Überraschung, seinen Schock, anfänglich den sanften Versuch, sich von ihr zu lösen, aber sie widerstand ihm, hielt ihn fest, und dann fühlte sie eine Veränderung in ihm vorgehen, spürte, wie er sie an sich zog, sehr sanft, wie sein Mund auf ihrem anders wurde, härter, wie seine Lippen sich bewegten, wie seine Zunge sie zu erkunden begann, und es war wundervoll, einfach atemberaubend. Sie spürte ihre Reaktion auf ihn, ein warmes, aufflammendes Lodern tief in sich, und sie drängte sich an ihn, eifrig, voller Verlangen nach mehr, aber er schob sie von sich, hastig, fast dringlich, als müsse es schnell getan werden, und sah sie etwas kläglich mit seinen leuchtend blauen Augen an.

»Ich gehöre wirklich erschossen. Cassia, Cassia, bitte verzeih mir, ich …«

»Rupert«, sagte Cassia, halb lachend, »sei doch nicht albern. Ich war es, ich habe dich dazu gebracht, und – oh, Gott …«

Der Zug war in Leeds eingefahren, und im Gang stand,

in ihr Abteil starrend, offenbar wie versteinert, Mr. Devenish, der Chef ihres Vaters und Leiter der öffentlichen Leihbibliothek von Leeds. Offenbar hatte er jede kleinste Einzelheit mitbekommen.

Es gab eine furchtbare Szene.

Ihr Vater wurde erst totenbleich und dann grau vor Entsetzen, als er die Geschichte hörte. Im Rückblick erkannte Cassia, dass sein Entsetzen vor allem darauf zurückzuführen war, dass ausgerechnet Mr. Devenish sie gesehen hatte, der die Geschichte zweifellos binnen kürzester Zeit in ganz Leeds verbreiten würde. An zweiter Stelle kam die Sorge, was die Leute dazu sagen würden, dann der Umstand, dass ausgerechnet ein Freund von ihm, sein ältester Freund, in diese schreckliche Sache verstrickt war, und dann, an vierter Stelle, dass Cassia ihn so hintergehen konnte. Ganz zum Schluss stand für ihn die Sorge, was in der Nacht, die seine Tochter fern von ihm und in Gesellschaft seines ältesten Freundes verbracht hatte, geschehen oder nicht geschehen sein mochte.

In diesem letzten Punkt ließ Duncan sich verhältnismäßig leicht beruhigen, denn Rupert schilderte dramatisch, voller Reue und bis ins kleinste Detail, was zwischen ihnen vorgefallen war. Noch mehr Eindruck machte Cassias Versicherung, wenn er ihnen nicht glaube, könne er sie ja zu einem Arzt bringen und sich von dem ihre Jungfräulichkeit bestätigen lassen. Ihre Unverblümtheit schockierte ihren Vater sichtlich, doch sie erfüllte ihren Zweck. Aber die entsetzliche Vorstellung, dass seine Tochter in ganz Leeds als Flittchen gebrandmarkt sein würde, der Verlust der Respektabilität der Familie, die panische Angst, dass er seine Stelle verlieren könnte, waren fast unerträglich für ihn. Er jagte Rupert aus dem Haus und befahl ihm, Leeds zu verlassen und niemals zurückzukehren.

Cassias Großmutter wurde geholt. Sie hörte sich die Geschichte mit eng zusammengepressten Lippen an und erklärte dann, offenbar sei es notwendig, dass sie zu ihrem Schwiegersohn zöge. Nur so sei sichergestellt, dass Cassia in Zukunft ordnungsgemäß beaufsichtigt und von einer Anstandsdame begleitet würde. Sie fügte hinzu, Cassia solle am besten sofort die Schule verlassen, zu Hause bleiben und ihren töchterlichen Pflichten nachgehen.

Duncan Berridge stimmte beiden Maßnahmen zu. Cassia überlegte schnell und erklärte dann, wenn die Großmutter zu ihnen ziehen wolle, sei das ganz und gar ihre Sache. Sollten sie Cassia aber zwingen, die Schule zu verlassen, würde sie dafür sorgen, dass stark ausgeschmückte Gerüchte über ihr Benehmen und das, was in der Nacht in Manchester geschehen war, die Runde machten. Er würde die Rede von einer Verführung und sogar einer möglichen Schwangerschaft sein …

Ihr Vater schickte sie auf ihr Zimmer, aber sie wusste, dass sie gewonnen hatte. Eine halbe Stunde später ließ er sie holen und erklärte, er und ihre Großmutter hätten entschieden, dass sie weiter zur Schule gehen könne. »Aber wenn die Direktorin erfährt, was passiert ist, wirst du wahrscheinlich sowieso fliegen.«

Natürlich wurde sie nicht von der Schule verwiesen. Die Direktorin erfuhr nie von ihrem äußerst maßvollen Fehlverhalten. Zu Cassias Erstaunen und Freude erwies es sich sogar als Hilfe für sie, dass ihre Großmutter bei ihnen im Haus wohnte. Die alte Dame übernahm all ihre Haushaltspflichten, sodass Cassia sich ganz auf die Schule konzentrieren konnte.

Die Nacht mit Rupert war auf mehr als eine Weise ein Wendepunkt in ihrem Leben gewesen.

Und so nahm er seinen Platz in ihrem Leben als Ratgeber, Mentor und gar nicht väterlicher Freund ein. Er trat für sie ein, erst ruhig, dann mit zunehmender Leidenschaft, als ihr Vater und ihre Großmutter ihre Bewerbung zum Medizinstudium nicht zulassen wollten. Und als Leonora ihrem Vater brieflich anbot, Cassia bei Hof vorzustellen und ihr eine Saison in London zu bezahlen – eine Aussicht, die Duncan weit mehr freute als die brillanteste ärztliche Karriere –, überredete Rupert die anfangs vollkommen entsetzte Cassia dazu.

Im Rückblick erkannte sie, wie geschickt er sie aus ihrer Schulmädchen-Verliebtheit in die liebevolle, plänkelnd-prickelnde Freundschaft gelotst hatte, die sie seitdem verband. Endgültig war das durch eine Erfahrung zustande gekommen, die so schmerzlich war, dass sie immer noch nicht darüber lachen konnte.

Als sie fast siebzehn war, immer noch berückt und bezaubert von ihm, trat er in Manchester in einem Musical auf. Er lud sie zur Vorstellung und nachher zum Essen ein. Aufgeregt, weil sie dachte, dass er ihr jetzt endlich seine Liebe erklären, vielleicht sogar die Liebesvereinigung vollziehen würde, lief sie nach der Vorstellung in seine Garderobe und warf sich in seine Arme.

»Du warst wundervoll, einfach wundervoll«, schwärmte sie.

»Und du siehst wundervoll aus.« Er sah ihr lächelnd in die Augen. »Und so erwachsen. Oh, liebe Cassia, es wird immer schwieriger für mich, der Versuchung zu widerstehen.«

Sie hatte plötzlich sehr ernst erwidert: »Hör auf, ihr zu

widerstehen, Rupert, bitte«, und hatte sein Gesicht zu sich herangezogen, wie sie es im Zug getan hatte. Sie fing an, ihn sehr intensiv auf den Mund zu küssen, so vertieft, dass sie gar nicht hörte, wie die Tür aufging.

Plötzlich hörte sie eine Stimme, die halb amüsiert, halb irritiert bemerkte: »Rupert, Liebling, ich hatte ja keine Ahnung, dass du mich betrügst.« Sie wandte den Kopf und sah die Hauptdarstellerin in der Tür stehen, ein berauschendes Wesen mit dramatischen, dunklen Augen und unglaublichen Brüsten, von denen viel zu sehen war, da ihr seidener Morgenrock aufklaffte.

Cassia hatte sie einen langen Augenblick voller Entsetzen angestarrt, die offenkundige Intimität zwischen den beiden in sich aufgenommen, Ruperts Gesicht, das eine Karikatur des Unbehagens war. Dann riss sie sich los, rannte, so schnell sie konnte, den Gang entlang und flüchtete sich in die Sicherheit ihres Hotels. Sie lag die ganze Nacht wach, elend vor Kummer und zutiefst gedemütigt.

Rupert kam am nächsten Morgen zu ihr, wie das Mal zuvor, und hielt ihre Hand, während er versuchte, ihr alles zu erklären. Er machte das so geschickt, dass sie am Ende nicht mehr wütend auf ihn war. Die Situation gestern war ihr nicht einmal mehr peinlich. Danach akzeptierte sie endlich die Tatsache, dass er sie zwar sehr gern hatte, ihre Beziehung aber platonisch bleiben musste. Sie beide verband eben eine innige, herzliche, liebevolle Freundschaft.

»Du bist unglaublich attraktiv«, sagte er, »aber ich bin ein alter Lebemann, wie du ja gesehen hast. Du solltest mich bessern, statt mich in Versuchung zu führen.«

Zögernd hatte sie es akzeptiert und schnell angefangen, ihre einzigartige Stellung in seinem Leben zu genießen, denn er erwies ihr die Ehre, sich ihr ebenso anzuvertrauen, wie sie sich ihm anvertraute. Sie lernte schnell, seine wechselnden Lieben, die endlose Folge junger Frauen, die durch sein Bett zogen, mit überlegener Belustigung zu betrachten. Und sie erkannte, dass sie ihn für immer verloren hätte, wenn sie eine von ihnen geworden wäre.

In gewisser Weise war er für sie immer der ideale Mann geblieben. Sie hatte Rupert immer geliebt und würde ihn immer lieben, weil er so charmant, lässig und attraktiv war (wenn auch ein Filou), weil er das Leben bunt und amüsant machte und weil sie ihm die Entdeckung ihrer Sexualität und deren erhebliche Kraft verdankte. Sie hatte seitdem andere Männer geliebt und begehrt, einen anderen Mann geheiratet und ihm Kinder geschenkt, aber Rupert besaß immer noch die Fähigkeit, sie aus der Fassung zu bringen, sie sogar zu erregen, und er war wohl der wichtigste Mann in ihrem Leben geblieben.

»Na jedenfalls«, sagte sie, lehnte sich zurück und lächelte ihn an, »kann ich dir jetzt endlich für all das danken, was du damals für mich getan hast.«

»Schatz ...«

»Rupert, du hast mal gesagt, du würdest alles darum geben, mal selbst ein Stück auf die Bühne bringen zu können. Du bräuchtest nur jemanden, der die Sache finanziert. Das kann ich jetzt tun. Ich habe es dir zu verdanken, dass ich Medizin studieren konnte, und jetzt habe ich endlich die Möglichkeit, mich zu revanchieren.«

»Oh, Schatz.« Seine Augen leuchteten plötzlich sehr blau. »Wie süß von dir. Wie lieb ich dich habe. Ich weiß das Angebot zu würdigen und allein der Gedanke reicht vollkommen aus.«

»Nein, Rupert«, entgegnete sie fest. »Keineswegs. Ich will es machen. Versprich mir, dass du darüber nachdenken wirst.«

Er beugte sich vor, nahm ihre Hand und hob sie an die Lippen. »Du bist wunderbar und ich danke dir. Es könnte eine großartige Sache werden. Darf ich auf dich zurückkommen? Und da wir gerade von Karriere reden, darf ich dich bitten, zumindest darüber nachzudenken, wieder in deinen Beruf zurückzukehren?«

»Ich werde darüber nachdenken«, versicherte sie lächelnd. »Aber es ist unmöglich. Aus diversen Gründen. Nicht zuletzt deswegen, weil mein Mann dagegen wäre.«

»Oh, Cassia. Was ist aus dem Mädchen geworden, das zu mir sagte: ›Ich werde mit meinem Leben anfangen, was ich will, und nichts und niemand wird mich aufhalten‹?«

»Du weißt, was aus diesem Mädchen geworden ist. Und du solltest der Letzte sein, der ihm das vorwirft.«

»Ja«, sagte er sehr leise, »ich weiß. Aber ich frage mich, ob ich es vielleicht mir selbst vorwerfen sollte.«

Am Morgen nach Desmonds Abreise sah Edward Cassia über den Frühstückstisch hinweg an und lächelte kleinlaut. »Cassia, tut mir Leid, dass ich in letzter Zeit so schwierig war.«

»Ist schon gut, Edward, das verstehe ich.«

»Ich hoffe es. Hör zu, ich habe nachgedacht. Das Haus ist in ziemlich schlechtem Zustand. Wir müssten dringend renovieren. Vielleicht könnten wir dabei gleich eine Zentralheizung einbauen. Wir brauchen ein neues Dach, und ich würde wirklich gern die Praxisräume modernisieren. Sie ausbauen. Also ich dachte, das könnten wir machen. So bald wie möglich.«

»Gute Idee. Mit meinem – das heißt, mit Leonoras Geld«, sagte sie, unfähig, ihre Gefühle genauer zu analysieren.

»Ich betrachte es eigentlich als unser Geld«, erklärte Edward.

»Ja«, erwiderte sie schnell, und mit Schrecken wurde ihr klar, dass das, was sie empfunden hatte, ein eifersüchtiger Besitzanspruch war, dass sie das Geld *doch* als ihr Geld betrachtete. Wie schrecklich, so geizig zu sein, so wenig großzügig, und das Edward gegenüber, der immer alles, was er besaß, mit ihr geteilt hatte. Bestrebt, es wieder gutzumachen, schlug sie vor: »Edward, würdest du nicht gern eine andere Praxis kaufen? Eine größere?«

»Warum um alles in der Welt sollte ich das wollen?«, fragte er erstaunt.

»Ich dachte, du hättest vielleicht gerne eine Praxis in London oder ...«

»Cassia, wie sich meine ärztliche Laufbahn entwickelt, ist meine Sache. Ich habe hart dafür gearbeitet, ich habe diese Praxis durch eigene Anstrengung und aus eigenem Verdienst aufgebaut. Ich will keine schicken Praxisräume in London.«

»Ich meinte doch keine schicke Praxis. Das weißt du. Aber wir haben doch früher immer über die Probleme der kleinen Leute gesprochen, über die Unterprivilegierten, und wie wir ihnen helfen könnten.«

»Nein.« Edwards Stimme war kalt. »Ich bin hier sehr glücklich. Du magst meine Landarztpraxis ja bescheiden finden, aber ich ziehe große Befriedigung aus meiner Arbeit. Und ich glaube, dass auch meine Patienten durchaus mit mir zufrieden sind. Aber vielleicht hast du ja Grund, das Gegenteil anzunehmen.«

»Edward, du hast mich vollkommen missverstanden. Ich wollte nicht andeuten, dass deine Praxis in irgendeiner Weise unzulänglich ist. Sie ist großartig und deine Patienten verehren dich. Ich habe mich nur gefragt ...«

»Ob ich nicht vielleicht etwas Besseres haben will.«

»Nein!«

»Also, ich sehe nicht, wie man deine Bemerkung anders interpretieren könnte. Und ganz bestimmt will ich nicht, dass du mir eine Praxis besorgst. Bitte entschuldige mich, die Arbeit wartet.«

Sie sah ihm nach und plötzlich hatte sie ein panisches Gefühl im Bauch, ohne genau zu wissen, warum.

»Ich habe ein paar Kostenvoranschläge eingeholt«, verkündete er eine Woche später, eine Woche, die sie in einer ziemlich angespannten Atmosphäre verbracht hatten.

»Ach, wirklich?« Sie bemühte sich, ruhig und glücklich zu klingen. Sich so zu fühlen. »Das hätte ich doch machen können.«

»Tja, deine Zustimmung schien mir ziemlich halbherzig, und da du ja die Jungs auf das neue Schuljahr vorbereiten musstest ...«

So viel Nachsicht hatte er noch nie gezeigt. Sie lächelte ihn unsicher an, denn sie wusste, was das zu bedeuten hatte: Er bedauerte seinen Ausbruch, aber er wollte es nicht direkt zugeben.

»Also« – er griff nach einem Aktendeckel und zog einige Papiere heraus – »für ungefähr zweihundert Pfund können wir ein neues Dach bekommen. Die Malerarbeiten, innen und außen, belaufen sich auf dreihundert Pfund. Und für die Modernisierung und Erweiterung der Praxis kämen noch einmal fünfhundert dazu. Ist doch angemessen, findest du nicht?«

»Ja. Hervorragend.«

»Mr. Cartwrights Kostenvoranschlag war am günstigsten, und da wir ihn kennen, habe ich ihm gesagt, er soll gleich loslegen. Er meint, das Dach sollte fertig sein, bevor der Winter kommt.«

»Du hast ihm den Zuschlag bereits gegeben?«

»Ja. Und Mr. Morris wird die Arbeiten an der Praxis übernehmen. Das heißt, ich werde die Patienten im Esszimmer empfangen müssen, aber es wird ja nicht lange dauern. Spätestens zu Weihnachten habe ich prachtvolle neue Praxisräume.«

Cassia saß da und starrte ihn an.

»Was ist denn los?«

»Nichts. Es ist nur ... ich finde, wir hätten vorher darüber sprechen müssen.«

»Aber das haben wir doch. Öfters. Zuletzt vorige Woche, um genau zu sein. Über das Dach, über den schrecklichen Zustand der Praxisräume.«

»Ja, ich weiß, aber ich meine, wir hätten über die Kostenvoranschläge sprechen sollen. Ich hätte gern ein bisschen Zeit zum Nachdenken gehabt.«

»Wieso? Was um alles in der Welt gibt es da nachzudenken?«

»Oh, ich weiß nicht. Du hast einfach alle Entscheidungen getroffen und ...«

»Cassia.« Seine Stimme klang unendlich geduldig. »Ich habe es dir doch gerade erklärt. Du warst sehr beschäftigt, und ich wollte, dass die Sache vorankommt und – grundgütiger Himmel.« Er hielt unvermittelt inne. »Es geht um das Geld, nicht wahr? Es ist schließlich dein Geld, wolltest du damit sagen.«

»Sei doch nicht albern. Aber wir haben doch sonst immer alles genau besprochen, bevor wir uns entschieden haben.«

»Deine Reise nach Frankreich hast du nicht mit mir besprochen.«

Vorsicht, Cassia, Vorsicht. Stimmt, das hast du nicht. »Das war etwas anderes.«

»Und warum bitte?«

»Nun«, sagte sie und versuchte, es witzig und unbeschwert klingen zu lassen, »deswegen haben wir uns doch schon gestritten. Ich habe mich entschuldigt. Ich habe gesagt, dass es falsch von mir war.«

»Ja.« Er sprach leichthin, aber seine Augen waren hart, als er sie ansah. »Es war falsch von dir. Also wollen wir es mit den Renovierungsarbeiten wieder gutmachen. Mit unserem Geld, an unserem Haus.«

Es tat ihr Leid, und in dieser Nacht versuchte sie, ihn dazu zu bringen, sie zu lieben, damit sie ihm zeigen konnte, dass es ihr Leid tat, aber er wollte nicht. Er hielt sie in den Armen, aber er war nachdenklich und unendlich distanziert.

Drei Wochen später war das Haus ein einziges Chaos: Baugerüste, überall Staub, und sämtliche Patienten zogen in Scharen durch den Flur ins Esszimmer, das jetzt als Praxis diente, und benutzten die Toilette. Die Patienten, die Cassia kannten, kamen kurz in die Küche, um guten Tag zu sagen.

»Wie aufregend«, fand Mrs. Venables, die ihre alte Mutter in ihrem Rollstuhl durch den Flur schob, »all diese Renovierungsarbeiten. Das Haus wird danach prachtvoll aussehen.«

»Ja«, stimmte Cassia zu, »es ist aufregend.«

»Und das, wo Handwerker doch heutzutage so teuer sind.«

»Na ja, meine Patin hat mir etwas Geld hinterlassen, und so ...«

»Wirklich? Oh, ich verstehe.« Mrs. Venables blickte plötzlich unbehaglich drein. »Das war mir nicht klar.«

Also, warum musstest du ihr das unbedingt erzählen, Cassia? Warum hast du sie nicht glauben lassen, dass Edward so gut verdient, dass er sich das leisten kann? Warum musstest du ihr sagen, dass es dein Geld ist, deine Gabe, die all diese großartigen Arbeiten am Haus ermöglicht? Das war gemein und kleinlich von dir.

Aber sie wusste, warum. Es war ihr eines Abends sehr klar geworden, als sie über eine Steißgeburt sprachen und Edward ihre Bemerkungen über die Gefahren eines Kaiserschnitts und ihre Zweifel, ob er bei einer Steißgeburt wirklich immer nötig war, einfach abgetan hatte. Sie hatte an ihre neue Freiheit gedacht, an ihre neue Macht – und sich besser gefühlt. Es war ihre Rache für all die Jahre, in denen sie die Frau des Doktors gewesen war. Intelligenter als er, mit einem besseren Abschluss, aber eben nur seine Frau. Und der Doktor erkannte ihre berufliche Qualifikation niemals an. Aber jetzt war sie reicher als der Doktor und konnte Renovierungsarbeiten bezahlen, die er sich nie hätte leisten können. Es mochte eine unangemessene Rache sein, aber es war zumindest etwas.

6

Das Geld war jetzt da, auf ihrem Bankkonto. Auf ihrem eigenen Bankkonto. Einem neuen Konto. Mr. Brewster hatte vorgeschlagen, dass es auf ein besonderes Konto kam: ein Termineinlagekonto, das hohe Zinsen abwarf. In Kürze würde sie mit Benedict über Anlagemöglichkeiten sprechen.

»Und wenn ich etwas kaufen wollte, kann ich es einfach auf mein – unser Girokonto überweisen?«

»Ein Auto beispielsweise?« Seine Augen zwinkerten. »Ja, natürlich. Sie haben sich also noch keines gekauft?«

»Ich habe überhaupt noch nicht viel gekauft. Nur das Dach habe ich neu decken lassen und ein paar Kleider erstanden. Und ich werde vielleicht für einen Freund ein Theaterstück finanzieren – aber mein Mann weiß nichts davon«, fügte sie hastig hinzu, »nur falls Sie ihn sehen.«

»Mrs. Fallon, wie Priester neigen Anwälte und Ärzte nicht dazu, Einzelheiten aus dem Leben ihrer Mandanten preiszugeben. Vielleicht darf ich bemerken, dass es selten und erfrischend ist, so viel gesunden Menschenverstand zu sehen, einen solch klaren Realitätssinn.«

»Danke«, sagte Cassia und fragte sich, ob ihm klar war, dass sie panische Angst davor hatte, Geld für Dinge auszugeben, die sie wirklich haben wollte – wegen der Auswirkungen, die es auf ihr Leben, ihre Ehe, auf sie selbst haben könnte, wenn sie erst einmal damit anfinge ...

An diesem Abend sprach sie das Thema Auto an. Sie machte vorsichtshalber erstmal den Vorschlag, einen neuen Familienwagen zu kaufen. Das Auto der Fallons war drei Jahre alt und meist fuhr Edward damit. Wie wäre es mit einem Daimler?, fragte sie. Nicht zu teuer, die ganze Familie würde leicht hineinpassen und der Wagen wäre auch für Edwards Hausbesuche geeignet.

Sie interessierte sich für Autos, verstand sogar eine ganze Menge davon. Sir Richard, der erste Automobilbesitzer, dem sie je begegnet war, hatte sie bei ihrem allerersten Besuch in London auf eine Spritztour mitgenommen. Es war ein wunderbar schnittiges, elegantes Automobil gewesen, ein offener, cremefarbener Buick mit Holzspeichenrädern. Benedict fuhr damals einen Bentley, einen viel solideren Wagen, aber wunderschön. Harry hatte natürlich im Laufe der Zeit zahlreiche Autos besessen, reizvolle, großartige Wagen, praktisch sämtliche Modelle, die in der Automobilwelt Klang und Namen hatten: einen Delage, einen Bugatti und einen Maserati – mit denen er Rennen fuhr –, einen herrlichen Rolls, einen Hispano-Suiza, der, wie Harry behauptete, siebzig Meilen in der Stunde machte ... Cassia riss ihre Gedanken von Harrys Autos los und wartete, während Edward sein Urteil über den Kauf eines neuen Familienwagens verkündete.

Es wäre natürlich schön, ein neues Auto zu haben, befand er, und ein Daimler sei eine gute Idee, aber notwendig sei es wohl kaum. Da erklärte sie, wenn er kein neues Auto wolle, sie schon.

»Also gut«, gab er, leicht ungeduldig, nach, »dann kaufen wir eben eines. Ich schau mich mal um.«

»Ich meinte eigentlich, dass ich auch gern ein eigenes Auto hätte«, erklärte sie, und ein tiefes Schweigen trat ein. Edward sah sie an, mit ausdruckslosem Gesicht, aber prüfendem, fast feindseligem Blick, und verkündete schließlich, dass er keinerlei Notwendigkeit dafür erkennen könne.

»Edward, es würde mein Leben so viel einfacher machen, und ich liebe Autos, das weißt du.«

»Schön«, sagte er endlich, »wenn du unbedingt willst. Aber kauf um Himmels willen einen Kleinwagen, du hast schließlich kaum Fahrpraxis. Nimm einen Austin Seven, damit kann dir nicht viel passieren. Und erwarte nicht von mir, dass ich das Ding repariere, wenn es eine Panne hat.«

Das hatte sie so wütend gemacht, dass sie sofort nach London gefahren war und einen Jaguar SS 100 gekauft hatte, ein hinreißendes, sonnengelbes Sportcoupé mit verchromten Radkappen und einem besonders schönen Trittbrett, das sich schwungvoll über die Vorderräder wölbte. »Er passt zu dir, wie ein schöner Hut«, rief Cecily fröhlich aus, als Cassia bei ihr vorbeifuhr, um mit ihrer Neuerwerbung anzugeben. Der Wagen macht mindestens sechzig Meilen in der Stunde, hatte der Autoverkäufer versichert, und das tat er tatsächlich, stellte Cassia fest, als sie an diesem goldenen Oktobertag die A 24 in Richtung Monks Heath düste. Als sie in die Auffahrt von Monks Ridge einbog, machte der Jaguar einen solchen Krach, das alle neugierig herausgerannt kamen.

»Mensch!«, rief Bertie aus, und »Heiliges Kanonenrohr!« Und William hatte losgekreischt.

»O mein Gott«, hauchte Peggy, die Hand auf den üppigen Busen gepresst.

Edward war nicht da. Als er zurückkam, stand Cassia in der Küche und rollte Teig aus. Sein Gesicht, gewittrig vor Wut, hätte gereicht, um die Milch sauer werden zu lassen, wie Peggy am nächsten Tag Mrs. Briggs gegenüber bemerkte.

»Was zum Kuckuck soll dieses Dings da in der Auffahrt?«

»Das ist mein Auto«, erklärte sie und lächelte ihn zuckersüß an. »Ich habe es heute gekauft. Gefällt es dir?«

»Das ist doch lächerlich. Du kannst es unmöglich behalten. Kauf einen Austin Seven, habe ich dir doch gesagt.«

»Vielleicht«, sagte sie vorsichtig, angesichts Peggys neugieriger Miene, »sollten wir das lieber in deinem Arbeitszimmer besprechen.«

Er marschierte in sein Arbeitszimmer, stellte sich mit dem Rücken zu ihr ans Fenster und starrte hinaus. »Was zum Teufel spielst du für ein Spiel, Cassia?«

»Edward, ich wollte ein Auto haben, also habe ich mir eines gekauft. Es war nicht sonderlich teuer, nur ein paar hundert Pfund.«

»Ein paar hundert Pfund! Nicht sonderlich teuer! Und du

hattest die Stirn, mit mir wegen des Dachs zu streiten. Gott helfe mir, was geschieht bloß mit uns?«

»Ich habe nicht mit dir wegen des Dachs gestritten.«

»Doch, natürlich hast du das.« Nach einem langen Schweigen sagte Edward: »Ich will, dass du es zurückbringst. Gleich morgen.«

Es kam zu herrisch heraus, zu arrogant. Sie begegnete fest seinem Blick. »Das werde ich nicht tun, Edward. Tut mir Leid. Ich verstehe was von Autos, ich mag Autos, und ich wollte den Jaguar haben.«

»Ja«, räumte er ein, »ich weiß, dass du etwas von Autos verstehst«, und verließ steif den Raum.

Sie sah ihm nach. Es war vor fast drei Jahren gewesen, dachte sie. Bertie war drei gewesen und William fast zwei.

Cecily hatte ein paar Tage zuvor angerufen und gefragt, ob sie zu einem Picknick mitkommen wolle. »Es wird ein Mordsspaß, Cassia. Wir fahren nach Brooklands zum Autorennen. Natürlich ist Edward ebenfalls herzlich eingeladen. Es ist so schön da, und es ist wahnsinnig aufregend, sich die Rennen anzusehen. Wir werden den Lunch im Clubhaus einnehmen und zur Teezeit machen wir ein Picknick ...«

»Oh, Cecily«, hatte sie gesagt, »ich würde wahnsinnig gern mitkommen, aber was soll ich mit den Kindern machen? Mitnehmen kann ich sie schlecht, dafür sind sie noch zu klein.«

»Unsere kommen erst zum Picknick hin. Nanny bringt sie. Warum bringst du deine Kinder nicht her, dann kann Nanny auf sie aufpassen. Wenn du schon Freitag anreist, kannst du hier übernachten. Ach Cassia, vergiss doch einmal deine Pflichten.«

»Ich werde Edward fragen. Ich rufe dich zurück.«

Edward sagte, er könne sich nichts Schlimmeres vorstellen, als stundenlang an einer lärmenden Rennstrecke zu sitzen, und außerdem könne er ohnehin nicht weg. »Aber wenn du solchen Wert darauf legst, musst du natürlich hinfahren.«

Und so war sie mitgekommen. Cecily hatte allerdings vergessen zu erwähnen, dass Harry Moreton auch dort sein würde. Er würde auf seinem Bugatti ein Rennen mitfahren. Sie hatte Fotografien von Brooklands gesehen, aber nichts hatte sie auf die Realität vorbereitet: auf die sich schlängelnde Rennbahn, die überhöhten Kurven, in denen die Rennwagen mit atemberaubender Geschwindigkeit und in einem Furcht erregenden Winkel entlangsausten, das unerbittliche Auf und Ab des Motorenlärms, den Geruch aus den Auspuffrohren, die Energie und Aufregung, die in der Luft lagen.

»Einfach phantastisch«, fand Cassia und blieb lächelnd in der Nähe des Eingangs stehen, oben auf dem grasbewachsenen Abhang. Die Rasenfläche war bereits voll picknickender Besucher. »Ich bin ja so froh, dass ich mitgekommen bin.«

»Dachte ich mir doch, dass es dir gefallen würde«, erklärte Benedict. »Hör zu, wir können zu den Boxen runtergehen und zusehen, wie sie die Autos fertig machen. Harry sagte, er würde nach uns Ausschau halten.«

»Harry?« Mit großer Mühe hielt sie ihre Stimme unter Kontrolle. »Ich wusste gar nicht, dass er hier sein würde.«

»O ja, es ist ein Clubtag und er fährt eines der Rennen mit. Das macht er häufig.«

»Ach so«, sagte sie und wünschte plötzlich – und verabscheute sich dafür –, sie würde ein bisschen schicker aussehen. Ihr geblümtes Baumwollkleid kam ihr plötzlich unelegant und schäbig vor und sie hatte nicht einmal daran gedacht, einen Hut aufzusetzen. Vorher hatte es keine große Rolle gespielt, aber jetzt ...

»Komm schon, Cassia, Kopf hoch«, forderte Cecily und zog sie am Arm. »Ein Besuch bei den Boxen ist ein Mordsspaß, ehrlich.«

Und das war es. Es war wie in einem Film, Männer in weißen Overalls arbeiteten wie wild, oft zu dritt an einem Auto, Leute liefen umher, Motoren heulten auf, Autoreifen wurden blitzartig abmontiert und Ersatzreifen im Laufschritt herangerollt wie große Kinderreifen.

»Schaut, da ist Harry«, rief Benedict, und da war er, in einem weißen Overall und einem braunen Lederhelm. Er kam winkend auf sie zu, lächelnd, eine Zigarette im Mundwinkel, die Schutzbrille von der Hand herabbaumelnd, absolut entspannt, als hätte er nur einen Spaziergang zum Clubhaus vor und nicht, sein Auto mit hundert Meilen in der Stunde die Rennstrecke entlangzujagen.

»Guten Morgen«, sagte er. »Und Cassia ist auch da, was für eine schöne Überraschung. Wie hübsch du aussiehst – Blau hat dir schon immer gut gestanden.«

»Vielen Dank.«

Wie kam es nur, wie schaffte er es nur, mit allem, was er sagte, eine gemeinsame Vergangenheit anzudeuten, so dass sie sich hin- und hergerissen fühlte und ihr mühsam erlangter Seelenfrieden in Gefahr geriet.

»Wann ist dein Rennen, Harry?«, erkundigte sich Cecily.

»Oh, erst um drei, also werde ich euch zum Lunch begleiten können. Anscheinend will Gresham auch kommen. Er hat vor, von Frankreich rüberzufliegen und mit seinem Flugzeug im Aero Village zu landen.«

»Und wo ist das?«, fragte Cassia.

»Da drüben, auf der anderen Seite der Rennbahn. Er hat

einen Maserati hier stehen, und ich habe ihm schon ein Dutzend Mal gesagt, dass der Bugatti das bessere Auto ist. Heute Nachmittag wird es sich ja zeigen.«

»Leonora kommt wohl nicht mit?«, fragte sie ohne große Hoffnung.

»Nein, leider nicht. Ihr müsst mich jetzt entschuldigen. Wir sehen uns beim Lunch.«

»Das könnte interessant werden«, meinte Benedict, als sie davonschlenderten. »Zwischen den beiden hat sich eine ungeheure Rivalität entwickelt, was die Pferdestärken angeht. Ich selbst hätte ja den Maserati für den schnelleren Wagen gehalten, aber wir werden sehen.«

»Du meine Güte«, sagte Cecily, »ein Rennen im Rennen, wie aufregend. Wollen wir gehen und unsere Wetten abschließen?«

Im Club wurde ein sehr guter Lunch serviert, aber Cassia brachte kaum etwas hinunter. Sie saß neben Harry, und da der Tisch eigentlich nicht groß genug für fünf Personen war – Edwina war mittlerweile zu ihnen gestoßen –, war Harry ihr ziemlich nahe gerückt.

Edwina sah umwerfend aus in ihrem weißen Leinenanzug und einem schwarzen Strohhut mit breiter Krempe. Sie lächelte Cassia huldvoll an und teilte ihr mit, dass sie müde wirke. »Dabei wird doch immer behauptet, dass Landluft einem gut tut«, bemerkte sie. »Die Sache wird ganz offenkundig überschätzt.«

»Und wo ist unser Landarzt?«, fragte Harry und griff nach seinem Glas. »Ein hervorragender Bordeaux, Benedict. Genau das Richtige, um meine Nerven zu beruhigen.«

»Du hast gar keine Nerven«, stichelte Edwina, »aber ich bin ziemlich sicher, dass du vor einem Rennen nicht trinken solltest, Harry.«

»Ach, Unsinn. Dann kann man die Kurven leichter nehmen. Also, wo steckt dein Mann, Cassia? Interessiert er sich nicht für Autorennen?«

»Doch, aber er muss arbeiten«, erwiderte sie hastig.

»Wirklich? Tja, immer nur Arbeit und kein Vergnügen ... obwohl du deinen Mann ja sicher nicht langweilig findest.«

»Selbstverständlich finde ich ihn nicht langweilig«, versetzte Cassia gereizt. Sie zog ihr rechtes Bein, das hart gegen seinen linken Oberschenkel gepresst wurde, von ihm weg. Langsam, aber sehr bewusst rückte er sein Bein nach. Hastig trank sie einen Schluck Wein und merkte, dass er sie eindringlich anschaute.

»Alles in Ordnung mit dir?«, fragte er plötzlich. Sie spürte, wie er sein Bein bewegte, und fühlte tief in sich dieses schreckliche, verräterische Ziehen. Sie warf ihm einen stirnrunzelnden Blick zu.

»Fang du nicht auch noch an, mir zu erzählen, dass ich müde aussehe«, sagte sie.

»Müde nicht, nur ein wenig traurig.«

»Ich bin nicht im mindesten traurig.« Sie versuchte, ebenso strahlend zu lächeln wie Edwina, aber es gelang ihr nicht.

»Ich hasse es, wenn du traurig bist. Selbst wenn ...« Er hielt unvermittelt inne, überlegte es sich offensichtlich anders, schluckte herunter, was immer er hatte sagen wollen, lächelte und meinte: »Tja, erzähl doch mal, was für aufregende Dinge du in letzter Zeit so angestellt hast. Ich will jedes winzige Detail hören. Oh, Kay, hallo! Wie geht's? Bis nachher.«

»War das Kay Petre?«, fragte Benedict.

»Ja. Hübsch, nicht wahr? Sieht gar nicht wie eine Rennfahrerin aus. Sie ist verdammt gut, hat mich schon zweimal geschlagen. Oh, seht mal, da landet Greshams Flugzeug.

Nettes kleines Ding, was? Eine Leopard Moth. Ich überlege, ob ich mir auch eine zulegen soll.«

Um zwei Uhr fünfundvierzig formierten sich die Autos, ein Kaleidoskop der unterschiedlichsten Modelle, zum Start. Die Wagen waren mit einem Handikap belegt. Die winzigen Austins und Morrises starteten zuerst, dann die Rileys – einer gefahren von Kay Petre in ihrem Markenzeichen, einem blauen Overall – und die MGs. Zum Schluss kamen die großen Schlitten. Harrys Bugatti, der silberblau in der Sonne glänzte, und Rollo Greshams schwarzer Maserati, der fast bedrohlich wirkte, starteten fast gleichzeitig, Rollo mit einer Sekunde Vorsprung.

Sie standen alle auf der Trägerbrücke über der großen Steilkurve und sahen sich das Rennen an. Cassia fühlte sich ganz komisch; die sexuelle Erregung vermischte sich in ihren Sinnen irgendwie mit den Abgasdämpfen, der Vibration und dem Schwindelgefühl, das sie überkam, wenn sie auf die Rennwagen niederblickte.

»Ich glaube, ich halte das nicht aus«, sagte Edwina. »Ich gehe und warte im Clubhaus.«

»Tu das nicht!«, rief Benedict. »Du kannst Harry doch nicht in einem solchen Augenblick deine Unterstützung entziehen.«

»Die braucht er nicht«, erwiderte Edwina. »Sein Ego ist so gewaltig, dass es für eine ganze ... Oh, mein Gott.«

Es gab ein plötzliches, donnerndes Dröhnen, als zwei Rennwagen unter der Brücke hindurchfegten, der Bugatti mit einem Sekundenvorsprung. Er fuhr ganz oben auf der überhöhten Kurve, gerade noch innerhalb der Sicherheitsbegrenzungen, und klebte in einem scheinbar unmöglichen Winkel an der Bahn. Der Bugatti und der Maserati schwenkten um die Kurve.

»Warum hat man diese grässliche Steigung gebaut?«, fragte Edwina gereizt. »Was soll das? Und wieso fallen die Autos nicht runter?«

»Bremswirkung, im Wesentlichen«, erklärte Benedict, »und Fliehkraft. Noch zwei Runden, dann ist es vorbei. Komm, gib mir deine Hand, Edwina.«

»Ich muss niemandes Hand halten. Ich bin verärgert, nicht ängstlich.«

In der zweiten Runde kamen Kay Petres Riley und einige Rover zuerst unter der Brücke hindurch, gefolgt von dem Bugatti und dem Maserati. Rollo hatte mehrere Meter Vorsprung.

»Ich bete zu Gott, dass Rollo nicht gewinnt«, bemerkte Edwina. »Wenn er das Rennen macht, steht mir ein grauenhaftes Wochenende bevor.«

Die kleineren Wagen sausten unter der Brücke hindurch, begleitet von lautstarken Anfeuerungsrufen.

»Donnerwetter, da sind sie wieder!«, schrie Benedict.

Der Maserati kam unter der Brücke hindurch, immer noch mit einer halben Länge Vorsprung. Harrys Bugatti, der über ihm in der Steilkurve lag, fuhr plötzlich noch höher, bis an den Rand der Steilkurve, und dann, wie ein Pferd, das zurückgehalten worden war, schoss er mühelos vorwärts, auf der Gefällstrecke, von der Schwerkraft unterstützt. Greshams Maserati legte sich scharf in die Kurve, geriet leicht ins Schleudern, und einen Moment lang sah es so aus, als würde er in Harrys Bugatti hineinkrachen. Er fing sein schleuderndes Auto schnell ab und mehrere schreckliche Sekunden fuhren sie genau parallel, mit nicht mehr als zwölf Zentimeter Abstand. Die Räder hatten sich offenbar ineinander verkantet und die beiden Rennwagen schlitterten wie verrückt um die Kurve und verschwanden mit quietschenden Reifen außer Sicht.

»Herrgott«, stöhnte Benedict, »ich glaube, sie ...«

»Was?«, fragte Edwina. »Sie sind was, Benedict? Doch nicht verunglückt? Gott, von allen dämlichen ...«

»Ich weiß es nicht genau. Lassen Sie mich durch, bitte lassen Sie mich durch.«

Rollo Gresham hatte mit einer Haaresbreite Vorsprung gewonnen. Die beiden kletterten grinsend aus ihren Autos und stellten sich für die Schmalfilmkamera-Enthusiasten, die die Rennstrecke säumten, in Positur.

Cassia und die anderen waren von ihrem Aussichtspunkt heruntergerannt. Cassias Beine wurden plötzlich ganz weich, als die in ihr aufgestiegene Panik langsam nachließ. Edwina und Cecily folgten ein paar Meter hinter ihr.

»Klasse Rennen«, sagte Gresham gerade. »Du schuldest mir ein Essen.«

»Essen? Was für ein Essen?«, fragte Edwina.

»Wir hatten vereinbart, dass der Verlierer den Gewinner zum Essen einlädt«, erklärte Gresham. »Wollen Sie mitkommen, Edwina?« Er grinste sie auf seine unverschämte Weise an. Und wie immer dachte Cassia, dass sie ihn einfach unangenehm fand. Wie konnte Leonora es nur ertragen, mit ihm zusammenzuleben?

»Selbstverständlich«, antwortete Edwina, »das ist doch wohl das mindeste, nachdem Sie meinen Mann fast umgebracht haben. Wo gehen wir hin?«

»Nach Le Touquet. Das war ausgemacht.«

»Le Touquet! Nie im Leben! Ich hasse diese kleinen Flugzeuge. Warum können wir nicht in London zu Abend essen?«

»Weil ich Le Touquet mag«, sagte Gresham, »und ich das Rennen gewonnen habe. Cassia, Sie sind ja ganz bleich. Alles in Ordnung?«

»Alles bestens, danke«, erwiderte sie leicht gereizt, denn sie war sich bewusst, dass alle sie ansahen und fürchtete, jemand könne den Grund erraten. »Ist Leonora auch in Le Touquet?«

»Was? O nein. Sie ist in Paris. Ich soll Ihnen einen Kuss von ihr geben, wenn ich Sie sehe. Darf ich?« Gresham beugte sich vor; er glühte förmlich, und er roch nach Schweiß. Er war ein hoch gewachsener Mann, auf seine grobe Weise durchaus attraktiv.

Sie musste sich zusammennehmen, um nicht zurückzuweichen, und als sie zurücktrat, sah sie Harrys Augen auf sich gerichtet, nachdenklich, besorgt.

Es gelang ihr, ihn anzulächeln. »Geht es ihr gut?«, fragte sie und wandte sich wieder Gresham zu. »Leonora, meine ich.«

»Sehr gut. Und sie sieht phantastisch aus. Sie müssen uns bald mal wieder besuchen kommen. Edwina, sind Sie sicher, dass Sie nicht mitkommen wollen? Und Cassia, was ist mit Ihnen? Es ist genug Platz für vier.«

»Nein, danke«, sagte Edwina.

Cassia schüttelte den Kopf. »Nein, wirklich, vielen Dank, aber ich muss nach Hause. Meine Kinder können jede Minute kommen und nach dem Tee sollten wir uns auf den Weg machen.«

Und so hätte es enden können, unschuldig, tugendhaft, harmlos. Aber als der Daimler der Harringtons auf den Parkplatz fuhr, schoss eine Dampfwolke aus dem Kühler und ein besorgt aussehender Preston stieg aus. »Der Kühler ist überhitzt, Mr. Harrington. Ich fürchte, das muss repariert werden.«

»Na, da sind wir ja am richtigen Ort«, meinte Benedict. »Ich geh mal und frage Harry, ob er uns seinen Mechaniker borgt.«

Die Kinderfrau kletterte aus dem Wagen, gefolgt von den älteren Kindern, und hob William heraus. »Es geht ihm nicht sehr gut, fürchte ich, Mrs. Fallon. Er sagt, er hat Bauchschmerzen und er scheint auch ein bisschen Temperatur zu haben.«

»Ach je«, sagte Cassia. »Komm, Bärchen, lass mich mal... Gütiger Himmel, ja, seine Stirn ist ganz heiß. Wir brechen am besten sofort auf. Vielleicht könnte Preston ...«

»Was ist denn los?« Harry war mit seinem Mechaniker erschienen.

»Ich muss sofort nach Hause. William geht es nicht gut. Wenn der Daimler ausfällt, könnte Benedict uns vielleicht fahren, aber ...«

Die darauf folgende Pause war so kurz, so unmerklich, dass sie niemandem sonst aufgefallen wäre – nur Cassia merkte es.

»Ich bringe dich hin«, erklärte Harry. »Wir können sofort losfahren.«

»Oh, Harry, nein, du hast dein französisches Diner und ich will dir nicht den Tag verderben.«

»Es wird mir nicht den Tag verderben«, entgegnete Harry. »Und wegen des Essens brauchst du dir keine Gedanken zu machen, ich bin rechtzeitig wieder hier. Mühelos.«

Cassia sah ihn an. Sein Gesicht war schmutzig und von Schweißstreifen überzogen und sein Haar, von dem Helm befreit, noch wilder als gewöhnlich. Urplötzlich spürte sie ein Aufwallen hitziger, leidenschaftlicher sexueller Erregung, leichtsinnig und gefährlich. Sie sollte das Angebot sofort ablehnen ... »Das wäre wunderbar«, sagte sie.

Er war in seinem Bentley gekommen, einem riesigen cremefarbenen Schlitten mit einem braunen Verdeck, das er öffnete, damit die angenehme Nachmittagsluft hereinströmen konnte. Cassia brachte ihre Söhne auf dem Rücksitz unter und verabschiedete sich vom Rest der Gesellschaft.

Nach einer halben Stunde schliefen die Kinder ein. Cassia heftete ihren Blick sorgsam auf die Straße und versuchte, Harry nicht anzusehen. Ihr war peinlich bewusst, was sie getan hatte, und sie wusste, dass er es auch wusste.

»Und was macht deine lächerliche Ehe?«, fragte er plötzlich.

»Harry, meine Ehe ist nicht lächerlich«, konterte sie und lachte unwillkürlich.

»Aber natürlich ist sie das. Gott, Cassia, ich wünschte ...«

»Harry, nicht. Bitte.«

»Warum nicht?« Unterdrückte Wut schwang in seiner Stimme mit.

»Weil es sinnlos ist. Es ist zu ...«

»Zu was? Zu spät, wolltest du doch sagen, oder?«

»Ja«, antwortete sie schlicht.

»Verdammte, kriminelle Dummheit.« Er starrte wütend auf die Straße. »Diesen Mann zu heiraten, wo wir doch ...« Und dann hielt er inne, wandte den Kopf und sah sie unverwandt an. Sie erwiderte den Blick eine Sekunde zu lang, spürte wieder die wilde Aufregung und lächelte ihn an. Sie konnte nichts dagegen tun. »O Gott«, stöhnte er. »Lass uns von dieser verdammten belebten Straße runterfahren.«

Eine halbe Meile weiter kam eine Nebenstraße. Harry bog ab, so scharf, dass die Bremsen kreischten.

»Du bist nicht mehr auf der Rennbahn«, mahnte sie.

»Entschuldige. Hat dir das Rennen gefallen?«

»Sehr. Ich fand es unglaublich aufregend.«

»Das überrascht mich nicht«, sagte er, »es ist genau wie Sex, finde ich immer«, und bog dann in einen Feldweg ein.

»Wo fahren wir hin?«, fragte sie schwach.

Er sah sie an, vollkommen auf sie konzentriert. Sein Gesichtsausdruck war fast feindselig. »Irgendwohin, wo ich dich küssen kann. Irgendwohin, wo ich dir endlich einmal nahe sein kann.«

»Was! Harry, die Kinder!«

»Die Kinder schlafen. Halt den Mund, du weckst sie noch auf.« Er stieg auf die Bremse und das Auto blieb mit einem heftigen Ruck stehen.

»Harry, ich kann nicht.«

»Natürlich kannst du.«

Und dann lag sie in seinen Armen, und sein Mund, träge, langsam, siegesgewiss, war auf ihrem, und sie wehrte sich nicht, protestierte nicht, sondern erwiderte einfach seine Küsse, versank in einer süßen, dringlichen Dunkelheit. Es war mehr als ein Kuss, es war mehr als eine Umarmung: Es war ein lange gehaltenes Versprechen, eine lange geplante Neuentdeckung, zeitlos, endlos. Sie spürte seine Hände auf ihrem Haar, ihrem Hals, auf ihren Brüsten. Sie fühlte, wie sie reagierte, drängend, heftig, wusste genau, was sie wollte, wusste, dass sie es haben musste. Es war, als wäre der wilde Rausch der Geschwindigkeit und des Motorenlärms irgendwie in sie eingedrungen, ein Teil von ihr geworden, und selbst wenn sie die Gefahr erkannt hätte, hätte sie sie ignoriert, so hilflos war sie angesichts solch blendender, heftiger Versuchung.

Sie wäre aus dem Auto gestiegen, hätte sich auf den Boden gelegt und ihn in sich aufgenommen, hier und jetzt, aber – »Mama«, sagte Bertie, »Mama, wo sind wir?«

Er hat nichts gesehen, sagte sie sich immer wieder, als sie in scharfem Tempo und schweigend in Richtung Monks Heath fuhren, er hat nichts gesehen. William war zu klein, er würde nichts erzählen können, selbst wenn er etwas mitbekommen hatte. Aber sie war von Angst erfüllt, blinder, siedender Angst. Harry war feindselig, weil sie so furchtsam war und weil sie darauf bestanden hatte, dass sie sofort weiterfuhren. Er sah sie nicht einmal an. Es war sehr heiß, und Harry nahm die Kurven so gewagt, dass ihr übel wurde. Die Jungen waren begeistert und quietschten jedes Mal entzückt auf. William hatte sich offenbar wieder vollkommen erholt. Als sie in die Auffahrt von Monks Ridge einbogen, sprangen die Kinder aus dem Auto, liefen ins Haus und riefen lautstark nach Edward. Harry, der immer noch starr geradeaus blickte, sagte: »Wann sehe ich dich wieder?«

»Gar nicht.« Cassia hatte ihre Zurechnungsfähigkeit wiedergewonnen. »Es darf nicht sein«, erklärte sie und stieg aus. »Auf Wiedersehen, Harry, vielen Dank. Ich bitte dich nicht erst rein«, fügte sie laut hinzu und sah ihr Haus in all seiner Langweiligkeit vor sich liegen, dachte an die Enttäuschungen ihres tristen und anstrengenden Ehealltags, sah Edward, der aus der Tür getreten war, das Gesicht starr vor Missbilligung. Sie trat zu ihm und gab ihm einen flüchtigen Kuss. Harry nickte Edward schweigend zu, setzte hart zurück, zu hart, und fuhr aus der Ausfahrt. Sie winkte ihm nach.

Sie wollte Edward gerade fragen, wie sein Tag gewesen war, als Berties kleines Stimmchen sagte: »Der Mann ist nett. Er hat Mama geküsst.«

Edward sah sie an. »Ach, sei nicht albern«, sagte sie. »Natürlich hat er mich geküsst. Ein Küsschen zum Abschied, das ist alles.«

»Das hoffe ich. Ich hoffe, dass das alles war.«

Die Tatsache, dass sie log, in Verbindung mit ihrer Frustration und den Turbulenzen des Tages, diente nur dazu, ihre Empörung zu vergrößern.

»Wie kannst du es wagen! Wie kannst du es wagen, so etwas anzudeuten. Ich habe einen Tag mit Freunden verbracht, einen schönen Tag. Du wolltest mich ja nicht begleiten, wie sehr ich es mir auch gewünscht hätte.«

»Ich kann diese Freunde nicht ausstehen, keinen von ihnen, und das weißt du. Wie kann er es wagen, einfach so wegzufahren, ohne auch nur ein Wort zu mir zu sagen. Eingebildeter Laffe. Und dieser angeberische Schlitten.«

»Er ist bei einem Rennen mitgefahren«, warf Bertie ein. »Mit einem großen blauen Auto.«

»Er ist bei einem Rennen gefahren? Einem Autorennen?«

»Ja«, sagte sie. »Harry fuhr einen Bugatti und Rollo Gresham einen Maserati. Es war sehr aufregend und ...«

»Und er hatte ein Flugzeug«, fügte Bertie hinzu. »Der andere Mann.«

»Ein Flugzeug. Ein Bugatti. Ein Maserati. Und natürlich ein Bentley. Ich verstehe. Was für Glückspilze. Du musst es hier bei uns extrem langweilig finden, Cassia.«

»Oh, halt doch den Mund«, rief sie aus. »Deine dämliche Eifersucht verdirbt einfach alles. Was habe ich denn schon getan, außer mich ausnahmsweise mal zu amüsieren.«

»Ausnahmsweise. Tja, wie bedauerlich, dass dein Leben so trostlos ist, Cassia. Ich fürchte, ich muss euch jetzt verlassen, die Arbeit ruft. Vielleicht solltest du die Kinder ins Bett bringen, sie sehen müde aus.«

Sie folgte ihm ins Haus, stumm vor Wut, vor Elend, und tat, was er ihr sagte, um des lieben Friedens willen, und weil sie keine andere Wahl und außerdem Gewissenbisse hatte. Ein erzwungener Waffenstillstand wurde geschlossen, aber von diesem Tag an waren Autos ein gefährliches Thema.

Es erregte großes Aufsehen im Dorf, ihr Auto. Es änderte die Art, wie die Leute sie sahen. Die Frauen waren offen missbilligend, die Männer zeigten sich auf herablassende Art beeindruckt und wechselten zwischen gönnerhaften Ratschlägen und schäkernden Bemerkungen.

Sie liebte ihr Auto, denn es schenkte ihr nicht nur Freiheit, es symbolisierte sie auch.

Benedict lud sie zum Lunch ein, um sie über Anlagemöglichkeiten zu beraten. Sie gingen ins Savoy.

»Ich würde gern ein Legat aussetzen«, sagte sie, »wenn das das richtige Wort ist. Ich möchte ein Stipendium stiften, das jährlich von der Universitätsklinik St. Christopher's verliehen werden soll. Wäre das möglich?«

»Natürlich, vorausgesetzt, das Krankenhaus macht mit. Was ich stark annehme. Oder eine Stiftungsprofessur, irgend so was. Darüber solltest du am besten mit dem Dekan sprechen. Ruf ihn doch mal an, er wird dich sicher gern empfangen.«

»Glaubst du? Er war damals so zornig, als ich ihm gesagt habe, dass ich heiraten würde. Er hat gesagt, ich würde mich wegwerfen und zudem das Geld des Krankenhauses verschwenden. Ich war sehr aufgewühlt«, fügte sie hinzu, als sie sich an die schreckliche Szene erinnerte.

»Mittlerweile wird er dir sicher vergeben haben«, meinte Benedict munter, »insbesondere wenn du mit einem Scheck wedelst. Schreib ihm und unterbreite ihm deinen Vorschlag. Er wird einen roten Teppich für dich ausrollen, das garantiere ich dir.« Er zögerte kurz und sagte dann: »Hast du nicht daran gedacht, selbst wieder als Ärztin zu arbeiten? Jetzt, wo du es könntest?«

»Das hat Rupert mich auch gefragt. Habt ihr euch etwa abgesprochen? Nein, schon gut, ich wollte dich nur aufziehen. Ich sehe nicht ein, wieso das jetzt plötzlich möglich sein sollte. Was hat sich denn schon geändert? Ich bin immer noch mit Edward verheiratet, lebe auf dem Lande, habe drei kleine Kinder ...«

»Stimmt, aber du kannst dir jetzt eine gute Kinderfrau leisten. Du hast deine Doktorprüfung weiß Gott gut genug bestanden.«

»Ja, aber wer würde schon eine Ärztin einstellen, die ihr praktisches Jahr nicht abgeleistet hat? Obwohl der Gedanke schon verlockend ist«, fügte sie mit einem Seufzer hinzu.

»Rede doch mal mit dem Dekan darüber«, schlug Benedict vor.

Es rührte sie, dass er ein solches Interesse daran nahm. »Benedict, es geht nicht. Edward würde es – unerträglich finden. Hör zu, ich bestelle mir noch was von dieser wunderbaren Dessertauswahl und dann muss ich los. Wenn ich den Zug um halb vier nicht erwische, gibt es furchtbaren Ärger.«

»Irgendwelche Fortschritte?«, fragte Cecily, als er nach Hause kam.

»Sie will ein Stipendium für die Universitätsklinik stiften. Aber sie scheint entschlossen, selbst nicht wieder als Ärztin zu arbeiten. Sie meint, Edward würde es nicht ertragen. Ich verstehe überhaupt nicht, was er dagegen haben sollte.«

»Oh, Benedict, wirklich! Wie würdest du dich denn fühlen, wenn ich ein viel besserer Börsenmakler wäre als du und eine Konkurrenzfirma aufmachen würde?«

»Ist sie wirklich besser als er?«

»Viel besser.«

»Arme Cassia.« Er sah sie an. »Wie fühlst du dich, Cecily?«

»Ganz gut. Ein bisschen müde. Warum?«

»Ich dachte, wir könnten über unsere Weihnachtsfeier reden, die Gästeliste durchsprechen und so weiter. Meine habe ich schon fertig. Hier.«

Sie sah die Liste durch. Die meisten Namen kannte sie. »Wer ist Dominic Foster?«

Benedict schenkte sich einen Drink ein. Nach einer Pause, die den Bruchteil einer Sekunde zu lang war, antwortete er: »Ein Architekt, den ich kürzlich getroffen habe. Sein Architektenbüro ist mit der Planung einer dieser Gartenstadt-Wohnungsbauprojekte beauftragt, in die ich investiert habe. Netter Kerl, du wirst ihn mögen. Ich habe Cassia geraten, auch in diesen Bereich zu investieren. Steckt ein unglaubliches Potential drin.«

»Oh«, sagte sie. »Ja, gut, laden wir ihn ein.«

Er schaute sie an, und sie konnte sehen, dass er wie immer verstanden hatte, dass er wusste, was sie dachte. Ob ihr Verdacht nun richtig oder falsch war, sie wusste, dass es richtig war, nachzuhaken, immer auf der Hut zu sein, sicherzugehen – und sicherzugehen, dass er es merkte. Sie hatte keine andere Wahl, sie musste es tun. Um ihrer beider willen.

7

Cassia schrieb an den Dekan und erhielt einen reizenden Brief zurück. Er wäre entzückt, sie zu sehen. Vielleicht könnte sie irgendwann in der nächsten Woche vorbeikommen, damit sie sich bei einem Kaffee über ihren Vorschlag unterhalten könnten?

Langsam ging Cassia durch das Krankenhaus, am Lehroperationssaal, an den Labors vorbei. Die Gerüche, die Geräusche, die Farben, alles rief die Erinnerung in ihr wach. Sie verdrängte das unvermeidliche Bedauern und klopfte fest an die Tür des Dekans.

»Sie waren sehr glücklich hier, nicht wahr?« Seine dichten Augenbrauen trafen über den durchdringenden dunklen Augen zusammen. »Und eine gute Studentin. Wirklich jammerschade. Oh, ich weiß, Sie hatten das Gefühl, Sie müssten es tun. Umso schlimmer. Sie wollten in die Geburtshilfe, nicht? Und haben sich stattdessen selbst ein paar Bälger zugelegt. Furchtbare Verschwendung. Furchtbar. Na, lässt sich nicht ändern. Also, wie war das mit dem Begabtenstipendium oder der Stiftungsprofessur?«

Sie einigten sich darauf, dass eine Stiftungsprofessur für Perinatalforschung eingerichtet werden sollte, dotiert mit jährlich zehntausend Pfund.

»Glänzende Idee«, befand der Dekan, »ausgesprochen großzügig. Wie wollen wir die Professur nennen? Die Fallon-Professur?«

»Nein«, entgegnete Cassia schnell. »Ich dachte, vielleicht Beatty. Das war der Name meiner Patin – die, die mir das Geld vermacht hat ...«

»Na, das liegt ganz bei Ihnen. Ihr Mann weiß doch davon, oder?«

Sie begegnete fest seinem Blick. »Nein. Nein, er weiß es nicht. Natürlich werde ich es ihm noch sagen.«

»Wäre wahrscheinlich das Beste. Nicht gerade ein heller Kopf, Ihr Mann, soweit ich mich erinnere.« Die Augen des Dekans wurden noch durchdringender.

»Doch, sehr«, widersprach Cassia. »Er litt nur furchtbar unter Prüfungsangst.«

»Komisch, die wirklich brillanten Studenten schaffen es immer, sie zu überwinden. Hat wohl überempfindlich reagiert, als Sie besser abschnitten als er. Wahrscheinlich ganz gut für ihn, dass Sie sich entschieden haben, den Beruf an den Nagel zu hängen, wenn Sie ihn denn unbedingt heiraten mussten. Für Sie allerdings weniger.«

»Ja.« Und dann holte sie tief Luft und stellte die Frage, die sie sich geschworen hatte, nie, niemals zu stellen, nicht einmal den Gedanken daran zuzulassen: ob es irgendeine Chance für sie gäbe, wieder als Ärztin zu arbeiten.

»Hier in St. Christopher's nicht. Keine Chance. Sie könnten vielleicht ein allgemeines Krankenhaus überreden, Sie als Ärztin im Praktikum einzustellen. Aber das wäre ziemlich hart. Und das könnten Sie nicht machen, was? In ein Krankenhaus ziehen und die Kinder allein lassen?«

»Nein, das wäre unmöglich.«

»Na ja, wenn Sie es wirklich ernst meinen, es gibt da etwas, das für Sie infrage käme. In den neuen Kliniken für Schwangerschaftsverhütung – man kann diesen Reformern nur viel Erfolg wünschen, da werden Sie mir sicher zustimmen – werden Ärztinnen gesucht. Es ist keine anspruchsvolle Arbeit, aber wenn es Ihnen ernst ist ... ich kenne ein paar Leute aus dem Bereich. Ich könnte ein Vorstellungsgespräch arrangieren.«

»Vielen Dank«, sagte sie und merkte, dass eine schwere Last sich ein bisschen gehoben, die Kälte ein wenig nachgelassen hatte. »Ja, vielen Dank. Wahrscheinlich kommt es ja gar nicht infrage, und mein Mann muss erst seine Zustimmung geben, und ...«

»Um Himmels willen«, brüllte der Dekan und schlug mit der Faust auf den Tisch. »Ich dachte, Frauen hätten heutzutage das Wahlrecht. Glauben Sie, ich besorge Ihnen eine Stelle als Ärztin, nur um mir dann anzuhören, dass Sie die Zustimmung Ihres Mannes dazu brauchen? Aber ich darf Sie nicht verärgern, sonst ändern Sie noch Ihre Meinung wegen der Stiftungsprofessur. Vielen Dank dafür. Tausend Dank. Grüßen Sie Ihren Mann.«

»Ja, mache ich. Danke.«

»Hübscher Hut«, bemerkte er unvermittelt. »Ich sehe gern einen hübschen Hut an einer hübschen Frau.«

Cassia lächelte noch immer, als sie auf die Straße trat.

London war weihnachtlich geschmückt, überall prangte Lichterglanz und die Schaufenster waren luxuriös dekoriert. Cassia schlenderte genießerisch die Bond Street hinunter und dann fing sie an, sich wegen Weihnachten Gedanken zu machen. Was sollte sie bloß tun? Ursprünglich hatte sie sich vorgenommen, nicht viel Geld für Geschenke auszugeben. Alle sollten nur Sachen bekommen, die sie sich von Edwards Gehalt ebenfalls hätten leisten können, damit er sich nicht gedemütigt fühlte. Und dann, als sie mit ihrem Auto, ihrem lächerlichen, wunderschönen Auto für reiche Mädchen, auf der High Street in Haywards Heath hielt, blickte sie ins Schaufenster eines Fahrradladens und sah ein rotes, chromblitzendes Fahrrad mit Dreigangschaltung und Fahrradlampen. Ihr fiel ein, wie sehr Bertie sich so ein Fahrrad wünschte, und sie dachte an den Stabilbaukasten (Größe drei), den sie für ihn gekauft hatte, und es erschien ihr absolut albern, wenn nicht richtiggehend geizig und gemein. Also hatte sie das Fahrrad gekauft, zudem ein ebenso prächtiges Dreirad für William und eine wunderschöne, rüschenverzierte Puppenwiege für Delia.

Sie hatte alle Geschenke auf dem Dachboden versteckt.

Auch für Peggy und Mrs. Briggs hatte sie teure Geschenke gekauft (schließlich wussten sie von dem Geld und würden sie für knickerig halten, wenn sie es nicht tat): ein Umschlagtuch aus weicher Lammwolle für Mrs. Briggs und eine hübsche Wollbluse und einen Wollrock für Peggy sowie einen Korb voll Delikatessen von Fortnum & Mason für ihre Familien. Und dann, da sie ohnehin gerade mit Fortnums telefonierte, hatte sie auch einen für sie selbst bestellt. Edward konnte wohl kaum erwarten, dass sie sich zu einem bescheidenen Mahl hinsetzten und eine Flasche Rotwein dazu tranken, während die Familien ihrer Dienstboten sich an Champagner und Gänseleberpastete delektierten.

Und trotzdem, als sie in Aspreys protzige Schaufenster blickte, spürte sie, dass sie immer nervöser wurde. Vielleicht sollte sie doch die teuren Geschenke auf dem Dachboden lassen und die Stabilbaukästen und die Stoffpuppe wieder hervorholen. Aber das wäre nun wirklich albern.

Cecily genoss ihr Fest, das tat sie immer. Abgesehen von allem anderen, stand sie gern einfach da und beobachtete ihre mehr als hundert eleganten, interessanten, attraktiven Gäste, studierte ihre Schöpfung, diese sorgsam choreographierte Gesellschaft.

Sie besaß eine natürliche Begabung als Gastgeberin: Sie war großzügig, aufmerksam und einfallsreich bei der Zusammenstellung der Gästeliste. Bei ihren Festen hatte nie jemand ein leeres Glas, stand niemand je allein am Rande einer Gruppe oder fand sich für mehr als ein paar Minuten in unliebsamer Gesellschaft. Wenn die Gäste gingen, waren sie immer vollkommen glücklich, zufrieden mit sich und mit ihr.

Der Großteil der Gäste kam natürlich aus der glänzenden Londoner Gesellschaft. Gelegentlich war sogar schon ein unbedeutenderes Mitglied des Königshauses darunter gewesen – zweimal der Herzog von Gloucester und seine hübsche Gemahlin, einmal die Prinzessin der königlichen

Familie und Lord Lascelles. Aber Cecily lud auch gern Mitglieder der internationalen Gesellschaft ein, Frauen wie Natalie Paley, die Tochter des Großherzogs von Russland, oder Madame Martinez de Hoz. Einmal war sogar Diana Vreeland gekommen. Auf Cecilys Gästelisten fand sich alles, was schick und interessant war.

Nach dem Fest würden einige Dutzend Gäste, die Familie und einige enge Freunde – taktvoll vorher instruiert – noch zum Souper bleiben.

Heute bestand die Familie nur aus Harry und Edwina Moreton, Cecilys Eltern und Cassia Fallon. Edward war verhindert, wegen einer Grippeepedemie, die in den Grafschaften um London grassierte. Zu den engen Freunden gehörten Rupert Cameron und der bekannte Architekt Dominic Foster mit seiner Frau Nicola. Sie war knabenhaft schlank, trug eine modisch gewellte Kurzhaarfrisur und war fast unglaublich chic. Foster, hoch gewachsen, dunkelhaarig, anziehend, der sich in einer trägen, schleppenden Manier gefiel, war dem Vernehmen nach ganz allein verantwortlich dafür, dass eine große Fläche grüner Landschaft in der südöstlichen Ecke Londons in Vorstadtstraßen umgewandelt wurde ...

Nicola Foster unterhielt sich schon seit geraumer Zeit mit Edwina Moreton. Cecily beobachtete sie und dachte, was sie nicht alles darum geben würde, so auszusehen. Vielleicht sollte sie eine Diät machen oder sich ihre langen schwarzen Locken abschneiden.

Lächelnd kam Nicola zu ihr hinüber. »Vielen Dank für alles. Wir haben uns blendend unterhalten, aber jetzt sollten wir wohl besser aufbrechen. Wo steckt denn Dominic? Ach, da bist du ja. Ich muss mir noch mal kurz die Nase pudern, dann können wir los.«

Dominic stand da und sah auf die sitzende Cecily herunter. Er sah wirklich ungemein gut aus, und dass er Charme hatte, war unbestreitbar.

»Gute Nacht, Cecily. Es war ein wundervoller Abend. Tausend Dank für die Einladung.«

»Wie schön, dass Sie kommen konnten«, sagte sie und hob ihr Gesicht, als er sich von seiner beachtlichen Höhe herabbeugte, um ihr einen Kuss zu geben. »Sie müssen mal zum Essen zu uns kommen, Sie und Ihre Frau. Vielleicht irgendwann nach Weihnachten.«

»Wir wären entzückt. Danke. Frohe Weihnachten.« Er verbeugte sich halb, lächelte sie an, wandte sich ab und trat zu Benedict, der in einem Sessel saß und sich mit ihrer Mutter unterhielt.

Cecily beobachtete die beiden aufmerksam: Benedict sah zu Dominic auf, lächelte, erhob sich und schüttelte ihm die Hand – und dann legte er ihm den Arm um die Schulter und führte ihn sanft aus dem Raum. Es war eine weltmännische Geste, weiter nichts, und Benedict war kurz darauf wieder zurück. Kaum eine Minute später kam er zu ihr, setzte sich neben sie, küsste ihr die Hand und sagte ihr, was für ein wunderbarer Abend es gewesen sei. Und trotzdem wusste sie es. Sie wusste es immer. Und ein dunkler, furchtsamer Instinkt sagte ihr, dass sie diesmal vielleicht nicht in der Lage sein würde, etwas dagegen zu unternehmen.

Cassia saß neben Rupert auf dem Sofa und dachte, wie gern sie ihn doch hatte (obwohl sie nicht mehr in ihn verliebt war), beobachtete die Leute, plauderte müßig über diesen und jenen, beneidete Edwina um ihren Chic und versuchte, ihn zu analysieren.

»Du siehst einfach sagenhaft aus heute Abend«, erklärte Rupert und lächelte sie an. Sie lächelte zurück, wie immer verblüfft darüber, dass er scheinbar fähig war, ihre Gedanken zu lesen. »Wie töricht von Edward, dich allein aus dem Haus zu lassen.«

»Rupert, ich bin eine achtundzwanzigjährige Landpomeranze mit drei kleinen Kindern. Sei nicht albern.«

»Achtundzwanzig stimmt, das muss ich einräumen, ein immenses Alter. Aber eine Landpomeranze bist du nicht. Du siehst ausgesprochen mondän aus. Atemberaubendes Kleid, schwarz hat dir schon immer gut gestanden. Gott, ich wünschte, ich könnte noch einmal achtundzwanzig sein.«

»Was hast du gemacht, als du achtundzwanzig warst?«, fragte sie neugierig.

»So ziemlich dasselbe wie heute«, entgegnete er leichthin. »Ich war ein erfolgloser zweitklassiger Schauspieler, ging mit verschiedenen zweitklassigen Theatertruppen auf Tourneen und hatte eine lange Reihe katastrophaler Liebesaffären. Nur dachte ich damals, dass ich eines Tages Erfolg haben würde – im Gegensatz zu heute.«

Sie starrte ihn an, schockiert über die echte Traurigkeit in seiner Stimme. »Rupert, so habe ich dich noch nie reden hören.«

»Ich tue es auch nicht sehr oft. Meist weiß ich, dass ich von Glück sagen kann, überhaupt arbeiten zu können, den Krieg überlebt zu haben und Freunde zu besitzen, Freunde wie dich. Aber der fünfundfünfzigste Geburtstag hat schon ein bisschen wehgetan. Stimmt einen nachdenklich. Und es wurmt mich, dass ich nie im West End aufgetreten bin, nicht ein einziges Mal. Und jetzt wird es auch nicht mehr dazu kommen, fürchte ich.«

»Vielleicht doch.«

»Ich glaube kaum. Dazu müsste schon ein Wunder geschehen. Aber genug des Selbstmitleids, mein Augenstern. Cecily sieht glänzend aus, findest du nicht? So gelassen und heiter. Die Schwangerschaft bekommt ihr.«

»Ja, obwohl ...«

»Ich weiß. Ich habe es auch gesehen. Aber da gibt es keinen Grund zur Sorge. Der junge Mann ist viel zu ehrgeizig. Harmlos, was das betrifft, würde ich sagen. Ich werde mal gehen und Cecily beruhigen.«

»Rupert, sei vorsichtig. Sie mag es nicht ... na ja, du weißt, sie will nicht, dass jemand im Bilde ist.«

»Selbstredend. Ich bin der Takt selbst, hast du mich je anders erlebt?«

Sie beobachtete, wie er zum Sofa hinüberschlenderte, sich auf die Lehne hockte und mit Cecily zu plaudern begann. Offenbar erzählte er ihr irgendeinen Witz und ging dann wohl zu Klatschgeschichten über. Und sie sah, wie Cecily verblüfft zu ihm aufblickte, dann lächelte und sich sichtlich entspannte.

Viel später fragte Cassia ihn, was er zu Cecily gesagt habe.

»Oh, ich habe gesagt, dass es nur eines gibt, das Dominic Foster wirklich will, für das er vor nichts zurückschrecken würde, und das ist der Ritterschlag. All sein Streben, all sein Tun ist darauf ausgerichtet.«

»Ist das wahr?«, fragte sie.

Rupert zögerte. »Nicht *ganz*, aber vom Endergebnis her bleibt es sich gleich. Er wird bestimmt kein solches Risiko eingehen. Es war ein Kürzel dafür. Und es hat Cecily beruhigt.«

»Du bist wunderbar«, sagte Cassia und küsste ihn, »du bist wunderbar und ich habe dich furchtbar lieb.«

Das Weihnachtsfest verlief überraschend harmonisch. Unendlich behutsam hatte Cassia Edward erklärt, dass sie sich vorkäme wie der Geizkragen in Charles Dickens' Weihnachtsgeschichte, wenn sie nicht allen schöne Geschenke machen würde. Sie hatte ihm den Kauf der Fahrräder im Schaufenster gebeichtet, der Puppenwiege, der Geschenkkörbe für Peggy und Mrs. Briggs (und den für sie selbst), und er hatte alles anstandslos akzeptiert. Am Weihnachtsabend hatte sie ihm sein Geschenk überreicht, eine schlichte goldene Armbanduhr, von der er begeistert war.

Danach brachte sie ihn dazu, sie zu lieben. Das hatte er schon lange nicht mehr getan, und als sie danach entspannt und befriedigt neben ihm lag, sagte sie: »Edward, ich liebe dich sehr.«

»Ich weiß«, antwortete er. Es war eine unerwartete Reaktion, die sie aus der Fassung brachte.

»Und ich nehme an, du liebst mich auch immer noch?« Ein wenig nervös lächelte sie in die Dunkelheit hinein. Ihre Hände strichen immer noch zärtlich über seinen Körper.

»Aber natürlich.« Er beugte sich zu ihr hinüber und küsste sie, drehte sich um und nahm seine Schlafposition ein, mit dem Rücken zu ihr.

Und sie spürte, dass trotz der plötzlichen Nähe seine Wachsamkeit zurückgekehrt war, und wusste, dass sie nichts dagegen tun konnte, gar nichts.

Am 20. Januar 1936 starb König George V. in Sandringham. Der alte König hatte kaum seinen letzten Atemzug getan, als Königin Mary ihrem ältesten Sohn die Hand küsste und sagte: »Der König ist tot, lang lebe der König.« Die neue Regierungszeit hatte begonnen, und es hieß, der neue König sei außer sich vor Gram. Im ganzen Land breitete sich Trauer aus, ein Echo dieses Schmerzes, aber es herrschte auch Aufregung über die Thronbesteigung dieses jungen, charismatischen Nachfolgers.

Am nächsten Tag reiste Edward VIII. nach London, um

vor dem Thronrat zu erscheinen und sich über den Rundfunk an sein Volk zu wenden. Tags darauf wurde seine Thronbesteigung offiziell an vier verschiedenen Orten Londons verkündet, zuerst im St.-James-Palast. Ein Fotograf entdeckte den König am Fenster, kurz bevor er den Palast verließ, im Gespräch mit einer schlanken, blassen, dunkelhaarigen Frau, die dem Großteil seiner Untertanen noch unbekannt war. Am nächsten Tag wurde das Foto des Königs und der Unbekannten in fast jeder Zeitung des Landes veröffentlicht. Sie blieb nicht lange unbekannt.

»Donnerstag fahre ich nach London«, kündigte Cassia Anfang Februar beim Abendessen an.

»Und warum diesmal? Wieder ein Einkaufsbummel?« Edward lächelte sie an, aber sein Blick war wachsam. »Es wird sicher trostlos werden, die Hauptstadt ist ja noch in Trauer. Absurd, die ganze Sache.«

»Was, dass alle traurig sind, weil der alte König gestorben ist? Da kann ich dir nicht beipflichten.«

»Oh, ich hatte ganz vergessen, dass du ihn ja persönlich kanntest.« Edwards Stimme triefte vor Ironie.

»Mama! Du hast den König getroffen?«, rief Bertie aus, die braunen Augen groß vor Aufregung. »Wieso, und wo war das?«

»Im Buckingham Palace«, wich Cassia hastig aus. »Es war nur ein großes Fest, weiter nichts.« Edward starrte finster in seine Zeitung.

»Donnerwetter! Mama! Und wie war es?«

»Ziemlich aufregend«, antwortete sie und riskierte, dass der finstere Blick sie traf. Plötzlich ärgerte es sie.

»Hatte er seine Krone auf? Und die Königin auch?«

Mit einem Scharren schob Edward seinen Stuhl zurück.

»Ich muss gehen«, sagte er. »Die Arbeit ruft. Warum fährst du nach London, wenn man fragen darf? Willst du dich der Stimmung landesweiter Trauer anschließen?«

»Ich werde bei Onkel Richard und Margaret zu Mittag essen. Sie haben mich schon vor Ewigkeiten eingeladen und ich habe es immer wieder verschoben. Es spricht doch nichts dagegen, oder?«

»Nein, wenn du die Zeit erübrigen kannst.«

»Natürlich kann ich das. Ich habe ja nicht gerade eine Vollzeitbeschäftigung.«

»Ach, auf einmal?«

»Was willst du damit sagen?«

»Früher konntest du es kaum einrichten, am Vormittag hier bei mir zu bleiben, weil du so viel um die Ohren hattest, wegen der Kirchengemeinde und dem Landfrauenverein. Und jetzt ist es kein Problem, einfach mal so nach London hochzuflitzen.«

»Jungs, auf geht's«, sagte sie, denn sie sah, dass Berties Augen plötzlich argwöhnisch waren, weniger strahlend. »Sucht Peggy und fragt sie, ob sie euch schon mal das Gesicht wäscht.« Als die Kinder den Raum verlassen hatten, machte sie die Tür zu. »Edward, das ist nicht fair. Ich war vor Weihnachten zuletzt in London. Ich fahre am Donnerstag, weil da keine Vormittagssprechstunde ist. Bertie ist in der Schule und Peggy macht es nichts aus, auf William und Delia aufzupassen.«

»Es gefällt mir nicht, dass sie so oft für die Kinder verantwortlich ist. Sie ist von ziemlich beschränkter Intelligenz, und ihre eigentliche Arbeit bleibt liegen.«

»Edward, ein Tag im Monat ist doch nicht oft.«

»Ich hatte eigentlich den Eindruck, dass es öfter ist.«

Plötzlich fühlte sie Wut in sich aufsteigen. »War es nicht. Ich kann gern meinen Terminkalender holen und es dir beweisen. Aber wenn du dir solche Sorgen deswegen machst, sollten wir vielleicht überlegen, eine etwas kompetentere Person einzustellen.«

»Was um alles in der Welt willst du damit sagen?«

»Eine Kinderfrau.«

»Eine Kinderfrau! Ich will keine Nanny hier im Haus, das wäre ja lächerlich.«

»Du vielleicht nicht, Edward, aber ich schon. Ich hätte sogar ausgesprochen gern eine Nanny. Ich habe drei kleine Kinder und eines davon ist ein sehr anspruchsvolles Baby. Das ist eine Menge Arbeit. Die meisten Frauen in meiner Lage haben mehr Hilfe als ich.«

»Komisch, mir wird nicht oft von einer Kinderfrau die Tür geöffnet, wenn ich Patienten besuche. Selbst wenn sechs Kinder unter sechs Jahren im Haus sind.«

»Ach, Edward, hör doch auf. Du weißt genau, was ich meine.«

»Ja«, erwiderte er, »ich weiß genau, was du meinst. Und ich finde es ziemlich beleidigend. Du gibt mir damit zu verstehen, dass ich nicht genug verdiene, um dir die Hilfe zu geben, auf die du ein Anrecht hast.«

»Du bist kindisch«, erklärte sie und fing an, Delia von ihrem Hochstuhl loszuschnallen. »Kindisch und – ach, vergiss es, nicht so wichtig.«

»Aber ich finde es wichtig. Sehr. Aber fahr ruhig und hab Lunch mit deinen reichen Verwandten. Das ist sicher viel angenehmer, als hier mit mir kaltes Fleisch und Salat zu essen.«

»Ach, Herrgott noch mal«, zischte sie, verließ den Raum und knallte die Tür hinter sich zu.

Er hatte noch immer kaum ein Wort mit ihr gewechselt, als sie am Donnerstagmorgen nach London aufbrach.

Sie nahm einen viel früheren Zug, als notwendig gewesen wäre, einfach weil sie nicht im Haus herumhängen wollte. Da sie infolgedessen weit früher in London eintraf als nötig, entschied sie, einen Einkaufsbummel zu machen.

London war sehr ruhig. Alle Schaufenster waren schwarz verhängt und viele Männer trugen einen schwarzen Trauerflor am Ärmel. Aber in den Geschäften ging es fröhlicher zu.

Cassia ging zu Harrods, und die Sache begann ihr Spaß zu machen. Delia brauchte ein paar neue Kleidchen, und da sie gerade in der Kinderabteilung war, besorgte sie auch gleich ein paar Sachen für die Jungs. Dann ging sie in die Damenkonfektionsabteilung hinunter und kaufte sich zwei neue Kleider, ein Tageskleid aus feinem marineblauem Jersey, sehr zweckmäßig, und ein kleines Abendkleid, das ganz bestimmt nicht zweckmäßig war, aus schwarzem Crêpe de Chine, knöchellang, mit langen, engen Ärmeln, einem tiefen Rückenausschnitt und einer schmalen Nixenschleppe aus demselben Material, fast so lang wie das Kleid. Der Himmel wusste, wann sie das anziehen sollte. Wahrscheinlich erst bei Cecilys nächster Weihnachtsfeier. Da sie keine passenden Schuhe dazu besaß, kaufte sie noch schwarze, elegant schmale, hochhakkige Wildlederpumps und eine passende Tasche mit Strassverschluss. Und dann fand sie sich in der Hutabteilung wieder, probierte Hüte auf und sah sich außerstande, einen absolut wunderbaren, absolut lächerlichen Hut nicht zu kaufen. Er hatte eine breite Krempe und ein flaches Kopfteil und war mit einer riesigen Straußenfeder geschmückt.

Als sie ihre Einkäufe getätigt hatte, fühlte sie sich wieder viel besser. Es war erschreckend, was für eine positive Wirkung ein Einkaufsbummel haben konnte, hatte sie festgestellt. Sie war fähig, mit größerer Nachsicht an Edward zu denken – so sehr, dass sie ihm sogar eine neue Seidenkrawatte besorgte, bevor sie dem Blumenladen einen Besuch abstattete und mit einem Arm voller Lilien für Margaret wieder herauskam.

Sie verließ Harrods durch den Hinterausgang, um von dort ein Taxi zu nehmen und zum Grosvenor Square zu fahren. Es waren nicht viele Taxis unterwegs, und während sie wartete, bemerkte sie, dass sich direkt gegenüber das Büro eines Immobilienmaklers befand, und aus keinem besonderen Grund, aus reiner Neugier, ließ sie ihre Einkäufe in der Obhut des livrierten Portiers zurück, überquerte die Straße und studierte die Angebote im Schaufenster. Ein Haus fiel ihr ins Auge: Es stand nicht zum Verkauf, sondern war von März bis September zu mieten, ein entzückendes kleines Puppenhaus in der Walton Street. »Wohnzimmer, Esszimmer, drei Schlafzimmer, Dienstbotenräume im Souterrain, hübscher Garten. 250 Pfund pro Kalendermonat.« Und weil die Walton Street ganz in der Nähe lag und Cassia immer noch zu früh dran war, ging sie hin und schaute sich das Haus an.

Es war ein hohes, schmales, kleines Haus mit Stuckverzierungen und aus dem dunkelroten Londoner Backstein erbaut. Eine Treppe mit schmiedeeisernem Gitter führte zu der rot gestrichenen Haustür hinauf. Cassia sah das Haus an und musste lächeln, denn es hatte Charme und irgendwie eine glückliche Ausstrahlung.

Sie kehrte zu Harrods zurück, überprüfte, ob ihre Einkäufe immer noch sicher in der Obhut des Portiers waren, und betrat das Büro des Immobilienmaklers, eigentlich nur, um sich bestätigen zu lassen, dass das Haus bereits vermietet war.

Nein, es sei noch nicht vermietet, sagte der ziemlich gesetzte junge Mann hinter dem Schreibtisch. Es sei ein entzückendes Objekt und absolut ideal, sollten gnädige Frau beispielsweise daran denken, sich ein Haus für die Londoner Saison zu nehmen. Wenn sie interessiert sei, könne er gern eine Hausbesichtigung arrangieren.

Cassia hatte nicht vor, sich ein Haus für die Londoner Saison zu nehmen, aber zu ihrer eigenen Überraschung hörte sie sich sagen, dass sie ein Haus für länger als sechs Monate bräuchte, leider. Und dann, weil der junge Mann so nett war und so offensichtlich enttäuscht, ließ sie ihn ihren Namen und ihre Anschrift notieren, damit er sie über andere passende Angebote informieren konnte. Hierauf holte sie endlich ihre Päckchen bei dem geduldigen Portier ab und gestattete ihm, ein Taxi für sie anzuhalten.

Und dann, teilweise weil sie in einem Taxi saß, unterwegs nach Mayfair, umgeben von Einkaufstüten und Schachteln, teilweise wegen des Gesprächs gestern beim Abendessen, stieg unvermittelt die Erinnerung an den Sommer von 1924 in ihr auf, so eindringlich, als erlebe sie alles noch einmal. Der Sommer, in dem sie die Saison als Debütantin mitgemacht hatte und von Lenonora bei Hof vorgestellt wurde. Trotz ihrer anfänglichen Vorbehalte, ja ihres Widerstrebens war es eine herrliche Zeit gewesen ...

Sie war fast schockiert gewesen, als sie feststellte, wie sehr sie das alles genoss, fast von Beginn an.

Natürlich waren einige der Mädchen ziemlich albern und viele Mütter waren einfach unmöglich, aber die meisten waren freundlich. Leonora war ungeheuer beliebt, was dazu beigetragen hatte, dass Cassia ebenfalls sehr populär wurde. Leonora bestand darauf, außer dem Ball im Juni noch eine Cocktailparty im April für sie zu geben, was ihren Status erhöhte und sie als eine der wichtigeren Debütantinnen auswies, eine, die hofiert werden musste.

Cassia wäre keine junge Frau gewesen, wenn es ihr nicht gefallen hätte, mit siebzehn Dutzende schöner Kleider gekauft zu bekommen, in prachtvolle Häuser in ganz London und am Wochenende aufs Land eingeladen zu werden, jede Nacht durchzutanzen und – sehr zu ihrer Überraschung – festzustellen, dass die jungen Männer sie attraktiv fanden. Auch etliche der jungen Männer waren ziemlich albern, aber einige sahen sehr gut aus und waren amüsant. Ihre Tanzkarte war jeden Abend schon ziemlich früh gefüllt, sie bekam köstliche Sachen zu essen und außerordentlich guten Champagner zu trinken. Sie trank oft zu viel davon, aber wen interessierte es schon, wie man sich morgens fühlte, wenn man lange liegen bleiben, im Bett frühstücken und abwarten konnte, bis es einem wieder besser ging?

Der Empfang bei Hof, dem sie mit besonderem Spott entgegengesehen hatte, war in Wirklichkeit (wie sie in ihrem Tagebuch einräumte) eine erstaunliche, unglaublich großartige Erfahrung gewesen. Von dem Augenblick an, wo sie neben Leonora im Salon des Hauses am Grosvenor Square stand, beide in weißen Hofkleidern mit langer Schleppe, drei weiße Straußenfedern im Haar – die Federn des Prinzen von Wales –, und die zärtliche Bewunderung in Sir Richards Gesicht sah, der ein Glas Champagner erhob und auf sie beide anstieß, hatte sie das Gefühl, einen seltsamen, verzauberten Traum zu durchleben.

An dem Abend wurden über dreihundert Mädchen bei Hof vorgestellt, und sie mussten lange im Vorraum des Palastes warten. Cassia musste dringend zur Toilette, aber es gab keine, nur einen Nachttopf in einem kleinen Nebenzimmer, hinter einem Wandschirm, für diejenigen, die es nicht mehr aushielten. Sie entschied, dass sie es noch aushalten konnte, und lenkte sich durch das innerliche Aufsagen lateinischer Deklinationen ab. Cassia war ziemlich sicher, dass keines der anderen Mädchen auch nur gewusst hätte, was eine Deklination war. Bei den oberen Klassen galt Bildung für Mädchen als vollkommen verschwendet. Sie wurden für Ehe, Mutterschaft und Haushaltsführung auf höchstem Niveau vorbereitet und hatten darüber hinaus wenig Gedanken oder Ambitionen.

Selbst die bescheidensten ihrer Klassenkameradinnen im Mädchengymnasium von Leeds, die mit einem Schulstipendium, waren zehnmal so viel wert wie diese törichten, seichten, geistlosen, verwöhnten Geschöpfe. Gerade als Cassia das dachte und sich nicht zum ersten Mal in den letzten sechs Wochen fragte, was um alles in der Welt sie eigentlich hier machte, wurden sie und Leonora in den Thronsaal geleitet und sofort wandten sich ihre Gedanken angemesseneren Dingen zu.

Der Thronsaal war gewaltig und fast unglaublich prunkvoll, ausgestattet mit riesigen vergoldeten Spiegeln, schönen Gemälden, roten Samtvorhängen und überladenen Kristalllüstern. Auf der Galerie spielte ein Streichorchester, und am Ende des Saals, unter einem golddurchwirkten Samtbaldachin, standen die beiden Thronsessel. Das Ganze erinnerte eher an ein Bühnenbild als an einen historischen Schauplatz.

Ihre Majestäten waren kleiner, als Cassia erwartet hatte, aber ungeheuer eindrucksvoll. Königin Marys berühmte statuenähnliche Haltung wurde durch das hochgetürmte Haar und die imposante Perlenkette noch betont. Als Cassia einen tiefen Hofknicks machte, den Kopf gesenkt (und panische Angst hatte, die Straußenfedern könnten sich dabei lösen und herunterfallen), fiel ihr plötzlich eine Bemerkung von Rupert ein. Er hatte ein Bild der Königin studiert und bemerkt, wahrscheinlich sei sie gar nicht echt, sondern ausgestopft, und Cassia wurde von dem wilden und unangemessenen Wunsch überfallen, in Gekicher auszubrechen.

Der Ball für Cassia fand in der zweiten Juniwoche statt. »Vor Ascot und Henley. Danach sind alle immer schon ein wenig angeödet«, hatte Leonora erklärt, als sie den Termin festlegten. Um acht gab es im Speisezimmer ein Dinner für zwanzig Personen, und um zehn begann der Ball in dem großen Zelt, das im Garten aufgebaut worden war. Es waren vierhundert Personen eingeladen worden, und jedes Mal, wenn sie daran dachte, empfand Cassia eine Mischung aus Nervosität und totaler Ungläubigkeit. Ihr Kleid war wunderbar schlicht, aus ganz blassem bläulich-rosa Crêpe de Chine – »Es sollte eigentlich weiß sein, aber lass uns ein bisschen mogeln, damit du mehr auffällst«, hatte Leonora unbekümmert bemerkt, als sie sich eine endlose Auswahl an Stoffen ansahen. Das Kleid fiel lose von den Schultern bis zur Hüfte und deutete ihre kleinen, hohen Brüste an, statt sie zu betonen. Der leicht gestufte Rock war fast bodenlang und lief in einer kleinen Schleppe aus. Um das goldblonde Haar, das jetzt zu einem perfekten, kinnlangen Bubikopf gemeißelt war, trug sie ein mit Diamanten besetztes Stirnband. Ihr einziger übriger Schmuck war das Geschenk, das sie zu diesem Anlass von Leonora und Sir Richard erhalten hatte: eine doppelreihige Perlenkette.

Cassia war die Stufen hinabgestiegen, und Leonora und Richard hatten am Fuß der Treppe auf sie gewartet, und sie merkte, dass die beiden sie mit etwas mehr als Bewunderung anschauten. Sie war nicht länger bloß ein hübsches Schulmädchen, das die Debütantin spielte, sondern eine junge Frau, schön und sich dessen auf sinnliche Weise bewusst.

Und dann war Harry gekommen. Sie hatte ihn seit Jahren nicht gesehen, und als sie auf ihn herunterblickte und zusah, wie er Jarvis seinen Mantel reichte, fiel ihr wieder ein, wie sehr sie ihn verabscheute. Er war sich der schieren, energiegeladenen Kraft seiner Persönlichkeit so ungeheuer sicher.

Er hatte aufgeblickt und sie gesehen und sich leicht verbeugt. Als sie am Fuß der Treppe ankam, nahm er ihre Hand und küsste sie. »Schau an, schau an«, sagte er. »Wie erwachsen du geworden bist. Ich hätte dich gar nicht wieder erkannt.«

»Ich dich auch nicht«, erwiderte sie kühl, und dann schaute sie zu ihm auf und sah etwas in seinen Augen aufleuchten, fast widerwillig, und sie konnte sehen, dass er dieses Etwas als problematisch empfand.

Fast widerstrebend sagte er: »Du siehst wunderschön aus, Cassia, wirklich wunderschön«, und diesen Augenblick hatte sie nie mehr vergessen.

Den größten Teil des Abends hatte Harry nur zugeschaut, einen brütenden und leicht verächtlichen Ausdruck im Gesicht. Ein paarmal tanzte er mit einigen der intellektuelleren Debütantinnen und einmal forderte Leonora ihn lachend zum Tanz auf, und die beiden legten einen so atemberaubenden Charleston aufs Parkett, dass alle an den Rand der Tanzfläche traten und zuschauten. Harry war ein vorzüglicher Tänzer, was Cassia überraschte. Ihrer bisherigen Erfahrung nach waren eher die kleinen, schmächtigen Männer gute Tänzer, nicht einsneunzig große, die aussahen wie Rugbyspieler.

Es war eine wundervolle Nacht, warm, mondbeschienen, erfüllt vom Duft der Rosen. Cassia war wunschlos glücklich, als wäre ein Siegel auf ihr Leben gedrückt worden: ihr verzaubertes Leben.

Und dann war Harry zu ihr getreten, hatte sich kurz verbeugt und gesagt: »Darf ich um diesen Tanz bitten?«

Es war ein Walzer. Leicht unbeholfen glitt sie in seine Arme. Nie zuvor war sie ihm so nahe gewesen; er war sehr warm und hielt sie sehr fest. Es war keineswegs ein unangenehmes Gefühl und das Tanzen mit ihm war merkwürdig sinnlich. Zum ersten Mal seit einem Jahr spürte sie das seltsame Ziehen tief in sich, das Rupert einst hervorgerufen hatte, und ärgerte sich darüber. Diese Gefühle waren für Rupert bestimmt, die Liebe ihres Lebens. Sie wollte nichts für irgendeinen anderen Mann empfinden, und ganz bestimmt nicht für Harry Moreton, den sie nicht leiden konnte.

»Wollen wir uns wegschleichen?«, fragte Harry plötzlich.

»Wie bitte?« Sie blieb stehen und starrte ihn an.

»Wollen wir in einen Nachtclub gehen? Vielleicht ins KitKat. Der ist irrsinnig chic.«

»Harry, schlägst du vor, dass ich meinen eigenen Ball verlasse, um in einen Nachtclub zu gehen?«

»Nur für eine Stunde oder so. Niemand wird es merken. Das wirst du doch schon mal gemacht haben. Edwina Fox-Ashley hat mir versichert, sie hätte in diesem Jahr nie mehr als eine Stunde auf einem Debütantinnenball verbracht.«

»Harry, ich möchte nicht mehr mit dir tanzen. Ich möchte mich hinsetzen. Vielleicht könntest du mir ja etwas zu trinken holen. Bevor du gehst.«

»Ach, um Himmels willen.« Er sah gereizt aus. »Es war doch nur ein Vorschlag. Ja, schön, ich hole dir etwas zu trinken. Wenn es das ist, was du willst.«

Sie trat aus dem großen Zelt, atmete die kühle, beruhigende Nachtluft ein und rief sich ins Gedächtnis, dass er ein blöder, verzogener, kindischer Junge war, auch wenn er noch so erwachsen aussah. Als er sie fand, hatte er zwei Gläser und eine Flasche Champagner in der Hand und blickte etwas unbehaglich drein.

»Bitte entschuldige, wenn ich dich gekränkt habe. War nicht beabsichtigt.«

»Ja, du hast mich gekränkt. Wenn du gehen willst, solltest du es besser jetzt tun. Es wird spät. Ich würde dich ungern aufhalten.«

»Oh, das hat keine Eile«, versicherte er. »Diese Nachtclubs haben bis zum Morgengrauen auf.«

Es schien ihm überhaupt nicht bewusst zu sein, wie sehr er sie verletzt hatte, und gegen ihren Willen lächelte sie ihn an.

Sie merkte plötzlich, dass er sehr betrunken war. »Du siehst wirklich gut aus«, raunte er, und unvermittelt beugte er sich vor und versuchte, sie auf die Lippen zu küssen.

Cassia wandte den Kopf ab, aber er hielt sie fest, drehte ihr Gesicht zu sich herum und küsste sie erneut. Sein Atem roch nach Alkohol; sie riss sich los. »Harry, nicht. Du bist betrunken.«

»Natürlich bin ich nicht betrunken. Dazu hatte ich längst nicht genug. Kleines Tugendlamm«, höhnte er. »Ein unschuldiges, braves kleines Mädchen vom Lande, das bist du, nicht wahr, Cassia? Als etwas vollkommen anderes herausgeputzt.«

»Sprich nicht so mit mir«, sagte Cassia scharf.

»Warum nicht? Du weißt doch überhaupt nicht, wie es in der Welt zugeht. Oder vielleicht doch?«

»Harry, hör bitte auf, so herablassend mit mir zu reden. Ich mag das nicht.«

»Gut, schauen wir mal. Machen wir einen Test.« Er sah sie an, einen seltsamen Ausdruck in den Augen, gehässig, fast bösartig. »Wollen wir doch mal sehen, wie viel du über das wirkliche Leben weißt.«

Und dann erzählte er ihr, was Benedict war.

Sie war fassungslos gewesen, furchtbar aufgewühlt, hatte sich ganz krank gefühlt.

»Geh weg«, schrie sie ihn an. »Verschwinde von hier, verschwinde von meinem Ball! Du hast alles verdorben. Du bist widerlich und gemein und ich will dich nie mehr sehen. Verschwinde, verschwinde aus diesem Garten, aus diesem Haus. Geh, geh!«

Zum ersten Mal, seit sie ihn kannte, wirkte Harry unsicher.

»Verschwinde!«, fauchte sie.

Sie hatte keine Ahnung, wie lange sie draußen geblieben war und versucht hatte, mit dem fertig zu werden, was sie gehört hatte, versucht hatte, es zu begreifen.

Noch jahrelang war sie verwirrt gewesen, hatte nicht verstanden, warum er das getan hatte. Und als sie schließlich erkannte, dass ihre Abweisung unerträglich für ihn gewesen war, dass er Rache gesucht und sie in diesem Akt der Grausamkeit gefunden hatte, begriff sie auch, warum er ihre Abweisung so intensiv empfunden hatte. Nur war es da natürlich schon zu spät. Viel zu spät.

Sie hatte den Großteil ihrer Einkaufstüten und Schachteln neben sich auf dem Bürgersteig aufgetürmt und suchte in ihrem Portemonnaie nach Geld, als sie eine Stimme, die sie sehr gut kannte, amüsiert sagen hörte: »Ein recht teurer Vormittag, Mrs. Fallon, nehme ich an?«

Cassia hob den Kopf, und weil sie gerade an ihn gedacht hatte oder vielmehr versucht hatte, nicht an ihn zu denken, überfluteten sie die alten Gefühle ihm gegenüber, nicht die neuen, die der Freundschaft schon recht nahe kamen. Sie blickte Harry Moreton ausgesprochen kühl an. »Nein, eigentlich nicht. Ich habe nur ein paar Sachen für die Kinder gekauft.«

»Wirklich?«

»Ja«, sagte sie und bückte sich, um die Päckchen aufzuheben, und ließ prompt die Hutschachtel fallen, die er zuvorkommend aufhob. Leider war der Deckel abgerutscht und hatte den Inhalt in seiner ganzen absurden Extravaganz enthüllt.

»Ein ungewöhnlicher Hut für ein Kind«, bemerkte er, »aber vielleicht ist das Leben auf dem Lande ja interessanter, als ich gedacht hatte.«

Sie sah ihn an und versuchte, ihre sorgsam genährte Feindseligkeit heraufzubeschwören, und dann, weil die ganze Situation so ungemein albern war, lächelte sie. »Ich fand, ich könnte mir ruhig auch einmal selbst etwas gönnen.«

»Aber sicher. Und es ist ein entzückender Hut. Ich hoffe nur, du wirst eine Gelegenheit finden, ihn aufzusetzen. In einem Dorf in Sussex wird es nicht allzu viele geben, könnte ich mir vorstellen.«

»Gelegentlich verlasse ich dieses Dorf auch«, bemerkte Cassia.

»Wie man sieht. Ein wenig öfter als früher, bilde ich mir ein. Lass mich dir helfen und ... komm, setz den Hut auf, mach Richard eine Freude. Margarets Tugenden sind zahlreich, aber ein Gottesgeschenk für die Couturiers ist sie nicht gerade. Wie ich hörte, wirst du mit ihnen zu Mittag essen. Leider kann ich mich euch nicht anschließen, ich habe ein langweiliges Treffen im Reformclub. Ich habe gerade mit Richard über den Neubau der Waterloo Bridge gesprochen.«

»Was hast du denn mit der Waterloo Bridge zu tun?«

Er schaute sie an, erst überrascht und dann nachdenklich. »Ich hatte ganz vergessen, was für ein unweibliches Interesse an solchen Dingen du an den Tag legst«, sagte er langsam. »Aber es gefällt mir.«

»Harry, wirklich, was für eine unglaublich altmodische Bemerkung. Frauen haben heutzutage mehr im Kopf als – na ja, Hüte und die Dienstbotenknappheit.«

»Tatsächlich? War mir noch gar nicht aufgefallen. Jedenfalls, Richard hat mit dem Bau der neuen Brücke zu tun und ich investiere in das Projekt. Das heißt, meine Firma investiert in das Projekt.«

»Ich wusste gar nicht, dass du eine Firma hast.«

»Es gibt vieles, was du nicht über mich weißt, Cassia«, erwiderte er leichthin, »zu meinem Bedauern. Aber komm, ich helfe dir, die ganzen Sachen für die Kinder hereinzutragen.«

Sie lachte immer noch, als Jarvis die Tür öffnete.

Harry ließ sich überreden, auf einen Drink zu bleiben, und verabschiedete sich dann mit vielen Worten des Bedauerns.

Sir Richard freute sich so, sie zu sehen, dass es fast rührend war, und auch Margaret hieß sie auf ihre zurückhaltende Art willkommen. Ein größerer Gegensatz zu Leonora ließ sich wirklich kaum denken, dachte Cassia, als sie Margarets längliche, ziemlich scharfe Gesichtszüge ansah, die kräftige Figur und das zu einem strengen Knoten geschlungene graue Haar.

»Ich fürchte, ich muss euch kurz nach dem Lunch verlassen«, verkündete Sir Richard. »Eine Krise in der Fabrik. Ich hoffe, du verzeihst mir.«

»Aber natürlich.«

Das Essen war köstlich: eine klare Brühe, Lammkoteletts, Apfelkuchen. Es war in der Tat viel besser als kaltes Fleisch und Salat, dachte Cassia mit einem unterdrückten Seufzer. Nach dem Essen gingen sie in den Salon.

Beim Kaffee meinte Sir Richard: »Erzähl doch mal von der Stiftungsprofessur, die du in deinem Krankenhaus einrichten willst.«

Cassia erklärte, es solle eine Stiftungsprofessur für geburtshilfliche Forschung werden. Sie selbst würde nun ja nie Fachärztin für Gynäkologie und Geburtshilfe werden und nie in die Forschung gehen können, und so wolle sie zumindest das tun.

»Das ist ziemlich traurig«, warf Margaret ein.

»Tja«, bekannte Cassia, ein wenig zu munter, »ich versuche, nicht allzu oft darüber nachzudenken. Und es könnte sein, dass ich etwas anderes tue, was zumindest ein bisschen in die Richtung geht. Aber zurück zu der Stiftungsprofessur. Ich möchte, dass sie die Beatty-Professur genannt wird, zur Erinnerung an Leonora, wie ich schon am Telefon sagte.«

»Mein Liebes, das ist reizend von dir und außerordentlich großzügig. Ich finde, du hättest es verdient, das Geld für dich selbst auszugeben.«

»Es ist ja noch reichlich übrig«, eröffnete sie lachend. »Schließlich war es eine halbe Million Pfund.«

Daraufhin schwieg er lange, und dann stand er auf, kam zu ihr hinüber, beugte sich herab, küsste sie und sagte: »Mein Liebes, wie wunderbar. Ich freue mich ja so für dich.« Aber zuvor hatte sie in seinen Augen den Ausdruck eines solch tiefen und unmissverständlichen Schocks gesehen, dass sie selbst ganz erschüttert war.

8

»Gut, Mrs. Moreton. Ziehen Sie sich bitte an und gehen Sie ins Sprechzimmer«, sagte die Sprechstundenhilfe, und dann sehr sanft: »Hätten Sie gern eine Tasse Tee?« Dieses Angebot machte sie an diesem Punkt allen Patientinnen von Mr. Fortescue – der wie alle Fachärzte und Spezialisten mit Mr. angesprochen wurde, nicht mit Dr. wie die Allgemeinmediziner.

»Nein«, antwortete Edwina, »nein, vielen Dank.« Sie brachte ein schiefes Lächeln zustande. »Mir wäre eher nach einem Gin.«

Mr. Fortescue saß hinter seinem großen Schreibtisch. Sein Gesicht über dem mehrfachen Doppelkinn war rund und er hatte eine Miene bekümmerten Mitgefühls aufgesetzt.

»Also, Mrs. Moreton«, begann er, »es besteht keine Schwangerschaft, wie Sie ja schon befürchtet hatten. Natürlich lässt sich das nicht mit absoluter Sicherheit sagen, der menschliche Körper und die menschliche Fortpflanzung entziehen sich der exakten Wissenschaft. Jedoch ...«

»Ich werde keine Kinder bekommen können?« Sie zwang sich, die Worte auszusprechen.

»Es scheint zumindest unwahrscheinlich. Offenbar kommt es einfach nicht zur Ovulation, und leider haben auch die Hormoninjektionen keine Wirkung gezeigt. Was bedeutet ...«

»Ich weiß, was es bedeutet. Kein Ei, auf das die munteren kleinen Spermien treffen könnten.« Ein brüchiges Lächeln.

»Ja. Richtig.«

»Und dafür gibt es keine Behandlung?«

»Ich fürchte nein, und wir kennen auch die Ursachen

noch nicht. Natürlich sind wir das alles bereits durchgegangen, aber ich würde es gern noch einmal wiederholen. Sie sind also ganz sicher, dass nie eine Infektion aufgetreten ist, soweit Sie wissen? Eine Unterleibsentzündung oder ... nun ja, Genitalentzündung?«

»Nein«, sagte Edwina fest. »Keine Infektion. Also warum, glauben Sie, ist meine Periode zweimal ausgefallen? Wo sie doch normalerweise so sehr schmerzhaft und stark ist.«

»Ich würde sagen, das hat fast mit Sicherheit psychologische Gründe. Ihr Wunsch nach einer Schwangerschaft ist so stark, dass Sie Ihren Körper davon überzeugt haben, dass eine besteht.«

»Ich verstehe.«

»Wie schade, dass Ihr Mann Sie nicht begleiten konnte«, bemerkte Mr. Fortescue. »Ich hätte gern mit Ihnen beiden gesprochen.«

»Er ist diese Woche nicht in London«, sagte Edwina schnell.

»Ach so. Wie steht er zu Ihrer Unfähigkeit, ein Kind zu empfangen?«

»Ich glaube nicht, dass es ihm etwas ausmacht. Nicht viel jedenfalls.« Das war eine Lüge: Harry machte es allmählich ausgesprochen viel aus.

»Nun, teilen Sie ihm mit, wenn er irgendwelche Fragen hat, kann er sich jederzeit an mich wenden.«

»Ja. Ja, ich richte es ihm aus.« Als ob Harry, der Versagen in keinem Bereich und bei niemandem tolerierte, mit einem vollkommen Fremden über die Unfruchtbarkeit seiner Frau reden würde. Selbst wenn der Experte auf dem Gebiet war.

Es wurde bereits dunkel, als sie auf die Welbeck Street hinaustrat, und ein scharfer Wind blies die Straße hinauf. Edwina war müde und sehr deprimiert. Wenn Harry von ihrer Unfruchtbarkeit erfuhr, würde er wahrscheinlich die Scheidung wollen.

Vielleicht wäre das gar keine so schlechte Idee. Sie hatten so wenig gemeinsam und man konnte ihre Ehe kaum als glücklich bezeichnen. Sie hätte ihn nie heiraten dürfen. Ganz tief im Innern hatte sie gewusst, dass es ein Fehler war, aber er war ein so erstaunlicher Fang gewesen: attraktiv, sexy, charmant, klug – und reich. Sehr reich.

Als er sie also gefragt hatte, als er gesagt hatte ...

»Edwina, ich möchte, dass du mich heiratest.«

Es war auf einem Ball gewesen und sie saß neben ihm am Tisch. Zuerst hatte sie es für einen Scherz gehalten und gelacht (und bei sich gedacht, dass es ihr nichts ausmachen würde, wenn es kein Scherz wäre, er sah in seinem Smoking so verflixt gut aus), aber dann hatte sie den ernsten Ausdruck seiner Augen gesehen. Sie waren nicht voller Wärme, nicht wirklich die eines Liebenden, aber ernst. Fast verzweifelt.

Sie hatte sich in ihrem Stuhl zurückgelehnt, ihn angeschaut und gesagt: »Das meinst du nicht ernst, Harry. Oder doch?«

»Verdammt noch mal, natürlich meine ich es ernst!« Dann wurde ihm offenbar klar, dass dieses Verhalten kaum das eines Werbenden war. Er riss sich sichtlich zusammen und erklärte: »Ich möchte, dass du mich heiratest. Ich finde dich schön, außerordentlich interessant und ungeheuer sexy und wir werden sicher glücklich werden.«

Das Wort »interessant« gab den Ausschlag. Sie hatte immer versucht, interessant zu sein – erfolglos, wie sie fürchtete: Sie war zu oberflächlich, zu sehr mit Trivialitäten beschäftigt, um als interessant zu gelten.

Schönheit besaß sie, das wusste sie, mit ihrem ovalen Gesicht, einer Haut wie Sahne, braunen Augen und dem glänzenden, dunklen Haar. Und dass sie sexy war, wusste sie auch.

Sie liebte Sex; sie hatte ihren Körper und die Freuden, die er schenken konnte, entdeckt, als sie fünfzehn war. Damals hatte sie das Wochenende mit ihren Eltern in einem überfüllten Landhaus verbracht und ein Bett mit einer Freundin teilen müssen. Das Mädchen, das im Bett demonstrativ eine Kurzgeschichte von Virginia Woolf gelesen hatte, fing fast sofort an, Edwina Avancen zu machen, ihre Brüste und ihre Hüften zu streicheln. Und als Edwina das zu ihrer eigenen Überraschung offensichtlich gefiel, sie nicht zurückgewichen war, hatte sie angefangen, sie zu küssen.

Edwina hatte den weichen Mund auf ihrem Mund, die Zunge, die nach ihrer Zunge suchte, wahnsinnig erregend gefunden und sofort reagiert. Ihr Entzücken, als das Mädchen zwischen ihre Beine und dann weiter tastete, einen Bereich von fast unvorstellbaren Sinnesempfindungen und Vergnügen erkundete, überraschte sie, stieß sie aber in keiner Weise ab. Sie war in der Gesellschaft einer fragwürdiggewagten Mutter aufgewachsen: Sylvia Fox-Ashley hatte schon sehr früh angefangen, offen mit ihr über Sex in all seinen Erscheinungsformen (und über all seine Freuden) zu sprechen. Lesbischer und homosexueller Sex hatte Edwina immer eher interessiert als schockiert.

Eine Einführung in den heterosexuellen Beischlaf ein Jahr später mit einem schwitzenden Eton-Schüler nach einer Silvesterfeier in Schottland enttäuschte sie. Aber sie gab nicht auf, und einige erfahrene Liebhaber später räumte sie durchaus zufrieden ein, dass ihre wahren sexuellen Vorlieben eher konventionell waren, obwohl sie immer noch gern gelegentlich ein lesbisches Zwischenspiel genoss.

Mit Harry Moreton hatte sie noch kein einziges Mal geschlafen, als er ihr so unerwartet einen Heiratsantrag machte, und vollkommen überwältigt von ihm und der berauschenden Aussicht, ihn zu heiraten, war sie mit ihm in sein großes Haus am Lowndes Square gegangen. In seinem Bett erfuhr sie eine so außerordentliche, wilde und heftige Lust, dass ihr Körper noch Tage danach bei der Erinnerung daran pulsierte und pochte.

Endlich schlief sie ein, und als sie aufwachte, beugte er sich über sie und sah sie mit einer Mischung aus Begehren und einer seltsamen Ungeduld an. Sie lächelte und er sagte, ohne das Lächeln zu erwidern: »Du hast noch immer nicht gesagt, ob du mich heiraten willst.«

Natürlich will ich, hatte sie erwidert, und dann, gierig nach mehr, zog sie ihn zu sich herunter und in sich hinein, und es wurden keine weiteren Worte gewechselt.

Tage später, nachdem zahllose Flaschen Champagner geleert und Glückwünsche entgegengenommen worden waren, ging ihr auf, dass er nicht gesagt hatte, dass er sie liebte. Und er hatte auch nicht gefragt, ob sie ihn liebe.

Sie verdrängte den Gedanken, stürzte sich in die Hochzeitsvorbereitungen und ließ nicht zu, dass er wieder an die Oberfläche kam – oder doch erst lange nach der Hochzeit.

Als es hoffnungslos zu spät gewesen war.

Edwina beschloss, Cecily zu besuchen. In gewisser Weise war das vielleicht keine so glückliche Idee, da Cecily mittlerweile im siebten Monat war, aber Edwina hatte sie sehr gern. Sie war so freundlich und sanft und es war so außerordentlich leicht und angenehm, sich mit ihr zu unterhalten. Sie hatte eigentlich nicht vorgehabt, Cecily von ihrem Nachmittag bei Mr. Fortescue zu erzählen, aber nachdem sie sich eine Weile Cecilys munteres Geplauder über Fanny und Stephanie und das neue Baby angehört hatte, brach sie plötzlich in Tränen aus und erzählte ihr alles.

»Oh, Schatz«, sagte Cecily und legte den Arm um sie. »Das tut mir unendlich Leid. Ich kann mir nichts Schrecklicheres vorstellen. Oh, lieber Himmel, das war nicht gerade taktvoll.«

»Sei nicht albern«, versetzte Edwina ungeduldig. »Ich kann mir auch nichts Schrecklicheres vorstellen.«

»Was meint denn Harry dazu?«, fragte Cecily.

»Er weiß es nicht«, antwortete Edwina scharf, »und er soll es auch nicht erfahren.«

»Edwina, du kannst es kaum vor ihm geheim halten. Ich meine, es ist ziemlich offensichtlich und ...«

»Ja, ja, ich weiß. Aber ich will nicht, dass er erfährt, dass gar keine Hoffnung besteht. Damit könnte er nicht leben, das weiß ich. Es ist viel besser, ihn glauben zu lassen, es könnte doch noch was werden. Und außerdem«, fügte sie in einer leicht ungenauen Wiedergabe von Mr. Fortescues Worten hinzu, »hat der Arzt mir durchaus Hoffnungen gemacht. Er hat nur gesagt, eine Empfängnis sei unwahrscheinlich.«

»Edwina, ihr könntet doch ein Kind adoptieren.«

»Kannst du dir vorstellen, dass Harry in seiner männlichen Arroganz das Kind eines anderen als sein eigenes annehmen könnte? Jetzt fang nicht an, dir Gedanken wegen Harry zu machen.« Edwina war leicht gereizt. »Ich bin es, die Mitgefühl verdient. Harry hat so viel anderes, das sein Leben ausfüllt: seine Arbeit, seine Bilder – Gott, dafür gibt er vielleicht ein Geld aus, letzte Woche hat er Tausende für einen Modigliani bezahlt –, seine Pferde ... Zumindest hat er keine Geliebte. Noch nicht. Jedenfalls glaube ich nicht, dass er eine hat.« Sie zündete sich eine Zigarette an.

»Edwina, natürlich hat er keine Geliebte. Sei doch nicht albern.«

»Das ist keineswegs albern. Harry ist reich, sehr attraktiv und fängt an, sich mit mir zu langweilen. Das weiß ich. Es wäre außerordentlich naiv von mir, nicht damit zu rechnen.« Sie lächelte, ein rasches, munteres, kleines Lächeln. »Aber wenn er sich eine Geliebte nimmt, werde ich mir natürlich einen Liebhaber zulegen. Viel besser, als ein furchtbares Theater zu machen, findest du nicht auch? Und es bereitet viel mehr Vergnügen.«

»Hast du schon jemanden im Auge?«, fragte Cecily lachend.

»Es gibt Dutzende, mit denen ich gern ins Bett gehen würde, wenn du das meinst, aber gefragt hat mich noch keiner. Jedenfalls nicht ernsthaft.«

»Na, ich hoffe, es wird auch niemand tun. Und ich bin ganz sicher, dass Harry nicht vorhat, eine Affäre anzufangen. Er liebt dich sehr.«

»Cecily, er liebt mich überhaupt nicht. Er hat mich nie geliebt. Nun schau doch nicht so. O Gott.« Und dann begann sie wieder zu weinen. »Was ich brauche«, erklärte sie und putzte sich die Nase, »ist eine Beschäftigung. Ich kann doch nicht den Rest meines Lebens damit zubringen, mir neue Kleider zu kaufen und Partys zu geben. Gott, ich wunschte, ich hätte eine Berufsausbildung. Wie Cassia.«

»Hat ihr auch nicht viel genützt«, sagte Cecily brüsk. »Vollkommen verschwendet, ihr Studium, dank diesem selbstgefälligen Spießer von Ehemann.«

»Mama! William hat sich übergeben. Auf sein Bett und dann auf meines.«

»O Gott.« Cassia kämpfte sich mühsam aus dem Schlaf

hoch. »Ich komme, Bertie. Sag William, er soll ins Badezimmer gehen.

»Da ist er schon. Er weint.«

Sie zog sich ihren Bademantel an und schloss behutsam die Schlafzimmertür hinter sich. Es war drei Uhr morgens und der arme Edward war erst seit einer Stunde im Bett. Er hatte einem äußerst zögerlichen Baby auf die Welt geholfen.

Eine Stunde später hatte sie Williams Bettwäsche noch zweimal gewechselt und saß müde neben ihm, als ein lautes Geschrei aus Delias Zimmer ertönte. Cassia rannte los und stellte fest, dass die Kleine sich ausgiebig über ihr Bettchen und den Boden erbrach. Als sie alles wieder in Ordnung gebracht hatte, war William erneut schlecht geworden. Und dann fing Bertie an. Es wurde eine sehr lange Nacht ...

Morgens um sieben schliefen alle drei. Sie waren bleich wie Gespenster, aber das Schlimmste war überstanden. Cassia kroch neben Edward ins Bett. Er stöhnte, blickte auf den Wecker und sagte, er müsse aufstehen.

»Sie haben alle drei Durchfall und Erbrechen. Ich habe eine furchtbare Nacht hinter mir.«

»Sicher das Hackfleisch, das sie zum Abendessen hatten. Ich fand ja gleich, dass es etwas komisch roch.«

»Warum um alles in der Welt hast du nichts gesagt?«

»Ich bin davon ausgegangen, dass du dir selbst ein Urteil bilden würdest.«

»Klar. Ich dachte mir, das Hackfleisch ist verdorben. Prima, sie werden alle krank werden. Vielen Dank für deine Hilfe, Edward.«

»Bleib noch ein bisschen liegen. Ruh dich aus. Hast du ihnen genug zu trinken gegeben? Es ist sehr wichtig, eine Dehydrierung zu vermeiden.«

»Edward«, sagte sie und gab sich Mühe, nicht zu schreien, »ich weiß, wie Brechdurchfall behandelt wird. Besten Dank. Nur zu deiner Kenntnis: Alles, was sie zu sich genommen haben, einschließlich Wasser, kam sofort wieder hoch. In Ordnung?«

»Ja, schon gut«, antwortete er. »Ich dachte, ich erwähne es lieber.«

Sie hoffte, noch ein wenig schlafen zu können; ihr war selbst ein wenig übel. Unten erwachte der Haushalt zum Leben. Peggy klapperte in der Küche, Edward verlangte vom Esszimmer aus lautstark nach seinem gebratenen Speck – Gott, er war so arrogant auf seine ruhige Art. Mrs. Briggs kam, Buffy bellte den Milchmann an und Edward brüllte den Hund an, er solle ruhig sein. Sie versuchte, es sich bequem zu machen.

Stille. Frieden. Ihre Gedanken verschwammen. Und dann: »Mama! Mir ist wieder schlecht geworden.«

Sie zog gerade Berties Bett ab, als Edward hereinkam, einige Briefe in der Hand.

»Mrs. Briggs fühlt sich nicht wohl, also habe ich ihr freigegeben. Vielleicht war es doch nicht das Hackfleisch. Ich muss also dich für die Sprechstunde einsetzen. Peggy sagt, sie hat zu viel zu tun, sie schafft es nicht. Alles in Ordnung mit dir?«

»Oh, alles ist absolut wunderbar, Edward. Ich habe die ganze Nacht nicht geschlafen, Bertie hat sich gerade wieder übergeben, und du erzählst mir, dass du Mrs. Briggs nach Hause geschickt hast und mich für die Sprechstunde brauchst. Warum schickst du nicht auch noch Peggy ins Bett, nur für den Fall, dass sie sich später krank fühlen sollte?«

»Nun mach dich nicht lächerlich. Alles in Ordnung, alter Knabe? Versuch, ein bisschen Wasser zu trinken, Bertie. Übrigens, ich habe deine Post mitgebracht.« Er hielt inne und sah sie an und es war eine gewisse Wachsamkeit in seinem Blick. »Es ist ein Brief von St. Christopher's dabei. Irgendeine Ahnung, was die von dir wollen?«

»Äh, nein. Wahrscheinlich ein Treffen der Absolventen.« Verdammt, sie hätte den Dekan bitten sollen, an Cecilys Adresse zu schreiben, aber normalerweise gelang es ihr, die Post abzufangen.

»Ich habe keine Einladung erhalten.«

»Vielleicht ist sie für uns beide.«

»Ich glaube kaum, dass sie die an dich adressieren würden. Macht es dir was aus, wenn ich mal reinschaue?«

»Na ja, ich ...«

»Mama! Entschuldige. Oh, entschuldige. Alles über dein Nachthemd.«

Nachdem sie gebadet und sich die Haare gewaschen hatte, ging sie müde ins Schlafzimmer.

Edward saß auf dem Bett; er blickte sehr seltsam drein. »Was zum Teufel soll das? Dieser Brief. Vom Dekan. Wegen einer Stiftungsprofessur.«

»Oh«, sagte sie, »das.«

»Ja. Das. Cassia, verdammt, was zum Teufel soll das?« Edward fluchte sonst nie; es zeigte, wie aufgebracht er war. »Soll das etwa heißen, du bist hinter meinem Rücken zum Dekan gegangen und hast ihm angeboten, einen Lehrstuhl in St. Christopher's zu stiften, in der Universitätsklinik, in der ich studiert habe ...«

»Ich auch.«

»Lass die Spielchen. In meiner Universitätsklinik, ohne es auch nur mit mir zu besprechen. Hast du überhaupt eine Ahnung, was für eine Demütigung das für mich bedeutet? Was soll der Dekan von mir denken?«

»Edward, mach dich nicht lächerlich. Was soll er schon denken? Außer dass er dankbar ist, das Geld zu bekommen.«

»Das Geld«, sagte er. »O ja, das Geld. Das verdammte Geld.«

Es klingelte an der Tür. Peggy rief hinauf: »Herr Doktor! Der erste Patient ist da!«

Edward stand auf. Sein Gesicht war grau. Er sah sie mit absolutem Widerwillen an. »Bitte komm herunter, sobald du kannst. Ich brauche deine Hilfe. Wir sprechen beim Mittagessen darüber. Die Sache muss geklärt werden. Und was soll dieser Unfug mit der Klinik für Schwangerschaftsverhütung?«

»Ich weiß nicht. Du hast mich den Brief ja noch nicht lesen lassen.«

Sie griff nach dem Schreiben. Der Dekan hatte handschriftlich darunter gekritzelt: »Was die Klinik für Schwangerschaftsverhütung angeht, so habe ich mit der Kollegin gesprochen. Sie erwartet Sie, damit Sie alles durchsprechen können. Ihr Name ist ...«

Cassia ließ den Brief sinken. Sie fühlte sich elend.

»Ich werde eine Kinderfrau einstellen«, erklärte Cassia. »Ich habe mich entschieden.« Sie saß in ihrem Sessel vor dem Kaminfeuer, Edward neben ihr; sie stickte und er löste ein Kreuzworträtsel. Ein Bild häuslicher Harmonie, dachte sie. Wer würde annehmen, dass aus ihrer Ehe in so kurzer Zeit ein bitteres Schlachtfeld geworden war?

»Habe ich dazu auch etwas zu sagen? Da es immerhin meine Kinder sind, die dieser Frau überlassen werden sollen?«

»Selbstverständlich werde ich niemanden ohne deine Zustimmung einstellen. Ich führe die Einstellungsgespräche, und wenn ich ein paar in die engere Wahl gezogen habe, werde ich dich bitten, sie dir anzusehen.«

»Ich meine«, präzisierte er, »habe ich ein Mitspracherecht dabei, dass eine Kinderfrau eingestellt wird? Ich muss dir nämlich sagen, dass ich ausgesprochen unglücklich darüber bin. Du bist ihre Mutter. Du solltest dich um die Kinder kümmern.«

»Es hat dir nie was ausgemacht, dass Peggy auf sie aufgepasst hat. Peggy, die kaum fähig ist, auf sich selbst aufzupassen.«

»Du warst ja nie weit weg.«

»Nein, das war ich nicht. Aber da ich vorhabe, in Zukunft ein wenig öfter weg zu sein, möchte ich, dass die Kinder in die Obhut einer verantwortungsbewussten Frau kommen.«

»Wie ausgesprochen gewissenhaft von dir.«

»Ach, scher dich zum Teufel«, zischte Cassia.

Er verließ den Raum. Sie hörte, wie er in sein Arbeitszimmer ging und die Tür hinter sich schloss, und versuchte, ihre Gefühle zu analysieren. Sie schien erschreckend wenig zu empfinden.

»Das muss sehr schwer für Sie gewesen sein«, sagte Dr. Pamela Richards. Ihr etwas strenges Gesicht war voller Mitgefühl. »So weit zu kommen, so gut abzuschneiden – und dann alles aufgeben zu müssen.«

»Nun ja«, antwortete Cassia vorsichtig, »ich war schwanger. Und mein Mann hatte die Praxis in Monks Heath gekauft. Ich hatte das Gefühl, dieser Verantwortung nicht ausweichen zu können.«

»Der Dekan wird kaum erfreut gewesen sein. Und Mr. Amstruther auch nicht. Wie ich höre, waren Sie so etwas wie sein Liebling.«

»Er tobte vor Wut, schrie mich eine halbe Stunde lang an.«

Pamela Richards lächelte. »Da ich selbst verheiratet bin und Kinder habe, kann ich Ihre Entscheidung nachvollziehen. Obwohl es wirklich schade ist, dass Sie nicht wenigstens Ihr praktisches Jahr abgeleistet haben. Dann hätten Sie eine Basis, auf der Sie aufbauen könnten. Aber man sagte mir, dass Sie wieder in den Beruf zurückkehren wollen.«

»Ja, wahnsinnig gern ...«

»Nun, wir brauchen Ärztinnen. Natürlich werden Sie einen Lehrgang machen müssen, aber das wird für Sie keine Schwierigkeit sein. Würden Sie das schaffen? Die Kinder unterbringen und so weiter?«

»Aber ja.«

»Gut. Dann schreibe ich Sie für den nächsten Lehrgang ein. Er wird in ungefähr einem Monat stattfinden, denke ich.«

»Wunderbar.«

»Ich muss Sie warnen«, sagte Dr. Richards. »Es ist keine aufregende Arbeit. Nicht für jemanden, der geburtshilfliche Operationen machen wollte. Aber es ist eine unendlich lohnende Aufgabe.«

»Das macht mir wirklich nichts aus. Es wird auf jeden Fall aufregender sein, als für meinen Mann als Sprechstundenhilfe zu arbeiten und in der Kirche für den Blumenschmuck zu sorgen.«

Pamela Richards lachte. »Ja, das glaube ich gern.« Nach einer Pause fragte sie: »Ihr Mann ist doch – einverstanden?«

»Aber ja. Natürlich. Absolut.«

Fast glaubte sie es selbst ...

9

»Cecily hat einen kleinen Jungen bekommen«, verkündete Cassia und lächelte Edward an, der sich ein schwaches Lächeln abrang.

»Wie nett. Wenn du mich entschuldigen würdest, ich muss jetzt gehen. Das Wartezimmer ist heute gedrängt voll. Du wirst mir doch nachher helfen, oder?«

»Ja, heute schon, aber du weißt, dass ich morgen nicht da sein werde? Und den Rest der Woche auch nicht.«

»Das werde ich wohl kaum vergessen haben«, erwiderte er knapp.

»Aber Janet kann dir helfen, nicht wahr, Janet?«

»Natürlich. Ich freue mich schon darauf.« Janet Fraser strahlte sie an – sie strahlte oft. Sie war jetzt seit einem Monat bei ihnen und ein großer Erfolg. Sie war neunundzwanzig, klein und zart, hatte dunkles, adrett frisiertes Haar, große, funkelnde dunkle Augen und ein wunderbares, strahlendes Lächeln. Nichts brachte sie aus der Fassung oder nahm ihr auch nur vorübergehend ihre gute Laune, weder Delias Wutausbrüche noch Williams fast unglaubliche Unordnung, noch das allgemeine Chaos im Haus. Ihr Vater war ein hoher Beamter im Außenministerium gewesen, und Janet war weit gereist und sehr gebildet.

»Ich will keinen alten Drachen«, hatte Cassia vertrauensvoll beim Einstellungsgespräch erklärt. »Ich will jemanden, der zur Familie gehört.«

»Das möchte ich auch«, antwortete Janet Fraser. »Und Sie haben so eine entzückende Familie. Ich würde sehr gern bei Ihnen arbeiten, wenn Sie das Gefühl haben, dass wir zueinander passen könnten.« Da hatte Cassia das strahlende Lächeln zum ersten Mal gesehen.

Janet Fraser war diplomierte Erzieherin, und obwohl sie die braune Uniform trug und sehr tüchtig wirkte – was sie auch war –, hatte sie sich als bemerkenswert angenehme Hausgenossin erwiesen.

Überraschenderweise hatte Peggy sie ins Herz geschlossen und die Kinder liebten sie.

Delias Benehmen hatte sich um »hundertfünfzig Prozent« verbessert, wie Cassia Cecily, halb amüsiert, halb schuldbewusst, berichtete, und die Jungs sagten übereinstimmend, sie sei ein prima Kerl. Sie war streng, spielte aber alle möglichen Spiele mit ihnen, brachte ihnen Kartentricks bei, erkundete mit ihnen auf langen Spaziergängen die Natur, und nicht einmal Buffys dreckige Pfoten störten sie.

Nur Edward erwies sich als resistent gegen ihren Charme.

Cassia konnte sich nicht erinnern, dass er Janet in dem Monat, den sie jetzt bei ihnen war, auch nur ein einziges Mal angelächelt hätte. »Ich wünschte«, sagte sie gegen Ende der dritten Woche zu ihm, »du würdest ein bisschen höflicher zu Janet sein.«

»Cassia«, sagte er, »ich wollte nicht, dass sie zu uns kommt, und es gefällt mir nicht, dass sie hier ist. Ich bin bereit, ihre Anwesenheit zu tolerieren, aber verlang nicht von mir, sie zu meiner Busenfreundin zu machen.«

»Sei nicht albern, Edward, niemand verlangt das von dir. Sei einfach ein höflicher Arbeitgeber.«

»Nun, ich bin nicht ihr Arbeitgeber, nicht wahr?«, erwiderte er mit dem kalten, harten Blick, den sie zu fürchten gelernt hatte. »Und ich will nicht, dass sie mit meinem Auto fährt. Es gefällt mir auch nicht sonderlich, dass sie mit deinem fährt.«

»Sie wird nicht mit deinem Auto fahren. Und mit meinem Wagen kann ich machen, was ich will.«

»Wie mit allem anderen in deinem Leben.«

Nach einem langen Schweigen sagte Cassia: »Edward, das ist doch kindisch. Können wir nicht wieder Freunde sein? Was hat sich denn schon geändert? Mein Leben ist ein bisschen einfacher geworden, das ist alles.«

»*Du* hast dich verändert. Und für mich ist das Leben sehr viel schwieriger geworden. Ich kann es mit einiger Mühe tolerieren. Aber erwarte nicht von mir, dass es mir gefällt.«

Sie verließ das Zimmer und knallte die Tür hinter sich zu. Peggy sah Mrs. Briggs an und zog die Augenbrauen hoch.

»Cecily ist eine alte Freundin«, erklärte Cassia Janet. »Ihr Mann ist der Bruder meiner Patin.«

Als Janet sagte: »Wahrscheinlich würden Sie morgen nach dem Lehrgang gern Ihre Freundin und das neue Baby besuchen; wenn Sie also um sieben noch nicht zurück sind, werde ich dafür sorgen, dass Mr. Fallon sein Abendessen bekommt«, hätte sie sich am liebsten vorgebeugt und sie umarmt.

»Mrs. Moreton?«

»Ja, am Apparat.« Edwina nahm einen ihrer schweren Perlenohrringe von Chanel ab und setzte sich auf den Stuhl vor ihrem Schreibtisch.

»Sie kennen mich nicht. Ich bin Mary Whittaker. Cecily Harrington hat mir Ihre Nummer gegeben. Zu schön, das mit ihrem Baby, nicht wahr?«

»Ja, wunderbar«, antwortete Edwina höflich.

»Mrs. Harrington erzählte mir, Sie suchten eine Beschäftigung. Sie meinte, Sie hätten Zeit und seien bereit, ehrenamtliche Arbeit zu leisten. Ich sitze im Verwaltungsbeirat der Universitätsklinik St. Christopher's. Eines unserer Mitglieder hat uns gerade verlassen, und wir bräuchten jemanden, der in dem Unterausschuss mithilft, der den Tag der Straßensammlung für wohltätige Zwecke organisiert. Na, wie klingt das?«

»Ich weiß nicht recht«, gestand Edwina, die fand, dass es sich absolut grauenhaft anhörte. »Ich meine, ich habe noch ... ich habe noch etwas anderes in Aussicht, und ich bin mir noch nicht ganz sicher, wie ich mich entscheiden soll. Äh, was hätte ich denn zu tun?«

»Na, organisieren.« Mary Whittaker hörte sich leicht verstimmt an. »Mir wurde gesagt, das sei Ihre Stärke. Es ist ein großes Ereignis, das auf dem Land stattfindet, im Juni, wissen Sie, und alle Helfer, die für uns sammeln, müssen informiert und eingewiesen werden und die abgelieferten Papierfähnchen müssen kontrolliert werden. Es ist eine wirklich wichtige Arbeit und natürlich würden wir Ihnen jede Unterstützung zukommen lassen. Die Leitung hat Lady Southgate, sicher kennen Sie sie, jeder kennt sie, aber wenn Sie nicht interessiert sind ...«

»Doch, ich bin natürlich interessiert. Ich werde nur vielleicht nicht die Zeit haben.«

»Oh, ich verstehe. Dann hat man mich falsch informiert. Wie geht es übrigens Ihrer Mutter?«

»Sehr gut, danke.«

»Ich kenne sie natürlich«, erklärte Mary Whittaker, als sei eine Bekanntschaft mit Sylvia Fox-Ashley obligatorisch für jeden normalen Menschen. »Zufällig sehe ich sie heute Abend. Bei einem Dinner. Vielleicht weiß sie ja jemanden, der wirklich Zeit erübrigen kann.«

»Edwina?« Sylvia Fox-Ashleys Stimme klang streng. Edwina, der dieser Ton vertraut war, seufzte.

»Ja, Mutter.«

»Ein Minuspunkt für dich, mein Schatz. Du hast Mary Whittaker gekränkt und damit Sir Simeon, der ein wichtiger Kunde deines Vaters ist.«

»Mutter, das wusste ich nicht. Ich …«

»Edwina, tu es für mich. Tu mir den Gefallen. Es geht schließlich um eine gute Sache. Wird auch Zeit, dass du etwas mit deinem Leben anfängst, wenn du schon keine Familie gründen willst. Wohl noch keine Neuigkeiten von der Front, was?«

»Nein, Mutter. Keine.«

»Ehrlich, mein Schatz, es ist viel besser, gleich Kinder zu bekommen, dann hat man es hinter sich. Hör auf meinen Rat, Edwina, und sag Harry, dass du so bald wie möglich ein Kind willst. Oder macht er etwa Schwierigkeiten? Falls ja, sollte ich vielleicht mal ein Wort mit ihm …«

»Nein, Mutter, er hat nichts dagegen, und ich verbiete dir, mit ihm darüber zu reden. Ich warne dich, du begibst dich auf gefährliches Terrain.«

»Schon gut, schon gut, nur ruhig Blut. Es würde mir nicht im Traum einfallen, mich in eine so persönliche Angelegenheit einzumischen. Na jedenfalls, es wäre sehr hilfreich, wenn du das für mich tun könntest. Außerdem sind diese Wohltätigkeitskomitees zum Piepen, weißt du: jede Menge Damen der Gesellschaft, die sich wahnsinnig aufspielen. Es wird dich amüsieren.«

»Ich werde eine ehrenamtliche Arbeit übernehmen«, teilte Edwina Harry beim Frühstück mit.

»Wie vorbildlich. In welchem Bereich?«

»Im Krankenhaus.«

»Äußerst vorbildlich. In welchem Krankenhaus?«

»St. Christopher's. Das ist doch die Universitätsklinik, in

der Cassia studiert hat, oder? Ich habe gerade zwei und zwei zusammengezählt.«

»Ja, ist es.« Seine Stimme klang höflich desinteressiert.

»Eine Frau namens Mary Whittaker hat mich gebeten, dem Verwaltungsbeirat beizutreten – um beim Organisieren des Tages der Straßensammlung für wohltätige Zwecke zu helfen.«

»Wie eindrucksvoll.«

»Schön zu wissen, dass ich deine volle Unterstützung habe.« Seine Fähigkeit, sie zu verletzen, überraschte sie immer wieder.

»Entschuldige. Bitte erzähl mir mehr darüber. Wann fängst du an?«

»Nächste Woche, glaube ich.«

»Du wirst feststellen, dass so was ziemlich viel Zeit in Anspruch nimmt«, sagte er. »Ich warne dich.«

»Was um alles in der Welt weißt du denn über Krankenhäuser und Wohltätigkeit?«

»Eine meiner Firmen bietet eine beitragspflichtige Krankenversicherung an, bei der der Krankenhausaufenthalt mitversichert ist. Das ist ein großer Markt. Obwohl St. Christopher's finanziell ziemlich zu kämpfen hat. Das Krankenhaus ist nicht reich wie Tommy's, Bart's oder Guy's. Längst nicht so viel Grundbesitz.«

Sie starrte ihn an. »Wo du überall deine Finger drin hast, Harry.«

»Tja, wenn du auch nur das geringste Interesse an meinen Geschäften zeigen würdest, wärst du nicht so überrascht.« Er stand auf und blickte mit der vertrauten Mischung aus Zuneigung und Missbilligung auf sie herunter.

Cassia, die im Taxi saß und zum Eaton Place unterwegs war, um Cecily zu besuchen, war in einem seltsamen Zustand. Sie empfand eine Mischung aus Aufgeregtheit, Erschöpfung und ernstem Selbstzweifel. Hauptsächlich Selbstzweifel. Sie fragte sich, ob es wirklich klug gewesen war, sich darauf einzulassen – eine Rückkehr in die gefährliche Welt der Medizin zu riskieren, in der es so oft um Leben und Tod ging. Sie traute es sich einfach nicht mehr zu. Was lächerlich war. In nächster Zukunft wurde nichts weiter von ihr erwartet, als die gynäkologische Krankengeschichte von Frauen zu erheben, sie zu untersuchen, ihnen Pessare anzupassen und deren Gebrauch zu erklären. Und schon diese Aussicht jagte ihr einen panischen Schrecken ein. Na ja, das nicht gerade, aber es beschlichen sie Zweifel über ihre medizinischen Kenntnisse. Die Empfängnisverhütungsmittel könnten versagen, die Frauen schwanger werden, einige würden eine Abtreibung vornehmen, ungewollte Babys würden geboren werden und Ehen scheitern – und alles durch ihre Schuld.

Oh, um Himmels willen, Cassia, dachte sie. Was war nur aus der selbstsicheren jungen Frau geworden, die bei Operationen assistiert, Babys entbunden, Wunden genäht und Diagnosen gestellt hatte, die sich nie auch nur eine Sekunde gefragt hatte, ob sie versagen und ihre Patienten im Stich lassen könnte? Zumindest hatte sie nie daran gezweifelt, dass sie ihnen die bestmögliche Behandlung zukommen ließ, die die moderne Medizin möglich machte. Fort war sie, verschwunden, diese junge Frau, ihre Identität verwischt durch die Jahre der Ehe, der Mutterschaft, der Haushaltsführung, des endlosen Bemühens, etwas zu tun, in dem sie nicht sonderlich gut war.

Das war es, was ihr Selbstvertrauen untergraben hatte: das ständige, deprimierende Versagen, die Unfähigkeit, ihren eigenen hohen Maßstäben gerecht zu werden, immer in dem Wissen, dass ihre wahren Fähigkeiten vergeudet wurden, ihr verloren gingen – und es grämte sie so schrecklich, dass sie verloren gingen.

Unmöglich, diese Fähigkeiten, dieses Selbstvertrauen auf einmal wiederzugewinnen. Aber irgendwie musste sie den Glauben an sich selbst von neuem finden. Das Problem war nur, dass sonst niemand an sie glaubte ...

»Was für ein entzückendes Baby«, bemerkte sie, schaute in die blau gerüschte Wiege und lächelte das zerdrückte, rötliche, indignierte Gesicht von Laurence Harrington an. Dann strahlte sie Cecily an und Fanny und Stephanie, die auf dem Bett ihrer Mutter herumlümmelten, von quasimütterlichem Stolz erfüllt.

»Nicht wahr? Und so lieb.«

»Wie fühlst du dich?«

»Großartig«, antwortete Cecily, »wirklich gut genug, um aufzustehen, aber natürlich kann ich das nicht. Ich muss noch mindestens zehn Tage liegen bleiben.«

»Ich bin gleich aufgestanden«, sagte Cassia.

»Wirklich? Wie bald nach der Geburt?«

»Oh, ungefähr drei Tage später. Zwei nach Delias Geburt, glaube ich.«

»Was, richtig aufgestanden?« Cecily sah schockiert aus.

»Ja, natürlich. Es gab so viel zu tun. Ich hatte nicht viel Hilfe im Haushalt. Und Frauen in primitiven Gesellschaften liegen nicht vierzehn Tage nach der Geburt im Bett herum, Tiere übrigens auch nicht – sie stehen auf, sobald sie können.«

»Ja, aber weiß man, ob das gut für sie ist?«

»Ich wüsste nicht, was dagegen spricht. Edward findet das übrigens auch.«

»Aber rät er es ihnen? Rät er es seinen Patientinnen?«

»Nun, viele sind arm, sie haben gar keine andere Wahl.

Aber ja, er rät es ihnen. Ungefähr nach einer Woche sollten sie aufstehen, meint er.«

»Gütiger Himmel«, sagte Cecily. »Wie revolutionär. Kinder, lauft und lasst euch euer Abendessen geben, es ist höchste Zeit.« Die Mädchen kletterten gehorsam vom Bett herunter, küssten ihre Mutter, gaben auch Cassia einen Kuss und verschwanden.

»Ich wünschte, meine Kinder wären so wohlerzogen«, seufzte Cassia.

»Nun, meine wurden von Nanny Hawkins erzogen. Wie ist übrigens deine neue Nanny?«

»Phantastisch. Sie ist absolut wunderbar. Ich bewundere sie, die Kinder lieben sie heiß und innig, sogar Peggy mag sie.«

»Und Edward?«

»Ach, er wird sich an sie gewöhnen. Und was sagt Benedict zu seinem Sohn? Freut er sich?«

»Er ist entzückt von ihm. Aber wie geht es Edward? Stört es ihn, was du machst?«

»Das Arbeiten, meinst du? Nein, er ist froh darüber.«

»Wirklich?«, sagte Cecily. Schweigen.

»Nein, das stimmt gar nicht. Er benimmt sich schauderhaft. Er ist so feindselig und kalt. Ich weiß nicht, was ich tun soll – außer aufgeben, bevor ich angefangen habe.«

»Das darfst du nicht. Wirklich, das darfst du nicht. Ich finde, du hast dich lange genug aufgeopfert. Ich persönlich begreife zwar nicht, wieso du unbedingt berufstätig sein willst, wo du doch zu Hause bleiben und dich um deine entzückenden Kinder kümmern könntest. Aber ich weiß, wie gern du als Ärztin arbeiten würdest und wie gut du in deinem Beruf sein wirst, und ich finde, du hast es verdient.«

»Ach, ich weiß nicht«, meinte Cassia besorgt. »Ich mache Edward nur unglücklich und treibe einen Keil zwischen uns. Vielleicht sollte ich meine Arbeit wieder aufgeben.«

»Nein«, widersprach Cecily, »nein, Cassia, tu das nicht.«

»Aber die Atmosphäre zu Hause ist ganz schrecklich, er spricht kaum mit mir, rührt mich nicht mal mehr an. Ich habe mich wahrscheinlich ziemlich taktlos benommen, im Umgang mit dem Geld und überhaupt, aber ich wollte unbedingt wieder arbeiten, und ich verstehe nicht, warum er nicht ein bisschen großzügiger sein kann ...« Sie hörte ihre Stimme schwanken und spürte, wie sich ihre Augen mit Tränen füllten. Sie wischte sie ungeduldig weg. »Entschuldige.«

»Cassia, Liebes, wein ruhig, wenn dir danach zu Mute ist. Ich finde das sehr traurig. Es scheint so unfair, nach allem, was du für ihn aufgegeben hast. Ich finde, du hast es verdient, du hast eine Chance verdient. Edward ist ja ganz süß und ich mag ihn sehr gern, aber er sollte deinen beruflichen Ehrgeiz nicht so unterdrücken. Du bist schon seit langem nicht mehr glücklich, Cassia.«

»Nein?«

»Nein. Und das ist traurig. Sehr traurig.«

»Schön«, gestand Cassia mit einem Seufzer, »im Moment habe ich nicht das Gefühl, dass mich dieser Weg glücklicher macht, aber ich mache weiter. Mal abwarten, wie sich alles entwickelt.«

»Gut.« Lächelnd legte Cecily sich in die Kissen zurück. »Ich glaube, das ist die richtige Entscheidung.«

»Die Sache scheint dir sehr am Herzen zu liegen.«

»Nun ja, ich mag dich sehr gern. Dein Glück liegt mir am Herzen. Cassia, liebst du Edward noch?«

Nach kurzem Schweigen sagte Cassia: »Ich glaube. Ich hoffe.« Und brach in Tränen aus, schmerzliche Tränen, die wehtaten; es verschaffte ihr keine Erleichterung, sie zu vergießen.

Cecily streckte die Arme nach ihr aus, als sei sie die kleine Fanny. Cassia ging zu ihr und legte sich neben sie aufs Bett. »Ich benehme mich albern«, sagte sie.

»Nein, das tust du nicht. Arme Cassia. Es tut mir so Leid. Ich möchte so gern, dass es dir gut geht. Ich schulde dir so viel.«

»Ach Cecily, sei nicht töricht.«

»Es war einfach wunderbar, was du damals getan hast«, fuhr Cecily fort und sah sie an, plötzlich ganz ernst. »Ich schulde dir eine Menge.«

»Na, so sehe ich es ganz bestimmt nicht. Ich will auf keinen Fall, dass du denkst, du müsstest es irgendwie wieder gutmachen«, erklärte Cassia und putzte sich die Nase. »Es war mir ein Vergnügen – auf ziemlich sonderliche Weise. Hör zu, ich muss los, es ist schon schrecklich spät, und wenn ich nicht zum Abendessen zu Hause bin, geht Edward an die Decke. Dein kleiner Laurence ist himmlisch. Absolut himmlisch.«

»Würdest du seine Patin sein wollen?«

»Cecily«, Cassia schluckte und brach wieder in Tränen aus, aber diesmal flossen sie leichter und waren erquicklicher. »Wahnsinnig gern. Was für eine Ehre. Danke.«

10

Sechs Monate in der Entbindungsabteilung und sechs Monate in der Notaufnahme hatten Cassia auf vieles von dem vorbereitet, was sie nun in ihren Beratungsstunden zu sehen bekam: dreißigjährige Frauen, die aussahen wie fünfzig, schwanger mit dem zehnten oder zwölften Kind, achtzehnjährige Mädchen, schwanger mit dem dritten oder vierten Kind, Dreizehn- oder Vierzehnjährige, die einfach ... schwanger waren. In der Entbindungsabteilung bekamen die Frauen die Kinder, in der Notaufnahme verloren sie sie, verbluteten oft infolge einer illegalen Abtreibung. Nicht einmal die Spuren der Gewalt, der groben Misshandlungen, die diesen Frauen zugefügt wurden, die blauen Flecke, die Schnittwunden – manchmal sogar gebrochene Knochen – schockierten Cassia mehr. Es war erschreckend und betrüblich, aber sie hatte sich daran gewöhnt.

Was sie noch nie zuvor gesehen hatte, waren die Scharen von kleinen Kindern, rotznasig und dürr, deren gräuliche Blässe die Armut verriet, in der sie und ihre Mütter leben mussten. Und was sie bisher nicht gekannt hatte, waren die Geschichten der Frauen. Geschichten von Hoffnungslosigkeit, von niederdrückender Armut, von zermürbender, harter Arbeit, einem schlechten Gesundheitszustand, alles verstärkt durch die ständige Angst vor einer weiteren Schwangerschaft.

Sie saß in ihrem kleinen Sprechzimmer, und eine scheinbar endlose Prozession von Frauen, Frauen, die aus einer anderen Zeit oder einem anderen Land hätten kommen können als Cassia und ihre Kreise, zog hindurch. Ihre Beratungsstunde begann um zwei und war oft um acht noch nicht zu Ende, denn der Träger der Klinik hatte es sich zum Grundsatz gemacht, dass alle Patientinnen auch drangenommen wurden. Sie warteten geduldig, die Frauen, den ganzen langen Nachmittag, während ihre Kinder quengelten, spielten und rauften. Die Babys wurden gestillt, häufig zwei- oder sogar dreimal, und während die Mütter warteten, tauschten sie Geschichten aus, Geschichten über ihre

Männer und die Behandlung, die sie von ihnen erdulden mussten, manchmal traurig, oft mit bitterem Humor.

Cassia stellte sich vor, wie es für diese Frauen sein musste, im Bett zu liegen, schwere Fußtritte auf der Treppe zu hören, den betrunkenen Atem zu riechen. Wie es sein musste, auf das zu warten, was wieder einmal passieren würde, zurückschaudernd davor und voller Angst vor den unvermeidlichen Konsequenzen. Wieder und wieder bekam sie erzählt, oft durchaus munter: »Er ist ganz in Ordnung, wenn er nix getrunken hat, Frau Doktor« und: »Er will keine Schutzmaßnahmen, er sagt, das macht alles kaputt«, gefolgt von einem gleichermaßen munteren: »Und dann ist er natürlich sauer, wenn ich ihm verkünde, dass ich wieder schwanger bin.«

Ernüchtert durch diese Erfahrungen, fuhr sie nach Hause und schämte sich, weil sie ihr Schicksal beklagt und Edward – der immer so freundlich war, so rücksichtsvoll, so behutsam, zumindest im Bett – für unvollkommen gehalten hatte.

Eines Abends versuchte sie, ihm davon zu erzählen, nicht nur von den Frauen, sondern auch von ihrer Dankbarkeit, ihren Gewissensbissen (vielleicht würde das seine Feindseligkeit mildern, dachte sie), aber er hörte nur eine Weile höflich zu und sagte dann: »Solche Dinge habe ich in Harrow natürlich häufig zu sehen bekommen. Ich habe dir doch sicher davon berichtet.«

»Nein, Edward, das hast du nicht«, widersprach sie, denn sie wusste genau, dass sie in den wenigen Stunden ihres Beisammenseins ausschließlich über seine Arbeit geredet hatten, seine Kämpfe, seine Erschöpfung (und ganz gelegentlich über ihre Arbeit und ihre Erschöpfung). »Dann hast du eben nicht zugehört«, erklärte er. »Und jetzt entschuldige mich bitte.«

»Oh, um Himmels willen. Nein, ich entschuldige dich nicht. Ich muss mit dir reden. Ich halte das nicht aus, das ist doch furchtbar. So können wir nicht weitermachen.«

»Es überrascht mich, dass du das sagst. Die ganze Sache, die ganzen Veränderungen in unserem Leben sind doch auf dein Betreiben hin geschehen, und wenn es dir nicht gefällt ...«

»Was mir nicht gefällt«, rief sie leidenschaftlich aus, »ist deine Feindseligkeit. Was habe ich denn getan? Ich verwirkliche doch nur ein bisschen von dem, was ich mir immer gewünscht habe, und du hast doch faktisch kaum darunter zu leiden. Du solltest dich für mich freuen, du solltest dich freuen, dass ich noch eine Chance bekomme.«

»Wie bedauerlich«, befand er, »dass du in unserer Ehe so unglücklich gewesen bist.«

»Das habe ich doch überhaupt nicht gesagt. Ich meinte nur, ich habe mich immer danach gesehnt, in meinem Beruf zu arbeiten. Als Ärztin. Ich wollte schon Ärztin werden, als ich noch ein kleines Mädchen war.«

»Ah«, sagte er, und seine Stimme war eisig, »die alte Leier.«

»Was meinst du damit?«

»An dem Teil deiner Geschichte hängst du sehr, nicht wahr, Cassia? Das hart arbeitende, ehrgeizige Kind, das gegen alle Schwierigkeiten ankämpft und sich durchsetzt. Von all der Hilfe, die du bekommen hast, hören wir weniger, von der Unterstutzung deiner Verwandten, deiner Saison in London, deinen reichen Freunden. Immer nur die traurige kleine, mutterlose Seele oben in Leeds.«

»Das ist ungeheuerlich.« Sie stand auf, Wut stieg in ihr auf, ein Bedürfnis nach physischer Gewalt, und sie fragte sich, ob sie dem Impuls vielleicht nicht widerstehen und ihn schlagen sollte, damit ihm die Stärke ihrer Gefühle klar wurde. »Warum tust du das? Warum bist du so bitter, so zornig?«

»Ich bin zornig«, antwortete er, »weil du ständig andeutest, dass du bislang gar nichts hattest und ich alles, während das Gegenteil der Wahrheit sehr viel näher kommt. Bitte entschuldige mich, ich muss arbeiten.«

Er marschierte aus dem Raum und in sein Arbeitszimmer, und sie hörte, wie er die Tür zuknallte. Cassia starrte ins Feuer. Nicht zum ersten Mal in diesen letzten Monaten sann sie darüber nach, wie seltsam es war, dass das Geld ihr nicht nur ermöglicht hatte, endlich das zu tun, was sie tun wollte, sondern es ihr auch unmöglich machte, Edward die Ehefrau zu sein, die er sich wünschte.

Sie dachte nicht sehr oft an das Geld. Sie ließ es nicht zu, weil sie wusste, es würde sonst zur Obsession werden. Die kleinen Extravaganzen, die sie sich gönnte, die kleinen Veränderungen in ihrem Leben, die sie vorgenommen hatte, reichten aus, um sie zufrieden zu stellen, ihr das Gefühl zu geben, dass es nicht vollkommen vergeudet wurde. Wenn sie einmal über das Geld nachdachte, wie sie es jetzt tat, empfand sie seine Macht als seltsam bedrohlich. Es fiel ihr immer schwerer, sich nicht auszumalen, was sie alles damit anfangen könnte. Auch die ungeheuerlichsten Dinge, wie eine eigene Klinik zu gründen oder eine medizinische Stiftung ins Leben zu rufen, lagen durchaus im Bereich des Möglichen. Doch nicht nur im beruflichen, auch im persönlichen Bereich stand ihr alles offen; sie konnte beispielsweise ihre Kinder nehmen und jahrelang mit ihnen um die Welt reisen und ihre Wunder bestaunen.

Und dann gab es die materiellen Träume, die auf den ersten Blick am wenigsten Gefahren bargen, die am leichtesten zu erfüllen und daher am gefährlichsten waren. Sie dachte an große Häuser, edle Möbel, schöne Gemälde, träumte von exquisiten Kleidern, kostbarem Schmuck, phantasierte von Yachten, Rennpferden, Flugzeugen. All diese Dinge – oder jedenfalls viele davon – konnte sie haben. Aber nicht als Mrs. Edward Fallon, nicht als die Frau des Doktors.

Wenn sie sich endlich entschließen sollte, das Geld auszugeben, den großen Reichtum, der ihr auf so absurde Weise in den Schoß gefallen war, würde dies das Ende ihrer Ehe bedeuten, das sah sie ganz klar. Ihrer Ehe mit einem Mann, den sie nicht liebte, den sie nie geliebt hatte, der aber der Vater ihrer Kinder war, eine zentrale Gestalt im Leben seiner Familie, und für den und dessen Lebensglück sie sich verantwortlich fühlte. Eine Scheidung würde Bitterkeit und Feindseligkeit bedeuten, ungeheuer schmerzlich und für ihn demütigend sein. So, wie sie und Edward zueinander standen, war es unmöglich, dass ihre Ehe vor dem Hintergrund des Geldes, ihres Geldes, fortbestehen konnte. Und so wartete sie, wartete und hortete das Geld, ohne es auszugeben, um zu sehen, was geschehen würde, wo es enden würde. Und ohne es sich richtig bewusst zu machen, betete sie, dass das Ende kommen möge, irgendwie, durch ein Wunder, ohne ihre Schuld, vielleicht sogar ohne ihr Zutun.

Cassia sah auf die Uhr. Fast fünf, aber es warteten nur noch drei Frauen, hatte Jane, die Sekretärin, gesagt. Also sollte sie eigentlich in einer halben Stunde wegkönnen, und das hieß, sie würde es doch noch bis sechs ins Savoy schaffen. Sie war als Vertretung in einer Klinik im Stadtteil Elephant and Castle eingesprungen. Sie würde hingehen müssen, sie hatte Edwina versprochen zu kommen, sofern sie nichts von ihr höre. Und offenbar ging es um Hilfe für das St. Christopher's. Aber ausgerechnet Edwina ...

Sie zwang sich, ihre Aufmerksamkeit wieder der jungen

Frau zuzuwenden, die vor ihr saß. »Erzählen Sie weiter«, sagte sie sanft.

»Verstehen Sie, die Sache ist die, Frau Doktor, ich brauch die Hilfe. Ich hab in fünf Jahren vier Kinder gekriegt. Mein Mann mag diese Dinger nicht benutzen, wissen Sie, und das letzte Baby ist gestorben.«

»Oh, das tut mir Leid«, antwortete Cassia. Das Mädchen konnte kaum älter als zwanzig sein. Sie hatte ihr Alter mit zweiundzwanzig angegeben, aber irgendwie glaubte Cassia das nicht ganz. »Woran ist es gestorben? Diphterie, oder ...«

»Nein, sie ist bei der Geburt gestorben. Sie haben gesagt, es wär vielleicht wegen der dicht aufeinander folgenden Schwangerschaften. Es lagen nur zehn Monate dazwischen.«

»Ja, der Abstand zwischen den Geburten sollte eigentlich mindestens zwei Jahre betragen«, erklärte Cassia. Es war zwar eher unwahrscheinlich, dass das die Todesursache war, aber zehn Monate! Sie dachte an die Zeugung dieses Babys, an den Vater, der keine Kondome benutzen wollte. Vielleicht ganz gut für ihn, dass er nicht hier war.

»Natürlich müssen Sie Hilfe bekommen. Wir können sicher verhindern, dass das noch mal passiert. Ich werde Sie jetzt untersuchen, Ihnen ein Pessar anpassen und Ihnen erklären, wie man es verwendet. Wann wurde das Baby ... geboren?« Es war manchmal nicht leicht, die richtigen Worte zu finden. Das Leben dieser Frauen war so traurig, so schwierig. Wann wurde das Baby geboren? Wann war es gestorben?

»Ungefähr vor sechs Wochen.«

»Das ist noch ein bisschen früh. Ihr Körper ist noch dabei, sich anzupassen, wieder in seinen normalen Zustand zurückzukehren. Auch innerlich. Wir werden also eine vorläufige Lösung finden müssen und Sie später noch einmal wiederkommen.«

»Ach du liebe Güte. Aber nicht ... aber doch nicht ...«

»Nein, keine Kondome.« Sie lächelte die junge Frau beruhigend an. »Sie bekommen wahrscheinlich erst eine Portiokappe und dann ein Pessar. Ich werde Ihnen alles erklären. Jetzt ziehen Sie sich bitte aus und legen sich auf den Untersuchungstisch da drüben ...«

Die junge Frau, noch empfindlich von der Geburt, zuckte bei der Untersuchung zusammen. Es tat Cassia in der Seele weh.

»Gut«, sagte sie zehn Minuten später und reichte ihrer Patientin ein Päckchen und eine Broschüre, »kommen Sie in drei Monaten wieder. Und viel Glück.«

»Danke, Frau Doktor. Vielen Dank.« Plötzlich füllten sich die Augen der jungen Frau mit Tränen und sie wischte sie mit dem Handrücken ab. »Entschuldigung. Ich wollte nicht weinen. Das hat alles wieder hochkommen lassen, wissen Sie, dass ich darüber geredet hab.«

»Ich weiß. Weinen Sie ruhig. Sie können ruhig noch etwas darüber sprechen, manchmal hilft das.«

»O nein, schon gut. Und ich habe ja noch Glück, ich habe die anderen Kinder. Aber es ist so schrecklich, das alles durchzumachen, die Schmerzen und alles, und dann sieht man, dass das Baby ... nicht lebt.«

»Ja. War Ihr Mann nett zu Ihnen? Mitfühlend?«

»O ja, er ist eigentlich unheimlich lieb. Nur – na ja, Sie wissen ja, wie Männer sind.« Sie brachte ein wässriges Lächeln zustande.

Cassia nahm den Omnibus von der Untergrundbahnstation Elephant & Castle zur Strand. Er ruckelte recht schnell dahin und sie sah aus dem Fenster, hörte in Gedanken die Stimme der jungen Frau und erinnerte sich an ein anderes totes Baby, dachte an ihren Schmerz, den Kummer, die Schuldgefühle, und erinnerte sich an das, was danach geschehen war ... Nicht, Cassia, nicht daran denken, nicht heute, nicht heute Abend, um Himmels willen ...

»Hallo, Cassia. Wie nett von dir, dass du gekommen bist.« Edwina sah wie immer einschüchternd chic aus in ihrem schwarzen Kostüm und einem kleinen roten Hut, den sie keck ins Gesicht gerückt hatte. »Du musst ja nach der Arbeit völlig erschöpft sein. Ich habe zwei Martinis bestellt. Du magst doch Martini, oder? Zauberhafter Mantel, von wem ist er? Stiebel?«

»Nein, ich habe ihn bei Selfridges gekauft. Und ja, ein Martini wäre schön.« Es fiel ihr schwer, sich von den Erlebnissen des Nachmittags zu lösen. Der absurde Kontrast zwischen Armut und Martinis, Totgeburten und Mode war ihr schmerzlich bewusst.

»Fein. Die Sache ist die, ich brauche Hilfe. Ich bin gebeten worden, ehrenamtlich für das St. Christopher's zu arbeiten. Ich soll bei der Organisation der Straßensammlung im Juni helfen, und ich dachte, du könntest mich ein bisschen instruieren. Morgen ist meine erste Beiratssitzung und ich will nicht wie eine komplette Idiotin dastehen. Ich hätte gern ein paar Hintergrundinformationen, du verstehst schon.«

»Was, über die Mitglieder des Beirats?«

»Nein, wie die sind, kann ich mir vorstellen: absolut grässlich. Meine Mutter hat mich vorgewarnt. Nein, ich dachte, du könntest mir etwas über das Krankenhaus erzählen. Wann es gegründet wurde, wie viele Abteilungen es gibt, solche Sachen. Glaubst du, die erwarten von mir, dass ich etwas über die medizinische Arbeit des St. Christopher's weiß?«

»Nein, natürlich nicht.« Cassia lachte. »Ich glaube nicht, dass du wissen musst, wie viele Abteilungen es gibt. Aber lass mal sehen, gegründet wurde das Krankenhaus 1442. Früher lag es bei Smithfield, aber im frühen neunzehnten Jahrhundert wurde es in die Nähe des Victoria-Bahnhofs verlegt, weil es in der City bereits Guy's und Bart's gab. St. Christopher's ist nicht so reich wie das St. Thomas's Hospital, aber ...«

»Nein, das hat Harry auch gesagt.«

»Harry? Was um alles in der Welt weiß der denn darüber?«

»Harry weiß eine Menge über alles Mögliche«, erwiderte Edwina vage. »Er bietet irgendeine Krankenversicherung oder so was an.«

»Gütiger Gott. Jedenfalls, das Krankenhaus wird zwar in vielen Nachlässen bedacht, aber es hat ziemlich zu kämpfen. Solche Sachen wie deine Straßensammlung sind also ungeheuer wichtig. Oh, und vielleicht beeindruckt es die Komiteemitglieder, wenn du weißt, dass St. Christopher's eines der ersten Krankenhäuser war, das eine Narkose im Kindbett anbot. Lass mich nachdenken ... o ja, und momentan findet eine intensive TB-Forschung statt. Sie hoffen auf einen Durchbruch. Na, reicht das?«

»Großartig«, befand Edwina. »Ich wusste ja, dass du mir helfen würdest. Und was macht die Arbeit? Macht es Spaß?«

»Ja, sehr. Natürlich ist es keine sehr anspruchsvolle Arbeit, aber es ist ein Anfang.«

»Und was machst du genau? Irgendwas mit Frauen, oder?«

»Ich arbeite in einer Klinik für Schwangerschaftsverhütung. Die Beratung kostet die Frauen nichts. Es gibt immer mehr solche Kliniken, und ...«

»Klingt faszinierend«, bemerkte Edwina, setzte ihr Glas ab und inspizierte ihre gepflegten, roten Fingernägel. »Möchtest du noch einen Martini?«

»Nein, wirklich, ich muss nach Hause.«

»Ach, komm schon. Ein Drink wird dich auf der langen Fahrt aufmuntern. O Gott, da ist Harry. Er hatte schon angedroht, dass er kommen würde. Ich sagte, lass es, aber er hat offensichtlich beschlossen, nicht auf mich zu hören. Hallo, Liebling.« Sie hob das Gesicht, um sich küssen zu lassen. Harry beugte sich über seine Frau, küsste sie kurz, sah Cassia an und gab ihr ebenfalls einen Kuss. »Hallo, Cassia.«

»Hallo, Harry. Ich wollte gerade gehen.«

»Charmant wie immer«, versetzte er leichthin. »Warum bleibst du nicht auf einen Drink?«

»Natürlich bleibt sie«, entschied Edwina. »Harry, bestell doch schon mal die Drinks. Wir hatten Martinis. Ich geh mir mal schnell die Nase pudern. Dauert nur eine Minute.«

Er setzte sich Cassia gegenüber und sah sie an. »Geht es dir gut?«

»Sehr gut, danke, Harry.« Sie spürte das unvermeidliche Ziehen sexueller Spannung, irgendwo zwischen ihrem Kopf und ihrem Herzen.

»Du siehst müde aus.«

»Na, besten Dank.« Ihr Tonfall hatte etwas Abwehrendes, das merkte sie selbst.

»Cassia, daran ist doch nichts Schlimmes. Arbeitest du zu viel?«

»Eigentlich nicht.«

»Aber du arbeitest? In deinem Beruf?«

»Ja.«

»Gut.« Er lehnte sich in seinem Stuhl zurück, einen Ausdruck großer Befriedigung im Gesicht. »Hatte ich schon gehört. Wurde auch höchste Zeit.«

»Nicht du auch noch«, seufzte sie. »Alle sagen das, ständig, es ist wie eine Verschwörung.« Und dann sah sie ihn an und entdeckte ganz hinten in seinen Augen etwas, das sie nicht verstand, eine Art Wachsamkeit; dann war es verschwunden.

»Und macht es dir Spaß?«

»O ja, sehr.«

»Gut. Konntest du Edwina helfen? Bei ihrem neuesten Projekt? Offen gestanden, kann ich mir kaum vorstellen, dass das lange anhalten wird.«

»Ist das nicht ein bisschen unfair? Sie hat doch gerade erst angefangen und sie gibt sich große Mühe.«

»Na ja, im Unfairsein bin ich gut, wie du weißt. Arbeitest du jeden Tag?«

»Nein, nur zwei Nachmittage in der Woche. Recht lange Nachmittage allerdings, sie dauern manchmal bis acht Uhr abends.«

»In London?«

»Du würdest es kaum als London bezeichnen«, antwortete sie, »aber ja, am Rand von Brixton. Obwohl ich heute in Elephant and Castle war.«

»Und dann noch die lange Heimfahrt. Es wundert mich, dass du dir nicht ein kleines Haus in der Stadt nimmst. Du könntest dort übernachten und am nächsten Morgen wieder nach Sussex fahren.«

»Was für eine absurde Idee«, lachte sie. »Wie sollte ich denn das bewerkstelligen?«

»Das ist doch ganz einfach, wo du jetzt eine finanziell unabhängige Frau bist. Überleg doch mal, was dir dadurch alles erspart bleiben würde: das ständige Auf-die-Uhr-Sehen, die Anspannung ...«

»Was, glaubst du, würde Edward wohl dazu sagen? Ganz zu schweigen von den Kindern.«

»Edward kann dich doch sicher zwei Nächte in der Woche entbehren. Er ist ja sowieso ständig bei irgendwelchen Entbindungen, soweit ich das ausmache. Und wie ich höre, hast du ja jetzt eine Kinderfrau, also wären die Kinder in guter Obhut.«

»Harry«, sagte Cassia fest, »ich fürchte, du verstehst mich und meine Ehe überhaupt nicht.«

»Nein«, erwiderte er und sah sie forschend und mit nachdenklichem Blick an. »Nein, ich fürchte, das tue ich nicht.«

Am Ende konnte sie es doch nicht vermeiden. Sie saß im Zug und schaute in die wachsende Dunkelheit hinaus. Ihr Kopf drehte sich leicht nach den zwei Martinis, die sie getrunken hatte, und sie dachte nach, erinnerte sich, durchlebte es noch einmal. Diesen Tag. Es lag an der jungen Frau, die heute Nachmittag in die Beratungsstelle gekommen war. Die junge Frau und ihr totes Baby ...

Sie hatte gehört, dass man nie ganz darüber hinwegkam, dass einen der erste Todesfall für den Rest des Berufslebens verfolgte. Das glaubte sie gern: Nie würde sie den Anblick des winzigen Säuglings vergessen, der endlich aus dem Leib seiner Mutter gezogen wurde, eines armen, erschöpften, angsterfüllten Mädchens, das höchstens fünfzehn sein konnte. Es war offensichtlich, dass das Kind tot war. Diese schreckliche bläulich weiße Farbe ...

Cassia war seit zwei Monaten in der Abteilung für Geburtshilfe. Hier gehörte sie hin, das spürte sie. Hierhin, wo das Leben anfing, wo die Neugeborenen aus den sich abquälenden Leibern ihrer Mütter herausmanövriert, gepresst, gezerrt wurden. Wo bei jeder Geburt, bei jedem ersten Schrei, die Freude eine greifbare, spürbare, vitale Kraft war. Bis zu jenem Tag, an dem das Neugeborene starb. Cassia schaute es an, das friedliche, fast lächelnde Gesicht, die schlaffen und irgendwie schweren Glieder, und brach in Tränen aus.

»Also bitte.« Die Hebamme sah sie streng an. »Sie werden nie Ärztin werden, wenn Sie bei allem und jedem so gefühlsduselig reagieren. Die arme junge Frau hier sollte weinen, nicht Sie. Miss Berridge, bringen Sie das Baby zum Ausguss. Ich komme gleich nach. Hören Sie auf zu schreien, meine Liebe«, fügte sie, an die Mutter gewandt, hinzu. »Es ist vorbei.«

Es war vorbei, dachte Cassia, endgültig. Stundenlang diese furchtbaren Schmerzen, und dann hatte man nichts vorzuweisen, außer einem winzigen blauen Leichnam. Plötzlich wurde ihr übel. Sie legte das Baby behutsam hin, und obwohl es albern war, wickelte sie es in ein Handtuch und übergab sich dann ins Waschbecken.

Eine der Lernschwestern sah sie mitfühlend an. »Es ist schrecklich, nicht wahr? Ist mir letzte Woche auch passiert. Armer kleiner Teufel.« Sie blickte auf das Neugeborene hinunter. »Sie sind so verdammt gefühllos, diese Hebammen. Wollen den Gebärenden nie was gegen die Schmerzen geben. Sie scheinen es für ihre Mission im Leben zu halten, sie leiden zu lassen.«

»Letzte Woche«, erzählte Cassia mit einem schwachen Lächeln, »haben wir eine Hebamme entbunden. Ich habe noch keine Frau so schreien hören, und später sagte sie, sie hätte sich noch nie im Leben so geschämt wie beim Gedanken an all die Gebärenden, denen sie befohlen hatte, gefälligst leise zu sein. Ich habe eine große Bewunderung für Frauen entwickelt, seit ich in der Geburtshilfe bin. Na ja, für alle Frauen, die Kinder geboren haben.«

Kurz darauf ging sie nach Hause. Es war Freitagabend, und sie hatte sich auf eine Pause gefreut. Während der Woche wohnte sie jetzt im Krankenhaus, in einem winzigen Zimmer neben dem des Arztes im Praktikum, aber er hatte ihr das Wochenende frei gegeben.

Harris ließ sie ein. »Sie sehen schrecklich aus, Miss. Soll ich Ihnen ein Bad einlassen? Wenn Sie mich nicht mehr brauchen, gehe ich dann, es ist mein freier Abend. Sir Richard ist nach Norfolk gefahren, soll ich Ihnen ausrichten.«

»Ja, Harris, natürlich können Sie gehen. Und ich werde es schon schaffen, mir selbst ein Bad einzulassen.«

»Schön, Miss. Gut, ich geh dann mal. Oh, und die Köchin ist im Kino, Miss. Das Abendessen steht auf dem Tisch, soll ich Ihnen ausrichten.«

»Danke.«

Sie ließ Wasser einlaufen, legte sich in die Wanne, schwemmte die Erschöpfung in einem heißen Bad aus und versuchte, den armen, kleinen bläulichen Leichnam zu vergessen. Es gelang ihr nicht.

Sie stieg aus der Wanne, zog ein leichtes Baumwollkleid über und ging ins Speisezimmer hinunter. Sie stocherte in ihrem Salat herum, schob ihn endlich zur Seite und wanderte ins Frühstückszimmer. Gott, war dieses riesige Haus deprimierend ohne Leonora. Cassia hatte seit Ewigkeiten nichts mehr von ihr gehört. Hoffentlich ging es ihr gut.

Jemand läutete Sturm. Na, Harris würde schon hingehen. Aber es klingelte erneut. Da fiel es ihr ein: Harris hatte ja frei. Es klingelte wieder. Sicher würde der Besucher bald aufgeben und weggehen. Wieder die Klingel. Und wieder.

Cassia seufzte, stand auf, durchquerte die große Eingangshalle und öffnete die Tür. Harry Moreton stand davor, in einem weißen Hemd, cremefarbenen Leinenhosen und hohen braunen Lederstiefeln. Sein dunkles Haar war zerzauster, als sie es je bei ihm gesehen hatte. Unter dem Arm trug er einen Lederhelm und eine Schutzbrille baumelte von seinem Handgelenk. Er sah außerordentlich glücklich aus.

»Hallo, Cassia.«

»Oh, hallo.«

»Kann ich reinkommen?«

Mit großer Mühe gelang es ihr, höflich zu erwidern: »Ja, bitte, komm herein. Ich fürchte, es ist sonst niemand da.«

»Was für eine kompromittierende Situation für dich.« Gott, wie sie seine Stimme verabscheute, diesen schrecklichen gedehnten Eton-Tonfall. »Na jedenfalls, ich wollte dir etwas sagen. Zwei Dinge, genauer gesagt. Ich habe ein Geschenk für dich. Von Leonora. Ich habe sie gerade in Paris besucht.«

»O Harry, wie geht es ihr? Geht es ihr gut? Ich würde sie so gerne mal wiedersehen, sie fehlt mir so sehr.«

»Ja, sicher«, antwortete er leicht ungeduldig. »Es geht ihr prächtig. Du sollst sie mal besuchen, soll ich dir ausrichten. Und dann habe ich Neuigkeiten.«

»Ja?«

»Ich habe mit Eins bestanden. Ich habe es gerade erfahren.«

Sie dachte, wie typisch, wie arrogant von ihm, herzukommen und ihr ausgerechnet *das* zu erzählen – als sie ihn anschaute. Er sah sie forschend an und machte ein seltsam unsicheres Gesicht. Da begriff sie, dass er sonst niemanden hatte, dem er das erzählen konnte, keine Eltern, keine Geschwister. Und Benedict und Cecily waren in Frankreich. Sie war wirklich der einzige Mensch, dem er es sagen konnte, der einzige Mensch, der irgendwie zu seiner Familie gehörte, und sei es noch so entfernt. Mit aufrichtiger Wärme rief sie aus: »Harry, wie wunderbar! Das ist großartig! Gut gemacht. Wie musst du dich freuen.«

»Ach, na ja. Ja, ich freue mich. Ich gebe es ja ungern zu, aber am Schluss habe ich ziemlich hart gearbeitet. Selbst mein Tutor war leicht überrascht.« Er grinste breit.

»Glaube ich gern.« Sie lächelte zurück. »Darauf müssen wir anstoßen. Harris ist nicht da, aber ich kann eine Flasche Champagner aus dem Keller holen.«

»Nein, das mach ich«, erklärte er. »Ich weiß, wo der Champagner ist.«

Er kehrte mit einer Flasche Krug und zwei Gläsern zurück, öffnete schwungvoll die Flasche und schenkte ihr ein.

»Auf dich«, sagte sie.

»Und auf dich. Auf den Erfolg.«

»Auf den Erfolg.«

Das erinnerte sie an Edward, der kein Erfolg war, der sein Examen so bemerkenswert schlecht bestanden hatte, obwohl er ein gutes Examen so dringend gebraucht hätte, viel dringender als Harry. Sie seufzte.

Er sah sie an. »Du siehst völlig fertig aus. Saumäßig, um die Wahrheit zu sagen.«

»Besten Dank«, erwiderte sie und hörte die alte Schärfe in ihrer Stimme. Plötzlich wünschte sie, sie hätte Make-up aufgelegt und wäre mal wieder zum Friseur gegangen.

»Nun geh doch nicht gleich in die Defensive. Ich nehme an, du hast es übertrieben. Zu hart gearbeitet?«

»Ja, das habe ich wohl. Na ja, nicht zu hart, aber ziemlich hart.«

»Und was für aufregende Dinge hast du heute getrieben? Wen hast du aus den Klauen des Todes errettet?«

»Niemanden«, sagte sie, »niemanden«, und sie dachte an das Neugeborene, das keiner aus den Klauen des Todes errettet hatte, und plötzlich füllten sich ihre Augen mit heißen Tränen.

»Cassia.« Seine Stimme war sehr sanft. »Cassia, was ist denn los? Was ist passiert?«

»Ach«, berichtete sie, »heute ist ein Neugeborenes gestorben. Eine Totgeburt, weißt du, und die Hebamme hat es mir gegeben und gesagt, ich soll es zum Ausguss bringen, ausgerechnet zum Ausguss, als sei es ... als sei es Abfall. Und ich ...«

»Cassia«, sagte er, und sie blickte auf. Er sah sie mit einem Gesichtsausdruck an, in dem sich Sorge, Entsetzen und eine Art Staunen mischten. »Willst du damit sagen, dass du solche Sachen machen musst? Du bist tatsächlich im Kreißsaal, wo Frauen gebären, und musst tote Kinder wegbringen?«

»Aber natürlich«, antwortete sie halb amüsiert. »Wie sollten wir es denn sonst lernen? Was sollten wir denn sonst machen?«

»Ich weiß nicht.« Er sah immer noch schockiert aus. »Ich hatte wohl angenommen, ihr würdet nur Vorlesungen darüber hören. Mir war nicht klar, dass ihr so was machen müsst, dass ihr so direkt damit konfrontiert werdet. Es kann doch nicht richtig sein, dass jemand wie du so was tun muss. Wie alt bist du denn? Gerade mal einundzwanzig. Es ist erschreckend, absolut entsetzlich.«

»Harry, die Mutter des Kindes war fünfzehn. *Das* ist entsetzlich. Wir alle tun das: bringen Babys zur Welt, sehen bei Operationen zu, verbinden grässliche Wunden ...«

»Wie tapfer du bist.« Seine Stimme war immer noch sehr sanft. »Wie außerordentlich tapfer.«

»Nein, das bin ich überhaupt nicht. Ich war heute alles andere als tapfer, aber es war das erste Mal, weißt du, mein erster Todesfall, und ... o Gott. Entschuldige, Harry.«

Sie sank hilflos schluchzend auf das Sofa nieder. Wahrscheinlich würde er sich auf dem Absatz umdrehen und gehen, es war ihm sicherlich schrecklich peinlich. Sie führte sich wirklich auf wie eine Idiotin. »Komm her«, sagte er, setzte sich neben sie und öffnete die Arme. Zu traurig und zu erschöpft, um auch nur darüber nachzudenken, tat sie, was sie im Augenblick am dringlichsten wünschte, und schmiegte sich an ihn.

Sein weißes Baumwollhemd war frisch gestärkt, und sie fühlte, wie ihre Tränen es durchweichten. Er roch leicht nach Schweiß – aber es war frischer Schweiß – und nach den türkischen Zigaretten, die er rauchte. Es war eine erstaunlich angenehme Mischung. Es war auch erstaunlich angenehm in seinen Armen. Langsam versiegten ihre Tränen.

»Hier.« Er suchte nach einem Taschentuch, trocknete ihr die Augen und lächelte auf sie hinunter. »So ist es schon besser.«

»Ich muss furchtbar aussehen.« Schniefend rückte sie von ihm ab.

»Cassia, an deinem Aussehen ist nichts auszusetzen. Aber dieses Geschniefe ist widerlich.«

»Oh, entschuldige.« Sie putzte sich die Nase und schaffte es, ihn anzulächeln. »Das klang schon eher nach dir.«

»Was meinst du damit? Wie bin ich denn sonst?«

»Na, kritisch.«

»Ach. Und was sonst noch?« Er lächelte sie an.

»Darauf will ich jetzt lieber nicht eingehen. Wo du gerade einmal so nett bist.«

»Bin ich nicht immer nett?« Er reichte ihr das Champagnerglas. »Hier, trink das, es wird dir gut tun.«

»Danke. Und nein«, widersprach sie und lächelte wieder, »nein, du bist keineswegs immer nett.«

»Da dieses Gespräch dich aufzuheitern scheint, soll ich dir sagen, wie du so bist?«

»Ja«, sagte sie, jetzt ganz abgelenkt, »ich würde sehr gern erfahren, wie ich so bin. Wie du mich siehst.«

»Unnachgiebig. Und oft in einer Stinklaune.«

»In einer Stinklaune! Das ist nicht fair. Die meisten Leute finden, dass ich sehr ausgeglichen bin.«

»Die meisten Leute scheinen mehr Glück zu haben als ich. Also, du bist starrsinnig und rechthaberisch. Zäh. Linkisch. Immer in der Defensive. Und unglaublich sexy.«

»Na, vielen Dank«, brachte sie heraus und dachte dann, den letzten Punkt müsse sie missverstanden haben. »Was hast du gesagt?«

»Ich sagte, du seist starrsinnig, rechthaberisch, zäh, linkisch, immer in der Defensive und unglaublich sexy.«

»Oh«, sagte sie. »Oh, ja, ich verstehe.« Sie lehnte sich zurück und sah ihn an. Sie fühlte sich ganz komisch: verwirrt, schockiert, sehr verletzlich und ...

»Du wirst ja rot«, bemerkte er sanft und wischte eine letzte Träne mit seinem Finger ab. Dann steckte er den Finger in den Mund und leckte ihn ab.

Sie starrte ihn an, und obwohl er sie nicht einmal berührt hatte, empfand sie plötzlich Begehren, ein so starkes, mächtiges, sie ganz und gar erfüllendes Begehren, wie sie es noch nie empfunden hatte. Er rührte sich nicht, sah sie nur an. Sein Blick ging ganz langsam über ihr Haar, ihre Augen, ihren Mund und senkte sich dann hinab zu ihren Brüsten.

Und dann rückte er näher, und ohne sie zu berühren, begann er sie zu küssen, zuerst sehr zärtlich. Sein Mund, seine Zunge erkundeten ihre Oberlippe, ihren Mund, sehr langsam, sehr behutsam, und bei jeder Bewegung bewegte sich das Begehren mit, rührte sich tief in ihr, große, wuchernde Ranken des Begehrens langten nach ihr, erforschten sie, und sie bewegte sich mit, rückte ganz nah an ihn heran. Er zog sich zurück und lächelte, ganz kurz nur, und dann legte er die Hände auf ihre Schultern und begann, über sie hinwegzustreichen, sie zu liebkosen, und ließ die Hände allmählich tiefer sinken, ohne seinen Mund von ihrem zu lösen, und als seine Hände ihre Brüste umschlossen, sie hielten, seine Daumen durch das dünne Kleid über ihre Brustwarzen strichen, konnte sie nicht anders, sie stöhnte laut auf, schob ihre Zunge unter die seine und spürte, wie er auf ihr Stöhnen reagierte. Er lächelte; sie konnte das Lächeln fühlen und lächelte zurück, und er knöpfte ihr Kleid auf, beugte sich hinunter und küsste ihre Brüste, leckte die Brustwarzen, ganz langsam, ungemein langsam, endlos.

Sie blickte auf seinen Kopf hinunter und versuchte zu denken, dass das Harry war, ihr Feind, Harry, den sie schon als Kind verabscheut hatte, und sie versuchte, an Edward zu denken, den sie doch lieben sollte; aber mehr als alles andere auf der Welt wollte sie mit Harry im Bett liegen, ihn nackt neben sich haben, auf sich, in sich. Und dann dachte sie, mit einem letzten verzweifelten und distanzierten Blick auf ihn und auf sich, dass sie das nicht tun konnte, nicht tun durfte, und irgendwie, gerade noch rechtzeitig, lehnte sie sich zurück, nahm sein Gesicht in ihre Hände und erklärte ihm, dass er gehen müsse.

Es dauerte lange, ihn zu überreden. Er sagte, erst amüsiert und indigniert, dann ungläubig, dann verletzt und schließlich zornig, er könne nicht gehen, er wolle nicht gehen, es gebe überhaupt keinen Grund dafür. Und schließlich nannte er sie eine törichte, prüde Jungfrau. Mit einem Gefühl, das schrecklicher Angst sehr nahe kam, klammerte sie sich an die einmal getroffene Entscheidung, hätte mehrmals fast nachgegeben, ihrem eigenen Begehren nach ihm nachgegeben, buchstäblich krank vor Verzweiflung, vor Kummer. Erst diese letzte, in wilder Raserei vorgebrachte Beleidigung rettete sie, denn sie machte sie wütend und überzeugte sie, dass sie das Richtige tat.

»Wie kannst du es wagen«, rief sie und wischte sich die Tränen ab, die in diesem außerordentlichen, komplexen Gefühlswirrwarr wieder zu fließen begonnen hatten, »wie kannst du es wagen, so etwas zu mir zu sagen, wo es doch ...«

»Stimmt es etwa nicht?«

»Nein«, rief sie, und das war ihr großer, ihr schrecklicher Fehler gewesen, »nein, es stimmt nicht.«

Es folgte ein langes Schweigen. Harry war ganz weiß im Gesicht, mittlerweile selbst erschöpft.

»Ah«, sagte er, »da haben wir es. Der Doktor, nehme ich an. Der käsegesichtige Mediziner. Ich bezweifle, dass er sehr geschickt ist. Du wirst in seinen Händen kaum viel Genuss erfahren haben. Kein Wunder, dass du nicht ...«

Eine wilde Wut durchströmte sie, Wut und Entrüstung. »Du bist widerlich«, rief sie. »Wie widerlich, so zu reden, von solchen Dingen.«

»Solche Dinge! Was für ein Ausdruck. Wie damenhaft, wie unlustvoll. Vom Vögeln, davon spreche ich, Cassia, vom Vögeln. Das Wort kennst du doch, oder? Vögeln, bumsen, ficken. Du vögelst also mit dem Doktor. Das muss mit Fleischeslust sehr wenig zu tun haben. Liegst du unter ihm, während er pumpt, und wartest darauf, dass er endlich fertig wird? Und denkst dabei an England? Ich hätte dir andere Dinge gegeben, an die du denken kannst, Cassia, das versichere ich dir. Aber ich würde sagen ...«

»Harry!«, fuhr sie auf, und es war fast ein Schrei. Die Tränen liefen ihr über das Gesicht und der Schweiß brach ihr aus, nicht nur auf der Stirn, sondern in den Achselhöhlen, auf dem Rücken. »Du bist widerwärtig. Absolut widerwärtig. Verschwinde. Raus aus diesem Haus! Und komm ja nie wieder in meine Nähe.«

»Ganz bestimmt nicht«, stieß er hervor und stürmte wutschnaubend zur Tür. »Da kannst du ganz beruhigt sein.«

Aber er tat es doch: am Abend, bevor sie zu ihrer Hochzeit nach Leeds fuhr. Er erschien in der Tür, bleich und grimmig, und fragte, ob er mit ihr sprechen könne, nur fünf Minuten. Sie stimmte zu und führte ihn ins Wohnzimmer. Er hatte abgenommen und wirkte irgendwie eingefallen, kraftlos. Er sah sie an. »Ich hatte mir geschworen, nicht zu kommen, aber ich konnte nicht anders. Ich kann nicht glauben, dass du das wirklich tun willst, Cassia. Es ist noch nicht zu spät. Tu es nicht, bitte, tu es nicht. Ich ...«

Sie sah ihn an und wusste, sie durfte nicht zulassen, dass er den Satz zu Ende sprach, denn sie fürchtete, nein, sie wusste, sie würde das Einzige zu hören bekommen, das sie nicht ertragen konnte. »Harry«, sagte sie, »ich habe keine andere Wahl. Ich muss es tun. Ich bin ...«

»Ja? Du bist was?«

»Ich bin schwanger.«

Schweigen. Er musterte sie; sein Blick glitt über sie hinweg, verweilte auf ihren Brüsten, lange Zeit auf ihrem Bauch und kehrte dann zu ihrem Gesicht, zu ihren Augen zurück.

»Ist das alles?«, fragte er. »Ist das der einzige Grund?«

»Nein«, antwortete sie schnell, zu schnell, »nicht der einzige Grund, aber ...«

»Liebst du ihn? Denn das wäre der einzige Grund. Der einzige Grund, der wirklich zählt. Wenn du mir sagen kannst, dass du ihn liebst, lasse ich dich in Ruhe, jetzt und für immer.«

»Ich …« Es gab eine endlos lange Pause, und er stand da und sah sie eindringlich an, und irgendwie gelang es ihr zu sagen, und es war, als müsste sie die Worte gegen einen großen physischen Widerstand hervorbringen: »Ja, ich … liebe … ihn.«

»Gut«, sagte er sachlich, drehte sich auf dem Absatz um und ging. Sie sah ihn mehrere Jahre nicht wieder.

11

Die Augen, die sich in die von Edwina bohrten, waren kalt und missbilligend und betrachteten sie fast mit Abscheu. Sie blickte nervös auf ihre Hände und erklärte: »Ich bedauere es. Wirklich. Aber ich hatte in letzter Zeit so viel zu tun.«

»Mrs. Moreton, wir sind alle sehr beschäftigt. Aber wir haben jetzt schon fast April, und Sie erzählen mir, dass die Briefe an die regionalen Organisatoren noch nicht rausgegangen sind. Das ist sehr enttäuschend.«

»Ja, das verstehe ich. Aber in ein paar Tagen wird es erledigt sein. Reicht das?«

»Wird es wohl müssen. Vielleicht brauchen Sie jemanden, der Ihnen unter die Arme greift. Ich werde Jennifer Barling anrufen und sie fragen, ob sie da etwas tun kann. Das ist eine ernste Sache.«

Panik durchfuhr Edwina. Das war eindeutig schlimmer, als wenn sie gleich abgelehnt hätte. Aber es war so anödend und es dauerte so furchtbar lange, hundert Briefe zu schreiben, und …

Mary Whittaker redete weiter. »In der Tat überlege ich, ob ich Jennifer nicht bitten sollte, die Sache ganz zu übernehmen. Wir können es uns nicht leisten, dass die Leute sich nicht voll einsetzen.«

Edwinas Panik wuchs. Wenn ihre Mutter das erfuhr, würde sie hochgehen wie eine Rakete. »O nein«, erwiderte sie hastig, »ich möchte es ja machen. Es ist nur, dass es nicht so ganz mein Fall ist. Nicht wirklich.«

»Das sehe ich, Mrs. Moreton.«

Und dann, aus heiterem Himmel, kam die Inspiration. »Lady Whittaker, ich würde gern noch etwas anderes mit Ihnen besprechen. Verstehen Sie, es gibt da etwas, das ich tun könnte, etwas, was mir ... viel mehr liegt. Ich dachte, ich könnte vielleicht eine Modenschau für das Krankenhaus organisieren. Eine Wohltätigkeits-Modenschau, verstehen Sie? Ich habe viele Kontakte in der Modebranche, eine gute Freundin von mir arbeitet bei der *Vogue* und viele meiner Bekannten würden sich als Mannequins zur Verfügung stellen. Wir könnten die Sache in einem der großen Hotels veranstalten, das Dorchester wäre phantastisch, in dem neuen Ballsaal, wissen Sie, wo früher die Kunsteisbahn war. Wir würden jede Menge Geld zusammenbekommen. Eine andere Freundin, Venetia Hardwicke, vielleicht kennen Sie sie ...« Mary Whittaker schüttelte kalt den Kopf. »Na ja, sie hat eine Modenschau für das St. Thomas's Hospital veranstaltet, und es war ein Riesenerfolg.«

Äußerst widerstrebend räumte Mary Whittaker ein: »Ich habe tatsächlich gehört, dass bei der Modenschau für das St. Thomas's sehr viel Geld zusammengekommen ist. Wir haben im Beirat überlegt, ob wir nicht auch für das St. Christopher's eine Modenschau veranstalten könnten, aber niemand bei uns besitzt das nötige Wissen.«

Das war kaum zu übersehen, dachte Edwina. Sie lächelte Mary Whittaker ermutigend an. »Nun, jetzt haben Sie jemanden. Und dafür würde ich mich wirklich von ganzem Herzen einsetzen, Lady Whittaker. Ich werde alles geben, das schwöre ich.«

»Ich werde die Idee dem Beirat vortragen und melde mich dann. Und würden Sie sich *bitte* um die Briefe kümmern.«

Cassia war an diesem Morgen ganz heiter aufgewacht. Langsam schien alles in die richtigen Bahnen zu kommen. Ihre Beratungsstunden liefen gut, die Kinder waren glücklich, Janet blieb eine Freude, und selbst Edward räumte mittlerweile widerstrebend ein, dass sie hervorragend mit den Kindern umgehen konnte. Aber das Beste war, dass er Cassia in den letzten Wochen viel entspannter begegnete. Er war viel freundlicher zu ihr gewesen und gestern Nacht hatte er sie zum ersten Mal seit Weihnachten geliebt. Ihr Körper war ihm dankbar und freudig entgegengekommen.

Ein voller Erfolg war es zwar nicht gewesen; sie hatte es nicht ganz geschafft, zu kommen. Danach lag sie still in seinen Armen, während er ziemlich geräuschvoll einschlummerte, dachte über sich und ihre Ehe nach und fragte sich, warum sie so erbärmlich dankbar für seine veränderte Einstellung ihr gegenüber war, so dankbar dafür, dass er sie wieder zu wollen schien.

Schuldgefühle wahrscheinlich. Kurz bevor sie eindämmerte, kam sie zu dem Schluss, dass vielleicht doch noch eine Chance bestand, dass ihre Ehe so würde wie früher. Mit der Zeit.

Sie erwachte früh. Sie hörte, wie die Kinder aufstanden und Janet mit ihnen redete. Gott, es war einfach wundervoll, eine Kinderfrau zu haben. Cassia zog sich an und lief lächelnd nach unten.

Der Postbote war gerade da gewesen. Es waren mehrere Briefe für Edward gekommen und zwei für sie, einer mit maschinengeschriebener Anschrift und einem SW3-Poststempel, einer in Ruperts überladener Handschrift. Sie wollte gerade Ruperts Brief öffnen, als ihre Knie in einer ungestümen Umarmung umklammert wurden.

»Mama, rat mal, wer ich bin?«

»Das kann ich unmöglich raten. Delia?«

»Nein.«

»Bertie?«

»Nein.«

»Ähm ... doch nicht William!«

»Ja.« Er lachte, und als sie auf ihn hinunterblickte, dachte sie, wie sehr sie ihn doch liebte. Janet kam lächelnd die Treppe herunter, eine ebenfalls heitere Delia an der Hand, und Bertie rutschte das Treppengeländer herunter.

Edward erschien; er wirkte nervös. »Ich bin spät dran. Ist Post da? Ah ja, danke. Guten Morgen, Kinder.« Er sah die Briefe nicht durch, fiel ihr auf, sondern stopfte sie nur in seine Jackentasche. Das war seltsam.

Sie gingen zum Frühstück.

Der Brief mit dem Londoner Poststempel kam von dem Immobilienmakler gegenüber von Harrods. Mehrere ausführliche Angebote für Häuser fielen heraus, unter anderem für ihr Haus – so nannte sie es noch immer bei sich –, das Haus in der Walton Street, und ein Brief von dem ernsthaften jungen Mann.

»Sehr geehrte Mrs. Fallon«, stand da, »ich beziehe mich auf Ihre Anfrage bezüglich des Hauses in der Walton Street. Es ist noch nicht vermietet, und wir sind jetzt in der Lage, es für länger als sechs Monate anzubieten. Könnte das für Sie von Interesse sein? Ich füge ausführliche Beschreibungen weiterer möglicherweise infrage kommender Objekte bei. Immer zu Ihren Diensten, E. Throgmore.«

Der nette Mr. Throgmore, dachte sie, er tat wirklich sein Bestes. Da Edward Mr. Throgmore oder ihre Anfragen jedoch kaum billigen würde, steckte sie den Brief in ihre Handtasche, die über der Stuhllehne hing.

Der zweite Brief, der von Rupert, war interessanter. »Liebste Cassia«, stand da, »falls du immer noch erwägen solltest, als Engel aufzutreten und unter die Theaterfinanziers zu gehen – ich hätte da ein kleines Projekt. Ruf mich an, wenn du interessiert bist. Herzlichst, Rupert.«

Sie warf einen Blick auf Edward, der ihr gegenübersaß. Er las stirnrunzelnd seine Briefe.

»Gütiger Himmel«, rief sie aus und blickte auf die Uhr. »Schon nach halb acht. Janet, ich bringe die Kinder zur Schule.«

Als sie endlich nach Hause kam, war es nach zehn. Edwards Wagen stand nicht in der Auffahrt, obwohl er Sprechstunde hatte.

»Peggy, wo ist Mr. Fallon?«

»Bei Mrs. Clark haben die Wehen eingesetzt. Viel zu früh, es sieht gar nicht gut aus. Der Doktor hat die Patienten heimgeschickt.«

»Ach je, die arme Mrs. Clark. Ich bin im Esszimmer. Ich habe jede Menge Briefe zu schreiben.«

Sie ging ins Esszimmer, setzte sich an den Tisch und entdeckte Edwards Briefe, die auf der Anrichte lagen. Etwas an seinem Gesicht, die intensive Aufmerksamkeit, mit der er sie studiert hatte, beunruhigte sie. Cassia stand auf und griff nach einem der Umschläge.

Es war eine ordentliche Handschrift und laut Poststempel kam der Brief aus Brixton. Brixton! Vielleicht war er eigentlich für sie bestimmt, vielleicht kam er ja von einer ihrer Patientinnen. Mit dieser Rechtfertigung zog sie mit leicht zitternden Fingern den Brief heraus ...

»Sehr geehrter Dr. Fallon«, las sie, »ich beziehe mich auf Ihre Anzeige, in der Sie einen Assistenzarzt für Ihre Praxis suchen ...«

Nach anderthalb langen Stunden kam Edward zurück. Er wirkte recht selbstzufrieden.

»Hallo, Edward. Wie geht es Mrs. Clark?«

»Gut. Dem Baby auch. Ein Monat zu früh, aber vollkommen gesund. Ich frage mich, was ich wegen der Sprechstunde unternehmen soll. Ich musste sie ausfallen lassen. Es ist einfach zu blöd, dass ich keine Vertretung habe.«

»Hast du deswegen die Anzeige aufgegeben?«

Er lief rot an, dunkelrot. »Hast du etwa ...«

»Deine Briefe gelesen? Ja, habe ich. Nicht ganz korrekt, ich weiß, aber sie lagen auf der Anrichte. Und kaum hinterhältiger, als so etwas hinter meinem Rücken zu tun, würde ich sagen.«

»Sei nicht albern.« Seine Stimme war lauter als gewöhnlich. »Ich habe es nicht hinter deinem Rücken getan. Mit dir hat das doch gar nichts zu tun.«

»Es hat nichts mit mir zu tun! Edward, wie kannst du so etwas sagen? Es geht um deine Praxis, in diesem Haus ...«

»Na ja, natürlich wollte ich mit dir darüber reden. Schon oft. Aber du bist ja immer so beschäftigt.«

»Beschäftigt! Du liebe Güte. Ich sitze jeden Abend nach dem Essen in diesem verdammten Zimmer, damit ich zur Verfügung stehe, falls du mich brauchen solltest, und versuche der Versuchung zu widerstehen, meine eigene Arbeit zu tun.«

Einen kurzen Augenblick sah er beschämt aus, dann brummte er: »Zu gütig von dir.«

»Edward, weißt du überhaupt, wie ich mich fühle? Ich erfahre, dass du das geplant hast, dass du schon Schritte unternommen hast, einen Assistenzarzt einzustellen, wo ich doch ...«

»Entschuldige«, sagte er. »Ich hätte mit dir darüber reden sollen, sicher, aber ich begreife nicht, weshalb du dich so darüber aufregst.«

»Weshalb ich mich so darüber aufrege!« Ihre Stimme wurde lauter. »Du weißt genau, dass ich meine Seele dafür geben würde, um selbst in die Praxis einzusteigen. Das weißt du, Edward, wir haben früher so oft darüber gesprochen. Eines Tages, hast du gesagt, eines Tages ...«

Er sah sie verlegen an. »Ich kann mich wirklich nicht erinnern. Es wäre auch kaum praktikabel, findest du nicht? Außerdem glaube ich mich zu erinnern, dass du auf die Allgemeinmediziner immer etwas herabgesehen hast. Facharzt oder Chirurg, unter dem würdest du es doch nicht tun.«

»Aber ich scheine mich zu erinnern, dass ich diese Ambitionen aus irgendwelchen Gründen aufgegeben habe – warum denn nur? Ach ja, um zu heiraten.«

Er wischte das beiseite. »Und du hast die Kinder, deine eigene Arbeit ...«

»Als ob ich die beiden jämmerlichen Nachmittage in der Klinik nicht aufgeben würde, um hier mit dir zusammen als Ärztin zu arbeiten! Edward, warum hast du nicht mit mir darüber gesprochen?«

»Ich wollte ja.« Er blickte noch verlegener drein. »Ich hatte wirklich vor, dir meinen Entschluss mitzuteilen.«

»Oh, ich verstehe. Du wolltest es nicht mit mir durchsprechen. Mir nur deinen Entschluss mitteilen.«

»In den letzten Monaten hast auch du einige Veränderungen vorgenommen, ohne sie vorher mit mir zu besprechen. Die Kinderfrau, dein Auto ...«

»Das ist wohl kaum vergleichbar.«

»Die Stiftungsprofessur«, ergänzte er.

»Ah«, sagte sie, »die Stiftungsprofessur. Das hat wirklich wehgetan, nicht wahr, Edward? Das hat dich zutiefst gekränkt.«

»Es hat mich wütend gemacht. Ich würde nicht sagen, dass es mich gekränkt hat.«

»Nun, *diese* Sache macht *mich* wütend. Und, taugen sie was?«

»Was?«

»Die Bewerber. Taugen sie was?«

»Ich hatte noch keine Zeit, die Bewerbungen durchzulesen. Du kannst mir ja bei der Auswahl helfen. Da du die Briefe sowieso schon gelesen hast.«

Das ignorierte sie. »Es freut mich zu hören, dass die Praxis so viel abwirft, dass du einen Assistenzarzt einstellen kannst. Wie viel musst du ihm bezahlen, fünfhundert im Jahr?«

»Ungefähr. Aber – nun ja, nachdem du das Geld geerbt hast, hat sich unsere finanzielle Lage ja etwas ... entspannt, nicht wahr?«

»Also soll ich diese Stelle bezuschussen.«

Er wurde sehr bleich im Gesicht. »Was für eine gemeine Bemerkung«, murmelte er.

Sie errötete, entsetzt darüber, dass sie zu so einer Äußerung fähig gewesen war. »Entschuldige. Aber wahr bleibt es trotzdem. Umso vernünftiger wäre es gewesen, die Sache vorher mit mir zu erörtern, findest du nicht?«

»Eigentlich nicht. Nein.«

Erfüllt von einem scharfen, schrecklichen Schuldgefühl,

versuchte sie, einen leichteren, versöhnlichen Ton anzuschlagen. »Ich möchte dich etwas fragen, Edward. Nachdem du jetzt weißt, wie ich darüber denke, würdest du es in Erwägung ziehen, mich als Assistenzärztin einzustellen? Oder zumindest« – sie brachte ein Lächeln zustande – »oder zumindest ein Bewerbungsgespräch mit mir zu führen? Ich könnte vielleicht die Frauen übernehmen, und die Kinder ...«

»O nein«, erwiderte er scharf. »Das kommt überhaupt nicht infrage. Ich will nicht, dass du alles an dich reißt ...« Er hielt inne, denn ihm wurde klar, dass er noch einen Fehler gemacht hatte.

»Gott, bist du erbärmlich. Du kannst es nicht ertragen, wenn deine Position im Dorf auch nur ein bisschen angekratzt wird, nicht wahr? Du willst der Doktor bleiben, der wunderbare, allmächtige Landarzt, vor dem das ganze Dorf die Mütze zieht. Das ist es, worum es hier eigentlich geht, nicht wahr? Du willst einen neuen, untergeordneten Assistenzarzt, einen bescheidenen Angestellen, keinen Gleichrangigen.«

Sie hielt inne, denn ihr fiel die gestrige Nacht ein, sein plötzlicher Wunsch, sie nach so langer Zeit wieder einmal zu lieben.

»Gütiger Gott«, sagte sie. »Du hast sogar unser Sexleben da mit reingezogen.«

»Sei still. Peggy könnte dich hören.«

»Es ist mir egal, wer das hört. Hast du deshalb letzte Nacht mit mir gevögelt, Edward? Damit ich befriedigt bin, dir gegenüber positiver eingestellt, damit du dieses ... dieses Thema leichter anschneiden kannst? Oh, du bist ja so widerwärtig!«

Sie verließ den Raum, knallte die Tür hinter sich zu, ging in die Auffahrt und stieg in ihren Wagen. Als sie erbittert und aufgebracht auf die Straße fuhr, blickte sie zurück und sah Edward am Fenster des Esszimmers stehen und ausdruckslos vor sich hin starren.

»Cassia will ein Haus in London mieten«, verkündete Edwina. »Wie findest du das?«

»Ach ja?« Harry sagte es leichthin, aber in seiner Stimme schwang eine leichte Selbstzufriedenheit mit. »Ich habe es ihr geraten. Neulich.«

»Wirklich? Ich finde es ziemlich eigentümlich. Ich kann mir nicht vorstellen, was sie damit anfangen will.«

»Darin wohnen vielleicht? Das tun die Leute gewöhnlich mit Häusern.«

»O Harry, du weißt genau, was ich meine. Was wird Edward dazu sagen?«

»Was immer er dazu zu sagen haben mag – es wird kaum die Mühe wert sein, es sich anzuhören. Er ist die Langeweile in Person.«

»Das ist wahr. Harry, könntest du das mal für mich zumachen? Der Verschluss geht so schwer.« Sie hielt ihm ein Armband aus geschliffenem Pyrit hin. Er befestigte es an ihrem Handgelenk, küsste ihr beiläufig die Hand und musterte sie. »Du siehst wirklich gut aus«, bemerkte er.

Es kam nicht oft vor, dass er ihr ein Kompliment machte; sie musste sich sein Lob schwer verdienen, und wenn es kam, war es immer äußerst bescheiden.

»Also, ich möchte, dass du heute Abend besonders aufmerksam zu Binkie Norton und seiner langweiligen Gattin bist. Ich versuche, ihn zu überreden, in den Aufsichtsrat von einem meiner Unternehmen zu kommen. Er ist verdammt clever und hat erstklassige Verbindungen.«

»Ja, gut«, sagte Edwina. Sie hätte es vorgezogen, noch ein bisschen über Cassia und ihr neues Haus zu reden – die

Sache machte sie wirklich neugierig. Aber Harry war allen Gesprächen über Cassia immer aus dem Weg gegangen: Die alte Animosität zwischen den beiden hatte im Laufe der Jahre nicht nachgelassen. So richtig verstanden hatte Edwina es eigentlich nie. Wahrscheinlich eine Frage der Chemie.

»Ich esse heute mit Dominic Foster zu Abend«, sagte Benedict leichthin, als er auf die Tür zuging. Er sprach beiläufig – zu beiläufig. Cecily sah ihn scharf an. Sie lag gerade im Bett und stillte Laurence, und Benedict war heraufgekommen, um sich zu verabschieden.

»Benedict ...«

»Ja?« Er drehte sich um, sah ihr Gesicht und lief tiefrot an. »Gütiger Himmel, Cecily«, stöhnte er. »Dominic Foster ist verheiratet.«

»Du auch«, erwiderte sie kurz. Er knallte die Tür hinter sich zu.

Cecily saß im Bett und dachte über Benedict nach, über Benedict und die langen, schwierigen Jahre ihrer Ehe.

Sie war noch sehr jung gewesen, als sie geheiratet hatten, noch nicht einmal zwanzig. Er war fünfunddreißig und galt als sehr gute Partie: unglaublich reich, charmant, amüsant, kultiviert. Sie hatten sich bei einem Ball kennen gelernt, den eine der Freundinnen ihrer Mutter gab, und Cecily hatte sich sofort in ihn verliebt.

Sie war total verblüfft, als Benedict ihr einen Heiratsantrag machte. Zwar hatte sie sich schon gedacht oder vielmehr gehofft, dass er sie mochte, aber sie hatte keine Ahnung gehabt, dass seine Gefühle so stark waren. Aber als er eines Tages am späten Nachmittag im Haus ihrer Eltern auftauchte, eine Schachtel mit einem exquisiten Ring in der

Tasche, der seiner Großmutter gehört hatte, und ihr sagte, dass er sie liebe und sich geehrt fühlen würde, wenn sie seine Frau würde, aber sie bräuchte sicher Bedenkzeit, zögerte sie keine Sekunde. Sie warf ihm die Arme um den Hals und erwiderte, nein, sie bräuchte nicht nachzudenken, sie würde ihn schrecklich gern heiraten.

Die Hochzeit war ein Riesenerfolg, eine der prächtigsten Hochzeiten des Jahres 1923. Danach fuhren sie nach Ägypten und machten eine Nilkreuzfahrt. Es war außerordentlich romantisch, und die eine Sache, die ihr ziemliche Sorgen bereitet hatte, der Sex (hauptsächlich aufgrund der ziemlich düsteren Andeutungen ihrer Mutter), erwies sich zumindest als weniger schlimm, als sie befürchtet hatte. Besonders schön war es andererseits auch nicht. Es war sicher ihre Schuld. Benedict war furchtbar lieb und tröstete sie, als sie sich ganz zu Anfang dafür entschuldigte, dass sie nicht stärker reagierte. Später schwieg er taktvoll, wenn sie sich nach einer dieser zunehmend unbefriedigenden Episoden weinend wegdrehte. Dabei hätte es doch langsam besser werden sollen. Es war nur, dass es immer so schnell vorbei war: Sie hatte sich eine wundervolle Nähe ausgemalt und sich vorgestellt, dass sie sich lange halten, küssen und streicheln würden, bevor etwas passierte.

Aber in den Nächten, in denen Benedict sie zu wollen schien, wandte er sich ihr stets fast ungeduldig zu, und sein Ding – sie hasste den medizinischen Ausdruck – war immer schon hart. Es war, als müsse er es so schnell wie möglich in sie hineinbekommen. Nie war sie bereit für ihn, jedenfalls nicht richtig, und er pumpte ein bisschen und sie versuchte angestrengt, etwas zu empfinden, aber da war nichts, überhaupt nichts, ganz gewiss nicht die Rhythmen, das Ebben und Fluten, von dem Marie Stopes so lyrisch in ihrem Buch *Eheliche Liebe* sprach. Und dann spürte sie, wie sein Ding in ihr erzitterte, und er küsste sie und sagte ihr, wie sehr er sie liebe, und sehr oft schlief er danach einfach ein und fing an zu schnarchen. Sie lag da, fühlte sich wund und elend und fragte sich, was sie bloß tun sollte. Es musste doch einmal befriedigender werden – für sie beide.

Und dann war sie schwanger geworden und alles hatte sich geändert. Benedict war erfreut, überglücklich sogar. Ohne ein Wort des Vorwurfs sagte er viele ihrer gesellschaftlichen Verpflichtungen ab, denn sie fühlte sich einfach nicht in der Lage, irgendwo hinzugehen. Hauptsache, du ruhst dich aus und sorgst dafür, dass es dir und dem Baby gut geht, sagte er immer wieder.

Er hatte eine Stelle bei einem großen Maklerbüro an der Börse angenommen. Cecily hatte das als Zeichen gewertet, dass er sich seiner Verantwortung als Familienvater bewusst wurde, und war begeistert gewesen.

Fanny kam im September. Es war eine schwere Geburt. Cecily lag lange in den Wehen, die sie mit großer Tapferkeit ertrug. Benedict erklärte, noch nie hätte er sie so sehr geliebt, und er sei unglaublich stolz auf sie. Nervös meinte sie, hoffentlich würde es ihm nichts ausmachen, dass es ein Mädchen war, aber er küsste sie noch einmal und sagte, Mädchen seien viel netter als Jungen, das hätte er schon immer gefunden.

Sie fand die Mutterschaft wunderbar. Ihre Beziehung zu Benedict hatte sich verändert, war nicht mehr so ungleichgewichtig. Sie kam sich nicht länger vor wie ein törichtes Kind, das mit einem kultivierten Mann zusammenlebte, sondern fühlte sich wie eine Frau, eine erwachsene, tüchtige Frau. Sie war sehr glücklich.

Und dann war Norman Duvant in ihr Leben getreten.

Er hatte ihr geschrieben, einen netten, charmanten Brief.

Der Brief hatte sie gerührt und sie hatte ihn Benedict gezeigt.

»Benedict, das ist furchtbar traurig. Es ist ein Bettelbrief, könnte man wahrscheinlich sagen, von einem Mr. Duvant.«

»Zeig mal her, bitte.« Seine Stimme zitterte leicht. Sie reichte ihm den Brief und beobachtete ihn, während er las. »Hast du noch weitere Briefe bekommen von diesem Mann?«

»Nein.«

»Bist du sicher?«

»Benedict, daran würde ich mich erinnern. Es ist eine so traurige Geschichte. Seine Mutter ist gestorben und er verlor seine Arbeit. Woher, glaubst du, hat er meinen Namen?«

»Aus den Klatschspalten, würde ich mal annehmen. Ich kümmere mich darum, Cecily. Aber du musst mir sofort Bescheid sagen, wenn du noch mehr solcher Briefe bekommst, verstehst du mich?«

»Ja, Benedict, sicher.«

»Oder wenn dieser Mensch versucht, auf andere Weise Kontakt mit dir aufzunehmen.«

»Ja, Benedict. Das wird er bestimmt nicht.«

»Ich hoffe es.« Er stopfte den Brief in die Tasche und verließ das Zimmer.

Die Sache mit dem armen Mr. Duvant war ihr noch ein paar Tage nachgegangen und dann hatte sie ihn vergessen. Aber eines Tages im Spätherbst, kurz nach Fannys erstem Geburtstag, kam Susan herein, als sie gerade im Salon beim Tee saß. »Ein Herr möchte Sie sprechen, Madam. Er sagt, Sie würden ihn kennen.«

»Aha, wer ist es denn?«

»Ein Herr Duvant, Madam, Norman Duvant.«

»Nein, ich glaube kaum … Oh, doch, ja natürlich …«

»Er sagt, er würde gern etwas mit Ihnen besprechen, Madam. Was soll ich machen?«

Benedict hatte sich sehr klar ausgedrückt. Er wollte nicht, dass sie mit Norman Duvant sprach, sie sollte ihn sofort benachrichtigen, wenn der Mann versuchte, Kontakt mit ihr aufzunehmen. Aber sein Brief hatte ihr gefallen, und es ging ihnen so gut, sie waren so glücklich und vom Schicksal begünstigt. Was konnte es schon schaden, wenn sie ihn empfing und ihm vielleicht ihren Rat anbot?

»Führen Sie ihn herein, Susan. Sagen Sie ihm, ich hätte eine Viertelstunde Zeit. Bringen Sie noch einen Teller und eine Tasse. Und kommen Sie sofort, wenn ich klingle.«

Mr. Duvant gefiel ihr sofort. Er war höflich und konnte sich gut ausdrücken, war überraschend gut gekleidet und sehr ehrerbietig. Er war Anfang dreißig, hatte hellbraunes Haar und graue Augen und war recht attraktiv.

»Was für ein schönes Zimmer«, bemerkte er und blickte sich um. »Ich bin Ihnen sehr zu Dank verpflichtet, Mrs. Harrington. Sie wären überrascht, wie wenige Leute uns empfangen.«

Cecily blickte zweifelnd drein.

»Oh, Entschuldigung, ich hätte es erklären sollen. Ich bin dabei, eine Vereinigung arbeitsloser Veteranen meines Regiments ins Leben zu rufen, das natürlich auch das Regiment Ihres Mannes war. Ich weiß nicht, ob er mich je erwähnt hat …«

»Nein.« Sie fand es seltsam, dass Benedict nichts davon erzählt hatte, als Norman Duvants Brief kam. »Bedaure.«

»Na ja, warum sollte er das auch erwähnen. Jedenfalls, diese Vereinigung soll hauptsächlich der Geselligkeit dienen. Die Zeit wird uns sehr lang, wissen Sie, besonders denen, die noch jung und aktiv sind, und das ist nicht gut. Ich habe einen großen Raum in Paddington gefunden, wo wir uns jeden Tag treffen können. Jeder kann einfach hinkommen, auf eine Tasse Tee und einen Plausch. Sie wären überrascht, wie sehr das die Lebensgeister hebt.«

»Aber das ist eine wunderbare Idee«, sagte Cecily.

»Ja. Aber es kostet Geld. Die Miete, Heizung, Strom. Die Tische hat uns jemand gespendet, aber ich musste ein paar gebrauchte Stühle und Teppiche kaufen. Und natürlich Tassen und Untertassen und so weiter. Ich bitte nicht um eine milde Gabe, aber einige der Männer haben kleine Holzspielzeuge geschnitzt – schauen Sie, ich habe Muster dabei –, und ich dachte, Sie wären vielleicht daran interessiert, etwas zu kaufen. Ich weiß, Sie haben ein Kind, und ...«

»Woher wissen Sie das?« Eine leichte Schärfe lag in ihrem Ton.

»Ich habe die Geburtsanzeige im Mitteilungsblatt des Regiments gesehen.«

»Ach ja, natürlich.« Sie schämte sich, weil sie so misstrauisch gewesen war. »Ja, selbstverständlich kaufe ich ein paar von den Sachen, sie sind reizend. Und ich würde auch gern etwas spenden. Zur Deckung Ihrer Unkosten.« Benedict würde sicher nichts dagegen haben. Schließlich bettelte der Mann nicht. Sie musste es ihm ja auch nicht unbedingt erzählen. Sie konnte das Geld von ihrem eigenen Bankkonto abheben.

»Das ist außerordentlich freundlich von Ihnen, Mrs. Harrington. Ich bin Ihnen sehr dankbar. Dürfte ich vielleicht diesen Brief für Ihren Mann dalassen? Es ist lediglich der Rundbrief unserer Gruppe. Ich dachte, es würde ihn vielleicht interessieren, was ein ehemaliger Waffengefährte so mit seinem Leben anfängt.«

»Aber ganz bestimmt.«

Kurz darauf verabschiedete er sich, und dann kam die Kinderfrau mit Fanny, und Cecily ging mit hinauf, um zuzusehen, wie das Kind gebadet wurde. Dann ging sie mit Fanny in ihr Wohnzimmer hinunter, um ihr ihre Milch zu geben und mit ihr zu kuscheln.

Der Brief von Norman Duvant lag noch immer auf dem kleinen Tischchen. Sie musste ihn Benedict geben. Er würde verärgert sein, wenn er erführe, dass sie ihm den Brief vorenthalten hatte. Andererseits würde er fuchsteufelswild werden, wenn er erfuhr, dass sie Norman Duvant in seinem Haus empfangen hatte.

Ach, dachte sie, sie würde den Brief einfach erst mal weglegen. Es hatte ja keine Eile.

»Schlaf, Kindchen, schlaf«, sang sie leise und wiegte Fanny in ihren Armen. Das Kind streckte sein Händchen aus und berührte ihre Wange. Cecily empfand ein plötzliches intensives Glücksgefühl. Sie konnte sich wirklich glücklich schätzen.

Plötzlich klingelte das Telefon. Sie nahm den Hörer ab und fegte dabei unbemerkt den Brief vom Tisch.

Es war Benedict. »Würde es dir etwas ausmachen, morgen oder übermorgen ein Dinner für ein paar amerikanische Geschäftsfreunde zu organisieren? Ich weiß, das ist sehr kurzfristig, aber ich würde sie gerne zu Hause bewirten.«

Fanny glitt zappelnd vom Schoß ihrer Mutter herunter und krabbelte auf dem Boden herum. Als sie den Brief unter dem Tisch liegen sah, lächelte sie. Sie zog gern Sachen aus Umschlägen. Mit einem heftigen Zerren ihrer scharfen, kleinen Zähne riss sie eine Ecke des Umschlags ab, und danach war es leicht, einen Finger hineinzustecken und den Inhalt herauszuzerren. Als Cecily ihr Telefonat mit Benedict beendet hatte, lagen drei große Papierschnitzel auf dem Boden.

»Aber Benedict, das ist Erpressung! Geht das denn nicht in deinen Kopf hinein?«

»Natürlich geht das in meinen Kopf hinein. Sprich nicht mit mir, als sei ich ein Kind.«

»Du benimmst dich wie ein Kind. Wie ein ziemlich dummes Kind.«

»Ach, um Himmels willen«, sagte Benedict müde. »Hör doch auf.«

»Hör doch auf!, sagst du einfach. Ich muss diese – diese schreckliche Entdeckung machen, ich muss feststellen, dass mein Mann ...«

»Ich habe dir doch befohlen, dich von diesem Mann fern zu halten«, tadelte er sie in strengem Ton.

»Ja, wenn du mir deine Gründe genannt hättest ...« Sie hielt inne, denn ihr wurde klar, wie unmöglich eine solche Erklärung gewesen wäre.

»Du hättest trotzdem auf mich hören sollen.«

»Und warum? Weil ich dir auf irgendeine Weise untergeordnet bin? Bedaure, Benedict, aber das kommt mir nicht ganz richtig vor – unter diesen Umständen.«

»Ich ... weiß nicht, was du meinst«, murmelte er.

»Ich erkläre es dir gern. Ich entdecke, dass du eine Beziehung zu einem Mann hattest, und ganz gleich, wie die auch ausgesehen haben mag – er ist offensichtlich überzeugt, dass er dich dadurch in der Hand hat. Und es ist ein Mann, den du seit Jahren kennst, der dir Angst macht. Und, wenn ich das noch hinzufügen darf, du hast die Situation nicht gerade geschickt gemeistert.«

»Cecily, bitte pass auf, was du zu mir sagst.«

»Ich werde zu dir sagen, was mir gefällt. Wenn dir das nicht passt, kannst du gerne gehen. Dann werde ich allerdings sofort die Polizei verständigen.«

»Die Polizei!«

»Ja, natürlich. Das tut man im Allgemeinen, wenn man erpresst wird. Man verständigt die Polizei. Erpressung ist ein Verbrechen.«

»Das, wessen Norman Duvant mich beschuldigt, ist auch ein Verbrechen«, gab Benedict zu bedenken.

»Das ist mir klar.«

»Wollen wir ... darüber reden?«

Cecily sah ihn an, ihren Ehemann, den sie geliebt hatte und zu kennen glaubte, dem sie ein Kind geboren hatte. Sie hatte versprochen, ihn zu lieben und zu ehren und ihm zu gehorchen, und sie wusste, dass es nicht zu umgehen war. Sie mussten darüber reden.

»Ja, vielleicht sollten wir das«, antwortete sie nach einer langen Pause. »Ja, natürlich ...«

Er ersparte sich – und ihr – nichts. Norman Duvant war nicht nur in seinem Regiment gewesen, sondern sein Offiziersbursche. Ihre Affäre hatte erst nach dem Krieg begonnen, nachdem Benedict ihm geholfen hatte, eine Stelle bei einer Bank zu finden. Er hatte großes Interesse an ihm genommen, ihm weitergeholfen.

»Weil du ... dich zu ihm hingezogen gefühlt hast.«

»Ja«, bekannte er sehr ruhig.

Sie versuchte, es zu verstehen. Sie hatte nur sehr vage Vorstellungen von Homosexualität, aber eines begriff sie natürlich vollkommen: Es war krankhaft, ein Leiden, das manche Männer befiel, meist schwache Männer. Es konnte geheilt werden, hatte sie gelesen, und es war strafbar. Voller Entsetzen hörte sie zu, wie Benedict ihr von Briefen erzählte, gemeinsamen Restaurantbesuchen, dann gemeinsamen Wochenenden in seinem Haus in Devon, von teuren Geschenken. Sogar ein Haus hatte er Duvant gekauft.

»Benedict, wie konntest du nur?« Sie sah ihn entsetzt an.

»Ich weiß, ich weiß.« Er vergrub das Gesicht in den Händen. »Aber da hatte er schon angefangen, mich zu erpressen. Ich dachte, es würde ihn endlich zum Schweigen bringen.«

Aber das hatte es natürlich nicht.

»Also hast du mich deswegen geheiratet? Um dieses Gespenst abzuschütteln?« Sie hätte nicht gedacht, dass irgendetwas so wehtun könnte.

»Das war einer der Gründe«, gestand er mit entsetzlicher Ehrlichkeit.

»Oh! Es gab also auch andere. Ich nehme an, du hast dir gedacht, die ist naiv genug, die ist dumm genug. Bei der werde ich damit durchkommen. Die wird es nicht erraten, es nicht herausbekommen.« Er sah sie nicht an. Es gab also doch etwas, das so wehtun konnte, sogar noch mehr. Cecily schloss die Augen und fragte sich, wie sie das ertragen sollte.

»Hast du mich überhaupt nicht geliebt?«

»Doch, natürlich habe ich das. Natürlich liebe ich dich! Das musst du mir glauben. Ich liebe dich von Herzen. Du bist schön und so süß und unserer Tochter eine wunderbare Mutter, und ...«

»Na«, befand sie, »das klingt ja alles wunderbar. Die Leute müssen mich für vollkommen dämlich halten.«

»Cecily, niemand hält dich für dämlich. Es ist ja nicht allgemein bekannt.«

»Aber ein paar Leute wissen es?«

»Es gab Klatsch und Gerüchte, aber seit unserer Hochzeit nicht mehr. Das kannst du mir glauben.«

Der Schmerz vertiefte sich, wurde zum nagenden, quälenden Kummer. »Weiß Leonora es?«

»Ja«, antwortete er sehr ruhig. »Sie hat versucht, mir zu helfen. Auf die unterschiedlichste Weise.«

»Und Richard?«

»Ich glaube nicht.«

»Hat es noch andere gegeben?«

»Gelegentlich. Es hat nie sehr lange gedauert. Ich habe so sehr dagegen angekämpft, Cecily, ich habe so sehr dagegen angekämpft ...«

»Sieh mich an, Benedict!« Die Worte dröhnten durch den Raum, erschreckten sie, jagten ihr fast Angst ein. »Hast du mich jemals begehrt?«

Nach einem langen Schweigen sagte er: »Ich habe dich geliebt.«

Sie stand auf, unfähig, es länger zu ertragen. »Ich gehe zu Bett. Ich will nachdenken. Über alles. Aber eines ist klar. Du musst zur Polizei gehen, Benedict. Dieser Kerl wird nur immer gefährlicher werden. Wenn du es nicht machst, tue ich es. Ich habe den Brief, das ist Beweis genug. Gute Nacht.«

An der Tür drehte sie sich um. Er starrte sie an. Auf seinem Gesicht war eine furchtbare Reue zu lesen, und noch etwas anderes: nackte Angst.

»Ich meine es ernst«, sagte sie. »Es muss sein. Um unser aller willen. Nicht nur um deinetwillen, auch wegen mir und Fanny. Sei tapfer. Für uns.«

Benedict ging nicht zur Polizei, aber er ging zu Maurice Castle, einem Anwalt, den Leonora ihm empfohlen hatte. Benedict erstattete Cecily ausführlich Bericht über das Gespräch. Eine seltsame Ruhe erfüllte sie, und sie stellte fest, dass sie fähig war, sich die unerquicklichsten Details mit überraschender Distanz anzuhören.

Castle war beruhigend, kompetent und gründlich gewesen: Was für Beweise konnte Duvant vorlegen? Gab es Briefe, Scheckkopien? Ja, hatte Benedict eingeräumt, es gebe Briefe – aber nichts wirklich Kompromittierendes. Das im

Landhaus in Devon verbrachte Wochenende beunruhigte Castle, er wollte wissen, ob die Dienerschaft etwas mitbekommen hatte. Hatte jemand sie gemeinsam im Bett gesehen? Das ganz bestimmt nicht, hatte Benedict versichert.

»Castle meinte, er halte es für höchst unwahrscheinlich, dass Duvant zu meinen Geschäftspartnern gehen würde, womit er immer gedroht hatte. Oder zu irgendjemand anderem. Er meinte, diese Burschen scheinen nie zu begreifen, dass sie sich dieses Verbrechens genauso schuldig gemacht haben. Oder vielmehr, sie rechnen damit, dass ihre Opfer es nicht begreifen. Er würde ebenfalls angeklagt werden, und wenn er für schuldig befunden würde, käme er ins Gefängnis. Es ist alles ein Bluff, und Castle meinte, ich solle ihn zwingen, Farbe zu bekennen. Und wenn Duvant reden sollte, sollte ich alles abstreiten. Mein Wort stünde gegen seins. Wenn es keine wirklich handfesten Beweise gebe, könnte Duvant damit nur verlieren. Seine Geldquelle würde aufhören zu sprudeln und es würde gegen ihn ermittelt werden.«

»So ist es.«

»Und dann sagte Castle noch ...« Benedict sah Cecily wachsam an, und als er fortfuhr, blitzte zum ersten Mal etwas Humor in seiner Stimme durch. »Er sagte, wenn er der Lordkanzler wäre, würde er den Paragraphen abschaffen.«

»Abschaffen?«, rief Cecily aus. »Was, den Paragraphen gegen Homosexualität?«

»Ja. Ich erwarte nicht, dass du mir zustimmst, aber er meint, die jetzige Lage führe nur zu mehr Kriminalität. Wenn es nicht strafbar wäre, würde das aufhören.«

»Das wird nie geschehen. Die britische Öffentlichkeit wird das nie akzeptieren. Nicht in tausend Jahren. Und das ist auch ganz richtig so.«

Benedict erwiderte nichts, sondern schaute sie nur hilflos an.

»Und wie würde das Urteil lauten«, ihre Stimme zitterte leicht, »wenn du vor Gericht gestellt und für schuldig befunden würdest?«

»Lebenslängliche Freiheitsstrafe, kein Zweifel.« Als er sie ansah, war die bittere Belustigung wieder da. »Bis Mitte des letzten Jahrhunderts wäre es Tod durch den Strang gewesen. Zumindest werde ich nicht ...«

»Benedict, bitte. Das ist nicht komisch.«

»Ich weiß. Entschuldige.«

Sie hatte sich Sorgen gemacht, gegrübelt und schlaflose Nächte verbracht, als eines Tages Ende November Cassia unerwartet zu Besuch kam. Sie studierte im zweiten Jahr Medizin und war strahlend glücklich. Cecily hatte Cassia immer sehr gern gehabt, aber sie fand ihren brennenden Ehrgeiz und brillanten Intellekt eher einschüchternd. Da sie nicht genau wusste, ob sie dem im Moment gewachsen war, ließ sie das Buch sinken, das sie gerade zu lesen versucht hatte, und lächelte ihren Besuch ziemlich schwach an.

»Entschuldige, dass ich mich nicht angemeldet habe«, sagte Cassia und gab Cecily einen Kuss, »aber ich bin gerade vorbeigeradelt und meine nächste Vorlesung ist erst um elf. Also dachte ich, ich könnte kurz mal Fanny besuchen. Geht das?« Sie war ganz wild nach dem Kind und kam gern, um mit ihm zu spielen.

»Tut mir Leid, aber Fanny schläft gerade. Sie ist ein bisschen erkältet.«

»Oh, wie schade. Na, dann geh ich einfach wieder.«

»Aber nein«, widersprach Cecily mit angestrengter Höflichkeit. »Bleib doch. Möchtest du eine Tasse Tee oder sonst irgendwas?«

»Heiße Schokolade, bitte. Es ist furchtbar kalt draußen.« Sie sah Cecily aufmerksam an. »Cecily, ist alles in Ordnung mit dir? Du bist furchtbar blass. Bist du wieder schwanger? Oh, entschuldige, wie schrecklich unhöflich von mir, ich hätte das nicht fragen sollen. Cecily, nun wein doch nicht. Was ist denn los?«

Und erstaunt darüber, dass sie dazu fähig war, gelang es Cecily irgendwie, die schrecklichen Worte herauszubekommen und Cassia zu erzählen, was Benedict war.

Cassia war nicht im Mindesten schockiert. Sie legte die Arme um Cecily und drückte sie an sich. »Wie traurig. Wie furchtbar traurig für euch beide. Es tut mir so Leid.«

»So siehst du es?«, fragte Cecily. »Du findest es nur traurig, nichts weiter?«

»Ja, selbstverständlich. Und auch das nur wegen der Einstellung der Leute. So ein Unfug, es zu einem Verbrechen zu erklären.«

»Du findest nicht, dass es ein Verbrechen ist?«

»Nein. Wie könnte es? Findest du denn, dass es eines ist?«

»Ich weiß nicht. Ich weiß gar nichts mehr.«

»Warum redest du nicht einfach darüber? Erzähl mir die ganze Geschichte. Vergiss nicht, ich bin Naturwissenschaftlerin und daher durch nichts zu schockieren.«

Und plötzlich war sie in der Lage gewesen, darüber zu reden – nicht so sehr über ihre eigene Traurigkeit, ihre Demütigung –, sondern über den Alptraum der Erpressung, Benedicts Weigerung, zur Polizei zu gehen, Maurice Castles Ratschläge, ihr instinktives Gefühl, dass das nicht ausreichte. »Was soll ich nur tun, Cassia?«, hatte sie gejammert und Cassias Hände umklammert. »Was um alles in der Welt soll ich nur tun?«

Und da hatte Cassia ihr ein Angebot gemacht.

Norman Duvants Haus lag in einer kleinen, ordentlichen Straße im Londoner Vorort Ruislip. Sie hatten keinerlei Schwierigkeiten, es zu finden. Cecily parkte ihren Morris und sie blieben sitzen und schauten das Haus an: den hübschen Vorgarten voller Blumen, die leuchtend rote Vordertür, die Musselinvorhänge, die sich im Wind blähten.

»Ich weiß, was du denkst«, sagte Cassia schließlich.

»Was?«

»Es sieht gar nicht aus wie das Haus eines Erpressers.«

»Nein, tut es nicht. Wenn es hässlich und heruntergekommen wäre, würde ich mich vielleicht mutiger fühlen.«

»Ich fühle mich sehr mutig.« Cassia stieg aus und knallte die Wagentür zu. »Komm schon.«

»Ach du liebe Güte«, bangte Cecily, »mir kommen langsam ...«

»Also mir nicht. Hör zu, du führst das Gespräch, und ich unterstütze dich. Und wenn du deinen Mut schwinden fühlst, denk an Fanny. Sie kann für all das nichts.«

»Nein. Nein, das stimmt. Sehe ich ängstlich aus?«

»Du siehst großartig aus«, erwiderte Cassia resolut.

Es war eigentlich ganz einfach. Als sie Norman Duvants selbstgefällige, herablassende Miene sah, stellte Cecily überrascht fest, dass sich in ihrem Kopf wie von selbst eine entschiedene kleine Ansprache bildete.

In dem seltsam unpersönlichen Vorderzimmer herrschte penible Ordnung. Es gab mehrere Vasen mit Blumensträußen, einige schlechte Aquarelle und ein paar Fotografien, sämtlich von Norman Duvant als Kind mit seinen Eltern.

»Also«, sagte er und setzte sich, »welchem Umstand habe ich die Ehre Ihres Besuches zu verdanken?«

Die Ansprache spulte fast ohne Pause ab. Cecily teilte Norman Duvant genau mit, was sie von ihm und seinem

Benehmen hielt. Sie erklärte, dass sie über seine Beziehung zu ihrem Mann Bescheid wisse und ihr auch bekannt sei, dass er ihn erpresse.

»Was mich ein wenig verwirrt, denn Ihnen muss doch klar sein, dass Sie ebenfalls verhaftet würden, sollten Sie ihn beschuldigen. Ich kann nicht glauben, dass Sie so dumm sind, Mr. Duvant. Ich habe mich juristisch beraten lassen, und mir wurde versichert, dass Sie in keinem Fall einer Anklage entgehen würden, sollte ein Verfahren gegen meinen Mann eingeleitet werden. Und in dem äußerst unwahrscheinlichen Fall, dass mein Mann ins Gefängnis muss und Sie nicht, können Sie mit weiteren erpressten Geldzuwendungen kaum rechnen. Das würde Ihnen kaum viel nützen, nicht wahr? Lassen Sie ihn in Zukunft in Ruhe, das rate ich Ihnen. Keiner von uns hat die Absicht, Sie je wieder zu sehen oder mit Ihnen zu sprechen. Wenn Ihnen etwas an Ihrer eigenen Sicherheit liegt, verschwinden Sie aus unserem Leben. Sollten Sie uns weiterhin belästigen, werden wir juristische Maßnahmen gegen Sie ergreifen.«

Norman Duvant schwieg eine Weile, dann bemerkte er: »Ich frage mich, wie die Arbeitgeber Ihres Mannes an der Börse wohl reagieren würden, wenn ich ihnen ein paar Informationen zukommen ließe.«

»Mr. Duvant«, erklärte Cassia sehr kühl und schlug die Beine übereinander, »ich bezweifle, dass Sie Ihnen zuhören würden. Mr. Harrington ist ein außerordentlich wertvoller Sozius der Firma und tätigt hervorragende Abschlüsse. Seien Sie versichert, dass das in einem Maklerbüro mehr zählt als alles, was Sie zu sagen haben könnten.«

»Das werden wir ja sehen. Ich werde noch heute Abend einen vollständigen Bericht verfassen und ihn abschicken.«

»Das steht Ihnen natürlich frei. Aber ich möchte Sie

noch einmal daran erinnern, dass Erpressung in diesem Land ein schweres Verbrechen ist. Wenn Sie uns jetzt entschuldigen würden. Komm, Cecily, wir haben Wichtigeres zu tun.«

Cecily stand auf und lächelte Cassia strahlend an. »In der Tat«, sagte sie und zog ihre Handschuhe an. »Zum Beispiel einen Einkaufsbummel machen. Adieu, Mr. Duvant. Ich hoffe, wir werden uns nicht wiedersehen.«

Cecily war überrascht über sich selbst; dieser Augenblick schien die ganze Sache wert zu sein. Sie empfand nicht gerade Vergnügen – das wäre vielleicht ein etwas zu starkes Wort gewesen –, aber sie hatte das Gefühl, wenn jemand es von ihr verlangt hätte, hätte sie fliegen, auf dem Wasser gehen oder zahllose andere, bislang unvorstellbare Dinge tun können.

Sie ließen ihn stehen, gingen zur Tür hinaus und stiegen ins Auto. Cecily ließ den Wagen an, legte den Gang ein und fuhr sehr schnell und sicher bis ans Ende der Straße. Dort hielt sie unvermittelt an, lehnte sich aus der Tür und erbrach sich heftig.

»Entschuldige. Entschuldige, Cassia.«

»Schon gut. Hier, nimm mein Taschentuch. Du warst großartig. Ich war sehr beeindruckt.«

»Du warst aber auch wunderbar. Ich hoffe nur, dass es klappt. Ich kann nicht glauben, dass es so einfach sein soll.«

»Doch, ich denke schon. Das Argument mit der Erpressung ist zu ihm durchgedrungen. Hast du sein Gesicht gesehen? Solange Benedict nicht nachgibt, werden wir bestimmt nichts mehr von dem Mann hören. Du musst Benedict sagen, was du getan hast. Sonst unternimmt er noch etwas auf eigene Faust.«

»Wenn du meinst. Ich danke dir, Cassia. Für alles. Das

werde ich dir nie vergessen. Niemals. Vor allem, dass es dir nichts ausgemacht hat, verstehst du.«

»Ja. Ja, ich glaube schon.« Dann fügte sie ganz beiläufig hinzu: »Und was hast du nun vor?«

Cecily wusste, was sie meinte. »Ich werde nach Hause gehen und weitermachen wie bisher. Wenn nicht etwas ganz Furchtbares passiert.«

»Und alles beim Alten lassen?«

»Warum denn nicht?«

»Na ja, ich weiß nicht. Ich dachte nur, vielleicht ...«

»Cassia«, sagte Cecily fest, »wenn du denkst, ich würde mich von Benedict scheiden lassen oder ihn verlassen oder irgend so etwas, hast du dich geirrt. Er braucht mich. Er braucht mich mehr denn je. Ich werde unsere Ehe zu einem Erfolg machen. Ich muss einfach, und ich weiß, dass ich es schaffen kann.«

»Also liebst du ihn noch immer?«

»Ich liebe ihn mehr denn je. Und er braucht Hilfe, um dieses ... dieses Problem zu bewältigen. Ich werde ihm diese Hilfe geben. Ich werde ihn jetzt nicht im Stich lassen.«

»Das ist ... wunderbar«, sagte Cassia und lächelte Cecily an; es war ein rasches, leicht gequältes Lächeln.

Cecily konnte sehen, dass Cassia nicht ganz überzeugt war, aber sie wusste, dass sie es schaffen konnte. Was Benedict brauchte, war Hilfe, Mitgefühl und viel Verständnis, und mit der Zeit würde sie ihm über diese schreckliche Sache hinweghelfen. Schließlich war es nur eine Krankheit – eine psychische Krankheit –, und von einer Krankheit konnte man geheilt werden.

Sie würde lernen, ihn im Bett besser zu befriedigen, weniger gehemmt zu sein. Ihre Unerfahrenheit musste alles noch schwieriger für ihn gemacht haben. Sie würden noch einmal ganz von vorn anfangen und weitere Kinder bekommen, und in ein paar Jahren würde ihnen diese ganze Geschichte vorkommen wie ein furchtbarer Alptraum ... Gemeinsam würden sie alle Probleme bewältigen. Darum ging es schließlich in einer Ehe. In guten wie in schlechten Tagen. Die schlechten Tage waren jetzt hoffentlich vorüber, und sie konnten das alles hinter sich lassen.

Aber in gewisser Weise war es nicht vorüber gewesen, und sie hatte seitdem in dem Wissen gelebt, dass es jederzeit wieder losgehen konnte.

12

»Der Mann ist verrückt geworden«, bemerkte Harry.

Edwina schaute ihn an. »Wer ist verrückt geworden?«

»Der König. Hier steht, bei einem von Seiner Majestät gegebenen Dinner im St.-James-Palast waren neben anderen hochrangigen Gästen die Mountbattens, die Baldwins, Diana und Duff Cooper anwesend ... und die Simpsons. Gütiger Himmel.«

»Warum denn auch nicht?«

»Edwina, wirklich! Siehst du denn nicht, dass er vorhat, diese Frau durch die Hintertür bei Hofe einzuführen, ohne Aufsehen und in kleinen Schritten? Hofft wahrscheinlich, wir werden die ganze Sache akzeptieren, nur weil sie ihre eleganten Füße unter den gleichen Tisch stellt wie der Premierminister.«

»Aber sie ist doch mit Ernest verheiratet.«

»Ich würde jede Summe darauf wetten, dass sich das bald ändern wird.«

»Ach, ich glaube, er wird sie bald satt haben. Bislang war das noch bei jeder Frau so. Und selbst wenn nicht, er kann keine geschiedene Frau heiraten. Er ist der König von England, Verteidiger des Glaubens und so weiter.«

»Und schrecklich verliebt. Diana Cooper hat mir letzte Woche erzählt, dass er überzeugt ist, nicht ohne sie leben zu können. Edwina, dieser Kaffee ist grauenhaft. Er kann unmöglich frisch gemahlen sein. Ich verlange ja nicht viel von dir, aber ...«

»Du verlangst eine Menge, und ich bin ganz sicher, dass er frisch gemahlen ist. Aber ich werde bei der Köchin nachfragen, du brauchst also nicht weiter darauf herumzureiten. Jedenfalls, der König muss sein Leben ja nicht ohne Wallis führen. Sie kann im Hintergrund bleiben, weiter Gastgeberin in Fort Belvedere spielen und ihn erwarten, wenn er von seinen königlichen Pflichten zu ihr zurückkehrt.«

»Er wird mehr als das wollen. Dieses Staatsbankett beweist es.«

»Das wird sich zeigen. Ich muss los, ich habe heute schrecklich viele Termine.«

»Um was geht es denn? Die Medizin? Das Pseudo-Theater? Mir schwindelt richtig, Edwina.«

»Ach, scher dich doch zum Teufel«, sagte Edwina gutmütig. »Es geht um die Modenschau, falls du das mit Theater meinst. Heute Vormittag habe ich ein Treffen mit Leon de Rosay und nach dem Lunch bin ich mit Venetia und Rose bei Victor Stiebel verabredet. Möglicherweise stellt er uns ein paar Abendkleider zur Verfügung. Und danach ...«

»Bitte verzeih mir, aber für mich ist das alles ein wenig zu komplex, so faszinierend es auch sein mag. Bei mir wird es heute ebenfalls spät werden, ich esse im Sportclub. Wir sehen uns also wahrscheinlich morgen um dieselbe Zeit. Bis dann. Arbeite nicht zu hart.« Er stand auf, beugte sich herab und gab ihr einen flüchtigen Kuss.

»Leon, was für ein entzückender Mantel. Könnte ich gleich einen für mich bestellen, da wir schon mal dabei sind? Und dieses Kostüm, bitte, in Weinrot. Die wattierten Schultern sind zauberhaft. Nur vielleicht ein bisschen länger. Und ...«

»Mrs. Moreton, ich dachte, dies sei eine geschäftliche Zusammenkunft. Wenn Sie wünschen, dass ich eine Modellistin rufe, werde ich das selbstverständlich tun, aber ich kann mich nicht auf zwei Sachen gleichzeitig konzentrieren.«

»Leon, nun werden Sie nicht langweilig. Nach meiner Modenschau werden Sie Hunderte zusätzlicher Stücke verkaufen. In sechs Monaten wird der Name de Rosay ebenso groß sein wie der Name Stiebel. Aber ich möchte das Kostüm unbedingt. Bitte, vergessen Sie es nicht. Es ist doch gar nicht nötig, dafür eine Modellistin herbeizuzitieren.«

»Aber ...«

»Leon, bitte konzentrieren Sie sich. Also, wollen wir mal sehen. Sie steuern sechs Kostüme, vier Cocktailkleider und ein paar Abendkleider bei – die alle wundervoll sind. Und Sie brauchen die Mädchen so bald wie möglich zur Anprobe. Das ist kein Problem. Und können Sie Maria Guy bewegen, uns ein paar Hüte zur Verfügung zu stellen?«

»Ich glaube schon.«

»Sie sind ein Engel. Gott, ist das aufregend. Wie ich das liebe. Haben Sie Hunger? Ich könnte ein Pferd verspeisen.«

»Vielleicht ein kleines Fohlen«, stimmte Leon de Rosay zu und lächelte sie an. »Wollen wir gehen und eines suchen?«

Sie stand auf und dachte, wie sehr sie doch die Gesellschaft Homosexueller genoss. Sie waren so amüsant, so interessiert an einem, ohne Forderungen zu stellen. Und Leon sah dazu noch so gut aus mit seinem rotbraunen Haar und der wundervollen Adlernase. Er war weit gekommen für jemanden, der in Clapham als Leonard Rosewall geboren und aufgewachsen war. Ihre Freundin Venetia Hardwicke, die bei der *Vogue* arbeitete, hatte sie miteinander bekannt gemacht. »Du wirst ihn einfach himmlisch finden, Edwina, und seine Kleider sind genau dein Stil. Ich will ihn ein bisschen fördern, wir bringen eines seiner Ensembles in der Augustausgabe. Kauf doch was bei ihm und trag es, Schätzchen. Tu es für mich. Mach die Leute auf ihn aufmerksam.«

Sie hatte eines von Leons Abendkleidern gekauft. Er hatte nicht nur eine Vorliebe für prunkvolle Roben, sondern war auch ein erstklassiger Schneider. Das Kleid gefiel Harry und Edwina hatte noch weitere Sachen bei Leon gekauft und ihre Freundinnen mitgebracht, damit sie sich seine nächste Kollektion ansahen. Es war großzügig von ihm, bei ihrer Modenschau mitzumachen: Es machte eine Menge Arbeit und kostete ihn eine Stange Geld, aber er war es ihr auch schuldig.

Er führte sie in ein kleines französisches Restaurant direkt um die Ecke seines Modesalons in der Sloane Street. Es war klein, dunkel und intim, jeder Tisch eine winzige, schwach beleuchtete Insel.

»Leon, wie romantisch. Wie schade, dass wir keine Affäre haben.«

»Mrs. Moreton, wenn das Ihr Wunsch ist ...«

»Alte Tunte!«, sagte Edwina voller Sympathie. »Sie würden sogar das tun, wenn Sie dadurch Ihren Namen noch bekannter machen könnten.«

»Ich würde mein Bestes tun.« Er küsste ihr die Hand.

»Tja, das brauchen Sie nicht. Ich liebe Sie so, wie Sie sind. Lassen Sie uns bestellen, und dann – Leon, was ist da hinten?«

»Ein weiterer, kleinerer Speiseraum. Für Affären, die noch privater sind als unsere. Warum?«

»Ach, nichts.«

Das stimmte nicht ganz. Ein Mann hatte gerade schnell das Restaurant durchquert, den kleinen, inneren Raum betreten und war mit warmem Handschlag von einem Mann begrüßt worden, der sich halb vom Tisch erhob. Und den sie sehr gut kannte. Es war Benedict Harrington.

Sie wäre am liebsten schnell gegangen, bevor er sie sah, aber Leon war gerade mitten in einer langen, witzigen Geschichte, als der erste Mann gegen halb zwei allein das Restaurant verließ. Jetzt erkannte sie ihn: Es war Dominic Foster, der Architekt. Er hatte sie nicht bemerkt.

Auch Leon erkannte ihn. »Ein Mann der Stunde«, bemerkte er. »Letzten Monat stand sogar in der *Vogue* ein Artikel über ihn.«

»Na«, meinte Edwina munter, »was für eine Auszeichnung für einen Architekten.«

Leon war ganz ihrer Ansicht; er lächelte sie an. »Ja. Er hat ein paar ganz erstaunliche Atelierwohnungen in Pimlico entworfen. Ein Freund von mir wird eine nehmen. Absolut phantastisch, alles ist aus Glas, die Wände, die Dächer. Es gibt da allerdings ein Problem, an das keiner gedacht hat – die Tauben ...«

»Ach ja?«, sagte Edwina geistesabwesend.

Benedict war gerade aus dem inneren Raum getreten. Er sah sie, war offensichtlich schockiert, fasste sich, trat an ihren Tisch und küsste sie. Sie konnte spüren, wie angespannt er war. »Edwina! Wie nett!«

»Hallo, Benedict. Kennst du Leon de Rosay schon? Der

brillanteste Modeschöpfer Londons. Leon, das ist Benedict Harrington, ein Cousin meines Mannes.«

»Guten Tag, Mr. Harrington.« Leon stand auf und streckte die Hand aus.

Sie konnte sehen, wie er Benedict abschätzte, auf ihn reagierte: nicht sexuell natürlich, sondern emotional. Sie erkannten einander immer. Oder vielmehr, sie erkannten es immer sofort. Die berühmte verschlüsselte Frage, die sie angeblich stellten (»Sind Sie ein Freund von Dorothy?«), war absolut unnötig. Nun ja, für jemanden wie Benedict vielleicht nicht. Armer Benedict.

Seine offenkundige Qual ging ihr ans Herz und sie lächelte ihn an. »Leon hilft mir bei einer Modenschau, die ich zu Gunsten des St. Christopher's organisiere.«

»Mrs. Moreton«, sagte Leon mit einem Seufzer, »Sie müssen mich entschuldigen. Ich muss los, in drei Minuten kommt eine Kundin. Eine schwierige Kundin – keine wie Sie.«

»Aber natürlich, gehen Sie nur. Vielen Dank für den köstlichen Lunch und Ihre Hilfe.«

Er verbeugte sich leicht und schritt zur Tür. Beim Hinausgehen unterzeichnete er die Rechnung.

Benedict sah Edwina an. Seine ängstliche Sorge war nicht zu übersehen.

»Benedict«, sagte sie fest, »setz dich doch für eine Minute. Lass uns ein Glas Wein zusammen trinken.« Er setzte sich und sie rief den Kellner. »Zwei Gläser Champagner«, bestellte sie forsch. »Nach dem Lunch ist Champagner einfach das Beste, finde ich immer. Na ja, nach allem eigentlich. Oder davor. Findest du nicht auch?«

»Sicher. Vielen Dank.« Der Champagner war gekommen. »Auf dich, Edwina.« Er hob sein Glas und stürzte es hinunter.

»Edwina ...«

»Benedict, ich verspreche dir, ich werde kein Wort sagen. Weder zu Cecily noch zu sonst jemandem. Mach dir keine Sorgen.«

»Oh, es ist gar nichts dabei«, versicherte er. »Ich wollte nicht ...« Ihre Blicke trafen sich und er sah erst resigniert und dann amüsiert drein. »Doch, ich wollte. Na ja, ich wollte den Versuch machen, dich darum zu bitten. Also danke. Es ist nur, dass – na ja, Cecily mag Dominic Foster nicht besonders. Ich weiß überhaupt nicht, warum.«

»Benedict, bitte! Das ist ja zum Verzweifeln. Ich gerate noch in Versuchung, es doch noch Cecily zu erzählen, wenn du darauf bestehst, mich wie irgendeine spießige Idiotin zu behandeln. Ich werde nie etwas verlauten lassen. Aber natürlich weiß ich, warum Cecily Dominic nicht mag. Und warum du mit ihm hier warst. Lass uns doch wenigstens zueinander ehrlich sein.«

Er schaute sie an und sagte dann: »Danke. Ich wollte dich nicht kränken.«

»Das hast du aber. Benedict, dir muss doch klar sein, dass es mich nicht kümmert. Hast du wirklich diesen Abend damals vergessen?«

»Nein. Nein, natürlich nicht. Du warst wunderbar. Aber ...«

»Also. Entspann dich.«

»Danke«, wiederholte er und lächelte sie an.

Edwina schwieg einen Augenblick und dachte an jenen Abend zurück. Sie war wutentbrannt aus einem Nachtclub gerannt, nach einem Streit mit Harry, der zurückgeblieben war, betrunken und aggressiv. Irgendwann hatte sie sich in einer winzigen Gasse in dem Straßengewirr hinter der Park Lane wieder gefunden, und als sie auf der Suche nach einem Taxi die Straße hinunterlief, hatte sie plötzlich Benedict aus einem der Häuser vor ihr heraustreten und sich von einem Mann verabschieden sehen.

Es gab keinerlei Körperkontakt zwischen den beiden, aber es war klar, was er dort gemacht hatte, einfach nach dem Ausdruck auf seinem Gesicht und der Art zu urteilen, wie er verstohlen die Straße nach Zeugen absuchte.

Natürlich entdeckte er sie, und es war fast komisch, wie absolut entsetzt, wie am Boden zerstört er aussah. Dann brachte er ein Lächeln zustande, kam zu ihr und sagte: »Hallo, Edwina.«

»Hallo, Benedict. Ich bin auf der Suche nach einem Taxi. Hilfst du mir?« Sie hatte keine Hilfe gebraucht, aber sie wollte ihm etwas zu tun geben, seine elende Lage lindern.

»Selbstverständlich. Ich gehe und hole eins. Du wartest hier.«

Sie hakte sich bei ihm ein. »Nein, sei nicht albern, wir gehen zusammen.« In das gequälte Schweigen hinein hatte sie beteuert: »Benedict, es ist alles in Ordnung. Bitte mach dir keine Sorgen.«

Nach einer sehr langen Pause hatte er gefragt: »Hast du es ... vorher schon gewusst?« Ja, hatte sie entgegnet, das hätte sie, und sie fände überhaupt nichts dabei, und falls nötig, könne sie schweigen wie ein Grab, auch wenn ihr das niemand zutrauen würde. Als er wissen wollte, wo Harry sei, hatte sie erklärt, der liege wahrscheinlich mittlerweile in einem Nachtclub unter dem Tisch und brauche nie etwas von ihrer Begegnung zu erfahren.

»Er weiß es natürlich«, hatte Benedict abrupt erklärt. »Er hat sich immer großartig verhalten, hat mir nie was vorgeworfen.«

Ihrer Meinung nach gebe es da nichts vorzuwerfen, hatte Edwina erwidert. »Ah, da ist ein Taxi. Das nehme ich. Gute Nacht, Benedict, vielen Dank für deine Hilfe.«

Bis zum heutigen Tag hatte es keiner von ihnen je wieder erwähnt.

»Entschuldige«, wiederholte er. »Ich vergesse immer, wie anders du bist.«

»So kann man es auch sehen«, antwortete sie und leerte ihr Glas.

Sie unterhielt sich mit ihm über ihre Modenschau und sah, wie er sich langsam entspannte. Um halb vier saßen sie noch immer da, und er machte ihr vor, wie seine Sekretärin erst bedeutungsvoll auf die Wanduhr im Büro und dann auf ihre Armbanduhr sehen würde, wenn er derart spät von seiner Mittagspause zurückkehrte.

»Sie ist zweifellos die Einzige, die das interessiert«, sagte Edwina.

»Ja, aber Cecily könnte anrufen.«

»Hast du solche Angst vor Cecily?«

»Das nicht, aber ich will sie nicht beunruhigen.«

»Es ist jammerschade«, sagte Edwina plötzlich, »dass sie es so überhaupt nicht akzeptieren kann.«

»Edwina! Wie könnte sie?«

»Ach, ich weiß auch nicht. Aber mit ein bisschen weniger strikter Prinzipientreue würdet ihr beide viel glücklicher sein. Schließlich seid ihr jetzt schon sehr lange verheiratet und du liebst sie und bist bei ihr geblieben.«

»Ja, aber sie macht sich Sorgen, dass ich erwischt werden könnte. Wegen der Schande. Und es ist ein Verbrechen, Edwina, das darfst du nicht vergessen.«

»Dieser Paragraph ist wirklich lächerlich. Er könnte mich rasend machen. Meine erste sexuelle Erfahrung hatte ich mit einer Frau. Es war wunderbar. Ich werde es nie vergessen.«

»Ist das wirklich wahr?«, fragte er. Der Ausdruck in seinem Gesicht war seltsam – nicht schockiert, nicht einmal überrascht, sondern heftige, fast inbrünstige Erleichterung.

»Natürlich ist es wahr. Und das ist nicht meine einzige lesbische Erfahrung geblieben. Ich habe eine Weile gebraucht, mich dem anderen Ufer anzupassen, kann ich dir sagen. Manchmal, wenn ich eine Frau sehe, denke ich immer noch, o ja, die wäre interessant. Trotzdem habe ich es seit Jahren nicht mehr gemacht«, fügte sie lachend hinzu. »Aber das wird jetzt ein bisschen zu pikant. Noch ein Glas und ich stürze mich auf dich. Das wäre doch mal interessant. Schau nicht so ängstlich drein, Benedict, das war ein Witz. O Gott, so spät schon? Ich hätte schon vor einer halben Stunde in Stiebels Modesalon sein sollen. Ich muss sofort los. Bis dann, Benedict, und mach dir bitte keine Sorgen. Ich schwöre, ich sage kein Wort. Zu niemandem.«

Cassia sagte sich immer wieder, dass es im Grunde gar nichts zu bedeuten hatte. Gut, sie hatte ein Haus in London gemietet, für ein Jahr, doch das besagte überhaupt nichts. Es mochte ja ein bisschen verschwenderisch sein, ein ganzes Haus zu mieten, nur um zwei Nächte die Woche darin zu schlafen, aber dank Leonora brauchte sie sich wegen der Kosten keine Gedanken zu machen und Leonora wäre bestimmt vollkommen damit einverstanden gewesen. Alles war nun so viel einfacher. Am Dienstag und Donnerstag brauchte sie nach ihren Beratungsstunden nur eine halbe Stunde zu fahren und schon war sie in ihrem neuen Haus. Jeden Mittwoch- und Freitagmorgen fuhr sie um sechs los und um halb acht war sie daheim und konnte die Kinder zur Schule bringen. Für die Kinder würde es nicht den geringsten Unterschied machen. Alle drei hatten sowieso immer fest geschlafen, wenn sie von der Klinik zurückkehrte.

Die Kinder waren alle sehr aufgeregt wegen des Hauses und nahmen die Nachricht, dass sie zwei Nächte die Woche in London verbringen würde, ungerührt entgegen.

»Wir sind ja sowieso im Bett«, erklärte William. »London! Können wir dich alle besuchen kommen? Und in den Zoo gehen?«, wollte Bertie wissen.

»Ja, natürlich.

»Und Big Ben sehen?«

»Ja, Big Ben auch.«

Diesen Samstag würden alle drei Kinder nach London kommen, um sich das Haus anzusehen. Sie würden hier übernachten, es war Platz genug für alle. Das war einer der Gründe, warum sie ein Haus gemietet hatte, statt in einem Hotel abzusteigen. Sie wollte nicht, dass die Kinder das Gefühl bekamen, von ihrem Leben in London ausgeschlossen zu sein. Sie arbeite jetzt auch als Ärztin, und sie habe das Haus gemietet, damit sie nicht abends noch den langen Weg nach Hause fahren müsse, hatte sie Bertie erklärt, der als Einziger alt genug war, um es zu verstehen.

Janet hatte gefunden, das mit dem Haus sei eine großartige Idee. Sie hätte sich immer Sorgen gemacht, wenn Cassia so spät noch unterwegs war, und der Doktor auch, obwohl er das nie ausdrücklich gesagt hatte. Aber man merkte es, er war immer so nervös, bis er ihr Auto in der Einfahrt hörte. Jetzt konnten sich an diesen Abenden alle entspannen.

Auch Edward schien zu verstehen, weshalb sie das Haus gemietet hatte – was ihr ebenfalls sehr wichtig gewesen war. Als Bedrohung sah er es zumindest nicht. Er hatte nur genickt, als sie es ihm erzählte, »gute Idee« gesagt und kaum zugehört, als sie versicherte, sie würde vor dem Frühstück zurück sein, um die Jungen zur Schule zu bringen. Er hatte kein Interesse daran gezeigt, sich das Haus anzusehen, denn er hatte furchtbar viel zu tun, aber es eilte ja auch nicht. »Tu, was du für richtig hältst«, hatte er gesagt. Sehr rational. Alles war ausgesprochen rational und vernünftig.

Nur dass sie das Haus natürlich aus ganz anderen Gründen gemietet hatte ...

Zwei Tage nachdem ihr Bewerbungsschreiben eingetroffen war, kam Maureen Johnson zum Vorstellungsgespräch. Edward hatte es tatsächlich fertig gebracht, Cassia zu bitten, sie vom Bahnhof abzuholen. So viel Taktlosigkeit konnte sie kaum fassen. Sie schickte stattdessen Janet zum Bahnhof und begrüßte Maureen an der Haustür, in einem neuen und ausgesprochen teuren Kleid von Harvey Nichols. Sie hatte keine Ahnung, warum sie das angezogen hatte, aber so fühlte sie sich einfach besser.

Maureen war von angenehmem Äußeren; ihr braunes Haar war ordentlich frisiert, die Haut blank geschrubbt und die blauen Augen waren ziemlich klein. Zudem hatte sie ziemlich dicke Knöchel, wie Cassia mit einiger Befriedigung feststellte. Sie behandelte Cassia mit einer Mischung aus der Ehrerbietung, die ihr als Frau eines künftigen Arbeitgebers zustand, und der Überlegenheit, die sie als berufstätige Frau einer Hausfrau gegenüber empfand. Maureen hatte zwei Jahre als Ärztin im Praktikum im Kingston Hospital in Surrey gearbeitet. Studiert hatte sie am University College Hospital, dem medizinischen Institut der Universität. Cassia setzte ihr gewinnendstes Lächeln auf und fragte, warum sie denn Allgemeinmedizinerin werden wolle, anstatt ihren Facharzt zu machen. Maureen antwortete, ihrer Ansicht nach gebe es in der Allgemeinmedizin bessere Berufsmöglichkeiten für Frauen. »Aber hat man Ihnen denn keine Stelle am UCH angeboten?«, fragte Cassia. Maureens plötzliches Erröten verriet ihr, dass sie dafür nicht gut genug abgeschnitten hatte. Und dass sie wusste, dass Cassia es wusste.

Das Bewerbungsgespräch mit Edward hatte über eine Stunde gedauert, und als er danach zu einem Kind gerufen wurde, das vermutlich Diphterie hatte, nahm er sie mit. Als sie zurückkamen, waren sie in ein Gespräch über Impfungen vertieft, das sie während des ganzen Mittagessens fortsetzten. Cassia saß dabei und versuchte erst zu lächeln, blätterte dann die neueste *Vogue* durch und erklärte schließlich, sie müsse William von der Schule abholen.

Als sie zurückkam, war Edward mit Maureen in der Praxis. Die Tür ging unvermittelt auf, und er fragte: »Könntest du es einrichten, Maureen nach Haywards Heath zurückzubringen?«

Die Sonne war durchgekommen und Cassia kurbelte das Verdeck des Jaguars herunter. Trotz des strahlenden Sonnenscheins war es kalt und windig, und sie sah mit einiger Befriedigung, wie Maureens ordentliche Frisur gehörig zerzaust wurde.

»Auf Wiedersehen«, sagte sie liebenswürdig, als sie am Bahnhof ankamen, »es war mir eine Freude, Sie kennen zu lernen. Ich denke ja immer noch, Sie hätten am UCH bleiben und sich auf Kinderheilkunde spezialisieren sollen. Nach meiner Doktorprüfung erhielt ich das Angebot, im St. Christopher's Hospital meinen Facharzt in Geburtshilfe zu machen, und ich fand es absolut unwiderstehlich. Aber Bertie hatte sich angemeldet und so musste ich leider ablehnen.«

Der Ausdruck von Verwirrung und Abneigung auf Maureens Gesicht blieb ihr im Gedächtnis und half ihr über Edwards Lobeshymnen und seine Entscheidung, sie einzustellen, hinweg. Er verlangte von Cassia, sich nach einem Zimmer im Dorf für sie umzusehen, und als Maureen vorschlug, jeden Mittwochnachmittag eine Kindersprechstunde abzuhalten, stimmte er begeistert zu. Cassia erinnerte ihn daran, so freundlich, wie sie es vermochte, dass sie selbst diesen Vorschlag schon mehrmals gemacht hatte, hörte den Sarkasmus in ihrer Stimme und gab es auf. »Und ich hoffe sehr«, sagte Edward, »dass du Dr. Johnson helfen wirst, sich im Dorf einzuleben. Stell sie bitte den Leuten vor. Vielleicht könntest du dich am Anfang während ihrer Sprechstunden zur Verfügung halten. Du könntest ihr sagen, wer die Patienten sind, und ihr ein paar Hintergrundinformationen geben. Nichts Medizinisches natürlich.«

»Natürlich«, versicherte Cassia.

An diesem Tag hatte sie den Immobilienmakler angerufen und einen Besichtigungstermin für das Haus in der Walton Street vereinbart. Und als sie in dem hübschen Salon im ersten Stock stand, fühlte sie sich stark und unabhängig, gefährlich unabhängig, und erklärte, sie würde es nehmen.

An dem ersten Abend, den sie in ihrem Haus verbringen würde, hatte die Beratungsstunde besonders lange gedauert. Es war fast halb zehn, als sie Brixton verließ, und wieder sagte sie sich, dass es vollkommen gerechtfertigt gewesen war, das Haus zu mieten. Sie parkte vor dem Haus, blieb einen Augenblick im Wagen sitzen und schaute zu den Fenstern hoch. Sie hatte eine Putzfrau eingestellt, die es sauber und in Ordnung halten sollte. Wenn Cassia in London blieb, sollte sie zur Teezeit kommen, ein Feuer im Kamin anzünden und das Licht anmachen. Das Haus sah warm, einladend und hübsch aus. Sie lächelte zu ihm hoch, so erfreut, als sei es ein neuer und sehr charmanter Freund.

Aber es war ein sonderbares Gefühl, das Haus zu betreten. Es war fast so, als würde sie auf der Bühne stehen und eine Rolle spielen. Sie schien sich selbst dabei zuzusehen, wie sie den Mantel auszog, den Hut abnahm, beides auf einen Stuhl in der Diele legte und nach oben ins Wohnzimmer ging. Es war wirklich ein sehr hübscher Raum. Wenn es ihr richtiges Wohnzimmer wäre, hätte sie es vielleicht anders eingerichtet, aber für ein Bühnenbild war es bezaubernd, ganz in Creme und verschiedenen Blautönen gehalten – ein blauer Teppich, cremefarbene Wände, blaue Vorhänge. Der Kamin mit den handbemalten Kacheln und dem schmiedeeisernen Feuerrost war ebenfalls entzückend, und zu beiden Seiten des Kamins standen hohe Bücherregale in einer Nische. Die Regale waren leer, die Wände ebenfalls. Sie würde Bücher hineinstellen und Bilder aufhängen müssen, aber das würde ihr Spaß machen. Und sie würde Fotografien der Kinder mitbringen und aufstellen – das würde die ganze Atmosphäre persönlicher machen.

Sie stand auf und ging hinunter in einen anderen Teil des Bühnenbildes, in die kleine Küche, und kochte sich eine Tasse Kaffee. Mrs. Horrocks, die Putzfrau, hatte einen Früchtekuchen und eine Dose Kekse hingestellt. Cassia merkte plötzlich, dass sie Hunger hatte, setzte sich an den kleinen Küchentisch und aß alle Kekse auf. Als sie gerade hinaufgehen wollte, um nachzusehen, ob Mrs. Horrocks auch das Bett aufgeschlagen hatte, klingelte das Telefon. Es war Edwina.

»Schätzchen, wie aufregend, dich in London zu haben. Ich beneide dich, ich hätte wahnsinnig gern auch so ein kleines Häuschen ganz für mich allein.«

Da Edwina den größten Teil des Tages ein riesiges Haus ganz für sich allein hatte, fand Cassia diese Bemerkung ziemlich ungewöhnlich, aber sie äußerte sich nicht dazu. »Das ist überhaupt nicht der Punkt, Edwina«, berichtigte sie. »Es ist nur so, dass meine Beratungsstunden oft bis spät in den Abend gehen und die Heimfahrt so lang ist. Da fand ich es vernünftiger, ein Haus zu mieten.«

»Schön, schön, Cassia, ich nehme dir deine Version ja ab. Aber wahrscheinlich wirst du dich ja jetzt öfters in London aufhalten. Hör zu, ich gebe nächsten Mittwoch eine Dinnerparty und ich möchte dich dazu einladen.«

»Edwina, ich kann nicht, du verstehst nicht, ich habe nicht die Absicht ...«

»Natürlich kannst du. Es kommen jede Menge interessanter Leute, unter anderem Leon de Rosay, ein viel versprechender Modeschöpfer – oh, aber das weißt du natürlich selbst. Entschuldige, ich vergesse immer, dass du nicht mehr so ein Landei bist wie früher. Na, jedenfalls, ich organisiere eine Modenschau zu Gunsten deines Krankenhauses – hatte ich das schon erwähnt?«

»Nein«, sagte Cassia mit echtem Interesse.

»Du solltest also kommen. Meine Eltern kommen auch. Meine Mutter hilft beim Verkauf der Eintrittskarten, und du weißt ja, wie sehr mein Vater dich schätzt. Ich habe schon überlegt, ob wir nicht vielleicht Rupert fragen könnten, ob er uns bei der Choreographie hilft. Könntest du ihn bitte fragen, Schätzchen?«

»Also ...«

»Gut. Das wäre geklärt. Ich muss los. Nochmals meine Glückwünsche zu dem Haus. Ich finde es einfach großartig.«

Cassia kehrte in den Salon zurück und stellte das Radio an. Es wurde ein Konzert gesendet, Orgelwerke von Bach. Edward mochte Bach nicht und bat sie dann immer, das Radio leiser zu stellen. Nur leiser natürlich, nicht aus. Sie liebte Bach. Sie stellte das Radio lauter. Gott, das war einfach wunderbar.

Sie ließ sich auf dem Sofa nieder, legte die Füße hoch, schaute sich um und genoss den Frieden, die Musik von Bach, ihr schuldbeladenes Glücksgefühl. Natürlich wäre sie jetzt viel lieber bei ihrer Familie. Aber sie wäre ja noch längst nicht zu Hause, dachte sie mit einem Blick auf die Uhr, sondern würde mit gefährlicher Geschwindigkeit über kurvenreiche Landstraßen fahren. Es gab also überhaupt keinen Grund, sich schuldig zu fühlen. Die Orgelmusik und der Frieden waren ein zusätzlicher Bonus.

Die Wände waren wirklich sehr kahl. Sie würde sich schleunigst ein paar Bilder besorgen müssen. Nur konnte man Bilder nicht überstürzt kaufen, das brauchte Zeit und Überlegung. Plötzlich fiel ihr ihr altes Zimmer am Grosvenor Square ein; dort hingen ein paar Aquarelle und Drucke, die Leonora ihr gegeben hatte. Ob Sir Richard wohl etwas dagegen hatte, wenn sie die mitnahm? Sie ging zum Telefon und wählte seine Nummer.

»Onkel Richard! Ich bin's.«

»Mein liebes Mädchen, was für eine nette Überraschung. Wie geht es dir, wo bist du?«

Gott, noch mehr Erklärungen. Sie rasselte sie schnell herunter und gab ihm keine Gelegenheit, sie zu unterbrechen. »Du musst bald mal kommen und dir das Haus ansehen. Vielleicht am Samstag, dann bringe ich die Kinder her. Kommt doch zum Tee, du und Margaret.« (Das machte auch Spaß.) »Die Sache ist die, die Wände sind noch sehr kahl. Und ich habe mich gefragt – na ja, würde es dir sehr viel ausmachen, wenn ich mir ein paar Bilder aus meinem alten Zimmer ausborgen würde? Sie gehören mir, glaube ich.«

»Selbstverständlich, Liebes. Du kannst jederzeit vorbeischauen. Und wir kommen gern am Samstag, es wird bestimmt nett.« Nach einer Pause fügte er hinzu: »Glänzende

Idee, das mit deinem kleinen Haus. Sehr vernünftig.« Dass er keineswegs dieser Ansicht war, war deutlich zu hören.

Es würde nicht einfach werden, es den Leuten begreiflich zu machen. Alle würden sie denken, das Geld sei ihr schließlich doch zu Kopf gestiegen, sie würde nun anfangen zu spinnen und sich ein neues, strahlend unabhängiges Leben aufbauen, tun und lassen, was sie wolle. Das tun, was sie immer gewollt habe. Was Leonora mit ihrem Vermächtnis ja vielleicht auch beabsichtigt hatte ...

Mochten sie es denken. Sie irrten sich.

13

Edwina hatte die Dinnerparty, die sie zur Lancierung ihrer Modenschau gab, mit äußerster Sorgfalt geplant. Sie liebte es, Gästelisten aufzustellen, ganz unterschiedliche, aber trotzdem irgendwie zueinander passende Leute zusammenzubringen, die Tischordnung auszuarbeiten, die Speisefolge zu planen, die Blumen zu bestellen und sich zu überlegen, was sie anziehen sollte. Bei dieser Abendgesellschaft, die besonders wichtig war, hatte sich schon das Aufstellen der Gästeliste als Herausforderung erwiesen, denn Modewelt, Handel und die feine Gesellschaft mussten fein säuberlich ausbalanciert werden. Heute war der große Tag, und sie sah Harry leicht nervös über den Frühstückstisch hinweg an.

»Du wirst doch rechtzeitig nach Hause kommen, oder?«

»Ich fürchte, ich kann nicht garantieren, dass ich vor neun da sein werde, wenn überhaupt.«

»Aber Harry, der Abend ist so wichtig für mich. Bitte.«

»Edwina, ich habe wirklich Dringenderes zu tun, als den

mir zugewiesenen Platz in deiner Tischordnung einzunehmen.«

»Du bist wirklich das Letzte. Ich …«

Er lächelte sie an. »Edwina, natürlich werde ich da sein. Ich finde deinen neuen Unternehmergeist überaus beeindruckend. Wann geht der Vorhang hoch?«

»Auf der Einladung steht halb acht«, antwortete sie und wusste nicht, ob ihre Erleichterung oder die Irritation überwog, »aber ich wäre dir dankbar, wenn du um sieben fertig sein könntest. Ja, Bishop?«

»Telefon, Madam. Lady Bushnell.«

»O Gott«, sagte Edwina und eilte aus dem Zimmer. Verärgert kehrte sie zurück. »Die blöde Pute kann nicht kommen. Meine perfekte Tischordnung ist ruiniert. Harry, das ist nicht komisch. Warum kannst du mir nicht wenigstens einmal bei etwas helfen?«

Eine Stunde später rief er an. »Ich habe einen Ersatz für die Bushnells gefunden. Benedict hat gerade angerufen, er und Cecily haben heute nichts vor und sind bereit, ihren Platz einzunehmen. Oder vielmehr zwei Plätze. Ich hoffe, du bist erfreut.«

»O Harry, nein! Nicht die beiden. Nicht heute.«

»Was um alles in der Welt spricht denn dagegen?«

»Das verstehst du nicht, Harry. O Gott, warum konntest du mich nicht vorher fragen? Jetzt geh aus der Leitung. Ich muss Leon de Rosay anrufen.«

Aber Leon de Rosay war nicht in seinem Modesalon. Er sei geschäftlich unterwegs, teilte die Directrice ihr mit, und werde nicht vor vier zurückerwartet.

»Würden Sie ihm ausrichten, dass er mich anrufen soll? Es ist wirklich sehr dringend. Bitte vergessen Sie es nicht.«

Cassia beschloss, den Vormittag damit zu verbringen, sich ein paar Bilder aus ihrem alten Zimmer auszusuchen. Sir Richard und Margaret würden beide nicht da sein, hatte Margaret ihr mitgeteilt, aber Jarvis erwarte sie, und sie solle sich wie zu Hause fühlen.

»Richard meinte, ein paar von Leonoras Bildern würden dir vielleicht auch gefallen. Ich lasse sie in dein Zimmer stellen. Lass sie einfach stehen, wenn du sie nicht willst.«

Sie nannten es immer noch ihr Zimmer; Cassia fand das sehr bewegend.

Es war ein seltsames Gefühl, wieder allein in dem Haus zu sein, in der großen Eingangshalle. Fast erwartete sie, Leonora aus einem der Räume kommen zu sehen; fast konnte sie ihre Stimme hören, ihre hübsche, melodische Stimme, und den Duft ihres Parfüms einatmen. »Oh, Leonora«, sagte sie laut und hörte, wie ihre eigene Stimme brach, »du fehlst mir so sehr.«

»Hätten Sie gern einen Tee, Miss? Oder einen Kaffee?«

Es war Harris, die sie immer noch »Miss« nannte. Sie lächelte Leonaras frühere Zofe an und erwiderte, Tee wäre schön. Ob sie ihn auf ihrem Zimmer haben könne?

»Selbstverständlich, Miss. Ich bringe ihn herauf. Lady Beatty fehlt Ihnen sicher sehr«, fügte sie nach einem Blick auf Cassias Gesicht hinzu. (Verdammt, jetzt weinte sie auch noch.)

»Ja, Harris, das tut sie.« Sie kramte in ihrer Tasche herum, auf der Suche nach einem Taschentuch, halb amüsiert darüber, dass für Harris Leonora noch immer Lady Beatty war. Wie sie wohl Margaret sah? »Es ist schön, mal wieder hier zu sein.«

»Was machen die Kinder, Miss?«

»Alles bestens, danke.«

»Es ist schade, dass keine jungen Leute mehr im Haus sind. Es ist einfach nicht mehr dasselbe. Das waren glückliche Tage, als Sie und Mr. Moreton Kinder waren. Was für ein seltsamer Junge er war – so ernst, wie ein kleiner alter Mann.«

»Ja, das war er. Na, jetzt wirkt er jünger.«

»Oh, er ist ein reizender Gentleman. Schickt mir und Jarvis immer ein Weihnachtsgeschenk.«

»Wirklich?« Eine solch freundliche Geste hätte sie Harry niemals zugetraut.

»O ja, Miss, immer. Und als ich im Krankenhaus lag, hat er mir so schöne Blumen geschickt.«

»Gütiger Himmel. Das war wirklich sehr nett von ihm.«

Sie ging nach oben und dachte über Harry Moreton nach, der so grob, so schwierig, so absolut skrupellos sein konnte und doch alten Dienstboten Weihnachtsgeschenke und Blumen schickte. Harry Moreton, den sie offenbar immer noch kaum kannte.

In ihrem Zimmer hatte sich nichts verändert, sogar einige ihrer Bücher lagen noch auf dem Nachttisch.

Die Bilder hingen noch an der Wand, und die beiden Gemälde, die ihr nach Sir Richards Dafürhalten gefallen würden, standen gegen das Bett gelehnt. Es waren zwei entzückende frühviktorianische Porträts, die perfekt in ihr neues Wohnzimmer passen würden. Auf einem war ein kleiner Junge mit einem riesigen Hund zu sehen, auf dem anderen ein kleines Mädchen in einem Ponywägelchen. Rechts und links neben dem Fenster würden sie sich wunderbar machen. Sie hatten schöne Rahmen, aus Ahornholz, aber einer würde repariert werden müssen. Cassia drehte das Bild um. Der Rücken hatte sich an einer Seite vollkommen gelöst und wölbte sich ein wenig vor. Es schien etwas dahinter zu stecken. Vorsichtig schob sie die Finger hinein und ein Stapel loser Blätter fiel heraus.

Es waren Pfandscheine, Dutzende von Pfandscheinen, hauptsächlich für Juwelen, doch einmal hatte Leonora einen »Bilderrahmen aus Perlmutt« versetzt und einmal sogar Hutnadeln – Gott, wie verzweifelt sie gewesen sein musste.

Die Pfandscheine waren alle älteren Datums, manche sogar von 1920. Natürlich waren die Sachen nie ausgelöst worden und sicherlich war alles längst verkauft. Cassia warf einen Blick auf die Adressen der Pfandleiher: Sie waren über ganz London verteilt, manche weit draußen, in Paddington, Croydon und Golders Green, aber einer auch in der Leather Lane, »direkt bei Hatton Garden«. Laut Pfandschein war das der, bei dem Leonora den Bilderrahmen versetzt hatte.

Der Bilderrahmen musste sehr hübsch sein. Hatton Garden war ganz in der Nähe und der Pfandschein war von 1928. Nein, das war lächerlich. Das war immerhin auch schon acht Jahre her. Natürlich würde der Bilderrahmen nicht mehr da sein. Aber der Gedanke ließ sie nicht los. Sie würde einfach mal nachfragen ...

Der junge Mann hinter dem Ladentisch war ungeduldig und nicht sonderlich höflich. Als er das Datum auf dem Pfandschein sah, lächelte er herablassend.

»So lange bewahren wir nichts auf«, belehrte er sie, »schon gar nicht solch wertlosen Kram.«

»Sicher. Nun, ich habe mich nur gefragt ...«

»Gibt es ein Problem, Mr. Taylor?« Ein viel älterer Mann war aus dem Hinterzimmer aufgetaucht.

»Nein, kein Problem«, erklärte der junge Mann. »Die

Dame scheint anzunehmen, dass wir Sachen neun Jahre oder länger aufbewahren.«

»Nun«, sagte der alte Mann und lächelte sie an, »das ist durchaus schon vorgekommen. Was haben Sie denn da?«

»Nur diesen Pfandschein. Praktisch selbst schon eine Antiquität.« Sie erwiderte das Lächeln, denn sie mochte ihn. »Er gehörte meiner Patin.«

»Lassen Sie mal sehen. Ach ja, ein Bilderrahmen aus Perlmutt, was? Ungewöhnlich. Schwer zu verkaufen, es überrascht mich, dass ich ihn angenommen habe. Sie muss eine Stammkundin gewesen sein. Wie sah sie denn aus?«

»Sehr hübsch. Blond, braune Augen. Immer sehr gut angezogen. Sie liebte Hüte. Und große Pelzkragen mit Fuchsköpfen. So um die vierzig. Sie hat Ihnen wahrscheinlich viele Sachen gebracht.«

»Oh! Mrs. Jarvis.« Sie hatte also den Namen des Butlers benutzt, dachte Cassia, die dieses Detail aus Leonoras gefährlich geheimem Leben seltsam anrührend fand. »Ja, das war eine Stammkundin. Wie geht es ihr denn? Ich habe sie schon eine ganze Weile nicht mehr gesehen.«

»Leider ist sie letztes Jahr gestorben.«

»Das tut mir sehr Leid. Eine großartige Dame. Hat mir zu Weihnachten immer ein kleines Geschenk gemacht. Ich hatte mich schon gefragt, wieso es diesmal ausblieb.«

»Diesmal? Aber …« Aber Leonora hatte doch schon seit Jahren in Paris gelebt. Wie außergewöhnlich, trotzdem zu Weihnachten immer an ihren Pfandleiher zu denken.

»Ja, das war das erste Mal, dass sie es vergessen hat. Tja, natürlich hat sie es nicht vergessen, die Arme. Warten Sie hier, ich schau mal, ob ich den Bilderrahmen finden kann.« Er verschwand nach oben. Cassia setzte sich auf einen harten Stuhl und wartete.

Nach zehn Minuten kam er kopfschüttelnd wieder herunter.

»Kein Bilderrahmen, leider. Aber das habe ich gefunden.« Er hielt ein goldenes Filigranarmband hoch. »Das war ihres, und sie hat es sehr bedauert, sich davon trennen zu müssen. Es hat ihrer Mutter gehört, erzählte sie. Na ja, ich konnte mir leisten, es zu behalten, und ich dachte mir, vielleicht kann sie es ja eines Tages wieder einlösen.« Er schüttelte den Kopf. »Ein schönes Stück, nicht wahr? Sehr feine Goldschmiedearbeit. Kommt aus Indien, sagte sie.«

»Ja, es ist schön. Könnte ich es kaufen? Einlösen, meine ich. Ich hätte es gern.«

»Aber natürlich. Lassen Sie mal sehen ... hundert Pfund. Das ist weniger, als ich ihr dafür gegeben habe, aber sie hat mir Leid getan. Es hat mir Leid getan, dass sie zurückgekommen war.«

»Zurückgekommen? Was meinen Sie damit?«

»Na ja, sie war doch ins Ausland gegangen. Ich dachte, sie hätte ein neues Leben angefangen und keine finanziellen Sorgen mehr.«

»Die hatte sie auch nicht mehr.« Es erschien ihr wichtig, dass er das verstand. »Sie lebte auf ziemlich großem Fuß, in Paris. Ehrlich.«

»Wirklich?« Der Pfandleiher sah sie zweifelnd an. »Jedenfalls brauchte sie das Geld dringend. Sie war vollkommen verzweifelt, kann ich Ihnen sagen. Deshalb habe ich ihr so viel für das Armband gegeben.«

»Und wann war das?«, fragte Cassia. Ein merkwürdiges Gefühl überkam sie, eine leichte Angst, sie hatte keine Ahnung, weswegen.

»Ach, das ist noch nicht lange her. Im November 1934. Da hat sie mir mein Weihnachtsgeschenk gegeben. ›Tut mir Leid, dass es so spät kommt, Mr. Fisher‹, sagte sie, ›aber besser spät als nie‹, und überreichte mir eine kleine Schachtel Pralinen. Ich wollte sie gar nicht annehmen, weil sie sich das offensichtlich nicht leisten konnte, wenn sie das Armband ihrer Mutter versetzen musste, aber sie bestand darauf …«

Auf der Straße hielt Cassia ein Taxi an, stieg ein und betrachtete das Armband. Und versuchte, irgendeine Erklärung zu finden. Denn wenn Leonora sechs Monate vor ihrem Tod immer noch verzweifelt ihre Besitztümer versetzte, wie um alles in der Welt hatte sie dann Cassia eine halbe Million Pfund hinterlassen können? Selbst wenn es treuhänderisch gebunden war, damit sie es nicht verspielte. Allein die Zinsen, die bei einem solchen Kapital anfielen, würden doch sicher erheblich sein.

Sie konnte sich überhaupt keinen Reim darauf machen.

Um vier Uhr nachmittags hatte Leon de Rosay noch immer nicht zurückgerufen.

Edwina beschloss, Benedict anzurufen, um ihn vorzuwarnen, dass Leon kommen würde, aber er war nicht in seinem Büro. »Er ist früher nach Hause gegangen, Mrs. Moreton«, berichtete seine Sekretärin. »Stephanie singt heute in einem Schulkonzert.«

Edwina versuchte es im Haus der Harringtons, aber weder Benedict noch Cecily waren daheim. Sie bat Benedict um Rückruf.

Cassia rief sofort Mr. Brewster an. Er war nicht in der Kanzlei, aber seine Sekretärin sagte, sie erwarte ihn gegen fünf zurück und würde ihn dann bitten, sich bei Cassia zu melden. »Ist es dringend, Mrs. Fallon?«

»Nein«, antwortete Cassia. »Nicht direkt. Aber ich würde sehr gern mit ihm sprechen.«

Das Telefon klingelte. Es war Cecily. »Edwina, du wolltest mich sprechen?«

»Äh, ja, nein, ich wollte eigentlich Benedict sprechen, wegen ... wegen einer Aktie, an der ich interessiert bin.«

»Er spielt gerade mit Laurence. Soll ich ihn bitten, dich zurückzurufen?«

»Ja bitte. Wenn er Zeit hat.«

»Benedict, Edwina möchte, dass du sie anrufst«, sagte Cecily. »Es geht um irgendwelche Aktien, die sie kaufen möchte.«

»Ach Gott, das kann doch sicher warten. Ich habe Fan versprochen, mit ihr Klavier zu spielen, und wir sehen Edwina ja sowieso heute Abend. Klang es dringend?«

»Nein, überhaupt nicht.«

Mr. Brewster rief Cassia um Viertel vor fünf zurück. Er war den ganzen Tag bei Gericht gewesen. »Gibt es ein Problem, Mrs. Fallon?«

»Nein«, antwortete sie und schaute Leonoras Armband an, das jetzt um ihr Handgelenk lag. Es gefiel ihr, ein so persönliches Erinnerungsstück zu tragen; es brachte Leonora wenigstens ein bisschen zu ihr zurück. »Nein, das nicht, ich wollte nur etwas mit Ihnen besprechen, das ist alles.«

»Möchten Sie zu mir in die Kanzlei kommen?«

»Ja, bitte. Wenn das geht.«

»Selbstverständlich. Morgen Vormittag? Um halb elf?«

»Gut. Ich bin ohnehin in London. Sie haben doch das Testament da, oder?«

»Selbstverständlich. Bis morgen dann. Guten Abend, Mrs. Fallon.«

Cassia legte den Hörer auf und starrte das Telefon an. Es musste eine Erklärung geben. Und wenn Mr. Brewster ihr keine zu geben vermochte, würde er ihr vielleicht zumindest sagen können, wo sie danach suchen konnte.

»Edwina, dieses Kleid ist ja grauenhaft. Die Farbe steht dir überhaupt nicht. Warum ziehst du dich nicht noch schnell um, bevor die übrigen Gäste kommen?«

»Ich will mich nicht umziehen, Mutter«, entgegnete Edwina fest, »und die Farbe ist genau richtig: Shocking Pink. Die Schiaparelli hat sie erfunden.«

»Man kann keine Farbe erfinden, Edwina.«

»Na, Elsa Schiaparelli hat es getan. Das hier ist Leons Version davon.«

»Marcus, bitte hol mir etwas zu trinken. Wo steckt denn Harry?«

»Kommt später«, erwiderte Edwina knapp.

Sie hatte nur kurz mit Harry sprechen können, als er anrief, um ihr zu sagen, dass er sich verspäten würde. »Entschuldige, Edwina, aber ich kann es wirklich nicht ändern. Es geht um einen Riesenabschluss, und der Kerl, der die Finanzierung regelt, ist bei der Bank von England aufgehalten worden.«

»Er ist wirklich das Letzte. Glaubst du, dass er eine Geliebte hat?«

»Ich weiß nicht, Mutter. Fragen kann ich ihn ja wohl kaum, oder? Vater, könnte ich auch einen Drink haben? Champagner, bitte. Du auch, Mutter?«

»Nein, ich nehme einen trockenen Martini. Wodka, Marcus, keinen Gin, denk daran. Wer kommt denn sonst noch?«

»Mutter, das habe ich dir doch schon gesagt. Die Whittakers natürlich, deswegen habe ich euch ja eingeladen, Venetia und Paul Hardwicke, Cassia und ...«

»O Gott, doch nicht etwa ihr grässlicher Ehemann? Dieser langweilige Bursche.«

»Nein. Aber Rupert Cameron.«

»Rupert mag ich. Er ist so charmant, immer so an einem interessiert.«

»Ja. Dann Benedict und Cecily, und Leon de Rosay, wie gesagt. Aber die Hauptsache ist, Mary Whittaker heiter zu stimmen und ihr zu zeigen, wie hart ich an der Modenschau arbeite, damit sie nicht allzu ärgerlich wegen des Tages der Straßensammlung ist.«

»Was ist denn damit?«

»Jemand anders hat die Organisation übernommen.«

»Edwina, wie ungezogen«, tadelte Sylvia Fox-Ashley streng. »Oh, da ist ja Rupert, und Cassia. Wie schön, Sie zu sehen, Rupert. Kommen Sie und erzählen Sie mir alles über ihr wahnsinnig glamouröses Leben.«

Edwina wurde langsam beschwipst. Sie hatte für halb acht eingeladen, damit das Dinner um acht serviert werden konnte, und um Viertel nach acht war Harry immer noch nicht erschienen. Gott, sie hätte ihn erwürgen können.

Um zwanzig nach acht kam er hereinspaziert, empörend gelassen, gab ihr und ihrer Mutter einen Begrüßungskuss, verbeugte sich vor den Gästen und bat, ihn kurz zu entschuldigen, er müsse sich umziehen. »Dauert keine fünf Minuten, ich schwöre es. Warum gehen Sie nicht schon zu Tisch? Wirklich, es macht mir überhaupt nichts aus.«

»Tun wir's, Edwina«, sagte Sylvia. »Ich bin am Verhungern und dein Vater fällt gleich um, so blau ist er.«

»Schön«, stimmte Edwina zu. »Gehen wir ins Esszimmer.« Leon de Rosay war noch nicht erschienen. Ihre Abendgesellschaft schien unter keinem guten Stern zu stehen.

Ihr Platz war neben Sir John Whittaker, so weit entfernt von der Tür, dass es doppelt schwierig sein würde, aufzuspringen und Leon abzufangen, wenn er eintraf. Sie hatte dafür gesorgt, dass Leon möglichst entfernt von Cecily saß, zwischen Cassia und Venetia. Er würde an beiden Gefallen finden und hoffentlich bald so in ein Gespräch über die Modenschau verwickelt sein, dass er kein Wort zu Benedict sagen würde. Mehr konnte sie jetzt nicht tun, außer beten.

Harry kam herein, elegant in seiner Smokingjacke und leicht selbstgefällig dreinschauend, und lächelte alle gewinnend an. »Ich bitte nochmals um Entschuldigung. Edwina wird mich nachher sicher auspeitschen lassen.«

»Wird bestimmt lustig«, murmelte Venetia. »Harry, hast du schon das Neueste über den kleinen Mann und Wallis gehört?«

»Kommt darauf an, was du mit dem Neuesten meinst.«

»Er hat sich juristisch beraten lassen. Von Walter Monckton. Wegen Wallis' Scheidung.«

»Ja, das hatte ich auch schon gehört«, sagte Harry. »Beaverbrook hat es mir erzählt.«

»Erstaunlich, nicht wahr?«, bemerkte Sylvia Fox-Ashley. »Ich begreife es einfach nicht. Wieso kann er nicht einfach still und unauffällig mit der Frau zusammenleben? Was soll der ganze Unfug?«

»Er soll rasend in sie verliebt sein«, verkündete Venetia.

»Was hat das denn damit zu tun? Niemand hindert ihn daran, mit ihr zusammen zu sein, aber warum muss er das so öffentlich machen? Langsam reißt mir wirklich die Geduld.«

»Wie ungewöhnlich«, murmelte Edwina.

Harry wandte sich an Cassia, die neben ihm saß. »Und was hältst du von unserem geliebten König und seinem Verhalten?«, fragte er ruhig. In seinen Augen glitzerte es gefährlich.

»Ich habe mir noch keine Meinung gebildet.«

»Wirklich nicht? Das überrascht mich. Ein Konflikt zwischen Liebe und Pflicht: Ich hätte gedacht, das wäre genau dein Fall.«

»Harry, bitte!«

»Du siehst entzückend aus, wenn du rot wirst. Jedenfalls ist das eine angenehme Überraschung. Ich hätte nicht gedacht, dass wir dich schon so bald nach deiner Rückkehr nach London bei einer unserer bescheidenen kleinen Gesellschaften begrüßen dürfen. Übrigens fühle ich mich außerordentlich geschmeichelt, dass du meinem Rat gefolgt bist.«

»Harry, ich bin nicht nach London zurückgekehrt. Ich verbringe lediglich zwei Nächte die Woche in der Stadt, nach meinen Beratungsstunden in der Klinik. Von was für einem Rat redest du überhaupt?«

»Ich hatte vorgeschlagen, dass du dir ein kleines Haus in London mietest. Du erinnerst dich sicher, wir waren im Savoy und ...«

»Es war meine Idee, mir hier ein Haus zu mieten. Damit ich nicht nach den Beratungsstunden in der Klinik noch die lange Heimfahrt habe.«

»Hattest du heute Sprechstunde?«

»Nein, aber ...«

»Na also«, sagte er und lehnte sich zurück, einen Ausdruck großer Befriedigung im Gesicht. »Du hast es also nicht nur wegen deiner Arbeit getan, sondern auch für dich selbst. Warum denn auch nicht? Du siehst übrigens sehr gut aus. Schönes Kleid. Vionnet?«

»Ja«, räumte Cassia leicht widerstrebend ein.

»Neu? Auf dem Land wirst du kaum viele Gelegenheiten haben, etwas so Elegantes zu tragen.«

»Nicht direkt neu«, behauptete Cassia, die das Kleid am Vortag gekauft hatte, und zwar speziell für diese Gelegenheit, »und natürlich könnte ich es auch auf dem Land tragen. Wir laufen nicht mit Stroh im Haar herum, weißt du.«

»Du überraschst mich. Übrigens, ist dir eigentlich klar, was für eine gewaltige Verantwortung du trägst? Du sitzt neben unserem Ehrengast. Der noch nicht aufgetaucht ist. Nicht gerade höflich.«

»Offenbar ist er aufgehalten worden, muss Seidenstoffe einkaufen oder so was. Und die Verantwortung ist mir durchaus bewusst. Es wird mir sicher Spaß machen.«

»Nun, du siehst viel besser aus als Edwina, das muss ich schon sagen. Sie trägt eine seiner Kreationen.«

»Du interessierst dich für Kleider, nicht wahr?«, fragte Cassia neugierig, überzeugt, ein ungefährliches Thema gefunden zu haben. »Was gefällt dir so an Frauenmode?«

»Frauen interessieren mich«, erklärte Harry, lehnte sich zurück und ließ den Blick über ihr Gesicht gleiten. »Es interessiert mich, was Mode für Frauen bedeutet. Wie Kleider wirken. Wie Frauen sich ihre Kleider aussuchen und aus welchen Gründen. Um sexy auszusehen oder chic oder was auch immer, um sich zu zeigen oder um sich dahinter zu verbergen – es ist ein faszinierendes psychologisches Spiel. Nehmen wir dich zum Beispiel. Wofür benutzt du deine Kleider?«

»Harry, ich benutze sie nicht, ich trage sie«, erwiderte Cassia irritiert.

»Aber da irrst du dich. Ich weiß genau, wofür du sie benutzt.«

»Ach ja?«

»Ja. Um dich zu tarnen.«

»Um mich zu tarnen! Das ist doch lächerlich!«

»Die Frau, die wir zu sehen bekommen – in letzter Zeit zumindest –, ist chic, elegant, kühl und gelassen und hat alles unter Kontrolle. Was natürlich der blanke Unsinn ist.« Er grinste sie an und griff nach seinem Weinglas. »Du trinkst ja gar nichts. Der Wein ist hervorragend.«

»Und warum ist es Unsinn, wenn ich mal fragen darf?«

»Chic und elegant magst du ja sein, aber unter Kontrolle hast du gar nichts.«

»Tatsächlich?« Sie hoffte inständig, dass ihre Stimme ruhig klingen würde.

»Tatsächlich. Du rast dahin, von den schrecklichsten Leidenschaften getrieben. Viel interessanter.« Er lächelte sie an.

»Wie schön es doch für dich sein muss, so meisterhaft in den Menschen lesen zu können. Irrst du dich nie?«

»Sehr selten. Und ganz bestimmt nicht bei dir, dafür kenne ich dich zu gut.«

Sie spürte die Gefahr und beschloss, das Thema zu wechseln. »Harry, ich wollte dich etwas fragen. Es geht um ...« Leonora, hatte sie sagen wollen, aber in diesem Augenblick ging die Tür auf.

»Leon!« Edwina stand auf, ging um den Tisch herum und küsste Leon de Rosay auf die Wange, der, von Bishop hereingeführt, in der Tür stehen geblieben war. »Ich finde es großartig von Ihnen, dass Sie gekommen sind, nach dem grässlichen Tag, den Sie hatten. Kommen Sie doch herein, ich stelle Ihnen die übrigen Gäste vor.« Leon lächelte, verbeugte sich, schüttelte Hände und verteilte Begrüßungsküsschen.

Wie gut er aussieht, dachte Cassia. Fast mit Sicherheit homosexuell, obwohl er sehr solide und gut gekleidet ist und gar kein schrilles Auftreten hat. Sie beobachtete, wie die anderen auf ihn reagierten, und konnte Edwina als Gastgeberin nur bewundern. Was für ein Elan, ihn zusammen mit Leuten wie den Whittakers zum Dinner einzuladen. Aber natürlich war er in seiner Rolle als Couturier hier – eine Programmnummer, der Star des Abends, serviert zum Amüsement der übrigen Gäste.

Sie verfolgte, wie Rupert den Modeschöpfer mit ungezwungenem Charme begrüßte. Cecily lächelte, hatte aber einen seltsam wachsamen Blick in den Augen, und dann, o Gott, hörte sie Leon de Rosay zu Benedict in ein scheinbar tiefes Schweigen hinein sagen: »Ja, natürlich, wir haben uns neulich schon mal getroffen, nicht wahr, beim Lunch?«

»Wirklich?«, sagte Cecily und lächelte süßer denn je. »Benedict, davon hast du mir ja gar nichts erzählt.«

»Ja«, bestätigte Benedict, der ganz leicht errötet war und ungeheuer beiläufig tat. »Richtig, wir haben uns neulich getroffen, im – ach, wo war es noch gleich?« Er hielt inne und wartete, betete wahrscheinlich, dachte Cassia, aber seine Gebete wurden nicht erhört.

»Im Chez Victoire«, antwortete Leon de Rosay. »Furchtbar amüsant da, nicht? Und das Essen ist einfach köstlich. Sie waren mit Dominic Foster dort. Wahnsinnig kluger Kopf, was? Ein Freund von mir, ein Künstler, hat eine seiner wundervollen Atelierwohnungen in Pimlico gekauft. Ganz außergewöhnlich. Er hat wahrhaftig Stil. Nicht ganz wie le Corbusier vielleicht, aber trotzdem ... Bitte, setzen Sie sich doch alle wieder.«

»Was für ein Alptraum«, sagte Edwina. Sie saß an ihrem Frisiertisch und bürstete sich mit heftigen Bewegungen das Haar.

»Ach, ich weiß nicht«, erwiderte Harry. Er saß lässig auf einem Stuhl, rauchte und beobachtete sie aufmerksam. »Ich fand es ganz lustig.«

»Ja, das glaube ich gern. Deine Verspätung war auch nicht gerade hilfreich. Die Fasane waren viel zu lange im Ofen. Und Cecily saß nach Leons kleiner Bekanntmachung da, sprach kaum ein Wort und sah aus, als hätte sie einen Golfschläger verschluckt.«

»Du hättest deinen Freund Leon vorwarnen sollen. Ihm sagen, dass er den Mund halten soll. Übrigens mochte ich ihn nicht besonders. Mir wäre es lieber, wenn du ihn nicht wieder einladen würdest.«

»Harry, ich habe den ganzen Tag versucht, ihn zu erreichen. Erfolglos. Und ob du ihn magst oder nicht, ist unerheblich.«

»Nicht, solange er an meinem Tisch sitzt.« Seine Stimme war hart.

Edwina wechselte das Thema. »Und dann musste Benedict sich unbedingt betrinken und praktisch in Venetias Kleid kriechen, wahrscheinlich um allen zu beweisen, wie normal er ist. Und Mary Whittaker hat einen minutiösen Bericht über den vorjährigen Tag der Straßensammlung abgeliefert. Das ist das letzte Mal, das ich versuche, jemandem zu helfen, das kann ich dir sagen!«

»Gehen wir ins Bett«, schlug Harry vor. »So schlimm war es gar nicht, und du hast alles gut gemeistert. Wie gewöhnlich. Du bist wirklich außerordentlich tüchtig, Edwina. So gut darin, die Kontrolle zu übernehmen. In allem.« Plötzlich stand er auf, kam zu ihr, legte ihr die Hände auf die Schultern, ließ sie zu ihren Brüsten hinabgleiten und küsste sie auf das Haar.

Edwina blickte ihn wachsam im Spiegel an. »Harry, bitte nicht. Ich habe meine Tage, und ...«

»Schon wieder?«, sagte Harry leichthin und trat einen Schritt zurück. »Das scheint in letzter Zeit sehr häufig vorzukommen.«

»Ja nun, es ist in regelmäßigen Abständen so weit, Harry, falls dir das noch nicht aufgefallen sein sollte.«

Nach einem Schweigen erklärte er: »Edwina, ich habe nachgedacht. Es wird Zeit, dass wir uns ein Kind zulegen. Was meinst du?«

»Ich weiß nicht. Ich habe noch nicht darüber nachgedacht.«

»Nein? Dann solltest du vielleicht mal damit anfangen. Denn ich habe festgestellt, dass ich ganz gern einen Sohn und Erben hätte. Und zwar möglichst bald.«

»Und was ist, wenn ich noch kein Kind will?«

»Das würde ich als ziemlich unfair betrachten. Wir sind jetzt schon recht lange verheiratet. Fünf Jahre. Ich war sehr tolerant, aber nun stelle ich fest, dass ich ungeduldig werde. Alles klar?«

Edwina schwieg.

»Also solltest du vielleicht absetzen, was immer du benutzt, und anfangen, wenigstens eines deiner Ehegelübde zu erfüllen. Gute Nacht, Edwina. Wir sehen uns morgen früh.« Er griff nach seinem Brandyglas, verließ den Raum und schloss die Tür fest hinter sich.

Edwina sah ihm nach und seufzte, ein tiefer, fast tränenerstickter Seufzer. Sie fühlte sich krank. Was für ein missglückter Abend – in jeder Hinsicht.

14

Cassia hatte gerade das Licht ausgemacht, als das Telefon klingelte. Mit pochendem Herzen nahm sie den Hörer ab, voll panischer Angst, Janet oder sogar Edward könnte anrufen, um ihr zu sagen, dass eines der Kinder krank war oder vermisst wurde oder dass das Haus brannte. Oder Edward hatte einen Autounfall gehabt …

»Cassia? Hier ist Rupert. Ich habe den letzten Zug verpasst. Könntest du einem armen Vagabunden ein Bett für die Nacht geben?«

»Wie schön«, sagte er und schaute sich im Wohnzimmer um. »Was für ein Spaß, Cassia, ich beneide dich.«

»Ich fühle mich schrecklich schuldig deswegen, aber …«

»Warum solltest du dich schuldig fühlen? Törichtes Mädchen. Du hast all das schöne Geld geerbt, und Leonora hätte gewollt, dass du dein Leben genießt. Und du musst es genießen, schon um ihretwillen.«

»Du hast Recht, ich bin töricht. Ich habe das Haus ja auch nur wegen meiner Arbeit gemietet.«

»Was sagt Edward denn dazu?«, fragte Rupert beiläufig. »War er sehr verärgert?«

»Eigentlich nicht. Er hält sich im Moment ziemlich bedeckt, wegen dieser Maureen Johnson. Übrigens, Rupert, ich muss dir etwas erzählen, was mich ziemlich beunruhigt.«

Sie berichtete von den Pfandscheinen, von Leonora, von der Verwirrung, in die sie das gestürzt hatte. »Sie hat dieses Armband versetzt. Schau, ich habe es heute ausgelöst. In einer Pfandleihe in der Nähe von Hatton Garden. Offenbar hat es ihrer Mutter gehört. Ihrer Mutter! Man muss schon ziemlich verzweifelt sein, um Schmuck zu verpfänden, der der eigenen Mutter gehört hat, oder?«

»Ich würde mir keine Gedanken deswegen machen, mein Augenstern. Du darfst nicht vergessen, dass sie diese Krankheit hatte. Es ist etwas anderes, als wenn du oder ich den Schmuck unserer Mutter verpfänden würden. Offenbar war sie vollkommen abgebrannt und wollte Rollo nichts davon erzählen.«

»Ja, aber wie konnte sie mir dann so viel Geld vermachen?«

»Es war doch treuhänderisch gebunden, oder? Eben damit sie nicht an das Geld herankam.«

Cassia war zu müde, um sich einen Reim darauf zu machen. »Es beunruhigt mich eben, das ist alles. Irgendwas stimmt da nicht. Hast du Leonora im letzten Jahr noch mal gesehen?«

»Ein einziges Mal«, antwortete er.

»Und wo? In London?«

»Ja. Sie war hergekommen, um einen zweiten Arzt zu konsultieren. Sie hoffte, er würde ihr vielleicht helfen können.«

»Gott, ich wünschte, ich hätte das gewusst. Warum hat mir denn niemand gesagt, dass sie in London war?«

»Wir mussten ihr alle versprechen, dir nichts ...«

»Wir alle? Wer denn noch?«

»Oh«, sagte Rupert leichthin, »ich, Harry, Benedict. Leonora wollte dir keine weiteren Lasten aufbürden. Wenn sie etwas Positives erfahren hätte, hätte sie dich sicher angerufen, zum Lunch eingeladen und mit dir einen Einkaufsbummel gemacht. Aber da das nicht der Fall war ...«

»Ihr scheint mich alle noch für ein Kind zu halten«, sagte sie gekränkt. »Das ist nicht fair.«

»Cassia, das tun wir doch nicht. Aber du warst – na ja, du hattest kein einfaches Leben.«

»Das klingt ja, als würde ich in einem Armenhaus mit

Arbeitszwang leben«, versetzte sie verärgert. »Ich war – ich bin«, korrigierte sie sich, »ich bin sehr glücklich. Ich führe eine gute Ehe. Ich habe drei reizende Kinder und wir leben in einem schönen Haus. Natürlich hätte ich mit Leonoras Krankheit zurechtkommen können. Einfach lächerlich. Ich hätte sie trösten können, bei ihr sein können, ihr beistehen. Es gibt viele neue Methoden der Krebsbehandlung. Vielleicht wäre ich sogar im Stande gewesen, ihr zu helfen.«

»Sie hat die beste Behandlung bekommen, die für Geld zu haben war«, versicherte Rupert, »die besten Ärzte, die neuesten Medikamente.«

»Und Rollo hat dafür gesorgt?«

»Nehme ich an.«

»Obwohl er sie längst verlassen hatte?«

»Ihm lag sehr viel daran, dass gut für sie gesorgt wurde. Er hat sie immer besucht, bis ganz zum Schluss.«

»Woher weißt du das?«, fragte sie neugierig.

»Harry hat es mir erzählt. Einmal hat er ihn bei ihr angetroffen, glaube ich. Er hat eine Menge für sie getan, weißt du. Harry, meine ich. Er war …« Rupert zögerte. »Er war bei ihr, als sie starb.«

»Das wusste ich nicht.« Sie war fast schockiert. Das erforderte eine besondere Art von Mut, eine Bereitschaft, sich dem Schmerz zu stellen. Und er hatte es ihr nie erzählt, nie versucht, sie damit zu beeindrucken. Wieder änderte sich ihre Sichtweise von ihm und wieder bereitete ihr das Unbehagen.

»Du siehst also, es wurde alles Menschenmögliche für sie getan.«

»Ja. Ja, scheint so.« Es klang alles vollkommen logisch. Aber irgendwie hatte sie ein unbehagliches Gefühl dabei.

»Red doch noch mal mit deinem Anwalt darüber.«

»Ja, das habe ich vor. Vielen Dank, dass du mir so geduldig zugehört hast – wie du es ja immer tust.«

»Es war mir ein Vergnügen, mein Augenstern. Sonderbarer Abend, was? Leicht angespannte Atmosphäre.«

»Ein wenig, ja. Cecily war nicht gerade erfreut, als sie von Benedicts Lunch mit Dominic erfuhr.«

»Tja, wir haben es kommen sehen, nicht wahr? Bei der Weihnachtsfeier. Und sie kann nichts dagegen tun. Keiner von beiden kann etwas dagegen tun. Ach Gott, was für ein Schlamassel. Armer Benedict ...«

»Und arme Cecily. Das Problem ist, Rupert, sie versteht es überhaupt nicht. Für sie ist seine Homosexualität eine Mischung zwischen einem Verbrechen und einer Krankheit. Sie hat ihn gezwungen, sich irgendeiner entsetzlichen Behandlung zu unterziehen. Die armen Leute bekommen Bilder von hübschen Jungen gezeigt und dann versetzt man ihnen einen Elektroschock. Manchmal bekommen sie auch ein Brechmittel verabreicht. Das soll sie kurieren.«

»Gütiger Gott«, stöhnte Rupert.

»Ich weiß. Grauenhaft. Aber für sie ist es auch schwer. Die arme Cecily.«

»Ja.« Nach einem Schweigen sagte er: »Harry war phantastisch, fand ich. Hat die Peinlichkeiten souverän überspielt und ständig sehr geschickt das Thema gewechselt. Ich war zutiefst beeindruckt. Als beflissenen Salonlöwen hatte ich ihn vorher noch nie gesehen.«

»Nein. Nein, ich auch nicht.« Sie konnte hören, wie kühl und feindselig ihre Stimme klang.

Halb amüsiert blickte Rupert sie an. »Du hegst immer noch sehr ambivalente Gefühle für ihn, oder?«

»Für Harry? Nein, Rupert. Ich finde ihn unhöflich, grob und schwierig. Ich kann ihn nicht leiden. Meistens jedenfalls.«

»Schön, mein Augenstern, wie du willst. Ich muss sagen, deinen Auftritt im Embassy werde ich nie vergessen. Hochgradig dramatisch.«

»Hör bloß auf«, bat Cassia. »Ich habe mich angestrengt bemüht, das zu vergessen.«

»Das solltest du nicht, du warst großartig. Wenn auch ein wenig furchteinflößend. Aber da wir gerade von Drama und Großartigkeit reden, ich glaube, wir haben eine Hauptdarstellerin. Für *Briefe.*« Rupert hatte das ideale Stück gefunden und Cassia würde als Geldgeberin einspringen.

»Es ist das Wunder, auf das ich immer gewartet habe«, hatte er erklärt. »Ein Regisseur will tatsächlich ein Stück machen, das zu mir passen würde. Ganz einfach, ganz unaufdringlich, kein Shakespeare oder Gershwin. Und keine dieser furchtbaren Komödien, von denen ich nicht loszukommen scheine. Es ist ein Stück von einem jungen Autor, in Briefform; das ganze Stück besteht nur aus Briefen, Liebesbriefen, zwischen zwei alten Freunden – na ja, alt sind sie am Ende des Stücks. Nachdem einer der beiden gestorben ist, werden die Briefe gefunden, von einer Enkelin. Ihre Liebesgeschichte wird über einen Zeitraum von fünfzig Jahren hinweg verfolgt, es geht um Begegnungen und Abschiede, natürlich spielt der Krieg eine Rolle und die Wirtschaftskrise, einfach alles, was dem Publikum zu Herzen geht.

Es ist eine so schöne Geschichte! Beide heiraten einen anderen Partner, den falschen Partner. Sie denkt, er sei im Krieg gefallen; er verdient eine Menge Geld und verliert es während der Wirtschaftskrise. Dann stirbt ihr Mann, seine Frau verlässt ihn und sie vereinbaren ein Treffen. Aber im allerletzten Augenblick kommt seine Frau zu ihm zurück, und er fühlt sich verpflichtet, seiner Ehe noch eine Chance zu geben.

Sehr anrührend, aber manchmal auch richtig witzig. Es ist ein Zweipersonenstück und beide sitzen auf der Bühne und lesen einander die Briefe vor, ein sehr einfaches Regiekonzept. Es wird also keine teure Inszenierung geben.«

Die Hauptdarstellerin hieß Eleanor Studely. »Sie ist schön, intelligent und eine hervorragende Schauspielerin – und wir können sie bezahlen. Ganz bis zur Spitze hat sie es nie geschafft. Aber sie würde die Rolle wahnsinnig gern spielen, ist also hoch motiviert. Sieht langsam so aus, als würde es wirklich was werden.«

»Rupert, das freut mich wirklich sehr. Sag einfach Bescheid, wenn du etwas von mir brauchst. Aber jetzt muss ich ins Bett, ich bin geschafft. Dein Zimmer ist fertig. Es ist oben, direkt gegenüber von meinem.«

»Mein Augenstern, wie aufregend. So nahe bei dir zu schlafen. Vielleicht sollten wir dieses kleine Stelldichein für uns behalten, findest du nicht auch?«

»Was für ein Stelldichein?«, lachte Cassia. »Rupert, das ist doch lächerlich.«

»Nein, keineswegs.« Sie konnte sehen, dass es ihm durchaus ernst war. »Es wäre nicht gut, wenn dein Mann – oder auch Edwina Moreton und ihre Clique – erfahren, dass wir eine Nacht unter demselben Dach verbracht haben. Du weißt, wie schnell Gerüchte die Runde machen.«

»Ja, aber ...« Sie hielt inne, denn plötzlich sah sie es so, wie andere Leute es sehen würden: Eine verheiratete junge Frau, eine reiche junge Frau, nahm sich ein Haus in London, weit weg von ihrer Familie, und ein alter Schwarm, ein Mann, den sie seit Jahren bekanntermaßen bewunderte, übernachtete bei ihr. Es war ein seltsamer und sonderbar verstörender Gedanke – nicht nur wegen der potentiellen Verwicklungen, sondern auch wegen der Möglichkeiten, die sich ihr plötzlich eröffneten.

»Vielleicht hast du Recht«, sagte sie und stand schnell auf, »selbst wenn es lächerlich ist. Ja, gut, es wird unser Geheimnis bleiben. Gute Nacht, Rupert.«

»Gute Nacht, Cassia. Schlaf gut.«

Aber sie konnte nicht schlafen. Die Entdeckung der Pfandscheine, die seltsam bewegende Enthüllung, dass Harry bei Leonora gewesen war, als sie starb, Ruperts Anspielung auf das, was er ihren Auftritt im Embassy nannte – all das hatte sie aufgewühlt. Sie öffnete die Vorhänge, setzte sich im Bett auf, starrte auf die Stadtsilhouette von London und erinnerte sich an jene Nacht, an ihren Auftritt, der sie selbst heute noch mit leichter Scham erfüllte.

Es war an Cecilys Geburtstag gewesen, im Jahr vor Delias Geburt. Benedict hatte angerufen und gesagt, sie würden mit Freunden im Embassy feiern, und Cecily hätte sich ausdrücklich gewünscht, dass Cassia und Edward auch kämen.

»Wir gehen ins Embassy, weil Cecilys Geburtstag auf einen Donnerstag fällt.«

»Oh, ich verstehe«, sagte Cassia lachend. Selbst nach vier Jahren Häuslichkeit auf dem Land erinnerte sie sich noch gut an die Donnerstage im Embassy. Am Donnerstag gingen alle – »alle, auf die es ankam«, wie Edwina sagen würde – ins Embassy. »Es wird bestimmt schön, Benedict, und vielen Dank für die Einladung, aber wir können nicht.«

»Warum denn nicht?«

Ja, warum nicht? Es gab viele Gründe. Sie hatte nichts anzuziehen. Edwards Smokingjacke, die er schon als Student getragen hatte, war mittlerweile so abgetragen, dass sogar ihre Freunde im Dorf darüber witzelten. Und im Embassy herrschte Frackzwang. Edward würde sich ohnehin weigern, und wenn er sich, nach langem Zureden, trotzdem bereit finden würde, würde er den ganzen Abend schmollend herumsitzen, bis sie ihm am liebsten eine heruntergehauen hätte. Sie konnten es sich einfach nicht leisten. Es würden ganz unvermeidlich Ausgaben anfallen, auch wenn Benedict es als Geburtsfeier und sie als eingeladen bezeichnete: Taxis, mindestens eine Runde Getränke für alle, ein Babysitter, ein Geschenk für Cecily, der notwendige Friseurbesuch ... und Harry würde dort sein.

»Nein, es tut mir Leid, Benedict, aber wir können wirklich nicht. Frag nicht, warum, es geht einfach nicht. Entschuldige«, sagte sie, legte den Hörer auf und brach in Tränen aus.

Fünf Minuten später rief Cecily an. »Cassia, bitte komm doch mit. Sag kein Wort, hör mir nur zu. Bring einfach die Kinder mit. Mein Friseur kommt ins Haus, er wird dir die Haare machen. Zieh das schwarze Kleid an, das du letztes Weihnachten anhattest, du sahst göttlich darin aus. Ich würde alles darum geben, Kleider so tragen zu können wie du. Und wenn du mir etwas schenken möchtest – nichts würde mich glücklicher machen als ein paar Ableger dieser reinweißen Rose für meine Terrasse. Lass Edward zu Hause, wenn er nicht mitkommen will. Ich möchte, dass du kommst, und ich habe Geburtstag. Verdirb ihn mir nicht.«

Wie sollte sie bei so viel taktvoller, liebevoller Gastfreundschaft den einzigen verbleibenden Gegengrund anführen, den wirklich entscheidenden Gegengrund?

Am Anfang war es schön gewesen, absolut wundervoll. Sie waren zu zwölft. Rupert war mit seiner neuesten Freundin erschienen, einem sehr hübschen Mädchen namens Yolande. Es hätte Cassia direkt eifersüchtig gemacht und ihr den Abend verdorben, wenn Yolande ihr nicht erzählt hätte, sie würde demnächst nach Hollywood gehen. Sie hatte einen Dreijahresvertrag mit Selznick unterschrieben.

Sie hatten einen Begleiter für Cassia aufgetan, einen netten und witzigen Mann namens Patrick Compton, den sie schon von Cecilys Weihnachtsfeiern her kannte. Beim Dinner, das sie im Haus einnahmen, saß er neben ihr und brachte sie so sehr zum Lachen, dass sie sich zweimal fast verschluckt hätte und ein bereits angeheiterter Benedict ihr jovial auf den Rücken klopfen musste. Harry, der am anderen Ende des Tisches saß, richtete kaum das Wort an sie. Er und Edwina hatten sich offensichtlich gestritten und sprachen nicht miteinander.

Um halb elf zwängten sie sich in die Autos und fuhren in die Bond Street. Der Eingang zum Embassy auf der Piccadilly-Seite befand sich am Ende einer langen Gasse, in dem die ganze Nacht ein Mann stand, der den Gästen weiße Gardenien verkaufte. Patrick Compton schenkte Cassia eine.

Luigi, der Empfangschef, begrüßte Cassia mit Namen, was sie ungemein freute, und führte sie zu einigen Sofas, neben denen Eiskübel standen. Sie fand sich zwischen Patrick und Benedict wieder, und das Glas Champagner in ihrer Hand wurde so schnell wieder gefüllt, dass sie bald ganz verwirrt war und dachte, sie hätte noch überhaupt nichts getrunken.

Patrick Compton war kein guter Tänzer, aber er blieb ein witziger Unterhalter, selbst auf der Tanzfläche. Sie tanzte mit Benedict, der ein ausgezeichneter Tänzer war, und mit Rupert, der natürlich noch besser tanzte.

»Du siehst bezaubernd aus«, schwärmte Rupert und küsste ihr zärtlich die Hand, als er sie zu ihrem Platz zurückbegleitete. »Wirklich wunderschön. Du erhellst dieses triste Tanzlokal mit deiner Anwesenheit, weißt du.«

»Aber Rupert«, sagte sie und schaute sich lachend um. »Das nennst du ein tristes Tanzlokal? Für mich sieht es aus wie der Himmel. Es wimmelt hier nur so von gut aussehenden Leuten, schau dich doch mal um. Du hast ja gar keine Ahnung, was trist ist, Rupert. Besuch mal eine gesellschaftliche Veranstaltung in unserem Gemeindehaus, dann weißt du es.«

»Wenn du auch dort wärst, würde ich es wundervoll finden. Warte, ich schenke dir Champagner nach und danach möchte der fesche Lord Wynford dich auffordern, glaube ich.«

So war es, und dann tanzte sie mit einem Mann nach dem anderen. Ihr war ein bisschen schwindelig, sie war berauscht vom Vergnügen, vom Champagner und der Befreiung von ihrem anstrengenden Ehealltag. Und dann, auf dem Höhepunkt dieses Vergnügens, blickte sie auf und sah Harry Moreton vor sich stehen. Er verneigte sich halb.

»Darf ich um diesen Tanz bitten?«

»Ja, natürlich.« Sie ergriff seine ausgestreckte Hand, sorgsam bemüht, ihm nicht in die Augen zu sehen.

Er führte sie auf die Tanzfläche. Die Kapelle spielte »Nice Work If You Can Get It«. Das war gut, das war ungefährlich. Kein langsamer Tanz. Immer vergaß sie, wie gut Harry tanzte. Sein kräftiger Körper wurde irgendwie leichter, schneller, und er hatte ein ausgezeichnetes Gefühl für den Rhythmus. Sie sagte ihm das.

»Ich vergesse niemals, wie gut du tanzt«, sagte er und lächelte sie an. »Oder irgendetwas anderes an dir.«

Das Lied war zu Ende. Sie löste sich von ihm, bedankte sich und wollte die Tanzfläche verlassen. Da setzte die Musik wieder ein und jetzt war sie langsamer, gefährlicher:

nicht gut, nicht harmlos. Harry zog sie wieder in seine Arme. Sie bewegte sich vorsichtig, bestrebt, ihm nicht zu nahe zu kommen.

»Das kannst du nicht tun, Cassia«, sagte er.

»Was kann ich nicht tun?«

»Mir aus dem Weg gehen. Es klappt nicht. Komm schon, warum genießt du es nicht einfach? Und mich. Nur dieses eine Mal.«

»Harry, ich gehe dir nicht aus dem Weg.«

»Aber natürlich tust du das.« Er zog sie näher an sich heran. Seine Arme waren sehr stark, und es war unmöglich, ihrem Druck zu widerstehen. Sie gab nach. Harry war sehr warm, wie immer, und plötzlich fühlte sie sich beunruhigend geborgen und glücklich. Sie lächelte ihn an.

»Schon besser. Ist dir klar, dass wir uns seit diesem aufregenden Tag in Brooklands nicht mehr gesehen haben?«

»Ja, Harry, das ist mir klar.«

»Ich bedaure es.«

»Es gibt nichts zu verzeihen.«

»Ich meine, ich bedaure es, dass wir heimfahren mussten.«

»Aber Harry, natürlich mussten wir nach Hause fahren.«

»Wir mussten gar nichts. Aber was ich meinte, war, ich bedaure es, dass wir zu früh heimfahren mussten.«

»Zu früh wohl kaum«, berichtigte sie sittsam. »Es war gerade noch rechtzeitig.«

»Sei nicht albern, Cassia. Du weißt, was ich meine.« Er zog sie noch dichter an sich heran und sein Mund lag an ihrem Haar. Sie begann ihm zu erliegen – ihm, der Musik, der Rührseligkeit, dem Unsinn und ihren Gefühlen, der Sehnsucht, ihrer Gier nach ihm. Ja, sie wusste sehr gut, was er meinte – und er merkte es.

»Wir müssen etwas unternehmen«, sagte er plötzlich und die Kapelle begann ein neues Stück zu spielen: »Just the Way You Look Tonight«. Noch gefährlicher.

»Weswegen?«

»Wegen uns.«

»Harry, ich weiß wirklich nicht, was du meinst.«

»Aber natürlich tust du das. Ich kann nicht den Rest meines Leben ohne dich verbringen. Das ist eine grässliche Aussicht.«

»Sei doch nicht albern«, erwiderte sie, halb amüsiert, halb irritiert. »Wie kann das grässlich sein? Wir sind mittlerweile beide verheiratet.«

»Das ist allein deine Schuld«, sagte er.

»Oh, Harry. Das ist doch absurd.«

»Du bist absurd. Cassia, sieh mich an.«

Er bewegte sich kaum noch nach der Musik, und als sie zu ihm aufschaute, war sein Gesicht fast so unbewegt wie sein Körper. Still und ausdruckslos, bis auf die Augen, die sie durchdringend ansahen. Sie spürte seinen Blick, fühlte ihn als physische Kraft tief in sich, eine starke, forschende Kraft. Sie schwieg.

»Cassia, bitte! Hör auf, vor mir davonzulaufen. Ich halte das nicht aus.«

Wut durchströmte sie plötzlich, Wut vermischt mit Frustration und einem schmerzlichen Bedauern. »Warum tust du mir das an?«, fragte sie sehr leise. »Warum kannst du es nicht akzeptieren? Warum kannst du mich nicht in Ruhe lassen?«

»Du weißt, warum«, gab er zur Antwort. »Ich kann nicht. Und ich will nicht.«

Sie riss sich von ihm los, trat einen Schritt zurück, erfüllt von einer blinden, rasenden Wut, die alles andere ausschloss, die anderen Tänzer, die Leute, die von den kleinen

Tischen am Rand der Tanzfläche zusahen, die Kapelle …

»Das darfst du nicht tun«, zischte sie. »Du musst mich in Ruhe lassen. Es ist schrecklich, was du mir antust, Harry, einfach schrecklich …«

»Es ist deine eigene Schuld«, beharrte er. »Du hättest mehr Verstand haben sollen, mehr Mut.«

Da verlor sie vollkommen die Beherrschung, hob die Hand und schlug ihn sehr hart ins Gesicht. Das Klatschen wurde von der Musik übertönt, aber man sah ihn, diesen Schlag, in der Oase der Stille, der heftigen Gefühle, die sie auf der überfüllten Tanzfläche geschaffen hatten. Alle sahen es, der ganze Nachtclub sah es. Und gnädigerweise missdeuteten es alle.

Sie ließ ihn stehen, ging schnell zu den anderen zurück und schaffte es irgendwie, die Tränen zurückzuhalten. »Tut mir Leid«, sagte sie kurz und lächelte ziemlich grimmig. »Ich habe die Beherrschung verloren. Entschuldige, Edwina, aber dein Mann hat etwas gesagt, was mich gekränkt hat. Sehr. Zu dumm von mir. Entschuldigt, Cecily, Benedict. Rupert, wollen wir tanzen?«

Und Rupert, der liebe Rupert, der sich bereits halb erhoben hatte, nahm mit besorgtem Blick ihre Hand und führte sie wieder auf die Tanzfläche. Sie tanzten lange, und allmählich beruhigte sie sich. Taktvollerweise stellte er keine Fragen. Harry Moreton war verschwunden.

»Ja, gut, Cecily, ich habe es getan. Ich habe dieses schreckliche Verbrechen begangen. Ich habe mit Dominic Foster zu Mittag gegessen.«

»Versuch nicht, es unschuldig klingen zu lassen, Benedict. Ich weiß, dass es das nicht ist.«

»Um Himmels willen, Foster ist mit der Planung eines Wohnungsbauprojekts beauftragt, an der meine Firma –

und die von Harry übrigens auch – beteiligt ist. Es war ein Geschäftsessen.«

»Ach wirklich? In einem kleinen, intimen Restaurant in Chelsea? Warum nicht im Rules, im Savoy, irgendwo in der Nähe deines Büros? Oder in deinem Club?«

»Weil ... Herr im Himmel, Cecily, was soll das werden, ein Verhör?«

»Ja, allerdings.« Ihre Stimme wurde lauter. »Ich will es wissen.«

»Du willst es überhaupt nicht wissen. Du willst die üblichen beruhigenden Platitüden hören. Du hast doch überhaupt kein Interesse an dem, was ich wirklich mache, was ich wirklich empfinde.«

»Und was empfindest du wirklich?«

Er zögerte, fast in seiner eigenen Falle gefangen. »Wie ich eben sagte, Cecily, du willst es eigentlich gar nicht wissen. Was ich fühle, interessiert dich gar nicht, vorausgesetzt, dass ich mich genau so verhalte, wie du es haben willst, dass ich spure und mich an die Grenzen halte, die deine halb wahnsinnige Einbildungskraft gezogen hat. Aber ich werde es dir trotzdem sagen. Ich bin verzweifelt, Cecily, ich bin am Ersticken. Ich kann kaum noch atmen. Nie kann ich ganz natürlich reagieren, auf niemanden, aus Angst, was du denken könntest. Ich kann kein unbeschwertes Gespräch mit einem Mann führen, keine zwanglosen Verabredungen treffen, keinen angenehmen Gedankenaustausch haben. Ich warne dich. Wenn du einen Weg suchst, um mich aus dem Haus zu treiben, hast du eine todsichere Methode gefunden.«

»Oh, gütiger Himmel. Wenn du dich ...«

»Nein, Cecily, lass mich ausreden. Ich tue alles, was du von mir verlangst. Ich bin ein hingebungsvoller Vater, ein liebender, loyaler Ehemann. Deinetwegen habe ich diese grauenhafte Behandlung über mich ergehen lassen und nie habe ich auch nur ein Quäntchen Anteilnahme oder Rücksicht auf meine Gefühle verlangt.«

»Anteilnahme!«

»Ja, Anteilnahme. Glaubst du wirklich, dass das für mich alles ganz einfach war, dass ich nie gelitten habe, nie verzweifelt war?«

»Natürlich nicht. Du bist unfair. Ich habe dir vergeben, vollständig.«

»Ich will keine Vergebung, Cecily. Ich will Verständnis. Und das habe ich von dir nie bekommen.«

Dann ging er. Sie hörte, wie er die Haustür zuknallte, und sie hörte sein Auto wegfahren. Sie versuchte, nicht daran zu denken, wo er hingegangen sein könnte, und den Rest der Nacht lag sie da, starrte in die Dunkelheit und fragte sich, wo das alles noch enden würde.

»Wie ich schon sagte«, erklärte Mr. Brewster, »habe ich ihre Patin zweimal in Paris aufgesucht. Bei meinem ersten Besuch habe ich ihre Weisungen entgegengenommen, damit ich das Testament mit der Befugnis zur Nachlasseinsetzung aufsetzen konnte; bei meinem zweiten Besuch haben sie und zwei Zeugen das Testament unterzeichnet. Die Zeugen waren, wie Sie sich erinnern werden, ihr Arzt und der Priester der Kirchengemeinde, dessen Gottesdienste sie besucht hatte.«

»Ja, natürlich. Ich erinnere mich, dass ich das ein wenig überraschend fand. Leonora war keine Kirchgängerin.«

»Die glühendsten Atheisten können zu Gläubigen werden, wenn sie sich mit ihrer eigenen Sterblichkeit konfrontiert sehen, Mrs. Fallon.«

»Ja, wahrscheinlich. Und das war am …?«

»So Ende März. Das genaue Datum könnte ich nachsehen.«

»Nein, es spielt keine Rolle. Und wie wirkte sie?«

»Nun, offensichtlich war sie sehr krank, aber sie schien in ganz guter Stimmung zu sein. So gut, wie es unter diesen Umständen möglich war, heißt das.«

»Und sie wurde gut versorgt? Es gab keine Anzeichen für finanzielle Probleme?«

Er lächelte sie fast tadelnd an. »Sie hätte Ihnen kaum eine solche Summe hinterlassen können, wenn sie knapp bei Kasse gewesen wäre, oder?«

»Nein, natürlich nicht. Und das war in Passy?«

»Ja. Wie ich schon sagte, in einer sehr schönen Wohnung im obersten Stock eines Hauses, das an einem hübschen kleinen Platz steht. Ich kann Ihnen gern die Adresse geben. Und ja, sie wurde Tag und Nacht von einer Krankenschwester gepflegt, und ein Mädchen hatte sie auch. Sie hatte wirklich die denkbar beste Betreuung.«

»Und sie wohnte schon länger in dieser Wohnung?«

»Soweit ich weiß, ja. Und sie ist natürlich dort gestorben. Mr. Gresham, der das Treuhandvermögen für sie eingerichtet hatte, hat mich schriftlich von ihrem Tod benachrichtigt. Er war in den letzten Wochen anscheinend oft bei ihr gewesen. Wie auch ihr Cousin, ein Mr. Moreton.«

»Ja, das habe ich gehört. Arme Leonora.«

»Ja. Aber in mancherlei Hinsicht konnte sie von Glück sagen. Allzu oft werden die Alten und Kranken heutzutage von der jungen Generation vernachlässigt.«

»Ich hätte mich auch um sie gekümmert.« Plötzlich hatte Cassia einen Kloß im Hals. »Wenn ich nur gewusst hätte, wie krank sie war. Aber aus irgendwelchen Gründen wurde mir das verheimlicht.«

»Auf Wunsch Ihrer Patin, soweit ich weiß.«

»Ja, das wurde mir gesagt. Absurd – als sei ich noch ein Kind.«

Mr. Brewster lächelte sie an. »Für unsere Eltern und deren Generation, Mrs. Fallon, werden wir wohl immer Kinder bleiben.«

»Und das Treuhandvermögen selbst? Wissen Sie, wer das eingerichtet hat?«

»Sie meinen die Treuhänder, die das Vermögen verwalten? Ich habe die Namen nicht im Kopf, aber ich könnte nachsehen. Aber eingesetzt wurden sie von Mr. Gresham.«

»Das wissen Sie mit Bestimmtheit?«

»Ja, selbstverständlich. Ich musste ja Einsicht in die Vertragsbestimmungen des zur Treuhand gegebenen Vermögens und in das Dokument nehmen, mit dem ihrer Patin die Befugnis zur Nachlasseinsetzung übertragen worden war, bevor ich das Testament aufsetzen konnte.« Er lächelte fast entschuldigend. »Ich fürchte, es ist ziemlich kompliziert.«

»Also mit wem hatten Sie zu tun?«

»Mit Mr. Greshams Anwälten, die die Treuhänder eingesetzt haben.«

»Also hat er ihr ein Vermögen übertragen, das treuhänderisch verwaltet wird, und hat Leonora auch die Befugnis zur Nachlasseinsetzung übertragen, damit sie mir das Geld vererben konnte.«

»Ja«, sagte Mr. Brewster vorsichtig. »Aber das habe ich Ihnen doch alles schon erklärt, Mrs. Fallon.«

»Ja, gewiss. Ich wollte nur sichergehen, dass ich es auch richtig verstanden habe. Dieses Treuhandvermögen hat doch wahrscheinlich Zinsen abgeworfen?«

»In der Tat.«

»Die an meine Patin gingen?«

»Ja. Das war in den Vertragsbestimmungen festgelegt.«

Sie seufzte. »Es scheint alles vollkommen klar zu sein.«

»Das ist es, Mrs. Fallon, wenn die Materie auch ein wenig komplex ist. Beunruhigt Sie irgendetwas?«

»Nein«, erwiderte sie schnell, »eigentlich nicht.«

Aber das stimmte nicht, etwas beunruhigte sie, als sie in die Walton Street zurückfuhr. Sie wusste nur nicht genau, was. Etwas nagte an ihr, eine kleine, aber hartnäckige Angst, die nicht verschwinden wollte; etwas passte nicht ins Bild.

In der Klinik herrschte heute besonders viel Andrang. Nach drei Stunden kam Mrs. Barker, die Sprechstundenhilfe, herein, um ihr zu sagen, dass das Wartezimmer »immer noch halb voll« war.

Rupert hatte sie gebeten, noch eine Nacht bleiben zu dürfen. Er traf sich heute Abend mit Eleanor Studely und dem Regisseur Jasper Hamlyn auf einen Drink, um die Einzelheiten durchzusprechen, und morgen Vormittag hatten die drei einen Termin bei der Intendanz des Second House Theatre, in dem sie das Stück aufzuführen hofften. »Ich hätte dich lieber nicht darum gebeten, aber es wäre so viel einfacher, als zweimal zwischen Brighton und London hin- und herzufahren. Und ich werde mit einem wunderbaren Essen auf dich warten, wie eine treu sorgende Ehefrau.«

»Komm mir nicht mit treu sorgenden Ehefrauen«, hatte Cassia schaudernd erwidert.

Jetzt war der Gedanke, dass er in der Walton Street wartete und etwas für sie kochte – Rupert kochte hervorragend –, das Einzige, was sie aufrecht hielt.

Wenn ihr Klinikdienst so lange dauerte und sie müde wurde – und heute war sie sehr müde –, bekam Cassia langsam das Gefühl zu halluzinieren, während ein endloser

Strom von Frauen durch ihr Sprechzimmer zog, die meisten jung, ein paar ältere, alle problembeladen. Sie sah nur die schwierigeren Fälle, um die ohne Komplikationen kümmerte sich Schwester Hampton. Ungefähr um acht klopfte es an der Tür.

»Dr. Fallon?«, sagte Joan Hampton.

So müde sie auch war, es munterte sie immer wieder auf, mit Dr. Fallon angeredet zu werden. Sie lächelte. »Ja?«

»Wir haben hier einen schwierigen Fall. Eine junge Frau, die in Tränen aufgelöst ist. Sie hat eine Infektion, glaube ich.«

»Schicken Sie sie rein.«

Das Mädchen, das den Raum betrat, konnte höchstens neunzehn sein. Cassia lächelte sie an. »Setzen Sie sich. Wie heißen Sie?«

»Jane Ford, Frau Doktor.«

»Und was für Beschwerden haben Sie?«

»Na ja, mir tut alles weh, Frau Doktor. Richtig schlimm.«

Sie wusste, was »alles« bedeutete. Sie lächelte Jane Ford ermutigend an. »Wie lange haben Sie diese Schmerzen schon?«

»Na ja, seit ich ... seit ich das Baby verloren habe, Frau Doktor.«

»Und wann war das? Und in der wievielten Woche waren Sie?«

»Vor sechs Wochen, Frau Doktor. Und ich war fast im dritten Monat.« Sie blickte zu Boden und spielte nervös an ihren Händen herum.

»Erzählen Sie mir etwas darüber. Haben Sie einfach angefangen zu bluten? Sind Sie gestürzt?«

»Es hat einfach angefangen zu bluten. Ganz stark.«

»Haben Sie einen Arzt gerufen?«

»Nein. Meine Mutter war bei mir, und sie meinte, das wär nicht nötig.«

»Ich verstehe. Hatten Sie große Schmerzen?«

»Ja. Ziemlich.« Sie mied Cassias Blick.

»Und was geschah dann?«

»Na ja, nach einer Weile ... kam das Baby einfach.«

»Sie Arme. Und sind die Blutungen weitergegangen?«

»Ja, Frau Doktor, es hat furchtbar geblutet. Nach ein paar Tagen wurde es weniger, aber es hat nie richtig ...« Ihre Stimme erstarb und sie sah Cassia nicht an.

»Aber Sie haben noch immer keinen Arzt aufgesucht?«

»Nein.«

»Und jetzt haben Sie Schmerzen. Haben Sie bereits wieder Verkehr mit Ihrem Mann?« Na, die Antwort auf die Frage kannte sie.

»Ja.«

»Und das ist schmerzhaft?«

»Ja, sehr.«

»Dann will ich Sie mal untersuchen. Legen Sie sich dort auf den Untersuchungstisch. Ich werde so vorsichtig wie möglich sein.«

Die junge Frau umklammerte die Seiten des Untersuchungstisches. Cassia tastete zunächst ihren Bauch ab, damit sie sich entspannte. Sie war ganz heiß; Cassia maß ihre Temperatur. »Jane, Sie haben Fieber. Achtunddreißig fünf. Wie fühlen Sie sich sonst?«

»Scheußlich, Frau Doktor.«

Eine weitere Untersuchung war kaum noch nötig; die Sache war nur allzu klar. Der Gebärmutterhals war entzündet, das Gewebe verletzt und sie blutete immer noch leicht. Sie hatte ganz offensichtlich eine Abtreibung gehabt.

»Jane, es tut mir Leid, aber Sie müssen ins Krankenhaus. Schauen Sie doch nicht so ängstlich drein.« (Als wenn sie den Grund für die Angst nicht kennen würde.) »Niemand wird Ihnen wehtun. Sie brauchen dringend medizinische Behandlung, sehr wahrscheinlich ist sogar eine kleine Operation erforderlich – natürlich unter Narkose.«

»Oh – aber das geht nicht. Können Sie mir nicht einfach etwas gegen die Schmerzen geben und damit die Blutung aufhört? Mehr will ich gar nicht. Mein Mann wird sich furchtbar ... na ja, aufregen.« (Ja, würde er, dachte Cassia.) »Er ist oft unterwegs, wissen Sie, er ist Vertreter, und ...«

»Jane, wenn Sie darüber sprechen wollen, Sie wissen, dass es vollkommen unter uns bleibt. Ich meine, wenn es noch etwas gibt, das ich wissen sollte. Niemand sonst wird es erfahren. Das gilt auch, wenn Sie ins Krankenhaus gehen.« Jane sah sie an und presste entschlossen die Lippen zusammen. »Nein. Da ist nicht mehr, Frau Doktor.«

Cassia gab auf. »Na schön, aber es ist außerordentlich wichtig, dass Sie mindestens zwei Monate lang auf Geschlechtsverkehr verzichten. Und Sie müssen sich ausruhen und sehr auf Ihre Körperpflege achten. Nehmen Sie diese Eisentabletten und ich gebe Ihnen eine Mutterspritze für Spülungen mit. Das müssen Sie mindestens zweimal täglich tun. Bitte kommen Sie in zwei Wochen wieder ...«

»Die kommt nicht zurück«, sagte sie zu Schwester Hampton, die ins Sprechzimmer getreten war, um mitzuteilen, dass noch drei Patientinnen auf sie warteten. »Ich wette, dass sie während der Abwesenheit ihres Mannes ein kleines Techtelmechtel mit einem anderen hatte, schwanger wurde und zu einem Kurpfuscher gegangen ist. Jetzt hat sie eine böse Infektion, und wenn sie Glück hat, wird sie nur unfruchtbar. Wenn sie Pech hat, stirbt sie daran. Wenn es nur etwas gäbe, das wir gegen diese Infektionen tun können, sie sind so schwer zu behandeln. Ach, Schwester Hampton, machmal denke ich, wir machen überhaupt keine Fortschritte.«

»Aber natürlich machen wir Fortschritte«, entgegnete Joan Hampton entschieden. »Zumindest gibt es diese Klinik. Und vielleicht kommt sie ja doch zurück. Also, schaffen Sie die drei letzten Patientinnen wirklich noch? Es ist schon nach neun ...«

»Aber natürlich.«

Um Viertel nach zehn war sie endlich zu Hause. Rupert war im Wohnzimmer und las. Er kam herunter, begrüßte sie, führte sie in die Küche und servierte ihr eine köstliche Fischpastete.

»Du siehst völlig geschafft aus. Hier, trink. Ein recht ordentlicher Wein, ich habe ihn heute Nachmittag bei den Berry Brothers gekauft.«

»Oh, Rupert, wie wundervoll. Vielen Dank.«

»Edward hat angerufen«, berichtete er.

»Edward!«

»Ja. Ist das so ungewöhnlich?«

»Ziemlich. Ist etwas passiert?«

»Ich glaube kaum. Er hörte sich vollkommen ruhig an. Es hat irgendwas mit morgen zu tun, kann das sein?«

»Ich rufe ihn besser an. Ach herrje.«

Edwards Stimme war erfüllt von kalter, schrecklicher Wut. »Was macht Rupert Cameron bei dir?«

Wie sollte sie das erklären? »Er brauchte ein Bett für die Nacht und ich habe ihm eines angeboten.«

»Wie nett von dir. Wie bequem für ihn.«

»Edward, bitte. Ich bin erschöpft. Ich habe gerade sechs Stunden Klinikdienst hinter mir. Hör zu, ist etwas passiert, denn sonst ...«

»Es ist nichts passiert, nein.« Er gelang ihm offenbar nur mit Mühe, seine Stimme unter Kontrolle zu halten. »Maureens Vater ist krank geworden und sie kann die Vorsorgeuntersuchungen morgen nicht machen. Und da habe ich mich gefragt, ob du nicht einspringen könntest, nur bei ...«

Glühender Zorn durchfuhr Cassia. »Ja, wobei, Edward? Bei der Anmeldung? Soll ich die Säuglinge wiegen? Oder etwas Schwierigeres tun, ihnen beispielsweise ein Kolikmittel verschreiben?«

»Cassia, bitte! Gott, hätte ich bloß nicht angerufen.«

»Das wünschte ich auch, Edward. Aber ja, ich werde kommen. Gute Nacht.« Sie legte auf.

»Mistkerl. Schweinehund«, zischte sie.

Rupert sah sie schweigend an. »Cassia, es geht mich ja nichts an, aber ...«

»Nein, es geht dich nichts an, ganz recht. Lass uns über erfreulichere Dinge reden. Wie fandest du Miss Studely?«

Aber es fiel ihr schwer, sich zu konzentrieren, und sie ging gleich nach dem Essen zu Bett, nur um gegen zwei Uhr nachts mit einer Verdauungsstörung und einem schrecklichen Gefühl von Unbehagen aufzuwachen.

»Ich fahre für ein paar Tage nach Devon«, verkündete Benedict.

Cecily sah ihn an. »Allein?«, fragte sie kalt.

»Um Himmels willen, Cecily! Natürlich allein. Ich muss mal in Ruhe nachdenken.«

»Worüber?«

»Über mein Leben. Ist das erlaubt?«

»Ja, natürlich.« Plötzlich schämte sie sich. Vielleicht hatte er Recht, vielleicht trieb sie ihn ja wirklich aus dem Haus, setzte ihn einem noch größeren Risiko aus. »Bitte entschuldige«, sagte sie sanft. »Ich weiß, ich habe überreagiert. Es ist nur, dass …«

»Ich weiß, Cecily, und ich verstehe es. Aber es fällt mir schwer, das zu verkraften. Wirklich sehr schwer. Ich wünschte, du würdest mir ein bisschen mehr vertrauen, das ist alles, was ich von dir verlange.« Er sah sie an. »Es ist alles gesagt worden, denke ich. Immer und immer wieder. Jedenfalls, ich fahre heute Abend, direkt vom Büro aus.«

»Du hast hoffentlich nicht vergessen, dass dein Sohn nächsten Sonntag getauft wird.«

»Natürlich habe ich es nicht vergessen, verdammt noch mal. Wofür hältst du mich eigentlich?«

»Ich wünschte, ich wüsste es«, seufzte sie und hätte dann alles darum gegeben, die Worte zurücknehmen zu können. Benedict sah sie lange schweigend an, verließ dann mit grimmigem Gesicht das Zimmer und knallte die Tür hinter sich zu.

Fanny, die den Korridor entlangrannte, um sich von ihrer Mutter zu verabschieden, bevor sie zur Schule ging, stieß mit ihm zusammen und war sehr überrascht, als er sie scharf anfuhr, sie solle gefälligst aufpassen, wo sie hin laufe.

Sie trat in Cecilys Zimmer. »Was ist denn mit Papa los? Er sieht ziemlich wütend aus.«

»Ach, nur Sorgen bei der Arbeit. Nichts Ernstes. Bist du gekommen, um mir einen Abschiedskuss zu geben?«

»Ja. Ist alles in Ordnung, Mama?«

»Vollkommen, mein Schatz. Bis nachher. Vergiss deine Handschuhe nicht.«

»Nein.« Fanny umarmte ihre Mutter, griff nach ihrer Hand und küsste sie.

»Ich habe dich sehr lieb«, sagte sie ernst.

»Ich dich auch«, antwortete Cecily.

Wenn Fanny etwas zustoßen sollte, dachte sie und sah ihrer Tochter nach, würde sie nicht mehr leben wollen. Sie liebte alle ihre Kinder sehr, aber Stephanie war oft ausgesprochen albern, und Laurence war noch zu klein, um – na ja, man konnte noch nicht viel über ihn sagen. Fanny mit ihrer liebenswürdigen, freundlichen Ernsthaftigkeit, ihrer sanften Art, ihrem großherzigen Denken war Cecilys Liebling, wie sie sich selbst – nicht sehr oft – eingestand. Sie hatte alle guten Eigenschaften ihrer Mutter geerbt und keine ihrer schlechten. Die Heftigkeit ihrer Liebe zu Fanny ließ Cecily die Tränen in die Augen steigen.

Sie riss sich zusammen. Sie war überreizt, wegen Benedict und allem. Es sah der allzu gefühlsbetonten Frau, zu der sie geworden war, ähnlich, wegen eines glücklichen, gesunden kleinen Mädchens in Tränen auszubrechen, deren einziges Problem im Leben eine leichte Tendenz zur Rundlichkeit war. Die ihre Mutter auch besaß, dachte Cecily, oder vielmehr besitzt. Sie schlüpfte aus dem Nachthemd und stieg in die Badewanne. Jetzt, wo Laurence das Fläschchen bekam, musste sie sich ein bisschen zügeln. Es gab keine Entschuldigung mehr dafür, von allem eine zweite Portion zu nehmen. Gleich heute würde sie anfangen, weniger zu essen und Gymnastik zu treiben. Kein Wunder, dass Benedict seit Laurences Geburt nicht mehr in die Nähe ihres Schlafzimmers gekommen war.

Es war paradox, aber es machte Cassia Freude, bei den Vorsorgeuntersuchungen zu helfen. Die Atmosphäre war so angenehm, so fröhlich und vergnügt: glucksende Babys, glückliche Mütter (auch wenn sie müde waren), rosige Kleinkinder. Ein schärferer Gegensatz zum gestrigen Abend, zu den blassen, hoffnungslosen Frauen mit ihren scheinbar unlösbaren Problemen, ließ sich nicht denken. Und die Frauen hier schienen erfreut, sie zu sehen, obwohl einige beunruhigenderweise überrascht wirkten.

»Aber ich war doch gar nicht weg«, sagte sie zu einer jungen Mutter, die meinte, wie schön es doch sei, sie wieder da zu haben.

»Nein? Aber alle sagen, Sie würden jetzt in London leben, weil Sie da arbeiten.«

»Ich bin nur zwei Tage die Woche in London. Wer hat Ihnen das denn überhaupt erzählt?«

Die junge Frau blickte verlegen drein. »Eigentlich niemand, Mrs. Fallon, es ist doch allgemein bekannt.«

Cassia wusste, dass sie Edward nicht dafür verantwortlich machen konnte, nicht einmal Maureen. Der Dorfklatsch war eben ins Rollen gekommen, wie eine Lawine.

»Alles im Griff?« Gegen Mittag kam Edward herein, leichte Wachsamkeit im Blick.

»Ja, alles bestens. Alle Patienten sind weg. Keine ernsten Probleme, nur bei denen, die ich dir hineingeschickt habe.«

»O ja, Davey Mortimer. Er scheint taub zu sein. Ich begreife nicht, wieso die Mutter nichts bemerkt hat.«

»Selbsttäuschung«, erwiderte Cassia brüsk. »Keine Mutter erträgt den Gedanken, ihr Kind sei möglicherweise nicht vollkommen. Und er kann sehr gut von den Lippen ablesen, ist dir das nicht aufgefallen?«

»Nein.«

»Ach du meine Güte.« Mit gespielter Missbilligung schüttelte sie den Kopf. »Du bist mir ja ein schöner Arzt. Das war nur ein Witz«, fügte sie hastig hinzu.

Er brachte sogar ein Lächeln zustande. »Ich danke dir sehr für deine Hilfe«, sagte er.

Cassia lächelte zurück. »Es war mir ein Vergnügen, ehrlich.« Es war schön, das zu sagen und auch zu meinen. Es war wohl schon lange her, dass er etwas anderes als Schmerz durch sie erfahren hatte.

15

Die Gespräche auf Laurence Harringtons Taufe drehten sich – sehr zum Ärger seiner Mutter – nicht etwa darum, wie entzückend der Täufling in dem rüschenbesetzten Taufkleid aussah, das schon fünf Generationen von Harringtons getragen hatten, oder darum, wie artig er gewesen war, selbst als der Pfarrer das Taufwasser über sein Köpfchen gegossen und seine vier Namen intoniert hatte: Laurence Henry St. John Benedict. Auch ging es nicht hauptsächlich um den exquisiten Blumenschmuck in der Kirche oder die interessanten Taufpaten – ein amerikanischer Außenhandelsbankier, ein Strafverteidiger, eine Gräfin und eine Ärztin –, ja nicht einmal darum, wie umwerfend hübsch die beiden Schwestern des Täuflings in ihren zitronengelben Seidenkleidchen ausgesehen hatten. Nein, das Hauptgesprächsthema war ein Mordanschlag auf den König, der am Vortag bei der Fahnenparade anlässlich des Geburtstags des Monarchen verübt worden war, und der große Mut, den er bewiesen hatte, als er danach mit der Zeremonie weitermachte, als sei nichts gewesen.

»Wir haben es gesehen«, rief Bertie und hüpfte aufgeregt auf und ab, als er Fanny sein großes Abenteuer erzählte. »Wir standen ganz nahe beim König, als er auf seinem großen Pferd vorbeigeritten kam, und wir haben gesehen, wie der Mann mit einer Pistole auf den König zielte und die Polizisten sie ihm aus der Hand schlugen.«

»Und was passierte dann?«

»Na, dann ist er weitergeritten«, berichtete Bertie, dem offensichtlich klar war, dass das Ende der Geschichte enttäuschend ausfiel, »aber Papa hat gemeint, dass das wirklich mutig von ihm war. Aber wenn der Mann auf ihn geschossen hätte«, fügte er hinzu, da er doch noch eine Chance sah, ein dramatisches Ende anzubringen, »hätte Papa die Kugel herausholen und ihm das Leben retten können. Das hättest du doch getan, Papa, oder?«

»Bertie, sei nicht albern«, sagte Edward kurz angebunden. Cassia war im Nebenzimmer, wo die offiziellen Fotos des Täuflings mit seinen Eltern und den Paten aufgenommen wurden. Edward versuchte – ohne besonderen Erfolg –, seine Söhne davon abzuhalten, zu viel von den Sandwiches, Würstchen und anderen Köstlichkeiten zu essen, die vom Personal herumgereicht wurden. Es war nur allzu offensichtlich, dass er sich nicht gerade amüsierte.

Sylvia Fox-Ashley, die auf der anderen Seite des Raums, neben der Tauftorte, stand, blickte zu ihm hin und seufzte. »Was für ein fader, pedantischer Mensch. Marcus, warum gehst du nicht rüber und unterhältst dich mit ihm?«

»Warum ich?«, wandte Sir Marcus leicht indigniert ein.

»Na, jemand muss es doch tun, also warum nicht du? Geh schon, Marcus, es ist unhöflich, ihn da so alleine stehen zu lassen.«

»Gleich«, antwortete Sir Marcus unwillig. »Ich brauch vorher noch was zu trinken. Edwina, mein Herz, was machen deine Projekte?«

»Welche? Ach, du meinst meine Modenschau. Es geht gut voran. Wir haben jetzt den Saal und den Großteil der Mannequins. Die Musik fehlt allerdings noch.«

»Vielleicht könnte ich dir da weiterhelfen. Neulich habe

ich einen ungeheuer netten Kerl getroffen, der Trompete spielt ...«

»Marcus«, unterbrach seine Frau ihn, die dafür gesorgt hatte, dass ihm nachgeschenkt wurde, »würdest du jetzt bitte gehen und dich mit Edward Fallon unterhalten? Wo steckt denn Cassia? Sie sollte sich eigentlich um ihn kümmern.«

»Sie wird gerade fotografiert«, erklärte Edwina, »mit den anderen Patinnen und Paten. Sie sieht in letzter Zeit wirklich ausgesprochen gut aus. Das Geld steht ihr.«

Die Rede des Hauptpaten, des amerikanischen Bankiers, war lang und weitschweifig. Cassia warf Edward einen besorgten Blick zu. Er stand neben Marcus Fox-Ashley und wirkte missmutig. Sie würde ihn retten müssen. Vielleicht sollten sie besser aufbrechen, sobald die Torte herumgereicht worden war.

Es war ein schwieriges Wochenende gewesen. Edward hatte großes Aufhebens darum gemacht, dass Maureen Johnson ihn das ganze Wochenende vertreten musste, obwohl Assistenzärzte genau dafür da waren. Er hatte sich außer Stande gesehen, lobende Worte für ihr Haus in der Walton Street zu finden, er hatte den Vorschlag abgelehnt, nach der Fahnenparade noch im Lyons Corner House am Piccadilly Circus zu essen, und er hatte sich geweigert, mit den Kindern in den Zoo zu gehen. Den ganzen Abend saß er oben im Wohnzimmer und las, während Cassia, Bertie und William am Küchentisch Schnippschnapp und Mensch ärgere dich nicht spielten.

»Unser Landarzt scheint sich nicht sonderlich gut zu amüsieren«, bemerkte Harry und lächelte sie auf sie herab.

Sie lächelte kleinlaut zurück. »Nein, ich fürchte nicht.«

»Soll ich meine Frau rüberschicken, damit sie sich mit ihm unterhält?«

»O nein, das wäre keine gute Idee«, wehrte Cassia hastig ab.

»Ach wirklich? Und warum nicht?«

»Harry, das weißt du doch genau.«

»Nein, weiß ich nicht«, entgegnete er, obwohl das natürlich nicht stimmte. Er wusste recht gut, dass Edwina von allen Leuten im Raum am wenigsten geeignet war, Edward aufzumuntern. »Sie kann sehr charmant sein, wenn sie will. Und sie flirtet recht geschickt, wenn es ihr der Mühe wert erscheint. Das ist eine ihrer wenigen Begabungen. Eine große Kunst, das Flirten, findest du nicht auch?«

»Dazu kann ich nicht viel sagen, fürchte ich.«

»Nein, stimmt, das liegt nicht so ganz auf deiner Linie.«

»Vielen Dank«, erwiderte sie kühl.

»Kein Grund, beleidigt zu sein. Frauen wie du müssen nicht flirten können. Schon wieder ein neuer Hut? Ganz entzückend. Wirklich, Cassia, bald wird von dem Geld nichts mehr übrig sein.«

»Das wäre wahrscheinlich gar nicht so schlecht«, meinte sie, seufzte plötzlich tief auf und blickte zu Edward hinüber.

»Warum sagst du das? Es gibt deswegen doch nicht etwa Zwistigkeiten zwischen dir und dem Doktor?«

»Nein, natürlich nicht. Ich ...« Sie hielt inne, denn plötzlich fiel ihr das unterbrochene Gespräch bei Edwinas Dinnerparty wieder ein. »Harry, kann ich dich mal was fragen?«

»Fragen kannst du. Aber ich werde vielleicht nicht antworten.«

»Es ist nur, dass ... Rupert hat gesagt, du seist bei Leonora gewesen, als sie starb. Das muss ein großer Trost für sie gewesen sein.«

Er blickte in sein Glas. Es war ihm offenkundig peinlich, bei einer guten Tat ertappt worden zu sein. »Das ist keine Frage«, sagte er endlich.

»Ich weiß, aber es war mir nicht klar. Ich wollte mich nur bedanken. Ich wünschte, ich hätte auch bei ihr sein können.«

»Ich war es ihr schuldig, fand ich.« Nach einem langen Schweigen fuhr er fort: »Also, wie war die Frage?«

»Wurde sie während ihrer Krankheit, vor ihrem Tod – wurde sie da gut versorgt?«

»Ja«, erwiderte er mit leichter Ungeduld. »Das habe ich dir doch schon erzählt. Sie hatte Personal, das sehr an ihr hing, und eine exzellente medizinische Betreuung. Das Leben wurde ihr so angenehm gemacht, wie es unter den gegebenen Umständen möglich war.«

»Sie war also nicht ... in finanziellen Nöten?«

»Aber natürlich nicht. Warum?«

»Nun ... ach, es spielt keine Rolle.«

»Doch, tut es. Erzähl es mir«, bat er mit echtem Interesse.

Sie berichtete ihm von den Pfandscheinen. »Wie reimst du dir das zusammen? Wie konnte sie mir dann so viel Geld hinterlassen?«

»Wie viel war es denn genau? Oder sollte ich besser nicht fragen?«

»Eine halbe Million Pfund. Na ja, ein bisschen mehr, genau genommen.«

»Eine hübsche, kleine Summe. Nun, Rollo war – ist – ungeheuer reich.«

»Ich weiß, aber er hatte sie doch verlassen.«

»Er hatte sie sehr gern und wollte, dass sie gut versorgt

war. Und dafür hat er gesorgt. Rund um die Uhr war eine Krankenschwester da.«

Cassia versuchte, sich getröstet zu fühlen und sich zu sagen, dass sie sich wegen nichts und wieder nichts beunruhigte. »Weißt du, wo Rollo jetzt lebt?«, fragte sie.

»Keine Ahnung. Er zieht ständig rum. Gerüchten zufolge ist er nach Venedig gezogen.«

»War er bei Leonoras Beerdigung?«

»In Paris? Aber ja.«

»Ich verstehe. O Gott, Edward sieht aus wie eine Gewitterwolke. Wir müssen gehen.«

»Wie schade. Bis bald, Cassia. Ich an deiner Stelle würde aufhören, mir Gedanken wegen Leonora zu machen.« Er beugte sich plötzlich herab und küsste sie auf die Wange. »Du siehst von Mal zu Mal besser aus. Das Geld bekommt dir. Wir müssen auch los, ich fliege morgen früh nach Le Touquet.«

»Weswegen?«

»Ich baue dort ein Hotel. Es ist wunderschön da, es würde dir gefallen. Willst du nicht mitkommen?«

»Harry, das verbietet sich doch wohl von selbst.«

»Warum denn? Du hast doch morgen keinen Klinikdienst, oder?«

»Nein, aber ich muss alles Mögliche erledigen.«

»Für den Doktor, zweifellos. Sehr lobenswert. Dann nehme ich dich eben ein andermal mit. Ich habe gerade ein hübsches kleines Flugzeug gekauft. Ach, Edward. Ich sagte gerade zu Ihrer Frau, wie bildschön sie doch in letzter Zeit aussieht. Sie können sich glücklich preisen. Bitte entschuldigen Sie mich, ich brauche unbedingt etwas Champagner.«

Missfällig sah Edward ihm nach. »Können wir jetzt gehen? Ich habe starke Kopfschmerzen.«

»Ich auch«, warf Bertie ein. »Und mir ist schlecht. Ich habe dieses Prickelwasser getrunken. Schmeckt aber sehr gut.«

»Oh, Bertie«, seufzte Cassia, »du bist einfach schrecklich.«

Schweigend fuhren sie in Edwards Wagen nach Hause. Seine schlechte Laune wirkte ansteckend: nicht einmal William kam dagegen an. Daheim rannten die Jungen sofort los, um Janet von ihrem Wochenende zu erzählen. Edward ging in sein Arbeitszimmer.

Cassia sah ihm nach und plötzlich stieg Wut in ihr hoch. Sie folgte ihm, in dem Wissen, dass es ein Fehler war, dass es Ärger geben würde, aber sie war unfähig, sich zurückzuhalten. »Edward, würdest du mir vielleicht mal verraten, was eigentlich los ist?«

»Das weißt du sehr gut. Du hast mich zu dieser absurden Feier mitgeschleppt. Ich kann diese Leute auf den Tod nicht ausstehen.«

»Na, wenn ich das vorher noch nicht gewusst haben sollte, weiß ich es jetzt. Sie zweifellos auch.«

»Sei doch nicht albern! Die haben doch gar keine Notiz von mir genommen.«

»Das konnten sie auch kaum, weil du kein Wort gesagt hast. Es war mir richtig peinlich. Du warst schlicht und einfach unhöflich.«

»Unhöflich! Ich finde, dein Freund Mr. Moreton war unhöflich. Mich einfach stehen zu lassen, mit der Begründung, er brauche dringend etwas Champagner.«

»Ja nun, Harry wurde schon unhöflich geboren«, räumte Cassia ein. »Aber alle anderen haben sich solche Mühe gegeben, der liebe alte Sir Marcus, und …« Ihre Stimme erstarb.

»Ja, genau. Und wer sonst noch? Versuch nächstes Mal gar nicht erst, mich zum Mitkommen zu bewegen.«

»Ich habe gar nicht den Wunsch, dich noch einmal zu bitten.« Sie ging hinaus und knallte die Tür hinter sich zu.

»Das war doch ein gelungenes Fest«, bemerkte Cecily nach dem Abendessen. Sie und Benedict saßen im Salon. Sie stickte und er arbeitete sich durch einen Stapel Papiere.

»Ja, fand ich auch.«

»Laurence war ein Schatz, und die Mädchen sahen so süß aus.«

»Ja, wirklich.«

»John Fishers Rede fand ich ein wenig langweilig.«

»Ja, ich auch.«

Schweigen. »Benedict?«

»Ja?«

»Benedict, es tut mir so Leid.«

»Was denn?«

»Dass ich so wütend wegen dieses Essens ... mit Dominic Foster war. Es war falsch von mir, deswegen so ein Theater zu machen.«

»Schon in Ordnung, Cecily.« Er wirkte immer noch distanziert und lächelte kaum.

»Bitte vergib mir.«

»Es gibt nichts zu vergeben.« Jetzt lächelte er, aber nur kurz und höflich. Cecily versuchte, mehr als Höflichkeit darin zu sehen, aber vergebens.

»Benedict ...«

»Cecily, bitte entschuldige, aber ich muss diese Papiere durcharbeiten. Vielleicht sollte ich lieber in mein Arbeitszimmer gehen.«

»Nein, bitte nicht. Es ist so schön, dass du wieder da bist. Du hast mir gefehlt.«

»Tut mir Leid, Liebes, aber ich muss schon wieder weg. Nach Paris. Nur für eine Woche oder zehn Tage. Einer der anderen Teilhaber meiner Firma – des Börsenmaklerbüros«, fügte er vorsichtshalber hinzu (damit ich nicht annehme, dass es etwas mit Immobilien zu tun hat, mit Dominic Foster, dachte Cecily), »ist an einer Geschäftsverbindung mit einer französischen Firma interessiert. Er hätte mich gerne dabei, da ich Französisch spreche.«

»Ja, das ist zweifellos ein Vorteil«, bestätigte Cecily leichthin und lächelte. »Es wird sicher vergnüglich, natürlich musst du fahren. Ich wünschte, ich könnte mitkommen.« Sie wartete darauf, dass er sagte (wie er es früher getan hätte), komm doch mit, geh einkaufen, schau dir die Sehenswürdigkeiten an. Aber er schwieg. Als er dann sagte: »Das wünschte ich auch«, war klar, dass die Sache damit für ihn erledigt war. »Ich gehe doch lieber in mein Arbeitszimmer, wenn es dir nichts ausmacht«, fügte er nach einer Pause hinzu. »Ich muss zusehen, dass ich damit weiterkomme.«

»Wann fährst du?«

»Am Dienstag. Ich nehme den Nachtzug.«

»Ah ja. Schön, wir sehen uns ja nachher.«

»Ich werde bis spät in die Nacht arbeiten. Ich schlafe dann im Ankleidezimmer, ich will dich nicht stören.«

»Du störst mich nicht, Benedict«, sagte sie, aber er stapelte bereits seine Papiere und griff nach seinem Zigarettenetui. Entweder hatte er sie nicht gehört oder er wollte sie nicht hören. Cecily stickte weiter, aber es fiel ihr mit einem Mal schwer: Sie sah die kleinen Blumen plötzlich ganz verschwommen.

Edward hatte das Esszimmer schon verlassen, als Cassia und die Kinder zum Frühstück herunterkamen.

»Der Doktor hat gesagt, er müsste früh los«, berichtete Peggy, die mit einer Platte voll gebratenem Schinkenspeck und Eiern hereinkam. »Wollt ihr Jungs Porridge? Es ist welcher in der Küche.«

»Ich hätte gern etwas Porridge, Peggy, wenn es nicht zu viel Mühe macht«, sagte Janet Fraser. Sie saß neben Delia und fütterte sie löffelweise mit Brei. »Es erinnert mich an daheim, und Ihre Hafergrütze ist einfach köstlich, die beste, die ich je außerhalb von Schottland bekommen habe.«

Peggy lief vor Freude rot an und ging, um den Porridge zu holen.

Bertie hob die Zeitung auf, die Edward auf den Boden geworfen hatte. »Guck mal, Mama, da ist ein Bild von Onkel Benedict und dem netten Mann mit den Autos und noch jemandem. Guck, hier.«

»Wo denn? O ja. Gott, die sehen ja furchtbar aus. Wie bei einer polizeilichen Gegenüberstellung. Was steht denn in dem Artikel?«

Der begleitende Artikel informierte sie, dass die Moreton Construction Company, vertreten durch die Geschäftsleitung, Mr. Harry Moreton und Mr. Benedict Harrington, (die beide zu den größten Investoren des Neubaus der Waterloo Bridge gehörten), gerade einen Großvertrag zum Bau einer neuen »Gartenstadt« im Großlondoner Stadtteil Guildford abgeschlossen hatte. Mit der Bauplanung war das Architektenbüro des ebenfalls abgebildeten Mr. Dominic Foster beauftragt worden.

Sie erinnerte sich an Dominic Foster, einen gut aussehenden, hoch gewachsenen Mann mit dunklem Haar und eleganten Bewegungen. Er war auf Cecilys und Benedicts Weihnachtsfeier gewesen. Cassia fiel wieder ein, was für ein Gesicht Cecily gemacht hatte, als sie ihn ansah, und erinnerte sich an ihr offenkundiges Unbehagen, als sie auf

Edwinas Abendgesellschaft erfuhr, dass Benedict mit ihm zu Mittag gegessen hatte. Zweifellos sah Dominic Foster ungemein gut aus, aber war er homosexuell? Wer konnte das schon wissen? Die arme Cecily. Ihre ständige, fast neurotische Angst, die nur zu verständlich unter den gegebenen Umständen, aber trotzdem bedauerlich war, musste das Leben bestenfalls unerfreulich und schlimmstenfalls unerträglich machen.

Durch ein Kiesknirschen aufmerksam geworden, blickte Cassia aus dem Fenster. »Bertie, die Post ist gekommen, kannst du sie mal holen?«

Wie immer war es ein dicker Stapel: hauptsächlich Postwurfsendungen für Edward (ein paar waren jetzt auch immer an Dr. M. Johnson adressiert, was Cassia wehtat), ein paar gewöhnliche Briefe für Edward und einer für sie. Die Anschrift war mit der Maschine geschrieben, und abgestempelt war der Brief in London. Sie riss ihn auf, und der Briefkopf der Universitätsklinik St. Christopher's sprang ihr ins Auge. Es war ein Schreiben des Dekans.

Sehr geehrte Mrs. Fallon,
ich hoffe, es geht Ihnen gut. Wir planen in Kürze die offizielle Bekanntgabe der neuen Beatty-Stiftungsprofessur, die möglicherweise von einer kleinen Feier begleitet sein wird. Sollte dem so sein, würden wir uns natürlich über Ihre Anwesenheit und die Ihres Gatten sehr freuen.

Von Dr. Richards höre ich, dass Sie sehr gute Arbeit in der Klinik für Schwangerschaftsverhütung in Brixton leisten. Wir haben die Möglichkeit erörtert, im Rahmen unserer Neugeborenensprechstunde, die wir mittlerweile wöchentlich abhalten, den Wöchnerinnen auch eine Beratung über Verhütungsmittel anzubieten, falls das medizinisch notwendig erscheint. Die Planungen sind noch nicht sehr weit gediehen, aber meiner Ansicht nach wären Sie mit Ihren Erfahrungen in der Klinik in Brixton und Ihrer Kenntnis dieses Krankenhauses, seiner Entbindungsabteilung und der Stationsschwestern und Hebammen für diese Stelle ganz besonders qualifiziert. Ich möchte betonen, dass Ihre Rolle selbstverständlich eher nachgeordneter Natur sein würde, aber andererseits könnten Sie wieder in diesem Krankenhaus anfangen.

Wenn Sie an einem Gespräch interessiert sind, wenden Sie sich bitte schriftlich oder telefonisch an meine Sekretärin, um einen Termin zu vereinbaren.

»Mama, ist alles in Ordnung?«, fragte Bertie. »Dein Gesicht hat eine ganz komische Farbe.«

16

Es muss ein Irrtum sein, dachte Edwina. Oder ein schlechter Scherz. »Vielleicht könnten Sie das noch einmal wiederholen. Wann würden Sie mich gerne sehen?«

»Miss Le Page wäre am Donnerstagvormittag oder Freitag frei. Aber hätten Sie dann Zeit genug, Ihre Heftkritik zu machen?«

»Aber ja«, sagte Edwina nonchalant. Sie hatte keine Ahnung, was eine Heftkritik war, aber sie konnte die meisten Dinge schnell erledigen. »Donnerstag würde mir gut passen.«

»Großartig. Also um elf. Natürlich mit der Kritik.«

»Selbstverständlich. Also bis dann.«

Sie legte den Hörer auf und rief sofort Venetia Hardwicke bei der *Vogue* an. »Venetia? Hier ist Edwina. Hör mal, hast du wirklich diesen Leuten empfohlen, mich anzurufen? Der Redaktion von *Style*?«

»Ja, habe ich. Eine der Redakteurinnen sagte, sie suchten jemanden mit guten Verbindungen für ihre Kolumne ›Tipps und Trends‹. Ich habe ihr von dir erzählt und sie war sehr interessiert. Ich habe dir nichts verraten, weil ich nicht wollte, dass du enttäuscht bist, falls es nichts wird. Es ist ein Kinderspiel, Edwina, wirklich. Du suchst dir einfach ein Geschäft aus, oder vielmehr die Redaktion sucht eines aus – eines ihrer Anzeigenkunden –, und du gehst hin, wählst ein paar schöne Sachen aus, über die du schreiben willst, und lässt sie fotografieren. Die Zeitschrift hat einen großen Gesellschaftsteil und braucht daher Redakteurinnen, die in die Häuser der Reichen kommen. Ich dachte, du wärst da genau richtig. Und wie du die Organisation der Modenschau angepackt hast, hat mich ziemlich beeindruckt.«

»Oh«, sagte Edwina. »Ich würde das wahnsinnig gerne machen, aber ich weiß nicht, ob ich es kann. Und was ist eine Heftkritik? Kann ich es bis Donnerstag schaffen? Ich habe gesagt, ich könnte es.«

»Edwina, du bist unbezahlbar. Das ist eine kritische Würdigung, wahrscheinlich der neuesten Nummer. Du liest die Zeitschrift durch, Seite für Seite, und schreibst auf, was dir gefällt und was nicht, mit Begründung natürlich, und machst Vorschläge für ein paar redaktionelle Beiträge.«

»Für was?«

»Für Artikel. Du bringst Themenideen. Soll ich kommen und dir helfen?«

»Das ist nicht nötig«, meinte Edwina. »Ich schaffe das sehr gut allein, jetzt, wo ich weiß, was es ist. Wie ist sie denn so? Miss Le Page?«

»Oh, beeindruckend. Furchteinflößend. Jedenfalls tut sie alles, um es zu sein. Mit der Form nimmt sie es ganz genau, einmal hat sie ein Mädchen gefeuert, weil sie im Restaurant keinen Hut trug. Aber eben deshalb wirst du ihre Billigung finden.«

Edwina ging los und kaufte sich die neueste Nummer von *Style*. Es war eine Mischung zwischen der *Vogue* und dem *Tattler*, eine Modezeitschrift mit zahlreichen Fotos von Leuten bei Partys. Die Zeitschrift gefiel ihr, obwohl der Gesellschaftsteil ziemlich gestelzt wirkte. Es sah nicht so aus, als würde sich irgendeiner der Gäste sonderlich gut amüsieren. Sie griff nach dem Federhalter und dem großen Block Papier, den sie gekauft hatte, und ließ sich zufrieden an ihrem Schreibtisch nieder. Das würde Spaß machen.

»Was zum Teufel treibst du da?«, fragte Harry. Als er um sechs nach Hause gekommen war, hatte er Edwina wild kritzelnd am Schreibtisch vorgefunden, auf dem sich Stapel von Papier türmten. Der Papierkorb quoll bereits über.

»Ich schreibe eine Heftkritik des Modemagazins *Style*«, erklärte sie überlegen. »Sie haben mir eine Stelle angeboten.«

»Eine Stelle? Was für eine Stelle?«

»Als Redakteurin. Für die Kolumne ›Tipps und Trends‹.«

»Redakteurin! Du! Das ist ja lächerlich.«

»Harry, du bist ja so ein Ekel. Was soll denn daran lächerlich sein?«

»Erstens hast du noch nie einen Tag im Leben gearbeitet, dir fehlt die dazu nötige Disziplin. Zweitens hast du keine Ahnung, wie es in einer Zeitschriftenredaktion zugeht. Aber der entscheidende Punkt ist, es gefällt mir nicht. Du bist meine Frau. Ich will nicht, dass du eine Stelle bei irgendeiner dämlichen Modezeitschrift annimmst.«

»Das ist bedauerlich«, erwiderte Edwina kühl, »denn wenn sie mir die Stelle anbieten, werde ich das Angebot sicher akzeptieren.«

Harry verließ den Raum und knallte die Tür hinter sich zu. Sie sah ihm nach und schnitt eine Grimasse.

Cassia saß im Wartezimmer des Zahnarztes und versuchte, Bertie von der Tortur abzulenken, die ihm zweifellos bevorstand. Er war erst sechs, hatte aber schon furchtbar schlechte Zähne und bereits drei Füllungen.

Die Tür des Behandlungszimmers ging auf, und die Patientin, eine Frau, die sehr blass wirkte, wurde von Mr. Rankin hinausbegleitet. Bertie schaute ihr nach, heftigen Neid in den Augen. Cassia seufzte.

Mr. Rankin strahlte sie und Bertie an. »Ah, Bertie. Bereit für einen Ritt auf meinem Stuhl?«

»Komm, Bertie«, sagte Cassia munter, »gehen wir.«

»Mrs. Fallon, ich glaube, es wäre ratsam, wenn Sie draußen warten würden. Kinder kommen allein viel besser zurecht, habe ich immer wieder festgestellt.«

Bertie warf ihr einen letzten verzweifelten Blick zu und ließ sich ins Behandlungszimmer führen.

Cassia nahm sich einen Stapel zerlesener Zeitschriften und versuchte, nicht auf die Geräusche zu achten, die hinter der Tür hervordrangen.

Es war das übliche Sammelsurium verschiedenster Zeitschriften mit den unterschiedlichsten Erscheinungsdaten: *Good Housekeeping*, *Home Chat* und *Country Life*. Cassia blätterte *Country Life* durch und war bald in die Immobilienanzeigen vertieft.

Ein ziemlich hässliches Schloss in Schottland stand zum Verkauf, ein Bungalow auf den Scilly Isles und ferner ein Herrenhaus, das ihr irgendwie bekannt vorkam. Es war riesengroß, imposant und wunderschön, ein Queen-Anne-Herrenhaus in Wiltshire, inmitten einiger hundert Morgen hügeligen Parklands gelegen, wie der Verfasser der Anzeige schrieb, mit Außengebäuden, schönen Stallungen und mehreren kleinen Häusern für das Personal. Es sollte auf einer Auktion versteigert werden.

Sie starrte auf die Anzeige und versuchte herauszubekommen, wieso ihr das Haus so bekannt vorkam, und gerade als sie Mr. Rankin sagen hörte: »Na, so schlimm war es doch gar nicht, oder?« und die Tür zum Behandlungszimmer aufging, fiel der Groschen. Es war Rollo Greshams Haus.

Rollo Gresham verkaufte sein wunderschönes Herrenhaus! Warum nur? Er war so stolz darauf gewesen, hatte Leonora immer gesagt. Er hatte die luxuriösesten Partys dort veranstaltet, auch noch, als er und Leonora schon in Paris lebten. Der Wein und erlesene Delikatessen wurden aus London herbeigeschafft und die Gäste flogen aus ganz Europa in ihren Privatflugzeugen ein. Er hatte einen Landeplatz für sein eigenes Flugzeug anlegen lassen, auch eine Rennstrecke, auf der Autorennen stattfanden, und bei den Mahlzeiten spielte ein Streichquartett.

Allein die Gemälde waren ein Vermögen wert gewesen. Auch wenn er die meiste Zeit im Ausland verbrachte, würde er doch sicher einen so wunderschönen Stützpunkt in England behalten wollen. Aber für einen gelegentlichen Besuch waren vielleicht die Unterhaltskosten zu hoch, selbst für einen so reichen Mann wie Rollo.

Hastig, schuldbewusst und ohne genau zu wissen, warum, faltete sie die Zeitschrift, steckte sie in ihren Einkaufskorb, stand auf und lächelte Bertie an, der gerade durch die Tür kam. Der Junge war ganz weiß und sein Gesicht schmerzverzerrt.

»Drei Plomben waren nötig«, berichtete der Zahnarzt. »Aber er hat sich sehr tapfer gehalten.«

Bertie war erschöpft und den Tränen nahe. Sie brachte ihn nach Hause, machte ihm etwas Heißes zu trinken, las ihm vor und kuschelte mit ihm. Die Zeitschrift vergaß sie, bis sie sie am folgenden Tag in ihrem Korb fand. Sie wusste nicht mehr so genau, warum sie sie eigentlich mitgenommen hatte, steckte sie aber sicherheitshalber in eine Schublade ihrer Frisierkommode, für den Fall, dass es ihr wieder einfiele.

»Hochinteressant, Mrs. Moreton.«

»Freut mich, dass es Ihnen gefällt.« Edwina entspannte sich etwas und nahm einen kleinen Schluck von dem Tee mit Zitrone, den Miss Le Page ihr hatte bringen lassen. Miss Le Page selbst trank nur heißes Wasser, was Edwina das Gefühl vermittelte, das Hinzufügen von Tee, und sei es nur ein wenig Lapsang Souchong, sei ein Akt gröbster Zügellosigkeit.

Sie musterte Miss Le Page, während sie ihre Heftkritik durchblätterte. Sie war winzig und in jeder Hinsicht wie ein Vogel; flatternde Handbewegungen unterstrichen jedes ihrer Worte. Ihr Haar war sehr dunkel und umrahmte ein Gesicht, das so weiß wie Porzellan war. Die Augen waren riesig und dunkel, der Mund ein scharlachroter Schnitt. Sie war ganz in Schwarz gekleidet, abgesehen von einem roten Hut, der genau zur Farbe des Lippenstifts passte.

Edwina überlegte, ob wohl der Hutmacher oder der Kosmetikhersteller diesbezügliche Instruktionen erhalten hatten. In Anbetracht von Miss Le Pages Macht war das durchaus möglich. Nur *Vogue* und *Harper's Bazaar* konnten die Autorität von *Style* infrage stellen. Zwischen den drei Zeitschriften tobte ein heftiger Kampf um Anzeigenkunden und Leserinnen. Die drei Chefredakteurinnen sprachen nie ein Wort miteinander, sondern nickten einander nur kurz zu, wenn sie ihren Platz bei den Modeschauen einnahmen. Jede der Zeitschriften hatte ihre Stärken: die *Vogue* war die Modebibel schlechthin, *Harper's Bazaar* zeichnete sich durch eine größere Vielseitigkeit aus, und *Style* hatte zusätzlich den Gesellschaftsteil. Das war ein hervorragender Einfall von Aurora Le Page selbst gewesen und die Mischung aus Klatsch und Mode war unwiderstehlich. Mochte die Chefredakteurin von *Vogue* es als gewöhnlich bezeichnen, mochte die Chefredakteurin von *Harper's* es als hirnlos brandmarken – die Leserinnen liebten es.

Gerüchten zufolge erhielt Drusilla Wyndham, die gorgonenhafte Gesellschaftsredakteurin, zahllose Einladungen zu Feiern und Hochzeiten, an denen Zehnpfundnoten befestigt waren. Und nicht nur das – sie wurde auch in Restaurants und Geschäften (einer berühmten Geschichte zufolge einmal sogar, als sie nach der Kommunion vom Altar zurückkehrte) von Müttern angesprochen, die verzweifelt bemüht waren, die Debütantinnenbälle ihrer Töchter in die Gesellschaftsseiten von *Style* zu bringen. Edwina war Mrs. Wyndham mehrmals bei gesellschaftlichen Veranstaltungen begegnet und mochte sie eigentlich ganz gern.

Edwina blickte auf, als Aurora Le Page ihre Heftkritik hinlegte.

»Durchaus interessant, vor allem wenn man bedenkt, dass Sie eigentlich keine Ahnung haben, wovon Sie reden.«

»Nein«, erwiderte Edwina fröhlich, »wie könnte ich auch?«

»Ganz recht. Aber einige Ihrer Ideen gefallen mir. Sie kennen Mrs. Wyndham, glaube ich?«

»Ja, wir sind uns mehrmals begegnet. Bei festlichen Anlässen. Sie war sogar auf meinem Debütantinnenball.«

»Ja, das hat sie erzählt. Ihre Mutter sei eine außerordentlich charmante Frau, meinte sie.« Was viel über beide aussagte, dachte Edwina. »Schön. Keine der sonstigen Bewerberinnen hatte irgendwelche Ideen. Und Sie sind offensichtlich nicht unintelligent. Wann können Sie anfangen?«

»Morgen?«, fragte Edwina.

»Ich verbiete es dir«, fauchte Harry. »Ausdrücklich.«

»Schön«, konterte Edwina. »Ich mache es auf jeden Fall. Wenn es dir nicht passt, kannst du ja – ja, was kannst du schon machen? Dich scheiden lassen? Das ist wohl kaum ein Scheidungsgrund. Mich verlassen? Schön. Ich meine, wo lebst du denn eigentlich, im Mittelalter? Ich bin doch nicht dein Eigentum.«

»Du weißt sehr gut, warum ich dagegen bin.«

»Ja, das weiß ich. Es gefällt dir nicht, dass ich auch ein bisschen wichtig sein könnte. Dass ich mein eigenes Leben leben könnte, statt dir den Haushalt zu führen und ständig hinter dir herzudackeln.«

»Edwina, das ist nicht wahr. Ich habe nichts gegen berufstätige Frauen. Aber ich will nicht, dass du jetzt zu arbeiten anfängst – weil ich ein Kind will. Möglichst bald, wie du sehr gut weißt.«

»Ich wusste gar nicht, dass Berufstätigkeit empfängnisverhütend wirkt«, erwiderte Edwina kühl. Sie hoffte inständig, dass er ihr Herz nicht rasen hören konnte und dass ihr nicht das Blut ins Gesicht stieg.

Er hatte bei der Tür gestanden, aber jetzt kam er und packte sie beim Handgelenk. Sein Gesicht war angespannt vor Zorn. »Edwina, wenn ich herausfinde, dass du irgendetwas tust, um eine Schwangerschaft zu verhindern, werde ich mich scheiden lassen, das versichere ich dir.«

»Das ist kein Scheidungsgrund.«

»Keine Angst, ich werde schon einen finden. Und das wird nicht unbedingt angenehm für dich werden.«

Als er gegangen war, griff Edwina nach ihrem Zigarettenetui. Ihre Hände zitterten so sehr, dass sie kaum das Feuerzeug betätigen konnte. »O Gott.« Sie lehnte sich in ihrem Stuhl zurück und blickte in den goldenen Sommerabend hinaus, der plötzlich viel dunkler geworden zu sein schien. »Was soll ich nur tun?«

»Tut mir Leid, dass Sie warten mussten«, sagte der Dekan. »Setzen Sie sich. Also. Verhütungsberatung im Rahmen der Neugeborenensprechstunde. Was halten Sie davon?«

»Es klingt wundervoll«, antwortete Cassia schlicht.

»Ich fand auch, dass es eine gute Idee war. Laut Mr. Scarsdale und der Oberschwester haben diese Sprechstunden sich als außerordentlich hilfreich erwiesen, und es gibt Raum, ja sogar Bedarf für Ihr Spezialgebiet, die Geburtenkontrolle. Natürlich läuft das Ganze erst einmal auf Versuchsbasis.«

Sie hatte fast Angst zu fragen, aber ihr blieb offensichtlich keine Wahl. »Und wo sehen Sie meine Rolle dabei?«

»Nun«, sagte er, »Sie sind Ärztin, nicht wahr? Sie haben Ihre Abschlussprüfung in Gynäkologie recht ordentlich bestanden und Sie besitzen jetzt Erfahrung auf dem Gebiet. Ich halte es für vollkommen angemessen, Sie zum leitenden Arzt zu ernennen. Von diesem Projekt, heißt das. Natürlich muss das noch mit dem Verwaltungsrat und der Oberschwester abgeklärt werden; es ist ja ein recht – wie soll ich sagen – revolutionäres Konzept. Viele meiner Kollegen in anderen Krankenhäusern sind da sehr skeptisch, aber ich glaube, das liegt vor allem an den doch recht verschrobenen Ansichten und Verhaltensweisen von Dr. Stopes. Zweifellos sind Sie damit vertraut.«

»Ja. Aber wir wurden viel mehr von Dr. Helena Wright und ihrer Arbeit beeinflusst.«

»Ah ja. Eine großartige Frau. Obwohl die Mediziner auch ihr gegenüber eher skeptisch sind. Aber wir haben das Glück, einen Piniergeist im Verwaltungsrat sitzen zu haben, Lord Crowthorne, dessen Frau mehrere Jahre Hebamme war. Dadurch hat er in dieser Hinsicht sehr aufgeklärte Ansichten. Auch Mr. Amstruther war sowohl von der Idee als auch von Ihrer Beteiligung an dem Projekt durchaus angetan. Mit der Zeit, wer weiß, wird es Ihnen vielleicht sogar möglich sein, selbst Nachsorgeuntersuchungen durchzuführen. Aber das liegt natürlich ganz bei Mr. Scarsdale.«

»Ja, natürlich.« Cassia versuchte, ruhig zu erscheinen, obwohl ihr ganz schwindelig war. Als sie hier noch studiert hatte, war Mr. Scarsdale der Oberarzt der Entbindungsabteilung gewesen, selbst damals schon berühmt-berüchtigt für seinen Sarkasmus. »Haben Sie eigentlich vor, das Baby noch heute zu holen, Miss Berridge?«, hatte er einmal sarkastisch gefragt, als sie zögerte, die winzigen Schultern zu drehen, die sich weigerten, dem Kopf des Babys zu folgen. »Oder sollen wir alle nach Hause gehen, uns ordentlich ausschlafen und morgen wiederkommen?« Jetzt war er Professor der Geburtshilfe, und sie wagte sich nicht auszumalen, was er dazu sagen würde, dass sie auch nur die allerbescheidensten Aufgaben im Krankenhaus übernahm.

»Gerade gestern sprachen wir über Sie, Scarsdale und ich«, sagte der Dekan unvermittelt. »Er hat ihr Ausscheiden damals sehr bedauert und er ist dem Projekt gegenüber ebenfalls durchaus aufgeschlossen. Also, ich schlage vor,

Sie gehen jetzt zur Entbindungsabteilung hoch und besprechen die Sache mit der Oberschwester. Ich habe erwähnt, dass Sie kommen würden.«

Cassia konnte sich nichts Schlimmeres vorstellen als eine Konfrontation mit der Oberschwester der Entbindungsabteilung. Sie gehörte zu den Schwestern, die sich am heftigsten gegen Frauen im Arztberuf gesträubt hatten. Als Cassia eines Tages Dienst gehabt hatte, hatte sie zufällig gehört, wie die Oberschwester bei einem akuten Notfall auf der Station ins Haustelefon sagte: »Ich brauche einen Arzt, aber schicken Sie mir ja nicht die Berridge.«

In der Entbindungsabteilung war es ruhig. Drei Frauen lagen in dem seligen Entrückungszustand der gerade Entbundenen in ihren Betten, die restlichen einundzwanzig lasen, strickten oder plauderten fröhlich miteinander. Der Oberschwester war es an diesem Nachmittag gelungen, ein Baby aus der Steißlage zu drehen, ohne einen Arzt hinzuziehen zu müssen, und befand sich folglich in einer Stimmung überschwänglicher Selbstzufriedenheit.

»Miss Berridge! Wie schön, Sie zu sehen.«

»Ich bin jetzt Mrs. Fallon«, erklärte Cassia. »Wahrscheinlich erinnern Sie sich an meinen Mann, er hat auch hier studiert.«

»Ich glaube nicht, nein. Aber natürlich erinnere ich mich nur an die Herausragenden. Und die Frauen natürlich.«

»Ja, natürlich.« Cassia schluckte anstandslos die zweifache Beleidigung.

»Wie ich höre, soll hier vielleicht eine Beratungsstelle für Geburtenkontrolle eingerichtet werden. Es ist mir noch unklar, wie das funktionieren soll. Aber schaden könnte es bestimmt nicht, um es mal milde auszudrücken. Letzte Woche habe ich eine Frau entbunden. Das sechste Baby innerhalb von fünf Jahren. Ihr Uterus ist ausgelaugt und das ist keineswegs ein Einzelfall. Ich würde alles begrüßen, was zur Verbesserung der Lage beiträgt, ich weiß nur nicht, ob das Krankenhaus der richtige Ort dafür ist. Es würde viel Verwaltungsaufwand erfordern.«

»Soweit ich weiß, soll das Ganze zunächst auf Versuchsbasis stattfinden«, erklärte Cassia, »und die Beratungsstelle würde sich zum größten Teil selbst verwalten.«

»Das birgt auch Gefahren in sich. Für Autonomie ist in einem Krankenhaus kein Platz. Aber wir werden sehen. Jetzt müssen Sie mich entschuldigen, ich muss mich um eine Frau kümmern, die seit drei Wochen überfällig ist. Keine Probleme, abgesehen vom Blutdruck. RBD, denke ich. Was meinen Sie?«

»Ohne die Patientin gesehen zu haben, kann ich natürlich nichts sagen«, erwiderte Cassia vorsichtig, »aber ja, das wäre sicher zu empfehlen. Wenn Sie es für richtig halten, natürlich. Ist das Baby gut positioniert? Anderenfalls könnte es Probleme geben, wenn durch die Geburtseinleitung die Wehen zu schnell kommen. So wurde es uns jedenfalls immer gelehrt«, fügte sie hastig hinzu.

RBD stand für Rizinusöl, heiße Bäder und Darmeinlauf. Sie hatte die Prozedur mit Bertie durchgestanden und konnte sich noch gut an die Quälerei erinnern. Aber sie wusste, von nun an würde sie den Ausdruck nie wieder ohne ein Aufwallen reiner Freude hören können – Freude darüber, zum ersten Mal seit sieben Jahren wieder im Krankenhaus zu arbeiten und nach ihrer Meinung gefragt zu werden, und sei es noch so obenhin.

»Edward, ich muss mit dir reden«, verkündete sie, als sie nach Hause kam.

»Ja?« Er blickte auf seine Armbanduhr. »Vielleicht werde ich gleich gerufen. Der alte Tom Rickards liegt im Sterben. Ich habe versprochen, vorbeizukommen, falls er Morphium braucht.«

»Ach, der arme alte Tom. Das tut mir sehr Leid.« Sie hatte Tom sehr gern. Er war früher einmal ihr Gärtner gewesen, hatte geduldig mit den Kindern gespielt und ihnen gezeigt, wie man ein Holzstück nadelscharf schnitzte und Vogeleier auspustete.

»Ja. Sehr traurig. Über was wolltest du mit mir reden?«

Er reagierte sehr verärgert, verärgert und verletzt. Die Verärgerung hatte sie erwartet, die Verletztheit überraschte sie.

»Das liegt nur an diesem Unfug mit der Stiftungsprofessur«, knurrte er. »Damit hast du dir eine Stelle im Krankenhaus erkauft.« Er war ganz weiß im Gesicht. »Ich muss los. Was soll ich groß dazu sagen? Ob du jede Woche noch einen weiteren Tag in London bist oder nicht, spielt keine Rolle. Und du wirst sowieso tun, was dir passt. Wir sehen uns morgen früh. Gute Nacht.«

»Du solltest es ihm sagen«, erklärte Sylvia Fox-Ashley.

»Mutter, das kann ich nicht. Er würde mich umbringen.«

»Warum sollte er? Es ist doch nicht deine Schuld.«

»Natürlich ist es nicht meine Schuld, dass ich unfruchtbar bin. Aber ich weiß es schon ziemlich lange. Ich hätte es ihm gleich sagen sollen. Ich habe ihn hintergangen. Nichts macht Harry wütender als Lügen.«

»Kannst du ihm nicht einfach sagen, dass du dir allmählich Sorgen machst und findest, dass du einen Arzt konsultieren solltest?«

»Könnte ich. Aber dann würde er wissen wollen, was für Untersuchungen gemacht werden, und es sähe ihm durchaus ähnlich, mitzukommen und Fragen zu stellen. Und unser Hausarzt weiß, dass ich schon bei Mr. Fortescue war.«

»Du bauschst die ganze Sache unnötig auf, Edwina. Hör zu, Herzblatt, es tut mir Leid, aber ich muss mich umziehen. Wir dinieren im Forty Three und müssen in einer halben Stunde los.«

Edwina ging, halbwegs erleichtert, dass das Gespräch beendet war, obwohl sie eigentlich beabsichtigt hatte, noch mehr zu sagen. Aber es war schwierig, der eigenen Mutter zu erzählen, dass man drei Wochen vor der Hochzeit eine Abtreibung gehabt hatte. Selbst einer Mutter wie Sylvia.

17

»Grässliche Person«, befand Mrs. Wyndham. »So vulgär.«

»Aber ungeheuer chic«, sagte Aurora Le Page. »Als wir letztes Mal eine Doppelseite über sie gemacht haben, gab es keinen Mangel an Fotomaterial.«

»Sie spielt wahnsinnig gut Canasta«, bemerkte Edwina. Sie hatte gerade ein paar Ideen für ihre erste Kolumne mit Miss Le Page diskutiert, als Drusilla Wyndham mit den Fotos für den Gesellschaftsteil hereingestakst kam, und das Gespräch hatte sich unweigerlich Mrs. Simpson und dem König zugewandt. Die Redakteurinnen starrten Edwina an.

»Woher wissen Sie das?«, fragte Aurora Le Page.

»Meine Mutter hat mit ihr Canasta gespielt. Letzten Sommer, in Biarritz. Sie war mit einer größeren Gesellschaft da und die Männer spielten den ganzen Tag Golf. Also haben sie und Mrs. Simpson Karten gespielt.«

»Faszinierend«, erklärte Mrs. Wyndham, »aber es überrascht mich nicht. Canasta ist ein ziemlich vulgäres Spiel.«

»Sie wissen nicht zufällig, welche Pläne Mrs. Simpson für den Sommer hat, Mrs. Moreton?«, fragte die Chefredakteurin.

»Meine Mutter weiß es vielleicht. Ich könnte sie fragen.«

»Bitte tun Sie das.«

Edwina kehrte an ihren Schreibtisch in der Moderedaktion zurück, ein Büro, das sie mit sechs anderen Frauen teilte. Empfindsamere Naturen wären in einem solchen Umfeld vielleicht dahingewelkt, aber Edwina blühte auf. Die übersteigerte Aufmerksamkeit, die Fragen des Stils, der Originalität, die dem kleinsten Detail eines Kleides, eines Huts, eines Schuhs oder sogar einer Feder beigemessen wurde, fand ihre volle Billigung. Und die hier allseits vertretene Überzeugung, dass selbst die größte politische Krise oder ein internationales Geschehen von größter Tragweite weniger bedeutsam waren als die neueste Kollektion Monsieur Diors oder der letzte Ausspruch von Mr. Hartnell, schien ihr durchaus vernünftig.

Zum ersten Mal in ihrem Leben fühlte sie sich wie zu Hause, ungeachtet des oft gehässigen Klimas. Ihr starkes Selbstbewusstsein ermöglichte es ihr, alle Kritik als konstruktiv anzunehmen und gegen sie gerichtete Feindseligkeit als vorübergehend zu begreifen.

Sie liebte ihre Arbeit, die nicht halb so schwierig war, wie sie befürchtet hatte. Am Ende des ersten Monats hatte sie das Gefühl, alles gut im Griff zu haben. Und sie war glücklicher, als sie seit langer Zeit gewesen war. Wenn nur die ständige Sorge wegen Harry nicht gewesen wäre. Sie war absolut unfähig, ihm zu geben, was er haben wollte, und sie hatte Angst vor dem, was er tun würde, wenn er das herausbekäme.

»Cassia, ich möchte mit dir reden.«

»Fängt die Vormittagssprechstunde nicht gleich an?«

»Die übernimmt Maureen heute. Was ich dir zu sagen habe, ist wichtig. Die Sache lässt sich nicht unter Zeitdruck besprechen.«

»Oh.« Mit plötzlicher Nervosität ging sie gedanklich die Ereignisse der letzten drei Wochen durch: Sie war nicht häufiger weg gewesen als sonst, die Kinder waren offenbar glücklich und zufrieden, sie hatte weder Abendgesellschaften noch Taufen in London besucht und, was noch wichtiger war, ihn auch nicht gebeten, sie zu derartigen Anlässen zu begleiten.

Sie hatte es sorgsam vermieden, von ihrer Arbeit zu erzählen – sogar an dem Tag, an dem Dr. Rivers der Grippe erlegen war und sich krankgemeldet hatte, Dr. Simmons, der Arzt im Praktikum, der Oberschwester bei einer Zwillingsfrühgeburt assistierte und die für die Neugeborenensprechstunde zuständige Stationsschwester in den Kreißsaal gerufen worden war, wo nicht weniger als drei weitere Mütter gleichzeitig entbanden. Cassia hatte daher die Sprechstunde allein übernommen, nur mithilfe einer Lernschwester. Und das für sich zu behalten war das Schwerste von allem. Auf diesen Tag würde sie für den Rest ihres Lebens als den Tag blicken, an dem sie endgültig wieder in ihren Beruf zurückgekehrt war. Es waren natürlich reine Routineuntersuchungen gewesen: Sie hatte Beckenraum und Vagina untersucht, die Brust abgetastet und den allgemeinen Gesundheitszustand der Patientinnen überprüft. Aber sie hatte einen Brustabszess entdeckt, eine Beckenentzündung und eine Blinddarmentzündung diagnostiziert, obwohl die Patientin überzeugt war, dass es nur Menstruationskrämpfe waren. Cassia hatte einen Arzt aus der Inneren Abteilung gerufen, der schließlich kam und ihre Diagnose bestätigte. Als sie abends um sieben erschöpft wieder in der Walton Street anlangte, hatte sie gedacht, sie könne sich nicht erinnern, wann sie das letzte Mal so glücklich war.

»Ich habe nachgedacht«, sagte Edward unvermittelt. »Ich habe das Gefühl, dass wir beide nicht ganz glücklich sind. Mir ist bewusst, dass mein Verhalten nicht immer einwandfrei war. In letzter Zeit jedenfalls.«

»Nun«, antwortete sie, um Großzügigkeit bestrebt, »ich habe mich auch nicht immer richtig verhalten.«

»Es war sehr schwierig für mich.« Er lächelte sie plötzlich an, ein schiefes, fast verlegenes Lächeln. »Die Sache ist die, es gibt etwas, was ich tun möchte. Es ist mir sehr wichtig.«

»Nun«, erwiderte sie ermutigend, »dann musst du es tun.«

»Ja, aber ich würde dazu deine Kooperation brauchen. Deine Unterstützung. Siehst du ...« Er sah sie unsicher an. »Du bist nicht die Einzige, die ihre Ambitionen nicht verwirklichen konnte, Cassia. Ich konnte es auch nicht. Ich wollte immer Chirurg werden. Ich habe diesen Traum begraben und mir eingeredet, dass diese Praxis das war, was ich wollte.«

»Aber du wolltest sie doch. Diese Praxis, meine ich.«

»Ja, sicher. Und es hat mir auch immer Spaß gemacht. Aber jetzt will ich mehr. Ich will meinen Facharzt machen.«

»Deinen Facharzt! Aber ...«

»Ja, ich will wieder studieren und Chirurg werden. Ich hatte es mir nie träumen lassen, dass so was möglich wäre, aber dank deiner Erbschaft ist ja jetzt alles anders.«

Cassias Erstaunen und ihre Verwirrung waren so groß, dass sie überhaupt nicht klar denken konnte. Sie hatte immer angenommen, dass Edward mit seinem Leben vollkommen zufrieden war, mit seiner Arbeit, seiner Position im Dorf, dem Respekt und der Hochachtung, mit der ihm alle begegneten.

Es schien kaum glaubhaft, dass er gewillt war, all das aufzugeben, um erneut das harte Leben eines Medizinstudenten zu führen. Er würde keinerlei Autorität haben, keinen Respekt genießen, jede seiner Äußerungen, jedes seiner Urteile würde angezweifelt, infrage gestellt, oft lächerlich gemacht werden. Er hatte so viel an Reife und Selbstvertrauen dazugewonnen, dass er die Arbeit sicher bewältigen und die Prüfungen gut bestehen würde. Es könnte ein durchaus angesehener Chirurg aus ihm werden. Aber was ihn das kosten würde!

Er sah sie an, Ungeduld in den Augen. »Du scheinst deine Zweifel zu haben.«

»O nein. Nun ja, nicht direkt. Sprich weiter.«

»Kann ich also im Prinzip mit deiner Unterstützung rechnen?«

»Ja.« Es gelang ihr, das mit Überzeugung herauszubringen. »Ja, selbstverständlich. Du weißt, deine Karriere war mit das Erste, an das ich dachte, als ich – als wir – Leonoras Geld bekamen. Ich bin sehr dafür, dass du deinen Facharzt machst. Natürlich kannst du mit meiner Unterstützung rechnen.«

»Gut. Denn ich habe mich bereits beworben und bin angenommen worden.«

»Du bist angenommen worden? Aber wo denn – warum hast du mir nichts gesagt ...« Ihre Stimme erstarb. Die unvermeidliche Antwort darauf kannte sie, und sie wollte sie nicht hören.

Er hatte einen seltsamen Ausdruck in den Augen, wachsam, fast feindselig, als er fortfuhr: »Ich habe einen Studienplatz am University College Hospital in Glasgow. Du wirst dich vielleicht erinnern, dass ich dort vor einigen Monaten eine Konferenz besucht habe. Ich habe mich mit dem Dekan sehr gut verstanden, und danach ging alles seinen Gang. Ich habe mich auch bei einigen Londoner Krankenhäusern beworben, bin aber nicht angenommen worden – und ohnehin gefielen mir Glasgow und das Krankenhaus dort sehr gut. Ich beginne im Herbst und es dauert zwei Jahre. Natürlich hätte ich gern, dass ihr mich begleitet, du und die Kinder.«

Sie hörte die Worte, aber anfangs hatten sie keinerlei Bedeutung. Es waren nur aneinander gereihte Wörter, Sätze: seltsam, merkwürdig. Er konnte nicht wirklich wollen, dass sie nach Glasgow zog. Da war die Praxis, Maureen, die neuen Praxisräume. Sie sagte ihm das.

»Darüber habe ich schon nachgedacht. Ursprünglich wollte ich die Praxis verkaufen, aber das wäre wahrscheinlich nicht klug. Ich werde mir einen Vertreter suchen und Maureen zur Juniorpartnerin machen – sie ist außerordentlich tüchtig. Sie könnte hier im Haus wohnen, dachte ich. Es wäre besser, wenn es nicht leer steht. Es könnte allerdings sein, dass sie das Angebot ablehnt.«

»Hast du es schon mit ihr besprochen?«

»Nein, natürlich nicht. Ich wollte es erst dir mitteilen.«

»Ich verstehe.« Sie versuchte zu lächeln, zumindest ein klein wenig Begeisterung an den Tag zu legen, während sie wild und verzweifelt überlegte, was das für sie bedeuten würde. Ihr war elend zu Mute. Sie würde ihre Beratungsstunden in der Klinik aufgeben müssen – nun ja, in Glasgow gab es sicher auch eine Klinik für Schwangerschaftsverhütung, das wäre vielleicht nicht so schlimm.

Aber ihre Arbeit im Universitätskrankenhaus St. Christopher's wäre vorbei, fast ehe sie begonnen hatte. Ihre große Chance. Und das Haus, nein, die Häuser, sie würde auch das Haus in der Walton Street aufgeben müssen – und Rupert und ...

»Wie lange denkst du schon darüber nach?«, fragte sie, da sie Zeit gewinnen wollte.

»Oh, schon einige Monate. Ich habe mich an mehreren Universitätskrankenhäusern beworben.«

»Und du hast in London keinen Platz bekommen, oder irgendwo hier in der Nähe?«

»Nirgendwo in London, nein. Und selbstredend möchte ich an eine Klinik, die einen gewissen Ruf besitzt. Wenn ich das schon durchziehe, dann auch richtig. Ich will nicht, dass es ein Reinfall wird. Ich meine, es hätte wohl kaum viel Sinn, etwa ins Haywards Heath Hospital zu gehen.«

»Nein, natürlich nicht.« Es war sehr wichtig, dass sie aufgeschlossen wirkte und nur vernünftige Einwände erhob. »Aber was ist mit den Kindern? Mit der Schule?«

»Nun, Bertie kommt in einem Jahr ohnehin ins Internat. William kann in Schottland zur Schule gehen. Glasgow ist kein rückständiges Dorf, weißt du.« Plötzlich klang seine Stimme bitter, bitter und kalt.

Sie sah ihn an und erkannte, dass er sehr wohl wusste, dass sie nicht nach Glasgow gehen wollte, dass ihr jede Entschuldigung recht wäre, um nicht mitkommen zu müssen. Und sie fragte sich plötzlich, warum es unbedingt Glasgow sein musste und warum gerade jetzt.

Nach einem langen Schweigen sagte er mit gezwungener Munterkeit, fast jovial: »Nun? Was sagst du dazu?«

Ruhig und vorsichtig antwortete sie: »Das ist eine folgenschwere, weit reichende Entscheidung, Edward. Für mich und für die ganze Familie.«

»Ich verstehe nicht, warum.« Seine Stimme war gefährlich ruhig.

»Oh, sei doch nicht albern. Alles würde sich ändern, unser aller Leben …«

»Kaum wirklich einschneidend. Die Kinder würden auf eine neue Schule kommen. Wir würden ein neues Haus haben und neue Freunde finden. Das ist nichts Ungewöhnliches. Viele Familien ziehen jedes Jahr in eine andere Stadt um.«

»Aber die Praxis. Angenommen, es läuft nicht so gut, angenommen, dein Praxisvertreter erweist sich als Niete. Du hast dein Herzblut in diese Praxis gesteckt, Edward, du kannst das doch nicht einfach alles wegwerfen!«

»Was versuchst du mir einzureden, Cassia? Wirfst du mich zum alten Eisen, noch bevor ich angefangen habe? Wenn ich mich gut mache, werde ich nicht in diese Praxis zurückkehren. Aber vielleicht hältst du das ja für unwahrscheinlich.«

»Aber natürlich nicht, Edward.«

»Nur weil ich bei der Doktorprüfung nicht besonders gut abgeschnitten habe, bin ich doch nicht unfähig.«

»Ich halte dich nicht für unfähig. Ich versuche nur, an alles zu denken. Auch an deine Patienten im Dorf. Sie lieben dich und vertrauen dir. Wenn du weggehst, lässt du sie im Stich.«

»Cassia, meine Patienten werden wunderbar zurechtkommen. Es ist ja auch nicht so, dass ich sie ohne medizinische Versorgung zurücklasse. Noch weitere Einwände?«, fragte er nach einer Pause.

Sie zögerte. »Nun, es ist ein Risiko. Ein großes Risiko. Für dich.«

»Für mich!«

»Ja, für dich. Was ist, wenn es dir nicht gefällt, was ist,

wenn du es schwieriger als erwartet findest, wieder Medizinstudent zu sein?«

»Cassia, ich bin wirklich reif genug, das zu entscheiden. Ich tue es ja nicht aus einer Laune heraus, sondern weil ich unbedingt Chirurg werden möchte. Aus eben diesem Grund habe ich vor, die Praxis zu behalten. Aber offenbar bist du nicht gewillt, mich zu unterstützen.«

»Doch, natürlich bin ich das. Sei nicht unfair.«

»Nach Unterstützung klang es nicht gerade. Ich bin enttäuscht von dir, Cassia.«

Sie sah ihn scharf an und machte sich darauf gefasst, Aufgeblasenheit zu sehen, aber er wirkte aufgewühlt und verletzt. Reue überkam sie. »Edward, bitte. Gib mir Zeit. Ich brauche Zeit, um mich an den Gedanken zu gewöhnen.«

»Das hatte ich nicht erwartet«, sagte er. »Oder vielleicht doch. Sagen wir, ich hatte gehofft, du würdest hundertprozentig hinter mir stehen. So wie ich hundertprozentig hinter dir stehen würde.«

»Das ist doch überhaupt nicht wahr. Hast du etwa hinter mir gestanden, als du Maureen als Assistenzärztin eingestellt hast? Oder als ich dir von dem Angebot erzählt habe, Verhütungsberatung im Krankenhaus zu machen?«

»Das ist doch etwas vollkommen anderes.«

»Und wieso bitte?«

»Das sollte doch wohl klar sein. Wir reden hier über meine berufliche Laufbahn, über mein zukünftiges Berufsleben, nicht über ein paar unbedeutende Beratungsstunden.«

»Für mich sind sie nicht unbedeutend!«, rief sie und war fast schockiert über die Leidenschaft in ihrer Stimme. »Mir bedeuten sie alles. Sie sind mein Weg zurück in den Beruf, mein ...«

»Ah«, meinte er, »ja, ich verstehe. Da haben wir es endlich. Ein Umzug nach Glasgow würde deiner so außerordentlich wichtigen Arbeit in die Quere kommen, nicht wahr? Es würde deine Pläne durchkreuzen. All diese rührende Anteilnahme an der Praxis, dem Dorf und den Kindern. Dabei ist dir das doch ganz egal. Es geht nur um dich, um deine Arbeit, deine gottverdammte Stiftungsprofessur und deine schicken Londoner Freunde.«

Sie schaute ihn an und sah die Trauer in seinem Gesicht, Trauer und Unsicherheit. So hatte sie ihn lange nicht mehr gesehen und zu ihrer Überraschung stiegen ihr die Tränen in die Augen. Sie stand auf, ging zu ihm und versuchte, die Arme um ihn zu legen, aber er schob sie weg.

»Nicht«, murmelte er, »bitte nicht.«

»Edward, ich wollte dich nicht kränken. Wirklich nicht. Ich bewundere deinen Entschluss und ich bewundere dich ungemein.«

»Herrgott noch mal, wie könntest du mich bewundern? Ich bin nicht erfolgreich. Eben deshalb ist es mir ja so wichtig, meinen Facharzt zu machen. Ich bin nicht besonders klug und ganz bestimmt bin ich nicht witzig und charmant wie ...«

»Ach, hör doch auf. Bitte. Hör auf, dich selbst zu bemitleiden.«

»Ja, ich bemitleide mich selbst«, sagte er ruhig. »Und zwar sehr.« Und damit ging er und schloss die Tür hinter sich.

Sie hörte die Haustür zuknallen und sah ihm nach. Edward ging die Auffahrt hinauf und aus dem Tor hinaus, mit langsamen, energielosen Schritten. Er ließ die schmalen Schultern und den Kopf hängen und wirkte unendlich niedergeschlagen. Cassia schämte sich entsetzlich – und war furchtbar unglücklich.

Benedict löste sich von Cecily. »Es tut mir Leid«, sagte er.

»Schon gut. Ich verstehe es ja.«

»O Gott. Ich wünschte, du tätest es.«

»Benedict, ich verstehe es. Es wäre vielleicht besser, wenn du in Zukunft in deinem Zimmer schlafen würdest. Das hier macht uns doch nur beide unglücklich.«

»Schön. Wenn es das ist, was du willst.«

»Es ist nicht das, was ich will. Es scheint mir nur das Beste zu sein.«

»Gut. Soll ich gleich gehen?«

»Nein. Ich habe es gern, wenn du bei mir bist. Komm, leg die Arme um mich.«

»Es ist sehr heiß«, wehrte er ab. »Lass uns einfach so bleiben.«

Tränen brannten ihr in den Augen und sie blinzelte sie weg. Sie konnte sich nicht erinnern, sich je so gedemütigt, so elend gefühlt zu haben. Und er musste sich ebenso vorkommen.

Was für ein Trümmerhaufen ihre Ehe doch war, was für ein hoffnungsloses Wrack. Es schien absolut keine Hoffnung mehr zu geben. Ihre Ehe war nicht mehr zu retten. Und wahrscheinlich wollte Benedict das auch gar nicht. Cecily wusste ja nicht einmal genau, ob sie es selbst noch wollte.

»Woran denkst du?«, fragte er.

Panisch suchte sie nach etwas Positivem, das sie sagen könnte. In dem verzweifelten Versuch, freundlich, heiter und unbeschwert zu klingen, log sie: »Ich habe über die Sommerferien nachgedacht. Es ist vermutlich schon zu spät, die Villa zu mieten.«

»Viel zu spät, ja.«

»Ich habe überlegt, ob wir nicht nach Devon fahren könnten.« Gewöhnlich war sie nicht sonderlich erpicht darauf, was ihn betrübte, denn er liebte seinen Landsitz sehr.

»Ach, besser nicht. Das Haus ist in einem erbärmlichen Zustand, es müsste dringend renoviert werden. Und die Gärten sind völlig verwahrlost.«

»Ein Grund mehr, hinzufahren. Ich könnte mich darum kümmern.«

»Sag mal, könnten wir ein andermal darüber reden? Ich bin müde. Ich glaube, ich gehe jetzt lieber in mein Zimmer, wenn es dir nichts ausmacht.«

»Aber natürlich nicht«, antwortete sie und weinte sich danach in den Schlaf.

Am nächsten Morgen war er zerknirscht, reuevoll und um Versöhnung bemüht. »Ich dachte, wir könnten für ein paar Wochen nach Schottland fahren«, meinte er. »Wir könnten bei Jack Danvers in Ord wohnen. Es wäre ein Paradies für die Kinder und auch mir würde es gefallen. Ich könnte ein bisschen angeln ...«

»Entschuldige, Benedict, aber ich hasse Schottland, und ich bin nicht bereit, mir den ganzen Tag lang Letty Danvers Geschwätz anzuhören, während du mit Jack losziehst und Tiere erlegst. Da bleibe ich lieber in London. Du kannst natürlich gern fahren.«

»Nein, nein. Ich bleibe auch hier.«

Aber abends erklärte er, er hätte sich entschieden, doch für ein paar Tage hochzufahren. »Zu Beginn des Sommers ist Schottland wirklich wunderschön. Natürlich reise ich nur, wenn es dir nichts ausmacht.«

»Aber nein. Die Kinder und ich könnten zu meinen Eltern fahren, nach Hampshire. Fanny ist so gerne dort, und sie und Stephanie können ein paar Reitstunden nehmen.«

»Gute Idee.«

»Edward«, sagte Cassia. Sie hatte seit Tagen all ihren Mut zusammengenommen.

»Ja?« Er sah sie nicht einmal an.

»Ich habe nachgedacht. Über Glasgow.«

»Ja?« Seine Stimme klang heller, sogar hoffnungsvoll.

»Edward, wenn ich mich nun dafür entscheiden würde, dass ich nicht mitkomme ...«

»Ja?«

»Dann könntest du doch trotzdem gehen, oder? Du könntest dir ein Haus mieten und hierher kommen, wenn es dir möglich ist. Das wäre vielleicht sogar besser, du könntest dich mehr auf deine Arbeit konzentrieren. Schließlich haben nicht viele Medizinstudenten Frau und Kinder.« Ihr Lächeln fiel ein bisschen zu strahlend aus.

»O nein«, antwortete er, »o nein. Daran würde ich nicht mal denken. Ich habe dir doch gesagt, Cassia, dass ich deine Unterstützung brauche. Deine volle Unterstützung. Entweder du kommst mit oder ich gebe den Plan auf.«

»Aber ...«

»Ohne dich schaffe ich es nicht«, erklärte er. »Ich brauche dich, ich brauche dich in meiner Nähe. Mehr ist dazu nicht zu sagen. Ich hoffe sehr, dass du dich entschließen kannst, mich zu begleiten.«

Es war mittlerweile fast dunkel im Zimmer und sie konnte sein Gesicht nicht mehr erkennen, aber sie hörte den echten Schmerz in seiner Stimme. »Ja, ich verstehe. Nun, dann werde ich die Entscheidung wohl bald treffen müssen.«

»Ja, das wirst du wohl«, bestätigte er.

Es war ihre letzte Hoffnung gewesen, und sie war gründlich und vollständig zerschlagen worden.

18

»Das ist Erpressung«, konterte Harry brüsk. »Er könnte ohne weiteres ein Krankenhaus in der Nähe von London finden. Oder ohne dich gehen.«

»Nein, das glaube ich nicht. Es mangelt ihm an Selbstvertrauen. Er ist nicht wie – na ja, wie du.«

»Das will ich doch stark hoffen. Komm, lass uns tanzen.«

Sie zögerte.

»Komm schon. Wir reden nachher weiter darüber. Ich fange an, mich zu langweilen.«

Was mache ich bloß hier, dachte sie, als sie ihm auf die Tanzfläche folgte, was mache ich im Four Hundred Club, allein mit Harry Moreton? Bin ich denn wahnsinnig geworden?

Er hatte um halb sechs angerufen, als sie gerade zur Tür hereingekommen war. »Cassia? Hier ist Harry. Hör zu, hast du Lust, mit ins Theater zu kommen? Ich habe zwei Karten für *Die Barretts aus der Wimpole Street*. Es soll ganz gut sein.«

»Aber kann Edwina denn nicht ...«

»Edwina kann nicht, nein. Sie hat heute Abend irgendeinen dämlichen Fototermin.«

»Ach so. Mein Gott, sie nimmt die Sache richtig ernst, was?«

»Ja«, erwiderte er knapp, »sehr ernst. Jedenfalls, ich wollte die Karte nicht verfallen lassen und da habe ich an dich gedacht. Cassia hat heute Abend bestimmt noch nichts vor, sagte ich mir.«

»Wie bedauerlich, dass du mein gesellschaftliches Leben für ein solches Desaster hältst. Tut mir Leid, Harry, aber ich bin wirklich sehr müde.«

»Unsinn. Es wird dir gut tun. Mach dich fertig, ich bin so gegen sieben bei dir.«

Sie legte den Hörer auf und ließ nachdenklich ihren Blick darauf ruhen. Sie wusste nicht genau, ob die gelöste Unbefangenheit, die sich zwischen ihr und Harry Moreton entwickelte, harmloser oder gefährlicher war als der emotionsgeladene Antagonismus, der vorher bestanden hatte.

Cassia gefiel das Stück recht gut, Harry hingegen fand es furchtbar. Im hochromantischen dritten Akt sackte ihr plötzlich etwas Schweres auf die Schulter: sein Kopf. Sie wuchtete ihn hoch.

»Wach auf«, zischte sie. »Sonst gehe ich.«

»Ja, lass uns gehen. Komm, ich habe einen Tisch im Ivy reserviert. Wir werden noch vor dem großen Andrang dort sein.«

Und nach dem Essen bestand er darauf, dass sie noch im Four Hundred vorbeischauten. Sie trafen kurz vor Mitternacht ein und der Nachtclub begann sich erst langsam zu füllen. Der Empfangschef kam herbeigeeilt. »Guten Abend, Mr. Moreton. Und Madame.«

»Abend, Rossi. Ich hoffe, mein Tisch ist noch frei, wir sind ja sehr zeitig gekommen.«

»Aber natürlich, Mr. Moreton. Champagner?«

»Bitte.«

Der Tisch war rechts neben dem Eingang. Harry rückte ihr den Stuhl zurecht, setzte sich und lächelte sie mit leichter Selbstzufriedenheit an. »Es gibt Leute, die würden, um diesen Tisch zu bekommen, einen Mord begehen«, bemerkte er, und einen kurzen Augenblick lang war er wieder der wichtigtuerische, verzogene kleine Junge, der alles forderte und alles erhielt, was er haben wollte. Sie sagte ihm das.

»O Gott. Ich war wohl ein ziemliches Scheusal, was?«

»Kann man sagen. Ich habe mich oft gefragt, was dich so verändert hat. Du bist ja direkt menschlich geworden. Ich meine, als du nach Oxford gegangen bist, warst du noch ziemlich grässlich.«

»Besten Dank.«

»Und dann hast du dich vollkommen gewandelt. Na ja, ziemlich jedenfalls.«

»Es war der Sex.« Er lehnte sich in seinem Stuhl zurück und schaute nachdenklich in sein Glas. »Ich hatte eine ganz unglaubliche Liebesäffare mit einer Frau, die viel älter war als ich. In Paris. Sie hat mir gezeigt, was für ein kleines Arschloch ich doch war, und sie hat mir beigebracht, über mich selbst zu lachen.«

»Oh, ich verstehe«, sagte sie, etwas unsicher, wie sie darauf reagieren sollte.

»Sie hat mir noch eine Menge anderer nützlicher Dinge beigebracht. Dinge, die besser der Fantasie überlassen bleiben sollten, im Moment jedenfalls.«

Cassia schwieg.

»Jedenfalls bin ich froh, dass du findest, dass ich mich verändert habe. Obwohl ich natürlich immer noch ziemlich verzogen bin. Und gut darin, das zu bekommen, was ich haben will. Das ist der beste Tisch im ganzen Lokal, das ist bekannt. Man kann von hier aus sehr gut sehen – und gesehen werden.«

»Oh, Harry. Was wird Edwina nur dazu sagen?«

»Nicht viel. Sie weiß, wie wütend ich auf sie bin.«

»Nicht so wütend, wie Edward auf mich ist.« Die zweite Flasche Champagner – oder war es die dritte? – hatte sie indiskret gemacht. Harry hatte das meiste davon getrunken, aber trotzdem …

Dann hatte sie ihm von Edward und ihrem unlösbaren

Dilemma erzählt. Und er hatte sein Urteil darüber abgegeben.

»So hatte ich es noch gar nicht gesehen«, gestand sie später, als sie sich wieder setzten.

»Was hattest du wie noch nicht gesehen?«

»Edwards Verhalten. Als Erpressung.«

»Ich finde es ziemlich offensichtlich. Recht schlau von ihm. Direkt machiavellistisch. Hätte ich ihm gar nicht zugetraut.«

»Das spielt vielleicht auch eine Rolle, aber er will wirklich Chirurg werden. Das war schon immer sein Ziel.«

»Warum ist dann nicht Chirurg geworden? Warum hat er nicht damals seinen Facharzt gemacht?«

»Er hat die Abschlussprüfung nicht gut genug bestanden.«

»Ah. Na, da haben wir es. Du aber schon, oder? Mit Auszeichnung, soweit ich mich erinnere.«

»Das hat doch damit nichts zu tun.«

»Nein?«

»Harry, das ist ungerecht. Sehr ungerecht, wirklich.«

»Na, du kennst ihn besser als ich. Glücklicherweise. Ich hoffe jedenfalls, du wirst dich nicht bereit erklären, mit ihm nach Schottland zu gehen.«

»Ich weiß nicht, was ich tun soll.«

»Wenn du gehst«, warnte er, und seine Stimme war jetzt vollkommen ernst, »wird es dein Ende sein. Das weißt du, nicht wahr?«

»Das klingt sehr melodramatisch. Gar nicht nach dir.«

»Es ist nicht melodramatisch, es ist wahr. Gerade jetzt, wo du endlich wieder als Ärztin arbeitest, wo du anfängst, zu deinem wahren Selbst zurückzufinden.«

»Ich bin mit ihm verheiratet«, sagte sie, »und habe Kinder.«

»Ja, nun, das lässt sich nicht ändern. Aber tu es nicht, Cassia. Lass dir nicht seinen Willen aufzwingen. Es ist falsch, was er da macht. Sehr falsch.«

Um vier kamen sie wieder in der Walton Street an, in Harrys neuester Errungenschaft, einem außerordentlich großen schwarzen Buick.

Cassia lachte, als Harry vor dem Haus hielt. »Dieses Auto nimmt praktisch die ganze Straße ein. Es sieht aus wie ein Leichenwagen.«

»Besten Dank. Sollte ich ja all mein Geld verlieren, kann ich es ja für Beerdigungen ausleihen. Ich muss ins Bett, in etwas über drei Stunden habe ich einen Termin bei der Bank von England. Bitte entschuldige mich. Und danke für den schönen Abend.« Unvermittelt beugte er sich vor und küsste sie sehr sanft auf die Lippen. »Tu es nicht, Cassia. Lass dich nicht von ihm erpressen.«

Sie starrte ihn an, verwirrt von seinem plötzlichen Stimmungsumschwung, von seinen Worten und vor allem von dem Kuss. Dann lächelte er und war wieder ganz er selbst.

»Ich fahre für drei Wochen weg«, verkündete er. »Wenn ich zurückkomme, erwarte ich, von dir zu hören, dass es dir gut geht. Wenn nicht, werde ich vielleicht selbst mal ein paar Worte mit dem Doktor wechseln.«

Er stieg aus, öffnete ihr die Wagentür, küsste sie erneut, diesmal auf die Wange, und dann war er fort und ließ sie verwirrter und ängstlicher denn je zurück.

Sie saßen in dem großen Familienwagen, dem Daimler, und waren auf dem Weg nach Devon. Cecily hoffte, dass Stephanie, der im Auto leicht übel wurde, sich nicht übergeben würde. Gleichzeitig versuchte sie, die pikanten Details von Edwinas Unterhaltung mit dem Fotografen mitzubekommen, die sich hauptsächlich um die Frage zu drehen schien, ob Aurora Le Page tatsächlich Kokain in der Zigarettendose auf ihrem Schreibtisch aufbewahrte oder nicht.

Der Fotograf, Justin Everard, war ein bleicher Jüngling in schwarzen Leinenhosen und einem cremefarbenen Leinenhemd. Das überlange hellbraune Haar fiel ihm auf den offenen Kragen. Cecily kam zu dem Schluss, dass sie ihn nicht ausstehen konnte.

»Ich sage Ihnen«, berichtete Edwina, »ich habe neulich selbst einen Blick in diese Dose geworfen und es waren Zigaretten drin. Türkische«, fügte sie hinzu, als sei das irgendwie relevant.

»Oh, mein Engel, Sie sind ja so naiv«, sagte Justin Everard. »Natürlich sind obendrauf Zigaretten. Die Dose hat einen falschen Boden, das weiß doch jeder.«

»Aha«, meinte Edwina unsicher. »Cecily, pass auf, ich glaube, Stephanie wird gleich schlecht. O Gott, wie widerlich, Schätzchen, nicht auf meine Hermès-Tasche, ich bitte dich.«

Warum um alles in der Welt hatte sie sich nur darauf eingelassen? Hektisch wischte Cecily Stephanie ab und die Bescherung auf, so ging es ging, und rief Preston zu, er solle anhalten. Wenn sie abgelehnt hätte, wäre sie längst sicher in Lymington, im Landhaus ihrer Eltern. Aber der Gedanke, das Haus in Devon in einem Modemagazin abgebildet zu sehen, als Hintergrund für Fotos von Hochzeitskleidern, war einfach unwiderstehlich gewesen. Ihre beiden kleinen Mädchen sollten Blumen streuen.

»Sie möchten das Meer als Hintergrund«, hatte Edwina erklärt. »Wir hatten eigentlich beabsichtigt, nach Frankreich zu fahren, aber plötzlich hat Miss Le Page verkündet, dafür reiche die Zeit nicht – ich habe ja den Verdacht, dass sie im Grunde nur die Reisekosten einsparen wollte –, und da fiel mir sofort euer Haus in Devon ein. Ich meine, es wäre einfach perfekt.« Und Cecily, begierig auf eine Ablenkung von ihrem Unglück und ihrer Einsamkeit, hatte zugestimmt. Edwinas Vorschlag, dass Fanny und Stephanie doch ebenfalls mitwirken könnten, war ein zusätzlicher Anreiz gewesen.

Edwina hatte dann vorgeschlagen, dass sie doch Benedicts Daimler nehmen könnten, um Edwina, den Fotografen und die Brautkleider zu transportieren – »da ist so wunderbar viel Platz und es wäre doch viel bequemer für uns alle«.

Es hatte Cecily überrascht, dass Edwina mit einer so wichtigen Aufgabe wie dem Organisieren des Bildmaterials für einen scheinbar größeren Artikel betraut worden war. Aber es stellte sich heraus, dass die für Hochzeitskleider zuständige Redakteurin krank geworden war und Edwina hauptsächlich deswegen zum Team gehörte, weil sie in der Lage gewesen war, ein schönes Herrenhaus am Meer herbeizuzaubern. »Aber die leitende Moderedakteurin wird morgen höchstpersönlich kommen, und dann müssen wir alle den Boden küssen, auf dem sie geht.«

»Das hoffe ich doch nicht«, hatte Cecily brüsk erwidert. »Jedenfalls nicht meinen Grund und Boden.«

Es war keine Zeit gewesen, Benedict zu verständigen, der auf einer wichtigen Konferenz in München war; also hatte sie sich einfach eingeredet, dass er sicher stolz sein würde, sein Haus in der Zeitschrift *Style* abgebildet zu sehen. Sie hatte das Personal benachrichtigt, damit alles für ihr Kommen vorbereitet würde. Die Mädchen waren ganz aufgeregt bei dem Gedanken, nach Devon zu fahren, im Meer zu baden und dann auch noch als Brautjungfern fotografiert zu werden.

Sie kamen erst nach sechs an. Mrs. Goss, die Haushälterin, begrüßte sie an der Tür. Sie war rundlich und rosig und hatte einen weichen, angenehmen Tonfall. Cecily hatte sie sehr gern.

»Hocking bereitet gerade das Speisezimmer vor«, sagte sie. »Er wird Ihr Gepäck hochbringen. Ich zeige Ihnen schon mal Ihre Zimmer. Hallo, meine Lämmchen«, fügte sie hinzu und drückte Fanny und Stephanie an ihren warmen, üppigen Busen. »Ich freue mich ja so, euch zu sehen.«

Die kleinen Mädchen gaben ihr einen Kuss. »Mir ist übel geworden«, berichtete Stephanie. »Im Auto.«

»Es riecht abscheulich«, kommentierte Fanny.

»Armes kleines Mäuschen! Also keine Apfelknödel zum Abendbrot ...«

»Doch, doch, es geht mir wieder sehr gut. Komm, Fanny, wir schauen, was die Kühe machen.« Damit verschwanden sie.

Cecily lächelte Mrs. Goss an. »Es ist schön, mal wieder hier zu sein. Tut mir Leid, dass Sie so wenig Zeit für die Vorbereitungen hatten. Sie kennen Mrs. Moreton, glaube ich.«

»Ja, sicher.« Die Haushälterin nickte kurz mit dem Kopf, während Edwina ein schwaches Lächeln zustande brachte und dann eine Runde um das Haus antrat, wobei sie an der Fassade hochblickte wie ein kritischer Kaufinteressent. »Und das ist Mr. Everard«, fuhr Cecily fort und warf ihr einen wütenden Blick nach. »Er ist der Fotograf.«

Mrs. Goss blickte Justin Everard zweifelnd an und nickte wiederum kurz mit dem Kopf. »Bitte folgen Sie mir, ich zeige Ihnen Ihre Zimmer. Ich gebe den süßen Lämmchen in der Küche ihr Essen, wenn Sie nichts dagegen haben, Mrs. Harrington. Hocking meinte, das Dinner könne jederzeit nach halb acht serviert werden. Ach ja, und im Wintergarten stehen Drinks bereit.«

Cecily führte ihre Gäste in die Eingangshalle und ließ sie von Mrs. Goss nach oben bringen. Sie ging in den Salon, blieb am Fenster stehen und blickte aufs Meer hinaus.

Merlins war vor zweihundert Jahren erbaut worden, von dem jüngeren Sohn eines Lord Jefferies. Er hatte einen äußerst fantasievollen Architekten gefunden und ihm gesagt, er wolle, dass die dramatische Küste mit ihrer ständig wechselnden Stimmung sich im Haus widerspiegele. Das Ergebnis war ein sehr schönes, aber recht ausgefallenes georgianisches Herrenhaus. Die Gestaltung der Innenräume war verhältnismäßig konventionell, abgesehen von einem getäfelten kreisförmigen Speisezimmer. Aber das Haus hatte große Fenster, die in den hinteren Räumen fast bis zur Decke reichten, und einen riesigen Wintergarten an der Westseite, der praktisch einen eigenen halbkreisförmigen, auf die Klippen zulaufenden Gebäudeflügel bildete. Auf der Ostseite ragte ein Aussichtsturm mit einem halbkreisförmig angelegten Treppengeschoss, das von einer Glaskuppel gekrönt wurde, empor. Von dem Turm aus konnte man an wolkenlosen Tagen bis zur Südküste von Wales sehen und in der Nacht hatte man einen atemberaubenden Blick auf den Himmel. Hinter dem Haus verlief eine Rasenfläche direkt zu den dicht bewaldeten Klippen hinunter, und am Fuß der Klippen lag eine sanft gerundete Bucht, in der die Familie gewöhnlich badete und segelte.

Es war ein schöner Abend, windig, aber klar. Die Kinder rannten laut rufend den Rasen hinunter auf den Wald zu, voll freudiger Aufregung über ihre plötzliche Freiheit. Cecily lächelte unwillkürlich.

»Was für ein wunderschönes Haus, Mrs. Harrington«,

sagte Justin Everard, der wieder heruntergekommen war. Er hatte eine kleine Kamera in der Hand. »Sehr ungewöhnlich, und es hat wirklich eine ganz besondere Atmosphäre. Dürfte ich vor dem Essen noch ein paar Schnappschüsse machen, um das richtige Gefühl dafür zu bekommen? Und sollen wir uns zum Essen eigentlich umziehen? Ich war mir nicht sicher.«

»Nein, wir kleiden uns hier nicht oft zum Abendessen um.« Cecily lächelte ihn an. Seine Wertschätzung des Hauses freute sie. »Nur bei großen Feiern, die ungefähr alle zehn Jahre stattfinden. Bitte, machen Sie nur Ihre Fotos – oder hätten Sie vielleicht gern erst einen Drink? Wir nehmen vor dem Dinner immer ein paar Drinks im Wintergarten.«

»Einfach entzückend!«, fand Justin. »Und sehen Sie sich nur diese wunderbaren Lloyd-Loom-Stühle an. Ein wahrhaftiger Märchenpalast. Nein, ich warte noch mit dem Drink, wenn ich darf. Die kleinen Mädchen sind auch ganz entzückend, schauen Sie nur. Was haben wir doch für ein Glück!«

Gleich wird er in die Hände klatschen, dachte Cecily. Wahrscheinlich war er homosexuell, und sie fragte sich, warum die übliche Mischung aus Widerwillen und Panik nicht in ihr aufstieg. Wahrscheinlich weil er Fotograf war, ein Künstler, und damit war es irgendwie in Ordnung.

Das Essen verlief in einer vorwiegend heiteren Atmosphäre. Edwina beschwerte sich kurz und in taktloser Weise, dass das Haus ziemlich schäbig wirke; sie wisse nicht, was Camilla Marsden-Rose dazu sagen würde. Woraufhin Justin ihr (ebenso taktlos) versicherte, dass man das auf den Fotos nicht sehen würde. Dann wandte er seine Aufmerksamkeit Cecily zu und verlangte, so viel über die

Geschichte des Hauses zu erfahren wie möglich. Cecily erwiderte, sie wisse sehr wenig darüber, was ihn auf den Vorschlag brachte: »Gut, dann denken wir uns eben etwas aus«, und sie erfanden abwechselnd immer ausgefallenere und unwahrscheinlichere Geschichten. Die von Justin waren bei weitem die besten: Er erzählte von einer fortgelaufenen Prinzessin, einer geisterhaften Meerjungfrau und einer Sternschnuppe (der Grundstein wurde dort gelegt, wo die Sternschnuppe hingefallen war). Auch Edwinas Beiträge waren recht brauchbar, und Cecily fiel immerhin ein Blitzschlag ein, der den Neubau der Stallungen erforderlich gemacht habe (ein echtes Rätsel, da die Architektur der Stallgebäude eindeutig viktorianisch war).

Bevor sie zu Bett gingen, führte Cecily sie hinauf in die Glaskuppel, und sie betrachteten die Sterne. »Schade, dass Cassia nicht hier ist«, meinte Cecily. »Sie könnte uns ihr Sternbild zeigen.«

»Wer ist Cassia?«, fragte Justin.

»Oh, eine Verwandte. Na ja, fast eine Verwandte – eine Freundin.«

»Wie verwirrend. Und warum sollte sie hier sein?«

»Sie heißt Cassiopeia, und ein Sternbild ist nach ihr benannt.«

»Ich wurde sie gern kennen lernen«, sagte Justin. »Ich bin noch nie jemandem begegnet, dem zu Ehren ein Sternbild benannt worden ist.«

»Na ja, natürlich ist es in Wirklichkeit umgekehrt«, gestand Cecily errötend und kam sich plötzlich dumm vor.

»Ich ziehe Ihre Version vor. Es ist eine bessere Geschichte, und heute ist ja der Tag für gute Geschichten. Also, ich muss ins Bett. Morgen wird ein langer Tag. Camilla hat angedroht, um neun hier zu sein, was wahrscheinlich heißt, dass sie uns schon um acht beehren wird. Sie kommt mit ihrem eigenen Flugzeug. Unglaublich chic, was? Gute Nacht, meine Damen, ich werfe mich in Morpheus Arme. Nochmals vielen Dank für Ihre Gastfreundschaft, Mrs. Harrington.«

»Bitte nennen Sie mich Cecily. Ich fühle mich so alt, wenn ich Mrs. Harrington genannt werde.«

»Sie könnten doch niemals alt sein, Sie werden ewig jung aussehen«, sagte er und küsste ihr die Hand.

»Gütiger Himmel«, murmelte Edwina, als er verschwunden war, »du bist aber gut bei ihm angekommen. Normalerweise ist er furchtbar schwer zufrieden zu stellen.«

»Wahrscheinlich erinnere ich ihn an seine Mutter«, versetzte Cecily bissig.

»Sei doch nicht so empfindlich«, mahnte Edwina.

Camilla Marsden-Rose traf um halb acht ein, landete mit ihrem Flugzeug in einem nahe gelegenen Feld und schritt forsch in Jodhpurs und einem Lederhelm über die Rasenflächen von Merlins, gefolgt von Angela, dem Mannequin, die ganz grün im Gesicht aussah und wirkte, als habe sie weiche Knie.

Justin stopfte sich den letzten Bissen Toast in den Mund und eilte hinaus, um sie zu begrüßen. »Camilla, Schatz, du siehst einfach phantastisch aus!«

»Nun fang nicht damit an, Justin«, wies Camilla Marsden-Rose ihn zurecht. »Das Haus ist ein absolutes Juwel. Großartige Leistung von Mrs. Moreton, es aufgetrieben zu haben. Schade, dass es so schäbig wirkt, aber vielleicht wird man das auf den Fotos nicht sehen. Könnte jemand diesem jämmerlichen Geschöpf ein Glas Wasser besorgen? Ihr ist furchtbar übel geworden. Und könnte vielleicht jemand die Maschine sauber machen?«

Cecily, die Justin gefolgt war, um den neuen Gast zu begrüßen, dachte, dass die Arbeit bei *Style* Edwinas Manieren wohl kaum bessern würde.

Es wurde ein sehr langer Tag. Vier verschiedene Brautkleider mit den dazugehörigen Brautjungfernkleidern mussten fotografiert werden, jede Kleidergruppe vor einem anderen Hintergrund. Nach der ersten Runde zog Cecily sich in ihr Wohnzimmer zurück, um zu lesen und Briefe zu schreiben. Alle ihre Vorschläge, wo die Fotos aufgenommen werden sollten, ja sogar ihre Anregungen für die Frisuren der kleinen Mädchen waren von Mrs. Marsden-Rose vernichtend abgeschmettert worden. Beim Mittagessen (so gegen drei) war Julian sichtlich ermattet, Edwina wirkte fast eingeschüchtert und die Kinder waren gelangweilt, mürrisch und reizbar.

»Die Modebranche ist ein hartes Pflaster«, verkündete Camilla, schüttete einen extra starken Gin mit Tonic hinunter und hielt ihr Glas hin, damit ihr nachgeschenkt wurde. »Nichts für die Furchtsamen und Kleinmütigen. Stimmt's, Angela?«

»Ja, Mrs. Marsden-Rose«, hauchte Angela und brachte ein Lächeln zustande. »Und auch nichts für Leute mit schwachen Mägen.«

»O Gott, erinnern Sie mich nicht daran.« Die Moderedakteurin machte sich über das Buffet her, das Mrs. Goss im Wintergarten aufgebaut hatte, und fügte hinzu, dass Angela vor Beendigung der Aufnahmen nichts essen dürfe. »Ihr Bauch fällt einem jetzt schon unangenehm auf. Wenn Sie auch nur eine Tasse Tee trinken, sieht es so aus, als hätten Sie heiraten müssen. Und außerdem will ich nicht, dass Sie sich auf dem Rückweg wieder in der Maschine übergeben.«

Glücklicherweise brach Camilla um sechs auf und nahm die unglückselige Angela mit. Die Übrigen sackten im Wintergarten auf die Stühle, und Cecily wies Hocking an, Champagner aus dem Keller zu holen. »Wir haben ihn uns redlich verdient.«

Die beiden kleinen Mädchen waren zutiefst erleichtert, dass der Tag vorüber war. »Die Dame war so unhöflich«, berichtete Fanny. »Mein Gesicht ist zu rund, hat sie behauptet, und sie hat Mrs. Goss befohlen, aus dem Weg zu gehen, ohne auch nur Bitte zu sagen.«

»Oh, sie macht aus der Unhöflichkeit eine Kunstform«, erklärte Justin. »Ich denke oft, irgendwann wird man ankündigen, dass sie in der Tate Gallery ausgestellt werden wird. Aber es ist unheimlich witzig, sie zusammen mit Drusilla zu sehen, nicht wahr, Edwina? Sie ist ein furchtbarer Snob und so wild darauf, in den Gesellschaftsteil zu kommen, dass sie dann ganz ehrerbietig wird und siebzehnmal in der Minute danke schön sagt.«

»Was heißt ehrerbietig?«, fragte Stephanie.

»Hochgradig albern«, antwortete Edwina brüsk.

Lachend lehnte Cecily sich in ihrem Korbstuhl zurück. Sie war seit Monaten nicht mehr so glücklich gewesen. »Ich bin so froh über euren Besuch. Er hat mich ungeheuer aufgeheitert.«

»Wie traurig, dass Sie aufgeheitert werden müssen«, sagte Justin. »Sind Sie sicher, dass Sie uns noch eine Nacht beherbergen wollen?«

»O ja, bitte.«

»Dann machen Sie sich auf weitere Aufheiterungen gefasst. Wenn Sie mich jetzt entschuldigen würden, ich werde hinaufgehen und vor dem Abendessen ein schönes, langes Bad nehmen.«

»Aber natürlich. Nehmen Sie das Kinderbadezimmer, da

ist das Wasser aus irgendwelchen Gründen heißer. Es ist im obersten Stock, neben dem Spielzimmer, wo Sie ja heute Nachmittag schon waren.«

»Also im Kinderbadezimmer.« Er stand auf. »Wir sehen uns um halb acht.«

An diesen Augenblick sollte sie sich für den Rest ihres Lebens erinnern.

Cecily war als Erste wieder im Wintergarten. Sie hatte ein Kleid aus aquamarinblauer Seide gefunden, das sie besonders mochte, aber ganz vergessen hatte. Es stand ihr ausgesprochen gut und ließ sie richtig schlank aussehen – bislang hatte sie noch nicht viel Erfolg mit dem Abnehmen gehabt, sie würde sich mehr anstrengen müssen. Das Haar hatte sie mit aquamarinbesetzten Spangen zurückgesteckt, die Benedict ihr am Abend vor ihrer Vorlobung geschenkt hatte und die sie aus irgendwelchen Gründen in Devon aufbewahrte. Sie lächelte ihr Spiegelbild an, besprühte sich ausgiebig mit ihrem Lieblingsparfum Arpège und fragte sich, warum sie sich so viel Mühe für Edwina und einen homosexuellen Fotografen gab. Aber wenn der Abend auch nur halb so lustig wurde wie der gestrige, lohnte es sich, sich dafür fein zu machen.

Sie nippte an ihrem Martini, den Hocking überraschend fachmännisch gemixt hatte, als Justin mit seiner kleinen Kamera erschien. Er lächelte sie an und küsste ihr die Hand.

»Sie sehen einfach wunderbar aus! Diese Farbe steht Ihnen großartig. Darf ich Sie fotografieren, hier im Wintergarten?«

»Wenn Sie wollen«, lachte sie. »Mit Angela kann ich natürlich nicht konkurrieren.«

»Aber natürlich können Sie. Angela ist ein Mannequin

und noch dazu ziemlich dämlich, aber Sie sind eine richtige Frau, eine Frau, die ihrem Mann ein Heim bereitet, und dazu noch Mutter. Und viel attraktiver, wenn Sie mir die Bemerkung gestatten. Also, entspannen Sie sich, und schauen Sie mich an …«

Er machte mehrere Aufnahmen. Fanny erschien und schaute zu. »Machen Sie auch ein Bild von mir und Mama?«

»Aber sicher. Stell dich hinter ihren Stuhl und leg den Arm um sie, ja, so ist es gut. Jetzt dreh dich ein bisschen und leg deinen Kopf an ihr Haar. Entzückend, einfach bezaubernd …«

Er machte noch ein paar Aufnahmen und legte dann die Kamera auf ein niedriges Tischchen. »Jetzt habe ich mir aber wirklich einen Drink verdient. Was für ein Tag. Ach übrigens, ich habe diesen Manschettenknopf im Badezimmer gefunden. Er war unter die Wanne gerollt, und ich habe ihn entdeckt, als ich an der Badematte zog. Er gehört sicher Ihrem Mann. Es ist immer so ärgerlich, wenn man einen Manschettenknopf verliert.«

Cecily streckte die Hand aus und er ließ einen Gegenstand aus schwerem Gold hineinfallen, groß und ziemlich auffallend. Überhaupt nicht Benedicts Stil.

Der Manschettenknopf gehörte nicht Benedict. Das sah man schon an den darauf eingravierten Initialen. Da stand nicht BH, so lange sie auch darauf starrte und versuchte, es so zu sehen. Es waren ganz andere Buchstaben, und endlich dämmerte ihr die grausame, bittere Wahrheit.

Die Initialen lauteten DF.

Ein schreckliches Geräusch drang durch die Tür des Arbeitszimmers, gedämpft, aber vernehmbar. Edward weinte. Cassia blieb eine Weile draußen vor der Tür stehen, hoffte inständig, dass es aufhören möge, wusste, dass es nicht geschehen würde, raffte allen Mut zusammen, um hineinzugehen und ihn zu trösten, aber sie hatte Angst, dass sie nachgeben würde, wenn sie seinen Schmerz sah, dass sie ihm sagen würde, was er hören wollte. Endlich rüttelte sie sanft an der Tür, aber sie war abgeschlossen.

»Edward!«, rief sie. »Edward, bitte lass mich hinein.« Es kam keine Antwort. Das Schluchzen hörte kurz auf und fing dann wieder an. »Edward! Bitte.«

Die Tür wurde abrupt aufgerissen und er stand da, das Gesicht aschfahl und tränenüberströmt, erfüllt von Trauer und Wut. »Hau ab«, stieß er mit leiser Stimme hervor. »Lass mich in Ruhe und geh in dein verdammtes eigenes Bett.«

Die für ihn ungewöhnliche Ausdrucksweise verriet, wie unerträglich sie ihn verletzt hatte.

Sie hatte nicht gewusst, dass sie ablehnen würde, mit ihm zu gehen, bis sie sich zu Tisch setzten, und sie versuchte, etwas durch eine trockene, geschwollene Kehle hinunterzuwürgen. Sie versuchte, den Moment hinauszuzögern, fragte ihn nach seinen Patienten und erkundigte sich, welche Fortschritte die Buchenhecke machte, die er gerade pflanzte (als ob sie das nicht selbst sehen könnte).

Schließlich legte er Messer und Gabel hin. »Cassia, lass uns mit diesem absurden Gespräch aufhören. Wie hast du dich entschieden? Ich muss es endlich wissen.«

Lange Zeit verharrte sie in absolutem Stillschweigen und sah, in allen Einzelheiten, wie in einem Film, das Leben vor sich, das sie würde führen müssen, wenn sie ihn begleitete. Sie sah das Haus, in dem sie wohnen würden – recht schön wahrscheinlich, zumindest dafür würde sie sorgen können, und Hilfe im Haushalt würde sie haben, so viel wie jetzt auch, nur keine Kinderfrau, denn wozu sollte sie eine Kinderfrau brauchen? Ein Haus in einer fremden Stadt, wo sie keine Freunde hatte, keine Bekannten, kein eigenes Leben. Ihr Leben würde dahinplätschern, angenehm, farblos, leer. Alle Freundschaften und Kontakte würden sich durch Edward und seine Arbeit im Krankenhaus ergeben, und sie wäre wieder auf eine unterstützende rein untergeordnete Rolle beschränkt.

Und dann sah sie ihr Leben vor sich, wie es jetzt war, wie es im letzten Jahr geworden war, ihr Leben in all seiner erschöpfenden, herausfordernden Fülle, und die eine Waagschale neigte sich so überwältigend und mit solcher Geschwindigkeit, dass sie die Augen schloss, schockiert über sich selbst. Denn es war nicht nur ihre Arbeit, die ihr so viel bedeutete, das Selbstbewusstsein, das sie dadurch wiedergewonnen hatte. Sie empfand weniger Kummer und Groll und war nicht mehr unglücklich und niedergeschlagen – das alles war richtig und angemessen, das war vollkommen akzeptabel, welche Maßstäbe man auch anlegte. Nein, auch andere Dinge bedeuteten ihr unendlich viel, Dinge, die sie unter großen emotionalen Opfern errungen hatte – ihre Freiheit, ihr Haus, die Zeit für sich, der Spaß, den sie wieder am Leben hatte, mit Rupert und seinem vermutlich seichten Stück, mit Edwina und ihrer zweifellos törichten Modenschau. Dinge, denen sie überhaupt keinen Wert beimessen sollte, die ihr aber Spaß machten und ihr sehr wichtig waren.

Im letzten Jahr war sie wieder sie selbst geworden, hatte all ihre guten und schlechten Eigenschaften wiedergewonnen. Sie war stark, unabhängig, klug – das war ja schön, das war gut –, aber auch eigensinnig, halsstarrig, selbstbezogen – und das war schlecht, das war entsetzlich. Und in diesen langen Augenblicken wurde ihr schließlich etwas klar, etwas Grundlegendes, das ihr unendliche Angst einjagte: Sie konnte Edward unmöglich lieben. Denn wenn sie ihn lieben würde, hätte es keine Rolle gespielt, dass sie einen Großteil von dem aufgeben müsste, was ihr so viel bedeutete. Sie wäre zutiefst traurig gewesen und hätte großes Bedauern verspürt, das ja, aber sie hätte trotzdem nicht gezögert.

Und immer noch wusste sie nicht, wie sie sich entscheiden würde, immer noch kämpfte sie gegen die neue Cassia an – oder war es die alte? –, versuchte, nobel zu sein, ein guter Mensch zu sein, als Edward plötzlich sagte: »Sieh mich an, Cassia.« Sie hatte ihn angesehen und er hatte gesagt: »Du wirst das nicht für mich tun, nicht wahr? Du wirst nicht mitkommen.« Und das hatte ihr den Mut gegeben, Nein zu sagen. Sie könne nicht mit ihm gehen, hatte sie gesagt, es täte ihr Leid. Sie würde alles tun, was in ihrer Macht stände, um ihn von hier aus zu unterstützen, aber sie könne nicht ihr eigenes Leben aufgeben, da sie (und als sie so weit gekommen war, hörte sie im Geiste Harry sagen, dass es Erpressung war, was Edward da machte, und das gab ihr Mut) – da sie genau wisse, dass dieses Opfer eigentlich unnötig war.

»Ich kann einfach nicht glauben, dass du uns in Glasgow brauchst. Ich kann nicht einsehen, wieso es notwendig sein sollte, dass wir alle dort hinziehen, wirklich nicht.«

»Gut«, sagte er sehr ruhig, schob seinen Stuhl zurück und stand auf. »Zumindest weiß ich jetzt, woran ich bin. Letztes Jahr um diese Zeit wäre deine Antwort ganz anders ausgefallen, Cassia. Du bist nicht mehr der Mensch, der du mal warst.«

»Nein. Nein, das ist wahr, aber ich bin wieder der Mensch, den du damals kennen gelernt hast, Edward, und das scheint mir viel entscheidender zu sein. Diesem Menschen muss ich treu bleiben, was auch immer inzwischen aus mir geworden war. Es tut mir Leid, aber mehr gibt es dazu nicht zu sagen. Nur, dass ich hoffe und bete, dass du deinen Studienplatz in Glasgow trotzdem antreten wirst.«

»Wie könnte ich? Wie in Gottes Namen könnte ich das denn?«

»Ohne weiteres. Wir würden alle hinter dir stehen, die Kinder und ich, wir wären so stolz auf dich.«

»Fang jetzt nicht an, die liebevolle Ehefrau zu spielen.« Unterdrückte Aggression schwang in seiner Stimme mit. »Du mit deiner Kinderfrau und deiner Stelle in London. Du bist doch die halbe Woche nicht bei deiner Familie, sondern ziehst mit deinen albernen Londoner Freunden herum, mit Leuten wie Cameron und den Moretons ...«

»Edward«, sagte sie, »das hat gar nichts damit zu tun.«

»Lüg mich nicht an, Cassia.« Seine Stimme war so voller Schmerz, dass sie sich ganz krank fühlte. »Ich bin nicht so blöd, wie du offenbar anzunehmen scheinst. Gute Nacht.«

19

Cecily bemühte sich, ihre Stimme fest und ruhig zu halten. »Mrs. Goss«, begann sie, »bei Mr. Harringtons letztem Besuch hier ...«

»Wann soll das gewesen sein, Mrs. Harrington?«

»Vor einigen Wochen.«

»Oh, ach so, ja, da war ich nicht hier, Mrs. Harrington. Ich habe meinen Jahresurlaub genommen und bin zu meiner Schwester nach Tiverton gefahren. Aber ich bin sicher, dass man sich gut um ihn gekümmert hat. May war ja da und Hocking und ...«

»Mrs. Goss, daran zweifle ich nicht im Geringsten. Es ist nur so, dass er einen Freund mitgebracht hat, und der hat einen Manschettenknopf verloren. Er hat mich gebeten, mal nachzufragen, ob einer gefunden wurde ...«

»Also, wo könnte er den denn bloß verloren haben?« Das rosige Gesicht der Haushälterin war besorgt. »Wahrscheinlich im Gästezimmer, wo er geschlafen hat. Wie war noch mal der Name dieses Freundes, Mrs. Harrington? Ich könnte Hocking fragen.«

»Nein, nein, machen Sie sich keine Gedanken, ich frage ihn selbst – sobald meine Gäste endlich abgereist sind. Sie packen gerade und ich fahre sie zum Bahnhof. Das heißt, Preston fährt sie zum Bahnhof und ich komme mit.« Gott, was sie für ein Zeug daherschwafelte! Kein Wunder, sie fühlte sich wie im Fieberwahn. Es war ein alptraumartiger Abend gewesen. Zunächst hatte sie so getan, als wäre nichts, dann hatte sie eine Migräne vorgeschützt und war ins Bett gegangen. Sie hatte eine schlaflose Nacht verbracht und das Gefühl, sich in einem Alptraum zu befinden, war immer stärker geworden.

Mrs. Goss lächelte und fing an, den Frühstückstisch abzuräumen.

»Ich frage Hocking«, erklärte sie. »Wenn Sie zurückkommen, ist das Rätsel vielleicht schon gelöst.«

»Ja«, sagte Cecily, »vielleicht.«

In Exeter begleitete sie Justin und Edwina noch zum Bahnsteig. Justin verneigte sich vor ihr und küsste ihr zum Abschied galant die Hand. »Es war einfach wundervoll. Tausend Dank für Ihre Gastfreundschaft. Ihr Haus und Ihre Kinder sind einfach göttlich. Ich bestehe darauf, dass wir uns in London mal treffen.«

»Das wäre sehr nett«, antwortete Cecily und blickte sich nervös um. Hoffentlich waren keine Bekannten auf dem

Bahnsteig. »Vielen Dank, dass Sie alles so zu würdigen wissen. Übrigens möchte ich mich noch mal wegen des gestrigen Abends entschuldigen.«

»Nicht der Rede wert«, erklärte Justin. »Edwina und ich waren erschöpft. Wir waren ganz froh, dass wir früh zu Bett gehen konnten. Nicht wahr, Edwina?«

»Was? Aber ja. Cecily, wir sehen uns, wenn wir nach London zurückgekommen sind. Harry und ich fahren nämlich für ein paar Tage nach Cannes. Nochmals vielen Dank für alles.« Sie sah abgespannt und blass aus. Sie hätte ihre Tage und ganz furchtbare Krämpfe, hatte sie Cecily mitgeteilt, als sie erst nach dem Frühstück erschien. Sie hatte nur Kaffee zu sich genommen und ein paar Tabletten geschluckt, offenbar Aspirin. Aber es war höchstwahrscheinlich nicht nur das, dachte Cecily, sie wirkte beunruhigt und verwirrt, gar nicht wie sie selbst. Ob sie wohl Harry schon gebeichtet hatte, dass sie keine Kinder bekommen konnte? Wahrscheinlich nicht.

Es war nach elf, als sie nach Merlins zurückkehrte. Sie ging ins Frühstückszimmer und läutete nach Mrs. Goss.

»Kaffee bitte, Mrs. Goss, und sagen Sie bitte Hocking, dass ich ihn sprechen will.« Besser, sie brachte es hinter sich; sie konnte die Anspannung kaum mehr ertragen.

Hocking kam mit besorgtem Gesicht herein und erklärte, man hätte leider keinen Manschettenknopf finden können.

»Ach, machen Sie sich keine Gedanken deswegen, Hocking, er war nicht sehr wertvoll. Es ist nur so, dass ich ihm versprochen habe, danach zu suchen, wenn ich hier bin. Er ist wahrscheinlich in dem Zimmer, in dem er ...« Sie zögerte. » ... in dem Mr. Foster geschlafen hat.«

»Mr. Foster, Madam? Wir hatten keinen Herrn dieses Namens hier.«

»Wirklich? Sind Sie sicher?«

»Vollkommen sicher, Madam. Mr. Harringtons Gast war ein Mr. Fraser. Ein alter Schulfreund, sagte Mr. Harrington. Ein sehr netter Gentleman.«

Cecily starrte ihn an, einen Augenblick lang verblüfft, sogar hoffnungsvoll. Aber dann rief sie aus (und verachtete sich selbst dafür): »Ach, wie dumm von mir, natürlich, habe ich Foster gesagt? Mr. Fraser, ja. Hoch gewachsen und dunkelhaarig …?«

»Ja, Madam.«

Wenn sie noch irgendeinen Beweis gebraucht hätte, dass Benedict sich wegen Fosters Besuch schuldig fühlte, hätte sie ihn jetzt gehabt. Warum sonst sollte er so ängstlich bestrebt sein, seinen Besuch geheim zu halten? Einen falschen Namen anzugeben. Und dann hatte er sie davon abhalten wollen, nach Devon zu fahren, bis das Haus renoviert sein würde, was wahrscheinlich ein Jahr gedauert hätte. Es war so schlau, so hinterhältig, einfach furchtbar …

»Entschuldige, Harry, aber ich glaube nicht, dass ich heute Abend ausgehen kann.« Edwina blickte in den Spiegel und sah ihr eigenes wachsbleiches Gesicht und dahinter Harrys – ungeduldig, angewidert.

»Warum nicht, was ist denn los?«

»Ich habe meine Tage und …«

»Herrgott, nicht schon wieder!«

»Harry, ich kann doch nichts dafür.«

»Das hoffe ich.«

»Was willst du damit sagen?«

»Ach, nichts.« Er sah sie an, offenbar bemüht, sich zusammenzureißen und ein wenig Mitgefühl zu zeigen. »Du legst dich besser hin. Soll ich Mildred bitten, einen Arzt zu rufen?«

»Ich brauche keinen Arzt. Mir fehlt nichts. Ich habe nur

furchtbare Menstruationskrämpfe. Hatte ich schon immer.«

»Ja, aber ...«

»Aber was?«

»Nichts. Vergiss es. Aber ich glaube, du solltest doch mal zum Arzt gehen. Es scheint wirklich ziemlich schlimm zu sein bei dir. Die meisten Frauen ziehen sich nicht einmal im Monat ins Bett zurück wie eine kränkliche viktorianische Heldin.«

»Ja, andere Frauen haben eben mehr Glück. Gott, was bist du für ein Mistkerl.« Der Schmerz war sehr heftig, sie fühlte sich elend und krank. Und sie wusste, worauf er hinauswollte. Sie hatte wieder kein Kind empfangen. Und auch das machte sie krank.

»Tut mir Leid«, wiederholte er. »Es tut mir Leid, dass du in einer so schlechten Verfassung bist. Aber du solltest das wirklich mal abklären lassen. Ich muss los, es ist schon nach sieben. Wahrscheinlich wird es spät werden. Wir sehen uns morgen früh.«

»Reizend von dir, so viel Mitgefühl zu zeigen«, stieß Edwina leise hervor, als die Tür sich hinter ihm schloss. Sie stieg ins Bett und läutete nach Mildred; sie hatte nicht die Kraft, um sich auszuziehen. »Bitte bringen Sie mir eine Wärmflasche«, sagte sie. »Und etwas Heißes zu trinken, einen Brandy und noch ein paar Aspirin.«

Sie drehte sich auf die Seite und zog die Beine hoch, zusammengerollt wie ein Fötus. Wie ein Fötus: was für eine Ironie. Gott, tat das weh. Mit einem hatte Harry Recht, es wurde immer schlimmer. Nun, sie wusste, was es war, Fortescue hatte es ihr gesagt. Man konnte nichts dagegen tun, außer die Gebärmutter zu entfernen, und damit würde Harry sich bestimmt nicht einverstanden erklären. Und es war alles ihre eigene Schuld, ihre eigene Blödheit. Ein höllischer Schmerz durchzuckte sie und sie stöhnte laut auf. Es würde noch Stunden dauern, bis es ihr besser ging, wahrscheinlich die ganze Nacht. Es war einfach nicht fair. Was immer sie auch getan haben mochte, es war einfach nicht fair. Andere Leute taten es doch auch und kamen ungeschoren davon, warum also nicht sie?

Zum ersten Mal dachte Cecily ernsthaft an Scheidung. Zuvor hatte sie sich immer dagegen gesträubt, nicht zuletzt deswegen, weil sie Benedict trotz allem aufrichtig liebte.

Sie kamen sehr gut miteinander aus, obwohl sie im Grunde wenig gemeinsam hatten. Er war so klug und geistreich – im Gegensatz zu ihr, wie sie sehr wohl wusste. Unter einem vergnüglichen Abend verstand er einen Besuch in der Oper oder im Kammerkonzert; sie ging lieber ins Kino oder in eine musikalische Komödie. Er las Proust, Dickens und moderne Autoren wie Spender und Cecil Day Lewis; sie verschlang Galsworthy, Daphne Du Maurier und ihre neue Lieblingsautorin Angela Thirkell. Aber beide liebten ihre Kinder, genossen das Familienleben, waren an ihren Häusern und der Inneneinrichtung interessiert und freuten sich auf die gemeinsamen Ferien. Sie hatte früher oft gefunden, dass ihre Ehe nicht weniger befriedigend war als die Ehen vieler ihrer Freundinnen, in vielerlei Hinsicht sogar befriedigender.

Und eine Scheidung galt immer noch als skandalös, sie wäre schlecht für die Kinder und ihr Leben als allein stehende Frau würde schwierig und einsam sein.

Aber, dachte sie, ihre Ehe war eindeutig gescheitert, als sie sich Nacht für Nacht ruhelos in dem Himmelbett in ihrem gemeinsamen Schlafzimmer in Devon hin- und herwarf. Benedict zog Männer vor, und zurzeit zog er einen ganz bestimmten Mann ihr vor. Die Behandlung war fehlgeschlagen, ihre Bemühungen, ihn mit Liebe und Geduld zu kurieren, hatten nichts gefruchtet. Sie war gescheitert. Das war das Schlimmste: Sie fühlte sich zutiefst gedemütigt, weit mehr, als wenn sie herausgefunden hätte, dass er eine andere Frau liebte. Es war die totale Ablehnung: Er zog ihr nicht jemand anderes vor, sondern fand ihr innerstes Sein, ihre Weiblichkeit, abstoßend, unattraktiv, nicht begehrenswert.

In Anbetracht dieser Tatsache fiel es ihr schwer, sich ihre Selbstachtung zu bewahren. Vielleicht fanden ja nur Homosexuelle sie attraktiv, dachte sie und erinnerte sich an Justin Everard und seine beharrlichen, wenn auch charmanten Aufmerksamkeiten. Das war ein beängstigender Gedanke. Aber welcher Mann sollte sie schon anziehend finden?, fragte sie sich, als sie eines Morgens nach dem Bad ihr Spiegelbild musterte, und wandte sich von ihrem eigenen Körper ab. Grässlich, diese Pummeligkeit, die vollen, schweren Brüste, der runde, schlaffe Bauch, die Oberschenkel mit den Dellen. Kein Wunder, dass gerade Benedict sie abstoßend fand. Ein Mann, der andere Männer vorzog, schlanke, straffe Männerkörper, konnte kaum sein Vergnügen an ihr finden. Vielleicht wäre es besser, wenn sie knabenhafter wäre, wie Edwina oder sogar Cassia. Sie nahm sich ja immer vor, weniger zu essen, sich wirklich zu bemühen, aber wenn man unglücklich war, war der Hunger ein wahrlich unangenehmer Gefährte.

Vor drei Tagen waren Edwina und Justin abgereist und in zwei Tagen würde Benedict aus München zurückkommen. Er hatte keine Ahnung, dass sie in Devon war; sie hatte beschlossen, es ihn selbst herausfinden zu lassen. Fast genoss sie den Gedanken, in welche Panik er geraten würde, wenn er es erfuhr. Sie würde nichts tun, um diese Panik zu lindern, und abwarten, was er tun würde. Nein, sie würde es ihm nicht leicht machen, sie würde ihn zwingen, zu ihr zu kommen. Nur hatte sie keine Ahnung, was sie dann tun sollte. Absolut keine Ahnung.

Zum ersten Mal, seit er zurückdenken konnte, empfand Rupert Cameron dieses angenehmste aller Gefühle: Selbstachtung. Bislang hatte er wenig geleistet, auf das er stolz sein konnte. In seiner Jugend war er bei einer Repertoirebühne gewesen und hatte Hauptrollen in leichten Komödien gespielt; als er älter wurde, gute Nebenrollen. Gelegentlich hatte er als zweite Besetzung an einem West-End-Theater fungiert, war mit Musicals durch die Provinz getingelt, hatte Varieté auf Kreuzfahrtschiffen gemacht und unzählige Male komische Rollen in Weihnachtsstücken für Kinder übernommen. Nichts, auf das er sich etwas hätte einbilden können. Und dabei hatte alles so vielversprechend angefangen. Er hatte auf der Schauspielschule immerhin den Shakespeare-Preis gewonnen und war in Hollywood gewesen, wenn auch nur kurz.

Und jetzt plötzlich gab es *Briefe* – ein großartiges Stück, eine originelle Idee, eine anspruchsvolle Rolle und eine wirklich gelungene Inszenierung, und das machte ihn sehr glücklich. Er fand es seltsam bewegend, dass er dies hauptsächlich Cassia zu verdanken hatte, dem Menschen, den er am meisten auf der Welt liebte.

An einem Mittwochmorgen im Spätsommer rief er sie an – zu einer Zeit, wo Edward Sprechstunde hatte und daher nicht ans Telefon gehen würde –, um zu fragen, ob er nochmals für ein paar Tage in ihrem Londoner Haus unterkommen könne.

»Bitte entschuldige, dass ich immerzu frage, aber ich bin im Augenblick ein bisschen knapp bei Kasse und …«

»Rupert, natürlich kannst du bei mir wohnen«, antwortete Cassia. »Wenn ich nicht da bin, wird Mrs. Horrocks dich hereinlassen, sie arbeitet jeden Vormittag von zehn bis zwölf.«

»Ich danke dir, mein Augenstern. Mittwoch haben wir die erste Leseprobe, falls du kommen möchtest.«

»Würde ich sehr gern, Rupert, aber ich kann nicht. Ich habe einen Termin bei dem Dekan, wegen der öffentlichen Bekanntgabe der Stiftungsprofessur, und dann bleibe ich gleich im Krankenhaus, weil ich nachmittags meine Sprechstunde habe.«

»Na schön. Ist wahrscheinlich sowieso besser, wenn du wartest, bis wir ein bisschen weiter sind. Alles in Ordnung, mein Augenstern? Du klingst ein wenig bedrückt.«

»O ja, alles bestens«, versicherte sie. »Ich bin nur etwas müde.«

»Ich glaube, du überforderst dich. Mittwochabend führe ich dich zum Essen aus, oder ich koche dir was, und bei dieser Gelegenheit werde ich dir eine gehörige Standpauke halten.«

»Darauf freu ich mich schon«, antwortete sie. »Danke. Aber es nicht die Arbeit, die mich müde macht.«

Das wusste Rupert natürlich. Er wusste genau, was sie müde machte, sie zermürbte, ihr wehtat. Er hatte es seit Jahren hilflos mit angesehen. Und das Schlimmste war, in gewisser Weise war das alles seine Schuld.

Cassia hatte gerade den Hörer aufgelegt, als das Telefon wieder klingelte. Es war Edwina.

»Hallo«, sagte sie. »Ich hoffe, ich rufe nicht zu früh an.«

Es stand so wenig im Einklang mit Edwinas Gewohnheiten, auch nur die geringste Rücksicht auf andere zu zeigen, dass Cassia ganz erstaunt war. »Nein, schon gut.«

»Äh – ich brauche deinen Rat.«

»Meinen Rat!«

»Ja, deinen gynäkologischen Rat. Ich dachte, das wäre dein Fach.«

»Ich bin eigentlich keine Gynäkologin«, erwiderte Cassia.

»Nein, aber ich dachte, du könntest mir vielleicht einen guten Spezialisten empfehlen. Ich meine, ihr Ärzte kennt euch doch alle, oder?«

»Edwina, die Sorte Ärzte, die du so aufsuchst, kenne ich noch nicht mal flüchtig.«

»Wie schade.« Sie war offenkundig verstimmt, aber da musste noch etwas anderes sein, dachte Cassia. Edwina hörte sich ganz aufgelöst an.

»Edwina, stimmt etwas nicht? Was ist los? Warum willst du einen Gynäkologen aufsuchen?«

»Ach, ich hatte nur in letzter Zeit furchtbare Menstruationsbeschwerden. Harry hat es mittlerweile ziemlich satt.«

»Harry hat es satt! Das ist ja wohl die Höhe!«, rief Cassia. »Edwina, ich möchte ja nichts Schlechtes über deinen Mann sagen, aber ich glaube wirklich nicht, dass er wegen deiner Schmerzen zu bedauern ist.«

»Nein, aber ich kann oft nicht ausgehen, und ...«

»So schlimm ist es also? Das klingt nicht gut.«

»Wenn es nicht schlimm wäre, würde ich dich wohl kaum anrufen, oder?«, antwortete Edwina gereizt. »Aber da du mir anscheinend nicht helfen kannst ...«

»Ich werde mich erkundigen. Heute Nachmittag habe ich Dienst im Krankenhaus. Soll ich dich gegen Abend anrufen?«

»Ach, das ist viel zu spät, wir fahren heute nach Frankreich. Ich hatte gehofft, es vorher geregelt zu bekommen. Nun, du kannst mir offensichtlich nicht helfen, ich werde also jemand anders fragen müssen.«

»Wenn du wegfährst, kannst du doch sowieso nicht zum Arzt gehen«, entgegnete Cassia. »Wenn du zurückkommst, werde ich dir ein paar Namen nennen. Gute Reise und viel Spaß.«

»Ja, schön.« Edwina legte den Hörer auf.

»Reizende Manieren«, bemerkte Cassia und wandte ihre Aufmerksamkeit wieder dem vor ihr liegenden Tag zu.

Der Dekan war in Hochstimmung. Er erzählte, er hätte gestern mit Sir William Beveridge zu Abend gegessen und dabei hätten sie ein »gutes Streitgespräch«, wie er es nannte, geführt. »Er hat seltsame Vorstellungen. Er will ein staatliches Gesundheitswesen einrichten. Jedermann soll ein Anrecht auf kostenlose medizinische Behandlung haben – oder vielmehr eine vom Staat bezahlte Behandlung. Nun ja, was kann man von einem Politiker schon erwarten?«

»Ich weiß nicht, was daran verkehrt sein soll«, widersprach Cassia. »Ich finde, es ist eine hervorragende Idee.«

»Das Prinzip ist schon gut, aber wie soll das verwaltungsmäßig aussehen, hä? Wir wären alle so etwas wie ärztliche Angestellte der Regierung oder der öffentlichen Krankenkassen. Und was verstehen Beamte schon von Medizin? Nein, nein, das würde nicht gehen. Wir wären in einen heillosen Bürokratismus verstrickt, ehe wir das Wort Facharzt auch nur aussprechen könnten. Dabei fällt mir ein, Mr. Amstruther hat sich nach Ihnen erkundigt. Er meinte, Sie sollten doch einmal dazustoßen, wenn er seine Studenten zur Visite in eines der städtischen Krankenhäuser mitnimmt, in denen er als Facharzt tätig ist. Wäre das nicht interessant für Sie? Es würde Ihnen eine andere Perspektive für Ihr Gebiet eröffnen.«

»Das wäre wunderbar«, sagte Cassia. »Wie freundlich von Ihnen, ich danke Ihnen sehr.«

»Nicht der Rede wert.« Der Dekan winkte ab. »Ich habe damit gar nichts zu tun.« Aber sie wusste, dass das nicht stimmte.

Nachdem sie das Büro des Dekans verlassen hatte, suchte sie Mr. Amstruther auf. Er operierte gerade, wurde ihr mitgeteilt, sollte aber gegen Mittag fertig sein. Sie würde ihn also noch abfangen können, bevor er in seine Praxis fuhr. Cassia wartete geduldig in dem langen Gang, der zum Operationssaal führte. Amstruther kam erst gegen zwei heraus. Er eilte im Sturmschritt in ihre Richtung und runzelte die Stirn, als ihm klar wurde, dass jemand ihn sprechen wollte.

»Ich kann jetzt nicht«, erklärte er, »ich bin sehr spät dran.«

»Entschuldigung, Mr. Amstruther, aber der Dekan meinte, Sie wären bereit, mich einmal mit Ihren Studenten zur Visite in eines der städtischen Krankenhäuser mitzunehmen.«

»Gütiger Himmel, das hat er gesagt? Nun, gut, da sehe ich eigentlich kein Problem. Freitagmorgen sind wir im Balford. Große gynäkologische Abteilung. Passt Ihnen das?«

Cassia überlegte rasch. Freitagmorgen! Freitagmorgen fuhr sie immer nach Hause. Der Tag war ihr heilig, die Kinder freuten sich darauf und auch sie. In den Schulferien war es Tradition geworden, dass sie dann alle zum Essen ausführte, Janet eingeschlossen. Andererseits war dies eine hervorragende Gelegenheit. Wenn sie ablehnte, würde Amstruther sie wahrscheinlich nie wieder dazubitten. Sie würde es bei den Kindern wieder gutmachen. Sie holte tief Luft.

»Ja. Ja, das wäre wunderbar. Vielen Dank.«

Ihre Sprechstunde dauerte lange und Cassia kam erst gegen sieben in die Walton Street zurück. Rupert wartete in der Küche auf sie.

»Hallo, mein Augenstern. Du siehst müde aus. Ich habe uns ein Hühnerfrikassee gekocht.«

»Du bist ein Schatz«, lobte Cassia. »Wie war die Leseprobe?«

»Durchaus vielversprechend. Eleanor ist eine sehr gute Schauspielerin und Jasper Hamlyn hat wunderbare Regieeinfälle. Ich setze die größten Hoffnungen in das Stück. Und das habe ich alles dir zu verdanken.«

»Nicht nur mir, Rupert, will ich doch hoffen«, lachte sie.

»Nein, natürlich nicht, aber – na ja, ich hoffe, du weißt, wie dankbar ich dir bin.«

»Klar. Und überhaupt erwarte ich, mein investiertes Geld mit Gewinn wieder zurückzubekommen.«

Das Frikassee war köstlich und als Dessert tischte er eine große Schüssel Himbeeren mit Sahne auf.

Nach dem Essen lehnte sie sich zurück und lächelte ihn an. »Ich fühle mich schon viel besser. Vielen Dank, Rupert.«

Er sah sie an. »Möchtest du darüber reden?«

»Worüber?«

»Über das, was dich so traurig macht.«

»Nein. Ja. Ach, ich weiß nicht. Ich rufe besser erst mal Janet an. Ich muss ihr etwas Unangenehmes mitteilen.«

Janet nahm die unangenehme Mitteilung ganz fröhlich auf. »Das ist kein Problem, Mrs. Fallon. Natürlich müssen Sie hingehen, es klingt nach einer einmaligen Gelegenheit. Wir werden eine Fahrradtour machen. Ich habe hinten auf meinem Rad einen kleinen Sitz für Delia anbringen lassen. Sie findet es wunderbar.«

»Janet, Sie sind einfach großartig. Ist sonst alles in Ordnung daheim?«

»Oh, alles bestens, Mrs. Fallon. Dr. Fallon hat natürlich sehr viel zu tun. Er ist direkt nach der Sprechstunde in sein Arbeitszimmer gegangen. Peggy musste ihm sein Mittagessen dort servieren. Aber das verlangt er gelegentlich, wenn Sie nicht da sind.«

»Wirklich? Oh, Janet, das tut mir Leid.«

»Warum denn? Ich finde es sehr verständlich, dass er nicht mit mir und den Kindern essen will; es ist ein bisschen anstrengend, um nicht zu sagen, ein Tollhaus. Aber offenbar wird er morgen den ganzen Tag unterwegs sein. Dr. Johnson vertritt ihn.«

»Arme Maureen«, sagte Cassia geistesabwesend. »Wie seltsam. Was er wohl vorhat? Und was machen die Kinder?«

»Denen geht's prächtig. Bertie ist heute Nachmittag geritten, bei einem seiner Freunde. Er will Jockey werden. Ich habe gesagt, da müsste er erst einmal seine Mutter fragen«, fügte Janet lachend hinzu.

»Sagen Sie ihm, ich wäre absolut dagegen. Aber er reitet wirklich gern, nicht wahr? Vielleicht sollten wir ihm ein Pony kaufen. Was halten Sie davon?«

»Das ist eine großartige Idee, Mrs. Fallon. Er hat eine natürliche Begabung fürs Reiten. Guter Sitz.«

»Tatsächlich? Na, ich werde darüber nachdenken. Richten Sie allen liebe Grüße aus.«

»Möchten Sie noch mit Dr. Fallon sprechen?«

»Nein, ich glaube nicht. Er ist ja anscheinend sehr beschäftigt. Gute Nacht, Janet. Und vielen Dank.«

»Sie ist einfach wunderbar«, sagte sie zu Rupert, als sie den Hörer aufgelegt hatte. »Einer der nettesten Menschen, denen ich je begegnet bin. Und Edward ist so ekelhaft zu ihr. Es ist richtig peinlich. Er war dagegen, dass ich eine Kinderfrau eingestellt habe, verstehst du. Na, das kann ich ja verstehen, aber es ist doch nicht ihre Schuld. Und sie nimmt niemals Anstoß an seinem Benehmen, sondern ist immer richtig nett zu ihm. Jedenfalls überlege ich, ob ich den Jungs nicht ein Pony kaufen soll. Bertie wäre begeistert, und zufälligerweise steht gerade die Wiese zum Verkauf, die an unseren Garten angrenzt. Was hältst du davon?«

»Gute Idee. Was sagt Edward denn dazu?«

»Edward spricht nicht mehr mit mir, Rupert«, sagte sie und brach in Tränen aus.

Es war fast Teezeit, als Cassia am Freitagnachmittag in die Straße nach Monks Heath einbog.

Es war eine lange Woche gewesen und sie war müde. Der Morgen im Balford General Hospital war sehr informativ, aber aufreibend gewesen. Sie hatte sich unauffällig der Gruppe von Studenten zugesellt und war dem im Sturmschritt voraneilenden Mr. Amstruther in den riesigen, düsteren Krankensaal der Gynäkologie gefolgt. Dort hatte sie schweigend zugehört, wie er seine Studenten abwechselnd durch Druck und schmeichelndes Zureden dazu brachte, ihre Diagnosen zu stellen. Die Patientinnen, die bereits die traumatische Erfahrung hinter sich hatten, vier verschiedenen Ärzten die intimsten Details schildern zu müssen, waren stumm und verängstigt.

Das Pflegepersonal war interessanterweise von ganz anderem Kaliber als die Schwestern des St. Christopher's, gröber zu den Patientinnen und weit weniger kompetent. Cassia beobachtete den unbeholfenen Versuch einer Schwester, einer in Tränen aufgelösten jungen Frau, der vor zwei Tagen die Gebärmutter entfernt worden war, den Katheter herauszuziehen, und konnte sich nur mit Mühe davon abhalten, hinzugehen und ihr zu zeigen, wie es gemacht wird. Entsetzt hörte sie, wie die Oberschwester einer unglücklichen alten Frau androhte, ihr vor allen Studenten einen Einlauf zu machen, wenn sie nicht aufhöre, über ihre Schmerzen zu klagen. Nur das Wissen, dass es gegen jede ärztliche Gepflogenheit verstieß und Mr. Amstruther nie wieder zulassen würde, dass sie ihn auf einer Visite begleitete, bewog sie, den Mund zu halten.

Mr. Amstruther war wie immer schroff zu den Schwestern und demütigte seine Studenten – »Mr. Ford, wenn Sie der Ansicht sind, dass diese Frau eine Eierstockzyste hat, warum untersuchen Sie dann ihre Blase?« Aber den Patientinnen begegnete er erstaunlich sanft und taktvoll, entschuldigte sich, wenn er ihnen wehtun musste, und fragte immer, ob es ihnen etwas ausmachen würde, dass die Studenten sie untersuchten.

Natürlich erhob keine der Patientinnen Einwände, außer einer reizbaren alten Frau, die erklärte, sie hätte noch nie einen Mann an sich rangelassen, der nicht wüsste, was er täte, und sie würde jetzt ganz bestimmt nicht damit anfangen. Dabei lachte sie gackernd und zeigte ihr fast zahnloses Zahnfleisch. Die Erinnerung daran brachte Cassia zum Lächeln, aber gleichzeitig dachte sie traurig, dass sogar diese mutige Kämpferin der grausamen Nachricht nicht gewachsen sein würde, dass sie Gebärmutterkrebs hatte, einen bösartigen Tumor, der bereits Metastasen im Rückgrat gebildet hatte. Auch die radikalste Operation würde ihr nicht mehr helfen; man konnte nur mit Strahlentherapie die schlimmsten Schmerzen zu lindern versuchen.

Als sie in die Einfahrt von Monks Ridge fuhr, kam Bertie auf sie zugerannt und rief ihr so aufgeregt etwas zu, dass sie kein Wort verstand. Sie stieg aus dem Auto, hob ihn hoch, drückte ihn an sich, vergrub das Gesicht in seinem weichen Haar und sog seine Wärme ein, den süßen, frischen Duft der Kindheit.

»Ganz langsam, Bärchen, noch mal, ich hab dich nicht verstanden.«

»Im September gehe ich in die Schule!«

»Nun ja, Bertie, natürlich, das neue Schuljahr fängt ja an. Was ist daran so aufregend?«

»Nein, nein, du verstehst nicht. Ich komme in meine neue Schule, ins Internat. Ist das nicht aufregend?«

»Was? Bertie, sei doch nicht albern, du kommst natürlich nicht ins Internat – oder frühestens in einem Jahr. Du bist noch längst nicht alt genug dafür.«

»Doch, ich komme ins Internat, wirklich. Ich kann sofort gehen, Papa hat schon alles geregelt.«

Sie setzte ihn auf den Boden und blickte zum Haus hin. Trotz der Hitze war ihr eiskalt. Edward stand in der Tür, einen Ausdruck frostiger Befriedigung in den Augen.

20

Benedict war gegangen, nach einem scheußlichen, fürchterlichen Streit, der stundenlang getobt hatte.

Einmal war die kleine Fanny mit verängstigtem Gesicht in der Tür des Schlafzimmers erschienen. Cecily hatte sie umarmt und ihr gesagt, sie solle zu Mrs. Goss gehen, sie und Papa würden sich unterhalten.

»Ihr unterhaltet euch nicht«, hatte Fanny entgegnet, »ihr streitet euch.« Sie hatte sich losgerissen, zum ersten Mal in ihrem kurzen Leben von ihren Eltern entfremdet. Sie blickten ihr nach, einen Augenblick lang vereint durch ihre Reue über das, was sie ihrem Kind antaten, durch ihre Traurigkeit darüber, aber der Streit war zu heftig und zu erbittert, um beigelegt zu werden. Erneut machten sie einander schwere Vorwürfe.

»Ich gehe«, hatte Benedict endlich verkündet. »Ich kann und werde das nicht länger ertragen. Ich bin in London, wenn du mich brauchst.«

»Dich brauchen!«, hatte sie angewidert ausgerufen. »In einem kannst du dir ganz sicher sein, Benedict: Ich will nie wieder etwas mit dir zu tun haben.«

Der Ausdruck in seinen Augen war so schrecklich, so voller Traurigkeit, Einsamkeit und Verzweiflung, dass sie ihm sogar jetzt noch vergeben hätte, wenn er nicht kalt erwidert hätte: »Schön, in dem Fall sind wir uns ja endlich in etwas einig. Adieu, Cecily.«

Es vergingen Stunden, ehe Cecily die schweren Vorhänge zuzog, sich ins Bett verkroch, die Decke um sich wickelte und um Schlaf betete, der erst kam, als der Morgen anbrach. Bei Vogelgezwitscher und tanzendem Sonnenlicht sank sie in einen kurzen, unruhigen Schlaf.

Laurence Harrington, der in London in der Obhut seiner Kinderfrau zurückgeblieben war, ging es nicht gut. Die Kinderfrau rief den Arzt …

Dominic Foster hatte ein Problem mit dem neuen Wohnungsbauprojekt. Er musste es dringend mit jemandem besprechen, und da Harry nicht in London war, blieb nur Benedict. Wenn er ihn nicht im Büro erwischte, würde er bei ihm zu Hause anrufen müssen. Außerdem hatte er noch einen anderen, dringlicheren Grund, mit Benedict zu sprechen. Er würde ihn wirklich gerne sehen, mit ihm reden …

Die Kinderfrau begleitete den Arzt zur Tür und ging zum Telefon. Mrs. Harrington hörte sich ziemlich angespannt an, dachte sie, überhaupt nicht so, wie man es nach einer Woche Urlaub an der See erwarten sollte. Es beunruhigte sie sehr, dass Laurence die Masern hatte.

»Ich komme sofort nach London, Nanny. Die Mädchen sollten wohl lieber in Devon bleiben, nicht wahr? Wegen der Ansteckungsgefahr. Wenn der Kleine irgendetwas brauchen sollte, besorgen Sie es, und natürlich muss mein Mann informiert werden. Oder ist er ins Büro gegangen?«

»Ihr Mann ist nicht hier, Mrs. Harrington. Mir war gar nicht klar, dass er schon wieder in London ist.«

»Na ja, vielleicht hat er unterwegs übernachtet, in einem Hotel. Er ist gestern ziemlich spät losgefahren. Lassen Sie es mich wissen, wenn er eintrifft, Nanny.«

»Sicher, Madam.«

Cecily legte den Hörer auf und machte sich auf die Suche nach Mrs. Goss. Natürlich bedauerte sie, dass Laurence krank war, aber es war eine Erleichterung, eine Entschuldigung dafür zu haben, Devon und die Kinder zu verlassen. Nach der furchtbaren Szene mit Benedict nahm sie das Haus ganz anders wahr, es erschien ihr feindselig und fremd. Und die Kinder, selbst Fanny, zerrten an ihren zerrütteten Nerven.

»Laurence ist krank, er hat die Masern, und natürlich muss ich sofort nach London. Ich würde es vorziehen, die Mädchen hier zu lassen. Ich will nicht, dass sie sich anstecken, falls ich es vermeiden kann. Könnten Sie vielleicht ein paar Tage auf die beiden aufpassen?«

Mrs. Goss erklärte, es wäre ihr ein Vergnügen.

Die Kinder waren in den Ställen. Stephanie spielte ein Pony und Fanny einen ziemlich übel gelaunten Stallknecht.

»Bleib stehen«, brüllte sie. »Bleib stehen, verdammt noch mal!«

»Fanny, mein Schatz«, schalt Cecily sanft, »das ist aber kein sehr nettes Wort.«

»Du hast auch verdammt gesagt.« Fannys Gesichtchen war feindselig. »Und Papa auch. Ich sage verdammt, wenn es mir passt.«

»Fanny, es tut mir Leid wegen gestern. Wenn es dich beunruhigt hat, dir das Herz schwer macht ...«

Sie versuchte, die Arme um das Kind zu legen, aber Fanny schob sie weg. »Schon gut. Lass mich in Ruhe.«

Cecily seufzte und teilte den Kindern mit, sie müsse nach London, weil Laurence die Masern habe. »Ich will nicht, dass ihr euch ansteckt, also bleibt ihr hier bei Mrs. Goss. Das wird sicher ein Mordsspaß.«

Stephanie strahlte und rief: »Prima.« Doch Fanny starrte sie an, schweigend und mürrisch.

Cassia saß im Arbeitszimmer und sah Edward eindringlich an. Er ignorierte sie, kalt und vollständig, und blätterte in der *Times*. Nur gelegentlich blickte er auf und warf ihr einen Blick zu, der solch grenzenlose Feindseligkeit verriet, dass sie es wie einen Schlag empfand.

Sie hatten seit Tagen kaum miteinander geredet. An jenem Freitag war sie mit Bertie ins Haus gegangen, hatte seinem aufgeregten Geplapper zugehört, gelächelt und »wie aufregend« gesagt. Mit keinem Wort und keiner Miene hatte sie angedeutet, dass sie die Sache anders sah. Erst als die Kinder im Bett waren, hatte sie zu Edward gesagt, angestrengt um einen neutralen Tonfall bemüht: »Edward, wieso hast du dich entschieden, ihn jetzt schon ins Internat zu stecken?«

Er hatte, ohne sie anzusehen, erwidert: »Meiner Ansicht

nach wird es höchste Zeit. Hier wird er furchtbar verwöhnt. Ich will nicht, dass ein Muttersöhnchen aus ihm wird.«

»Edward, das ist doch lächerlich! Er ist doch noch so klein, und ...«

»Er ist fast sieben und hier wird er behandelt wie ein Baby.«

»Bertie wird nicht behandelt wie ein Baby. St. Joe's ist eine wunderbare Schule, er spielt Mannschaftsspiele ...«

»Es gefällt mir nicht, wie deine Kinderfrau sich um ihn kümmert. Sie verhätschelt ihn. Und da du so oft weg bist, muss er eben ins Internat.«

»Aha«, sagte sie. »Also das ist es. Die Kinderfrau. Und meine Arbeit.«

»Teilweise. Aber wie dem auch sei, ich habe meine Entscheidung getroffen. Und ich würde dir raten, nicht zu versuchen, meine Autorität zu untergraben.«

»Natürlich werde ich das nicht tun.«

»Wirklich? Es fällt mir schwer, das zu glauben – zumal du in letzter Zeit ja ständig meine Autorität untergräbst.«

»Das ist eine Lüge.«

»Ach ja? Wohl kaum. Jedenfalls wäre ich dir dankbar, wenn du es in diesem Fall nicht tätest. Es wäre verwirrend für Bertie und sehr schlecht für ihn. Er ist ganz aufgeregt und freut sich aufs Internat. Ich will nicht, dass er beunruhigt wird.«

»Du willst nicht, dass er beunruhigt wird? Dann schick ihn nicht weg. Ist dir eigentlich klar, wie einsam er sein wird, was für Ängste er ausstehen wird? Er wird Heimweh haben, so abgeschnitten von seiner Familie, von allem, was er kennt und liebt. Er wird mit allen möglichen Dingen konfrontiert, denen er noch nicht gewachsen ist.«

»Sei doch nicht albern. Ich war auch erst sieben, als ich ins Internat kam.«

»Ja, und du hast mir erzählt, dass du dich unter der Decke in den Schlaf geweint hast, solches Heimweh hattest, dass du nichts essen konntest, und dass die älteren Jungen dich schikaniert haben.«

»Ich glaube kaum, dass es mir geschadet hat«, konterte Edward knapp.

»Um die Wahrheit zu sagen, ich bin der Meinung, dass es dir sogar sehr geschadet hat.«

Er zuckte mit den Achseln.

»Du bist widerlich«, sagte sie plötzlich. »Glaub ja nicht, dass ich nicht ganz genau weiß, was du da tust – und warum. Ich werde ab jetzt im Gästezimmer schlafen.«

Jetzt hatten sie Dienstagnachmittag und sie war außer sich vor unterdrückter Wut und Frustration und entschlossen, zumindest noch einmal darüber zu diskutieren.

Plötzlich verlor sie die Geduld, ging zu Edward und riss ihm die Zeitung aus den Händen. Er blickte auf, mit nachdenklichem Gesicht, und begann zu lächeln, sehr langsam, und für einen kurzen Moment lang war er wieder der Edward, den sie kannte, der Mann, den zu lieben sie sich eingeredet hatte. Ihre Wut verflog und schockiert über die Lebhaftigkeit der Erinnerung empfand sie nur noch Trauer über das, was aus ihrer Ehe geworden war. Und dann schaute sie noch einmal hin und sah, dass es ein ganz anderes Lächeln war: nicht liebevoll, nicht zärtlich, sondern selbstzufrieden und seltsam triumphierend. In diesem Augenblick und in dieser Sache hatte er gewonnen.

»Es hat keinen Sinn, Cassia«, erklärte er. »Ich will, dass Bertie ins Internat geht, also wird er gehen. Die Schulleitung wird keine Notiz davon nehmen, wenn du versuchen solltest, ihn wieder abzumelden. Ich bin der Vater, das Familienoberhaupt – zumindest in ihren Augen. Ich treffe die Entscheidungen.«

»Es ist grausam. Wie kannst du ihm so etwas antun, nur um *mir* wehzutun?«

»Ich bin eben auch mal an der Reihe.« Und eine Sekunde lang empfand sie Reue, tiefe Reue und Trauer.

»Edward«, sagte sie, »was ist mit Glasgow? Wirst du nach Glasgow gehen?«

»Ich habe den Studienplatz abgelehnt. Ich habe nicht die Absicht, allein zu gehen. Wenn du mich jetzt entschuldigen würdest, ich möchte diesen Artikel zu Ende lesen. Er ist hochinteressant.«

»Ich entschuldige dich nicht. Ich will über Bertie reden. Ich will, dass du deine Meinung änderst, ich will, dass er noch mindestens ein Jahr zu Hause bleibt. Und ich begreife nicht, warum du nicht wenigstens bereit bist, mit mir darüber zu reden.«

»Wirklich nicht? Dann bist du ziemlich blind.«

»Du glaubst in Wirklichkeit gar nicht, dass es gut für ihn wäre, oder? Bertie ist dir vollkommen egal. Du hast dir überhaupt keine Gedanken darüber gemacht, was es für ihn bedeuten wird. Wenn es anders wäre, würde es mir nicht so viel ausmachen, aber ...«

»Cassia«, fuhr er sie an. »Halt den Mund. Damit erreichst du gar nichts.«

Und dann rief Cecily an.

»Cassia? Ich weiß, es klingt wahrscheinlich ziemlich komisch, aber hat Benedict sich bei dir gemeldet?«

»Nein. Warum sollte er?«

»Ach, es ist nichts. Ich meine – Laurence hat die Masern und ich bin noch nicht wieder zu Hause. Ich bin auf dem Weg nach London, wir waren für ein paar Tage in Devon und ich habe kurz angehalten, um Tee zu trinken. Ich dachte, er hätte dich vielleicht angerufen, falls er sich Sorgen macht, denn du bist doch Ärztin ...«

Ihre Stimme erstarb. Cassia hörte die Angst heraus, verstand sie aber falsch. »Cecily, du brauchst dir keine Sorgen wegen Laurence zu machen. Masern sind natürlich unangenehm, aber er ist ein zäher kleiner Bursche, er wird das schon durchstehen. Sorg nur dafür, dass sein Zimmer abgedunkelt wird, wegen der Gefahr für die Augen. Und deine Kinderfrau ist doch so tüchtig ... Cecily, bist du noch dran?«

»Ja«, sagte Cecily. Ihre Stimme war sehr ruhig.

»Hör zu, ich komme morgen vorbei und schaue ihn mir mal an. Ist dir das recht?«

»O ja, bitte. Ich wäre dir so dankbar.« Sie zögerte. »Sagst du mir Bescheid, wenn du etwas von Benedict hörst?«

»Ja, natürlich. Warum? Ist er ...«

Aber Cecily hatte bereits aufgelegt.

Ungefähr zur gleichen Zeit rief Dominic Foster bei Benedict zu Hause an. Benedict hatte ihn zwar gebeten, ihn nur im Büro anzurufen, aber da seine Frau in Devon war, konnte es sicher keinen Schaden anrichten.

Um acht kam Cecily zu Hause an, erschöpft und zutiefst beunruhigt. Adams ließ sie ein und erklärte, das Abendessen stehe bereit, wenn sie etwas essen wolle.

»Nein, im Augenblick nicht, danke, Adams. Ich gehe gleich ins Kinderzimmer hoch. Ist mein Mann schon da?«

»Nein, Mrs. Harrington, noch nicht.«

»Danke, Adams. Ich bin oben, wenn er kommt.« Sie unterdrückte ihre Sorge und ging ins Kinderzimmer.

Am nächsten Morgen ging es Laurence schlechter. Sein Gesichtchen war hochrot vor Fieber und seine Augen waren hart und glänzten. Er war über und über mit Ausschlag bedeckt und weinte pausenlos, ein krächzendes, erbärmliches Gewimmer. Die Kinderfrau, die ihn stündlich in Natriumbikarbonat gebadet hatte, machte einen erschöpften Eindruck.

»Nanny, legen Sie sich hin und schlafen Sie ein bisschen«, sagte Cecily, die ebenfalls kaum geschlafen hatte. »Ich kümmere mich um Laurence, und der Arzt kommt ja gegen neun. Nun gehen Sie schon.«

Es gab immer noch keine Nachricht von Benedict. Cecily hatte in Devon angerufen und sich betont sorglos gegeben. Die Kinder verhielten sich musterhaft, hatte Mrs. Goss berichtet. Sie hatte sie mitgenommen, um ihre Tochter und deren einjährige Zwillinge zu besuchen. »Ich hoffe, Sie haben nichts dagegen, Mrs. Harrington. Oh, und es hat jemand angerufen, ein Mr. Foster. Er wollte Mr. Harrington sprechen.«

»Ach ja?« Heiße Wut und Widerwillen stiegen in ihr auf, schnürten ihr die Kehle zusammen. »Was haben Sie ihm gesagt, Mrs. Goss?«

»Nun, dass Mr. Harrington nicht hier ist. Der Herr wirkte ein wenig nervös. Ziemlich besorgt, würde ich sagen. Er meinte, es sei geschäftlich und ich solle ihn benachrichtigen, falls Mr. Harrington auftauchen sollte. Mach ich, habe ich gesagt. Das war doch hoffentlich nicht verkehrt?«

»Nein, aber wenn er noch mal anruft, sagen Sie ihm, er solle doch bitte im Büro anrufen.«

Bei ihnen zu Hause anzurufen! Wie konnte er es wagen! Wie konnte Benedict es wagen, ihm das zu erlauben! Tränen der Wut und der Erschöpfung stiegen ihr in die Augen und sie wischte sie hastig ab.

»Alles in Ordnung, Madam? Master Laurence geht es doch nicht etwa schlechter?«

»Nein, Adams, danke. Er wird sicher bald wieder gesund. Adams, hat gestern ein Mr. Foster angerufen? Der meinen Mann sprechen wollte?«

»Ja, Madam. Er hat eine Nummer hinterlassen. Wollen Sie ihn zurückrufen?«

»Nein, schon gut.«

Sie stand da und versuchte, mit diesem neuen Anschlag auf sie und ihre Würde fertig zu werden, als das schrille Läuten des Telefons sie aus ihren Gedanken riss.

Adams meldete sich. »Oh, Mr. Harrington. Wie schön, von Ihnen zu hören, Sir. Ja, sie ist hier.« Er hielt ihr den Hörer hin. »Er sagt, es sei dringend, Madam.«

Cecily griff nach dem Hörer. »Danke, Adams. Das wäre alles.« Der Butler ging hinaus und schloss die Tür hinter sich. »Ja?«, sagte sie und hörte, wie kalt ihre Stimme klang.

»Cecily?« Benedicts Stimme klang rau und erschöpft, wie ein Widerhall ihrer eigenen Gefühle. »Cecily, ich muss mit dir reden. Bitte.«

»Ich will im Augenblick nicht mit dir reden, Benedict. Ich habe nicht die Kraft dazu, bedaure.«

»Würdest du dich mit mir treffen? Ich muss dich sehen.« Sie zögerte.

»Bitte«, flehte er, »bitte, Cecily.«

Er hörte sich schrecklich an. Aber dann dachte sie an Dominic Foster, dem er ihre Telefonnummern gegeben hatte, dem er erlaubt hatte, bei ihnen zu Hause anzurufen, und wieder stieg die Wut in ihr hoch.

»Tut mir Leid, Benedict. Das kann ich unmöglich tun. Außerdem …«

Sie hatte ihm von Laurence erzählen wollen, aber er unterbrach sie. »Auch gut. Adieu, Cecily.«

Sie konnte es nicht über sich bringen, ebenfalls Adieu zu sagen, und nach einer Weile legte er den Hörer auf.

Cassia war gerade bei ihr, als am späten Nachmittag die Polizei kam und ihr mitteilte, dass Benedicts Wagen gefunden worden war, in einem Waldstück in der Nähe von Camberley. Benedict hatte sich in den Kopf geschossen. Die Pistole hielt er noch in der Hand.

21

Natürlich gab es eine gerichtliche Untersuchung. Der Befund lautete Selbstmord – »im Zustand gestörten psychischen Gleichgewichts«.

Cecily machte ihre Aussage sehr gefasst. Sie gab an, ihr Mann habe geschäftliche Probleme gehabt, ansonsten würde sie ihn aber nicht als deprimiert bezeichnen. Der Richter fragte sie, ob ihre Ehe glücklich gewesen sei. Sehr glücklich, sagte sie.

Harry Moreton, Benedicts Hauptgeschäftspartner, hatte seinen Urlaub abgebrochen, um an der Verhandlung teilzunehmen. Er stand im Zeugenstand, bleich und zornig, und erklärte, soviel er wisse, hätte Benedict keinen Grund gehabt, sich das Leben zu nehmen, aber er sei von recht unbeständigem Charakter gewesen.

»Was genau meinen Sie damit, Mr. Moreton?«

»Er war sehr sensibel. Er nahm sich alles sehr zu Herzen.«

»Soweit Ihnen bekannt war, hatte er keine geschäftlichen Sorgen?«

»Unsere gemeinsamen Geschäfte liefen gut. Aber natürlich ist man bei der Risikofinanzierung nie frei von Angst, und manche werden besser damit fertig als andere.«

Der Richter entgegnete, das sei in der Tat der Fall, und nachdem sich das Gericht kurz zur Beratung zurückgezogen hatte, verkündete er sein Urteil.

Cassia war mit im Gerichtssaal gewesen und hatte Cecilys Hand gehalten. Danach kehrten sie ins Haus der Harringtons zurück, und Cecily ging nach oben, um sich hinzulegen.

»Das ging ja Gott sei Dank schnell«, sagte Cassia zu Harry.

»Ja, ich habe meinen Einfluss geltend gemacht.«

Cassia starrte ihn an. »Gibt es denn niemanden, den du nicht manipulieren kannst, Harry?«

Zum ersten Mal an diesem Tag lächelte er. »Doch, dich«, antwortete er.

Die Beerdigung fand im engsten Familienkreis statt, in St. Luke's in Chelsea. Nur Cecily, die beiden kleinen Mädchen, Cecilys Eltern, Harry und Edwina Moreton, Rupert Cameron sowie Cassia und Edward waren gekommen. Cassia war erstaunt gewesen, als Edward zugestimmt hatte, sie zu begleiten, doch Benedicts Tod hatte ihn offenbar sehr betroffen gemacht, und Edward erklärte, er würde ihm gern die letzte Ehre erweisen. Auch Sir Richard und Margaret kamen, was Cassia ebenfalls überraschte, denn sie hatte bei Sir Richard immer einen leichten Widerwillen gegen Benedict bemerkt. Aber er sagte zu ihr, als spüre er ihre Verwunderung: »Im Grunde seines Herzens war er ein guter Mensch. Und er war immer sehr nett zu Leonora.«

Sie gab ihm einen Kuss auf die Wange. »Ich bin froh,

dass ihr gekommen seid. Es tut gut. Beide so kurz hintereinander. Ich kann es einfach nicht glauben.«

»Die armen kleinen Mädchen«, meinte Margaret und blickte zu den Kindern hinüber. Ihre kleinen Gesichtchen wirkten ganz weiß unter den schwarzen Hüten und ihre Augen waren riesig und verweint. Stephanie klammerte sich an die Hand ihrer Mutter, aber Fanny stand etwas abseits, mit trotzigem Gesichtsausdruck.

»Ja«, sagte Cassia. »Er war ein wunderbarer Vater. Es ist zu traurig. Ach du liebes bisschen, ich fürchte, Mrs. Forbes ist keine große Hilfe für Cecily. Es wäre vielleicht besser, wenn sie endlich aufhörte zu weinen.«

»Grässliche Person«, bemerkte Sir Richard. »Wenn Cecily sich beherrschen kann, kann sie es doch wohl auch.«

»Sie liebt es dramatisch.« Cassia lächelte ihn an. »Aber ich glaube, Stephanie hat sie sehr gern, also wird sie vielleicht zumindest dem Kind eine Hilfe sein.«

»Und was machen deine Sprösslinge?«, fragte Sir Richard. »Entwickeln sie sich gut? Der Älteste muss doch jetzt schon, warte mal ...«

Unvermittelt mischte sich Edward ins Gespräch ein. »Bertie ist fast sieben.«

»Gütiger Gott. Dann geht es also bald ins Internat?«

»Ja, im September. Wir fanden, es wäre an der Zeit, nicht wahr, Cassia?«

»Ja«, sagte sie und wandte sich ab, unfähig, sich weiter an dem Gespräch zu beteiligen, unfähig, so zu tun, als hätten sie diese Entscheidung gemeinsam getroffen. Sie sah Harry, der allein dastand und mit düsterem Gesicht auf das frische Grab starrte, und ging zu ihm. »Geht es dir gut?«

»Ja. Ich kann nur einfach nicht glauben, dass sie alle beide nicht mehr da sind.«

»Nein«, pflichtete sie ihm bei, »ich auch nicht. Ich kann

mich noch gut an den Tag erinnern, an dem ich Eleonora und Benedict zum ersten Mal gesehen habe. Im Ritz. Für mich waren sie die schönsten Menschen, die ich je gesehen hatte.«

»Aber unter einem Unstern geboren«, bemerkte Harry und seufzte.

Cassia blickte zu Cecily hinüber, die sich gerade mit Edwina unterhielt. Edwina war blass und verhärmt und sie wirkte sehr mitgenommen.

»Fühlt Edwina sich nicht wohl?«, fragte sie. »Sie sieht furchtbar aus.«

»Doch, ja, ich glaube schon. Sie hatte Benedict sehr, sehr gern.«

»Ja. Sie schien ... na ja, sie schien es zu verstehen.«

Nach einem kurzen, lastenden Schweigen sagte Cassia: »Ich hatte schon Angst, dass jemand ... nun ja, Unpassendes auftauchen würde.«

»Ich habe ihm gesagt, dass er nicht kommen soll, wenn du Foster meinst.«

»Nimmt er es sehr schwer?«

»Ja, natürlich«, erwiderte Harry kurz. »Und er darf seine Trauer nicht einmal zeigen, der arme Teufel.«

Cecily kam zu ihnen hinüber. »Möchtet ihr noch auf einen kleinen Imbiss zu mir kommen?« Sie schien vollkommen gefasst, fast munter, überhaupt nicht das untröstliche Gespenst, das Cassia halb erwartet hatte. »Meine Eltern kommen auch, und ...«

»Vielleicht ganz kurz«, stimmte Harry zu.

Cassia drehte sich zu Edward um. »Würdest du gern noch kurz mit zu Cecily gehen?«

»Nein, ich glaube nicht. Ich muss zurück. Kommst du mit?«

»Ja, natürlich. Was sollte ich denn sonst tun?«

»Weiß Gott«, warf er hin, und dann gab er Cecily überraschenderweise einen Kuss auf die Wange. »Adieu«, sagte er. »Gib Bescheid, wenn wir etwas für dich tun können.«

Cassia war verblüfft, denn von ihm hatte sie höchstens oberflächliche Höflichkeit erwartet, aber er schien ernsthaft betroffen. Im Zug sagte sie etwas in der Richtung zu ihm, doch er sah sie nur groß an.

»Ich mag Cecily. Sie tut mir sehr Leid.«

»Du hast es also ... gewusst?«, fragte sie sehr ruhig. »Das von Benedict?«

Sie hatten nie darüber gesprochen, denn Edward war in solchen Dingen keineswegs tolerant, und sie hatte sich immer bemüht, jede Andeutung zu vermeiden, aus Angst, es könne seinen Abscheu vor Benedict im Besonderen und ihren Freunden im Allgemeinen noch verstärken.

Er starrte sie an, als könne er kaum glauben, dass sie diese Frage gestellt hatte. »Ja, selbstverständlich«, antwortete er schließlich. »Hast du wirklich geglaubt, ich hätte es nicht gemerkt?«

»Und hast du ihn deswegen so wenig gemocht?«

»Das war einer der Gründe.« Damit zog er seine Zeitung aus der Tasche und vertiefte sich für den Rest der Fahrt darin.

»Du siehst bedrückt aus«, bemerkte Eleanor Studely nach der Probe zu Rupert.

»Ja. Ich war heute Morgen auf einer Beerdigung. Ein alter Freund der Familie.«

»Und war er das? Alt?«

»Nein, er war noch ziemlich jung, jedenfalls jünger als ich. Er hinterlässt drei kleine Kinder. Es ist wirklich traurig.«

»Das tut mir Leid. Woran ist er gestorben?«

»Er hat sich umgebracht. Eine direkte Folge der barbarischen Gesetze, die in diesem Land gelten.«

»Oh, Rupert, das tut mir so Leid. Wie schrecklich.«

»Ja. Er war ... Willst du dir das wirklich anhören?«

»Ja.« Sie lächelte ihn an. Eleanor Studely war ohne Zweifel eine reizvolle Frau mit ihrem dunklen Haar, einer Haut wie Sahne und großen haselnussbraunen Augen. Aber zwei Dinge machten sie wahrhaft schön: ihr Lächeln, ein breites, plötzliches Lächeln, das ihr ernstes Gesicht vollkommen verwandelte, und ihre Stimme, die einen vollen, süßen und tiefen Klang hatte. Sie konnte Magie mit dieser unendlich melodischen Stimme bewirken, das Publikum zum Weinen bringen, zum Lachen, zum Nachdenken und zum Mitempfinden. Und im Augenblick tröstete diese Stimme Rupert, linderte seinen Schmerz.

»Du bist süß. Na ja, siehst du, er war homosexuell, aber er hat es jahrelang erfolgreich verheimlicht. Gott weiß, was es ihn gekostet hat. Seine Frau übrigens auch.«

»Wusste sie es?«

»Ja. Aber nicht, als sie geheiratet haben. Er hatte die üblichen Erpressungsdrohungen hinter sich, und was ihn zermürbt hat, bis er es nicht mehr ausgehalten hat, war die ständige Angst vor Verfolgung. Und dass er sich immer verstellen, sich verstecken oder nach Ausflüchten suchen musste.«

»Ja, es ist wirklich furchtbar«, schloss sie nach einer Pause. »All diese grundlos zerstörten Leben. Ein Wahnsinn, heiraten zu müssen, um nicht erpresst zu werden, und die Frau ebenfalls unglücklich zu machen! Diese Gesetze sollten unbedingt geändert werden. Es muss etwas getan werden.«

»Ja, aber für uns ist es anders. Ich meine, beim Theater sind so viele Homosexuelle, wir verstehen es, wir sehen es als das, was es ist. Aber für seine Schwiegermutter beispielsweise, oder sogar für seinen Schwager, wäre es schändlich, schimpflich, etwas, das therapiert und bestraft werden muss.«

»Und seine Frau? Wie hat sie es gesehen?«

»Ich glaube, sie ... na ja, sagen wir, sie hat sich sehr bemüht, es zu verstehen.«

»Die arme Frau.« Eleanor Studelys schöne Stimme vibrierte vor Mitgefühl. »Und war er mit deiner Cassia verwandt?«

»Nur durch die Taufe. Er war der Bruder ihrer Patin. Und sie ist nicht *meine* Cassia, wie du es auszudrücken beliebst.« Aus irgendwelchen Gründen irritierte ihn diese Formulierung. Oder machte sie ihm Angst?

»Liebster Rupert, ich habe dich ja nur aufgezogen. Aber ihr scheint einander doch unheimlich gern zu haben. Jasper hat angedeutet, dass da etwas zwischen euch läuft.«

»Jasper soll sich um seinen eigenen Kram kümmern«, knurrte Rupert.

Nicola Foster stand vor der Tür des Arbeitszimmers ihres Mannes. Sie wusste, welche Trauer, welch tiefer Schmerz dahinter lag, und sie wusste auch, wie hilflos sie war, wie unfähig, ihm Trost zu spenden. Aber dennoch konnte sie ihn nicht einfach sich selbst überlassen. Sie konnte nicht so tun, als gäbe es diesen Schmerz nicht; dazu bedeutete ihr Mann ihr zu viel.

»Dominic«, sagte sie und klopfte sacht an die Tür. »Dominic, bitte lass mich rein.«

Nach einer langen Pause hörte sie Schritte und der Schlüssel drehte sich im Schloss. Er stand vor ihr, aschfahl im Gesicht, die Augen rot und verquollen. Nicola legte den Arm um ihn und stumm lehnte er sich an sie.

»Ich habe dir eine Kanne Kaffee gebracht. Komm, setz dich.«

»Wenn sie mich nur zur Beerdigung hätten gehen lassen«, sagte er. »Wenn ich mich nur von ihm hätte verabschieden können.«

»Dominic, denk an seine Frau. Es wäre eine unmögliche Situation für sie gewesen. Harry hatte sicher Recht. Hier, trink deinen Kaffee.«

Sie schenkte ihm eine Tasse ein, sah ihn an und dachte, wie sehr sie ihn doch liebte, ihren Mann, ihren besten Freund, wie gut sie doch zueinander passten – und wie glücklich sie doch war.

Und wie unglücklich Cecily Harrington.

»Da ist ein Brief für dich, Mama.«

»Danke, Bertie. Oh, er ist von Sir Richard. Du erinnerst dich sicher noch an ihn, er wohnt in London in diesem Riesenkasten. Mein Patenonkel, sozusagen. Er will uns besuchen kommen, ist das nicht nett?«

»Ich fand neulich, dass du etwas spitz aussahst«, sagte Sir Richard, als sie ihn anrief, um ihn zum Lunch einzuladen. »Ich hoffe, du arbeitest nicht zu hart.«

»Nein, natürlich nicht. Im Moment habe ich sowieso Urlaub. Ihr müsst uns unbedingt mal besuchen kommen.«

»Gut. Ich freue mich darauf, eure Sprösslinge zu sehen. Schön, meine Liebe, wir sehen uns am Donnerstag.«

Ganz gelegentlich erlaubte Cassia es sich, über ihr Leben vorher nachzudenken. Vor DEM GELD. Es war nicht ungefährlich, weil sie seither so viele Entscheidungen getroffen, so viele Schritte getan hatte, die sich nicht rückgängig machen ließen. Sie konnte nicht mehr zurück, sie konnte nicht mehr die Frau werden, die eine gute Ehe zu führen schien, die durchaus glücklich mit ihrem Mann und ihren Kindern gelebt hatte. Sie hatte ihren Haushalt zumindest angemessen geführt, diese Frau, sie hatte am Dorfleben teilgenommen, sich von ihren Ambitionen und Wünschen verabschiedet und sich und ihre gewaltigen Energien ganz darauf konzentriert, ihre Familie glücklich zu machen.

Es war ihr gut gegangen, dieser Frau. Sie hatte ihre Enttäuschungen und Probleme gehabt, sie hatte vieles bedauert, aber sie hatte sich keineswegs für unglücklich gehalten. Und ganz bestimmt waren weder ihr Mann noch ihre Kinder unglücklich gewesen. Die Eheleute waren nicht entfremdet gewesen, sie war nicht die Hälfte der Woche von ihren Kinder getrennt gewesen und man hätte ihr nicht gegen ihren Willen ihren kleinen Sohn entrissen. Sie hatte mehr Freiheiten gehabt, weniger Verantwortung, weniger Ängste – und sehr viel weniger Schuldgefühle. Diese Frau schlief tief und fest, wenngleich den Schlaf der Erschöpften, und wenn sie morgens aufwachte, hatte sie nur ihre täglichen Pflichten und Sorgen im Kopf, nicht ein anschwellendes Crescendo von Konflikten und Selbstvorwürfen.

Heute, weil Sir Richard und Margaret zu Besuch waren, weil sie sich nur um häusliche Angelegenheiten zu kümmern hatte und jetzt, nach dem Mittagessen, einfach im Garten in einem Liegestuhl saß und den Kindern beim Spielen zusah, weil alle glücklich und zufrieden schienen, erlaubte sie es sich, zurückzublicken. Und im Rückblick erschienen die Tage hinter der gefährlichen Wasserscheide golden, friedlich und bequem. Unwillkürlich seufzte sie tief auf.

Sir Richard legte die Hand auf ihr Knie. »Bist du glücklich?«

»Sehr glücklich«, sagte sie, und natürlich stimmte auch das. Sie arbeitete wieder als Ärztin, hatte alte Freunde wieder gefunden und ihre Freiheit zurückgewonnen. Sie hatte die Möglichkeit erhalten, zu tun, was ihr beliebte, sie hatte schönes, teures Spielzeug bekommen – Kleider, Häuser und Autos. »Leonora wäre sehr erfreut über das, was sie alles für mich getan hat, glaube ich.«

Sie lächelte ihn an, denn sie meinte es ernst, und dann fiel ihr Benedict ein. »Aber sie würde sich jetzt schrecklich grämen – wegen Benedict.«

»Ja«, sagte er und fügte dann hinzu, wie ein Echo von Harrys Worten, »vom Unglück heimgesucht, alle beide, Gott weiß, warum.« Er seufzte und blickte zu Margaret hinüber, die überraschenderweise mit Bertie und William Kricket spielte. »Wahrscheinlich wirst du es nicht verstehen, aber sie fehlt mir immer noch. Trotz allem. Und ich empfinde Gewissensbisse, wenn ich daran denke, wie ich mit der ganzen Situation umgegangen bin. Aber was hätte ich denn sonst tun sollen?«

»Du hättest nichts anderes tun können«, erklärte Cassia, und zumindest in diesem Moment meinte sie es auch so. »Es war eine unmögliche Situation. Aber die furchtbare Monk hättest du ihr ruhig ersparen können«, fügte sie lachend hinzu. »Das war gemein von dir.«

»Ich weiß. Grässliche Person, auf ihre Weise. Aber weißt du, sie ist in Kontakt mit Leonora geblieben. Einmal hat sie sie sogar in Paris besucht. Sie fand wohl, es sei ihre Pflicht. Wer hätte das gedacht?«

»Ja, wer hätte das gedacht.« Cassia fühlte, wie sich ihr Puls plötzlich beschleunigte. »Ich finde das wirklich nett von ihr. Weißt du, ich könnte ihr ja mal schreiben oder ihr zumindest eine Weihnachtskarte schicken. Kannst du mir ihre Adresse geben?«

»Ja, sicher. Bevor wir aufbrechen. Ah, gut gehalten, junger Mann. Ich bekomme richtig Lust, auch mitzuspielen. Ich mache den Eckmann. Du entschuldigst mich, meine Liebe.«

Cassia lehnte sich zurück und schloss die Augen. Vielleicht, dachte sie, würde Miss Monkton sich schließlich doch noch als nützlich erweisen …

Cecily holte tief Luft und klopfte sanft an die Tür. Keine Antwort. Sehr vorsichtig drückte sie die Klinke herunter, aber es war abgeschlossen.

»Geh weg!«, Fannys hübsche Stimme war hart vor Trauer und Feindseligkeit. »Ich will nicht mit dir reden.«

»Aber warum denn nicht, mein Liebes? Ich möchte gerne mit dir reden, besonders, weil du so unglücklich bist.«

»Na, daran kannst du ja wohl nichts ändern, oder? Geh weg und lass mich in Ruhe. Ich komme nicht raus und ich mache die Tür nicht auf.«

Cecily drehte sich um und ging zur Treppe, und auf dem Weg traf sie Nanny, die einen Stapel Windeln in Laurences Zimmer brachte.

»Ich bin nur raufgekommen, um mit Fanny zu reden«, sagte sie, »aber sie – also, sie will mich nicht in ihr Zimmer lassen.«

»Sie ist furchtbar aufgewühlt«, erklärte die Kinderfrau. »Ich habe noch nie ein Kind in einem solchen Zustand gesehen.«

»In was für einem Zustand, Nanny?«

»Ich würde fast sagen, sie hat einen Schock erlitten, Madam. Und es steckt eine ungeheure Wut in ihr. Gestern Abend habe ich gehört, wie Stephanie ihr Nachtgebet sprach, und da sagte Fanny: ›Ich bete nicht mehr. Ich glaube nicht mehr an Gott.‹«

»Oh, Nanny, das ist schrecklich. Ich würde sie so gern trösten und ...« Cecily spürte, wie ihr plötzlich die Tränen in die Augen stiegen, aber sie unterdrückte sie. Sie konnte nicht weinen, sie würde es sich nicht erlauben. Sie hatte kein Recht zu trauern.

Dominic Foster saß in seinem Büro, rauchte eine türkische Zigarette nach der anderen und trank literweise starken Kaffee. Er würde nicht weinen. Wenn er erst einmal anfinge, würde er nie wieder aufhören. Aber am schlimmsten waren die Schuldgefühle, das Wissen, dass es seine Schuld war ...

Der August war fast vorbei. Cassia sah die goldenen Tage entschwinden, einen kürzer als den anderen. Die letzten Tage, an denen sie Bertie schützen konnte, an denen sie dafür sorgen konnte, dass er unverletzt und glücklich blieb.

Mit Edward wechselte sie kaum ein Wort, so stark war die erschreckend kalte Abneigung, die sie ihm gegenüber empfand. Es schien ihn nicht zu stören, ja, er schien es fast gar nicht zu bemerken.

Cassia hatte sich noch eine Woche freigenommen, denn sie wollte die letzten Tage, bevor Bertie ins Internat kam, ganz für ihn da sein und dafür sorgen, dass er möglichst viel Spaß hatte. Sie fuhren ans Meer, picknickten am Strand und genossen die Freuden des Brighton Pier. Sie fuhren nach London, sahen sich die farbenprächtige Zeremonie des Wachwechsels der königlichen Garden an, gingen in Madame Tussauds Wachsfigurenkabinett und besichtigten den Tower.

Eines Tages sahen sie sogar die kleinen Prinzessinnen aus dem Auto klettern, gefolgt von ihrer Kinderfrau, und in das

Haus rennen, in dem sie lebten, 145 Piccadilly. Beide trugen blassblaue Mäntel, weiße Socken, Knöpfschuhe und blumenbesetzte Strohhüte auf den blonden Locken.

»Sie sehen ganz gewöhnlich aus, überhaupt nicht wie Prinzessinnen«, meinte William, aber Bertie fand sie sehr hübsch, besonders Margaret.

Der Onkel der Prinzessinnen, König Edward VIII., der von seinen Freunden David genannt wurde, würde bald den jährlichen Familienurlaub auf Schloss Balmoral antreten. Privat blühte der Klatsch, denn Mrs. Simpson und mehrere ihrer Freunde standen auf der Gästeliste, aber die englischen Zeitungen schwiegen sich zu diesem Thema immer noch aus.

Harry Moreton las eines besonders schönen Morgens die *Times* im Rosengarten seines Landhauses, als Edwina herausgestürzt kam und mit einer Zeitschrift wedelte. In letzter Zeit machte er sich Sorgen um Edwina. Sie sah elend aus, war blass und noch schmaler als gewöhnlich und ihr schönes Gesicht war abgezehrt, fast knochig. Harry liebte Edwina nicht, aber er hatte sie sehr gern. Sie war sexy, amüsant und eine hervorragende Gastgeberin, und er wünschte ihr ganz bestimmt nichts Böses. Er ließ die Zeitung sinken und sagte so nachsichtig, wie er konnte: »Was hast du denn da, Edwina?«

»Die neueste *Style*. Mein erster Artikel ist drin, schau mal!«

Harry schaute. Es war nur eine Dreiviertelseite, ein Überblick über die Geschäfte in Knightsbridge und der Bond Street, in denen man Accessoires bekam, aber über dem Artikel stand ihr Name. Er studierte ihn kurz, lächelte sie an und gab ihr die Zeitschrift zurück. »Gut gemacht. Ich hatte ja keine Ahnung, wie tüchtig du bist.«

»Es gibt überhaupt keinen Grund, gleich unangenehm zu werden.«

»Edwina, so war das nicht gemeint. Ich bin wirklich beeindruckt. Nur will ich den Artikel nicht von oben bis unten lesen. Nicht mein Thema. Aber ich kann mir vorstellen, wie befriedigend es für dich sein muss, besonders, da dein Name oben auf der Seite abgedruckt ist.«

»Du hast also deine Meinung über meine Berufstätigkeit geändert? Du hast gesagt, du wärst dagegen, dass ich arbeite, als ich die Stelle bekam.«

»Ich bin an sich keineswegs dagegen, dass du arbeitest. Wie schon gesagt, ich finde es begrüßenswert, wenn Frauen berufstätig sind. Ich mag intelligente Frauen, und ich bin ein großer Anhänger der Frauenrechtsbewegung. Natürlich nur solange« – er hielt inne und grinste sie an – »diese Rechte sie nicht in irgendeiner Weise von ihren Pflichten gegenüber ihren Ehemännern ablenken. Und genau deshalb war ich gegen deine Berufstätigkeit. Ich finde, du solltest deine Energien der Familiengründung widmen. Warst du deswegen schon beim Arzt?«

»Nein. Aber ich gehe hin, sobald wir wieder in London sind, das verspreche ich dir«, sagte sie, etwas hastig.

Harry runzelte die Stirn. »Bitte tu das.« Er wandte sich wieder seiner Zeitung zu.

»Cecily, Liebes, hörst du mir zu?«, fragte Ada Forbes.

»Ja, sicher. Entschuldige, Mutter.«

Cecily wandte ihrer Mutter ein fröhliches Gesicht zu. Sie saßen im Frühstückszimmer und Cecily blätterte in einer Zeitschrift. Mrs. Forbes hatte angeboten, ein paar Tage zu bleiben, »um dich etwas von deiner Trauer abzulenken«, aber bislang hatte sie kaum Anzeichen von Trauer an ihrer Tochter bemerkt. Wahrhaftig, dachte Mrs.

Forbes, es war fast, als sei es ihr gleichgültig, dass ihr Mann tot war.

»Nein, Mutter, ich bin ganz deiner Meinung. Mir geht es ausgezeichnet.«

»Das sehe ich«, sagte Ada Forbes. »Dein Vater und ich haben eine Kabine auf der *Queen Mary* gebucht, denn wir wollten ja in ein paar Wochen nach New York fahren. Selbstverständlich habe ich ihm gesagt, dass ich nicht mitkommen kann, dass mein Platz jetzt bei dir ist, aber ich habe wirklich den Eindruck ...«

»Mutter, natürlich musst du fahren. Es wäre so schade, wenn du die Reise verpassen würdest. Du wirst sie bestimmt sehr genießen. Bring mir nur einen schönen, neuen Hut von Bonwit Tellers mit – dann bin ich wunschlos glücklich. Wie ich gehört habe, sind das die entzückendsten Hüte der Welt.«

Eine merkwürdige Bemerkung, äußerte Mrs. Forbes später ihrem Mann gegenüber, den sie anrief, als Cecily zum Anwalt gegangen war, um über Benedicts Testament zu sprechen. Aber sie musste zugeben, dass ihre Tochter durchaus in der Lage schien, ohne sie zurechtzukommen.

Sobald Harry aus dem Haus war, rief Edwina bei Cassia an, aber Peggy teilte ihr mit, sie sei heute nicht da. Da Edwina annahm, dass sie dann in London sein müsse, rief sie in der Walton Street an.

Rupert Cameron meldete sich. »Nein, Edwina, sie ist nicht hier. Kann ich dir irgendwie weiterhelfen?«

»Rupert, was ist denn zwischen dir und Cassia? Du scheint ja neuerdings praktisch bei ihr zu wohnen. Nein, du kannst mir nicht helfen, fürchte ich. Ich brauche einen Rat von ihr. In ihrer Eigenschaft als Ärztin. Nichts Ernstes.

Bis bald, Rupert. Lass dich nicht allzu sehr mitreißen, hörst du?«

Beim Dinner sagte sie zu Harry: »Rupert scheint seinen ständigen Wohnsitz in Cassias Londoner Haus verlegt zu haben. Langsam denke ich, dass sie es nur deshalb gemietet hat. Die beiden waren ja schon immer verrückt nacheinander, oder?«

»Kann ich nicht beurteilen«, sagte Harry. Er stellte das Weinglas, aus dem er gerade getrunken hatte, so abrupt ab, dass der zarte Stiel zerbrach und der Rotwein sich über das Tischtuch ergoss.

Den Rest des Abends war er außerordentlich missgelaunt. Edwina nahm an, dass im Geschäft etwas schlecht gelaufen war, hütete sich jedoch, ihn danach zu fragen.

Bertie, der gegen die Tränen ankämpfte, blickte zu seiner Mutter hoch. »Auf Wiedersehen, Mama«, sagte er höflich.

Cassia beugte sich hinunter und nahm ihn in die Arme. Sie spürte, wie der kleine, magere Körper vor Angst zitterte, jetzt, wo die schwere Prüfung direkt vor ihm lag, und küsste ihn zärtlich auf die Wange. Einen Augenblick lang klammerte er sich verzweifelt an sie, und sie drückte ihn noch fester an sich und kämpfte gegen die Tränen an. Plötzlich fiel eine verräterische Träne auf sein Gesicht; er sah verblüfft auf und blinzelte heftig und sie lächelten einander tapfer an. Sie hielt ihn fest und fragte sich, warum sie das zuließ, warum sie sich nicht heftiger dagegen zur Wehr gesetzt hatte. Teilweise deswegen, weil sie sich schuldig fühlte, das wusste sie. Edward sollte zumindest in diesem Punkt seine Autorität beweisen können, sich seine Würde bewahren.

»Komm jetzt. Es ist Zeit, deine Klassenkameraden kennen zu lernen. Gib deinem Vater die Hand«, forderte Mr. Donaldson mit dem Tonfall eines Menschen, der absolute Autorität genießt. Und das tat er ja auch. Er konnte jetzt über Bertie bestimmen, über sein Leben und alles, was mit ihm zu tun hatte, den größten Teil des Jahres, viele Jahre lang.

Bertie löste sich von ihr und streckte seinem Vater die Hand hin. »Auf Wiedersehen, Papa.«

»Auf Wiedersehen, alter Knabe. Mach's gut. Du wirst hier viel Spaß haben, genau wie ich. Es war die beste Zeit meines Lebens.«

Wieder lächelte Cassia ihren Sohn an. Sie erinnerte sich, dass Edward ihr früher erzählt hatte, was er in diesem Internat erduldet hatte, welchen Schaden es ihm zugefügt und wie es ihn verbogen hatte, und sie fragte sich, wer von ihnen beiden wohl verrückt geworden war.

»Gut. Wir winken deinen Eltern noch zum Abschied«, sagte Mr. Donaldson und legte die Hand besitzergreifend auf Berties Schulter.

Cassia stieg ins Auto und setzte die Sonnenbrille auf, damit niemand die Tränen sah, die ihr das Gesicht herunterliefen.

»Tschüss, Mama«, rief eine kleine, leicht zittrige Stimme, und der Junge lächelte wieder, sehr tapfer, und winkte. Es gelang ihr, »Tschüss, Bärchen« zu rufen, zu lächeln und zu winken, und dann fuhr langsam ein Auto vorbei und verdeckte einen Augenblick lang die Sicht auf Bertie, und als es fort war und sie wieder hinsah, ging er mit Mr. Donaldson auf die Schule zu, den Kopf mit der grauen Mütze hoch erhoben, die Schultern in der steifen, neuen grauen Jacke tapfer gestrafft, trotz seines Elends und seiner Angst.

»Herrgott noch mal«, sagte Edward gereizt, als sie die Sonnenbrille abnahm, sich die Tränen abwischte und die

Nase putzte. »Es wird ihm prächtig gehen. Er wird hier eine großartige Zeit verleben.«

»Ich hoffe zu Gott, dass du Recht hast.« Ihre Stimme war hart vor Feindseligkeit, und als sie sich umdrehte, um ihre Jacke auf den Rücksitz zu legen, sah sie Berties Teddy, seinen abgeliebten, halb kahlen Teddy dort liegen, und griff nach ihm. Es war den Jungen offiziell erlaubt, ihre Teddys mitzubringen, aber Edward hatte entschieden erklärt, dass das keine gute Idee wäre.

Der Schmerz wurde heftiger und kam in Wellen, und sie schluckte und drückte den Teddy an sich.

Die Schüler des Internats St. John's saßen beim Abendessen, und es wurde entdeckt, dass einer der Neulinge, der Dünne, sein Essen nicht herunterbekam. Der gefürchtete Mr. Bosworth, der die Aufsicht führte, befahl ihm streng, alles aufzuessen, aber der Junge warf ihm einen verzweifelten Blick zu und sagte sehr leise etwas zu ihm.

»Ich fürchte, solche Pingeligkeit erlauben wir hier nicht, Fallon«, schnarrte der Lehrer. »Du bist kein Baby mehr. Du bist im Internat, und hier wird alles aufgegessen, was auf den Teller kommt.«

Der Neuling schaffte es, ein wenig von dem besonders widerwärtigen, knorpligen Hackfleisch zu essen, rannte dann aber plötzlich würgend hinaus.

Später, als die größeren Jungen an den Toiletten vorbeikamen, hörten sie, wie jemand sich übergab, und dann kam Fallon heraus, grün im Gesicht und die Wimpern von Tränen benetzt. Er lächelte seine Mitschüler unsicher an und sagte schlicht: »Ich hasse Knorpel, mir wird immer ganz schlecht davon.«

»Ach, die kleine Heulsuse. Das Baby vermisst wohl die Mutti, was? Die hat dir wohl immer erlaubt, den ekligen

Kram auf dem Teller zu lassen, was? Armer Flenner. Nächstes Mal besorgen wir dir eine Extraportion, die darfst du ganz allein aufessen. Und jetzt raus, die Klos gehören bis zum Schlafengehen uns. Es sei denn, wir rufen nach dir, dann kommst du besser ganz schnell.«

Berties Internatslaufbahn hatte begonnen.

22

Irgendwo schrie jemand. Laut und unaufhörlich, ein furchtbares Wehklagen. Alle im Haus hörten es.

Das Schreien kam aus dem Schlafzimmer. Die Kinderfrau gelangte zuerst dort an und fand ihre Herrin auf dem Bett liegen, purpurrot im Gesicht. Sie schlug auf die Luft ein, die Bettdecken, auf alles in Reichweite, was glücklicherweise nicht auf Fanny zutraf, die schreckerfüllt am Fenster kauerte.

»Sie hat einfach ... angefangen«, brachte sie abgehackt und atemlos hervor. »Ich weiß nicht, warum.«

Die Kinderfrau zog Cecily in eine sitzende Position hoch und schlug ihr hart ins Gesicht.

Das Schreien hörte abrupt auf und es wurde still. Dann keuchte Cecily auf, vergrub das Gesicht in den Händen und begann zu schluchzen, weniger hysterisch, aber ebenso anhaltend.

»Fanny, lauf sofort hinunter und bitte Adams, Dr. Rushton zu rufen. Und dann geh nach oben, ich habe Laurence in Stephanies Obhut gelassen. Ich komme gleich nach.« Die Kinderfrau blickte auf Cecilys dunklen Kopf hinunter, zog ihn an ihren großen Busen, wiegte sie, als sei sie ein Kind, und redete beruhigend auf sie ein. »Schon gut,

Mrs. Harrington, schon gut, schon gut. Sie waren so tapfer, Sie dürfen sich jetzt nicht so gehen lassen.«

Aber Cecily schluchzte weiter, laut und verzweifelt. Erst als Dr. Rushton kam und ihr eine Beruhigungsspritze gab und Susan und die Kinderfrau sie liebevoll ins Bett packten und die Vorhänge zuzogen, kehrte wieder Stille im Haus ein.

»Ich fürchte, sie steht kurz vor einem Nervenzusammenbruch«, sagte Dr. Rushton leise zu Adams als dem ranghöchsten Diener im Haus. »Wenn dem so sein sollte, wird sie Pflege brauchen. Es könnte sogar sein, dass sie für eine Weile in ein Sanatorium muss. Ich muss das unbedingt mit jemandem besprechen, da sie offenkundig nicht in der Lage ist, selbst Entscheidungen zu treffen. Wen würden Sie da vorschlagen?«

»Ich könnte mir vorstellen, Dr. Rushton, dass ihre Eltern die geeignetsten Ansprechpartner wären. Die Adresse und die Telefonnummer kann ich Ihnen geben.«

Ada Forbes traf am nächsten Morgen ein, einen gewaltigen Blumenstrauß und einen großen Korb mit Früchten in der Hand. Sie fegte an Adams vorbei, ging direkt zum Schlafzimmer ihrer Tochter hinauf, entließ Susan, die bei ihr am Bett saß, ließ sich auf dem frei gewordenen Platz nieder und weinte. Als Cecily sich nach einer Stunde weder gerührt noch ein Wort gesprochen hatte, ging Ada Forbes nach unten und rief ihren Mann an. Sie bedaure es außerordentlich, sagte sie, aber sie werde ihn nun doch nicht nach New York begleiten können. »Die Pflicht gebietet mir, bei Cecily zu bleiben. Es tut mir sehr Leid, Gerald.«

Gerald Forbes erwiderte, selbstverständlich sei ihre Tochter viel wichtiger als er. Nach einer Anstandsfrist setzte er sich hin und schrieb einen Brief an eine gewisse Mrs. Hardacre, eine reiche New Yorker Witwe. Er teilte ihr mit, er würde im November ein paar Wochen in der Stadt sein, allein, und hoffe, dass sie ihm erlauben würde, ihr seine Aufwartung zu machen.

Am späten Vormittag, nachdem sie lange an Cecilys Bett gesessen hatte, trat Ada Forbes auf den Flur, tupfte sich die Augen ab und stellte fest, dass die Kinderfrau vor der Tür stand und auf sie wartete.

»Ich würde gern kurz mit Ihnen sprechen, Madam. Es geht um Fanny.«

»Ja, Nanny. Gibt es ein Problem?«

»Ja, Madam. Fanny hat sich vollkommen in sich selbst zurückgezogen, spricht kaum und weigert sich zu essen. Sie war dabei, verstehen Sie, als Mrs. Harrington ... nun ja, als sie sich so furchtbar aufregte, und sie hat bereits den Tod ihres Vater sehr schwer genommen.«

»Ist das nicht ganz natürlich? Sicher wird sie bald darüber hinwegkommen, Nanny. Aber selbstverständlich muss man sie dazu bringen, etwas zu essen. Falls nötig, setze ich mich persönlich zu ihr und füttere sie.«

»Der Doktor sagt, das sollten wir nicht tun, Madam. Er meint, wir sollen sie ein paar Tage in Ruhe lassen und abwarten, wie sich die Sache entwickelt.«

»Na, er weiß sicher, wovon er spricht, aber ich bin anderer Ansicht. Ich werde mal mit ihr reden. Wir hatten immer ein sehr gutes Verhältnis zueinander und ich komme mit allen Kindern gut klar. Wollen wir doch mal sehen, ob ich nicht herausfinde, was sie quält.«

Die Kinderfrau ging in die Küche hinunter, besorgter denn je. Sie hatte Fannys Verhalten seit Tagen beobachtet, und sie glaubte nicht, dass die Art gutes Zureden, das Mrs.

Forbes offensichtlich im Sinn hatte, viel helfen würde. Seit Cecilys Zusammenbruch waren jetzt fünf Tage vergangen, und alles, was das Mädchen seitdem zu sich genommen hatte, war Wasser.

Oben lag Fanny in ihrem schmalen Bett und fragte sich, wie lange es wohl dauern würde, bis sie endlich anfinge zu sterben und wann der nagende Hunger nachlassen würde, der sie Tag und Nacht quälte. Sie hätte nicht gedacht, dass Fasten so schmerzhaft sein würde. Aber zumindest lenkte das Bauchgrimmen sie von dem viel schlimmeren Schmerz in ihrem Herzen ab.

Es beunruhigte Rupert, dass manche Leute ihn für Cassias Liebhaber hielten, wenn an dem Gerücht auch überhaupt nichts dran war. Unbekümmerter Klatsch wurde nur allzu leicht zu übler Nachrede und besonders bei einer derart unglücklichen Ehe war das nicht ungefährlich. Aber es hatte noch einen anderen, völlig unerwarteten Effekt: Er stellte fest, dass es eine erotisierende Wirkung auf ihn ausübte. Das Gerede hatte gewisse Gefühle in ihm wachgerufen, eine Neugier, die er seit langem für erstorben gehalten hatte.

Er dachte oft an sie, intensiver als seit Jahren – an ihren schlanken Körper, den tiefblauen Blick, das schimmernde ährenfarbene Haar, ihren entschlossenen Ernst, ihre absolute Integrität, ihren Mut.

Sie hatte sich im letzten Jahr zu einer gefährlichen Frau entwickelt, dachte er, als er eines goldenen Abends Steine ins Meer warf, auch wenn sie es noch nicht wusste. Schön war sie, elegant, sinnlich und – die größte Veränderung – vollkommen unabhängig. Sie konnte tun, was sie wollte, gehen, wohin immer sie wollte, haben, wen immer sie wollte.

Noch hatte sie keinen rechten Gebrauch von dieser Unabhängigkeit gemacht, aber sie war sich ihrer zweifellos bewusst. Und im Licht dieser Freiheit, dem Wissen der Leute darum und ihrer bekanntermaßen engen, liebevollen Beziehung zueinander war es wirklich außerordentlich bedenklich, dass man sie für seine Geliebte hielt.

»Mrs. Moreton, Miss Le Page würde Sie gern sprechen. In ihrem Büro. So bald wie möglich, bitte.«

Gott, was hatte sie angestellt? Als Edwina sich sofort und etwas zu schnell zum Büro der Chefredakteurin aufmachte, ging ihr auf, wie lächerlich das war: Sie, die Frau eines der reichsten Männer Englands, verhielt sich wie ein zur Direktorin zitiertes Schulmädchen.

Sie musste ihr Verhältnis zu Miss Le Page unbedingt etwas ausgewogener gestalten, das war nur vernünftig. Sie marschierte ins Vorzimmer und lächelte unbekümmert die Sekretärin an, ein fast ebenso ehrfurchtgebietendes Geschöpf wie die Chefredakteurin selbst.

»Guten Tag, Miss Singleton. Hier bin ich. Miss Le Page hat nach mir geschickt.«

»Um genau zu sein, habe ich nach Ihnen geschickt, Mrs. Moreton«, erwiderte Joanne Singleton streng.

Ihre Strenge machte Edwinas Entschlossenheit sofort zunichte und das fröhliche Lächeln wurde zu einer nervösen Grimasse.

»Bitte warten Sie einen Augenblick. Miss Le Page telefoniert gerade mit New York.«

Edwina setzte sich und wartete.

Cassia wäre an diesem Freitag am liebsten sofort nach London gefahren, nachdem sie Bertie ins Internat gebracht hatten, so wütend war sie auf Edward; aber sie wusste, wie hart das für William sein würde, der seinen großen Bruder vermisste. Als endlich Dienstag war, fuhr sie erleichtert ab.

Ihr Klinikdienst dauerte sehr lange, was sie freute. Wenn sie richtig erschöpft war, würde sie vielleicht endlich einmal schlafen können, was ihr seit ihrem Abschied von Bertie nicht gelungen war. Es war bereits acht, als sie vor ihrem Haus hielt. Als sie durch Knightsbridge fuhr, war ihr siedend heiß eingefallen, dass Rupert ja seinen Besuch angekündigt hatte. Verdammt. Wahrscheinlich war er verärgert wieder gegangen. Aber als sie den Wagen parkte, sah sie das Licht über das Tür brennen, und bevor sie noch den Schlüssel aus der Handtasche holen konnte, hatte Rupert die Tür geöffnet, führte sie herein und küsste sie auf die Wange.

»Du siehst müde aus.«

»Ich bin müde. Rupert, das riecht ja wunderbar. Du bist ein Engel, wirklich, die Leute in der Straße müssen uns für ein Ehepaar halten. Oder dich für meinen Liebhaber. Oh, entschuldige, das war nicht witzig.« Sie lachte, legte ihre Handtasche hin und ging in die Küche. Ein köstlicher Duft drang aus dem Backofen. »Hmm, Herzogin-Kartoffeln, mein Leibgericht.« Sie drehte sich um und gab ihm einen Kuss, bemerkte jedoch, dass er sie seltsam anschaute. »Was ist denn los, liebst du mich nicht mehr?«

»Doch, natürlich«, sagte er mit einem raschen Lächeln. »Komm, setz dich. Willst du einen Drink? Gin und Tonic, Martini?«

»Kein Gin. Das macht mich nur melancholisch, und ich fühle mich bereits schlecht genug. Lass uns ein Glas Wein trinken und ich schaue zu, wie du die Omelettes machst.«

»Warum bist du melancholisch?« Er nahm eine Flasche Wein aus dem Kühlschrank. »Wegen Bertie?«

»Ja, er fehlt mir so sehr, und ich bin so wütend auf Edward, dass ich seinen Anblick kaum ertragen kann. Es ist so hässlich und gemein, was er getan hat.«

»Rache«, stellte Rupert fest. »Sehr unschön.«

»Ja, wahrscheinlich. O Gott, was für ein Schlamassel. Überall Unglück – denk nur an Cecilys arme kleine Würmchen oder an Cecily selbst.«

»Ja, offenbar geht es ihr sehr schlecht. Edwina war vorhin hier ...«

»Edwina? Wie ungewöhnlich. Was wollte sie denn?«

»Sie sagte, sie wollte dich etwas fragen, du wüsstest schon, was.«

»Ach du meine Güte, ja, das vergesse ich ständig. Oje. Was ist denn mit Cecily?«

»Sie hatte offenbar einen Nervenzusammenbruch. Und Fanny nimmt es sehr schwer, sie isst kaum etwas.«

»Ich werde sie morgen mal besuchen. Arme kleine Fanny, sie hat ihren Vater so geliebt. O Rupert, was für ein Durcheinander.«

»Weiß Gott«, sagte er und seufzte.

Cassia sah ihn an.

»Was ist denn los?«

»Das erkläre ich dir später. Aber es ist ziemlich kompliziert. Jetzt gib mir deinen Teller. Wollen wir in der Küche essen?«

»Geht es dir nicht gut?«, fragte Harry und sah Edwina mit ungeduldiger Besorgnis an.

»Nein. Doch. Na ja, du weißt schon. Das Übliche. Gott, tut das weh!«

»Herrgott noch mal«, stieß er hervor, und dann, weil er offenbar spürte, dass seine Reaktion zu schroff gewesen war: »Komm, ich bringe dich ins Bett.«

Als sie sich hingelegt hatte und eine Wärmflasche an den Bauch presste, sagte er: »Ich hatte gedacht, du wolltest etwas dagegen unternehmen.« Er bemühte sich, es nicht allzu gereizt klingen zu lassen.

»Habe ich ja. Ich habe Cassia gebeten, mir einen guten Arzt zu empfehlen, und sie hat mir versprochen, sich mal umzuhören. Vorhin bin ich bei ihr vorbeigefahren, um sie noch mal daran zu erinnern, aber sie war nicht da. Nur Rupert«, fügte sie hinzu und schluckte das Aspirin, das er ihr reichte.

»Rupert? Bei Cassia?«

»Ja, wie schon gesagt, er scheint in letzter Zeit ständig da zu sein. Jedenfalls, er versprach mir, er würde es ihr ausrichten. Harry, nun guck mich doch nicht so böse an, ich habe mein Bestes getan. O Gott, tut das weh.«

»Ich gucke dich nicht böse an.« Er drehte sich um und marschierte aus dem Zimmer.

Edwina ballte die Fäuste und fragte sich, wie lange sie das noch aushalten würde. Es hieß ja, die Wehen seien wie Menstruationsschmerzen, nur zehnmal schlimmer. Wenn das stimmte, war es vielleicht ganz gut, dass sie es nie würde durchmachen müssen.

»O Cassia, was haben wir nur getan?«, stöhnte Rupert.

Sie lächelte ihn an. Ihr Gesicht auf dem Kissen war friedlich, die Augen riesengroß und dunkelblau. »Ich habe mich viele Jahre meines Lebens gefragt, wie es wohl sein würde.«

»Ja, aber …«

»Aber was? Rupert, nun schau doch nicht so, so schrecklich war es doch gar nicht. Oder etwa doch?«

»Nein, natürlich nicht. Es war schön …«

Es war alles so vollkommen unerwartet gekommen. Nach dem Essen hatten sie die Flasche Wein geleert, und Cassia fühlte sich plötzlich viel besser, tapferer und zuversichtlicher wegen Bertie und hoffnungsvoller wegen Edward. »Vielleicht«, hatte sie gemeint, »sollten wir noch eine Flasche aufmachen. Warum nicht Champagner? Damit wir auf die Zukunft anstoßen können. Egal, was die auch bereithalten mag.«

»Gut. Aber dann muss ich gehen.«

»Ich wünschte, du würdest bleiben. Wenn du da bist, fühle ich mich gleich viel besser. Und es ist schon furchtbar spät.«

»Wir werden sehen«, hatte er gesagt.

Es war Champagner im Haus, aber nicht im Kühlschrank. Er war nicht kalt genug und zu süß, und er schäumte nicht richtig. Cassia trank ein Glas, obwohl es ihr nicht schmeckte, trank noch eines und stellte fest, dass ihre momentane Hochstimmung schon wieder verflogen war. Sie seufzte. »O Rupert, ich bin so ... so traurig.«

»Mein armer Liebling.«

»Nein, ich habe kein Mitgefühl verdient. Es ist alles meine Schuld. Ich habe Edward dazu getrieben, verstehst du. Es ist alles wegen des Geldes, dieses verflixten Geldes. Ich muss übrigens unbedingt mit dir darüber reden, Rupert, es gibt da etwas ... Na, jedenfalls, ich habe das Geld bekommen und fing an, es auszugeben. Ich habe damit getan, was ich wollte. Ich habe meinen Reichtum nicht mit ihm geteilt, nicht so, wie ich es hätte tun sollen. Ich habe dieses Haus gemietet, was unverzeihlich war, ich brauche es eigentlich gar nicht. Aber ich hatte herausgefunden, dass er diese grässliche Maureen eingestellt hatte, wo er doch genau wusste, dass ich die Praxis eines Tages mit ihm gemeinsam führen wollte – und um mich an ihm zu rächen, habe ich ein Haus in London gemietet.«

»Nun, er hätte eben mehr an dich denken sollen.«

»Nein, Rupert, erfinde keine Entschuldigungen für mich. Und dann das Auto. Ich habe einen Sportwagen gekauft, einen protzigen, auffälligen Wagen, obwohl oder weil ich genau wusste, wie wütend ihn das machen würde. Und ich habe den Kontakt zu euch allen wieder aufgenommen.«

»Cassia, wir sind deine Freunde. Er hat überhaupt kein Recht, dich davon abzuhalten, uns zu sehen.«

»Er hat mich nicht davon abgehalten, er fühlt sich nur unwohl in eurer Nähe, verstehst du? Er ist schüchtern und etwas linkisch, er kann nicht gut mit Menschen umgehen, besonders nicht ... na ja, mit reichen Leuten. Er kann nichts dafür. Ich habe ihn mir vollkommen entfremdet, ich habe mich geweigert, mit ihm nach Glasgow zu gehen.«

»Er hätte dich nie darum bitten dürfen.«

»Und warum nicht? Nein, antworte mir nicht, ich weiß, was du sagen willst, und es stimmt nicht. Ich hätte mit ihm gehen sollen. Und jetzt liegt Bertie, mein armer, kleiner, zarter Bertie, in irgendeinem kalten, schrecklichen Bett, weit weg von mir, und das nur, weil ich so selbstsüchtig war, so gedankenlos.« Sie weinte jetzt und die Tränen strömten ihr über das Gesicht.

»Cassia, du redest Unsinn. Komm her, lass dich knuddeln.«

Knuddeln, das war ein ungefährliches Wort. Es klang nett und angenehm, gar nicht sexuell. Sie setzte sich zu ihm aufs Sofa, schmiegte sich in seine Arme, legte den Kopf auf seine Brust und bekam einen Schluckauf. »Bitte entschuldige, Rupert.«

»Entschuldige dich nicht. Es ist lieb von dir, dass du dir

solche Vorwürfe machst. Aber es ist ganz unnötig. Sieben Jahre lang hast du nicht getan, was du wolltest. Du hast deine Pflichten als Edwards Ehefrau erfüllt, du hast all deine Hoffnungen aufgegeben, deine beruflichen Ambitionen.«

»Ich musste Edward heiraten! Das weißt du. Ich war schwanger. Und als ich dich damals nach deiner Meinung gefragt habe, hast du gesagt ...«

»Ja.« Seine Stimme war sehr ruhig. »Ich weiß, was ich gesagt habe. Und ich fühle mich mitverantwortlich für das, was danach mit dir geschehen ist. Ich fühle mich sehr schuldig deswegen.«

»Gütiger Himmel! Wirklich?« Sie hob den Kopf und starrte ihn an, mit tränenüberströmtem Gesicht und zerzausten Haaren.

»Du siehst aus wie ungefähr fünfzehn«, sagte er schlicht.

»Ich war fünfzehn, als wir uns kennen lernten.«

»Und ich ein alter Mann von über vierzig«, konstatierte er mit einem Seufzer.

»Ich fand, du warst der bestaussehendste, flotteste Kerl, dem ich je begegnet war.«

»Ja, ich weiß. Und ich habe es schamlos ausgenutzt.«

»Rupert, das ist doch nicht wahr. Ich habe es mir so gewünscht. Mein Gott, wie sehr ich es mir gewünscht habe! Aber du hast es nicht getan. Ich weiß noch, wie ich dich im Zug geküsst habe – das war jahrelang der Maßstab, an dem ich alle anderen Küsse gemessen habe. Und niemand hat je darangereicht.«

»Niemand?«

»Nein.« Sie errötete. »Und jetzt habe ich alles zerstört. Ich habe das Leben aller Menschen zerstört, an denen mir etwas liegt.« Sie begann wieder zu weinen. »Oh, Rupert, findest du, dass ich ein sehr schlechter Mensch bin?«

»Nein«, erwiderte er und meinte es so. »Ich finde, dass du ein ziemlich guter Mensch bist.«

»Ein guter Mensch! Das klingt so langweilig.« Sie nahm noch einen Schluck schalen Champagner. »Ich komme mir mit einem Mal so betrunken vor. Liegt wahrscheinlich an den ganzen Gefühlsaufwallungen. Also, liebster Rupert, schöner, flotter Geliebter meiner Jugend, findest du mich langweilig?«

»Nein«, antwortete er und schlug plötzlich alle Vernunft und alle Vorsicht in den Wind. Er wusste nur noch, dass er sie begehrte, heftig und leidenschaftlich, wie er sie früher gewollt hatte, damals im Zug, viele Male, auch wenn er diesem Begehren nie nachgegeben hatte. Er sah sie an, diese großen, dunkelblauen Augen, von Tränen benetzt, ihren Mund, diese vollen, sinnlichen Lippen, die er einmal, vor so langer Zeit, geküsst hatte. Und er wusste, nie hatte er etwas so dringend gebraucht, wie sie jetzt zu lieben, sich wieder jung zu fühlen, sich begehrt zu fühlen ...

Er hatte sie nur küssen wollen, ganz kurz, aber ihre Reaktion war so wunderbar, im ersten Moment erstaunt, aber dann so warm, so zärtlich, so zutiefst sinnlich, dass er einfach nicht aufhören konnte.

Er machte weiter, und aus der Wärme wurde Hitze, ihrer beider Münder wurden härter, die Zärtlichkeit verwandelte sich in heftiges Begehren. Er ließ eine Hand hinabgleiten, suchte nach ihren Brüsten. Unter der Seidenbluse und dem dünnen Hemd spürte er die festen, aufgerichteten Spitzen. Cassia drängte sich an ihn, fast entschlossen, er spürte seine eigene Reaktion, wusste, dass er aufhören sollte, dass er nicht weitermachen sollte, nicht weitermachen durfte – und tat es doch.

Es war sehr schön. Erst war sie zärtlich, hieß ihn sanft willkommen, dann wurde sie gieriger, leidenschaftlicher.

Er drang rasch in sie ein, angetrieben von der Gefahr, und sie begann sich unter ihm zu bewegen, mit ihm, und er folgte ihr, spürte eine gewisse Nervosität, fast Angst bei ihr. Er spürte, wie sie sich rasch dem Höhepunkt näherte, und plötzlich wurde sie still; er wartete, und kurz darauf kam sie, ihr Körper wölbte sich, er spürte ihre Zuckungen und hörte sie aufkeuchen, hörte sie stöhnen, und als sie gestillt zurücksank, begann sein eigener Höhepunkt, und sie seufzte auf. Und dann war es vorbei, ihr süß zärtlicher, tödlich gefährlicher Akt, und als er im Bett lag, sie festhielt, sie fühlte, ihren Duft einatmete, dachte er, dass sie sich wirklich in einem unbekannten Land wieder gefunden hatten, einem unbekannten Territorium, und er wusste nicht, ob sie den Garten Eden betreten oder verlassen hatten.

Mrs. Forbes stieg die Treppe hinauf. Sie fing langsam an, sich vor diesen Besuchen im Zimmer ihrer Tochter zu fürchten. Cecily drehte immer nur kurz den Kopf, sah sie an und starrte dann wieder aus dem Fenster, mit glanzlosen, glasigen Augen. Seit über einer Woche hatte sie nichts mehr gegessen und das Bett nur verlassen, wenn Susan die Bettwäsche wechselte oder ihr half, sich zu waschen. Dabei umklammerte sie wie ein kleines Kind eines ihrer Kopfkissen und weigerte sich, es herzugeben. Es wurde langsam schmutzig, aber sie ließ nicht zu, dass der Bezug gewechselt wurde. Sie wehklagte nicht länger, weinte nicht einmal sie lag nur da.

»Guten Morgen, Liebes!« Ada Forbes schaffte es immer noch, fröhlich und positiv zu klingen, wenn auch nur mit größter Mühe. Niemand schien zu begreifen, welche Anstrengungen sie für Cecily und Fanny auf sich nahm. Es war wirklich ein wenig unfair. Aber sie musste sich weiter bemühen, um ihrer Tochter und ihrer Enkelin willen. »Es ist solch ein schöner Morgen. Hier, lass mich die Vorhänge etwas aufziehen, vielleicht können wir sogar das Fenster öffnen. Wie geht es dir heute? Kein Lächeln für deine Mutter? Komm schon, Liebes, nur ein kleines Lächeln. Nein? Na gut.« Sie setzte sich auf ihren Stuhl neben dem Bett und lächelte noch strahlender. »Also, Dr. Rushton kommt um zehn, und ich möchte, dass du dich ein bisschen anstrengst. Sonst wirst du noch in ein Sanatorium müssen und das wäre gar nicht schön, oder, Liebes?«

Cecily starrte sie kurz an und wandte ihre Aufmerksamkeit dann wieder den Bettvorhängen über ihrem Kopf zu. Heftige Verärgerung durchfuhr Ada.

»Cecily, Liebes, ich finde wirklich, dass du dich ein bisschen mehr bemühen solltest. Wir alle haben unser Päckchen zu tragen, weißt du, ich in meiner Zeit jedenfalls ganz bestimmt. Es hat doch überhaupt keinen Sinn, sich einfach so gehen zu lassen. Das ist egoistisch und unreif. Komm schon, Liebes, versuch, alles etwas positiver zu sehen. Komm, ich helfe dir, dich aufzusetzen. Vielleicht könnte ich sogar dein Haar bürsten. Es müsste wirklich mal gewaschen werden, Cecily, ich habe dir doch immer gesagt, man darf auf keinen Fall seine persönliche Erscheinung vernachlässigen, das wäre der Anfang vom Ende. Man muss den äußeren Schein wahren, darauf kommt es an, meiner persönlichen Meinung nach, das ist entscheidend, und ...«

An diesem Punkt, wie sie Dr. Rushton später erklärte, machte Cecily plötzlich den Mund auf und fing an zu schreien. »Und geschlagen hat sie mich, mit den Fäusten, es hat wirklich wehgetan. Niemand kann von mir erwarten, dass ich mir so etwas bieten lasse. Das geht zu weit.«

Dr. Rushton stimmte ihr zu, gab Cecily ein Beruhigungsmittel und rief das Sanatorium in Richmond an. Er werde gegen Mittag mit seiner Patientin eintreffen, kündigte er an, in einer privaten Ambulanz.

Die Ambulanz war fort und Ada stand in Cecilys Schlafzimmer und weinte still vor sich hin.

Sie läutete nach Susan. »Die Bettwäsche muss gewechselt werden, Susan, ganz besonders dieser Kissenbezug. Hier, nehmen Sie.«

»Ja, Madam. Oh, da steckt ja ein Brief drin, sehen Sie, adressiert an Mrs. Harrington. Was wir wohl damit ...«

»Ich werde den Brief an mich nehmen, Susan, vielen Dank. Und alles Nötige veranlassen. Sie können jetzt weitermachen.«

Später am Nachmittag erhielt Dominic Foster einen Telefonanruf von einer Mrs. Ada Forbes, die ihm mitteilte, sie würde ihm gern einen Besuch abstatten. Sie sei Mrs. Benedict Harringtons Mutter, fügte sie hinzu, und ihre Tochter sei erst heute Vormittag mit einer Ambulanz in ein Sanatorium gebracht worden.

»Da Sie ein enger Freund meines Schwiegersohns waren, wie ich aus Ihrem Brief entnommen habe, würden Sie ihr sicher gern Blumen schicken. Ich gebe Ihnen die Adresse.« Dominic notierte sie geduldig und machte für den morgigen Tag einen Termin mit Mrs. Forbes aus.

Florence klopfte an die Tür ihrer Herrin. »Entschuldigen Sie, Madam, aber Mrs. Fallon ist unten. Sie würde Sie gern sprechen. Ich habe ihr gesagt, dass Sie sich nicht wohl fühlen, Madam, aber ...«

»Oh, ich kann jetzt wirklich nicht ... Schön, vielleicht doch. Gut, Florence, schicken Sie sie hoch. Bringen Sie Tee für zwei Personen.«

»Hallo«, sagte sie matt zu Cassia. »Ich bin heute keine gute Gesellschafterin, fürchte ich.«

»Edwina, das ist mir doch egal. Deswegen bin ich nicht gekommen.« Sie sah wirklich sehr gut aus, dachte Edwina unvoreingenommen, die Erbschaft bekam ihr. »Was ist denn? Die alte Geschichte?«

Edwina nickte. »Es ist ziemlich schlimm.« Sie drehte sich im Bett um und verzog vor Schmerz das Gesicht. Cassia sah sie scharf an. »Edwina, hast du schon mal mit deinem Arzt darüber gesprochen?«

»Ja, natürlich.«

»Und was hat er gesagt?«

»Dass es besser werden wird, wenn ich ein Baby habe.« Edwina lachte kurz auf. »Guter Witz.«

»Warum ist das ein Witz?«

»Ach, egal. Gott, ich fühle mich schrecklich. Setz dich, Cassia. Ich habe mich nur an dich gewandt, weil ich dachte, du könntest mir einen guten Frauenarzt empfehlen.«

»Ja, ich habe mich umgehört. Entschuldige, dass es so lange gedauert hat. Sie ist eine wunderbare Ärztin, eine ...«

»Oh, zu einer Ärztin kann ich nicht gehen.«

»Warum um alles in der Welt denn nicht?«

»Harry hält nichts von Ärztinnen.«

»Das ist ja sehr fortschrittlich«, meinte Cassia kühl. »Ich kann es gar nicht abwarten, ihn nach dem Grund zu fragen.«

»Ja nun, ich kann seine Ansichten nicht ändern. Aber der Punkt ist, ich muss einen Arzt aufsuchen, damit er endlich Ruhe gibt. Sonst ... O Gott!« Ein messerscharfer Schmerz durchfuhr sie. Der Schmerz und ihr Elend wegen Harry, die Angst vor dem, was er sagen würde, wenn er herausbekam, was sie ihm verheimlicht hatte, ließen ihr die Tränen in die

Augen steigen, obwohl sie wirklich selten weinte. Sie langte nach einem Taschentuch und wischte sich die Augen. »Bitte entschuldige.«

»Edwina, da stimmt etwas nicht. Ehrlich. Würde es dir etwas ausmachen, wenn ich mal deinen Bauch abtaste?«

Resigniert ließ Edwina die Untersuchung über sich ergehen.

»Tut das weh?« Cassia drückte leicht. Es tat höllisch weh. »Edwina, ich glaube, du hast eine Eierstockzyste. Ich weiß nicht, wieso dein Arzt das nicht festgestellt hat. Hast du ihm alle Symptome geschildert?«

»Nein. Es schien mir nicht so wichtig zu sein.«

»Das war sehr dumm von dir«, erklärte Cassia brüsk. »Aber er hätte dich untersuchen sollen. Es ist ziemlich offensichtlich, die Schmerzen, die Schwellung ...«

»Ich will keine medizinische Vorlesung hören, um Himmels willen. Was ist eine Eierstockzyste?«

»Eine Geschwulst am Eierstock. Meistens harmlos, aber schrecklich schmerzhaft, und sie kann die Beschwerden auslösen, unter denen du leidest. Jedenfalls muss sie entfernt werden. Ich kann wirklich nicht glauben, dass niemand die Zyste bemerkt hat. Bist du irgendwann mal bei einem Gynäkologen gewesen, wegen – na ja, wegen irgendwas? Im letzten Jahr, meine ich?«

»Nein«, entgegnete Edwina fest.

»Nun, es muss sein. Geh zu dieser Ärztin, bitte, sie ist sehr gut. Wenn es unbedingt ein Mann sein soll, nimm Mr. Amstruther aus dem St. Christopher's. Er hat eine Praxis in der Harley Street. Aber er ist ein Grobian.«

Edwina zögerte und sagte dann: »Ach, zum Teufel mit Harry. Ja, gut, machst du einen Termin für mich aus? Äh, Cassia ...«

»Ja?«

»Kann so eine Zyste verhindern, dass man schwanger wird?«

»Die Wahrscheinlichkeit einer Schwangerschaft ist zweifellos geringer. Warum?«

»Es ist eigentlich das Letzte, was ich will, aber eines Tages werde ich wohl in den sauren Apfel beißen müssen, das ist alles.«

»Nun, das kannst du mit Miss Gerard besprechen.«

»Miss Gerard? Ich dachte, sie wäre Ärztin.«

»Ist sie auch. Sie ist Fachärztin, deshalb wird sie mit Miss angeredet. Jetzt leg dir wieder die Wärmflasche auf den Bauch und trink eine schöne Tasse heißen Tee. Ich rufe die Ärztin gleich an, soll ich? Wann passt es dir, irgendwann nächste Woche?«

Das Telefon stand neben Edwinas Bett, und während Cassia darauf wartete, zu Miss Gerards Sprechstundenhilfe durchgestellt zu werden, und auf Edwina herablächelte, warf Edwina einen Blick auf ihr eigenes abgehärmtes Spiegelbild und dachte, dass Cassia wirklich sehr gut aussah, besser als seit Jahren. Und das lag nicht nur an ihren neuen Kleidern. Sie sah sehr jung aus und irgendwie strahlend. Als ob sie verliebt wäre oder zumindest eine wirklich schöne Liebesaffäre hatte. Na, das war ein interessanter Gedanke. Verdient hätte sie es zweifellos, nach all den Jahren mit diesem Langweiler von Ehemann. Vielleicht hatte Edwina mit ihren Bemerkungen über Rupert, die sie halb im Scherz gemacht hatte, ja gar nicht so fehlgelegen ...

Fanny lag regungslos auf dem Bett, das Gesicht nach unten, und wartete darauf, dass irgendeine Art Bewusstlosigkeit sie überkam, aber nichts geschah. Alles, was sie empfand, war eine furchtbare Reue, die noch schlimmer war als der quälende Hunger. Die Tür ging auf, und die Kinderfrau trat ein. »Geh weg.«

»Fanny, hör mir bitte zu. Du musst wirklich etwas essen. Du machst dich noch ganz krank, und Dr. Rushton sagt ...«

»Es ist mir egal, was Dr. Rushton sagt. Es ist mir egal, was irgendwer sagt. Bitte geh weg.«

Sie hörte die Kinderfrau seufzen, als sie die Tür hinter sich schloss. Fanny wollte nicht unfreundlich zu ihr sein, aber ihr konnte keiner helfen. Ihre Mutter hatte ihren Vater umgebracht – oder zumindest seinen Tod bewirkt –, und jetzt hatte sie ihre Mutter umgebracht. Wenn sie auch starb, war das nur fair.

»Gut, Fallon. Rein mit dir.«

Bertie stand in der Tür der Toilettenräume. Er zitterte vor Angst.

»Ach, na da schau her, Muttis kleines Baby hat Angst. Mutti fehlt ihm wohl, was? Wir haben gehört, wie er heute Nacht im Bett geflennt hat.«

»Habe ich nicht«, erwiderte Bertie standhaft.

»'türlich hast du geflennt. Erbärmlicher kleiner Scheißer. Aber wir haben ein Heilmittel dagegen. Jedes Mal, wenn du flennst, machen wir das mit dir.«

»Was denn?«

»Das«, versetzte Collins, der größte der Jungen. »Komm her, kleiner Scheißer, beug dich vor. Gut, und jetzt steck deinen Kopf in die Kloschüssel.«

»Nein«, entgegnete Bertie, »das werde ich nicht tun. Das ist ja widerlich.«

»Mach schon!« Collins drückte seinen Kopf hinunter, bis Stirn und Nase im Wasser waren. Bertie wehrte sich, aber es hatte keinen Sinn, sie waren stärker als er. »Schön«, sagte Collins, »zieh schon, Parkins.«

Es rauschte, und Berties spürte einen furchtbaren Druck in der Nase, als Parkins an der Kette zog und das Wasser in die Toilettenschüssel strömte. Scheinbar eine Ewigkeit hielten sie ihn fest, und erst als die Wasserflut langsam verebbte, ließen sie ihn los. Keuchend und nach Atem ringend kam er hoch und drückte sich gegen die Wand.

»Gleich fängt er an zu heulen«, spottete Collins. »Arme Heulsuse. Ich hoffe doch sehr, dass er heute Nacht nicht flennen wird. Du nicht auch, Parks?«

»Aber sicher doch«, feixte Parkins.

»Sonst müssen wir es noch mal machen. Nur, Mamasöhnchen, nächstes Mal machen wir die Kloschüssel nicht erst sauber. Wir suchen eine mit schön viel Scheiße drin. Oder vielleicht lassen wir dich erst reinscheißen. Wird nicht schwierig sein bei einem mickrigen kleinen Scheißer wie dir.«

»Collins! Parkins! Die Hausmutter kommt!«

»Schnell.« Collins verschwand in der Kabine. »Du auch, Parks. Wenn du auch nur ein Wort sagst«, drohte er Bertie, »wirst du es bereuen – und zwar gehörig.«

Am Freitag fuhr Cassia zum Tee zu Miss Monkton.

Das Dorf, in dem Miss Monkton lebte, lag bei Petworth, weniger als vierzig Minuten entfernt, aber es war ein schöner Spätsommertag und die Straßen waren heiß und staubig. Fast hätte Cassia einen entgegenkommenden Radfahrer gestreift. Sie würde vorsichtiger sein, sich besser konzentrieren müssen. Seit Dienstagnacht fiel es ihr schwer, sich auf irgendetwas zu konzentrieren. Die Erinnerungen an diese Nacht und die Frage nach den Folgen, guten und schlechten, ließen sie nicht los.

Ungefähr vierundzwanzig Stunden lang hatte sie sich ganz wunderbar gefühlt, zum ersten Mal seit Jahren strahlend glücklich. Und dann hatte die Wirklichkeit sie eingeholt, und mit ihr Schuld und Angst.

Mit Sicherheit wusste sie nur eines: Rupert und sie hatten etwas sehr Gefährliches getan und das Leben würde nie wieder so sein wie vorher.

Es war eine höchst angenehme Erfahrung gewesen; es war ihr absolut unwiderstehlich erschienen, ja, unwiderstehlich gewesen, aber das hatte nichts mit den möglichen Folgen zu tun, die beängstigend waren.

Vor allem war sie nicht mehr in Rupert verliebt, und das wusste sie auch ganz genau. O Gott, dachte sie und schloss kurz gequält die Augen, sie war unheimlich gern mit ihm zusammen, sie fand ihn immer noch attraktiv, sie bewunderte ihn immer noch, aber sie liebte ihn nicht mehr.

Er war ihr Vertrauter, ihr bester Freund, wahrscheinlich der Mensch, in dessen Gegenwart sie am glücklichsten war, aber sein Platz in ihrem Leben war nicht der ihres Liebhabers. Und sie wusste einfach nicht, was sie jetzt tun sollte; sie wussten es beide nicht. Das Schlimmste war, dachte sie unruhig und leicht gereizt, dass sie wegen dieser Geschichte ihren besten Freund verloren hatte.

Und wenn Edward auch nur Verdacht schöpfte, würde er sehr wahrscheinlich auf einer Scheidung bestehen oder ihr die Kinder wegnehmen.

Nein, dachte Cassia und versuchte erfolglos, die aufsteigende Panik zu unterdrücken, diese schreckliche, leichtsinnige, dumme Geschichte bedrohte ihr ganzes Leben. Sie konnte kaum glauben, dass sie wirklich mit Rupert geschlafen hatte. Oder dass er mit ihr geschlafen hatte – vor allem in Anbetracht des Klatsches, der über sie beide im Umlauf war, wie er ihr erzählt hatte.

Zum ersten Mal war sie geneigt gewesen, Rupert zuzustimmen, als er mit seiner gewohnheitsmäßigen Selbstzüchtigung angefangen hatte, als er wieder mal erklärt hatte, er gehöre erschossen, aufgehängt, ausgepeitscht. Sie war ganz seiner Meinung. Aber Rupert war nun mal sexuellen Versuchungen hilflos ausgeliefert; er war in diesem Punkt hoffnungslos schwach und das wusste sie sehr gut. Es war Teil seines Charmes, seines reuigen, verantwortungslosen Kleine-Jungen-Charmes.

Davon abgesehen, hätte sie es besser wissen müssen; sie war schließlich die Vernünftige von ihnen beiden. Aber sie war so niedergeschlagen gewesen, so unglücklich wegen Bertie, so verzweifelt wegen ihrer Ehe – und na ja, sexuell ausgehungert. Es war, als hätte sie nach einer langen Zeit, in der sie auf Brot und Wasser gesetzt worden war, plötzlich ein üppiges Mahl angeboten bekommen, und sie hatte der Versuchung nicht widerstehen können.

»Hast du denn gar keine Selbstbeherrschung, Cassia?«, fragte sie sich laut und trommelte mit den Fingern auf das Steuerrad. Und dann merkte sie, dass sie bei Miss Monktons Cottage angelangt war und zumindest für eine Weile aufhören musste, über den grässlichen Schlamassel nachzudenken, in den sie sich hineinmanövriert hatte.

Wie erwartet, war es kein hübsches Haus, und der Plattenweg, der von der Gartenpforte zur Haustür führte, war bolzengerade. Miss Monkton erschien in der schiefergrauen Tür.

»Wie schön, Sie zu sehen, Mrs. Fallon.« Sie schien sich kaum verändert zu haben. Nur ihr Haar war etwas ausgedünnt, die Hände noch ein wenig klauenähnlicher. Sogar ihr Kleid erkannte Cassia wieder, ein schwarzes, schlaff herabhängendes Wollkleid mit einem Spitzenkragen und Spitzenmanschetten, jetzt schäbiger denn je.

Sie gingen in das nach vorn hinausgehende Wohnzimmer, in dem es furchtbar stickig war. Mindestens drei Fliegenfänger voll toter Fliegen hingen von der Decke herab und mehrere trostlose Gemälde zeigten wild lebende Tiere in verschiedenen Stadien von Tod und Verfall.

»Bitte setzen Sie sich doch, Mrs. Fallon. Hätten Sie gern ein Orangengetränk? Das ist so erfrischend, finde ich immer.«

»Vielen Dank«, sagte Cassia, die nach einer Tasse Tee lechzte, »das wäre sehr nett. Äh, wahrscheinlich haben Sie in der Zeitung gelesen, dass Mr. Harrington gestorben ist.«

»Ja. Arme Seele. Ich konnte nur denken, was für ein Segen, dass Lady Beatty das nicht miterleben musste. Es hätte ihr das Herz gebrochen. Es ist so traurig, dass alle beide nicht mehr unter uns sind. Mrs. Harrington muss es sehr getroffen haben.«

»Ja, in der Tat, und die Kinder natürlich auch.«

»Ich bedaure es sehr, dass ich nicht zu Lady Beattys Gedenkgottesdienst kommen konnte. Mr. Harrington hatte mich eingeladen, aber meine Arthritis ist in letzter Zeit schlimmer geworden, und der nächste Bahnhof ist ziemlich weit entfernt.«

Nach einem längeren Schweigen sagte Cassia: »Wir wohnen ganz in der Nähe, wissen Sie. Bei Haywards Heath. Mein Mann ist Arzt.«

»Ja, das habe ich gehört. Ein wunderbarer Beruf. Es muss schön sein, den Kranken helfen zu können. Sie haben Ihr Studium wohl nicht abgeschlossen?«

»Doch. Aber ich habe nie praktiziert. Ich habe Edward geheiratet, und dann kamen die Kinder.«

»Wie schade«, äußerte Miss Monkton zu Cassias Überraschung. »Ich würde es gern sehen, wenn es mehr Frauen in akademischen Berufen gäbe. Ich wollte Krankenschwester werden, wissen Sie, aber mein armer Vater konnte mir die Ausbildung nicht finanzieren. Also musste ich sofort nach der Schule als Gouvernante arbeiten.«

»Eine Schande«, meinte Cassia. »Da fällt mir ein, Miss Monkton, einer der Gründe für meinen Besuch ist, dass ich mich persönlich bei Ihnen bedanken wollte. Dafür, dass Sie Leonora in Paris besucht haben, als sie so krank war. Es wurde gut für sie gesorgt, ich weiß, aber es muss schön für sie gewesen sein, ein bekanntes Gesicht zu sehen. Es ist nett von Ihnen, dass Sie die lange Reise auf sich genommen haben. Das kann nicht leicht für Sie gewesen sein.«

Wieder überraschte Miss Monktons Antwort sie. »Eigentlich schon. Ich war schon öfters in Paris. Ich bin zwar eine verarmte und unverheiratete Engländerin, aber das heißt noch lange nicht, dass ich mein Heimatland nie verlassen habe.«

»Aber Miss Monkton, das habe ich auch gar nicht angenommen«, stammelte Cassia, die errötet war und sich dumm vorkam.

»Als ich noch sehr viel jünger war, habe ich für eine Diplomatenfamilie gearbeitet, und eine Zeit lang haben wir in Paris gewohnt. Außerdem lebte eine Cousine von mir da. Leider ist sie mittlerweile verstorben. Ich habe sie ungefähr alle zwei Jahre besucht, kenne die Stadt also ganz gut.«

»Ach so.« Es fiel schwer, sich Miss Monkton als erfahrene Parisreisende vorzustellen.

»Als ich erfuhr, dass Lady Beatty nach Paris gezogen war, habe ich ihr natürlich einen Besuch abgestattet. Ich hatte sie sehr gern. Ich war dann sehr froh, dass ich es getan hatte – in Anbetracht der Verhältnisse, in denen sie lebte.«

»Wieso?«

»Nun ja, Mrs. Fallon – ach du liebe Güte, sie hätte nicht gewollt, dass Sie es erfahren, aber da sie ja jetzt verschieden ist, spielt es wohl keine Rolle mehr. Das war, nachdem Mr. Gresham sie verlassen hatte. Sie steckte ziemlich in der Bredouille und es ging ihr gesundheitlich gar nicht gut. Jedermann konnte sehen, dass es ihr nicht gut ging, obwohl sie anfangs versuchte, es vor mir zu verbergen.«

»Sie meinen, sie hatte finanzielle Probleme?«

»Sie war in arger Geldnot, Mrs. Fallon. Sie lebte ganz allein in einer sehr bescheidenen Unterkunft. Ich habe das nur entdeckt, weil ich sie unter ihrer alten Adresse besuchen wollte, beim Arc de Triumphe. Dort hat man mir erzählt, wo sie hingezogen war.«

»Und wann war das?«

»Im Januar 1935. Letztes Jahr. Es war bitterkalt und feucht, was Lady Beattys Lage noch verschlimmerte. Die Wohnung war eiskalt, und ...«

»Miss Monkton, wie lange hatte sie schon in dieser Wohnung gelebt?« Die Panik wegen Rupert war nichts im Vergleich mit dieser Entdeckung.

»Ach, erst ein paar Wochen, wie sie mir erzählte. ›Nur vorübergehend, Miss Monkton‹, sagte sie zu mir. ›Nur bis ich wieder auf die Beine komme.‹«

»Aber hat Mr. Gresham denn nicht – ich meine ...«

»Mr. Gresham lebte da schon im Ausland. In Kairo, glaube ich.«

»Ja, ich habe seine Adresse, eine Postfachadresse in Kairo, aber ich weiß nicht, ob er noch dort ist. Mir war bekannt, dass er nicht mehr in Paris wohnte, aber ich dachte, er hätte sie gut versorgt zurückgelassen.«

»Ich fürchte, dafür fehlten ihm die Mittel. Mr. Gresham steckte zu dem Zeitpunkt schon selbst ziemlich in Schwierigkeiten.«

»Aber wie kann das sein? Er war doch so ungeheuer reich.«

»Soweit ich weiß, hatte er dieselbe ... wie soll ich sagen ... Schwäche wie Lady Beatty. Er hat gespielt und fast alles verloren. Die beiden lebten zum Schluss in ziemlich beschränkten Verhältnissen, Mrs. Fallon. Kein Vergleich mit vorher.«

»Mein Gott!« Es musste die Hitze im Raum sein, die Stickigkeit, die grässlichen Fliegenfänger – deshalb fühlte sie sich so benommen, deshalb schwankte der Boden leicht unter ihren Füßen, nicht wegen dem, was Miss Monkton da sagte, was es bedeutete.

»Mrs. Fallon, geht es Ihnen nicht gut, ist Ihnen schwindelig? Kommen Sie, legen Sie den Kopf zwischen die Knie.«

Cassia spürte die kalten, klauenähnlichen Hände im Nacken, die ihren Kopf niederzwangen. Das verstärkte ihr Gefühl noch, sich in einem Alptraum zu befinden. Sie kämpfte dagegen an, gegen die Hände, gegen den Alptraum, und dann stieß sie hervor: »Bitte entschuldigen Sie, Miss Monkton, aber ich brauche unbedingt frische Luft.«

Sie stand auf, verließ das Haus und sank auf dem vertrockneten Rasen nieder. Es war warm hier draußen. Sie spürte die Sonne auf ihrem Gesicht, hörte das beruhigende Geräusch eines Autos, das die Straße hinunterfuhr; Kühe muhten, in der Hecke zwitscherten Vögel, und im Nachbargarten brummte ein Rasenmäher. Allmählich ließen die Übelkeit und die Schwäche nach. Cassia hob den Kopf, holte tief Luft und schaffte es, Miss Monkton anzulächeln, die ihr gefolgt war.

»Bitte entschuldigen Sie, Miss Monkton. Ich wollte Sie nicht beunruhigen.«

Später erfuhr sie noch etwas mehr: Miss Monkton, bestürzt über das, was sie vorgefunden hatte, hatte Leonora gedrängt, sich Hilfe zu suchen, besonders, da sie offensichtlich schwer krank war.

»Was für eine Krankheit hatte sie, Miss Monkton?«

Die Frau errötete. »Es waren ... Frauenbeschwerden, Mrs. Fallon.«

»Ja, ich verstehe. Hat sie Ihnen das gesagt?«

»Äh, ja. Und es gab auch Hinweise darauf, im Badezimmer, ein ganzer Stapel Schmutzwäsche ... ach du liebe Güte.«

»Sie meinen, sie hatte starke Blutungen?«

»Ja«, flüsterte Miss Monkton. »Sie sagte, es sei ... na ja, ihr Alter, wissen Sie, es gebe keinen Grund zur Besorgnis. Ich habe sie angefleht, einen Arzt aufzusuchen, aber sie sagte, das könne sie sich nicht leisten und es sei auch nicht nötig.«

»Haben Sie das irgendjemandem erzählt?«

»Ich musste ihr versprechen, es keinem ihrer Freunde und Bekannten zu erzählen. ›Lieber den Tod als Unehre, Miss Monkton‹, erklärte sie ganz fröhlich. Sie war sehr tapfer. Ich versprach es und ich habe mein Wort gehalten. Ich habe ihr ein paar Sachen besorgt, rezeptfreie Medikamente und Ähnliches, aber meiner Cousine in Paris habe ich von ihrer verzweifelten Lage erzählt. Sie hat sich an ihren Arzt gewandt, der Lady Beatty offenbar aufgesucht hat. Und kurz darauf bekam ich einen Brief von Lady Beatty, mit einer ganz anderen Adresse – ein wirklich sehr schönes Viertel, das sechzehnte Arrondissement, in der Nähe von Passy. Es ginge ihr gut, schrieb sie, sie fühle sich viel besser und ein alter Freund sei aufgetaucht und hätte ihr Geld geliehen. Sie dankte mir für meine Hilfe ...«

Auf der Heimfahrt spürte Cassia ein Gewicht irgendwo zwischen Kopf und Herz lasten, das nichts mit Bertie oder Edward zu tun hatte, nicht einmal mit Rupert. Sie konnte die einzelnen Bestandteile des Gefühls nicht genau analysieren, aber eines wusste sie: ein Großteil davon war Angst.

23

»Also, wie gut kannten Sie meinen Schwiegersohn denn nun, Mr. Foster?« Ada Forbes Miene war streng.

Für einen Augenblick verspürte Dominic Foster die wilde Versuchung, ihr die Frage wahrheitsgemäß zu beantworten. »Ach, ziemlich gut. Wir waren Geschäftspartner, aber wir waren auch Freunde.«

»Aha. Tragische Geschichte. Wirklich tragisch. Meine Tochter ist vollkommen am Boden zerstört. Sie hatte einen Nervenzusammenbruch, steht ständig unter Beruhigungsmitteln und musste in ein Sanatorium gebracht werden. Und die Kinder ... tja, eines vor allem, sind ganz verzweifelt. Armes kleines Ding, verweigert jede Nahrungsaufnahme. Wir machen uns ziemliche Sorgen um sie.«

»O Gott.« Reine, bittere Reue durchfuhr ihn. »Fanny?«

»Ja. Sie war sein Liebling.«

»Ja, ich weiß, das hat er mir erzählt.«

»Wie außergewöhnlich. Sie müssen wirklich sehr gute Freunde gewesen sein.«

»Ja, das waren wir. Und deswegen ... deswegen wollte ich ja auch so gern mit Ihrer Tochter sprechen, wie ich in meinem Brief schrieb. Verstehen Sie, wir haben viel miteinander gesprochen, Benedict und ich, in den letzten Tagen vor seinem Tod. Ich wollte ihr davon erzählen, weil ich dachte, dass es ihr vielleicht helfen könnte. Das ist alles.«

»Ihr Zustand lässt das im Augenblick leider nicht zu.

Wollen Sie damit sagen« – Ada Forbes beugte sich vor –, »wollen Sie damit sagen, Sie wissen, warum er sich umgebracht hat?«

»Ja«, sagte Dominic schlicht.

»Ich verstehe.« Sie brannte offensichtlich darauf, mehr zu erfahren, aber er schwieg eisern. »Nun, wenn es meiner Tochter besser geht, werde ich es ihr ausrichten und sie fragen, ob sie mit einem Besuch einverstanden wäre.«

»Ja, natürlich. Was ich zu sagen habe, könnte ihr ein wenig helfen.«

»Nun, wir werden wohl damit leben müssen. Im Augenblick kann keiner zu ihr durchdringen, arme Seele.« Ada Forbes betupfte sich die Augen und lächelte ihn schwach an. »Ich muss jetzt gehen, Mr. Foster. Ich werde es meiner Tochter ausrichten. Guten Tag.«

Dominic Foster geleitete sie aus dem Büro, kehrte zu seinem Schreibtisch zurück und starrte lange Zeit auf die Stelle, an der sie gesessen hatte. Er dachte an Benedict, sah seine hoch gewachsene Gestalt vor sich, die träge Anmut, das plötzlich aufstrahlende Lächeln, hörte im Geist seine Stimme, ungezwungen, amüsiert, amüsant. Und er hörte seine eigene Stimme, dumpf und elend, als er Benedict in dieser furchtbaren Nacht seine Entscheidung mitgeteilt hatte. Als er das eine gesagt hatte, das Benedict offenbar nicht ertragen konnte.

Cassia hatte die Arme um Fanny gelegt, hielt den erbarmungswürdig mageren, kleinen Körper fest und spürte, wie er von Schluchzern geschüttelt wurde. Sie hatte eigentlich Harry Moreton in seinem Büro aufsuchen wollen, aber als sie erfuhr, dass Cecily in ein Sanatorium gebracht worden war, hatte sie beschlossen, erst nach den Kindern zu sehen.

Adams hieß sie fast überschwänglich willkommen, Susan warf sich ihr praktisch in die Arme und rief: »Oh, Madam, ich bin ja so froh, Sie zu sehen!«, und die Kinderfrau kam die Treppe heruntergeeilt, führte sie in den Salon und erklärte, noch nie in ihrem Leben sei sie so erleichtert gewesen, jemanden zu sehen.

»Ich wollte Sie schon anrufen, Madam, aber Mrs. Forbes war dagegen. Sie findet, dass sie am besten geeignet ist, mit allem fertig zu werden, und sicher, sie ist die Großmutter, aber ...«

»Womit fertig werden? Mit den Kindern?«

»Nein, nicht direkt, es geht um Fanny. Sie hat sich völlig in sich selbst zurückgezogen, will mit keinem reden und verweigert die Nahrungsaufnahme.«

»Verweigert die Nahrungsaufnahme! Wie lange schon?«

»Nun, nach Mr. Harringtons Tod hat sie schon wenig genug gegessen, aber nachdem ihre Mutter den Zusammenbruch hatte, hat das Kind gar nichts mehr zu sich genommen. Dr. Rushton ist allmählich ganz verzweifelt, er sagt, bald werden wir sie zwangsernähren müssen.«

»Ganz bestimmt nicht. Wo ist sie? Glauben Sie, sie wird mit mir reden wollen?«

»Ich weiß es wirklich nicht, Madam. Ihre Großmutter will sie nicht sehen, das ist mal sicher.«

»Sagen Sie ihr, dass ich hier bin und wirklich gern mit ihr reden würde. Sagen Sie ihr, dass Bertie ins Internat gekommen ist, ich ihn furchtbar vermisse und es mich aufheitern würde, wenn ich mit ihr sprechen könnte.«

Fünf Minuten später klopfte es leise und Fanny stand in der Tür. Cassia war schockiert. Das Mädchen war nicht nur dünn, sie war ausgemergelt. Ihr Gesichtchen war wachsbleich, die braunen Augen riesengroß und dunkel umschattet. Das Kleid hing lose an ihr herunter, und die

Beine in den schwarzen Strümpfen waren dürr wie Stöckchen.

»Hallo, Fanny.« Cassia hoffte, dass man ihr den Schock nicht ansah. »Wie geht es dir?«

»Ganz gut«, antwortete Fanny, und dann rannte sie los und warf sich weinend ins Cassias Arme.

»Versprich mir«, sagte sie mit klappernden Zähnen – ihr war sehr kalt, merkte Cassia –, »versprich mir, dass du nicht über Essen reden wirst.«

»Ich verspreche es. Warum sollte ich auch darüber reden?«

Fanny warf ihr einen scharfen Blick zu. »Sei nicht albern. Das weißt du doch genau.«

»Entschuldige. Ja, ich weiß es. Aber ich verspreche, nicht davon anzufangen. Was ist denn los?«

»Ich ... ich habe Mama krank gemacht. An diesem Tag. Es war meine Schuld. Und jetzt wird sie sterben, und ...«

»Fanny, wer hat dir gesagt, dass sie sterben wird?«

»Sie selbst.«

»Fanny, bist du sicher?«

»Ja. Ganz sicher. Ich habe gehört, wie sie es sagte, ich war ja dabei. Und es war meine Schuld. Siehst du, ich habe ihr einen Brief gegeben. Ich habe ihn unten auf dem Tisch liegen sehen, und Stephanie hat gefragt, soll ich ihn ihr hochbringen, aber Nanny meinte, nein, Mama würde schlafen, sie sei sehr müde, sie brauche viel Ruhe, weil Papas Tod sie so mitgenommen habe. Und ich fand das albern. Weil sie gar nicht traurig war. Es ging ihr gut, Papas Tod hat ihr gar nichts ausgemacht. Sie hat nicht mal geweint.« Fanny hielt inne.

Cassia holte tief Luft. »Fanny, manchmal sind Leute so unglücklich, dass sie nicht weinen können. Mir ist es auch so gegangen, als meine Mutter starb. Wusstest du, dass meine Mutter gestorben ist, als ich ungefähr so alt war wie du, na ja, ein bisschen älter?«

»Nein, wusste ich nicht.« Das Mädchen, das Mitgefühl und Verständnis spürte, kuschelte sich enger an Cassia.

»Sie erwartete ein Kind und ist bei der Geburt gestorben. Das Baby auch. Und ich konnte nicht weinen, ich konnte es einfach nicht. Ich stand da und schaute sie an, und ich konnte nicht weinen, es war zu schrecklich, zu traurig. Und ich weiß, dass deine Mama sehr unglücklich über den Tod deines Vaters war.«

»Nein, war sie nicht. Es war nicht wie bei dir – das kann ich mir vorstellen, ich habe mich nach Papas Tod auch so gefühlt, eine Zeit lang. Aber Mama war ganz glücklich, sie hing immer am Telefon und lachte mit ihren Freundinnen. Erzähl mir nicht, dass sie unglücklich war, sie war es nicht.«

»Gut.«

»Also habe ich ihr den Brief hochgebracht, und sie saß im Bett und las eine Zeitschrift. Und sie lächelte und streckte die Hand aus, und ich wusste, dass sie mich küssen wollte, und ich ... ich warf ihr den Brief hin und sagte: ›Der ist für dich gekommen.‹ Ich habe sie beobachtet. Und sie schaute den Brief lange an und sagte dann: ›Ich glaube, ich möchte ihn jetzt nicht lesen‹, und ich sagte: ›Gut, dann lese ich ihn dir vor‹. Ich griff nach dem Brief und sie entriss ihn mir und ich versuchte, ihn wiederzubekommen, und dann habe ich gesagt, mach schon, mach ihn auf, und sie machte ihn auf, ganz langsam, und las ein Stück. Und dann fing sie plötzlich an zu schreien. Sie hörte gar nicht wieder auf, es war so furchtbar, sie wurde ganz steif, und ich ging zum Bett und fragte: ›Was ist denn los, was steht drin?‹ und wollte ihr den Brief aus der Hand nehmen, und sie sagte: ›Das darfst du nicht, du hättest ihn mir nicht bringen sollen.‹ Und dann sagte sie: ›Das wird mein Tod sein‹ und fing wieder an zu schreien. Dann kamen alle angerannt, und – und dann …« Fanny wurde wieder von Schluchzern geschüttelt, der magere kleine Leib zuckte krampfartig.

»Schsch, Fanny, ist ja gut.«

»Es ist nicht gut. Wenn ich ihr nicht den Brief gebracht hätte und sie gezwungen hätte, ihn zu lesen, hätte sie das nicht getan, sie wäre weiter glücklich gewesen. Und jetzt wird sie sterben.«

»Fanny, deine Mutter wird nicht sterben. Das musst du mir glauben.«

»Aber was hat sie dann gemeint?«

»Schätzchen, das weiß ich nicht, aber nicht das, was du dachtest, das versichere ich dir. Die Leute sagen alle möglichen schrecklichen Sachen, wenn sie außer sich sind. Erst heute Morgen habe ich mit Dr. Rushton gesprochen und er sagt, sie hat einen Nervenzusammenbruch. Daran ist noch kein Mensch gestorben. Sie wird eine ganze Weile im Sanatorium bleiben müssen, aber mit der Zeit wird sie sich wieder erholen.«

Fanny sah sie an. »Ist das wirklich wahr?«

»Ja. Es ist wahr.«

Das Mädchen rutschte von Cassias Knie herunter und ging zum Bücherregal. »Was hast du vor, Fanny?«

»Ich hole die Bibel. Ich will, dass du darauf schwörst.«

Cassia legte die Hand auf die Bibel und schwor, dass sie die Wahrheit gesagt hatte.

»Danke«, sagte Fanny und holte tief Luft. »Nimm deine Hand noch nicht weg. Wolltest du mich wirklich sehen, weil Bertie dir so fehlt? Oder wolltest du mich sehen, weil sie dir erzählt haben, dass ich … nichts esse?«

»Ja«, antwortete Cassia und lächelte das Kind an. Ihr Herz wurde leichter, als sie sah, dass die Winkel des hübschen kleines Mundes sich etwas gehoben hatten. »Nein, ich fürchte, es stimmte nicht ganz, dass ich dich nur wegen Bertie sehen wollte. Ich habe mir Sorgen um dich gemacht, aber Bertie fehlt mir ganz schrecklich und auch William vermisst seinen großen Bruder sehr. Sag mal, hättest du nicht Lust, ein paar Tage bei uns zu bleiben, wenn deine Großmama einverstanden ist?«

»Oh«, sagte Fanny, und man hörte die Sehnsucht aus ihrer Stimme heraus, »o ja, das würde ich furchtbar gern.«

Anfangs sträubte Ada Forbes sich. Sie schulde es ihrer Tochter, erklärte sie Cassia, den Haushalt zu führen und für die Kinder zu sorgen, sie habe es ihr sogar in die Hand versprochen, als sie in den Krankenwagen gehoben wurde. So gern sie Fanny auch in Cassias Obhut geben würde, sie könne es einfach nicht mit ihrem Pflichtgefühl vereinbaren. »Ich weiß nicht, ob das für das Kind wirklich am besten wäre«, meinte sie. »Es ist einfach lächerlich, dass sie nichts zu sich nimmt. Dagegen muss dringend etwas getan werden. Sie braucht die ärztliche Behandlung von Dr. Rushton, und mir gefällt der Gedanke ganz und gar nicht.«

»Mein Mann ist Arzt«, erklärte Cassia vorsichtig. »Falls notwendig, wäre also sofort ein Mediziner zur Stelle, und …« Da kam ihr plötzlich ein Einfall, gespeist von der Erinnerung daran, dass Mrs. Forbes häufig die Ansicht geäußert hatte, London sei nichts für Kinder. »Und die Landluft würde Fanny sicher gut tun. In einer Großstadt ist die Luft so ungesund und gerade im Augenblick wäre eine andere Umgebung sicher hilfreich.«

Sie sah, wie Mrs. Forbes das mit offenkundiger Erleichterung akzeptierte. »Das ist sicher wahr«, stimmte sie zu. »Nun, vielleicht wäre es doch eine gute Idee. Ich könnte eine Pause jedenfalls dringend brauchen. In den letzten Wochen habe ich für diese Familie geschuftet wie ein Kuli und niemand hat es mir gedankt. Ja, ich glaube, ich werde Ihr freundliches Angebot annehmen. Vorausgesetzt natürlich, dass Dr. Rushton keine Einwände hat. Vielen Dank, Mrs. Fallon, das ist wirklich sehr freundlich von Ihnen.«

»Aber überhaupt nicht. Ich habe Fanny sehr gern. Äh, Mrs. Forbes, Fanny erwähnte, dass ein Brief ihre Mutter so verstört hat. Wissen Sie etwas darüber?«

»Nein«, erklärte Ada fest. »Ich habe jeden Tag die Korrespondenz meiner Tochter durchgesehen, und ich versichere Ihnen, mir ist nichts aufgefallen, das auch nur annähernd als verstörend bezeichnet werden könnte.« Es war eine Sache, Fanny in Mrs. Fallons Obhut zu geben, aber der Frau etwas über die Privatangelegenheiten ihrer Tochter zu erzählen, kam natürlich überhaupt nicht infrage.

Cassia kam zu spät zu ihrer Verabredung mit Harry. Als seine Sekretärin sie in sein Büro führte, war er äußerst schlecht gelaunt.

»Du bist sehr spät dran«, knurrte er.

»Bitte entschuldige. Ich habe Cecilys Kinder besucht – Fanny geht es gar nicht gut.«

»Armes kleines Ding«, sagte er und überraschte sie damit. »Was fehlt ihr denn – abgesehen davon, dass sie praktisch beide Eltern verloren hat?«

»Sie isst nicht und schläft nicht. Jedenfalls, sie wird für ein paar Tage bei uns bleiben.«

»Wie schön für sie. Wie ausgesprochen nett von dir.« Wieder betrachtete er sie fast mit Abscheu.

Seine Sekretärin, Miss Murray, brachte Kaffee und Kekse. Cassia nahm eine Tasse Kaffee, winkte dankend ab, als ihr Kekse angeboten wurden, trank einen Schluck und sagte: »Harry, was ist los?«

»Ach, nichts.« Er gab sich sichtlich Mühe, ein wenig freundlicher zu sein. »Wie ich höre, hast du netterweise für Edwina einen Termin bei einer Ärztin ausgemacht.«

»Ja, bei Monica Gerard. Sie ist eine hervorragende Gynäkologin und Chirurgin.«

»Na, solange sie Edwina wieder auf Vordermann bringt. Selbstredend wäre meine Wahl nicht gerade auf eine Frau gefallen, aber bitte ...«

»Ja, Edwina erwähnte dein seltsames Vorurteil gegenüber Ärztinnen.«

»Ich habe keineswegs Vorurteile. Es ist nur, dass ...«

»Du findest, dass Männer besser sind. Wirklich, Harry, es überrascht mich, dass du keinen Mann als Sekretär beschäftigst.«

»Das ist doch etwas ganz anders«, erwiderte er grinsend. »Sekretärinnen spielen eine unterstützende Rolle, für die Frauen viel besser geeignet sind. Nein, Cassia, ich versichere dir, ich habe nichts dagegen, dass Frauen berufstätig sind. Ich finde es großartig – theoretisch.«

Cassia seufzte. »Nun, wie dem auch sei, Edwina fehlt tatsächlich etwas, aber ich glaube nicht, dass es ernst ist. Ich wünschte nur, sie hätte schon längst einen Frauenarzt aufgesucht.«

»Ja. Hat sie aber nicht. Also, was kann ich für dich tun? Ich habe nicht viel Zeit.«

»Nein. Nein, natürlich nicht.« Sie nahm noch einen Schluck Kaffee. Er war sehr stark, aber köstlich. Kein Wunder: Harry war sehr heikel, was seinen Kaffee anging, dafür war er berühmt-berüchtigt. Der Kaffee musste unbedingt frisch gemahlen sein, stark und sehr heiß. Harry war in den meisten Dingen sehr heikel. Edwina hatte es sicher nicht leicht mit ihm.

Sie sah ihn scharf an. »Harry, du hast mir doch erzählt, dass Rollo Leonora gut versorgt zurückgelassen hat.«

In den dunklen Augen flackerte es nicht einmal. »Das habe ich in der Tat, weil es offenkundig stimmte. Als Leonora starb, wohnte sie in einer luxuriösen Wohnung in Paris, wurde von qualifiziertem Pflegepersonal versorgt und von einem ausgesprochen teuren Spezialisten behandelt.«

»Vor kurzem habe ich Miss Monkton besucht.«

»Oh, Monk. Ja. Was um alles in der Welt hat dich denn dazu getrieben?«

»Richard hatte mir erzählt, dass sie Leonora in Paris besucht hat. Das hat mich überrascht, weil ich immer dachte, sie würde Leonora ablehnen, sie war immer so missbilligend, aber er sagte, sie sei sehr nett zu ihr gewesen. Ich wollte ihr dafür danken. Und Miss Monkton sagte ... sie sagte, dass Rollo in Geldschwierigkeiten steckte. Dass er und Leonora fast alles verloren hätten. Und nachdem er Leonora verlassen hatte, lebte sie in äußerst bescheidenen Verhältnissen.«

»Ach«, entgegnete er leichthin, »vielleicht bescheiden im Vergleich zu ihrem Haus in London, aber ...«

»Harry, sie lebte in Armut. So hat Miss Monkton sich ausgedrückt. Sie war ganz allein, sie war krank und konnte nicht zum Arzt gehen, weil sie sich die Behandlung nicht leisten konnte.«

Er rührte sich nicht, wirkte in keinster Weise aus der Fassung gebracht, sondern vollkommen gelassen, sogar leicht amüsiert. »Nun«, sagte er schließlich, »und was, glaubst du, ist dann passiert? Wie erklärst du es dir, dass ich Leonora bei meinem Besuch in solch angenehmen und erfreulichen Verhältnissen vorfand?«

»Ich weiß es nicht, Harry. Leonara hat Miss Monkton geschrieben, ein alter Freund wäre aufgetaucht und hätte ihr Geld geliehen.«

»Na, da hast du die Erklärung.«

»Nein, denn wenn das Geld nur geliehen war, würde das den Luxus nicht erklären, in dem sie ja angeblich lebte. Sie hätte kaum viel von dem Geld ausgeben können, oder?«

»Nein, wahrscheinlich nicht. Doch dann ist Gresham zu ihr zurückgekehrt. Selbst er hatte ein Gewissen. Und ich kann mir nicht vorstellen, dass er wirklich mittellos war. Undenkbar, dass er sein ganzes Vermögen verspielt haben soll. Hör zu, warum legst du nicht die Karten auf den Tisch und sagst mir, was du wirklich wissen willst? Ich hasse Ausflüchte und Winkelzüge. Sonst fehlt mir für dieses Gespräch wirklich die Zeit.«

Im vollen Bewusstsein, dass sie immer noch der Hauptsache auswich, ihrer wahren Angst, sagte sie: »Ich dachte nur, sie hätte dir vielleicht erzählt, was passiert ist.«

»Cassia, du musst wissen, dass die Leute nicht gerade geistig klar sind, wenn sie im Sterben liegen. Besonders nicht, wenn sie unter Morphium stehen und sich jede Menge medizinisches Personal um sie drängt.«

»Ja, das ist mir klar. Aber ...« Wieder hielt sie inne.

»Aber was, Cassia?«

»Na ja, was ist mit dem Geld, das sie mir hinterlassen hat? Es war unheimlich viel, Harry. Wenn sie so verzweifelt war, hätte sie doch sicher etwas davon für sich selbst ausgegeben.«

»Cassia, ich bitte dich. Sie hat dir ein Treuhandvermögen hinterlassen. Hast du eine Ahnung, wie schwer es ist, da ranzukommen? Das ist schließlich der Sinn der Sache.«

»Aber was ist mit den Zinsen? Mr. Brewster sagte, sie hätte die Zinsen bekommen.«

»Die ihr zweifellos mit Höchstgeschwindigkeit durch die Finger geflossen sind.«

Sie starrte ihn an und verfluchte seine Fähigkeit, sie aus der Fassung zu bringen, sie wütend zu machen und in ein Labyrinth irrelevanter, belangloser Argumente zu verstricken.

»Hör zu, Cassia. Ich weiß nicht genau, was du eigentlich beweisen willst, aber was es auch sei, ich kann dir leider nicht helfen. Tut mir Leid.«

»Du könntest mir helfen«, rief sie und holte tief Luft, »wenn du mir endlich die Wahrheit sagen würdest.«

»Und welchen speziellen Teil dieses ziemlich zweifelhaften Guts hättest du denn gern? Vielleicht bist du so nett und sagst mir das.«

»Gut. Hast du gewusst, dass Leonora in Armut lebte, hast du sie aus dem elenden Loch herausgeholt, in dem Miss Monkton sie gefunden hat, und ihr die Wohnung in Passy besorgt?« Mehr wagte sie ihn nicht zu fragen. Der Rest war zu dunkel, zu gefährlich. Darüber wagte sie im Moment nicht zu spekulieren.

Er sah sie mit nachdenklichen, dunklen Augen an. Es war sehr still im Raum. Sie konnte die Uhr ticken und die Heizkörper gurgeln hören. Dann schob er seinen Stuhl zurück. »Nein, Cassia, das habe ich nicht. Reicht das? Vielleicht bist du ja jetzt so freundlich, die ganze Angelegenheit auf sich beruhen zu lassen, damit ich mit meiner Arbeit weitermachen kann. Ich habe eine Firma zu leiten.«

Cassia stand auf. Sie hatte Angst, weiterzufragen, und sie hatte Angst, nicht weiterzufragen. Endlich brachte sie heraus: »Vielen Dank, dass du mir deine Zeit geopfert hast, Harry.«

»Schon gut. Aber ich wünschte, du würdest mit diesem Blödsinn aufhören und die Sache nicht weiterverfolgen.«

Als sie die Straße hinunterging, in dem verwirrten Zustand, einer Mischung aus sexueller Spannung und emotionaler Empörung, den er immer in ihr auszulösen schien, wusste sie, dass sie absolut nichts erfahren und keinen Zentimeter Boden gewonnen hatte. Wahrscheinlich hatte sie sogar an Boden verloren, denn jetzt würde er auf der Hut sein und zukünftigen Schritten ihrerseits vorbauen. »Verdammt«, stieß sie laut hervor, »verdammt, verdammt, verdammt.«

Andererseits hatte er sie noch nie angelogen, das würde dem Wesen ihrer Beziehung widersprechen. Vielleicht hatte Miss Monkton ja übertrieben. Oder Leonora war wirklich nur vorübergehend in Geldnot geraten.

Denn wenn Rollo Gresham Leonora vollkommen mittellos hätte sitzen lassen, wäre er wohl kaum zurückgekommen. Und Harry hätte das nicht behauptet, wenn es nicht wahr gewesen wäre.

»Waren Sie deswegen schon bei einem anderen Frauenarzt?«, fragte Miss Gerard.

»Nein«, antwortete Edwina. »Na ja, nicht in letzter Zeit.« Sie wusste nicht genau, wie viel sie dieser seltsamen, energischen, aber dabei recht sympathischen Frau erzählen sollte.

»Nicht wegen der Dysmenorrhö?«

»Wie bitte?«

»Der schmerzhaften Menstruation.«

»Nein. Mein Hausarzt meinte, das würde sich geben, wenn ich erst mal ein Baby hätte.«

»Eine meiner Ansicht nach recht unrealistische Einschätzung«, meinte Miss Gerard kühl. »Außerdem würde eine solche Zyste die Chance einer Empfängnis erheblich verringern.«

»Wirklich?« Eine Flut der Erleichterung überkam Edwina. Das war eine Erklärung, die sie Harry anbieten konnte. Das war sicher nicht ihre Schuld, er konnte sie nicht dafür verantwortlich machen ... Vielleicht würde sie ja doch noch schwanger werden können. »Und wodurch entstehen diese Zysten?«

»Das wissen wir nicht genau. Es passiert einfach, manche Frauen sind anfälliger dafür als andere. Eine Zyste bildet und vergrößert sich in der Hauptsache durch eine Flüssigkeitsansammlung in schon vorhandenen Hohlräumen, zum Beispiel in Eierstockfollikeln.«

»Aber nicht ... nicht durch eine Operation?«

»Eine Operation? Gütiger Himmel, nein. Was für eine Operation denn?« Die Gynäkologin sah sie an, und Edwina erkannte, dass ihr sofort klar geworden war, wovon sie sprach.

»Mrs. Moreton, wenn Sie mir noch etwas sagen wollen, können Sie das unbesorgt tun. Niemand wird etwas davon erfahren. Das Sprechzimmer eines Arztes ist wie ein Beichtstuhl, wir sind an die Schweigepflicht gebunden.«

»O nein. Da ist nichts.«

»Gut. Natürlich können Sie sich jederzeit an mich wenden, wenn Sie irgendwelche Ängste haben. Also: Die Zyste muss entfernt werden, und zwar so bald wie möglich. Ich könnte Sie nächsten Freitag einschieben, oder am Mittwoch darauf. Was würde Ihnen besser passen?«

»Freitag, glaube ich. Ja, Freitag. Wie lange muss ich im Krankenhaus bleiben?«

»Drei oder vier Tage. Übrigens, Ihre Freundin, die die Zyste entdeckt hat, ist sie Ärztin? Oder Krankenschwester?«

»Ärztin. Na ja, sie hat Medizin studiert. In St. Christopher's.«

»Ach wirklich. Wie heißt sie?«

»Cassia Fallon.«

»Nun, offensichtlich versteht sie etwas von ihrem Fach. Eine Eierstockzyste ist nicht so leicht zu entdecken, besonders nicht, wenn sie wie diese noch verhältnismäßig klein ist. Richten Sie Ihrer Freundin aus, sie sei eine kluge Frau. Auf Wiedersehen, Mrs. Moreton. Bis nächste Woche.«

Bertie lag weinend im Bett. Er hatte sich eine Socke in den Mund gestopft, damit niemand im Schlafsaal ihn weinen hörte und dafür bestrafte, und fragte sich, wie er die fünfeinhalb Wochen (oder vierzig Tage oder 960 Stunden) bis zu den Ferien ertragen sollte. Und wie er es schaffen sollte, seinen Eltern und Geschwistern nichts davon zu erzählen, dass das Leben im Internat eine schmerzhafte, elende, tägliche Tortur war und er lieber sterben würde, als die nächsten sieben Jahre hier zu verbringen.

24

»Er scheint ganz glücklich zu sein«, sagte Cassia und reichte Berties Brief an Edward weiter.

»Natürlich ist er glücklich. Jede Menge anderer Jungen zum Spielen, jede Menge Sport – wie könnte er da unglücklich sein?«

»Kann ich den Brief auch mal lesen?«, fragte Fanny, als Edward den Raum verlassen hatte.

»Aber natürlich, Schätzchen.« Cassia lächelte das Mädchen an. Nach nur fünf Tagen war sie nicht wieder zu erkennen; sie war immer noch sehr dünn, aber sie hatte wieder etwas Farbe im Gesicht und – noch entscheidender – Leben in den Augen.

»Telefon für Mrs. Fallon«, verkündete Peggy, die mit einem Tablett hereinkam. »Mr. Cameron ist am Apparat. Kann ich jetzt den Frühstückstisch abräumen?«

»Ja, sicher.« Lächerlicherweise glühte ihr Gesicht und ihr Herz pochte. Jede Erwähnung von Rupert erfüllte sie jetzt mit panischem Schuldgefühl. »Ihr Kinder helft Peggy, und dann, William, müssen wir zur Schule.«

Rupert wollte, dass sie zur Probe kam. »Es steht einfach noch nicht ganz. Bitte komm und schau dir die Probe an. Sag mir deine ehrliche Meinung. Jasper ist vollkommen einverstanden, er will seinen Hauptfinanzier liebend gern einbeziehen. Bitte komm doch.«

Cassia zögerte. Sie hatte ihm schon mehrmals gesagt, dass sie einander im Moment lieber nicht sehen sollten, aber er war sehr verletzt gewesen, tief betroffen und hatte gemeint: »Natürlich werde ich mir eine andere Unterkunft suchen, aber wir können uns doch sicher weiter sehen. Soll eine einmalige Unbedachtheit unsere lebenslange Freundschaft zerstören? Das würde mich sehr betrüben. Betrachtest du mich denn nicht mehr als deinen Freund?«

»Doch, natürlich«, hatte sie hastig erwidert, aber es stimmte nicht ganz. Die alte Unbefangenheit war fort, die erfreuliche, plänkelnd-prickelnde Kameradschaft, und mit ihr das Vertrauen.

Vielleicht, überlegte sie, als sie in der Diele stand, würde das Theater sie einander wieder näher bringen, und sie erklärte sich bereit, zur Probe zu kommen.

Und außerdem wollte sie ihm von Miss Monkton erzählen, ihren Enthüllungen über Leonora und ihre finanzielle Lage, und über Cassias wachsende Überzeugung, dass das Geld aus einer ganz anderen Quelle kam – einer furchtbar gefährlichen Quelle ...

Seit dem Besuch bei Miss Gerard hatte Edwina das Gefühl, wie auf Wolken zu schweben. Es war ein berauschender Gedanke, Harry sagen zu können, dass sie niemals Kinder haben würden, es aber nicht ihre Schuld war. Natürlich würde er enttäuscht sein, aber er würde darüber hinwegkommen. Sie vermochte es ja nicht zu ändern, und sie konnte ihr Leben weiterleben, unbelastet von Schuldgefühlen. Erst jetzt merkte sie, wie stark ihre Schuldgefühle gewesen waren, wie abgrundtief ihre Angst vor Entdeckung.

Heute Morgen war Redaktionskonferenz in Miss Le Pages Büro. Die halbjährlichen Auflagenziffern waren hereingekommen, und die Auflage von *Style* war gesunken.

»Was bedeutet, wie Sie natürlich wissen, Miss Le Page«, hatte Francis Stevenson-Cook, der Verlagsleiter, in seiner aufgesetzt lässigen Manier erklärt, »dass die Werbeeinnahmen sinken werden. Und wer weiß, was das nach sich zieht? Vielleicht brauchen wir ein paar Redakteurinnen weniger? Mmm?«

Francis Stevenson-Cook (geboren war er als Frank Stephens), war vom Bürojungen der Zeitschrift *Style* zum Herrscher des Imperiums aufgestiegen, zu dem *Style* und die Schwesternmagazine *Home Style, Wedding Style* und *Country Style* gehörten.

Er war bisexuell, außerordentlich attraktiv und ungemein elegant. Es hieß, dass sogar der Prince of Wales gelegentlich seinem Beispiel folgte. Seine meisterhaft geschneiderten Maßanzüge waren in verschiedenen Grauschattierungen gehalten, die Hemden waren cremefarben und aus feinstem Batist oder Seide. Sein welliges braunes Haar fiel ihm lang über die strahlend blauen Augen, er trug eine Fliege, wann immer er den Eindruck hatte, dass der Anlass es gestattete, und er trug immer einen Stock mit Silberknauf bei sich.

Er bewunderte Frauen und schätzte sie, und er hatte ein unglaublich feines Gespür für ihren Geschmack. Niemand konnte einen neuen Trend in der Damenmode, eine neue Modefarbe in der Inneneinrichtung oder ein neues Gartenkonzept schneller und verlässlicher erkennen als Francis Stevenson-Cook. Er war brillant, amüsant, charmant – und absolut skrupellos.

Seine Wohnung in der Mount Street wurde alle zwei Jahre aufwändig renoviert und teilweise neu eingerichtet – auf Kosten des Innenarchitekten, der gerade am meisten bestrebt war, sich bei ihm einzuschmeicheln. In Paris besaß Franics Stevenson-Cook eine ebenso luxuriöse Wohnung, er gab unerhört kostspielige Gesellschaften und wurde häufig in Londons schicksten Restaurants und Nachtclubs gesichtet, begleitet von schönen jungen Frauen.

Seine sexuellen Neigungen waren eine reichhaltige Quelle des Klatsches. Sein Butler und Sekretär, der bei ihm lebte und sein Leben mit eiserner Effizienz regelte, war Gerüchten zufolge auch sein Liebhaber. Obwohl Francis Steven son-Cook dieses Gerücht mit einer Mischung aus boshafter Mutwilligkeit und Pragmatismus nährte, war die Beziehung in Wahrheit rein platonisch. Er hatte tatsächlich Liebhaber beiderlei Geschlechts, jedoch war er nicht promiskuitiv (obwohl er auch dieses Gerücht nährte). Sex nahm einen eher geringen Stellenwert in seinem Leben ein; er zog es vor, seine erheblichen Energien für die Arbeit aufzusparen.

Alle seine Redakteurinnen lebten in panischer Angst vor ihm, mit Ausnahme von Drusilla, die ihn als gewöhnlich bezeichnete (ein Urteil, das er aufrichtig und rückhaltslos akzeptierte, wie er ihr einmal erklärt hatte). Er seinerseits betrachtete sie als einziges Mitglied der Redaktion, das tatsächlich unersetzlich war. Moderedakteurinnen gab es wie Sand am Meer, wie er gerne sagte, aber von einer Frau, die fast jede adlige Persönlichkeit im Land beim Vornamen nannte, konnte man das nicht behaupten.

Er nahm heute an der Redaktionskonferenz teil. Seine leuchtenden Augen hefteten sich auf das Gesicht der jeweiligen Sprecherin, obwohl er sich selbst selten zu Wort meldete, und wenn, dann allenfalls mit der Bitte, die Sprecherin möge ihre Worte noch einmal wiederholen. Er erklärte das stets mit dem Wunsch, das Gehörte sorgfältig zu erwägen, vermittelte aber stets den Eindruck, so viel haarsträubende Dummheit gar nicht glauben zu können.

Camilla Marsden-Rose hatte gerade zum zweiten Mal an diesem Vormittag den Modeteil für die Februarausgabe vorgestellt, mit wesentlich weniger fester Stimme als gewöhnlich, als Edwina merkte, dass Francis Stevenson-Cooks Blick auf sie gerichtet war. Sie erwiderte ihn kühl.

»Ich glaube, wir sind einander noch nicht vorgestellt worden«, sagte Stevenson-Cook und ein angedeutetes Lächeln umspielte seine Mundwinkel. »Miss Le Page, vielleicht könnten Sie ...«

»Gewiss doch.« Interessanterweise war die Chefredakteurin leicht nervös. »Das ist Edwina Moreton, die seit kurzem der Redaktion angehört. Mrs. Moreton betreut die ›Tipps und Trends‹-Kolumne.«

Er verbeugte sich und Edwina lächelte leicht und neigte den Kopf. »Mrs. Moreton«, sagte er, den Blick eindringlich auf sie gerichtet, »sagen Sie mir, was ist Ihrer Ansicht nach das Top-Thema der aktuellen Frühjahrsmode?«

Edwina zögerte. Wenn sie einfach wiederholte, was Camilla Marsden-Rose gesagt hatte, würde sie dämlich wirken, vor allem, da sie nicht ganz mit ihr übereinstimmte. Aber wenn sie es nicht tat, würde sie die Vergeltung der

Moderedakteurin zu spüren bekommen, solange sie bei *Style* arbeitete.

Da kam die Inspiration. »Charme«, antwortete sie fest.

»Ach, wirklich? Und inwieweit sehen Sie diese Eigenschaft in den Kleidern verkörpert, wie sie uns von Mrs. Marsden-Rose beschrieben wurden?«

»Nun ... selbstverständlich in den Materialien, die Mrs. Marsden-Rose erwähnte, der Gaze, dem Organza und so weiter, und in den feminineren Schnitten, aber ich glaube, es liegt auch einfach in der Luft.«

»Sprechen Sie weiter.«

Gott, worauf hatte sie sich da eingelassen? Sie lächelte ihn flüchtig an.

»Ich glaube, Frauen wollen gern wieder weiblicher wirken, Mr. Stevenson-Cook. Sie wollen den Männern wieder gefallen. Darum geht es im Grunde bei der neuen Mode. Es ist kein Wechsel um des Wechsels willen. Wie Mrs. Marsden-Rose ja schon sagte«, fügte sie hastig hinzu.

»Nun ja, nicht ganz, aber lassen wir das. Hochinteressant, finden Sie nicht auch, Miss Le Page?«

»O ja«, sagte Aurora Le Page. Ihre Stimme war sehr kalt.

Nach einem langen Schweigen erklärte er: »Ich stimme Ihnen zu, Mrs. Moreton. Ich würde vorschlagen, dass Ihre Bilder dieses Gefühl vermitteln, Mrs. Marsden-Rose.«

»Natürlich werden sie das«, schnappte Camilla. »Das war sowieso meine Absicht.«

»Zweifellos, aber ich hätte gern auch Männer auf den Fotos, zumindest auf einigen. Die sich ... wie haben Sie es ausgedrückt, Mrs. Moreton? O ja, die sich vom *Charme* der Damen bezaubern lassen.«

»Aber Mr. Stevenson-Cook, würde das nicht ziemlich billig wirken?«

Er blickte sie abwesend an und lächelte dann. »Das hängt doch sicher ganz von der Gestaltung der Modefotos ab. Wofür Sie zuständig sind. Es war natürlich nur ein Vorschlag, die Entscheidung liegt ganz bei Ihnen. Es würde mir nicht im Traum einfallen, Ihnen etwas aufzuzwingen. Das wissen Sie. Könnten wir unsere Aufmerksamkeit jetzt wieder den Anzeigenkunden zuwenden? Wir werden sie in den nächsten sechs Monaten sehr pfleglich behandeln müssen ...«

Edwina blickte sich in dem Raum um, der voller Frauen war, die für eine geschäftliche Besprechung viel zu elegant gekleidet waren. Jedenfalls würden das die meisten Leute zweifellos so sehen. Einige Redakteurinnen trugen Hüte, und alle waren sorgfältig zurechtgemacht und makellos frisiert. Ihr Blick fiel auf Stevenson-Cook mit seinem silberbeschlagenen Stock, der einen Hauch zu geckenhaften Fliege, dem elegant autokratischen Führungsstil, und sie dachte, das Ganze mag absurd sein, aber es hat seinen Sinn. Man konnte keinen Stil diktieren, wenn man keinen besaß. Francis Stevenson-Cook leitete nicht nur ein Zeitschriften-Imperium, das wurde ihr an diesem Vormittag klar, er war ein Vorreiter. Und das gefiel ihr. Das gefiel ihr sogar sehr.

Cecily lag im Bett und blickte aus dem Fenster ihres Krankenzimmers in den Richmond Park hinaus.

Sie war nicht länger verzweifelt, nicht mehr schmerzdurchdrungen und in Tränen aufgelöst. Sie spürte nur noch eine schwere, schwarze Lethargie, die sie gefangen hielt, und sie hatte keine Ahnung, wie sie sich je daraus befreien sollte.

Eines wusste sie: Solange sie lebte, würde sie sich an Fannys zorniges, feindseliges Gesicht erinnern, als sie sie nach der Beerdigung halten und trösten wollte. ›Lass mich bloß in Ruhe‹, hatte Fanny geschrien, und Cecily wusste, warum, ihr war klar, dass das Kind ihr die Schuld an Benedicts Tod gab – und diese Schuldzuweisung war berechtigt. Sie hatte die Verachtung des Kindes verdient. Auch Fannys Stimme, schroff vor Wut, als sie ihr den Brief hinwarf, diesen schrecklichen Brief, und schrie: »Mach schon, lies ihn, lies ihn«, würde sie nie vergessen. Fanny würde ihr nie vergeben, und das war auch ganz richtig so. Mit der Zeit würden Stephanie und sogar der kleine Laurence erfahren, was sie getan hatte, und ihr ebenfalls nie vergeben.

Die Besuche ihrer Mutter waren eine Qual. Sie kamen ihr endlos vor, obwohl sie Gott sei Dank nur dreißig Minuten bleiben durfte. Cecily wandte dann die ganze Zeit über den Blick nicht von der Uhr.

Die Kinder durften sie nicht besuchen, aber die kleinen Zettel und Zeichnungen, die Stephanie ihr schickte, waren eine Marter, denn dadurch kam ihr noch mehr zu Bewusstsein, dass von Fanny gar nichts kam.

Edwina hatte geschrieben und angefragt, ob sie sie besuchen dürfe, ebenso wie Cassia und, zu ihrem Erstaunen, Harry. Die Schwestern lasen ihr die Briefe in einem munteren, aufbauenden Tonfall vor und fragten sie, ob es nicht nett wäre, wenn ihre Freunde vorbeikommen würden, aber sie lehnte immer ab. Und sie war müde. Ohne Tabletten konnte sie nicht schlafen und selbst diese wenigen Stunden waren voller Dämonen, einige abscheulich und gesichtslos, andere durchaus bekannt. Aus diesen grauenhaften Albträumen erwachte sie jedes Mal schreiend, um sich in den beruhigenden, nutzlosen Armen der Schwestern wieder zu finden.

Sie wurde verschiedenen Behandlungen unterzogen, sinnlosen, erschöpfenden Therapien: Medikamente, Psychoanalyse, Schlaftherapie. Es war vollkommen lächerlich, eine reine Farce. Die Ärzte beharrten auf ihrer Sichtweise, dass sie irgendwie krank war, aber sie wusste, dass das nicht stimmte. Sie hatte nur etwas Furchtbares getan und den Rest ihres Lebens würde sie mit dieser Tatsache leben müssen. Und das erschien ihr schlicht unmöglich.

Eine neue Behandlung war im Gespräch, die ihr Angst einjagte: Elektroschocktherapie. Sie sollte eigentlich gar nichts davon wissen, aber die Ärzte hatten es mit ihrer Mutter besprochen, und die hatte es Cecily erzählt. Sie hatte die Drohung als Laientherapie eingesetzt: »Sehr wirkungsvoll, aber wirklich ziemlich unerfreulich, Liebes, wie man so hört. Wenn du dich nur endlich zusammenreißen würdest. Komm nach Hause und kümmere dich um deine Kinder, sie brauchen dich. Es wäre so viel besser für uns alle, besonders für mich. Es ist nicht leicht für mich, dich in einem derartigen Zustand zu sehen, weißt du.«

Ihr Arzt war wütend gewesen, als er entdeckt hatte, dass Cecily von der Elektroschocktherapie wusste. Er hatte sie weinend und vor Angst zitternd vorgefunden und ihr versprochen, sie nicht ohne ihr Einverständnis anzuwenden, aber sie vertraute ihm nicht so recht.

Tag für Tag hatte sie weniger das Gefühl, sich in der Hand zu haben, fühlte sie sich weniger verbunden mit der Person, die im Bett lag, ihr Gesicht und ihren Namen hatte, ihre Kleider trug. Sie hasste sie so sehr, diese Person, die ihren eigenen Mann umgebracht hatte, ihn in den Tod getrieben hatte, sie hasste und fürchtete sie, aber sie konnte ihr nicht entrinnen. Sie war für den Rest ihres Lebens an sie gekettet.

Sie sollte sterben, diese Person, das wäre am besten. Sie verdiente den Tod. Nein, das stimmte nicht: Der Tod war noch viel zu gut für sie.

Nach einem Arbeitsessen in Harry Moretons Büro fragte Dominic Foster endlich, wie es Mrs. Harrington denn ginge.

»Ach, ganz gut, glaube ich«, sagte Harry, der eigentlich keine Ahnung hatte. Er kannte nur die glatten Beteuerungen, mit denen Ada Forbes auf Edwinas Erkundigungen antwortete. »Die Behandlung scheint gut anzuschlagen.«

»Schön«, meinte Dominic. »Großartig.« Wenn Mrs. Harrington auf dem Weg der Besserung war, brauchte er sich weniger Vorwürfe zu machen, und es war nicht so dringend notwendig, mit ihr zu reden und ihr zu erklären, was geschehen war.

»›Mein Liebling.‹« Ruperts Stimme erfüllte die Dunkelheit. Cassia verkrampfte sich, versuchte sich zu entspannen und fragte sich, was sie hier eigentlich machte. Warum hatte sie sich bloß überreden lassen, zur Probe zu kommen? »›Es war so schön, deinen letzten Brief zu erhalten. Das Leben hier ist die Hölle. Es ist fürchterlich. Wir stehen den ganzen Tag im Schlamm, jedenfalls diejenigen, die noch nicht abgeschlachtet worden sind, und nachts schlafen wir im Schlamm. Die Ratten sind unsere ständigen Gefährten.‹«

»Rupert, du übertreibst es ein bisschen.« Die Stimme des Regisseurs durchschnitt die Dunkelheit. »Zu dramatisch. Denk daran, du schreibst diesen Brief in einem Zustand völliger Erschöpfung und Todesangst. Spiel es zurückhaltend, unaufdringlich, etwas lakonischer.«

Rupert begann noch einmal von vorn.

Eigentlich war es faszinierend, das Schauspiel in Rohform zu sehen, zu beobachten, wie es Gestalt annahm. Nicht, dass es viel Gestalt anzunehmen gab. Es war ein Zweipersonenstück und die Bühne war fast leer. Cassia hoffte, dass es etwas werden würde. Nicht um ihretwillen

– sie hatte kein Interesse daran, dass ihre Investition sich auszahlte –, sondern um Ruperts willen. Es war seine große Chance und er brauchte sie dringend. Jetzt mehr denn je, dachte sie und seufzte.

»Mrs. Fallon?« Die Stimme kam von dem Sitz hinter ihr.

»Ja?«

»Ich bin vom *Daily Sketch*. Könnten wir uns kurz unterhalten?«

»Unterhalten? Worüber?«

»Über Ihre finanzielle Beteiligung an dem Stück. Wie ich höre, haben Sie Geld in die Inszenierung gesteckt. Mr. Cameron meinte, ich könnte Sie gern darauf ansprechen.«

Jetzt fiel es ihr wieder ein. Vor ein paar Wochen hatte Rupert sie gefragt, ob sie bereit sei, mit einem Journalisten zu sprechen, der einen Artikel über das Stück schreiben wollte. Die Publicity wäre unbezahlbar, hatte er hinzugefügt. »Es wäre schön, wenn du ein paar Worte dazu sagen könntest, mein Augenstern. Erzähl einfach nur, wie lange wir uns schon kennen und warum du beschlossen hast, dein Geld in dieses Stück zu investieren …« Natürlich würde sie mit dem Mann von der Presse sprechen, hatte sie ihm versprochen.

»Gut, fragen Sie, was Sie wollen. Ich würde den Artikel nur gern lesen, bevor er veröffentlicht wird.«

»Aber selbstverständlich.« Er zog sein Notizbuch hervor. »Also, was hat Sie an dem Stück besonders fasziniert?«

Sie sah schon, sie würde es heute nicht mehr schaffen, mit Rupert über ihre Befürchtungen wegen des Geldes zu reden – und über Harry …

An diesem Abend schluckte Cecily zwei ihrer Tabletten und schob die dritte Pille zwischen ihre Spitzentaschentücher, die auf dem Nachttisch aufgestapelt lagen. Später steckte sie sie in ihren Kulturbeutel. Die Idee war ihr gekommen, als sie zwei der jüngeren Schwestern über eine Patientin sprechen hörte, die gerade eingeliefert worden war. »Sie hat nur zehn Schlaftabletten genommen und das hätte sie fast umgebracht. Zwei, drei mehr, und sie wäre tot gewesen.«

Sie bekam jeden Abend Schlaftabletten, zusammen mit einem Glas warmer Milch. Es sollte wirklich nicht schwer sein, ein gutes Dutzend aufzusparen und dann alle auf einmal zu schlucken. Und dann wäre es vorbei: keine Schuldgefühle mehr, kein Hass mehr, und sie würde von dieser grässlichen, furchtbaren Person wegkommen, die ihren abgemagerten Körper bewohnte. Sie verstand gar nicht, wieso ihr das nicht schon viel früher eingefallen war.

»Also, Mrs. Moreton.« Miss Gerard sah mit ausdruckslosem Gesicht auf Edwina herunter. Edwina, der von der Betäubung noch ganz übel war, versuchte sie anzulächeln, aber es misslang. »Wir haben die Zyste entfernt und das Gewebe zur Untersuchung geschickt, aber da besteht wohl kein Grund zur Sorge.«

Das »da« machte Edwina Sorgen.

»Aber jetzt wissen wir, warum Sie nicht schwanger geworden sind.«

»Wegen der Zyste?«, fragte Edwina hoffnungsvoll.

»Nein, nicht wegen der Zyste. Ich fürchte, die Operation hat ein weit ernsteres Problem enthüllt.«

»Was?« Ein kalter Fühler der Angst kroch in ihren Kopf.

»Mrs. Moreton, Ihre Eileiter sind schwer beschädigt. Sie sind vollständig blockiert. Und das angrenzende Gewebe zeigt schwere Verwachsungen.«

»Und das heißt ...?«, fragte Edwina.

»Das heißt, eine Empfängnis ist damit praktisch ausgeschlossen, fürchte ich. Ja?« Sie drehte sich stirnrunzelnd um, denn die Tür war aufgegangen.

Harry stand auf der Schwelle, einen großen Strauß Rosen in der Hand. Er machte ein finsteres Gesicht. »Ich bin Harry Moreton. Ihr Mann.« Er kam zum Bett, beugte sich hinab und gab Edwina einen Kuss. »Wie geht es dir, Edwina?«

»Ganz gut, Harry, danke.« Sie brachte es fertig, ihn anzulächeln. Er wandte sich an Miss Gerard. »Und Sie sind ...?«

»Ich bin Monica Gerard. Ich habe Ihre Frau operiert, Mr. Moreton. Die Schwester hätte Sie wirklich bitten sollen, noch etwas zu warten.«

»Das hat sie getan.« Harry lächelte die Ärztin an. Edwina kannte dieses Lächeln, sein gefährlichstes, sein herausforderndstes Lächeln. Miss Gerard erwiderte es nicht.

»Ich verstehe. Nun, vielleicht wären Sie so freundlich, noch einen Moment hinauszugehen. Ich führe gerade eine postoperative Untersuchung durch, und das würde ich lieber ...«

»Sie schienen nur mit meiner Frau zu *reden*, Miss Gerard. Und ich kann mir nicht vorstellen, dass Sie ihr etwas zu sagen haben, was ich nicht hören darf. Also, haben Sie etwas Unerfreuliches entdeckt, Miss Gerard? Gab es Komplikationen? Oder darf meine Frau mit einer vollständigen Genesung rechnen?«

»Ja, Mr. Moreton, das kann sie. Die Zyste war gutartig, soweit ich das bislang beurteilen kann, und die Beschwerden, die sie Ihrer Frau bereitet hat, sollten der Vergangenheit angehören.«

»Schön. Das freut mich.« Er warf der Frauenärztin einen seiner durchdringenden Blicke zu. »Ich habe Sie doch vorhin das Wort Empfängnis aussprechen hören, oder?«

Miss Gerard erwiderte den Blick ungerührt. »Ja, Mr. Moreton, das haben Sie, aber ich halte es wirklich für besser, diese Frage jetzt nicht weiter zu verfolgen. Ich würde es vorziehen, erst meine Konsultation mit Ihrer Frau zu beenden.«

»Ich aber nicht«, entgegnete Harry.

Edwina kämpfte sich durch den Nebel ihrer Panik. Wenn sie nichts unternahm, würde es eine furchtbare Szene geben.

»Miss Gerard«, sagte sie und nahm all ihren beträchtlichen Mut zusammen. »Natürlich kann mein Mann hören, was Sie mir zu sagen haben. Bitte fahren Sie fort.«

Die Ärztin sah sie an und hob leicht die Augenbrauen. Etwas Warnendes lag darin. »Schön. Ich sagte gerade zu Ihrer Frau, Mr. Moreton, dass eine Tubenundurchlässigkeit besteht. Das heißt, sie wird unmöglich ein Kind empfangen können. Es tut mir Leid.«

»Ich verstehe.«

Es folgte ein langes, angespanntes Schweigen. Edwina hörte ihren eigenen Atem, die Uhr an der Wand tickte, auf dem Gang rasselte ein Servierwagen vorbei, und auf der Straße hupte ein Auto. Dann fragte Harry: »Und dagegen lässt sich nichts tun?«

»Ich fürchte nicht, Mr. Moreton. Die Schädigung ist zu gravierend.«

»Schädigung? Es handelt sich also nicht um einen angeborenen ... Defekt?« Das Wort war grob und hässlich, und der Blick, den er Edwina zuwarf, ebenfalls.

»Ich würde es nicht Defekt nennen, Mr. Moreton.«

»Ach nein? Meine Frau ist unfruchtbar. Welche Bezeichnung würden Sie dann dafür verwenden?«

»Ungewollte Sterilität – ich ziehe diesen Ausdruck vor – ist eine höchst bedauerliche Sache, Mr. Moreton. Kein Defekt.«

»Finde ich schon. Und was hat diese Undurchlässigkeit der Eileiter verursacht?«

Jetzt, dachte Edwina, schloss die Augen und wartete auf den Schlag. Zu ihrer äußersten, höchsten Überraschung hörte sie die Ärztin sagen: »Mr. Moreton, die Medizin ist keine exakte Wissenschaft, so gern wir das auch hätten. Eine ganze Reihe von Faktoren können für den Zustand Ihrer Frau verantwortlich sein. Ohne eine ausführliche Anamnese kann ich die Frage nach der Ursache unmöglich beantworten.«

»Ich war davon ausgegangen, dass Sie die Krankengeschichte meiner Frau bereits aufgenommen hätten.«

»Da irren Sie sich, Mr. Moreton. Die Entfernung einer Eierstockzyste ist eine einfache Operation. Dafür ist keine ausführliche Anamnese erforderlich. Für die Ergründung der Ursachen von Sterilität schon. Wenn Sie jetzt vielleicht so freundlich wären, ein paar Minuten draußen zu warten, ich würde Ihre Frau gern untersuchen.«

»Vielen Dank«, murmelte Edwina schwach, als die Tür sich hinter Harry geschlossen hatte. »Ich danke Ihnen sehr.«

»Wie ich bereits sagte, Mrs. Moreton, das Sprechzimmer eines Arztes kann durchaus mit dem Beichtstuhl verglichen werden. Und ich lasse mich nicht gern unter Druck setzen. Aber Ihr Mann ist nicht dumm.«

»Ich fürchte, nicht.«

»Ach, kommen Sie. Dumme Männer sind doch langweilig.« Die Ärztin deckte Edwina wieder zu und lächelte sie an. »Ich würde Ihnen raten, ihm die Wahrheit zu sagen. Bringen Sie es ihm so schonend wie möglich bei. Sagen Sie ihm, dass die Schädigung nur durch eine Unterleibsentzündung hervorgerufen worden sein kann, die höchstwahrscheinlich die Folge eines ... chirurgischen Eingriffs war.

Natürlich müssen Sie nicht mit mir darüber reden, aber wenn es Ihnen hilft, ich höre Ihnen gerne zu.«

»Ich würde wirklich gern mit Ihnen reden«, sagte Edwina, »aber nicht gerade jetzt. Es tut mir furchtbar Leid, Miss Gerard, aber ich glaube, ich muss mich übergeben.«

Cassia wollte gerade in der Frauenklinik in der Harley Street anrufen, um zu fragen, ob Edwina schon Besuch haben durfte, als es heftig an der Tür klopfte. Sie öffnete, halb beunruhigt, halb verärgert.

Harry stand auf der Schwelle. Er sah furchtbar aus, ganz weiß im Gesicht, mit wirrem Haar und offensichtlich ungeheuer wütend.

»Harry! Was ist denn bloß passiert? Ist etwas mit Edwina? Es ist doch wohl nichts ... sie ist doch nicht etwa ...«

»Es geht ihr gut.« Er ging an ihr vorbei in die Küche, setzte sich an den Tisch und vergrub das Gesicht in den Händen.

»Was ist es dann?«

»Sie hatte diese verdammte Operation, wie du ja weißt. Ich habe mit dieser dummen Kuh gesprochen, die den Eingriff vorgenommen hat. Die du empfohlen hast.« Er warf ihr einen wütenden Blick zu.

»Was immer sie sonst sein mag, dumm ist Monica Gerard bestimmt nicht.«

»Nein, ich weiß. Entschuldige.«

Cassia konnte sich nicht erinnern, in den letzten zehn Jahren je ein Wort der Entschuldigung von Harry gehört zu haben.

»Jedenfalls, sie hat die Zyste entfernt. Die Operation ist gut verlaufen. Aber als ich kam, sprach sie gerade mit Edwina.« Harry schwieg einen Augenblick. Er sah sehr niedergeschlagen aus, vollkommen am Boden zerstört. Dann holte er tief Luft. »Cassia, Edwina kann keine Kinder bekommen.«

»Oh«, sagte Cassia. »Ich verstehe.«

»Mehr hat du dazu nicht zu sagen?« Wieder schaute er sie finster an.

»Doch, natürlich. Es tut mir so Leid. Das ist furchtbar. Für sie, und für dich.«

Sie sah ihn an, wie er da am Tisch saß, irgendwie zu groß für ihre kleine Küche, den Kopf gesenkt. Seine Verzweiflung war fast greifbar, und sie verspürte den überwältigenden Drang, ihn in die Arme zu nehmen. Um dagegen anzugehen, setzte sie sich auf ihre Hände.

»Hat ... hat Miss Gerard erklärt, warum Edwina steril ist?«

»Sie sagte, die Eileiter seien verklebt. Es besteht eine Tubenundurchlässigkeit, das waren ihre genauen Worte. Und man könne nichts dagegen tun.« Er sah sie an. »Du kennst dich da doch aus, Cassia. Kann man denn wirklich gar nichts machen?«

»Harry, ohne die Schädigung selbst gesehen zu haben, ohne mehr darüber zu wissen, kann ich mich wirklich nicht dazu äußern. Aber ...« Sie hielt inne.

»Aber aller Voraussicht nach kann man nichts tun?«

»Ja. Es ist unwahrscheinlich. Es tut mir so Leid.«

»Und wodurch wird so etwas verursacht?«, fragte er unvermittelt.

»Harry, ich weiß es wirklich nicht.« Sie spürte die Gefahr und fuhr ausweichend fort: »Wie ich schon sagte, ohne Genaueres zu wissen ...«

»Ihr seid doch alle gleich, verdammt noch mal«, schrie er, ballte die Fäuste und fegte ein Glas vom Tisch. Es fiel klirrend zu Boden und Cassia starrte schockiert auf die Scherben.

»Entschuldige«, sagte Harry und fuhr sich durch das wirre Haar. »Ich fege es gleich auf.«

»Nein, schon gut, ich mach das schon.«

»O Gott.« Er vergrub das Gesicht in den Händen. »Könnte es eine Abtreibung gewesen sein?«

»Was?«

»Du hast mich schon verstanden. Ich glaube, sie hatte eine Abtreibung. Wahrscheinlich sogar mehrere.«

»Harry, das ist doch lächerlich. Warum sollte sie abtreiben?«

»Sie will keine Kinder. Sie hat nie welche gewollt. Vermutlich dachte sie, eine Schwangerschaft würde ihre Figur ruinieren. Oder sie daran hindern, weiter bei dieser dämlichen Zeitschrift zu arbeiten.«

»Sei doch nicht albern. Sie hätte doch niemals ... Das ist wirklich eine Überreaktion.«

»Ich glaube kaum. Ich habe ihr schon vor langer Zeit gesagt, dass sie nicht mehr verhüten soll, aber es ist nichts passiert. Ich finde es keineswegs unwahrscheinlich, dass sie selbst aktive Schritte unternommen hat.«

»Das ist ein ungeheuerlicher Vorwurf. Wenn ihre Eileiter verklebt sind, kann sie nicht empfangen. So einfach ist das.«

»Ja, aber warum sind die Eileiter verklebt? Beantworte mir diese Frage.«

»Harry, ich weiß es nicht. Ich habe keine Ahnung. Aber ich weiß, dass du absoluten Unsinn redest. Unfairen, gefährlichen Unsinn. Du bist natürlich aufgewühlt, aber ...«

Er sah sie finster an. »Nun«, schloss er, »wir werden sehen. Ich habe die Absicht, es herauszufinden. Aber woran es auch liegen mag, es scheint, dass wir kinderlos bleiben werden. Und ich – o Gott, hilf mir.«

Sie konnte nicht anders, sie nahm seine Hand und umschloss sie mit ihren Händen. Seine heftige Qual überraschte sie, und das sagte sie ihm auch.

»Du verstehst mich wirklich überhaupt nicht.« Er schaute auf ihre Hände hinunter, die seine Hand umfassten. »Ich wollte unbedingt Kinder haben. Nur aus diesem Grund habe ich geheiratet. Meine Familie sollte nicht aussterben. Und ich mag Kinder, obwohl das vielleicht schwer zu glauben ist. Ich hatte eine so furchtbare Kindheit. Ich wollte Kinder haben und dafür sorgen, dass sie eine schöne Kindheit verleben.« Als er zu ihr aufblickte, waren seine dunklen Augen so voller Schmerz, dass sie zusammenzuckte.

»Oh, Harry«, sagte sie, hilflos angesichts seiner Pein, »was soll ich dir nur sagen? Es gibt noch andere Dinge im Leben und kinderlose Ehen sind oft sehr glücklich.«

»Herrgott noch mal«, stieß er hervor und starrte sie an. »Glücklich! Ich und Edwina! Gott im Himmel, wie kannst du nur so was annehmen?«

Sie starrte ihn an, erschüttert von seiner Heftigkeit. »Ich ... na ja, ich habe gehofft, dass ihr es wärt.«

»Gehofft!« Wilde Wut ließ seine Stimme hässlich klingen. »Du hast gehofft, dass wir glücklich wären! Als ob ich mit Edwina glücklich werden könnte! Verdammt, Cassia, du weißt doch genau, warum ich sie geheiratet habe, oder?«

Plötzlich merkte sie etwas bestürzt, dass sie immer noch seine Hand hielt. Der körperliche Kontakt, so sanft, so zärtlich, stand in seltsamem Widerspruch zur gewaltsamen Heftigkeit seiner Stimmung. Sie blickte auf ihre verschlungenen Hände herunter, bekam Angst und versuchte, ihm ihre Hand zu entziehen.

»Nicht«, forderte er scharf. Sie hielt in der Bewegung inne und schwieg. »Ich habe sie geheiratet«, fuhr er langsam und deutlich fort, »weil ich dich nicht heiraten konnte. Aus keinem anderen Grund. Wie du sehr gut weißt.«

Das bedeutete Gefahr: furchtbare Gefahr. Sie traute sich nicht, etwas zu äußern oder sich zu rühren, denn sie hatte das seltsame, verworrene Gefühl, wenn alles so blieb, wie es war, wenn das Schweigen nicht gebrochen wurde, würden sie wieder auf sicheren Boden gelangen.

Nach einem langen Schweigen sprach er mit ruhigerer Stimme weiter: »Das wusstest du doch, Cassia, nicht wahr? Ja, natürlich. Du wusstest es damals und du weißt es heute. Also fang bitte nicht an, widerliche Platitüden über eheliches Glück von dir zu geben, denn ich glaube nicht, dass ich das ertragen könnte. Nicht heute.« Sie schwieg immer noch.

Plötzlich stand er auf, entriss ihr seine Hand und schlug mit der Faust auf den Tisch. »Verdammt sollst du sein«, stieß er hervor. »Verdammt sollst du sein, Cassia.«

»Nicht«, bat sie.

»Und warum nicht? Begreifst du denn nicht, dass ich jedes Recht habe, wütend auf dich zu sein?«

»Nein«, erwiderte sie, »tue ich nicht. Vielleicht solltest du jetzt besser gehen.«

»O nein, ich werde nicht gehen. Immer schickst du mich weg, Cassia: An dem Abend, als ich in Leonoras Haus kam und dich zum ersten Mal küsste, und an dem Abend, an dem ich dich gebeten habe, Edward nicht zu heiraten. Und ich habe dir gehorcht, ich bin gegangen. Beide Male hattest du Unrecht, und ich hätte bleiben sollen. Du wirfst mir gern vor, dass ich arrogant bin, aber in Wirklichkeit bist du selbst von ungeheurer Arroganz, weit mehr als ich.«

»Ich bin nicht arrogant.«

»O doch, das bist du. Du weißt ja so gut, was am besten

ist, für dich, für mich, für alle. Du bist arrogant, stur, skrupellos und ...«

»Hör auf«, schrie sie und sprang auf. »Ich höre mir das nicht länger an. Wenn du nicht gehen willst, gehe ich eben.«

»Mach dich nicht lächerlich.« Er schob sie auf ihren Stuhl zurück. »Du hörst immer nur das, was du hören willst. Du hörst dir jetzt an, was ich zu sagen habe, und denkst darüber nach. Wir sind beide in einer elend unglücklichen Ehe gefangen.«

»Meine Ehe ist nicht ...«, begann sie und verstummte.

»Natürlich ist sie unglücklich. Lüg nicht, nicht in diesem Punkt. Du bist verzweifelt unglücklich in deiner Ehe. Du hättest Edward nicht heiraten dürfen, das war ein furchtbarer Fehler. Du solltest zumindest den Anstand besitzen, es mir gegenüber zuzugeben.«

»Ich gebe gar nichts zu.«

»Schön. Wie ich schon sagte, du bist entsetzlich stur, gefährlich stur. Wenn dein Starrsinn nicht gewesen wäre, könnten wir jetzt beide glücklich sein. Es hätte keine zwei unglücklichen Ehen geben müssen.«

»Ach komm, Harry, das ist doch lächerlich.«

»Ja? Und wieso?«

»Nun«, sagte sie und wusste, dass er wie immer dabei war, die Oberhand zu gewinnen, »du kannst nicht mir die Schuld daran geben, dass du Edwina geheiratet hast. Niemand hat dich dazu gezwungen.«

»O doch. Ich wollte dir wehtun. Es war mein innigster Wunsch, dir wehzutun, ja, mein einziger Wunsch.«

»Wie schrecklich. Wie kann man so etwas sagen. Wie kann man so etwas tun.« Sie war zutiefst schockiert.

»Wirklich? Und warum? Du hast mir auch wehgetan. Mit voller Absicht.«

»Das ist doch albern. Ich habe Edward nicht geheiratet, um dir wehzutun. Ich habe ihn geheiratet, weil ich ein Kind vom ihm erwartete. Das habe ich dir doch gesagt. Wie hätte ich denn anders handeln können?«

»Problemlos. Das war doch kein Grund, ihn zu heiraten, obwohl du mich liebtest. Dieses geringfügige Problem hätten wir leicht lösen können.«

»Geringfügiges Problem! Ein Kind!«

»Cassia.« Er sprach leise, aber immer noch heftig, leidenschaftlich. »Cassia, ich hätte Edwards Kind aufgezogen. Es wäre mir nicht leicht gefallen, aber ich hätte es getan. Ich hätte es als geringen Preis für mein Glück angesehen.«

»Oh«, murmelte sie. »Oh.« Sie fühlte sich ganz leer, wie eine leere Hülle.

»Ich hoffe, du glaubst mir«, sagte er.

»Aber wenn ...«

»Ja? Wenn was, Cassia?«

»Es spielt keine Rolle. Wirklich nicht.«

Wenn du gewusst hast, dass ich dich liebe, hatte sie sagen wollen, warum hast du mich dann gehen lassen? Aber sie kannte die Antwort und sie wollte sie nicht noch einmal hören: es war ihre eigene Arroganz, ihre Sturheit, ihre Überzeugung, dass sie am besten wusste, was zu tun war. Sie hätte ihm nicht zugehört. Wie viele Frauen, die das Kind eines anderen Mannes trugen, hätten wohl einen Mann angehört, der erklärte, dass er sie liebte, sie sogar mit dem Kind nehmen würde? Wie viele hätten ihre Liebe zu diesem Mann zugegeben?

Trauer füllte die leere Hülle, die sie war, eine furchtbare, hungrige Trauer, und Tränen strömten ihr aus den Augen. Sie wischte sie ungeduldig ab, blickte weg, blickte die Wand an und kämpfte mit den Tränen.

»Wein doch nicht.« Seine Stimme war plötzlich ganz

sanft und er streckte die Hand aus, wie er es schon einmal getan hatte, vor so langer Zeit, fing eine Träne auf und schaute sie an. »Es sei denn, du willst, dass ich bei dir bleibe. Du weißt doch, was passiert, wenn du weinst.« Und, um ihr zu zeigen, dass er sich erinnerte, hob er den Finger an die Lippen und leckte ihn sehr zärtlich ab, den Blick fest auf sie gerichtet. »Ich finde deine Tränen einfach unwiderstehlich. Und diesmal würde ich nicht gehen, Cassia. Ich könnte es nicht.«

Und sie saß da und sah ihn mit tränenverschleierten Augen an, und die Leere füllte sich rasch mit etwas völlig anderem, einem starken, gefährlichen und so heftigen, so intensiven Begehren, dass es schmerzte, einem so drängenden Begehren, dass sie sich ihm entgegenwölbte, und dann nahm sie sein Gesicht zwischen ihre Hände, beugte sich über den Tisch und küsste ihn auf den Mund, fest und langsam. Ihre Zunge suchte die seine, und dann zog sie sich ebenso rasch zurück und sagte: »Nein, Harry, geh nicht, bitte geh nicht, bitte bleib.«

Da stand er auf, streckte ihr mit seltsam ausdruckslosem Gesicht die Hand entgegen, den Blick auf sie gerichtet, und führte sie aus dem Raum.

Was dann geschah, überstieg alles, was sie je erlebt hatte, überstieg all ihre Erwartungen. Sie hatte keine Ahnung, wie lange sie dort lagen, in ihrem Bett, denn es wurde dunkel und die Straßenlaternen wurden angezündet. Einmal hörte sie inmitten des Aufruhrs das Telefon klingeln und einmal klopfte es an der Tür, aber das bedeutete ihr nichts, absolut nichts. Ihr ganzes Wesen, nicht nur ihr Körper, sondern Geist und Herz und das, was sie wohl als Seele bezeichnen würde, war ganz auf Harry konzentriert, auf ihre Liebe zu ihm, auf das, was endlich zwischen ihnen geschah.

So fiebrig war sie, so verzweifelt gierig nach ihm, dass sie nicht warten konnte, nicht warten wollte, sondern dalag wie eine Hure, die Arme nach ihm ausgestreckt, die Beine gespreizt, und ihn in sich hineinbefahl. Nie hätte sie sich diesen Augenblick ausmalen können; als er in sie eindrang, erfüllte er nicht nur sie, sondern ihr ganzes Leben, all die vergangenen Jahre. Der Höhepunkt begann fast sofort, wurde intensiver, spannte sie an, zog an ihr. »Warte«, bat Harry und kam vorsichtig hoch, »warte doch.«

»Ich kann nicht warten«, stöhnte sie, »ich kann nicht«, und spürte es augenblicklich tief, tief in ihr brechen, zerspringen, sie hörte sich aufschreien, einen langen, rauen Schrei, und fiel halb schluchzend, halb lachend auf das Bett zurück.

»O Gott«, sagte sie, »Harry, es tut mir Leid, bitte entschuldige.«

»Sollte das nicht eigentlich der Mann sagen?«, fragte er und lächelte auf sie herunter. »Ich habe dir ja gesagt, dass du arrogant bist. Bist du immer so?«

»Nein.« Sie lächelte zurück. »Nein, ich bin nicht immer so, ich bin nie so.«

»Gut«, meinte er nachdenklich, sah sie an und fuhr mit dem Finger über ihre Brüste, über ihr Schamhaar. »Na, dann wollen wir mal sehen.«

Er fing noch einmal von vorne an, löste sich von ihr, küsste sie, küsste ihren Mund, ihre Ohren, ihre Kehle, ihr Haar, glitt zu ihren Brüsten hinunter, ihrem Bauch, ihren Oberschenkeln, leckte sie ausgiebig mit seiner Zunge. Sie hielt seinen Kopf fest, drückte ihn in sich hinein, fühlte die hellen, strahlenden Pfeile der Lust, stöhnte und schrie und kam wieder zu einem süßen, sanften Höhepunkt.

»Es kann ja nicht immer nur nach dir gehen«, meinte er dann und glitt in sie hinein, schwer, langsam und mit unendlicher Vorsicht. Sie lag da und spürte ihn tief in sich, so tief, dass sein Körper zu einem Teil ihres Körpers wurde, sie jede Bewegung spürte, jedes Zittern. Sie verlor sich in einem seltsamen, wilden neuen Land, wo das Vorwärtskommen nur an den großen herabsausenden Bögen der Wonne gemessen wurde, die sie ritt, mal vorwärts, mal in einer Kreisbewegung zurück zu sich selbst. Ihr Körper konnte nicht nur fühlen, er konnte sehen und hören, er kannte Dunkelheit und Glanz, Lärm und Stille. Sie kam nicht nur einmal, sondern mehrmals, jedes Mal höher, tiefer, heftiger, und immer verhallte das Echo gerade erst, wenn der nächste Höhepunkt begann. Dann spürte sie, wie er kam, hörte ihn ihren Namen rufen, ein großer urzeitlicher Schrei, und als sie am Ende dann still dalag, erschöpft und voller Frieden, war ein neues Wissen in ihrem Körper erwacht, neue Instinkte, und ihr Hauptempfinden war Ehrfurcht gegenüber der Sinneslust, die sie erfahren hatten, und ihrer beider Macht, solche Wonnen auszulösen.

Sie schlief kurz ein, und als sie erwachte, stellte sie fest, dass er sie mit nachdenklichen Augen betrachtete.

»Was sollen wir bloß tun?«, fragte er.

25

Zuerst dachte Cassia, sie hätte sich verhört. Janet erzählte Edward gerade, wie William auf dem Fußballfeld Kricket hatte spielen wollen, und Edward lachte. Sie wusste nicht genau, worüber sie sich mehr freuen sollte: darüber, dass Edward Janet einigermaßen höflich zuhörte, oder dass er trotz allem noch lachen konnte.

Sie holte tief Luft, öffnete die Tür und setzte entschlossen ein Lächeln auf. Edwards Miene gefror, und er verschwand prompt hinter dem *Telegraph*. Janet erwiderte ihr Lächeln.

»Guten Morgen, Mrs. Fallon. Ich habe Fanny gerade vorgeschlagen, dass wir doch heute Vormittag ein paar Gedichte zusammen lesen könnten. Es ist so langweilig hier für sie, wenn William in der Schule ist. Sie hat mir erzählt, wie sehr ihr die Verse von Edward Lear gefallen, und ich liebe sie auch. Also wollen wir uns später damit beschäftigen, wenn Delia schläft. Falls Sie nichts dagegen haben, Mrs. Fallon.«

»Aber Janet, natürlich nicht. Das ist wirklich lieb von Ihnen.«

»Ich habe für Lear überhaupt nichts übrig«, meldete sich Edward unvermittelt hinter seiner Zeitung zu Wort. »Verdammter Nonsens.«

»Aber Dr. Fallon, das ist ja der Sinn der Sache.« Um Janets hübschen Mund zuckte es.

Er sah sie an, lächelte sein bedächtiges, zögerndes Lächeln – Gott, dachte Cassia, wie war ich früher hin und weg, wenn er so gelächelt hat – und sagte: »Ja, wahrscheinlich. Touché. Also, ich muss in die Praxis, ich kann nicht den ganzen Tag hier herumsitzen.« Sie alle hingegen schon, wollte er damit wohl andeuten.

»Also«, verkündete Janet und näherte sich Delia und der furchtbaren Schweinerei, die sie auf ihrem Tablett angerichtet hatte. »Nachdem wir dieses Chaos beseitigt haben, sollten wir vielleicht ein bisschen rausgehen. Möchtest du mitkommen, Fanny?«

»O ja, bitte. Das wäre schön. Ich bin so gern auf dem Land.«

Cassia sah das Mädchen voller Zuneigung an. Sie war mittlerweile wieder fast sie selbst, wenn sie auch ruhiger wirkte als vorher. »Du bist noch nicht so weit ... dass du wieder nach Hause möchtest, Schätzchen?«

Fanny schüttelte heftig den Kopf und ein gehetzter Blick trat in ihre großen dunklen Augen. »Nein. Ich bin so gerne hier, Cassia. Bitte lass mich hier bleiben.«

»Gut, Fanny. Natürlich kannst du bleiben.« Aber nicht für immer, dachte sie, während sie in die Diele ging, um den Postboten zu begrüßen. Eines Tages würde sie nach London zurückkehren müssen – wenn ihre Mutter entlassen worden war. Die arme Cecily, sie sollte sie wirklich mal besuchen. Sie würde sie bestimmt besuchen, aber nicht sofort. Im Augenblick konnte sie sich nicht damit beschäftigen.

Sie konnte im Augenblick an nichts anderes denken als an Harry. Er erfüllte all ihre Sinne, jeden wachen Moment des Tages und den größten Teil ihrer Träume. Selbst ihre Arbeit kam ihr unwesentlich vor, nicht ganz wirklich. Sie hatte aufgehört, sich Sorgen um Bertie zu machen, um ihre Ehe, wegen Rupert. Nichts von alledem war wichtig. Nur Harry. Harry und das Zusammensein mit Harry.

»Guten Tag, Mrs. Moreton. Ich hoffe, dass Sie ganz wiederhergestellt sind.«

Verblüfft blickte Edwina von ihrem Schreibtisch auf. Vor ihr stand Francis Stevenson-Cook. Er sah heute besonders prächtig aus. Über seinem dunkelgrauen Anzug aus Wollstoff trug er einen Mantel mit Samtkragen in einem noch dunkleren Grauton.

»Guten Tag. Ja, vielen Dank, es geht mir wieder gut.«

»Großartig. Ich bin gekommen, um Sie zum Lunch einzuladen. Passt es Ihnen morgen?«

Edwina wusste, wenn Stevenson-Cook einen fragte, ob es einem passte, dann hatte man nichts anderes vor. »Das wäre wunderbar«, sagte sie. »Vielen Dank.«

»Gut. Wenn Sie um Viertel vor eins herunterkommen, wird mein Chauffeur uns ins Restaurant fahren. Guten Tag.« Er drehte sich um, winkte mit seinem Hut und verließ das Büro.

Edwina starrte ihm nach.

»Geraten Sie nicht in zu große Aufregung«, stichelte Betty Farquarson, die für Accessoires zuständige Redakteurin, kühl. »Er führt jede mindestens einmal zum Lunch aus.«

Edwina wusste, dass das nicht stimmte, aber sie lächelte Betty liebenswürdig an, bemerkte: »Das ist mir durchaus klar« und griff zum Telefon, um ihr Geschäftsessen mit Justin Everard abzusagen.

»Und wie geht es Ihrer reizenden Freundin?«, fragte Justin, nachdem er zugestimmt hatte, die Besprechung stattdessen im Büro abzuhalten.

»Meiner Freundin? Oh, Sie meinen Cecily. Nicht so gut, fürchte ich. Sie hatte einen Nervenzusammenbruch.«

»Oh, wie furchtbar. Armes Kind. Ich werde ihr Blumen schicken.«

»Justin, wie reizend von Ihnen.«

»Ach, ich fand sie ausgesprochen nett. Und ungemein attraktiv. Wunderschön, und wirklich sehr ... sexy.«

»Justin! Das meinen Sie doch nicht im Ernst.«

»O doch. Na, sexy ist vielleicht nicht ganz das richtige Wort. Sinnlich. Ja, das trifft es eher. Ihr spindeldürren Frauen solltet ihren Typ nicht einfach so abtun. Uns armen Männern gefällt es.«

Edwina ging etwas früher nach Hause, weil sie so müde war. Seit ihrer Operation waren vierzehn Tage vergangen und sie war immer noch nicht wieder ganz auf dem Damm. Sie brauchte viel mehr Ruhe und Schlaf als sonst.

Am Tag nach der Operation hatte sie ein langes Gespräch mit Monica Gerard geführt und ihr alles erzählt. Die Ärztin war sehr nett gewesen, ohne sie im Mindesten moralisch zu verurteilen, hatte aber gesagt, das bestätige leider ihren ursprünglichen Verdacht. »Ihre Eileiter sind irreparabel geschädigt und das ist eindeutig auf die Unterleibsentzündung nach dem Schwangerschaftsabbruch zurückzuführen.«

»Ja, ich verstehe«, hatte Edwina mit einem Seufzer erwidert. »Ich hätte ja ganz gern ein, zwei kleine Würmer gehabt, aber ich habe viele andere Dinge, die mein Leben ausfüllen. Meinen Mann wird es viel schwerer treffen, fürchte ich.«

»Ich würde zu einem offenen Gespräch raten. Er ist offensichtlich ein intelligenter Mann. Wahrscheinlich fand der Eingriff vor Ihrer Ehe statt.«

»O ja. Ja, natürlich«, antwortete Edwina, etwas hastig.

Miss Gerard hatte sie scharf angesehen. »Ich bin ganz sicher, dass es vor Ihrer Ehe war. Ein paar Jahre vor der Hochzeit. Das macht es für einen Mann natürlich viel akzeptabler. Und jetzt lassen Sie mich mal die Naht ansehen ...«

Und so war sie nach Hause gekommen, für ein Verhör gewappnet, das nicht stattfand. Harry begrüßte sie freundlich, aber geistesabwesend, riet ihr, sich zu schonen, und verschwand in seinen Club, nachdem er dafür gesorgt hatte, dass sie sich hinlegte.

Seitdem hatte sie ihn kaum zu Gesicht bekommen. Es war eine ungeheure Erleichterung, aber etwas sonderbar kam es ihr doch vor.

Francis Stevenson-Cook führte sie zum Lunch ins Caprice. Er hatte natürlich seinen eigenen Tisch, versteckt in einer Ecke. Daneben stand eine Flasche Veuve Cliquot in einem Eiskübel.

Edwina, die viel vertragen konnte, trank drei Gläser Champagner, bevor der erste Gang eintraf, was Stevenson-Cook zu freuen schien.

»Ich bewundere Frauen, die trinken können«, sagte er. »Aber da jetzt die Vorspeise gekommen ist, wollen wir den Rest stehen lassen. Es gibt nichts Schlimmeres, als den Geschmack des Champagners zu verderben, indem man das Falsche dazu isst. Sie haben hier einen sehr guten Grauburgunder. Ich glaube, den nehmen wir. Furchtbar vulgär, dieses Restaurant, finden Sie nicht auch? Dieses Rosa. Aber es gefällt mir hier.«

»Ich mag Vulgarität ganz gern. Vorausgesetzt, sie ist teuer.«

»Was für eine interessante Sichtweise. Ich glaube, ich stimme Ihnen zu. Nun, teuer ist es hier zweifellos. Und das Essen ist überhaupt nicht vulgär.«

Er war ein charmanter und aufmerksamer Gastgeber. Er unterhielt sie mit dem neuesten Klatsch – Mrs. Simpson hatte den Gästen des Königs auf Balmoral typisch amerikanische Doppeldeckersandwiches vorgesetzt und Prinz Ali Khan hielt sich mittlerweile drei Mätressen im Ritz, jede in einem anderen Stockwerk –, lachte über ihre Witze und bewunderte ihr Kleid und vor allem ihren Hut.

»Gefällt er Ihnen? Eine von Miss Swirlings Kreationen.«

»Hätte ich mir fast gedacht. Sie ist ungeheuer amüsant, nicht wahr? Als ich neulich die Bond Street hinunterging – was äußerst selten vorkommt –, habe ich erwogen, ihren Salon aufzusuchen, aber ich fürchtete, eine Sitzung mit einer Kundin zu unterbrechen.«

»Das hätte Miss Swirling sicher nichts ausgemacht. Ich kann mir kaum vorstellen, dass ihr irgendeine Unterbrechung willkommener gewesen sein könnte, um die Wahrheit zu sagen.«

»Mag sein, aber ich habe großen Respekt vor dem Arbeitsumfeld der Leute, Mrs. Moreton. Ich empfinde es als vulgär, sich aufzudrängen oder die eigene Position auszunutzen. Stimmen Sie mir da nicht zu?«

»Oh, vollkommen«, behauptete Edwina, der noch nie ein Mensch begegnet war, der seine Position so gründlich und rücksichtslos ausnutzte wie Francis Stevenson-Cook.

Auf dem Rückweg zur Redaktion bemerkte er: »Wie ich höre, organisieren Sie eine Benefiz-Modenschau.«

»Ja. In ungefähr einem Monat ist es so weit. Selbstverständlich wird meine Arbeit bei *Style* nicht im Geringsten darunter leiden.«

»Aber natürlich nicht. Und wie laufen die Vorbereitungen? Alles unter Kontrolle?«

»Ja, mehr oder weniger«, antwortete Edwina vorsichtig. Tatsächlich war sie furchtbar im Rückstand mit den Vorbereitungen. Sie hatte sogar schon überlegt, ob sie die Modenschau nicht ganz absagen oder verschieben sollte, da sie nach ihrer Operation ständig so müde war.

»Und für welche wohltätige Organisation ist der Erlös bestimmt?«

»Für die Universitätsklinik St. Christopher's. Eine enge Freundin von mir arbeitet dort und sie ...«

»Eine Freundin? Ist sie Krankenschwester?«

»Nein, Ärztin«, erklärte Edwina, die nur eine ziemlich vage Vorstellung von Cassias Aufgaben im St. Christopher's hatte.

»Eine Ärztin! Wie außergewöhnlich. Sie muss ungemein intelligent sein.«

»Ja, das ist sie. Jedenfalls, die Modenschau findet im Grosvenor House statt. Im großen Saal. Dort, wo früher die Eisbahn war, wissen Sie.«

»Ja, ich weiß. 1930 habe ich dort eine Halloween-Kostümfeier besucht. Ich ging als Meerjungfrau. Schlittschuh laufen konnte ich natürlich nicht, aber ich hatte einen Schlitten.«

»Wie herrlich.« Edwina war ehrlich entzückt von dem Bild. »Ich wünschte, ich hätte Sie sehen können.«

»Ich habe ein paar Fotos. Ich zeige Sie Ihnen irgendwann einmal. Aber zurück zu Ihrer Modenschau.«

»Nun, die Kleider haben wir und die Mannequins. Ein paar Berufsmannequins und ein paar Freundinnen ...«

»Ach du liebe Güte«, unterbrach Stevenson-Cook sie mit einem leichten Seufzer. »Laienmannequins sind immer eine wahre Plage.«

»O nein, sie sind alle recht gut. Ich habe viele ausgesprochen modische Freundinnen«, fügte sie leicht selbstgefällig hinzu.

»Daran zweifle ich nicht. Und Ihre Freundin, die Ärztin – beteiligt sie sich auch?«

»Ja, sie tritt als Mannequin auf.«

»Als Mannequin! Also ist sie nicht nur klug, sondern auch attraktiv. Wie musterhaft. Ich würde sie gern mal kennen lernen. Ich werde sie kennen lernen. Und jetzt möchte ich Ihnen den Vorschlag machen, dass die Zeitschrift *Style* sich an dieser Benefiz-Modenschau beteiligt.«

»Oh!«, sagte Edwina. Sie war verblüfft – verblüfft und wachsam. »Das wäre sehr schön, aber Miss Le Page ist der Ansicht ...«

»Ich kenne Miss Le Pages Ansicht, aber ich bin anderer Meinung. Das wird eindeutig eine hochkarätige Sache. Es kann uns nur nützen, damit in Verbindung gebracht zu werden. Ich schlage vor, dass die Zeitschrift einen Tisch reserviert und im Programm inseriert. An jede anwesende Dame könnte die neueste Nummer von *Style* verteilt werden. Und es wird doch sicher eine Tombola geben?«

»Ja. Das ist sehr wichtig, dadurch kommt immer jede Menge Geld zusammen.«

»Dann wird einer der Tombola-Preise ein Jahresabonnement von *Style* sein. Wie finden Sie das?«

»Das wäre einfach phantastisch«, meinte Edwina. »Vielen Dank, Mr. Stevenson-Cook. Ich danke Ihnen sehr.«

»Danken Sie mir nicht, Mrs. Moreton. Ich sehe das als etwas, von dem wir beide profitieren werden. In mehr als einer Hinsicht.«

»Du musst ihn verlassen«, verlangte Harry.

»Ich werde ihn verlassen. Aber nicht sofort.«

»Und warum nicht? Du hast wirklich genug von unserem Leben verschwendet, Cassia. Ich kann nicht erlauben, dass das so weitergeht.«

»Harry, ich habe mein Leben nicht verschwendet, und deines auch nicht!«

»Natürlich hast du. Es war allein deine Schuld.« Er grinste sie an. »Aber offenbar habe ich dir verziehen, Gott weiß wie. Sag mir, warum du ihn noch nicht verlassen willst.«

Sie lagen zusammen im Bett. Sie hatten vereinbart, sich jeden Tag, an dem sie in London war, zum Mittagessen in ihrem Haus in der Walton Street zu treffen.

»Zum Mittagessen?«, hatte Cassia lächelnd gesagt, als er das vorgeschlagen hatte. »Was für eine Zeitverschwendung. Besonders da ich im Augenblick anscheinend außer Stande bin, überhaupt etwas zu essen.«

»Dann also mittags. Wir werden ein bisschen was essen, damit wir neue Energie gewinnen. Ich kümmere mich darum. Dafür bist du bereit für mich, wenn ich komme.«

Und das war sie, jedes Mal. Sie lag nackt im Bett und erwartete ihn mit fiebriger Ungeduld. Er erschien in der Tür, die Arme voller Blumen, Geschenke, Champagner, warf alles zu Boden, riss sich die Kleider vom Leib und kam zu ihr. Ihre Münder verschmolzen miteinander, ihre Körper, ihre Gedanken, Hoffnungen, Ängste, Träume. Ihr Leben.

Sie blieben eine Stunde im Bett, zwei, wenn sie genug Zeit hatten, aßen einen Happen Käse, Erdbeeren, Eiscreme. Cassia sorgte dafür, dass immer Kaffeebohnen vorrätig waren, die Sorte, die Harry vorzog, und kaufte eine Kaffeemühle. Harry trank Champagner, und sie trank den Kaffee, während sie ihre Geschenke aufmachte.

Er kaufte ihr wunderschöne Dinge: seltene und mit Bedacht ausgewählte Bücher, eine alte Geschichte der Medizin, eine Erstausgabe von *Gray's Anatomy*, moderne, reich illustrierte Bücher über Indien, Ägypten, China (Länder, die er mit ihr bereisen wollte, wie er sagte), Gedichtbände, aus denen sie ihm auf seinen Wunsch vorlas, die kompletten Werke von Plinius, Sokrates und Vergil, aus denen er ihr vorlas.

Und er kaufte ihr Schmuck: eine dreireihige Perlenkette – »Die sollst du immer tragen. Du hast Perlen getragen, als mir zum ersten Mal auffiel, wie schön du bist, bei deinem Debütantinnenball, erinnerst du dich? Als ich mich so furchtbar aufgeführt habe? Ja, natürlich erinnerst du dich.« –, eine diamantbesetzte Armbanduhr und Diamantohrringe, ein Smaragdhalsband, drei goldene Armreifen.

Sie bekam auch andere Sachen – ein Seidenneglígé, Seidenschals, Kleider. »Das sind Geschenke für eine Mätresse, Harry«, protestierte sie lachend.

»Ganz recht, denn das ist es, was du im Moment bist. Meine Mätresse. Weißt du, was das Wort eigentlich bedeutet? Ich habe es heute nachgeschlagen.«

»Nein. Was denn?«

»Herrin, Gebieterin, Meisterin. Und das bist du, du hast die Macht, über mich zu gebieten. Das ist eine seltene Gabe, verschwende sie nicht.«

»Als ob ich über dich gebieten könnte«, sagte sie halb gereizt. »Das kann niemand.«

»Oh, aber da irrst du dich.« Er drückte sie sanft auf das Kissen herunter und küsste ihre Brüste. »Du hast die Macht, über mich zu gebieten, die hast du schon immer gehabt. Es hat Zeiten gegeben, wo ich versucht habe, über dich zu gebieten, aber das ist mir nicht gelungen. Ich weiß noch gut, wie du im Schottenkleid und schwarzen Strümpfen dastandest, mit langem, offenem Haar, und mich begutachtet hast. Seit diesem Tag habe ich nichts getan, gar nichts, ohne dabei an dich zu denken und mir zu überlegen, ob es dir gefallen würde oder nicht. Wenn das keine Macht über jemanden ist, sag mir, was dann?«

Sie versuchte nicht, ihm zu widersprechen – er war zu gewieft für sie –, sondern zog ihn einfach zu sich herunter und küsste ihn. Aber seine Worte – die strahlenden, schönen Worte, mit denen er ihr den Hof machte, sie liebte – bewegten sie, bewegten sie körperlich, so wie sein Körper, sein Mund und seine Hände, und sie vergaß sie nie.

»Warum kannst du den guten Doktor noch nicht verlassen?«, wiederholte er, griff nach einer Erdbeere und musterte sie kritisch.

Cassia zögerte. »Es ist alles so ... schwierig. Wir müssen uns überlegen, wie alles am besten zu regeln ist. Edward ist jetzt schon so verletzt, so unglücklich – ich habe ihm so viel Unrecht zugefügt.«

»Ach ja? Und inwiefern? Er hatte dich sieben Jahre an seiner Seite, länger, genauer gesagt; du hast ihm drei Kinder geschenkt ...«

»Die ich ihm wegnehmen will.«

»Er kann ja erneut heiraten und mehr Kinder haben. Vielleicht diese Ärztin. Sie hört sich nach einer grässlichen Person an.«

»Wenn wir nicht vorsichtig sind, werde ich die Kinder verlieren. Bertie hat er schon weggeschickt.«

»Cassia, ich werde die besten Scheidungsanwälte im Land beauftragen. Du wirst deine Kinder nicht verlieren, das verspreche ich dir. Nächstes Argument? Du hast mich noch nicht überzeugt. Ich werde doch noch zum Telefon greifen und meine Anwälte instruieren müssen, bevor ich gehe.«

»Oh, Harry, wirklich!« Sie lächelte ihn an. »Bitte sei vernünftig. Wir müssen uns Zeit lassen. Und außerdem ist da ja auch noch Edwina.«

»Ach, ihr wird das nichts ausmachen«, meinte er leichthin. »Solange ich ihr genug Geld überlasse.«

»Natürlich wird es ihr etwas ausmachen. Sie hängt sehr an dir.«

»Sehr ist übertrieben. Ein wenig vielleicht.«

»Warum hat sie dich dann geheiratet?«

»Sie war ganz wild darauf, mich zu heiraten. Sie wusste, dass ich sie nicht liebte, und dennoch hat sie keine Sekunde gezögert. Sie bekam mein Geld, meine Häuser, meine gesellschaftliche Stellung, meinen Schwanz ...«

»Nicht!«, sagte sie. Das hatte wehgetan.

»Nun komm mir nicht jungfräulich, Cassia. Der gute Landarzt hat dich in all deiner Schönheit bekommen« – er streichelte zärtlich ihre Schenkel, küsste sie. »Und Edwina bekam mich. Es hat wenig Sinn, so zu tun, als wäre das nie passiert, als wären wir auf irgendeine merkwürdige Weise füreinander keusch geblieben, oder?«

»Nein«, stimmte sie ruhig zu. »Nein, natürlich nicht. Aber wir müssen vorsichtig sein. Bitte, Harry, hab Geduld. Es gibt so viele Risiken.«

»Na schön. Eine kleine Weile werde ich Geduld haben, aber nicht lange. Siehst du, schon wieder bestimmst du über mich. Ich habe es dir ja gesagt.«

Cassia sah ihn scharf an und der unklare Verdacht, die Angst, die sie tief in sich vergraben hatte, war plötzlich wieder da. »Und du hast nie versucht, über mich zu bestimmen? Auf irgendeine Weise?«

»Gütiger Himmel, nein. Ich kenne meine Grenzen.«

Das Leben war im Moment wirklich schwierig, fand die Kinderfrau, und sie machte sich Sorgen. Mrs. Forbes war ein Alptraum. Sie kritisierte sie pausenlos, sie und das übrige Personal. Und Stephanie vermisste ihre Schwester und ihre Mutter und benahm sich fürchterlich. Nur das Baby war glücklich und zufrieden.

Zudem war sie als die Kinderfrau plötzlich in eine Position von seltsamer Autorität geraten: Nicht nur Susan, auch die übrigen Hausmädchen erwarteten Anleitung von ihr. Alle litten unter der Situation im Haus, und es war schwierig, Stimmung und Arbeitsgeist hochzuhalten.

Selbst Adams war in gedrückter Stimmung. Gelegentlich, wenn sie spätabends einen Whisky mit heißer Milch zusammen tranken, gestand er, dass er nicht wusste, ob er noch lange in diesem Haus würde bleiben können.

Und dann wurde alles noch schlimmer.

»Meine Tochter soll natürlich nichts davon wissen«, sagte Mrs. Forbes eines Abends zu ihr, »aber heute war im Sanatorium wieder die Rede davon, es mit der Elektroschocktherapie zu versuchen. Eine drastische Maßnahme, und natürlich sehr unangenehm. Das zeigt, wie ernst die Ärzte ihre Erkrankung nehmen.«

Mrs. Forbes beschrieb in allen Einzelheiten diese Therapiemethode und die Kinderfrau hörte entsetzt zu.

»Wenn es nur einen Schlüssel geben würde. Danach suchen die Ärzte nämlich«, fuhr Ada Forbes mit einem Seufzer fort, »irgendetwas, was diese furchtbare Depression lindern würde. Sie gibt sich die Schuld an Mr. Harringtons Tod, wissen Sie. Das ist natürlich vollkommen absurd, aber anscheinend empfinden alle Witwen so, das hat jedenfalls der Arzt gesagt. Natürlich ist meine Tochter auch sehr sensibel, das hat sie von mir …«

»Cassia?«

Sie hatte gerade im Esszimmer gesessen, sicher und tugendhaft in ihrem anderen Leben, ihrem wirklichen Leben, und an Bertie geschrieben. Es war jetzt nur noch eine Woche bis zu den Ferien. Harrys Stimme zu hören war ein physischer Schock.

»Harry!« Sie unterdrückte den Impuls, ihm zu sagen, das dürfe er nicht tun, er dürfe sie nicht zu Hause anrufen, damit etwaige Lauscher nichts Belastendes zu hören bekamen, und fuhr liebenswürdig, betont gleichmütig fort: »Wie nett, dass du anrufst. Wie geht's?«

»Ich fühle mich einsam. Elend. Und ithyphalkisch.«

»Und wie geht es Edwina?«

»Weißt du, was ithyphalkisch bedeutet?«

»Nein.«

»Wie unwissend du doch bist! Es bedeutet erregt, lüstern voller Begierde … Was machst du gerade?«

»Ich schreibe an Bertie.«

»Wie tugendhaft. Ich fliege morgen nach Le Touquet. Ich will, dass du mitkommst.«

»Es ist sehr nett von dir und Edwina, dass ihr uns einladet«, flötete sie, sich der vielen möglichen Zuhörer sehr bewusst, »aber ich fürchte, wir werden nicht …«

»Selbstredend kannst du. Wenn du nicht kommst, komme ich und schildere dem Doktor, was du in den letzten Wochen so getrieben hast. Die Wettervorhersage hat schönes Spätsommerwetter angekündigt. Komm mit. Ich will dich auf französischem Boden vögeln. Erfinde irgendeine Ausrede. Um sechs hole ich dich ab, in deinem Haus in der Walton Street.«

»Ich fürchte, dass wird ganz unmög...«

Er hatte aufgelegt.

»Edward, es tut mir furchtbar Leid, aber ich habe morgen Dienst. Morgen früh. Eine der anderen Ärztinnen ist krank geworden. Das heißt, ich muss noch heute Abend nach London fahren.«

»Schön. Mach dir wegen uns keine Gedanken.«

Sie fragte sich, warum sie sich überhaupt die Mühe gemacht hatte, es ihm zu erzählen, und begab sich auf die Suche nach Janet.

Den nächsten Anruf erledigte sie vom Postamt aus. Sie teilte Mrs. Jennings, der Sprechstundenhilfe der Klinik, mit, es gebe ein häusliches Problem und sie könne morgen nicht zur Nachmittagssprechstunde kommen.

»Schon gut, Dr. Fallon. So wie es aussieht, wird es ohnehin ein ruhiger Tag werden. Ich hoffe, Sie bekommen bald alles geregelt.«

»Danke. Wir sehen uns dann am Donnerstag.«

Cassia konnte kaum glauben, dass sie zu einem so verantwortungslosen und infamen Verhalten fähig war. Um ihr Gewissen zu beruhigen, teilte sie Janet mit, sie werde William heute von der Schule abholen, und sie brachte den ganzen Nachmittag damit zu, die Dinge zu erledigen, die sie am meisten hasste.

Ada war nicht da. Sie sollte Stephanie von der Schule abholen und zu einer Party bringen.

Die Kinderfrau genoss die Stille, bis in der Diele das Telefon klingelte. Am anderen Ende der Leitung war Edwina Moreton.

»Ach, Nanny, ich brauche Ihre Hilfe. Schauen Sie, bevor Mrs. Harrington, äh ... krank wurde, hat sie für mich Karten verkauft. Sie wird noch irgendwo einen Beleg darüber haben, vermutlich in ihrem Schreibtisch. Könnten Sie wohl bitte mal nachsehen und mich dann wieder anrufen? Sie erreichen mich unter Regent 444 beim *Style*. Haben Sie's notiert? Lassen Sie sich dann zu mir durchstellen. Danke, Nanny.«

Die Kinderfrau ging ins Damenzimmer und begann, Mrs. Harringtons Schreibtisch zu durchsuchen; doch dort gab es gar nichts, was mit einer Modenschau zu tun hatte.

Sie ging nach oben in Mrs. Harringtons Zimmer. Vielleicht war ja etwas in dem kleinen Sekretär in der Ecke? Nein, der diente nur als Nähkommode und enthielt kein Fitzelchen Papier.

Auf dem Weg nach unten kam ihr Susan auf der Treppe mit Blumen entgegen.

»Ach, hallo, Nanny – was gibt's denn?«

»Ja, also Mrs. Moreton hat mich gerade wegen einer Modenschau angerufen, die sie veranstaltet. Anscheinend ist die Liste verloren gegangen, auf der Mrs. Harrington vermerkt hat, wie viele Karten sie verkauft hat. Ich habe schon in ihrem Schreibtisch nachgesehen, aber da ist sie nicht. Könnte sie ihre Unterlagen woanders aufbewahren?«

»Manchmal hat sie dafür den kleinem Rollschreibtisch im Gästezimmer verwendet«, antwortete Susan. »Da, wo Mrs. Forbes schläft. Dort könnten Sie mal nachsehen. Und Mrs. Forbes ist gerade nicht im Haus.«

»Gute Idee«, sagte die Kinderfrau. »Danke, Susan.«

Sie klopfte an Adas Tür, nur um ganz sicherzugehen, dass sie nicht im Zimmer war, und trat ein. Der kleine Schreibtisch war unverschlossen.

Das sah schon besser aus: Viele Briefe in Mrs. Harringtons Handschrift, dazu die Korrespondenzen von Freunden, alle schön ordentlich in alphabetischer Reihenfolge in Fächer sortiert. Nichts sah so aus, als ob es etwas mit der Modenschau zu tun hätte, doch sie könnte ja alle Schubladen aufziehen: In der obersten befand sich ein kleines Geschäftsbuch, Kontoauszüge und ... ja! Ein Ordner mit der Beschriftung »Modenschau.« Sie zog den Inhalt heraus: Es war alles da. Eine Liste der angesprochenen Gäste, saubere Häkchen bei denen, die welche gekauft hatten, eine zweite Liste mit der Überschrift »Tischgäste«, wieder mit Häkchen. Mrs. Moreton würde sich freuen. Sie schob die Schublade langsam zu, stieß dabei aber gegen einen von Adas Papierstößen. Sie flatterten auf den Boden.

»Verdammt!«, schimpfte Nanny und bückte sich, um sie aufzuheben. Sie wollte sie natürlich nicht ansehen, aber irgendetwas trieb sie dazu. Es waren ein paar Briefe von Mr. Forbes, die mit »Meine liebste Ada« anfingen und seine New-York-Reise in allen Einzelheiten schilderten. Mehr Briefe, meist von Mrs. Forbes' Freunden, die ihr sagten, was für ein wunderbarer Mensch sie sei. Das war es dann wohl. Ach nein, da war ja noch etwas. Nanny zog es unter einem Schreibtischfuß hervor.

Sie erkannte den Namen oben auf dem Briefkopf: Es war der Architekt, mit dem Mr. Harrington zusammengearbeitet hatte, Dominic Foster. Er hatte ein paarmal im Haus angerufen. Wie kam der denn dazu, an Mrs. Forbes zu schreiben? Dann sah sie, dass der Brief an Cecily gerichtet war.

Liebe Mrs. Harrington,
die Nachricht von Benedicts Tod hat mich zutiefst erschüttert. Ich brauche wohl nicht besonders zu betonen, dass meine Gedanken in dieser schweren Zeit bei Ihnen weilen.

Sehr gern würde ich Ihnen einen Besuch abstatten. Mir ist sehr wohl bewusst, dass Ihnen das nicht gelegen sein könnte, aber ich würde gern mit Ihnen über etwas sprechen, das mit Benedicts Tod und der Zeit unmittelbar davor in Zusammenhang steht. Sicherlich wäre das schmerzlich für Sie, doch auf lange Sicht würde es Ihnen, glaube ich, doch helfen. Wenn Sie es über sich bringen könnten, mir einen Besuch zu gestatten, wäre ich Ihnen sehr verbunden.

Ihr ergebener
Dominic Foster.

»Der arme Mann«, sagte die Kinderfrau laut, »was für ein reizender Brief.« Behutsam legte sie ihn zurück. Ob Mrs. Harrington ihn wohl bekommen hatte?

Ich habe jetzt beinahe genug Tabletten zusammen, dachte Cecily: zehn Stück. Vorsichtshalber nehme ich zwölf, dann besteht keine Gefahr, dass sie mich wieder zurückholen. Wenn ich die zwölf Pillen und dazu noch die drei vor dem Schlafengehen nehme und bis zum Morgen niemand nach mir sieht, wäre es zwecklos, mir den Magen auszupumpen, denn dann bin ich schon mausetot. Todsicher.

Cassia nahm ihr Abendbrot mit der Familie ein. Einem einsilbigen Edward musste sie aus der Nase ziehen, was tagsüber vorgefallen war, Fanny trug ein Gedicht von Edward

Lear vor, das sie heute mit Janet zusammen gelesen hatte, und nachdem Cassia William ins Bett und Edward den Kaffee gebracht hatte, verabschiedete sie sich von allen mit einem Kuss und entschuldigte sich, dass sie heute noch losfahren müsse: Leider würde sie morgen früh anfangen und in dem immer dichteren Berufsverkehr würde sie es nicht rechtzeitig schaffen. Das zumindest, dachte sie, entsprach der Wahrheit.

Nur noch vier Tage, dachte Bertie, zog sich das Kissen über den Kopf (nicht dass es noch nötig gewesen wäre, er war über das Weinen hinaus, über alles hinaus, fühlte sich nur noch erschöpft und hundeelend), nur noch vier Tage, dann waren Ferien, und er würde heimfahren, heim zu seiner Mutter, zu William, zur Liebe; heim zu seinem Vater; zur Geborgenheit, zur Wärme; heim zu dem Essen, das er nicht aufzuessen brauchte, zu einem Bett, in dem er friedlich schlafen konnte, heim zu Buffy, zu Peggy, in die Freiheit. Heim. Lächelnd schlief er ein.

Er erwachte vom Läuten der Glocke. Ihm war heiß und es juckte ihn am ganzen Körper. Er taumelte ins Bad, kratzte sich, fühlte sich wie benommen, sah in den Spiegel.

»Windpocken, du hast die Windpocken, Fallon – leider«, sagte die Hausmutter mit fester Stimme. »Los, auf die Krankenstation mit dir! Pech, dann kannst du wohl nicht nach Hause. Na, egal, es gibt noch ein paar andere hier oben, da bist du wenigstens nicht allein. Nun komm schon, wein nicht, so ein großer Junge wie du.«

Cassia erwartete Harry auf der Türschwelle. Sie trug eine beigefarbene Gabardinejacke und Jodhpurhosen mit hohen braunen Stiefeln, ein cremefarbenes Seidenhemd und seine Perlen um den Hals.

»Wundervoll siehst du aus«, sagte Harry.

Er hatte seine Maschine auf einem kleinen Flugplatz in Heston stehen, in der Nähe der Bath Road in West-London. Als sie sich dem Flugzeug näherten – wie klein es doch war! – und Cassia Harrys Arm schwer auf ihren Schultern fühlte, kam sie sich unwillkürlich vor wie in einem Film.

»Es ist sehr ... schön«, meinte sie zögerlich, als Harry ihr Bewunderung für das Flugzeug abverlangte, ließ ihren Blick über die Besorgnis erregend leicht wirkenden Tragflächen schweifen, über die runde Haube des Cockpits. »Was für ein Modell ist es denn? Und was sind das für Dinger über den Rädern?«

»Es ist eine Vega Gull Gypsy VI. Und die ›Dinger‹ sind Fahrzeugverkleidungen, die machen das Flugzeug windschlüpfig.«

Sie stieg ein, ließ sich auf dem Beifahrersitz nieder, schnallte sich an. Dann kletterte Harry auf den Pilotensitz, machte sich an den Instrumenten zu schaffen, überprüfte sie, schrie dem Mechaniker unten etwas zu. Der Motor lief an. Die Maschine lärmte, und dann rollte das Flugzeug über das Feld. Ganz kurz flackerte Angst in Cassia auf, plötzlich fand sie es unverantwortlich, dieses Wagnis einzugehen, schon allein wegen ihrer Familie. Und dann hob das Flugzeug ab, die Angst wich einem Gefühl von Aufregung, von Freiheit und herrlichem Abenteuer ...

Es war eine außerordentliche Erfahrung, aufzusteigen, so leicht, so mühelos auf den blauen Himmel zuzuschweben und den Boden unter sich kleiner werden zu sehen, zu beobachten, wie Bäume, Häuser, Straßen Spielzeugformat annahmen. Entzückt sah sie hinunter und fühlte sich benommen, aber dennoch sicher.

»Es ist wunderbar«, sagte sie lächelnd zu Harry. »Ich kann's nicht fassen.«

»Phantastisch, nicht? Man fühlt sich so frei hier oben.«

Sie erreichten die Küste, sie sah auf die Klippen, winzige Schiffchen, ein Meer, das noch blauer als der Himmel war. »Es ist unbeschreiblich – es ist hinreißend!«, schwärmte sie.

Harry lehnte sich zu ihr hinüber, nahm ihre Hand und küsste sie. »Da bin ich aber froh! Sonst hätte ich mir überlegen müssen, ob ich noch etwas mit dir zu tun haben will.«

Erstaunlich bald tauchte die französische Küste auf. Sie flogen in den sonnigen Tag hinein, folgten der Wasserkante, und dann sagte Harry auf einmal: »Da ist Le Touquet. Hübsch, nicht?«

Ja, es war sehr hübsch: ein breiter, wunderschöner Strand, große Flächen unglaublich vollkommener grüner Golfanlagen, herrliche mediterrane Pinien.

»Das ist der so genannte Pariser Strand von Le Touquet«, erklärte Harry, »denn er ist so en vogue, dass hier halb Paris am Strand flaniert. Und halb London dazu.«

Sie überflogen jetzt eine breite Flussmündung, das Flugzeug ging in Querlage und dann wieder in die Horizontale. Das Gras der Landepiste schien ihnen plötzlich entgegenzukommen, dann waren sie unten.

»Willkommen in Frankreich«, sagte er. »Hoffentlich gefällt es dir hier.«

»Ganz bestimmt«, erwiderte sie lächelnd.

Ein Wagen wartete schon auf sie, mit einem englischen Chauffeur. »Guten Morgen, Mr. Moreton. Hatten Sie einen guten Flug?«

»Einen ausgezeichneten«, antwortete Harry.

»Wohin, Sir?«

»Zum Links Hotel.«

In der Suite im Links, die er für seinen exklusiven Gebrauch reserviert hatte, bestellte er Kaffee, Orangensaft und Champagner und ließ Badewasser einlaufen. »Zieh das edle Ensemble aus und komm zu mir.«

Sie setzte sich mit dem Rücken zu ihm in die Badewanne und er umarmte sie, umfasste ihre Brüste. Er begann ihre Schultern zu küssen, ihren Hals; sie senkte den Kopf, küsste seine Arme, seine Hände.

»Ich liebe dich«, murmelte sie.

»Ich liebe dich auch.«

Ganz sanft hob er sie im Wasser hoch, setzte sie auf sich. Sie fühlte, wie er in sie hineinglitt, fühlte, wie sie ihn im heißen Wasser merkwürdig fest umschloss.

»Du bist wunderschön«, schwärmte er, »so wunderschön.« Langsam, lässig, schwerelos begann er, sich zu bewegen. Sie fiel mit ihrem eigenen Rhythmus ein, sanft, fast widerstrebend zunächst, dann immer stärker, heftiger. Sie lehnte sich an ihn, drehte den Kopf zur Decke und spürte, wie er in sie hineinstieß, härter jetzt, drängend. Ihr Innerstes schlug Wellen, genau wie das Wasser um sie herum, sie durchbrandeten sie und drangen nach außen, nach oben. Sie spannte sich an, hielt inne, dann kam sie plötzlich, in riesigen, heißen Wogen der Lust, und sie schrie dabei immer wieder, während er auch kam, dass sie ihn liebe.

»So«, sagte er und reichte ihr ein Glas Champagner, »den ersten Tagungsordnungspunkt hätten wir erledigt.«

»Ein Bad?«, fragte sie lächelnd.

»Nein, aber ich habe dir doch gesagt, dass ich dich auf französischem Boden vögeln wollte.«

»Aber es war nicht auf dem Boden«, widersprach sie, »sondern im Wasser.«

»Du bist schrecklich«, erklärte er. »Kleinkariert, eine Pedantin. Ich weiß nicht, ob ich den Rest meines Lebens mit so einem Menschen verbringen kann.«

Sie zuckte mit den Achseln. »Tu doch, was dir gefällt!«

»Ich bin ja schon dabei«, entgegnete er, trat ganz nahe an sie heran und küsste sie. »Ich tue, was mir gefällt.«

»Und mir.«

»Sicher, das gehört ja dazu. In puncto Spaß bist du noch nicht richtig auf deine Kosten gekommen. Ich beabsichtige, dich in dieser Hinsicht noch mehr zu verwöhnen.«

»Ach, das fände ich sehr nett«, sagte sie.

»Ich hoffe doch, dass es mehr sein wird als nett. Du solltest dich wirklich bemühen, deinen Wortschatz zu erweitern, Cassia«, mahnte er lachend. »Sobald wir wieder in London sind, kaufe ich dir einen *Roget's Thesaurus* und lasse dich jeden Tag ein paar neue Wörter lernen. Nun mach nicht so eine finstere Miene – du weißt doch, ich meine es nicht ernst. Du bist die Vollkommenheit in Person, na ja, fast, jedenfalls ...«

Der Kinderfrau ging der Brief von Dominic Foster nicht mehr aus dem Kopf. Wenn es Mrs. Harrington wirklich so schlecht ging, wie Mrs. Forbes behauptete, dann wäre es unrecht, sich nicht wenigstens zu vergewissern, ob Foster mit ihr hatte reden dürfen. Tapfer brachte sie das Thema früh am nächsten Morgen zur Sprache.

»Mrs. Forbes, ob ich Sie wohl einmal sprechen dürfte?«

»Ja, Nanny?«

»Hoffentlich halten Sie es nicht – für eine Einmischung, verzeihen Sie bitte, wenn es nach einer Verletzung der Etikette aussieht, aber ich habe gestern etwas für Mrs. Harrington gesucht, etwas, was mit Mrs. Moretons Modenschau zu tun hatte ...«

»So?«, sagte Mrs. Forbes. Sie mochte Edwina Moreton

nicht, das war der Kinderfrau wohl bekannt. »Und haben Sie es gefunden?«

»Ja. Allerdings musste ich dafür den Schreibtisch im Gästezimmer durchsuchen. Hoffentlich sind Sie mir deswegen nicht böse ...«

»Also, das war sehr unrecht von Ihnen. Viele der Briefe sind privat. Ich muss mich doch sehr über Sie wundern, Nanny!«

»Verzeihen Sie, Mrs. Forbes, aber Mrs. Moreton war furchtbar in Eile und ...«

»Mrs. Moreton hat es immer eilig. Das ist eine äußerst unsympathische Eigenschaft. Aber fahren Sie fort.«

»Also, ich habe den Ordner gefunden. Über die Modenschau. Aber dabei fiel mir ein Brief an Mrs. Harrington in die Hände – von Mr. Foster.« Du liebe Zeit, das lief gar nicht gut: Eine hässliche Röte überzog Mrs. Forbes' Gesicht, ihr Blick wurde sehr hart und glänzend. »Es klang so, als ob, nun ja, als ob er Mrs. Harrington helfen könnte. Und ich dachte – da sie ja so krank ist –, dass alles ...« Sie brach ab.

»Nanny, Ihr Verhalten schockiert mich zutiefst. Es war sehr unrecht von Ihnen, meinen Schreibtisch zu durchwühlen und dann auch noch meine persönliche Korrespondenz zu lesen.«

»Verzeihung, Mrs. Forbes. Es tut mir wirklich Leid. Aber ...« Die Empörung verlieh ihr Mut: Es war nicht Mrs. Forbes' Schreibtisch; es war auch nicht ihre persönliche Korrespondenz, weit gefehlt. »Aber es schien mir zu wichtig, um darüber hinwegzugehen. Ich meine, hat Mr. Foster denn nun Mrs. Harrington besucht? Ich glaube nämlich wirklich ...«

»Nanny, es interessiert mich nicht im Mindesten, was Sie glauben. Ich bin sehr enttäuscht von Ihnen. Wenn es meiner Tochter wieder besser geht, werde ich es selbstverständlich als meine Pflicht erachten, sie davon in Kenntnis zu setzen. Doch da Sie schon fragen, im Augenblick kommt es überhaupt nicht infrage, dass Mr. Foster meine Tochter besucht. Dafür ist sie viel zu krank. Das habe ich ihn wissen lassen und er hat meine Entscheidung bereitwillig akzeptiert. Jetzt sollten Sie sich vielleicht in die Kinderzimmer begeben und sich mit ganzer Kraft Ihrer eigentlichen Aufgabe widmen. Das gilt auch für die Zukunft.«

»Ja, Mrs. Forbes, entschuldigen Sie bitte.«

Den Tränen nahe, ging die Kinderfrau hinaus. In den zehn Jahren, die sie nun schon bei den Harringtons arbeitete, und auch nicht in den zwanzig Jahren davor, in denen sie in einer anderen Familie gewesen war, hatte man jemals in so ruppigem Ton mit ihr gesprochen. Ja, sie hatte ihre Kompetenzen überschritten, dessen war sie sich wohl bewusst, und sie hatte sich ausgiebig dafür entschuldigt – doch die Lage war ernst und sie hatte Mrs. Harrington sehr gern. Und sie hegte nicht die Absicht, an diesem Punkt aufzugeben.

Doch an wen sollte sie sich wenden? Sie könnte natürlich selbst Dominic Foster anrufen, aber er würde sich schwerlich über eine Entscheidung von Ada Forbes hinwegsetzen. Dann kam ihr Edwina Moreton in den Sinn. Eigentlich war Mrs. Moreton eine vernünftige Person und sie war eine angeheiratete Verwandte von Mrs. Harrington. Sie würde Anteil nehmen, sie würde helfen können. Ja, das war eine gute Idee. Sie würde Mrs. Moreton anrufen, wenn Mrs. Forbes mit dem Frühstück fertig war und sich zur täglichen Toilette ins Bad zurückgezogen hatte.

Doch Mrs. Moreton war weder zu Hause noch im Büro. Sie würde den ganzen Tag weg sein, sagte die Sekretärin in der Modeabteilung, sie hätte einen Fototermin.

Die Kinderfrau seufzte; es musste also warten. Zumindest bis zum Abend. Fieberhaft überlegte sie, ob sie Mr. Moreton anrufen sollte, doch sie hatte zu große Angst vor ihm, um diese Möglichkeit ernsthaft in Erwägung zu ziehen. Ein Tag länger würde ja sicherlich nichts ausmachen.

Harry und Cassia schlenderten Hand in Hand über die breite Promenade von Le Touquet. Es war ein wunderbarer Tag, weiß und blau und leicht windig. Die klare Luft berauschte sie.

»Das ist einfach herrlich«, schwärmte sie. »Ich fühle mich …«

»Wie fühlst du dich?«

»Vollkommen, absolut und vollkommen glücklich.«

»Gut«, sagte er munter. »Genauso möchte ich dich haben.«

Später nahmen sie in einem kleinen Gässchen den Lunch ein, und das Restaurant, klein, schummerig, voller verführerischer Düfte, war ein wunderbar gastlicher Ort.

»Ich bin ja so ein schlechter Mensch geworden«, seufzte Cassia auf einmal, ergriff seine Hand und streichelte sie auf dem Tisch.

»Tatsächlich? Inwiefern?«

»Ach – so selbstsüchtig, unaufrichtig und unverantwortlich. Alles Eigenschaften, die ich verachte.«

»Und was hat diesen Wandel in dir bewirkt? Hoffentlich willst du das nicht mir in die Schuhe schieben.«

»Nein, natürlich nicht«, antwortete sie. »Das hier – mit uns – ist nur eine Folgeerscheinung davon. Von meiner Schlechtigkeit. Nein, es war wohl leider das Geld. Es hat mich schrecklich verdorben.«

»Unsinn«, entgegnete er brüsk, »das Geld hat nur eines

in dir bewirkt: Es hat dir den Mut gegeben, wieder du selbst zu sein. Ich freue mich darüber, über dein Geld.«

»Das kommt mir auch so vor.« Sie sah ihn nachdenklich an, dankbar für die leicht verwirrende Wirkung des vielen Weins, den sie getrunken hatte, die es ihr ermöglichte, diesen Gedanken nachzuhängen. »Du willst damit also sagen, dass ich immer schon schlecht, verlogen und selbstsüchtig war?«

»Ich finde«, erklärte er, führte ihre Hand an seine Lippen und küsste sie, »ich finde, du bist weder ganz schlecht noch ganz gut, sondern einfach interessant. Ungeheuer interessant. Und die interessante Person in dir wurde erstickt, erdrückt. Jetzt kommt sie wieder zum Vorschein, auf höchst befriedigende Weise. Na, wie hört sich das an?«

»Verheerend«, versetzte sie lachend, »aber ich habe zu viel getrunken, um mit dir zu streiten.«

»Mit mir zu streiten empfiehlt sich nie, weder in betrunkenem noch nüchternem Zustand. Ich gewinne immer«, warnte er, winkte dem Kellner und bat um die Rechnung. »Und jetzt musst du mich entschuldigen, denn ich habe meinen Geschäftstermin. Kommst du zurecht? Mach doch einen Schaufensterbummel, es gibt hier ganz bezaubernde Läden. Ich treffe dich um vier zum Tee im Hotel, bevor wir zurückfliegen.«

»Ich will aber nicht zurück«, sagte sie. »Absolut nicht.«

»Das ist ja nur, weil du keine Vernunft annehmen und nicht mit mir leben willst. Ich habe kein Mitleid mit dir.« Er beugte sich über den Tisch und küsste sie. »Adieu, bis nachher.«

Cassia schlenderte aus dem Restaurant hinaus, kaufte sich einen Seidenpullover und einen weißen Seidenschal für Harry und ging zurück in Richtung Promenade.

In einem Café trank sie eine heiße Schokolade und zog einen Reiseführer heraus, den sie im Hotel gefunden hatte. Sie las darin von dem hiesigen Kasino, einem – wie geschrieben stand – sehr schönen Kasino, und fand den Gedanken daran absolut unwiderstehlich. Das Casino du Palais, einer von Leonoras liebsten Aufenthaltsorten.

Sie verließ das Café und nahm sich ein Taxi.

Sie hatte das Kasino ursprünglich nicht betreten, nur von außen ansehen wollen, doch unter dem Eindruck all dieser Pracht und im Gedanken an Leonora und deren Freunde, an Rollo Gresham, die dort verkehrt hatten, schritt sie doch durch die Tür, blieb etwas unsicher im Foyer stehen und sah sich um.

Ein Mann kam auf sie zu, offenbar eine Art Empfangschef.

»*Madame, je regrette, c'est fermé.*«

»Ach, das macht nichts. Sprechen Sie englisch?«

»Ein wenig.«

»Ich dachte, Sie würden sich vielleicht an meine Patentante erinnern, Leonora Beatty. Sie war oft hier, glaube ich.«

»Ah, Lady Beatty. Eine sehr schöne und sehr charmante Dame. Mit großem Bedauern habe ich von ihrem Hinscheiden erfahren. Ja, sie pflegte damals immer in großer Gesellschaft hierher zu kommen, in Begleitung von Monsieur Gresham und den gemeinsamen Freunden. Sie war immer sehr freundlich zu mir ...«

»Sie war immer sehr freundlich zu jedermann«, sagte Cassia. Überrascht stellte sie fest, dass ihr die Tränen in die Augen stiegen. Sie lächelte den Mann an. »Und kommen einige von ihren Freunden noch hierher, Mr. Gresham vielleicht?«

»Mr. Gresham nicht. Wir haben ihn schon seit einiger Zeit nicht mehr gesehen«, erwiderte er.

»Ach nein? Warum denn nicht?«

»Das könnte ich wirklich nicht sagen, Madame.« Plötzlich wirkte er verlegen. Das weckte ihre Neugier.

»Steckt er in Schwierigkeiten?«

Ein anderer Mann im Cutaway, offenbar in gehobener Position, tauchte in einer Tür auf. »*Est-ce qu'il y a un problème, Henri?*«

Der Empfangschef sagte etwas in schnellem Französisch und warf dabei gelegentlich einen Seitenblick auf Cassia. Sie schnappte die Namen Beatty und Gresham auf und fühlte sich mit einem Mal ziemlich elend.

Der zweite Mann musterte sie etwas kühl. »Guten Tag, Madame. Sie haben sich nach Monsieur Gresham erkundigt?«

»Ja, er war ein guter Freund meiner Patentante, Lady Beatty. Sie ist gestorben, wie Ihnen vermutlich bekannt ist, und ich habe seit einer ganzen Weile nichts von Mr. Gresham gehört. Ich wollte nur wissen, ob er immer noch hierher kommt.«

»Nein, Madame. Wir haben Monsieur Gresham auch seit einer ganzen Weile nicht mehr gesehen.« Seine Stimme hatte einen dunklen, fast feindseligen Unterton.

»Ach so.« Sie wartete ab, aber es kam nichts mehr.

»Kann ich sonst noch etwas für Sie tun, Madame?«

»Ich hatte gehofft, Kontakt mit Mr. Gresham aufnehmen zu können. Ich habe ihm geschrieben, unter der einzigen Adresse, die ich habe, aber es kam keine Antwort. Ich dachte, Sie wüssten vielleicht ...«

»Wo sich Monsieur Gresham aufhält, ist mir nicht bekannt, Madame. Leider. Ich würde Ihnen raten, seine Freunde zu fragen.«

»Das geht eben nicht«, erklärte sie, sich wohl bewusst, wie lächerlich das klang. »Ich kenne ja keinen seiner Freunde.«

»Nun, dann kann ich Ihnen wirklich nicht helfen. Wenn Sie mich jetzt bitte entschuldigen würden ...«

»Ja, natürlich. Darf ich Ihnen meine Karte geben? Sie könnten sie vielleicht einem dieser ... Freunde geben. Und ihn bitten, sich mit mir in Verbindung zu setzen.«

»Selbstverständlich, Madame. Falls ich einen von ihnen sehe.«

»Danke.« Er verbeugte sich vor ihr. »Guten Tag, Madame«, wiederholte er und verschwand wieder in seinem Büro.

Cassia dankte dem Mann an der Tür und wandte sich zum Gehen. Sie fühlte sich ganz komisch, körperlich und geistig. Eine zweite Welle der Übelkeit rollte über sie hinweg; sie sah sich nach einem Sessel um, entdeckte einen bei der Tür, ließ sich hineinsinken und legte den Kopf zwischen die Knie.

Der Empfangschef kam mit besorgtem Gesicht herbeigeeilt. »Madame, kann ich Ihnen etwas bringen? Vielleicht ein Glas Wasser? Soll ich ein Taxi rufen?«

»Nein, nein, es geht schon.« Vermutlich hatte sie dem armen Mann schon genug Ungelegenheiten bereitet. »Es war nur ein Schwächeanfall. Jetzt geht es mir wieder gut.«

»Darf ich Ihnen das Café hier in der Straße empfehlen? Da könnten Sie einen Kaffee oder einen Weinbrand bekommen.«

»Ja, ja, da gehe ich hin, danke.«

»Und Madame« – er zögerte –, »der Inhaber des Cafés kannte Monsieur Gresham gut ...«

Im Café, bei Eiswasser und starkem Kaffee, von denen sie abwechselnd kleine Schlückchen trank, ging es ihr langsam besser. Als der Kellner kassieren wollte, fragte sie: »Ist der Inhaber des Lokals da? Ich würde ihn gern sprechen, falls es seine Zeit erlaubt.«

»Einen Augenblick, Madame. Ich werde nachsehen.«

Sie sprechen alle so ein gutes Englisch, ging ihr durch den Sinn.

»Madame? Sie wünschten mich zu sprechen? Hoffentlich gab es kein Problem?« Der Besitzer, ein kleiner dicker Mann mit dunklem Haar und schwarzen Augen, war offenbar in seiner Jugend ein sehr gut aussehender Mann gewesen. Er lächelte sie an.

Sie erwiderte sein Lächeln. »Nein, nein, überhaupt nicht. Aber der Empfangschef im Kasino meinte, Sie hätten vielleicht Neuigkeiten von einem Freund von mir, na, eigentlich einem verschollenen Bekannten.«

»Tatsächlich, Madame? Und wie heißt dieser Bekannte?«

»Gresham, Mr. Rollo Gresham.«

»Ach, Monsieur Gresham. Er fehlt uns – er war ein sehr ... lebensfroher Herr.«

»Das war er wirklich«, bestätigte Cassia höflich, während sie sich bemühte, Rollo Greshams lärmende Vulgarität als Lebensfreude zu sehen. »Er kommt also nicht mehr hierher?«

»Nein, Madame. Nie.«

»Und Sie wissen auch nicht, warum?«

Dieselbe Verlegenheit, dann sagte er: »Nun, Madame, er – also, er hatte da gewisse Schwierigkeiten. Aber davon werden Sie wohl wissen.«

»Nein«, erwiderte Cassia. Das Herz schlug ihr bis zum Hals. »Was denn für Schwierigkeiten? Waren sie ... waren sie finanzieller Natur?«

Er zögerte. »Ich sollte wirklich nicht darüber sprechen, Madame - bedaure.«

»Bitte!«, drängte sie. »Es ist wichtig für mich. Meine Patentante, Lady Beatty, wissen Sie, sie war ... in ihren letzten Lebensjahren mit ihm zusammen.«

»Ach, Lady Beatty. So eine schöne Dame, so freundlich. Ich erfuhr mit Bedauern von ihrem Tod.«

»Ja«, sagte sie. »Ja, danke. Aber sehen Sie, sie starb in Paris und ich erfuhr erst zu spät davon, und jetzt versuche ich herauszufinden, wie es Mr. Gresham seitdem ergangen ist. Wenn er wirklich in Schwierigkeiten steckt, muss ich das wissen.«

»Er steckte in Zahlungsschwierigkeiten, Madame, ja. Er hatte – wie sagt man doch, *il manquait de l'argent* –, nun ja, Schulden. Überall. Viele wussten das, es kann wohl nicht schaden, wenn ich es Ihnen sage. Wie hoch die Schulden waren, weiß ich nicht. Ich kann Ihnen nur sagen, dass es da ein Problem gab. Er kommt nicht mehr hierher.«

»Verstehe«, antwortete Cassia. Es fiel ihr schwer, etwas auch nur annähernd Zusammenhängendes zu sagen. »Wann haben Sie ihn denn zuletzt gesehen? Können Sie sich daran erinnern?«

»Ach, vor ungefähr einem Jahr ...« Er hielt inne. Ein Jahr wäre in Ordnung, dachte sie, ein Jahr wäre völlig in Ordnung. »Nein, es muss schon zwei Jahre her sein. Es war in dem Sommer, als der Prinz, jetzt natürlich Ihr König, sich in Biarritz aufhielt. Monsieur Gresham und Lady Beatty hatten ihn dort getroffen; ich erinnere mich, wie Monsieur Gresham uns davon erzählte.«

Zwei Jahre ... die Zahl brannte sich in ihr Hirn. »Und seitdem haben Sie ihn nicht mehr gesehen?«

»Na, vielleicht flüchtig, Madame. Aber nicht so ... so wie vorher.«

Es konnte immer noch eine Erklärung geben. Eine vorübergehende Finanzkrise, das kam ja vor, und dann erholten sich die Leute wieder. Sie hörte im Geist eine Stimme aus dem vergangenen Jahr, in Benedicts und Cecilys Villa in Frankreich, sie hörte eine Männerstimme fragen: »Ist das da drüben nicht Greshams Villa?«, und eine andere antworten: »Er hat sie verkauft.« Und das Herrenhaus in England, das in *Country Life* abgelichtet gewesen war, stand auch zum Verkauf ...

»Und Sie wissen nicht, wo er sich jetzt aufhält?«, fragte sie, vor Angst ganz laut.

»Ich glaube, er lebt in Nordafrika, Madame. Das war das letzte Gerücht, das ich gehört habe.«

»Nordafrika! Du meine Güte – wieso denn das?«

»Das ist nicht so abwegig für einen Menschen, der Frankreich liebt«, entgegnete der Cafébesitzer schnell und lächelte sie an. »Die Küche ist französisch, teilweise zumindest, in allen Städten spricht man französisch, viele, viele Franzosen reisen dorthin. Und das Land ist sehr schön ...« Er lächelte wieder.

»Ja, das leuchtet mir ein. Aber seine Adresse haben Sie nicht?«

»Nein, Madame. Leider nicht.«

»Nun, falls Ihnen alte Freunde von Mr. Gresham begegnen, könnten Sie sie wohl bitten, sich mit mir in Verbindung zu setzen? Hier ist meine Karte, sehen Sie, da stehen zwei Adressen drauf.«

Er verbeugte sich. »Gewiss, Madame. Ich werde mein Bestes tun. Und nun, Madame, noch ein Kaffee gefällig oder ein Weinbrand? Sie wirken ein wenig blass.«

»Vielleicht noch einen Kaffee, danke. Und danke für Ihre Hilfe. Ich bin Ihnen sehr verbunden.«

Lange saß sie so da, versuchte, sich einen Reim darauf zu

machen, sich weiszumachen, dass es irgendwie doch seine Richtigkeit haben könnte, aber es gelang ihr nicht.

»Du bist ja ganz still«, bemerkte Harry. »Was ist denn los?«

»Ach nichts, ehrlich.« Sie lächelte ihn an. Sie waren im Wagen, unterwegs zur Landepiste, fuhren durch breite Straßen, in denen riesige Villen standen. Der Himmel war bedeckt, es sah nach Sturm aus, und ihre Stimmung war ebenso umgeschlagen wie das Wetter. Das lag an ihren neuen Erkenntnissen.

»Cassia, eine Sache kann ich überhaupt nicht leiden: Wenn man mir erzählt, es sei nichts los, und das ganz offensichtlich nicht stimmt. Besonders, wenn eine Frau es sagt. Also, was gibt's?«

»Ich möchte einfach nicht zurück«, sagte sie.

»Herrgott noch mal!« Er hatte den Arm um sie gelegt gehabt; jetzt nahm er ihn weg und rückte von ihr ab.

»Was ist? Was habe ich denn getan?«

»Mich angelogen.«

»Das ist nicht gelogen«, widersprach sie. »Ich will nicht zurück.«

»Du hast gelogen. Das ist nicht der Grund. Können wir das jetzt aus der Welt schaffen, oder soll ich meine Akten hervorholen und arbeiten? Ich habe jedenfalls nicht die Absicht, hier herumzusitzen und zu versuchen, dir etwas zu entlocken.«

»Sicherlich nicht«, erwiderte sie kurz angebunden. »Musst du auch nicht. Könnten wir vielleicht über etwas anderes reden, zum Beispiel über das Wetter?«

»Ja, das sieht gar nicht gut aus«, fand er mit einem Blick auf den Himmel. »Es zieht ein Sturm auf. Vielleicht wird es ein schwieriger Rückflug.«

»Das macht mir nichts aus«, sagte sie und meinte es auch. Ein schwieriger Rückflug würde gut zu ihrer Stimmung passen.

Es war fast fünf Uhr. Der Himmel bot einen atemberaubenden Anblick: Schwarze Wolken trieben dahin, an manchen Stellen von breiten Lichtstrahlen durchzogen, an anderen in Rot und Orange getaucht; strichweise zeigte sich auch noch reines Aquamarinblau.

Sie rollten über die Piste, hoben leicht und elegant vom Boden ab und schienen durch die niederen Wolkenlagen in das Drama dort oben emporzugleiten. Es war wie ein anderes Land, eine Landschaft, wie Cassia sie noch nie gesehen hatte. Sie klatschte vor Freude in die Hände, als sie die prächtigen Klippen und Wolkenmeere erblickte, graue und orangefarbene Wasserfälle, die ins Schwarze stürzten, abgelöst von weißen Decken, eine schier unendliche Weite. Es war wie eine Fahrt auf einer langen Landstraße, mit wunderschönen Wolkenbänken als Meilensteinen. Harry war völlig in die Steuerung vertieft, absolut konzentriert. Diesen Blick hatte sie bislang nur an ihm gesehen, wenn sie miteinander schliefen.

Ein gewaltiger Lichtblitz und ein tosender Lärm schienen sie plötzlich zu umhüllen, ja, zu verschlingen; dann stürzten sie in die Tiefe, im Senkrechtflug, der sie in einen Schockzustand versetzte, körperlich und geistig. Harry griff rasch nach ihrer Hand und drückte sie fest. »Alles in Ordnung«, versicherte er, »nur ein Sturm, hab keine Angst.«

»Ich habe keine Angst«, antwortete sie, und das stimmte, sie war erregt, himmelhoch jauchzend, ekstatisch, sehr lebendig.

Weiter flogen sie, durch die wirbelnden Wolken, das Getöse, das blendende Licht; es war wie Sex, dachte sie, genau wie Sex: eine endlose Folge von Höhepunkten und

Sturzflügen, gleißendes Licht, dann Schatten, dann ein noch strahlenderes Licht. Mehr als einmal hörte sie sich laut aufschreien vor ausgelassener, wilder Lust, wie im Bett.

Schließlich war es vorbei, genau wie beim Sex, sie bewegten sich in eine Stille, einen klareren, schlichteren Himmel. Sie konnte jetzt die Rollbahn unter sich erkennen, ihre Farbe irgendwie seltsam und unvertraut nach dem Land, das sie hinter sich gelassen hatten, und das Flugzeug setzte weich auf, fast unmerklich. Und als es zum Stehen kam, sah sie Harry an und er sie, alle beide leicht erschüttert über das gemeinsame Erlebnis. Sie lächelten sich an, und Harry ergriff wieder ihre Hand, hob sie an seine Lippen und küsste sie.

»O mein Gott, ich liebe dich so!«, sagte er.

26

»Wo zum Teufel hast du bloß gesteckt?«

»Das weißt du ganz genau. Ich habe es dir doch gesagt: in Le Touquet.«

»Ich meine, heute Abend. Du wolltest doch zum Essen zurück sein. Ich habe über anderthalb Stunden gewartet, weil ich etwas mit dir besprechen wollte.«

»Ich war im Büro. Worüber wolltest du denn reden? Über deine Modenschau? Deine Arbeit? Die nächste Dinnerparty?«

»Nein«, entgegnete Edwina, »über Cecily. Ihre Kinderfrau hat heute Abend angerufen. Sie hat versucht, Cassia zu erreichen, aber die war anscheinend weder zu Hause noch in der Klinik. Sie macht sich ernsthaft Sorgen. Offenbar hat sie einen Brief von Dominic Foster an Cecily gefunden, in dem er sie bittet, sie besuchen zu dürfen, um über Benedicts Tod zu sprechen. Er hielt es wohl für wichtig und meinte, er könne ihr damit helfen. Jedenfalls hat die Kinderfrau diese grässliche Ada gefragt, ob er Cecily besucht hat, und die sagte Nein.«

»Das ist ja alles außerordentlich interessant, Edwina, aber ich habe wirklich anderes im Kopf.«

»Harry, sei doch nicht so verdammt herzlos.«

Für einen kurzen Augenblick wirkte er zerknirscht, dann fragte er: »Und was erwartest du jetzt von mir?«

»Ich finde, da Cecily doch so krank ist und ihr diese schreckliche Behandlung bevorsteht, sollten wir wenigstens herausfinden, was Dominic ihr eigentlich erzählen wollte, meinst du nicht auch? Ich meine, vielleicht hilft es ihr ja wirklich. Die Kinderfrau hält es für wichtig. Sie hat deswegen großen Ärger mit Ada bekommen. Sie hängt wirklich sehr an Cecily, nur deshalb hat sie nicht aufgegeben. Und ich verstehe durchaus, warum es ihr so am Herzen liegt.«

Er sah sie forschend an. »Du bist wirklich beunruhigt, oder?«

»Ja, und wenn du nicht mit Dominic redest, tu ich es.«

»Gut. Ich muss ihn sowieso anrufen, wegen eines neuen Projektes in Le Touquet. Würdest du Bishop bitten, mir einen Brandy zu bringen? Ich bin in meinem Arbeitszimmer.«

Edwards Stimme am Telefon klang höflich-kühl. »Ich habe versucht, dich in der Klinik zu erreichen, aber man sagte mir, dass du heute Nachmittag nicht da seist.«

»Nein«, erwiderte sie rasch. »Ich war in einer der anderen Kliniken. Wie ich schon sagte, war es ein Notfall.«

»Aha. Ich komme bei deinen ganzen Terminen gar nicht mehr mit. Nun, leider habe ich dir etwas Unerfreuliches mitzuteilen. Bertie hat die Windpocken. Er kann in den Ferien nicht nach Hause kommen.«

»Nicht? Aber Edward, wieso denn nicht? Das ist doch keine gefährliche Krankheit. Ich könnte ihn mit dem Auto abholen und ...«

»Cassia, die Hausordnung des Internats schreibt vor, dass alle Schüler mit einer ansteckenden Krankheit auf der Krankenstation bleiben müssen, bis die Ansteckungsgefahr vorbei ist. Aber wir können ihn besuchen.«

»Wie außerordentlich entgegenkommend.«

»Ich habe der Hausmutter also gesagt, dass du anrufen und einen Termin ausmachen würdest.«

»Willst du denn nicht mitkommen?«

»Doch, wenn meine Zeit es erlaubt.«

»Ja, gut, Edward. Ich fahre dann wohl morgen.«

»Aber du hast doch morgen Klinikdienst.«

»Das kann ich verschieben. Bertie ist viel wichtiger.«

»Irgendwie ist es doch komisch mit deiner Arbeit, Cassia. Einmal ist dein Klinikdienst so wichtig, dass du das Haus am Abend vorher verlassen musst, um pünktlich zu erscheinen, und jetzt ist er plötzlich so unwichtig, dass du ihn ohne weiteres kurzfristig absagen kannst.«

Sie blieb stumm, denn sie wagte nicht, ausgerechnet wegen dieser Sache einen Streit vom Zaun zu brechen. »Ich melde mich wieder.«

»Gut.«

Sie rief im Internat an. Die Hausmutter sagte, Bertie fühle sich miserabel, aber wie Mrs. Fallon als Arztgattin wohl wisse, seien die Windpocken die harmloseste von allen Kinderkrankheiten.

»Ich bin zufällig auch Ärztin.« Cassia konnte sich die Bemerkung nicht verkneifen.

»So? Das wusste ich gar nicht.« Es klang missbilligend. »Nun, wie dem auch sei, ich weiß, dass Ihr Sohn Sie gern sehen würde. Er war sehr betrübt, weil er die Ferien nicht zu Hause verbringen darf.«

»Ja, also, darüber würde ich gern mit Ihnen reden. Könnte ich morgen kommen?«

»Das würde sehr gut passen, Mrs. Fallon. Vielleicht am Nachmittag?«

»Ja, schön. Auf Wiedersehen. Bitte sagen Sie ihm alles Liebe von mir. Und dass ich ihn morgen besuchen komme.«

Rupert las den Artikel als Erster. Er war früh aufgewacht und spazieren gegangen, in Richtung Themseufer. Auf der Albert Bridge blieb er stehen. Seltsamerweise beruhigte ihn die Schönheit des frühen Morgens am Wasser, das gespenstisch schöne Licht. Der Morgennebel hob sich, schwere Lastkähne pflügten sich langsam durch das Wasser, an den großen Industrieanlagen an den Ufern vorbei, und die Fenster des Parlamentsgebäudes blitzten in der Sonne auf.

Der Morgen war kalt, aber schön, und nach einer Weile trank er eine Tasse Tee an einem Stand. Dabei fiel sein Blick auf einen Zeitungskiosk und auf die Titelseite des *Sketch*. Eine Schlagzeile kündigte eine Übersicht über alle Theaterstücke im Westend an, alte und neue.

Vielleicht, vielleicht wurde ja auch schon *Briefe* erwähnt? Sein Freund hatte versprochen, dass er etwas über das Stück bringen würde, wenn er könnte. Hatte er auch.

GLÜCKLICHES ENDE EINER JUGENDLIEBE – HAPPYEND IM WESTEND, las Rupert (die Schlagzeile stand über den verwackelten Fotos besagter »Liebender«). Mit wachsendem Entsetzen las er den Artikel, in dem angedeutet wurde, Cassia habe das Stück nur finanziert, weil sie eine Affäre mit ihm hatte, eine Affäre, die mindestens so leidenschaftlich und verboten war wie die zwischen Laurence Olivier und Vivien Leigh:

Rupert Cameron, Star der originellen Inszenierung von Letters, *ist seit Cassia Fallons Backfischzeit der wichtigste Mensch in ihrem Leben. Der Schauspieler war der beste Freund ihres Vaters, und das fünfzehnjährige Mädchen fieberte seinen Besuchen entgegen, wenn er auf Theatertournee in ihre Heimatstadt Leeds kam. Dann durfte sie ihn auf der Bühne erleben und – noch aufregender – ihn in seiner Garderobe besuchen. Statt in Künstlerpensionen wohnte er bei ihrer Familie, wenn er in Leeds auftrat: für das junge Mädchen eine tolle Abwechslung vom Familienalltag. Wenn alle schon schliefen, wartete sie, bis er nach Hause kam, um ihn mit heißer Schokolade zu verwöhnen und seinem Bericht über die Abendvorstellung zu lauschen. Der Schauspieler blieb ihr Vertrauter und Mentor und unterstützte sie in ihrem Wunsch, Ärztin zu werden. Obwohl sie mittlerweile verheiratet ist und drei kleine Kinder hat, bezeichnet sie Mr. Cameron als ihren »allerbesten und liebsten Freund«.*

Kürzlich erbte Mrs. Fallon eine große Summe Geldes, die ihr ermöglichte, Briefe *zu finanzieren, das Stück, in dem er endlich seine Westend-Karriere startet. Sie ist die Hauptgeldgeberin einer ungewöhnlichen Inszenierung, in der die enge Beziehung zwischen zwei Menschen nachgezeichnet wird, die sich über eine lange Zeitspanne hinweg geliebt haben und einander treu geblieben sind, obwohl jeder mit einem anderen Partner verheiratet ist.* Entdecken wir da

Anklänge an das wirkliche Leben von Mrs. Fallon und Mr. Cameron?

Als ich ins Theater kam, fand ich Mrs. Fallon in den leeren Rängen sitzend, völlig gebannt von der Darstellung ihres »liebsten Freundes«. Sie sagte mir, es sei ihr größter Wunsch, diesem Stück zum Erfolg zu verhelfen und Mr. Cameron zum Star zu machen. »Ich finde es ja so aufregend, dass ich ihm das ermöglichen konnte.«

Mrs. Fallon, eine sehr attraktive junge Frau, wurde zu ihrer Zeit als Debütantin bei Hofe vorgestellt. Sie lebt jetzt mit ihrer Familie auf dem Land und besitzt überdies ein Haus in London, wo sie einen großen Teil der Woche zubringt: »Das ermöglicht es mir, Rupert öfter zu sehen – und natürlich auch den Proben beizuwohnen«, meinte sie fröhlich lachend. »Doch natürlich sind wir nur gute Freunde, nichts weiter.«

Die Premiere von Briefe *findet in einer Woche im Second House Theater am Themseufer statt. Mrs. Fallon wird natürlich zur Premiere kommen, obwohl ihr Mann, ein hart arbeitender Landarzt, nicht unter den erwarteten Gästen sein wird.*

»O mein Gott«, stöhnte Cassia kaum hörbar und sah Rupert über den Küchentisch hinweg an. »Das ist ja furchtbar. Wie in aller Welt konnte das passieren? Ich habe doch kaum etwas zu ihm gesagt.«

»Wirklich?« Er war sehr bleich im Gesicht, zitterte und rauchte eine Zigarette nach der anderen. »Wirklich? Woher weiß er dann diesen ganzen Quatsch, dass du und ich allein im Haus waren, wenn alle anderen schliefen, und dass du in London lebst, ohne deinen Mann? Und wo zum Kuckuck haben sie dieses Foto aufgetrieben?«

»Ich habe keinen blassen Schimmer. Vermutlich in einer

alten Ausgabe des *Tatler*, ich war ja damals erst achtzehn. Und ja, wahrscheinlich habe ich ihm all diesen Kram erzählt. Aber es war doch völlig unwichtig, und manches habe ich scherzhaft gemeint. Er hat mir die Worte im Mund verdreht. Wir können die Zeitung doch verklagen, oder? Ich rufe einen Anwalt an. Bestimmt können wir etwas dagegen unternehmen.«

»Wir können nichts dagegen unternehmen, Cassia. Alles, was da steht, stimmt, und du selbst hast es ihm erzählt.«

»Das ist ja so unfair!«, rief Cassia. »Ich wollte dir doch nur helfen, und er hat mir versprochen, mich den Artikel vorher lesen zu lassen. Ich werde mich bei seinem Redakteur beschweren.«

»Cassia, das versprechen sie einem immer. O Gott, ich hätte nie zulassen dürfen, dass er dich interviewt.«

»Zulassen? Rupert, du hast mich dazu gedrängt, du hast mich darum gebeten. Du sagtest, es könnte hilfreich sein.«

»Ja, ja. Bitte entschuldige.« Er fuhr sich mit den Händen durchs Haar. »Was wird Edward nur dazu sagen?«

»Weiß Gott. Ich habe keine Ahnung, was er tun wird, er oder ...«

»Oder?«

»Harry«, hatte sie sagen wollen, schluckte die Worte aber herunter. »Janet, das ganze Dorf, die Kinder, all unsere Freunde. Vielleicht lesen sie es ja gar nicht, Rupert, vielleicht ...«

»Sie werden es lesen«, versicherte er. »Worauf du dich verlassen kannst.«

»Cassia?« Es war Harry. »Was ist das für ein wunderbarer Artikel da im *Sketch*? Mir gefällt die Vorstellung von dir als Bühnenmäzenin, die sich eine verbotene Leidenschaft erkauft. Wenn auch mit einem ziemlich ältlichen Liebhaber.« Er lachte. Zumindest dafür musste sie wohl dankbar sein.

»Harry, das ist nicht komisch.«

»Nein? Ich finde es ausgesprochen komisch. Kann ich heute irgendwo in aller Öffentlichkeit mit dir den Lunch einnehmen? Ich möchte von deinem Ruhm zehren.«

»Nein«, sagte sie gereizt. »Ich halte mich lieber bedeckt, und außerdem fahre ich heute Nachmittag zu Bertie ins Internat. Er hat die Windpocken.«

»Armer kleiner Kerl. Kann ich mitkommen?«

»Nein, Harry. Sei bitte nicht albern. Ich habe schon genug Probleme ...« Sie hörte, wie ihre Stimme zitterte, und sie hörte, wie seine plötzlich einen besorgten Ton annahm.

»Nimm es dir doch nicht so zu Herzen. Es ist doch nicht so wichtig. Vor allem nicht unter den gegebenen Umständen.«

»Unter was für Umständen?«

»Na ja, du hast ja wohl kein Interesse daran, deine Ehe zu retten, oder? Könnte lustig werden, wenn dieser Artikel im Scheidungsprozess verlesen wird.« Er lachte schon wieder.

»Harry, halt den Mund. Lass die Witze!«

»Schon gut, bitte entschuldige. Apropos Scheidung, hast du den anderen Artikel in der Zeitung gelesen? Mrs. Simpson hat gestern ihr vorläufiges Scheidungsurteil bekommen. Im Ipswich Crown Court. Jetzt werden wir die Fetzen fliegen sehen! Hör mal, treffen wir uns doch im Dorchester auf einen schnellen Drink, bevor du losfährst. Ich mache dir Mut und baue dich auf, bevor du dem Doktor unter die Augen trittst.«

Eine der Lernschwestern im Sanatorium sah den Artikel und erkannte Cassia Fallons Namen als den der Dame, die ein paar Sachen für Mrs. Harrington gebracht hatte, als man sie eingeliefert hatte. Seitdem hatte sie mehrmals angerufen. Aufgeregt las die Lernschwester den Artikel ihrer Kollegin vor.

»Dabei machte die Dame einen so netten Eindruck! Wer hätte das gedacht? Sie wirkte überhaupt nicht wie so eine. Und ihr Mann ist Arzt. Der arme Mann.«

»Was hat das denn damit zu tun?«

»Na, ich weiß nicht, ich finde, das macht es irgendwie noch schlimmer. Eine Debütantin war sie, du weißt doch, das bedeutet, ein verwöhntes Gör ...«

Sie wurden von der Stationsschwester unterbrochen, die äußerst missgelaunt hereingekommen war, denn sie hatte sich ihrerseits gerade eine Gardinenpredigt von der Oberschwester anhören müssen wegen des Zustands der Wäschekammer. »Legen Sie die Zeitung weg, Schwester, und gehen Sie zu Mrs. Harrington. Ihr Bett muss frisch bezogen werden. Sie bekommt heute Nachmittag Besuch von zwei Herren, einem Mr. Moreton und einem Mr. Foster – aber das sollen wir ihr gegenüber lieber nicht erwähnen, meinte Mr. Moreton am Telefon.«

»Ja, ich meine, nein. Bestimmt nicht.«

Als ob es etwas ausmachte, was man zu der armen Frau sagte oder nicht sagte. Die bekam sowieso nichts mit.

Cecily hatte den Artikel natürlich nicht gelesen. Aber sie war an jenem Tag ohnehin kaum aufnahmefähig. Sie fühlte sich seltsam beschwingt, fast glücklich. Sie hatte jetzt genug Schlaftabletten gehortet und heute Abend würde sie sie alle schlucken. Dies war ihr letzter Tag. Es war fast vorbei.

Die Kinderfrau sah die Zeitung in der Küche liegen, als sie hinunterging, um Mrs. Forbes nach dem Frühstück eine

Tasse Kräutertee zu bringen. Die arme Mrs. Forbes fühlte sich gar nicht gut. Sie meinte, sie spüre wieder eine Gallenkolik herannahen. So groß war ihr Elend, dass sie offenbar beschlossen hatte, die Verfehlungen der Kinderfrau zu vergessen. Oder vielmehr, dachte die Kinderfrau voller Ingrimm, wollte sie die Lage nach Strich und Faden ausnutzen und sich von vorn bis hinten von ihr bedienen und pflegen lassen.

Die Köchin las den Artikel gerade laut einer ungläubigen Susan vor, als sie die Schritte der Kinderfrau auf der Treppe hörten. Hastig warf die Köchin die Zeitung auf den Tisch und begann, mit dem Nudelholz ihren Teig zu bearbeiten. Während die Kinderfrau darauf wartete, dass das Wasser im Kessel kochte, gelang es ihr, den ganzen Artikel zu lesen. Sie war schockiert.

Im Dorf Monks Heath gab es kaum ein anderes Thema. Sämtliche Dorfbewohner, angefangen bei Milly Hascombe, die für andere Leute Wäsche wusch, bis hin zu Mrs. Venables, die verstohlen die Zeitung ihres Dienstmädchens las, gerieten in helle Aufregung und schlugen die Hände über dem Kopf zusammen. »Der arme Doktor«, sagten alle übereinstimmend und bemerkten noch, bevor Mrs. Fallon zu Geld gekommen sei, sei alles in bester Ordnung gewesen.

Dr. Fallon trug es mit großer Würde. Nur Maureen hatte mitbekommen, wie er eine Tasse zerbrach, als er sie mit ganz ungewöhnlicher Heftigkeit auf dem Schreibtisch in seinem Arbeitszimmer abstellte und den *Sketch* in den Papierkorb pfefferte. Noch anrührender war, dass er die Augen mit der Hand bedeckte, als sie ihn fragte, ob er die Sprechstunde übernehmen oder lieber einen Hausbesuch bei Mr. Harrison in den Drift Cottages machen wolle, der über heftige Schmerzen in der Brust und Atemnot klagte. Er entschied sich für den Hausbesuch – eine weise Entscheidung, fand sie. Im Wartezimmer lasen gerade mindestens fünf Patienten eifrig den *Sketch*.

Auch Francis Stevenson-Cook las den Artikel. Er hatte es sich zur Gewohnheit gemacht, sämtliche Zeitungen zu überfliegen, bevor er ins Büro ging. Rupert Camerons Name erregte seine Aufmerksamkeit, denn er erinnerte sich, von Edwina gehört zu haben, dass Rupert einen Teil der Modenschau choreografierte. Er las den Artikel mit Interesse und wachsender Belustigung. Klang ganz nach einer interessanten, wenngleich etwas naiven Person. Francis Stevenson-Cook freute sich darauf, sie kennen zu lernen. Er griff zum Telefon neben seinem Bett.

Seine bedauernswerte Sekretärin, deren Arbeitstag schon um sieben Uhr morgens begann, sagte, ja, sicher, sie würde dafür sorgen, dass Mrs. Moreton heute den Lunch mit ihm einnahm.

»Das Einzige, was mich stört«, verkündete Harry, während er Cassia zuprostete, »ist der Umstand, dass Rupert als dein Jungmädchenschwarm bezeichnet wird. Während *ich* das doch war. Vielleicht solltest du den *Sketch* morgen um eine entsprechende Gegendarstellung bitten.«

»Harry, bitte! Das ist nicht komisch.«

»Finde ich schon. Edwina übrigens auch. Sie hat mich aus dem Büro angerufen, weil sie wissen wollte, ob ich den Artikel schon gelesen hätte.«

»O Gott!«

»Was wird der gute Doktor wohl dazu sagen?«

»Ich weiß es nicht. Er sagt dieser Tage überhaupt nicht viel. Jedenfalls nicht zu mir.«

»Nun, ich glaube, in diesem Fall wird er sein Schweigen brechen. Schwer zu verkraftende Frühstückslektüre für einen Ehemann.«

»Meinst du?«

»Ja, natürlich. Es wird doch mehr oder weniger eine ehebrecherische Leidenschaft geschildert. Der Witz daran ist nur, dass deine ehebrecherische Leidenschaft einem ganz anderen gilt.«

»Ja«, antwortete sie matt, »kann schon sein.«

»Der andere Witz ist«, erklärte er und lehnte sich mit belustigtem Blick zurück, »dass mich vor ein paar Wochen eine Anspielung von Edwina äußerst irritiert hat. Sie hat behauptet, dass du ein Verhältnis mit Rupert hast.«

»Ach, wirklich?«, sagte Cassia. Die gestrige Übelkeit und das Schwindelgefühl schienen zurückzukehren. Sie trank ihren Martini etwas zu schnell aus und versuchte, Harry anzulächeln.

»Ja. Ich habe natürlich versucht, ganz abgeklärt zu tun und mir einzureden, dass er schließlich dein Jugendschwarm war, wie der *Sketch* es so elegant formuliert. Und dann erwähnte Edwina ein paar Tage später, sie hätte eines Abends Rupert bei dir zu Hause angetroffen. Sie betrachtete das als Beweis. Und ich muss gestehen, dass auch ich etwas beunruhigt war. Aber dann nahmen die Dinge ja eine andere Wendung, wie du weißt, und ich habe Cameron ganz vergessen. Bis heute. Armer alter Kerl. Eher ein Versagertyp, fürchte ich. Taugt das Stück übrigens was? Wir sollten zur Premiere gehen, finde ich. Solidarität demonstrieren. Ich werde Edwina bitten, Karten zu besorgen.«

»Ja, soweit ich das beurteilen kann, ist es sehr gut.«

»Ach ja, du warst ja bei den Proben. Die du … wie hieß es doch gleich – wie gebannt verfolgt hast. Du siehst, ich habe den Artikel auswendig gelernt. Nun, das Stück muss wohl gut sein, wenn es dich so in seinen Bann zieht.«

»Ja«, wiederholte Cassia, »es ist sehr gut.«

»Das Ganze belastet dich sehr, nicht wahr?«, sagte er plötzlich. »Das braucht es nicht, weißt du. Es interessiert niemanden, was die Boulevardpresse so schreibt.«

»Ich habe eher den Eindruck, dass es jeden interessiert.«

»Ach, eigentlich nicht. Ein kurzes, billiges Vergnügen, und morgen kommt ein anderer an die Reihe.« Er beugte sich vor und ergriff ihre Hand. »Es hat nichts zu bedeuten. Versuch doch, es so zu sehen. Als Volksbelustigung. Und es ist ja überhaupt nichts dran, also ...« Plötzlich brach er ab, saß ganz still da und fixierte sie mit seinem Blick.

Sie sah ihn an und merkte, wie sich seine Miene veränderte. Und trotz der Wärme in der Bar des Dorchester, trotz des neuen Zobelmantels, den sie in einem Anflug von Extravaganz gekauft hatte, nachdem sie und Harry sich zum ersten Mal geliebt hatten, zitterte sie.

»Es ist doch nichts dran, oder?«, fragte er nach langem Schweigen. »Du bist doch nicht etwa in ihn verliebt?«

»Nein, selbstverständlich nicht.« Sie lächelte, hoffte, betete, er würde das Thema fallen lassen. Doch nein.

»Und du hattest ... nichts mit ihm?«

Sie blieb stumm.

»In letzter Zeit?«

Sie saß da, ihre Augen trafen sich, sie rührte sich nicht, sagte nichts.

»Gütiger Himmel. Es stimmt also. Du warst mit ihm im Bett. Edwina hatte Recht. Oder etwa nicht? Antworte mir, Cassia – bitte!«

»Ja«, gestand sie, ganz leise, »ja, es stimmt. Aber es ist nicht so, wie du denkst.«

»Ach nein? Tatsächlich nicht?« Seine Miene, seine Stimme waren ganz ruhig, und einen Augenblick hoffte sie, dass er ihr glauben und ihr zuhören würde. Dann packte er sie am Handgelenk, drehte es nach oben und hielt sie so fest.

»Inwiefern ist es denn nicht so, wie ich denke? Wächst sein Schwanz rückwärts? Steht er dabei auf dem Kopf? Oder ist er etwa ...«

»Bitte, Harry. Bitte!«

»Du bist schamlos«, zischte er, stand auf und ließ ihr Handgelenk ruckartig los. »Ich finde das widerwärtig. Das hätte ich nie von dir gedacht. Ist das dieselbe Person, die sich noch vor kurzem an der Vorstellung stieß, dass ich mit meiner eigenen Frau schlafe?«

Sein Gesicht war ganz weiß und seine dunklen Augen, die daraus hervorleuchteten, waren voller Abscheu und Widerwillen – einem so starken Widerwillen, dass sie ihn physisch spüren konnte.

»Nun«, sagte er. »Da habe ich mir offensichtlich etwas vorgemacht. Mit deiner tätigen Beihilfe. Aber anscheinend hat sogar meine Frau mehr moralisches Empfinden als du. Leb wohl, Cassia. Ich hoffe sehr, dass wir uns nie wieder begegnen. Ja, ich fühle einen starken Drang, diese Bar auf der Stelle zu verlassen, falls du hier bleiben willst. Vielleicht bist du so nett und bezahlst die Rechnung. Huren werden ja dieser Tage sehr gut bezahlt, wie ich glaube. Aber das weißt du natürlich ...«

27

Dominic Foster versuchte, sich auf eine Bauzeichnung zu konzentrieren. Er war furchtbar nervös, denn heute Nachmittag wollte er Cecily im Sanatorium besuchen. Da rief Harry Moreton an. Er hörte sich an wie jemand, der unter einer ungeheuren Belastung stand.

»Dominic? Hör mal, ich kann heute Nachmittag doch nicht mitkommen. Ich habe Edwina gebeten, dich zu begleiten, aber sie ist zum Lunch verabredet oder irgendso einem verdammten Unfug. Können wir das Ganze ein anderes Mal tun?«

»Lieber nicht. Ich glaube, es wäre sehr wichtig. Können wir nicht später fahren?«

»Nein, ich kann heute wirklich nicht. Geh doch alleine hin.«

»Das kann ich nicht, Harry.«

»Schön, dann müssen wir es eben verschieben. Bedaure.« Er legte den Hörer auf.

Dominic fühlte sich hin- und hergerissen zwischen Erleichterung und einer gewissen Enttäuschung …

Cassia, die zum Internat unterwegs war, fuhr viel zu schnell. Sie hatte das merkwürdige Gefühl, ihr Elend hinter sich zu lassen, und dieser Besuch bei Bertie war das einzig Nützliche und Hilfreiche, was ihr zu tun blieb. Damit konnte sie niemandem wehtun.

Natürlich fuhr sie allein. Ein eiskalt-höflicher Edward hatte gesagt, er sei viel zu beschäftigt, um sie zu begleiten.

»Schön. Aber wenn ich wieder nach Hause komme, müssen wir uns unterhalten, Edward.«

»Ach, du kommst nach Hause? Zu gütig von dir. Darf

ich daraus schließen, dass du keiner Probe beiwohnen musst?«

»Edward, dieser Artikel ist einfach hanebüchener Blödsinn. Das Ganze ist einfach lächerlich.«

»Ach ja? Und ich dachte schon, ich sei derjenige, der hier lächerlich ist. Oder lächerlich gemacht werden soll. Ja, ich bin ganz deiner Ansicht. Wir haben einiges zu besprechen.«

»Du bekommst Gesellschaft, Fallon«, verkündete die Hausmutter lächelnd. »Einer der großen Jungen hat auch die Windpocken. Los, Collins, leg dich hier neben Fallon. Ihr könnt euch gegenseitig aufheitern.«

Mit verquollenen Augen sah Bertie Collins an, der die Hausmutter tapfer anlächelte. »Vielen Dank. Mir ist etwas übel. Könnte ich bitte eine Brechschale haben?«

Die Hausmutter eilte geschäftig davon und Collins sah Bertie böse an.

»Du kleines Arschloch«, zischte er, »das ist ganz allein deine Schuld. Deine dreckigen Bazillen haben mich krank gemacht. Siehst du den Pott da drüben? Ich pinkele ihn voll und zwinge dich, ihn leer zu trinken, du dämliches Stück Scheiße. Oh, danke, Madam, vielen, vielen Dank! Machen Sie sich keine Sorgen um mich, mir geht's schon besser, seit ich liegen kann. Fallon und ich kommen schon zurecht, nicht, Fallon?«

Bertie sagte kein Wort. Er lag nur da und schaute Collins an, und seine Angst war so groß, dass er befürchtete, er würde gleich ins Bett machen.

Die Hausmutter zögerte. Dann entschied sie: »Nein, ich bleibe besser noch ein Weilchen, falls dir schlecht wird.«

»Hallo, Bertie.«

Sie sah wunderschön aus, noch viel schöner als in seiner

Erinnerung. Ihre Lippen, als sie sich über ihn beugte, um sein heißes, juckendes Gesicht zu küssen, waren so kühl, und ihr Haar, wie es so weich an seine Stirn fiel, duftete so gut. Es war mehr, als Bertie ertragen konnte. Er brach in Tränen aus, und es war ihm egal, dass Collin ihn beobachtete. Er setzte sich auf und schlang die Arme um ihren Hals.

»Mama«, brachte er nur heraus, immer wieder, wiederholte es wie ein Gebet. Er empfand keine Freude, es zerbrach ihm schier das Herz.

Cassia hielt ihn fest, drückte ihr Gesicht in sein weiches braunes Haar, bemerkte seine erschreckende Magerkeit, seine hohe Temperatur, die panische Umklammerung seiner Arme. Irgendetwas war nicht in Ordnung, das spürte sie.

»Ich bringe Ihnen gleich eine Tasse Tee, Mrs. Fallon«, sagte die Hausmutter, die die Szene mit leichter Missbilligung beobachtet hatte. »Komm, Fallon, du bist doch schon ein großer Junge. Lass endlich deine arme Mutter los.«

Als Cassia sich setzte, lächelte sie der gut aussehende Junge an, der im Nachbarbett lag. Er war viel älter als Bertie.

Sie erwiderte sein Lächeln. »Hallo.«

»Wie geht's denn so, Mrs. Fallon? Willst du mich nicht deiner Mutter vorstellen, Fallon?«

»Doch, ja«, antwortete Bertie und wischte sich die Tränen ab. »Mama, das ist Collins. Wahrscheinlich wird er nächstes Jahr Schulsprecher.«

»Ein wichtiges Amt«, bestätigte Cassia.

»Ich habe ein bisschen auf Fallon Acht gegeben«, erklärte Collins, »da er doch neu hier ist. Hab versucht, ihm ein bisschen zu helfen. Nicht, Fallon?«

»Ja«, sagte Bertie zögernd.

»Wie nett von dir.«

»Ach, nicht der Rede wert. Das Mindeste, was ich tun konnte. Es ist doch ein Glück, dass wir zu zweit hier liegen und uns gegenseitig Gesellschaft leisten können, nicht, Fallon?«

»Ja.« Berties Stimme klang leise, leicht zittrig.

Cassia schaute ihn zweifelnd an. Er schien überhaupt nicht er selbst zu sein. Nun, kein Wunder, es ging ihm offensichtlich überhaupt nicht gut. Ein paar der Pusteln in seinem Gesicht hatten sich entzündet. Sie wies die Hausmutter darauf hin.

Die fasste das offenbar als Kritik an ihren beruflichen Fähigkeiten auf. »Natürlich habe ich das gesehen, Mrs. Fallon. Ich habe mich schon darum gekümmert.«

»Sicher. Es ist nur so, dass bei Windpocken leicht Narben zurückbleiben, und das wäre doch schade.« Sie lächelte Bertie aufmunternd an. Er erwiderte ihren Blick und versuchte zu lächeln, aber es gelang ihm nicht. Sie ergriff seine Hand und strich ihm das Haar aus der Stirn. Selbst seine Kopfhaut war von Pusteln übersät.

»Armer Junge. Sieh mal, ich habe dir Obst und Bücher mitgebracht. Möchtest du ein paar Weintrauben? Collins, du auch?«

»Gern. Sehr nett von Ihnen, Mrs. Fallon.«

Sie saß eine Stunde oder noch länger da, plauderte mit Bertie, las ihm eine Geschichte vor. Er blieb angespannt, furchtsam, und die Augen in seinem verunstalteten Gesicht wirkten unnatürlich groß. Ihr wurde immer unbehaglicher zu Mute.

»Bärchen, ich komme gleich wieder. Ich muss mal kurz mit der Hausmutter sprechen.«

Sie fand die Hausmutter beim Sortieren riesiger Sockenberge vor. »So viel Arbeit!«

»Ja.« Offensichtlich war sie immer noch gekränkt wegen Cassias kritischer Bemerkung.

»Ich möchte Bertie mit nach Hause nehmen. Es scheint ihm furchtbar schlecht zu gehen. Ich weiß, das verstößt gegen die Regeln, aber ich sehe, ehrlich gesagt, nicht so recht ein, wieso. Ich kann keinen Sinn darin erblicken. Ich hätte ihn sehr gern bei uns zu Hause, und ich bin ganz sicher, dass es gut für ihn wäre. Natürlich umsorgen Sie ihn hier ganz wunderbar, aber wenn man krank ist, ist die eigene Familie doch das Beste. Und er kommt mir so ... angespannt vor.«

»Nun, er ist ein sehr sensibles, nervöses Kind, Mrs. Fallon.«

»Das weiß ich ja. Noch ein Grund mehr, ihn zu Hause gesund zu pflegen. Sagen Sie, könnte ich vielleicht mal mit dem Direktor sprechen? Die Entscheidung liegt wohl nicht bei Ihnen.«

»Natürlich, wenn Sie es wünschen. Doch er wird Ihnen nichts anderes sagen können.«

So war es. Der Direktor erklärte ihr höflich und ein wenig von oben herab, dass das völlig ausgeschlossen sei. Die Eltern anderer Schüler seien nicht unbedingt bereit oder in der Lage, sich um ihre kranken Kinder zu kümmern, und daher gebe es eine Regel, die für alle gelte. Alle müssten gleich behandelt werden. »Bedaure, Mrs. Fallon, doch auf lange Sicht würde es Ihrem Sohn das Leben erschweren, wenn man ihm gestattete, die Regeln zu brechen.«

Cassia seufzte. Es lag eine gewisse Logik darin, wenn sie ihr auch nicht unbedingt einleuchtete.

Langsam ging sie auf die Krankenstation zurück. Bertie war allein; Collins war verschwunden.

»Hallo, Bärchen. Da bin ich wieder.«

»Mama?« Eine heiße kleine Hand ergriff ihre. »Kann ich nicht mit nach Hause kommen?«

»Schatz ...«

»Bitte, bitte!«

»Fallon«, mahnte die Hausmutter, die gerade zur Tür hereinkam. »Mach deiner Mutter keinen Kummer. Du kennst doch die Regeln.«

»Schau«, erklärte Cassia und hasste sich selbst dafür, »schau, Bärchen, wir müssen uns an die Schulregeln halten, wie alle. Wirklich. Sie können für einen einzigen kleinen Jungen keine Ausnahme machen, auch wenn er sich noch so elend fühlt. Nicht wahr, Collins?«, sagte sie zu dem älteren Jungen, der gerade wieder hereinkam.

»Nein, natürlich nicht«, bestätigte Collins.

»Ich muss gehen, Bärchen, aber in ein, zwei Tagen komme ich wieder. Vielleicht schon morgen.«

»Mama, bitte!« Aus der Stimme, aus seinem Blick sprachen Verzweiflung.

Sie kämpfte mit sich, doch es gelang ihr, fest zu bleiben. »Nein, Bärchen. Ich muss gehen. Ich muss nach Hause zu den anderen und zu Papa. Es tut mir Leid.«

Sie gab ihm einen Abschiedskuss und spürte, wie er sich von ihr abwandte, hörte, wie er ein Schluchzen unterdrückte. Es schmerzte, es schmerzte furchtbar. Rasch stand sie auf, bevor sie doch noch schwach wurde, sagte noch einmal Lebwohl, winkte Collins fröhlich zu und rannte beinahe hinaus.

Bertie sah Collins hilflos an. Er spürte, wie ihm die heißen Tränen über das Gesicht rannen. Er konnte nichts dagegen tun, doch es kümmerte ihn nicht. Gar nichts kümmerte ihn mehr.

»Flenner«, sagte Collins ganz leise, »armer kleiner Flenner. Komm her, schön Trinketrinke machen, dann geht's dir wieder gut. Ich habe den ganzen Nachmittag gepinkelt, extra für dich. Die Hausmutter ist beim Abendessen. Komm schon, rein mit dem Kopf …«

Cassia war schon fast die Treppe hinunter, als sie merkte, dass sie ihre Handschuhe vergessen hatte. Zuerst wollte sie sie liegen lassen, um Bertie durch ihre Rückkehr keinen Kummer zu bereiten. Doch es war ein frostiger Abend und im Auto war es kalt. Widerstrebend drehte sie sich um und stieg die Treppe hinauf …

»Was geht denn hier vor!«, zischte Edward, als sie ihren in Decken eingehüllten Sohn ins Haus trug. »Nach den Regeln seines Internats …«

»Es ist nicht mehr sein Internat. Er ist abgegangen. Heute Nachmittag. Und versuch bitte nicht, mich umzustimmen. Ich habe dem Direktor zu verstehen gegeben, dass er, die Hausmutter sowie Berties Lehrer und möglicherweise einige der Eltern von Glück sagen können, wenn sie keine ausführliche Darstellung im *Sketch* wieder finden. Der *Sketch* von heute lag nämlich peinlicherweise auf dem Schreibtisch des Direktors. Das heißt, sofern wir keine schriftliche Entschuldigung erhalten sowie die Bestätigung, dass ein Junge namens Collins und seine Spießgesellen hinausgeflogen sind. Und natürlich habe ich eine volle Erstattung der Schulgebühren verlangt. Janet, würden Sie mir bitte helfen, Bertie ins Bett zu bringen?«

»Ich bin sehr müde«, sagte Cecily zu der Krankenschwester, die sich bei ihr erkundigte, was sie gern zum Abendbrot essen würde. »Ich möchte eigentlich gar nichts essen.

Könnte ich vielleicht nur etwas Heißes zu trinken bekommen und früh schlafen?«

Die Schwester fragte die Stationsschwester, die fand, es sei ganz gut, dass Mrs. Harringtons Besuch nicht gekommen sei. Sie wäre dem gar nicht gewachsen gewesen.

»Bringen Sie ihr um acht Uhr ihre heiße Milch und ihre Schlaftabletten, Schwester. Aber versuchen Sie, Mrs. Harrington zu überreden, etwas zu sich zu nehmen. Es wird ihr gut tun und die Medikamente wirken dann besser.«

Dominic blieb in seinem Büro und arbeitete. Um sechs Uhr ging er an den Schrank, in dem er eine Flasche Whisky aufbewahrte, und schenkte sich eine große Portion ein. Er und Benedict hatten oft am Ende des Tages an diesem Fenster gesessen, das auf die Themse hinausging, und Whiskey getrunken. Irischen Whiskey – Whiskey mit einem e, wie Benedict immer gesagt hatte, den mochten sie beide am liebsten. Sie tranken ihn beide auf die gleiche Art, nur mit ein wenig lauwarmem Wasser, und sie tranken ihn langsam, kosteten den Geschmack aus und knabberten dabei gesalzene Mandeln. Außerdem schätzten sie beide weißen Portwein: Benedict hatte Freunde in Porto gehabt, die hatten ihn damit bekannt gemacht.

Gott, wie sehr er Benedict vermisste …

Er dachte an Cecily, die krank und allein im Sanatorium lag, und verspürte plötzlich tiefe Reue. Er hätte heute hingehen sollen, ja wirklich.

Es war feige von ihm gewesen, es nicht zu tun. Schlimmstenfalls hätte sie ihn beschimpft und ihn weggeschickt. Damit hätte er leben können. Ja. Und vielleicht hätte er ihr helfen können.

Er warf einen Blick auf die Uhr. Er war erst halb sieben …

Edward wartete am Fuß der Treppe, als Cassia herunterkam, nachdem sie Bertie ins Bett gebracht hatte.

»Komm, gehen wir hier hinein«, sagte er und führte sie ins Wohnzimmer. Sie folgte ihm und schloss die Tür.

»Hast du jetzt völlig den Verstand verloren?«, fragte er sehr ruhig.

»Nein, Edward. Ich bin endlich zur Vernunft gekommen.«

»Du entführst ein Kind aus seinem Internat ... Zweifellos hast du dir seine übertriebenen Klagen über seine schlechten Erfahrungen dort angehört und dich vor dem Direktor zum Gespött gemacht.«

»Edward ...«

»Und was bitte soll nun aus ihm werden? Auf welche Schule soll er gehen? Wer nimmt schon ein Kind, das mitten im Schuljahr von einem erstklassigen Internat abgemeldet wurde, nur weil es Heimweh hatte und damit nicht zurechtkam? Vielleicht möchtest du mir darauf antworten.«

»Edward, es ist kein erstklassiges Internat, sondern eine widerliche Anstalt. Soll ich dir sagen, was sie mit ihm angestellt haben? Sie haben ihm den Kopf in die Toilette gehalten und die Spülung gezogen. Jeden Abend. Und haben ihm mit Schlimmerem gedroht, falls er etwas verrät. Heute hat ihn einer der älteren Jungen gezwungen, Urin zu trinken – aus einem Nachttopf. Auf der Krankenstation. Und keiner hat auf einen kleinen Jungen Acht gegeben, einen neuen, sehr kleinen Jungen, den jüngsten auf der ganzen Schule. Nun erzähl mir nicht, Edward, dass so etwas noch nie vorgekommen ist und sie deshalb nicht damit rechnen mussten. Erzähl mir nicht, dass das ein erstklassiges Internat ist.«

Er blieb lange stumm. Schließlich stand er auf, ging zum Kamin, blieb dort stehen und starrte in die lodernden, knisternden Scheite. »O mein Gott.« Mit verzerrter Miene sah er zu ihr hinüber. »Was haben wir ihm nur angetan?«

Mit schmerzlicher Großzügigkeit überging sie das »Wir«. »Nun, natürlich dachtest du, es sei zu seinem Besten, aber er kann nicht dorthin zurück, Edward, wirklich nicht.«

Edward wirkte ungeheuer erschöpft. Er ließ die schmalen Schultern hängen, sein Gesicht war von neuen, tiefen Falten durchzogen und er hatte dunkle Ringe unter den Augen. Plötzlich verspürte sie tiefe Reue. Sie trug Schuld daran, dass er so aussah, größtenteils zumindest, und er hatte das wirklich nicht verdient.

»Wenn wir uns scheiden lassen«, sagte er unvermittelt, »werden wahrscheinlich mir die Kinder zugesprochen. Hast du das bedacht?«

Cassia drehte sich buchstäblich der Magen um. »Edward, warum redest du denn jetzt von Scheidung, um Himmels willen?«

»Weil ich darüber nachgedacht habe.«

»Wegen diesem Unfug in der Zeitung?«

»Ist es denn Unfug?«, fragte er mit belegter Stimme. »Ist es wirklich Unfug?«

Wieder holte sie tief Luft. »Das weißt du doch ganz genau. Das Einzige, was daran stimmt, ist, dass ich Rupert schon mein ganzes Leben lang gekannt habe. Alles andere sind infame Unterstellungen. Sie haben das, was ich gesagt habe, völlig verzerrt. Das muss dir doch klar sein.«

»Ja, im Grunde schon«, gab er zu ihrer Überraschung zu. »Aber ich denke bereits seit geraumer Zeit, dass es am besten wäre, wenn wir uns trennen. Das hat nichts mit Rupert Cameron oder sonst jemandem zu tun. Aber ich sehe für unsere Ehe keine Zukunft mehr. Nie hast du Zeit für mich, und du hast kein Interesse an mir. Du bist so mit dir selbst beschäftigt, dass du nicht einmal in Erwägung gezogen hast, vorübergehend umzuziehen, damit ich meinen Facharzt machen kann – was mein Leben radikal ändern würde. War das denn wirklich zu viel verlangt?«

»Nein«, erwiderte sie leise, »nicht, wenn du es so darstellst. Und ich würde es sehr begrüßen, wenn du deinen Facharzt machen würdest, das weißt du. Aber du hättest die Facharztausbildung überall machen können, Edward. Auch in London. Es war überhaupt nicht nötig, uns alle zu entwurzeln, nicht wahr? Edward, ich weiß, dass ich mich nicht immer sehr gut benommen habe. Seit ich ... na ja, seit ich das Geld geerbt habe.«

»Ich finde, das ist eine Untertreibung.« Gott sei Dank, dachte sie; er ahnt nicht, wie sehr.

»Ja, das stimmt wohl und es tut mir wirklich sehr, sehr Leid. Aber sieh es doch mal von meiner Warte aus. Gut, vielleicht ist unsere Ehe gescheitert. Aber wir könnten das doch konstruktiv angehen. Sonst tut das weder uns noch den Kindern gut.«

»Dann erklär mir doch mal deine Warte.« Er sprach schwerfällig und schleppend.

»Gern. Vielleicht ist das hilfreich. Vielleicht empfindest du dann nicht mehr so viel Feindseligkeit mir gegenüber. Ich war nie richtig glücklich – vorher. Ach, Edward, ich wollte so gerne als Ärztin arbeiten, so wahnsinnig gern. Ich wäre eine gute Ärztin geworden, das weiß ich. Aber ich habe alle Chancen, die ich hatte, aufgegeben, ich bin mit dir hierher gekommen, als deine Frau ...«

»Zu gütig.«

»Bitte hör mir doch zu. Ich habe meine Träume von der operativen Gynäkologie, von einer Karriere als Geburtshelferin um deinetwillen aufgegeben, um unserer Zukunft willen. Es ist mir natürlich nicht leicht gefallen, aber ich habe es gern getan. Und da war ja auch Bertie. Aber ich hätte immerhin hier in der Praxis arbeiten können, auf Teilzeitbasis, ich hätte dir helfen können, aber du hast mich nicht gelassen. Das hat mich furchtbar verletzt. Da habe ich nun den Haushalt geführt oder es zumindest versucht, eine Aufgabe, die ich hasse und die mir überhaupt nicht liegt, während ich doch eine Arbeit hätte tun können, das mir so unglaublich viel Freude macht. Aber du hast es nicht zugelassen. Warum, Edward, warum nur?«

Er blieb stumm.

»Und meine Freunde haben mir gefehlt, sie waren mir so wichtig, Leonora und Cecily und Benedict und ...«

»Harry Moreton?«

Sie spürte, wie sie errötete. »Ja, natürlich auch Harry und Edwina. Sie waren meine Familie, wie Rupert auch. Und du hast einen Keil zwischen uns getrieben. Du hast dich immer geweigert, sie mit mir zusammen zu besuchen, und du hast es schwierig für sie gemacht, mich zu besuchen, weil du immer so feindselig warst. Ich war einsam und unausgefüllt und ich habe mich gelangweilt, Edward, obwohl ich die Kinder und dich hatte. Und als ich dann die Möglichkeit bekam, mehr selbst zu entscheiden, war ich leider taktlos und ungeduldig und maßlos. Und als du Maureen eingestellt hast, konnte ich es kaum ertragen. Es war so ungerecht mir gegenüber, so grausam. Oder wenigstens kam es mir so vor. Sicher schien es dir anders.«

Er schwieg.

»Darum habe ich das Haus in London gemietet, verstehst du, um dir auch wehzutun. Und dann ging es immer so weiter, nicht wahr, Edward? Ich habe dir wehgetan und du mir. Deshalb hast du Bertie weggeschickt, nicht wahr? Du wolltest mir wehtun, weil ich nicht mit nach Glasgow gehen wollte. Aber ich möchte noch immer, dass du deinen

Facharzt machst, Edward, ehrlich. Es wäre mir natürlich lieb, wenn du die Ausbildung in London machen könntest oder wenigstens in der Nähe, damit du oft heimkommen kannst. Ich würde dich nach besten Kräften unterstützen, aber bitte verlange nicht von mir, dass ich das wenige noch aufgebe, was mir von meiner eigenen Karriere geblieben ist. Bitte!«

»Ich gehe jetzt spazieren«, erklärte er. »Ich muss allein sein. Es tut mir sehr Leid, dass ich ein so unzulänglicher Ehemann war. Dass du so unglücklich warst.«

»Edward, das habe ich doch gar nicht gesagt. Du verdrehst mir die Worte im Mund. Bitte, bitte, versuch doch, mich zu verstehen.«

»Oh, ich verstehe es schon. Es bestätigt nur mein Selbstbild, das sowieso nicht besonders schmeichelhaft ist. Himmelherrgott noch mal, Cassia, hältst du mich für zu blöd, um das alles selbst zu durchschauen? Glaubst du, ich bin stolz darauf, dass ich Bertie weggeschickt habe? Glaubst du, ich bin stolz auf meine Eifersucht? Oder auf meine Unfähigkeit, mit deinen Freunden auszukommen?« Er hielt inne. Sie sah die Tränen in seinen Augen.

Reue stieg in ihr auf, eine große, offene Wunde. »Ach, Edward«, sagte sie und wollte ihn halten, trösten, als ob er eines von den Kindern wäre.

»Nein«, wehrte er ab und wich vor ihr zurück. »Nein, lass das. Es ist zu spät, Cassia. Zu spät für uns beide. Wir können nicht ungeschehen machen, was geschehen ist. Es gibt keine gemeinsame Zukunft mehr für uns.«

Sie stand da und starrte ihn an, überkommen von Schuldgefühlen und einem tiefen, unausweichlichen Kummer. Sie starrte auf das Ende ihrer Ehe, hörte deren Todesglocke läuten.

28

Die Stationsschwester stand im Korridor und sah Dominic streng an. »Die Besuchszeit ist vorbei«, erklärte sie.

»Ja, ich weiß, und es tut mir sehr Leid. Wissen Sie, Mr. Moreton, der Cousin von Mrs. Harrington, musste plötzlich weg und ich wurde im Büro aufgehalten, aber wenn es irgend möglich ist, würde ich Mrs. Harrington trotzdem gern noch sehen. Ich glaube«, fügte er hinzu, »dass ich ihr wirklich helfen kann. Ich kannte ihren Mann sehr gut. Ich weiß, was in ihm vorging, als er ... nun ja, als er starb. Bitte lassen Sie mich zu ihr.«

Die Stationsschwester zögerte. Sie schaute auf ihre Armbanduhr. Es war nach halb acht. Mrs. Harrington hatte gebadet, ihr Bett war frisch gemacht, es war praktisch alles für die Nachtruhe vorbereitet. Ein Besuch um diese Zeit könnte die Patientin beunruhigen. Und was dieser Mann auch annehmen mochte, es war keineswegs sicher, daß seine Worte Mrs. Harrington aufheitern und nicht etwa noch tiefer verstören würden. Es schien nicht ratsam, ihn zu ihr zu lassen.

»Es tut mir Leid«, sagte sie, »aber Mrs. Harringtons Zustand ist sehr labil. Vielleicht ein andermal, und wenn Sie dann vielleicht versuchen könnten, etwas früher zu kommen ...«

»Ja, natürlich«, versicherte Dominic kleinlaut. »Würden Sie ihr vielleicht die hier geben?« Er übergab der Schwester den Strauß weißer Rosen, den er mitgebracht hatte, und ging.

Das Sanatorium lag in Richmond Hill, nicht weit von dem Eingangstor des Parks.

Es war ziemlich dunkel geworden, aber ein aufgehender Vollmond strahlte durch den eisgrauen Winterhimmel. Vor seinem hellen Licht hoben sich scharf die Umrisse einer großen Zeder ab, die direkt hinter dem Tor stand. Sie war bezaubernd schön. Benedict wäre begeistert von diesem Baum gewesen, dachte Dominic. Er liebte Bäume und hatte viel Geld ausgegeben, um in seinem Garten in Devon welche zu pflanzen. »Sie machen mich unsterblich«, hatte er einmal zu Dominic gesagt. »In vielen hundert Jahren, wenn ich längst tot bin, werden sie immer noch da sein.«

Als Dominic zu seinem Wagen ging, den er unter der Zeder geparkt hatte, fragte er sich, ob er je in der Lage sein würde, zu vergessen, was er getan hatte, und es sich selbst zu verzeihen. Und ob Benedict, wo immer er jetzt sein mochte, ihm je vergeben würde.

Während er zum Sanatorium zurückschaute und überlegte, in welchem Zimmer Cecily wohl liegen mochte, sah er, wie vor einem der Fenster im ersten Stock die Vorhänge langsam ein Stück zurückgezogen wurden. Dann tauchte Cecilys Gesicht an der Scheibe auf. Sie schaute in den Park und er konnte sie ganz deutlich sehen. Sie trug ein weißes Nachthemd und ihr dunkles Haar hing ihr offen über die Schultern. Ihren Gesichtsausdruck konnte er natürlich nicht erkennen, aber ihre Haltung, die hängenden Schultern, die Art, wie sie den Kopf gegen die Fensterscheibe lehnte, sprachen eine deutliche Sprache und zeugten von einem tiefen, herzzerreißenden Kummer. Dann sah er eine Gestalt hinter ihr auftauchen, eine Krankenschwester, die den Arm um Cecily legte, sie vom Fenster wegführte und die Vorhänge zuzog.

An das, was dann geschah, hatte Dominic später nur noch eine schemenhafte Erinnerung. Er erinnerte sich, dass er zur Klinik zurückgelaufen war und Sturm geklingelt hatte. Eine Schwester hatte ihm mitgeteilt, die Besuchszeit sei vorüber. Er hatte sie sanft, aber energisch zur Seite geschoben. Dann war er die Stufen hochgestürmt, hatte auf dem Absatz kurz gezögert und versucht, sich zu vergegenwärtigen, wo Cecilys Zimmer lag. Das Letzte, an das er sich vage erinnern konnte, war ihr weißes, entsetztes Gesicht und dass sie sich bei seinem Anblick ängstlich in die Kissen gepresst hatte. Alle weiteren Einzelheiten waren wie ausgelöscht.

»Es war wirklich grauenvoll«, erzählte Schwester Jenkins ihren atemlos lauschenden Kolleginnen im Schwesternzimmer. »Ich stand auf dem Flur und bin ihm natürlich gefolgt, als er in ihr Zimmer lief. Die arme Mrs. Harrington war fürchterlich erschrocken, als er auf ihr Bett zustürzte. Sie fing an zu schreien, aber er legte ihr die Hand über den Mund. Da hätte ich selber fast losgeschrien, weil ich dachte, er wollte sie vergewaltigen. Aber irgendwie habe ich es geschafft, ruhig zu bleiben und einfach nur auf die Klingel zu drücken. Ich hab dann versucht, ihn von ihr wegzuzerren, und gehört, wie er ihr zurief, er sei schuld am Tod ihres Mannes. Da wurde sie plötzlich ganz still, starrte ihn nur an und fing an zu weinen, aber nicht so laut und hysterisch, wie sie es sonst manchmal tut, sondern ganz normal. Er setzte sich zu ihr aufs Bett, hielt ihre Hand und redete beruhigend auf sie ein. Dann sind die Oberschwester und der Pförtner gekommen und haben ihm gesagt, die Polizei sei unterwegs, und Mrs. Harrington erklärte mit ganz fester Stimme: ›Das ist nicht nötig. Das ist wirklich ganz unnötig.‹ Er stand auf und stieß dabei das Tablett herunter. Ich wollte ein Handtuch aus dem Nachttisch holen und dabei habe ich dann natürlich die ganzen Tabletten entdeckt …«

»Ich dachte, wir könnten nachher vielleicht noch ins Forty Three gehen«, schlug Francis Stevenson-Cook vor. Er dinierte zusammen mit Edwina im Savoy, und zwischen den einzelnen Gängen hatten die beiden ein paar Tänze eingelegt.

»Das würde ich rasend gern«, antwortete Edwina.

»Sie haben dort wirklich das beste Orchester von ganz London, nicht wahr? Und natürlich auch den besten Koks, wenn einem der Sinn danach steht.«

»Nichts für mich«, erklärte Edwina mit Entschiedenheit. Sie hatte ein paarmal Kokain geschnupft und es sehr genossen, aber das würde sie einem praktisch wildfremden Mann – der dazu noch ihr Chef war – sicherlich nicht erzählen.

»Geht mir genauso«, meinte er leichthin. »Ich habe keinen Spaß an solchen Sachen. Ich bleibe gern Herr der Lage, ich habe gern alles unter Kontrolle.«

»Mir ist aufgefallen«, sagte Edwina, »dass Sie sich mit dem Alkohol ziemlich zurückhalten. Aus demselben Grund?«

»Genau. Wie steht's mit Ihnen?«

»Nun«, bekannte sie lachend, »wie Sie wissen, trinke ich leidenschaftlich gern.«

»Natürlich. Aber ich meinte, ob Sie auch gern alles unter Kontrolle haben oder lieber über sich bestimmen lassen?«

»Ich weiß nicht. Genau genommen bin ich mit einem ziemlich bestimmenden Mann verheiratet.«

»Tatsächlich?«

»Ja. Wenn man andere bestimmen lässt, befreit einen das in gewisser Weise von der Verantwortung.«

»Das ist wohl wahr, aber es setzt eine gewisse – wie soll ich sagen – Willensschwäche voraus. Ich kann mir nicht vorstellen, Edwina, dass Sie einen schwachen Willen haben.«

»Nein. Das glaube ich auch nicht.«

»Ihr Kleid ist wundervoll«, bemerkte er unvermittelt.

»Danke. Es ist von Hardy Amies.«

»Sie sind keine Anhängerin der Pariser Haute Couture?«

»Eigentlich nicht. Ehrlich gesagt, kenne ich überhaupt keines der Pariser Modehäuser.«

»Ich finde, Sie sollten in Paris einkaufen«, erklärte er spontan. »Das würde zu Ihnen passen. Schauen Sie sich im Januar die neuen Kollektionen an?«

»Was, für die Zeitschrift? Um Himmels willen, nein. Dafür bin ich nicht annähernd wichtig genug. Das sollten Sie eigentlich wissen.«

»Sie sind durchaus wichtig genug«, meinte er, »meiner Ansicht nach.« Er nahm plötzlich ihre Hand, küsste sie und schaute sie dabei mit seinen leuchtend blauen Augen unverwandt an. »Ich möchte, dass Sie nach Paris fahren. Ich würde Sie gern begleiten. Das wäre bestimmt sehr amüsant. Wir werden sehen. Wollen wir noch einen Kaffee trinken oder gleich ins Forty Three gehen? Sie werden deswegen doch keinen Ärger mit Ihrem Mann bekommen, oder?«

»Wohl nicht«, erwiderte Edwina vage. »Er ist sowieso im Ausland.«

»Gut. Ich verärgere nur ungern Ehemänner. Allerdings bilde ich mir ein, einen sechsten Sinn für Ehen zu haben. Ich habe selten eine Frau ausgeführt, die wirklich glücklich verheiratet war.«

»Ach, tatsächlich? Demnach bin ich also nicht wirklich glücklich? Wollten Sie das damit andeuten?« Sie lachte, nahm ihr Zigarettenetui heraus und bot ihm eine an.

»Nein danke, ich rauche nur im Bett. Und ja, ich würde sagen, dass Sie nicht wirklich glücklich sind. In Ihrer Ehe, meine ich.«

»Ah«, sagte Edwina.

Das Forty Three war gerammelt voll. Alles, was Rang und Namen hatte, war da: die Mountbattens mit Charles Chaplin, Max Aitken, Penelope Dudley-Ward, die Sweenys ...

»Wussten Sie«, raunte Francis ihr ins Ohr, während er sich lächelnd in Richtung der hinreißenden Margaret Sweeny verbeugte, »dass sie mit einundzwanzig Jahren bereits einundzwanzig Affären hatte?«

»Mehr nicht?«, gab Edwina trocken zurück.

Plötzlich breitete sich eine gewisse Unruhe in der Menge aus. Kein Geräusch, nicht einmal eine Bewegung, nur eine fast unmerkliche Konzentration auf den Eingang.

»Es ist der König«, raunte Francis. »Schauen Sie, er gesellt sich gerade zu den Mountbattens.«

»Meine Güte, tatsächlich. Aber sie ist nicht dabei.«

»Nein, vermutlich hat man ihm verboten, sich in der Öffentlichkeit mit ihr zu zeigen. Wenigstens in der Woche, in der die Scheidung läuft. Ich habe allerdings gehört, dass die Sache sich zuspitzt. Szenen mit der Königinmutter, Gespräche mit Baldwin und dem Erzbischof ...«

»Er wird doch wohl nicht im Ernst glauben, dass er sie heiraten kann, oder? Die Öffentlichkeit wird das nie tolerieren.«

»Ich könnte mir vorstellen«, sagte Francis nüchtern, während er beobachtete, wie der König Mrs. Dudley-Ward auf die Tanzfläche führte, »dass er glaubt, nicht anders handeln zu können.«

Als Cecily erwachte, fühlte sie sich unendlich, unsäglich traurig. Doch diese Traurigkeit unterschied sich grundlegend von dem schrecklichen Gefühlswirrwarr, den sie in den vergangenen Wochen durchlebt hatte, von dem Zorn, dem Entsetzen, der Reue und den furchtbaren Schuldgefühlen, die sie gequält hatten. Im Vergleich dazu war die

Traurigkeit fast angenehm. Cecily lag im Bett und dachte an Benedict, erinnerte sich daran, wie er gewesen war: immer so sanft und freundlich, ein guter Vater, ein treuer Freund und in vielerlei Hinsicht ein wundervoller Ehemann – und empfand es als tiefes Glück, dass sie dazu wieder in der Lage war.

Für diesen Tag war ein Besuchsverbot verhängt worden, wofür sie dankbar war. Man hatte ihr erklärt, dass sie einen Schock erlitten habe und sich erholen müsse, und sie hatte verständnisvoll genickt und entgegnet, sie fühle sich Besuchern tatsächlich noch nicht ganz gewachsen, nicht einmal ihrer Mutter (der am allerwenigsten, aber das hatte sie nicht gesagt). Sie hatte aber hinzugefügt, dass sie in absehbarer Zeit gern Besuch haben würde. Sobald ihr Zustand dies aus ärztlicher Sicht zulasse, würde sie sehr gern ihre Kinder, Mrs. Fallon und auch Harry Moreton sehen.

Dominic Foster wollte sie eigentlich nicht sehen, oder jedenfalls fürs Erste nicht. Dass er den Mut aufgebracht hatte, zu ihr zu kommen und sein Geständnis abzulegen, mit allen damit verbundenen Risiken, hatte sie tief bewegt und beeindruckt, aber ihr Hauptgefühl ihm gegenüber war immer noch Feindseligkeit – oder genauer gesagt, Eifersucht. Denn es war Dominics Untreue gewesen, mit der Benedict letztlich nicht hatte leben können, und nicht etwas, was Cecily getan hatte.

Trotzdem hatte sie sich, wie sie sehr wohl wusste, intolerant, mitleidlos und zuletzt sogar unversöhnlich gezeigt. Dieses Wissen und die Erinnerung daran würden für immer auf ihr lasten. Doch als sie gehört hatte, wie Dominic ihr mit drängender, hastiger Stimme erklärte, dass Benedict sie immer, auf seine Weise, geliebt habe, aus ganzem Herzen geliebt habe, die Ehe mit ihr trotz aller Probleme fortsetzen wollte und bei ihrem letzten Treffen sogar voll Liebe und Dankbarkeit von ihr gesprochen hatte – da war der schlimmste Teil ihrer Reue, der Selbsthass, von ihr abgefallen.

Noch ein weiteres Gefühl kam zum ersten Mal an die Oberfläche: eine gesunde und starke Wut auf Benedict, weil er die Kinder und sie durch seinen Selbstmord solchem Entsetzen und solchem Schmerz ausgesetzt hatte.

Als man ihr jeden Besuch untersagte, wurde Cecily klar, dass das medizinische Personal ebenfalls ein Problem hatte: Indem es ihr ermöglicht hatte, die Tabletten zu sammeln und zu verstecken, hatte es sich einer groben Nachlässigkeit schuldig gemacht und gegen seine Aufsichtspflicht verstoßen. Wenn das herauskäme, könnte es großen Ärger geben. Cecily wollte gern das Ihre dazu beitragen, dies zu verhindern.

Nach dem Mittagessen an diesem Tag (das sie fast zur Hälfte aufgegessen hatte) bat sie, die Oberschwester und, wenn möglich, den Arzt sehen zu dürfen. Als die Oberschwester mit gewohnt strenger, aber sehr unbehaglicher Miene ins Zimmer trat, strahlte Cecily sie an und erklärte, dass sie sich schon viel besser fühle. Die Sache mit den Tabletten, die sie in ihrer Geistesabwesenheit vergessen habe einzunehmen, müsse ja nicht unbedingt an die große Glocke gehängt werden. Was sie angehe, so wäre es ihr sehr lieb, wenn es sich nicht allgemein herumsprechen würde, wie töricht sie gewesen sei. Sie wäre dankbar, wenn die Oberschwester dies dem Arzt und auch allen anderen Pflegekräften, die davon gehört hätten, mitteilen könne.

»Vom Personal trifft ganz gewiss niemanden eine Schuld. Es war ganz allein mein Fehler, meine Nachlässigkeit. Und da ich zeit meines Lebens keine Schlaftabletten mehr sehen möchte, besteht auch nicht die Gefahr, dass so etwas noch mal vorkommt.«

Die Oberschwester sagte, sie sei sehr froh, dass es ihr besser gehe, und bedankte sich für die freundlichen Worte, die sie an den Arzt weitergeben wollte.

Später kam der Arzt selbst, um nach ihr zu sehen, und sagte, er sei aufgrund der Vorschriften gezwungen, in seinem Bericht zu vermerken, dass sie ihre Tabletten nicht regelmäßig genommen habe und diese in ihrem Zimmer gefunden worden seien. »Dennoch bin ich für meinen Teil davon überzeugt«, erklärte er, »dass es reine Gedankenlosigkeit Ihrerseits gewesen ist. Ich vermute, dass Sie Ihrer Familie weiteren Kummer ersparen und niemanden durch die irrige Idee beunruhigen möchten, Sie hätten eine Überdosis nehmen wollen. Das werde ich auch dem übrigen Personal erklären«, fügte er hinzu, »vor allem Schwester Jenkins, die die Tabletten gefunden hat.«

»Ich danke Ihnen. Jetzt bin ich sehr müde und ...« Ihre Augen füllten sich plötzlich mit Tränen. Die beiden Gespräche hatten sie erschöpft und traurig gemacht. Sie schluckte und griff nach einem Taschentuch. »Ich würde gern ein wenig schlafen. Aber es ist nicht nötig, dass Schwester Jenkins weiter bei mir wacht, Dr. Meredith. Man kann mich unbesorgt allein lassen. Und im Augenblick wäre ich wirklich gern allein.«

Dr. Meredith tätschelte ihre Hand und erklärte, man werde diesem Wunsch von nun an Rechnung tragen, »unter der Bedingung, dass Sie mir sofort Bescheid geben, wenn Sie merken, dass die alten Symptome zurückkehren. Die Seele erholt sich nicht so rasch wie der Körper und es könnte zu Rückschlägen kommen.«

»Das glaube ich nicht«, sagte Cecily höflich und wischte sich über die Augen, »weil eine Hauptursache für meine

Symptome aus der Welt geschafft ist. Natürlich bin ich immer noch sehr unglücklich, aber ich weiß jetzt, dass ich mich mit der Zeit davon erholen werde.« Sie schloss die Augen. »Ich kann kaum glauben, dass ich je Tabletten gebraucht habe, um einzuschlafen.«

Drei Stunden später wachte sie auf. Draußen dämmerte es bereits. Sie entdeckte einen Riesenstrauß Rosen in einer Vase neben ihrem Bett. Auf der Karte stand schlicht: »Danke, dass Sie mich angehört haben. Dominic.«

In einigen Tagen, wenn sie sich kräftiger fühlte, würde sie ihm schreiben und ihm danken.

Cassia war an diesem Tag nicht zur Arbeit gegangen. Sie hatte in der Klinik angerufen und dasselbe häusliche Problem vorgeschützt wie am Montag. Diesmal hatte sie es wahrheitsgemäß näher erläutern können und erklärt, sie würde stattdessen am Freitag kommen. Wenn das Leben gerecht wäre, dachte sie düster, als sie den Hörer wieder auflegte, würden sie mich deswegen feuern.

Sie sah die nette Schwester Hampton vor sich, wie sie mitleidig die Stirn runzelte, ganz bestürzt über Berties Missgeschicke. Cassia könne beruhigt zu Hause bleiben und solle erst wiederkommen, wenn Bertie wieder völlig gesund sei, versicherte sie. Was vermutlich in etwa zehn Minuten der Fall sein würde, dachte Cassia, als sie das übermütige Kinderlachen hörte, das aus Berties Zimmer drang.

Sie spürte, wie sie von dieser Fröhlichkeit angesteckt wurde. Die Freude über Berties zurückgewonnene Unbeschwertheit verdrängte vorübergehend die Panik, von der ihr Leben jetzt beherrscht wurde. Diese Panik war stärker als alles andere: stärker als die Trauer, als die Reue, stärker sogar als der grausame, brennende Schmerz, der sie erfüllte, seit Harry im Dorchester von ihr fortgegangen war. Im Kopf hörte sie immer wieder seine Stimme sie als Hure beschimpfen.

Solange sie lebte, würde sie diesen Augenblick nicht vergessen. Die Erinnerung daran war wie eine Geißel, mit der sie sich selbst Tag und Nacht für alles bestrafte, was sie getan hatte: nicht nur für den dummen, fatalen Zwischenfall mit Rupert, den alles verzehrenden Egoismus ihres Ehebruchs mit Harry, sondern vor allem dafür, dass sie vorsätzlich und sehenden Auges ihre Ehe zerstört hatte. Sie verachtete sich selbst für ihre Grausamkeit und ihre Selbstsucht. Wie hatte sie nur den sanften, freundlichen, liebevollen Mann, den sie nie hätte heiraten dürfen, so zurückweisen können, wie hatte sie ihn derart brutal behandeln können! Das war es, was die Panik auslöste: nicht das Wissen, dass ihre Ehe ruiniert war, dass sie Edward nicht wieder gutzumachenden Schaden zugefügt hatte oder dass sie Harry und jede Hoffnung auf Glück für immer verloren hatte, sondern die Erkenntnis, dass sie all das vorsätzlich und wissentlich verursacht hatte. Damit würde sie den Rest ihres Lebens zurechtkommen müssen.

Sie ging nach oben in Berties Zimmer. Fanny saß am Fußende des Bettes und Bertie lag zurückgelehnt in den Kissen. Tränen strömten beiden übers Gesicht, Lachtränen. Auf dem Fußboden kugelte ein unentwirrbares Knäuel von Armen und Beinen, die zu William, Delia und Buffy gehörten. Der Hund war Bertie gestern Abend auf sein Zimmer gefolgt, als Cassia ihn hinaufgetragen hatte. Seither war er nicht mehr von seiner Seite gewichen, abgesehen von einigen kurzen erzwungenen Abwesenheiten, als William ihn im Garten Gassi geführt hatte.

»Hallo, Mama!« Bertie gelang es, sein Gelächter kurz zu unterbrechen. »Kann ich noch etwas Toast haben?«

»Aber natürlich. Es geht dir offenbar besser.«

»Ich fühle mich auch viel besser. Das Jucken hat fast aufgehört und mir ist gar nicht mehr heiß. Aber ich hab einen Bärenhunger.«

»Bärenhunger«, wiederholte William und schlug dazu mit den Füßen rhythmisch auf den Boden. »Für mich bitte auch Toast.«

»Hungäh«, nuschelte Delia. »Toscht, Toscht.«

»In Ordnung. Ich mach euch was, bin ruckzuck wieder da.«

»Du meinst wohl *juck*zuck«, sagte William und kicherte über seinen eigenen Witz. »Juckzuck wie ein Windpockenpickel.«

»Wimboggen«, krähte Delia. »Wimboggen, Wimboggen.«

Cassia ging lächelnd die Treppe hinunter.

Sie brachte den Toast nach oben. Bertie war jetzt ruhiger geworden und bat sie, sich zu ihm aufs Bett zu setzen. Als sie es tat, nahm er ihre Hand. »Muss ich wirklich nicht mehr in dieses Internat? Nie mehr?«

»Nie mehr«, versicherte Cassia. »Nie, nie mehr.« Sie breitete die Arme aus.

Er kuschelte sich an sie. »Es war schrecklich«, sagte er einfach.

»Ich weiß. Es tut mir so Leid.«

»War nicht deine Schuld. Und Papas auch nicht«, fügte er mit Entschiedenheit hinzu. »Er dachte, dass es mir gefallen würde. Hab ich ja auch gedacht.«

Wie großzügig Kinder doch waren, dachte Cassia, wie schnell sie verzeihen konnten. »Ich weiß, Bärchen. Wir haben einen Fehler gemacht.«

»Ja, aber das macht nichts. Hauptsache, ich bin wieder zu Hause.« Sie schwiegen einen Moment, während sie Delia zusahen, die ihren Toast an Buffy verfütterte.

»Mama?«

»Ja, Bertie?«

»Was heißt ›bumsen‹?«

»Was?« Sie wusste nicht, ob sie schockiert oder belustigt sein sollte.

»Bumsen? Was bedeutet das? Weil ... Collins hat gesagt, in der Zeitung stand, du hast irgendeinen Kerl gebumst, der nicht Papa war.«

Cassia schaute Bertie an und dann William, der sie ebenfalls fragend anblickte, und flehte um eine Eingebung. »Na ja«, sagte sie schließlich, »wenn es der Artikel war, an den ich denke, war es ein sehr dummer Artikel. Es ging darum, dass ich Rupert etwas Geld für sein neues Theaterstück geliehen habe. Und es ging darum, dass wir sehr gute Freunde sind, was natürlich stimmt, aber der Reporter hat das missverstanden und schien mich und Rupert für ein Liebespaar zu halten.«

»Was? Dich und Rupert?«

»Ja.«

»Also heißt bumsen, dass man die Freundin von jemandem ist?«

»In gewisser Weise, ja.«

»Also das ist wirklich Quatsch«, empörte sich William. »Ich meine, du kannst ja gar nicht die Freundin von jemandem sein, weil du mit Papa verheiratet bist.«

»Ja, natürlich. Ich sagte euch ja, dass es Unsinn ist.«

Nach einer kurzen Pause sagte Bertie: »Zwei Jungs im Internat hatten geschiedene Eltern. Wenn du geschieden wärst, könntest du dann auch jemand anderen bumsen?«

»Tja, ich denke schon. Übrigens ist bumsen kein sehr nettes Wort, Bertie. Keines, das ich verwenden würde.«

»Okay«, meinte er fröhlich. »Du bist ja sowieso nicht geschieden, oder?«

»Nein, natürlich nicht.«

»Das würde ich ganz schrecklich finden«, erklärte er und vergrub den Kopf in ihrem Schoß, »wenn du und Daddy geschieden wärt. Dann würde ich lieber wieder in dieses Internat gehen, ehrlich.«

29

Harry, der Edwina am Esstisch gegenübersaß, warf ihr einen finsteren Blick zu. »Ich werde auf keinen Fall in dieses verdammte Stück gehen, und damit basta! Bitte sprich nicht mehr davon. Geh doch mit deinem neuen Freund. Der wird sich wahrscheinlich prächtig amüsieren. Ich fahre jetzt ins Büro. Ich weiß noch nicht, wann ich zurückkomme.«

Edwina sah ihm nachdenklich nach. Seit Tagen hatte er eine Stinklaune. Nicht, dass das ungewöhnlich gewesen wäre. Aber sie fragte sich doch, ob seine Bemerkung über Francis nicht ein Fingerzeig war. Sie hatte ihm von dem Essen und dem Besuch im Forty Three erzählt, als er aus München zurückgekommen war, einfach weil er immer so wütend wurde, wenn er solche Sachen von anderen erfuhr. Es hatte ihn anscheinend nicht die Bohne interessiert, ebenso wenig wie alles andere, was sie im Laufe der letzten Wochen gesagt oder getan hatte. In gewisser Weise war seine schlechte Laune eine Rückkehr zur Normalität.

Nun, wenn er nicht zur Premiere von Ruperts Stück gehen wollte, dann eben nicht. Sie würde trotzdem gehen, sie hatte es Rupert versprochen, und abgesehen von allem anderen, musste sie ihn wegen der Modenschau bei Laune halten. Doch so, wie es aussah, würde sich *Briefe* wohl nicht gerade als das Theaterereignis der Saison erweisen. Es waren bisher kaum Karten verkauft worden, nicht einmal für die erste Woche.

Vielleicht sollte sie tatsächlich mit Francis hingehen. Zumindest konnte sie ihn fragen, ob er Lust hätte. Eigentlich gar keine schlechte Idee von Harry.

Sie hatte am Wochenende mit Rupert gesprochen. Er war völlig aufgelöst gewesen und hatte gesagt, es würde sicher eine einzige Katastrophe werden, aber das gehörte vermutlich dazu, wenn man Künstler war. Über die Mentalität von Künstlern hatte sie eine Menge gelernt, seit sie bei *Style* arbeitete. Sie hatte vollstes Verständnis dafür. Wenn man darum rang, etwas Außerordentliches zu vollbringen, brachen sich die enorme Angst und Anspannung, die damit verbunden waren, unweigerlich Bahn. Trotzdem konnte das Stück natürlich grauenvoll sein. Vielleicht war es doch keine so gute Idee, Francis zu fragen.

Schließlich sprach Francis das Thema von sich aus an. Er hatte sie wegen der Modenschau angerufen und dann gefragt, wann die Premiere von Ruperts Stück sei. »Morgen«, berichtete sie. »Er hat furchtbares Lampenfieber.«

»Nun, er hat sich einen viel versprechenden Tag ausgesucht. London wird gerammelt voll sein. Die armen Teufel aus Jarrow marschieren in die Stadt, die Kommunisten machen eine Kundgebung und das Parlament wird eröffnet. Die erste Amtshandlung des neuen Königs. Oh, und der Wetterbericht hat heftige Regenfälle angekündigt. Meinen Sie, Rupert kriegt ein volles Haus?«

»Der Kartenverkauf läuft anscheinend sehr schlecht. Ich

weiß, ehrlich gesagt, nicht, ob das Stück besonders gut ist.«

»Armer Kerl. Wir sollten ihn unterstützen. Finden Sie nicht? Vor allem, da er so hervorragende Arbeit für uns leistet. Würden Sie Karten besorgen? Ich könnte noch ein paar Leute mitbringen.«

Cassia ging zusammen mit Fanny und Stephanie zur Premiere; Edward hatte sich natürlich geweigert, mitzukommen. Auf Ruperts Vorschlag hin wollten sie anschließend alle zusammen etwas essen. »Dann kann ich entweder Champagner oder eine Giftphiole bestellen.«

»Bei Letzterem schließe ich mich vielleicht an«, hatte Cassia geantwortet.

Am Montag kam ein Brief von Monsieur Jean Berrez, dem Besitzer des Cafés in Le Touquet. Er hatte einen von Rollo Greshams alten Freunden getroffen und es geschafft, seine Adresse für sie zu besorgen: Er lebe in Marrakesch. »Wie es aussieht, geht es Mr. Gresham nicht besonders gut. Er würde also sicher gern von Ihnen hören.«

Cassia setzte sich sofort hin und schrieb an Rollo Gresham ...

Der Novembermorgen begann, wie Francis prophezeit hatte, mit sintflutartigen Regenfällen. Es drückte erheblich auf die Stimmung, dieses Wetter. Rupert lag seit dem Morgengrauen in heller Panik wach und hörte, wie die Tropfen gegen sein Fenster prasselten. Cassia, die mit Fanny nach London fuhr, war gezwungen, einen enormen Umweg zu machen, weil große Bereiche Londons wegen des feierlichen Umzugs zum Parlament abgesperrt waren. Harry Moreton stand stirnrunzelnd am Fenster seines Büros und schaute hinaus, während er der armen Margot Murray Anweisungen zubrüllte. Die loyalen Untertanen Seiner Majestät warteten seit Stunden geduldig, um den Festzug zu sehen und dem König alles Gute für seine erste Parlamentseröffnung zu wünschen. Die erschöpften Arbeitslosen aus Jarrow, die vor über einem Monat zu ihrem Hungermarsch aufgebrochen waren, hatten ausgerechnet diesen Tag gewählt, um dem Parlament ihre Petition vorzulegen, damit es »erkennen möge, dass die Stadt dringend neue Arbeitsplätze braucht«.

Es war auch niemandem damit geholfen, dass der König die Parade absagte und mit dem Auto zum Parlamentsgebäude fuhr (was den Umweg von Cassia und das loyale Warten der Menge völlig überflüssig machte). Immerhin konnten so die Männer aus Jarrow die Ankunft des Königs in Westminster gut beobachten (mit derselben Gutmütigkeit, die sie auf dem gesamten Hungermarsch gezeigt hatten, jubelten sie ihm begeistert zu).

Cassia, die am Eaton Place gehalten hatte, um Fanny bei ihrer Kinderfrau abzuliefern, kam zu spät zu ihrem Klinikdienst und stellte fest, dass Schwester Hamptons Geduld mit ihr und ihrer Unzuverlässigkeit schließlich doch strapaziert, wenn nicht erschöpft schien.

»Es tut mir Leid«, sagte sie kleinlaut. »Es tut mir wirklich schrecklich Leid. Es ist nur wegen dem ...«

»Der Grund ist mir egal, Dr. Fallon. Hauptsache, Sie sind da. Können wir jetzt anfangen? Im Wartezimmer sitzt eine junge Frau mit fünf Kindern, die sie alle mitgebracht hat. Sie sind sämtlich unter sechs Jahren und äußerst lebhaft. Je schneller sie drankommt, umso besser.«

Gelegentlich – dachte Cassia, während sie die Tür zum Wartezimmer öffnete und besagte Mutter (die eindeutig viel jünger war als sie) aufforderte, ins Sprechzimmer zu kommen –, nur ganz gelegentlich fragte sie sich, ob diese Arbeit sich wirklich lohnte. Doch dann schaute sie in das graublasse Gesicht der jungen Frau, sah die mageren Hände, mit denen sie ihr jüngstes Kind, das in einen schäbigen Schal gewickelt war, an sich drückte, hörte ihr zu, wie sie müde und abgespannt erklärte, noch ein Kind würde sie in den Wahnsinn treiben – und alle Zweifel waren verflogen.

Das Second House Theatre brummte nicht gerade. Cassia und Ruperts Mutter, eine höchst respekteinflößende alte Dame, die sich erfolgreich gegen ihren Arzt und ihr Pflegeheim in Brighton durchgesetzt hatte, um das Stück zu sehen, saßen in der ersten Reihe, außerdem noch Stephanie, Fanny und die Tochter von Eleanor Studely, ein ernstes kleines Mädchen namens Portia, das die dunklen Haare seiner Mutter geerbt hatte. Mrs. Cameron schaute immer wieder mit eher zornigem als ängstlichem Gesichtsausdruck nach hinten und sagte zu Portia, die genau das Gleiche tat: »Mach dir keine Sorgen, bei Premieren kommen die Leute immer zu spät.«

»Es ist so schade, dass Onkel Edward nicht kommen konnte«, wisperte Fanny Cassia zu. »Das hätte schon geholfen. Und Janet hätte es auch gefallen.«

»Ja, stimmt.« Cassia wünschte, sie hätte selbst daran gedacht, Janet einzuladen. »Es ist wirklich jammerschade.«

Die Horrocks, denen Rupert Freikarten geschenkt hatte, saßen hinter ihnen in der zweiten Reihe, zusammen mit sechs weiteren Leuten, offenbar Freunden von Eleanor. Eine Gruppe von Ruperts Theaterfreunden hatte in der vorderen Reihe des ersten Ranges Platz genommen. Zwei Paare setzten sich zu ihnen in die erste Reihe. In dem einen erkannte Cassia die anderen Geldgeber des Stückes. Einige regendurchweichte Zuschauer, die, wie Mrs. Cameron mit hörbarem Flüstern verkündete, »auf Künstler zu machen schienen«, ließen sich auf den Sperrsitzen nieder.

Jasper Hamlyn und ein grünlichblasser James Piggott kamen mit einigen Freunden lautstark redend und tapfer lachend den Seitengang herunter. Jasper trat zu Cassia, küsste ihr die Hand und erklärte, man sei im Begriff, Theatergeschichte zu schreiben, dann führte er seine Freunde zu ihren Plätzen. Zwei Männer, offensichtlich Journalisten, trafen ein und beschwerten sich über die Plätze, die man ihnen zugeteilt hatte. Jasper Hamlyn geleitete sie in die zweite Reihe, neben die Horrocks.

Und das war alles.

Cassia schaute auf ihre Armbanduhr. Zwanzig vor acht. Der Vorhang musste bald aufgehen. Ihr war elend zu Mute. Eine kleine, zitternde Hand glitt in ihre. Es war Portias. Ihre eigene, die sich mit tröstendem Druck um die Hand des Kindes schloss, war feucht vor Schweiß. Es war einfach nicht fair. Armer Rupert, er durchlitt bestimmt Höllenqualen hinter dem Vorhang. Und wo um alles in der Welt blieb Edwina?

Und dann, genau in dem Moment, als die Lichter langsam ausgingen, hörte man einen großen Lärm von draußen; die Türen öffneten sich und mindesten zwei Dutzend Leute strömten herein, angeführt von Edwina und einem exotisch aussehenden Mann, der ein scharlachrot gestreiftes Cape und einen Stock mit Silberknauf trug. Sie sahen alle aus, als ob sie zu einer Abendgesellschaft unterwegs waren, die Männer im Smoking, die Frauen im langen Abendkleid. Sie schienen das düstere, kleine Theater mit Glanz, mit Freude und Aufregung zu füllen.

»Im Dunkeln finden wir unmöglich unsere Plätze«, flüsterte der exotisch aussehende Mann so laut, dass man es im ganzen Theater hörte. »Setzen wir uns einfach irgendwo hin.«

Sie schienen die Reihen zu füllen, diese wenigen Leute, die sich in kleine Grüppchen aufteilten. Cassia sah, wie Mrs. Camerons strenges Gesicht sich entspannte, und fühlte einen Kloß im Hals. Dann wandte sie ihre Aufmerksamkeit der Bühne zu und beschloss, sich ganz auf das Stück zu konzentrieren. Was, wie sich herausstellte, überhaupt nicht schwierig war.

Der Vorhang ging auf und gab den Blick auf Eleanor und Rupert frei, die auf zwei Stühlen zu beiden Seiten der Bühne saßen. Das Bühnenbild, ein viktorianischer Salon, war von raffinierter Einfachheit und bewirkte durch einige klug ausgewählte Möbel – eine Blumenbank, einen Sessel, einen niedrigen Tisch – eine Art Zweiteilung. Von dem Augenblick an, in dem der Vorhang sich hob, bis zu dem Moment, in dem er eine Stunde später wieder fiel (es gab keine Pause), war es mucksmäuschenstill im Theater. Niemand scharrte mit den Füßen, niemand hustete, niemand raschelte mit Bonbonpapier; die Geschichte, die so einfach, so bewegend und zum Teil so witzig erzählt wurde, fesselte die etwa fünfzig Zuschauer und hielt sie in ihrem Bann. Es lachte, dieses Publikum, es seufzte, es weinte, es hielt den Atem an; und als der letzte Brief verlesen war und Rupert mit seiner wundervollen Stimme abschließend erklärte: »›Mit all meiner ganzen Liebe, für alle Ewigkeit‹« – und der Vorhang fiel, blieb es für eine scheinbar endlose Weile vollkommen still. Doch dann brach ein donnernder Applaus los, dessen Lautstärke in keinem Verhältnis zur Größe des Publikums stand.

Im Rang stampften Ruperts Freunde mit den Füßen. Portia schaute mit freudestrahlendem Gesicht zu ihnen hinauf und tat es ihnen gleich. Die anderen Kinder folgten ihrem Beispiel. Einer der Journalisten rief »Bravo«, und Francis Stevenson-Cook, der dem Ereignis offenkundig seinen eigenen Stempel aufdrücken wollte, sprang von seinem Sitz auf und klatschte so laut Beifall, dass er alle anderen noch übertönte. Andere Zuschauer folgten seinem Beispiel, bis das gesamte Publikum stehend applaudierte. Cassia beobachtete, wie Rupert Eleanors Hand hielt und sich immer wieder verbeugte, sein Gesicht tränennass im Rampenlicht. Man rief nach dem Autor, dem Regisseur; insgesamt gab es neun Vorhänge. Und schließlich wandte Rupert den Blick in die erste Reihe, wo Cassia, seine Mutter und die Kinder saßen, und warf ihnen eine Kusshand zu.

»War es nicht fantastisch?«, fragte Edwina und hakte sich bei Cassia ein, während sie hinter die Bühne gingen. »Was für ein Triumph. Darf ich dir Francis Stevenson-Cook vorstellen, Cassia? Francis, meine schrecklich kluge Freundin Cassia Fallon. Man könnte sagen, dass sie es war, die diesen Abend möglich gemacht hat«, fügte sie nonchalant hinzu und verschwand dann im Gewühl der Leute, die Rupert abküssten.

»Ah, die berühmte Ärztin!«, rief Stevenson-Cook. »Ich bin sehr erfreut, Sie endlich einmal persönlich kennen zu lernen. Ich habe Ihr Foto in der Zeitung gesehen, von Ihrem großen beruflichen Erfolg gehört ...«

»Um Himmels willen«, unterbrach ihn Cassia halb verärgert, halb amüsiert, »von Erfolg kann überhaupt keine Rede sein, und das Foto war uralt.«

»Nun, Sie sehen immer noch genauso hinreißend aus wie damals, wenn ich das sagen darf.«

Er war sehr attraktiv, dieser Freund von Edwina, obgleich möglicherweise homosexuell, dachte Cassia. Ihr wurde bewusst, dass er es gewesen war, der in letzter Minute diese vielen Menschen hereingeführt hatte, die sich jetzt im Gang drängten und jeden abküssten, der in ihre Nähe kam. Diese ungeheuer elegante Gruppe war zwar für den Anlass viel zu fein herausgeputzt, hatte dem Ereignis aber auch einen gewissen Schick verliehen, es sozusagen gesellschaftlich aufgewertet, was zweifellos zu seinem Erfolg beigetragen hatte.

»Es war sehr nett, dass Sie alle gekommen sind«, sagte sie spontan. »Rupert wird Ihnen unendlich dankbar sein.«

»Das Vergnügen lag ganz auf unserer Seite. Reiner Eigennutz. Es war einfach großartig. Aber sagen Sie mir, was hat es damit auf sich, dass Sie diesen Abend möglich gemacht haben?«

»Ich habe einfach ein wenig Geld investiert.«

»Ach so, ja, natürlich. Ich erinnere mich an den Artikel. Ist Ihr Mann auch da?«, fragte er leichthin.

»Nein. Nein, er muss arbeiten. Wie gewöhnlich.«

»Verstehe. Wie bedauerlich, dass er diesen Riesenerfolg verpasst hat.«

»Sehr bedauerlich«, bestätigte Cassia und dann, in dem Versuch, diesem Gespräch, das eindeutig in ein Verhör auszuarten begann, zu entgehen: »Sie müssen mich jetzt entschuldigen. Ich habe drei kleine Mädchen dabei. Ich muss unbedingt mal nach ihnen schauen.«

»Ich liebe Kinder«, kam es überraschenderweise von Cook-Stevenson. »Ich würde sie gern kennen lernen.«

»Natürlich, ich sammle sie zusammen und bringe sie her.«

Mit dem Restaurant wurde es nichts mehr. Nach einer Weile brach die Gruppe von Stevenson-Cook »zu einer anderen Party, sicher todlangweilig« auf, doch er und Edwina blieben natürlich. Alle kamen nach und nach auf die

Bühne; es wurde mehr Champagner gebracht und wie aus dem Nichts tauchte plötzlich ein Picknickkorb mit Canapés, kleinen Würstchen und geräuchertem Lachs auf – »Francis' Idee«, erläuterte Edwina gegenüber Cassia. »Er hatte es im Auto, meinte, vielleicht könnten wir es noch brauchen.«

»Er ist sehr nett«, sagte Cassia. »Und ungeheuer großzügig.«

»Ja, ist er nicht ein Schatz? Er ist so amüsant, und ich weiß wirklich nicht, was ich ohne ihn gemacht hätte.«

Cassia zögerte. »Harry wollte nicht mitkommen?«

»Nein, er hat seit Tagen eine grauenvolle Laune. Hat sich rundheraus geweigert, mitzukommen, obwohl er mir selbst aufgetragen hatte, die Karten zu besorgen. Ich hätte heute Abend ziemlich dumm dagestanden, wenn Francis nicht gewesen wäre. Ich hätte ohne jede Begleitung ins Theater gehen müssen, wie du«, fügte sie hinzu, »aber bei dir ist das natürlich nicht so wichtig.«

»Nein, wohl nicht«, sagte Cassia (und fragte sich, warum nicht. Weil sie zu langweilig war? Zu unattraktiv?)

»Wer sind denn diese Leutchen, die da drüben stehen, neben der alten Mrs. Cameron? Ist sie nicht einfach göttlich?«

»Oh, das sind die Horrocks«, antwortete Cassia lachend. »Mrs. Horrocks ist meine Zugehfrau. Rupert hat sie und ihren Mann wohl eingeladen.«

»Wirklich reizend von ihm, aber sie sehen ein bisschen verloren aus. Ich werde mal rübergehen und mich ein bisschen mit ihnen unterhalten, sie ein wenig aufmuntern. Ich habe ein Händchen für Leute aus der Arbeiterschicht, das habe ich von meiner Mutter gelernt.«

Mr. Horrocks, der bereits mehrere Flaschen Starkbier intus gehabt hatte, bevor er überhaupt von zu Hause aufgebrochen war, und sich seither mehrere Gläser Champagner gegönnt hatte, fand sich in einem ziemlich verwirrenden Gespräch mit Edwina wieder.

»Ich habe den Eindruck, Sie fühlen sich ein wenig deplaciert«, flötete Edwina mit einem bezaubernden Lächeln. »Aber dafür besteht wirklich überhaupt kein Grund. Es ist einfach großartig, dass Sie gekommen sind. Der Gedanke, dass Leute wie Sie Freude am Theater haben, ist einfach fabelhaft. Kommen Sie oft hierher?«

»Nee, kann man nicht sagen. Aber Mrs. Horrocks ist die Zugehfrau von Mrs. Fallon.«

»Ja, das habe ich schon gehört. Das macht ihr sicher viel Spaß. Mrs. Fallon ist eine so charmante Frau. Wissen Sie, wir kennen uns, seit wir Debütantinnen waren.«

»Ach ja? Na, sie macht einen sehr netten Eindruck. Und Mr. Cameron ist auch sehr nett.«

»Ach, Sie haben ihn kennen gelernt?«, fragte Edwina. »Hier, nehmen Sie doch noch einen Schluck Champagner. Er ist einen winzigen Tick zu warm, aber das stört Sie wohl nicht allzu sehr, oder?«

»Nee«, beruhigte Mr. Horrocks sie. Er leerte sein Champagnerglas in einem Zug und hielt es Edwina ein wenig schwankend entgegen, damit sie nachschenkte. Er zwinkerte ihr zu und leerte das Glas erneut. »Mrs. Horrocks hat Mr. Cameron schon viel öfter getroffen. Er ist ja ständig im Haus. Übernachtet häufig dort.«

»Ach ja?«, fragte Edwina. »Sind Sie sicher?«

»'türlich bin ich sicher«, sagte Mr. Horrocks. Er grinste sie verschwörerisch an: »Tja, die sind doch alle gleich, diese Leute vom Theater, was? Haben's faustdick hinter den Ohren. Das ist die künstlerische Freiheit, wie Mrs. Horrocks immer sagt, stimmt's, Bets?«

Woraufhin Mrs. Horrocks ihrem Mann einen heftigen

Rippenstoß versetzte. »Höchste Zeit, dass wir gehen, Alan«, grummelte sie, »du hattest schon viel zu viel von diesem Zeugs. Lass uns schauen, wo Mr. Cameron ist, damit wir uns bedanken können.«

Edwina beobachtete, wie sich die Horrocks einen Weg durch den Raum bahnten, und musterte dann Cassia mit nachdenklichem Blick. Wie interessant. Die tugendhafte Cassia. Also war der Artikel doch gar nicht so falsch. Man wusste doch nie. Sie konnte es kaum abwarten, es Francis zu erzählen.

Schließlich war die Party vorbei.

»Hopp, hopp!« Cassia klatschte in die Hände und gab den Kindern ein Zeichen. »Es ist furchtbar spät, schon nach eins.«

Es hagelte empörte Proteste. Edwina sagte, sie solle doch nicht so eine Spielverderberin sein, und fragte, ob sie und Rupert nicht noch Lust hätten, gemeinsam mit ihr und Francis ins Embassy zu gehen.

»Nein, lieber nicht«, antwortete Cassia. »Ich habe die Verantwortung für diese beiden hier. Und was machen wir überhaupt mit deiner Mutter, Rupert? Ich dachte, du wolltest sie zu einer Freundin in Victoria bringen, wenn das Stück zu Ende ist?«

»Oh, sie kann mit auf meine Bude kommen«, sagte Rupert. »Ich setze sie dort ab, und danach würde ich sehr gern noch ins Embassy gehen. Eleanor, warum kommst du nicht mit?«

Eleanor, die eindeutig große Lust dazu hatte, erklärte, dass sie Portia nicht allein lassen könne, aber Cassia sagte, das sei kein Problem, sie könne bei ihr bleiben. »Auf ein kleines Mädchen mehr oder weniger kommt es wirklich nicht an.«

»Ja, aber wo soll ich dann übernachten? Ich kann doch heute Nacht nicht mehr nach Croyden zurückfahren.«

»Sie können bei uns übernachten«, erklärte Edwina. »Wir würden uns freuen, Sie bei uns zu haben. Also, lasst uns aufbrechen, Leute. Francis, sind Sie fertig?«

Cassia fuhr allein mit den Kindern in die Walton Street zurück. Und trotz ihrer Freude über den Abend und Ruperts Erfolg fühlte sie sich auf einmal sehr niedergeschlagen.

Sie wurde durch eine kleine Hand geweckt, die an ihrem Ärmel zupfte. Es war Fanny. »Cassia, wach auf. Portia macht sich schreckliche Sorgen, sie sagt, sie muss in die Schule. Sie haben ein Lacrosse-Spiel und sie ist die Mannschaftsführerin. Ihre Mutter ist doch bei Tante Edwina, oder? Kannst du sie anrufen, Cassia, oder weißt du vielleicht, wo Portias Schule ist?«

Cassia hatte keine Ahnung. In ihrem Kopf pochte ein dumpfer Schmerz und noch halb benommen wählte sie Edwinas Nummer. Der Butler war am Apparat.

»Oh, Bishop. Entschuldigen Sie die Störung, aber könnten Sie vielleicht Mrs. Studely, die bei Ihnen übernachtet hat, ans Telefon holen? Es ist ziemlich wichtig. Aber sagen Sie ihr«, fügte sie hastig hinzu, »dass mit Portia alles in Ordnung ist.«

»Einen Moment bitte, Madam.«

Nach einer geraumen Weile meldete sich eine verschlafene Stimme am Telefon. Cassia fühlte sich einen Augenblick lang schuldig, dachte dann aber, dass Eleanor wirklich an das Lacrosse-Spiel ihrer Tochter hätte denken können.

»Oh, Gott«, stöhnte Eleanor, »was bin ich bloß für eine Rabenmutter. Ich hab's total vergessen. Ich kann nur auf vorübergehende Geistesschwäche plädieren. Hervorgerufen durch eine nicht unbeträchtliche Angst und Anspannung. Ach, Cassia, ist sie sehr in Panik?«

»Na ja, ein bisschen«, meinte Cassia mit einem Blick auf Portias ängstliches Gesichtchen. »Wo ist die Schule? Soll ich sie hinfahren?«

»O nein, sie geht auf die St.-Margarets-Schule in Clapham. Ich zieh mich schnell an, komme vorbei und hole sie mit einem Taxi ab. Ach, Cassia, wie konnte ich nur so gedankenlos sein!«

»Hören Sie«, sagte Cassia, voller Sympathie für die von Schuldgefühlen geplagte Eleanor, »wenn sie nach Clapham muss, bringe ich sie zu Ihnen, das spart mindestens eine Viertelstunde. Von dort können Sie dann ein Taxi nehmen. Und Sie müssen nicht in Sack und Asche gehen«, fügte sie hinzu. »Ich habe meinen Kindern schon weit Schlimmeres angetan.«

»Wirklich? Wie lieb von Ihnen, das zu sagen.«

Erst als sie mit Portia im Auto saß, wurde Cassia klar, wohin sie fuhren: zum Haus der Moretons. Der Gedanke, Harry zu begegnen, erfüllte sie mit panischem Schrecken. Nun, vielleicht wartete Eleanor ja draußen vor dem Haus. Oder Harry schlief noch – es war noch sehr früh.

Das Haus lag in beruhigender Dunkelheit. Eleanor stand allerdings nicht vor der Tür. Cassia wartete einige Minuten, klopfte dann sacht an die Tür und lief schnell die Stufen wieder hinunter. Wie ein Kind, das einen Klingelstreich spielt, schalt sie sich selbst. Vermutlich wartete Eleanor in der Eingangshalle. Schlimmstenfalls würde Bishop die Tür öffnen.

Harry Moreton öffnete die Tür. Er war vollständig angekleidet, hatte den Mantel über die Schulter geworfen und die Aktentasche in der Hand. Einen Moment lang schaute er verwirrt, fast schockiert zu ihr herab, bevor sein Gesicht einen kalten, verächtlichen Ausdruck annahm. »Was willst du denn hier?«

Cassia fühlte sich entsetzlich elend. Sie schluckte und sagte: »Ich bin gekommen, um Eleanor Studely abzuholen.«

»Wer zum Teufel ist Eleanor Studely?«

»Eine Freundin von Rupert. Eine Schauspielerin.«

»Und was hat sie in meinem Haus zu suchen?« Die Frage klang derart feindselig, derart angewidert von der Vorstellung, dass irgendjemand, der zu Ruperts oder zu ihrem Bekanntenkreis gehörte, sich in seinem Haus aufhalten könnte, dass sie innerlich zusammenzuckte.

»Sie hat hier übernachtet. Sie hat gestern Abend mit Edwina und ihren Freunden gefeiert. Nach der Premiere.«

»Ach so, ja.« Wieder der tiefe Widerwille, die abgrundtiefe Abscheu. »Tja, dann gehst du wohl am besten rein und suchst sie. Ich muss los.«

Er trat zur Seite, um sie vorbeizulassen. Als sie an ihm vorbeiging, an dem Mann, den sie so gut gekannt hatte, dessen Körper ihr so innig vertraut gewesen war, spürte sie sich buchstäblich zu ihm hingezogen, von seiner körperlichen Nähe wie elektrisiert. Sie hatte das Gefühl, dass jede Faser ihres Körpers von der Erinnerung an diese Intimität, diese Leidenschaft ergriffen und überwältigt wurde.

Sie blickte zu ihm hoch, konnte nicht anders, als ihm ins Gesicht, in die Augen zu schauen; ihre Blicke trafen sich, und einen Moment lang konnte sie erkennen, dass er dasselbe empfand. Dann war es vorbei und die dunklen Augen wurden völlig leer, verloren jeden Ausdruck, sogar den der Feindseligkeit.

Plötzlich stand Eleanor da. »Tut mir Leid, Cassia. Ach,

guten Morgen, Sie müssen Mr. Moreton sein. Entschuldigen Sie ...«

Harry lief ohne ein weiteres Wort die Stufen hinunter und stieg in sein Auto. Die quietschenden Reifen des davonbrausenden Wagens durchdrangen die morgendliche Stille.

»Du liebe Güte. Er scheint sehr verärgert zu sein«, sagte Eleanor.

Cassia versuchte gar nicht erst, darauf zu antworten.

Später am Vormittag machte sie einen Besuch bei Cecily. Die Nachricht, dass es Cecily besser ging und sie nach ihr verlangt hatte, hatte sie tief bewegt. Sie beschloss, ohne Fanny und Stephanie zu fahren, und brachte die beiden zum Eaton Place zu ihrer Kinderfrau. Sie schwebten immer noch im siebten Himmel, weil sie an etwas so Aufregendem wie einer Premierenfeier teilgenommen hatten. Rupert hatte angerufen und berichtet, dass die Vorstellung am Samstagabend ausverkauft sei. »Also kriegst du deine Investition auf jeden Fall zurück, mein Augenstern, und wahrscheinlich zehnmal so viel.«

Cassia sagte ziemlich erschöpft, dies sei ihre geringste Sorge, aber sie freue sich wirklich sehr für ihn. Der Gedanke, noch mehr Geld zu bekommen, machte sie ganz krank.

Cecily saß aufrecht in einem Sessel am Fenster, als Cassia hereinkam. Sie wandte sich um und streckte ihr lächelnd die Hände entgegen. »Ich freue mich so, dich zu sehen«, sagte sie schlicht.

»Ich freue mich auch.« Cassia war entsetzt über Cecilys Aussehen. Sie musste mindestens zwölf Kilo abgenommen haben, die weiche Haut war blass und trocken wie Pergamentpapier, die dunklen Augen tief eingesunken. Doch sie blickten heiter, diese Augen, glänzten nicht mehr in fiebriger Hektik wie auf der Beerdigung und starrten auch nicht mehr auf diese schreckliche Weise ins Leere wie am Morgen ihres Zusammenbruchs.

Cecily, die offenbar ihre Gedanken gelesen hatte, lächelte. »Ich sehe schrecklich aus, was? Aber du hättest mich vor einer Woche sehen sollen. Dagegen bin ich jetzt schon wieder richtig fett. Fett und rosig.« Sie lachte. »Ich hätte nie gedacht, dass ich einmal versuchen würde, zuzunehmen.«

»Cecily, ich freue mich so, dass es dir besser geht.«

»Ja, mir geht's wirklich besser«, bestätigte Cecily. Es hörte sich an, als sei sie selbst leicht überrascht darüber. »Es ist schön. Ich – nun, ich wollte sterben, weißt du. Bis gestern. Jetzt bin ich einfach nur traurig – traurig und einsam und voller Reue, aber nicht mehr außer mir, nicht mehr verzweifelt.«

»Was ist passiert? Wie ist es zu diesem Durchbruch gekommen?«

»Dominic Foster hat mich besucht.«

»Dominic Foster!« Cassia versuchte, sich ihre Verblüffung nicht anmerken zu lassen. »Aber Cecily, ich dachte – das heißt, du ...«

Cecily lächelte. »Ich weiß, was du gedacht hast. Aber er – nun, er hat mir etwas erzählt, das alles verändert hat. Es war wirklich sehr tapfer von ihm. Er kam her und bestand darauf, mich zu sehen. Er hat mir sehr viele Dinge erzählt, aber vor allem eine Sache, und ich – also, ich habe erkannt, dass es nicht allein meine Schuld war. Natürlich war es auch nicht allein seine Schuld, wie er gedacht hat – wir haben beide unseren Anteil daran. Aber vor allem habe ich erkannt, dass Benedict einfach mit diesem furchtbaren Konflikt nicht fertig geworden ist. Dem Konflikt mit sich selbst, mit mir, mit uns allen, mit seinen ... Trieben, aber vor allem dem Konflikt mit der Gesellschaft, die ihm und Menschen wie ihm so schlimmes Unrecht antut. Ich hätte nie geglaubt, dass ich einmal so denken würde, Cassia, aber ich teile jetzt deine Meinung über die Gesetze zur …« – sie zögerte, fand es offenbar schwierig, das Wort auszusprechen – »zur Homosexualität«, brachte sie schließlich heraus. »Ich habe erkannt, dass es schrecklich ist, wenn man Menschen zu einem Doppelleben zwingt, sie erpressbar macht, all diese Dinge. Denk nur an diesen widerlichen Norman Duvant und was er Benedict antun konnte.«

»Ja«, sagte Cassia ruhig. »Es ist unglaublich.«

»Versteh mich richtig, es bereitet mir immer noch Unbehagen. Im Gegensatz zu dir halte ich es immer noch für eine Krankheit, für etwas Anormales. Aber vielleicht hast du ja Recht und vielleicht kann ich es auch irgendwann einmal so sehen wie du. Ich versuche es jedenfalls.«

Cassia beugte sich vor und gab ihr einen Kuss. »Du musst dich doch nicht dazu zwingen.«

»Ich weiß. Aber verstehst du, es hilft mir, wieder gesund zu werden. Es ist schwer zu erklären. Wie dem auch sei«, sie lächelte wieder, »ich bin dir so dankbar, so unendlich dankbar für alles, was du für mich getan hast, aber vor allem dafür, dass du dich die ganze Zeit um Fanny gekümmert hast. Es kann nicht einfach für dich gewesen sein.«

»Es war eigentlich nicht schwierig«, berichtete Cassia wahrheitsgemäß. »Fanny ist ein reizendes Mädchen. Und ich glaube …«, sie zögerte einen Moment, »dass sie jetzt bereit wäre, mit dir zu reden. Es ist ein bisschen wie bei dir und Dominic: Sie kann erkennen, dass sie etwas missverstanden hat, aber sie braucht Hilfe, um das Wie und Warum zu klären. Aber du fehlst ihr sehr.«

»Ja, ich habe auch Sehnsucht nach ihr. Stephanie und der süße kleine Laurence waren schon hier. Das war einfach. Mit Fanny ist es problematischer – sie wollte nicht mal mit mir reden.«

»Ich weiß, aber ich glaube, das ist jetzt vorbei. Sie wird sich einfach freuen, dich zu sehen und mit dir zusammen zu sein. Und sie hat dir so viel zu erzählen, was es bestimmt leichter machen wird; sie ist ganz aufgeregt wegen Edwinas Modenschau. Sie werden als Mannequins auftreten, sie und Stephanie und die kleine Portia – das ist die Tochter von Eleanor Studely …«

»Cassia, ich komme nicht mehr mit. Wer ist Eleanor Studely?«

»Oh, Ruperts Bühnenpartnerin. Ungeheuer nett und sehr schön. Eine Witwe.«

»Glaubst du, er könnte sich in sie verlieben?«, fragte Cecily hoffnungsvoll.

»Nein, wohl kaum. Du weißt, er mag kleine Starlets.«

»Er mag dich, mein Liebes.«

»Nein, tut er nicht«, widersprach Cassia nachdrücklich – zu nachdrücklich. Cecily schaute sie gedankenvoll an. »Nicht *so*. Natürlich mag er mich. Aber egal, zurück zu Fanny. Ich glaube, sie könnte jetzt auch wieder zur Schule gehen. Es geht ihr wieder viel besser.«

»Wann findet sie statt? Diese Modenschau?«

»Schon bald. In drei Wochen, am Samstag, dem achtundzwanzigsten. Edwina hat einen ganz außergewöhnlichen Mann gefunden, der ihr dabei hilft, na ja, eigentlich ist er ihr Chef. Ich weiß nicht genau, ob er …« Sie brach ab, weil ihr plötzlich zu Bewusstsein kam, dass Cecily einer Diskussion darüber, ob Edwinas Begleiter nun homosexuell war oder nicht, noch nicht gewachsen sein würde. »Ob er in sie verliebt ist oder nicht.«

»In sie verliebt? Cassia, wovon redest du? Was ist mit Harry? Sie hat ihn doch nicht verlassen, oder?«

Cassia schaute aus dem Fenster und spürte, wie sie rot wurde. Ihr war klar, dass sie dumm gewesen war, mehr als dumm, und mit gefährlichem Leichtsinn ihrem Wunschdenken nachgegeben hatte. »Natürlich nicht«, erwiderte sie hastig. »Du kennst doch Edwina. Sie redet halt so daher, sie übertreibt immer alles.«

»Ja, ich kann es mir vorstellen. Meine Güte, ich sehe schon, ich muss jede Menge Klatschgeschichten aufholen. Übrigens war es unheimlich nett von Edward, mir Blumen zu schicken. Bitte sag ihm, dass ich ihm schreiben werde, sobald es mir besser geht.«

»Edward? Er hat dir Blumen geschickt?«

»Ja, wusstest du das nicht? Genau genommen, hat er mir zwei Sträuße geschickt, einen direkt nach der Beerdigung und einen hierher ins Sanatorium. Und eine sehr liebe Karte dazu.«

»Ja, doch, stimmt, er hat es erwähnt«, sagte Cassia. Sie hätte kaum überraschter sein können, wenn Cecily ihr eröffnet hätte, dass Edward im Abendkleid und mit hochhackigen Schuhen herumgelaufen wäre. *Das* wäre wirklich sehr unpassend gewesen, dachte sie im Stillen und kicherte in sich hinein.

Edwina warf Harry einen etwas nervösen Blick zu. Er aß schweigend und ziemlich schnell und studierte dabei einige Papiere. Sie räusperte sich und versuchte, einen lockeren Ton anzuschlagen. »Harry, entschuldige, wenn ich dich beim Lesen störe, aber ich würde gern kurz mit dir sprechen – wenn du die Zeit erübrigen kannst ...«

»Ja?«, sagte er.

»Wir wollen nächste Woche ein paar Fotos machen, von dicken Strümpfen, Wanderschuhen und so was.«

»Wir?«

»Die Zeitschrift. Und ich hatte die Idee, dass wir dazu Autos verwenden – als Hintergrund.«

Er runzelte die Stirn. »Du willst Strümpfe über Autos hängen? Das klingt ein wenig bizarr.«

»Nein, natürlich nicht. Die Mannequins tragen die Strümpfe. Aber sie sollen zum Beispiel auf Trittbrettern stehen oder in Autos einsteigen.«

»Ach so, verstehe. Ja, könnte ganz interessant aussehen. Ist das alles?«

»Nein, nicht ganz. Die Sache ist die: Ich wollte dich fragen, ob wir dafür vielleicht einige von deinen Wagen benutzen könnten. Den Hispano vielleicht, der ist so schön. Und den Delage. Oder den Bugatti ...«

»Den auf keinen Fall«, antwortete er, »nicht den Bugatti. Aber die anderen kannst du gern haben. Unter der Bedingung, dass Manning dabei ist. Und ich will nicht, dass jemand anders als Manning meine Autos fährt. Auch du nicht. Vor allem du nicht.«

»Nein, natürlich nicht.« Sie war erstaunt, wie leicht es gewesen war, seine Zustimmung zu erhalten. »Das ist sehr nett von dir.«

Er zuckte die Achseln. »Nicht der Rede wert.«

»Vielen Dank.« Sie hatte das Gefühl, dass sie aus Dankbarkeit ein bisschen Interesse an ihm zeigen sollte, und fragte deshalb: »Was liest du da für Papiere?«

»Geschäftsberichte. Langweiliges Zeug. Noch etwas Kaffee?«

»Ja, bitte. Die Premiere gestern war übrigens ein voller Erfolg.«

»Ach ja? Und wo bist du hinterher gewesen? Du warst vermutlich nicht bis drei Uhr nachts im Theater. Wenn es nicht ein sehr langes Stück war.«

»Oh, im Embassy. Mit ein paar Bekannten. Rupert Cameron und seine Hauptdarstellerin ...«

»Ich weiß, ich habe sie leider getroffen. Heute Morgen.«

»Oh, tatsächlich? Ist sie nicht wunderschön?«

»Ich fürchte, darauf habe ich nicht geachtet. Noch Sahne?«

»Nein, danke. Nebenbei bemerkt, habe ich gestern Abend äußerst interessante Klatschgeschichten gehört. Über Cassia.«

Er sagte nichts, nippte nur an seinem Kaffee.

»Du weißt doch, was in diesem Artikel stand? Über sie und Rupert?«

»Ich erinnere mich vage. Ja.«

»Nun, es scheint zu stimmen. Cassias Zugehfrau war gestern Abend bei der Premiere. Frag mich nicht, warum, aber ihr Mann hat erzählt ...«

»Cassias Mann?« Seine Augen nahmen plötzlich einen wachsamen Ausdruck an.

»Nein, der Mann der Zugehfrau. Er sagte, Rupert übernachtet ständig bei Cassia. Erstaunlich, was? Na ja, wie es so schön heißt: Kein Rauch ohne Feuer.«

»In der Tat«, bestätigte Harry.

Cassia versuchte, sich auf die Berichte zu konzentrieren, die sie bis morgen früh für die Britische Gesellschaft für Geburtenkontrolle schreiben musste, als plötzlich Edwina in der Tür stand. Bei ihrem Anblick fühlte Cassia wie jedes Mal seit der ersten Nacht mit Harry eine Welle der Panik in sich aufsteigen, eine Mischung aus Angst und Schuldgefühlen; aber Edwina sah völlig unbekümmert und freundlich aus.

»Kann ich reinkommen? Ich wollte dich was fragen.«

»Ja, natürlich. Wieso bist du nicht bei der Arbeit?«

»Das bin ich. In gewisser Weise. Ich wollte dich bitten, mir nächste Woche mal dein Auto zu leihen.«

»Mein Auto? Warum denn das?«

»Für einen Fototermin. Der Wagen ist einfach entzückend, dieses wundervolle Gelb – und wir haben schon zwei Autos von Harry, beide blau. Zusammen mit deinem wäre es perfekt. Würdest du das machen? Ich passe natürlich gut darauf auf. Genau genommen, werde ich Manning damit beauftragen, es abzuholen und zu fahren und so weiter. Er kümmert sich natürlich auch um Harrys Autos.«

»Ja, sicher kannst du es benutzen, wenn du willst.«

»Danke. Der Fototermin ist am Mittwoch, da bist du doch in London, oder? Wenn du magst, kannst du solange mein Auto haben.«

»Ach, nicht nötig. Ist an dem Abend nicht eine Probe für die Modenschau?«

»Ja, im *Style*-Haus, im Atelier. Ein Geschenk des Himmels. Francis entpuppt sich wirklich als der reinste Engel.«

»Er ist sehr nett«, sagte Cassia vorsichtig.

»Nicht wahr? Er ist ein solcher Schatz, so amüsant, immer guter Laune – oder fast immer. Im Gegensatz zu meinem teuren Gatten, der sich im Moment wirklich abscheulich aufführt, anders kann man es nicht sagen. Ich weiß nicht, Cassia, manchmal frage ich mich wirklich, warum wir überhaupt noch verheiratet sind. Vor allem jetzt, wo er das von den Kindern weiß.«

»Welchen Kindern?«

»Dass ich keine bekommen kann.«

»Ach so, verstehe.« Cassia bemühte sich, ihrer Stimme einen lediglich höflichen, leicht interessierten Ton zu geben. »Seit wann weißt du es?«

»Eigentlich seit einer Ewigkeit. Aber ich habe es Harry nie erzählt, bis ich diese Operation hatte. Eigentlich hat deine Miss Gerard die genaue Ursache entdeckt. Sie ist wirklich sehr nett, Cassia, das muss ich schon sagen. Offenbar sind meine Eileiter blockiert.«

»Eine Tubenundurchlässigkeit. Oh, Edwina, das ist schlimm ... Warum um alles in der Welt solltest du blockierte Eileiter haben?«

»Also, ich schätze, ich kann es dir genauso gut erzählen. Immerhin sind wir uralte Freundinnen. Du wirst es doch bestimmt niemandem weitersagen, oder? Schon wegen der ärztlichen Schweigepflicht und diesem ganzen Kram.«

»Nein, natürlich nicht«, versicherte Cassia. Sie hielt es für überflüssig, Edwina über die Feinheiten der ärztlichen Schweigepflicht aufzuklären.

»Ich hatte eine Abtreibung«, sagte Edwina leichthin. »Nun, genau genommen waren es zwei, aber bei der ersten war ich erst sechzehn. Wie auch immer, das lief alles reibungslos, aber die zweite Abtreibung hatte ich kurz vor der Heirat mit Harry.«

»Kurz davor?«, fragte Cassia. »Du meinst, das Baby war von Harry?« Sie wusste, dass es gefährlich war, Edwina so zu bedrängen, aber sie konnte nicht anders.

»Nein, dann wäre ja alles in Ordnung gewesen. Nein, Harry war verreist, in New York. In dieser Zeit bin ich einmal abends mit Roddy Buchanan aus gewesen. Du erinnerst dich sicher an ihn, ungeheuer amüsanter Typ, ich hatte schon immer eine Schwäche für ihn, hab mir die Augen ausgeheult, als er Yolande geheiratet hat. Nun, wie auch immer, es ging ihm damals furchtbar schlecht. Er sagte, er habe einen schrecklichen Fehler begangen, er hätte sie nie heiraten dürfen. Wir schauten beide ein wenig zu tief ins Glas und, na ja, eins kam zum anderen, und ein paar Wochen später stellte ich fest, dass ich schwanger war. Es gab keine andere Möglichkeit, ich musste es loswerden. Harry hätte es sofort gemerkt, und überhaupt konnte ich unmöglich ... na ja, egal. Also ließ ich die Abtreibung machen. Und dabei habe ich mir irgendeine Infektion eingefangen.

Wochenlang fühlte ich mich hundsmiserabel. Die Flitterwochen waren die Hölle, das kann ich dir sagen. Ich musste Harry vorspielen, dass ich eine Grippe und eine total schlimme Periode hatte. Jedenfalls war diese Unterleibsinfektion offenbar die Ursache. Eine ganz simple Geschichte.«

»Sehr simpel.« Cassia fühlte sich wie benommen. Die ganze Welt schien plötzlich auf dem Kopf zu stehen.

»Jedenfalls scheint es unsere Ehe irgendwie ziemlich sinnlos gemacht zu haben. Vor allem für Harry, wie es scheint. Es war nie die große Liebe zwischen uns beiden, eher so was wie gegenseitige Sympathie. Wir sind immer ganz gut miteinander ausgekommen. Aber sogar das scheint jetzt vorbei zu sein. Andererseits ... ach, ich weiß nicht. Ich bin nicht so wild auf Scheidung. Du?«

»Darüber habe ich wirklich noch nicht nachgedacht«, erwiderte Cassia schwach.

»Ach komm, das hast du doch bestimmt. Vor allem jetzt, nach dieser Sache mit Rupert.«

»Edwina, das ist alles maßlos übertrieben. Ehrlich.«

»Ach wirklich? Aber völlig aus der Luft gegriffen ist es doch auch nicht, oder? Komm schon, Cassia, du kannst es ruhig zugeben.«

»Na ja«, antwortete Cassia hilflos, »nicht völlig, nein, aber ...«

»Ach Schätzchen«, Edwina sah sie lächelnd an. »Vor mir brauchst du doch keine Geheimnisse zu haben. Vor allem nicht nach dem, was ich dir gerade erzählt habe. Jedenfalls werde ich kein Sterbenswörtchen darüber verlauten lassen. Es ist wirklich ganz allein deine Sache.« Sie beugte sich vor und tätschelte Cassias Arm. »Also, ich muss. Danke noch mal für das Auto. Wahnsinnig lieb von dir. Bis bald.«

Cassia stand am Fenster, lauschte dem Klang von Edwinas klackenden Pumps auf dem Gehsteig nach und starrte dann noch eine ganze Weile hinaus. Sie war völlig aus der Fassung gebracht, so ähnlich, dachte sie, wie jemand, der lange Zeit versucht hat, sich auf einem durchgegangenen Pferd zu halten, bevor er schließlich hart zu Boden stürzt. Sie wusste wirklich nicht, wie lange sie noch würde im Sattel ausharren können. Doch zumindest eines hatte sich grundlegend verändert: Alle Schuldgefühle, die sie wegen ihrer Affäre mit Harry gegenüber Edwina empfunden hatte, waren plötzlich wie weggeblasen.

30

An was für hauchdünnen Fäden unser Schicksal doch hängt, dachte Cassia, während sie auf dem Weg nach Balham durch London fuhr. Sie kam nur langsam voran und der graue Novemberdunst verdichtete sich bereits zu einer dunklen, dicken Nebelsuppe. Vor sechzig Jahren hatte ihre Großmutter die Mutter von Leonora auf einer Teegesellschaft getroffen: Hätte es diese Teegesellschaft nicht gegeben, wäre Leonara nicht ihre Patentante geworden, sie selbst hätte Harry niemals kennen gelernt und bestimmt kein Geld geerbt.

Im selben Augenblick wurde gerade ein weiterer hauchdünner Faden von einem anderen Leben zu ihrem eigenen gesponnen, der den Anfang eines neuen komplexen Ereignisgewebes bilden sollte: Barbara Perkins, eine zweiundzwanzigjährige Mutter von drei Kindern, die ihren Besuch in der Klinik für Schwangerschaftsverhütung lange Zeit aufgeschoben hatte (hauptsächlich weil ihr Mann dagegen war), erhielt unerwartet Besuch von ihrer Mutter. Da sich dadurch die Möglichkeit ergab, die Kinder in ihrer Obhut zu lassen, entschied sie, dass ein Besuch in der Klinik wichtiger war als ihre eigene Ängstlichkeit oder die Einwände ihres Mannes.

Sie fühlte sich schon den ganzen Tag hundeelend. Die heftigen Schmerzen, die ihre letzte Periode begleitet hatten, hielten immer noch an, und irgendwie fühlte sie sich merkwürdig schwach und zittrig.

Als sie in der Klinik ankam, war sie so nervös, dass sie ihre Schmerzen ganz vergaß. Eine junge, elegant gekleidete Frau kam kurz nach ihr herein und wühlte dabei hektisch in ihrer Handtasche herum. Überrascht hörte Barbara, wie die große, gemütlich wirkende Schwester am Empfang sagte: »Nein, Dr. Fallon, ich habe die Schlüssel für den Medikamentenschrank nirgends gesehen.« Na, was das wohl für eine Ärztin ist, dachte Barbara im Stillen, die ist ja kaum älter als ich. Fast hätte sie dies als Vorwand genommen, um wieder zu gehen, doch in diesem Moment setzte der Schmerz erneut mit solcher Heftigkeit ein, dass sie sich an den Empfangstisch lehnen musste. Sie versuchte, tief einzuatmen, wie man es ihr immer gesagt hatte, wenn sie in den Wehen lag.

»Ist alles in Ordnung?«, fragte die Ärztin mit besorgter Miene.

»Ja«, antwortete Barbara. »Es geht mir gut, nur eine kleine Magenverstimmung.«

»Hier«, sagte die Ärztin und zog eine Tablette aus ihrer Tasche. »Kauen Sie die. Das wird Ihnen helfen. Ich werde versuchen, Sie so bald wie möglich dranzunehmen. Bei dem Nebel heute wird es sicher nicht allzu voll sein.«

Die Magentablette zeigte keine besondere Wirkung – ungefähr genauso viel wie das tiefe Atmen bei den Wehen. Als Barbara schließlich in das Sprechzimmer gerufen wurde, war ihr so übel, dass sie dachte, sie würde gleich in Ohnmacht fallen oder sich erbrechen.

»Nun denn«, sagte Cassia, »setzen Sie sich doch, Mrs. Perkins. Lassen Sie mich kurz ein paar Personalien aufnehmen – Adresse, Alter. Sie sind verheiratet, oder?«

»Zu meinem Leidwesen«, bestätigte Barbara.

Cassia schaute amüsiert zu ihr herüber und stellte fest, dass die Patientin ganz weiß im Gesicht war und sich auf die Lippen biss. »Geht es Ihnen nicht gut?«

»Doch, schon. Nur diese Schmerzen sind immer noch da.«

»Zeigen Sie mir, wo es wehtut«, bat Cassia. Barbara Perkins deutete auf ihren Unterleib.

»Ist es sehr schlimm?«

»Ziemlich schlimm, ja. Es geht wieder vorbei, heute Morgen war es auch schon mal recht heftig.«

»Kommen Sie. Legen Sie sich auf den Untersuchungstisch. So ist es gut. Könnten Sie bitte Ihr Höschen ein wenig herunterziehen, damit ich Ihren Bauch abtasten kann?« Sie befühlte sanft Barbaras Unterleib, der eindeutig sehr empfindlich war. Auf der rechten Seite, im Bereich des Eierstocks, war eine leichte, fast unmerkliche Schwellung. Als sie darauf drückte, stöhnte Barbara auf. »Tut mir Leid. Tut das sehr weh?«

»Ja, höllisch. Und mir ist ein bisschen übel.«

Sie hatte eine Blinddarmnarbe; das konnte es demnach nicht sein. »Wann haben die Schmerzen eingesetzt?«

»Ach, vor etwa zwei Wochen. Mal mehr, mal weniger, aber so schlimm wie jetzt war es noch nie.«

»Hatten Sie kürzlich Ihre Periode?«

»Ja, vor etwa zwei Wochen.« Also auch keine drohende Fehlgeburt.

»War sie heftig?«

»Nein, gar nicht. Aber trotzdem eine Erleichterung. Ich dachte schon ...« Sie zögerte.

»Ja?«

»Ich dachte schon, es wär wieder passiert. Wir hatten ... na ja, wissen Sie, wir ...«

»Sie hatten Geschlechtsverkehr«, half Cassia aus.

»Genau. Zur falschen Zeit. Und er hat was gegen ... Sie wissen schon ... gegen diese Dinger.«

»Ja, diese Abneigung ist sehr verbreitet«, erklärte Cassia. »Nun, hier sind Sie genau richtig. Ich denke, Sie leiden möglicherweise unter etwas, was wir als Eierstockzyste bezeichnen. Es ist nichts Ernstes, aber so eine Zyste kann starke Schmerzen verursachen. Ich würde Sie gern ins Krankenhaus überweisen. Sie müssen sich vielleicht einer kleinen Operation unterziehen. Schauen Sie nicht so besorgt, eine gute Freundin von mir hat diesen Eingriff gerade durchführen lassen und konnte schon nach einer Woche wieder zur Arbeit gehen. Wie dem auch sei, wir kümmern uns jetzt erst mal um die Verhütungsfrage und dann gebe ich Ihnen eine Überweisung für das Krankenhaus.«

Sie passte der Patientin sehr behutsam ein Pessar an, aber die akuten Schmerzen, unter denen sie zu leiden schien, beunruhigten sie. »In Ordnung, Sie können sich jetzt wieder anziehen und dann kommen Sie bitte noch einmal zu mir. Ich glaube wirklich ...«

In diesem Moment hörte sie ein lautes Krachen: Barbara Perkins war ohnmächtig geworden. Cassia rief nach Schwester Hampton, hob Barbara auf einen Stuhl, lehnte ihren Oberkörper nach vorn und schob den Kopf zwischen die Beine.

Barbara Perkins kam wieder zu sich und stöhnte laut.

»Tut mir Leid«, sagte sie mit klappernden Zähnen, setzte sich langsam auf und warf den Kopf in den Nacken. »Aber die Schmerzen sind unerträglich. Einfach unerträglich.«

Cassia sah sie an. Sie war schweißüberströmt und aschfahl im Gesicht. »Barbara, wann hatten Sie diesen ungeschützten Geschlechtsverkehr?«

»Vor sieben oder acht Wochen. Mein Gott, ich halt das nicht mehr aus.«

Cassia dachte blitzschnell nach. »Entschuldigen Sie mich einen Moment, die Schwester wird nach Ihnen sehen.«

Sie ging ins Vorzimmer, rief im St. Christopher's an und bat, mit Mr. Scarsdale verbunden zu werden. Glücklicherweise war er nicht im Kreißsaal, aber er hatte gerade Sprechstunde, wovon er sie ungehalten in Kenntnis setzte.

»Mr. Scarsdale, es tut mir schrecklich Leid, Sie stören zu müssen, aber ich brauche Ihre Hilfe. Ich bin in der Klinik in Brixton. Ich habe eine junge Frau hier, und ich bin mir ziemlich sicher, dass sie eine Eileiterschwangerschaft hat ... Was? Heftige Unterleibsschmerzen, äußerst druckempfindlich, Schweißausbrüche, der Puls ist ein wenig beschleunigt. Erhöhte Temperatur, knapp unter 39. Blutdruck ist im Moment stabil. O Gott, warten Sie einen Moment ... Ja, Schwester Hampton? Tut mir Leid, Mr. Scarsdale, offenbar hat gerade eine Blutung eingesetzt. Nein, nicht sehr stark. Nein, es ist nicht der Blinddarm, der ist draußen. Natürlich. Würden Sie das tun? Ich wäre Ihnen unendlich dankbar. Danke. Ja, ich rufe einen Krankenwagen. Tausend Dank. Etwa zwanzig Minuten, schätze ich. Obwohl, bei diesem Nebel ...«

Sie telefonierte nach einem Krankenwagen und kehrte ins Sprechzimmer zurück. Schwester Hampton hatte Barbara Perkins auf die Liege gelegt, hielt ihre Hand und wischte ihr den Schweiß von der Stirn.

»Ich glaube, dass Sie eine so genannte Eileiterschwangerschaft haben, Barbara«, erklärte Cassia. »Das bedeutet, das Baby wächst nicht in Ihrer Gebärmutter, sondern in einem Ihrer Eileiter heran. Leider ist es dort nicht überlebensfähig.«

»Na, Gott sei Dank«, meinte Barbara mit einem Anflug von Galgenhumor.

»Tja, vielleicht«, sagte Cassia und lächelte zurück. »Aber es könnte gefährlich sein, wenn wir Sie nicht sehr schnell in ein Krankenhaus bringen. Ich habe einen Rettungswagen gerufen und werde mit Ihnen zusammen in die Universitätsklinik St. Christopher's fahren. Es ist nicht das nächstgelegene Krankenhaus, aber sehr, sehr gut. Ich habe dort studiert. Halten Sie noch eine kleine Weile durch. In einer Stunde ist das Schlimmste vorbei.«

Das Telefon läutete. Schwester Hampton hob ab. »Ich fürchte, wir haben ein Problem. Das war das St. Christopher's. Die Krankenwagen stecken alle im Nebel fest. Wir müssen Mrs. Perkins in ein anderes Krankenhaus bringen.«

»Welche Klinik liegt dann am nächsten? Das Thomas' Hospital ist auch nicht viel näher. Oh, Moment, da ist noch das Queen Alexandra's, da können wir sie selbst hinbringen; das geht wahrscheinlich schneller, als wenn wir auf einen Krankenwagen warten. Barbara, glauben Sie, Sie schaffen es, bis zu meinem Auto zu gehen, wenn wir Sie stützen?«

»Ich glaube schon. Gerade so eben.«

Cassia sah sie an. Sie war jetzt leichenblass. »Ich werde mir noch mal kurz Ihren Bauch ansehen, wenn Sie nichts dagegen haben. Und Ihren Blutdruck messen.«

Der Blutdruck war gesunken. Behutsam tastete Cassia den Bauch ab. Er hatte sich verändert, war angespannt, teilweise sogar völlig hart geworden – was auf eine Blutung in die Bauchhöhle hinwies. Es konnte nur eine Eileiterschwangerschaft sein. Und ein Durchbruch war lebensbedrohlich. Sie lächelte Barbara an, streichelte ihre Hand.

»Es wird alles wieder gut. Lassen Sie uns jetzt zu meinem Auto gehen. Das Krankenhaus liegt ganz in der Nähe.«

Der Nebel war so dicht geworden, dass der Verkehr nur noch im Schneckentempo voranschlich. Sie setzten Barbara auf den Rücksitz und Schwester Hampton kauerte sich auf den Boden neben ihr. Die Blutung war immer noch schwach, aber Barbaras Zähne schlugen klappernd aufeinander.

»Puls?«, fragte Cassia kurz.

»Ganz regelmäßig«, gab Schwester Hampton in munterem Ton zur Antwort.

Unter normalen Bedingungen war der Weg von der Klinik zum Queen Alexandra Hospital sehr kurz. Man brauchte ungefähr zehn, höchstens fünfzehn Minuten. Doch es herrschten keine normalen Bedingungen. Es war erstaunlich, wie schnell man im Nebel die Orientierung verlor. Sie hätten bereits vor einer Viertelmeile an dieser Schule vorbeikommen sollen, das hätte Cassia schwören können, aber jetzt tauchte sie plötzlich vor ihnen auf. Cassia war sich auch ganz sicher, dass direkt hinter der Schule eine Linkskurve kam, die plötzlich verschwunden war. Nein, da war sie. Gott sei Dank. Wenigstens waren die Straßen praktisch frei und merkwürdig still. Der Nebel verlangsamte die Bewegungen und schluckte die Geräusche.

»Wir sind gleich da«, erklärte sie fröhlich in den Rückspiegel. »Höchstens noch zwei oder drei Minuten. Wie geht's der Patientin?«

»Puls ein kleines bisschen unregelmäßig«, sagte Schwester Hampton ruhig mit unterdrückter Panik in der Stimme.

Cassia schaute über die Schulter nach hinten. »Blutdruck?«

»Neunzig zu sechzig.«

»Blutung?«

»Gleichbleibend.«

Plötzlich ein lautes Rufen. Cassia wandte ihre Aufmerksamkeit wieder der Straße zu, aber es war schon zu spät: Riesige gelbe Lichter schienen plötzlich turmhoch im Nebel vor ihr aufzuragen und ein großer Lieferwagen, der ebenso wie sie mitten auf der Straße fuhr, raste in sie hinein. Dann ein scheußliches Geräusch von kreischenden Bremsen, zersplitterndem Glas, knirschendem Metall – und dann Stille.

»Oh, mein Gott«, stöhnte sie und stieg aus.

»Blödes Weibsbild, blödes!«, brüllte der Fahrer. »Fährt doch tatsächlich mitten auf der verdammten Straße!«

»Sie sind auch mitten auf der Straße gefahren.« Cassia war selbst erstaunt, wie ruhig ihre Stimme klang. »Es tut mir sehr Leid, aber ich habe eine Frau auf dem Rücksitz meines Autos, die stirbt, wenn wir nicht ...«

»Doktor Fallon!« Das war Schwester Hampton. »Ich bin ein wenig besorgt.« Das hieß mit anderen Worten: Die Lage war verzweifelt ernst.

Cassia ging zum Auto. Barbara Perkins hatte das Bewusstsein verloren.

»Sie hat sich gerade erbrochen. Sie hat einen schweren Schock. Der Blutdruck ist noch weiter gesunken. Und ihr Bauch ist hart wie Stein.«

Es war Jahre her, seit Cassia in einen medizinischen Notfall verwickelt gewesen war. Doch die absolute Konzentration auf den Augenblick, die totale Ausblendung aller Nebensächlichkeiten und Gefühle, die klare Erkenntnis, was zu tun war – das war alles schlagartig wieder da.

»Schwester Hampton, Sie gehen zu Fuß zum Krankenhaus. Es sind höchstens fünf Minuten. Laufen Sie. Sie sollen alles für eine sofortige Operation vorbereiten. Sagen Sie Ihnen, wir haben hier eine innere Blutung. Sie sollen mit einer Trage herkommen. Ich bleibe hier bei ihr. Gehen Sie dort entlang, dann die erste Abzweigung auf der linken Seite, dann liegt das Krankenhaus direkt vor ihnen. Viel Glück. Und was Sie betrifft«, sagte sie zu dem Fahrer des Lieferwagens, »wenn Sie sich nützlich machen wollen, klingeln Sie bei den umliegenden Häusern und bitten Sie um ein paar Handtücher und Kissen. Ansonsten setzten Sie sich einfach in Ihren Wagen und halten den Mund. Ich kaufe Ihnen einen neuen Lieferwagen, auch zwei, wenn Sie wollen, aber hören Sie auf, hier herumzukrakeelen und alles noch schlimmer zu machen.«

Ob es das magische Wort »Doktor« war oder der Ton ihrer Stimme oder aber der Anblick von Barbara Perkins, die dem Tod sehr nahe zu sein schien – der Mann machte sich jedenfalls gehorsam auf den Weg zur nächsten Haustür. Cassia maß erneut Barbaras Blutdruck: siebzig zu fünfzig. Barbaras Augen flackerten plötzlich, schauten in ihre. Cassia brachte ein Lächeln zustande.

»Es wird alles wieder gut«, sagte sie, und da sie sonst nichts mehr tun konnte, betete sie.

Die Gebete halfen. Weniger als zehn Minuten nach Schwester Hamptons Aufbruch konnte Cassia das Wunder hören und schließlich auch sehen: eine Trage auf Rädern, die von zwei Sanitätern geschoben wurde, dann einen Arzt und eine Schwester, gefolgt von einer schwer atmenden Schwester Hampton.

»Schnell«, bat Cassia, »es geht ihr sehr schlecht. Sie braucht sofort Plasma und eine Notoperation, Tubenruptur, Puls fallend, Blutdruck siebzig zu fünfzig, schwere Rigidität des Abdomens.«

»Alles klar«, versicherte der Arzt. »Der OP ist vorbereitet. Wenn wir sie vielleicht einfach herausheben könnten ... Wir haben Plasma dabei. Wenn wir jetzt noch eine Vene finden ... Entschuldigung«, sagte er mit überraschender Höflichkeit zu dem Fahrer des Lieferwagens, der plötzlich vor ihm stand, die Arme voller Handtücher – mindestens ein Dutzend, dachte Cassia, und genauso viele Kissen. Mit einer Mischung aus Faszination und Entsetzen beobachtete er, wie man Barbara Perkins aus dem Auto hob und auf die Trage legte.

»Sie kommen besser mit uns«, meinte Cassia. »Ich werde Ihnen einen Scheck für Ihren Lieferwagen ausschreiben, sobald meine Patientin sicher im Krankenhaus angelangt ist. Und nehmen Sie die Handtücher mit. Wir werden sie vielleicht noch brauchen.«

Noch ein weiterer Faden verband sich mit den anderen zu dem speziellen Gewebe dieses Nachmittags: Arthur Manning, der Chauffeur von Harry Moreton, beschloss, sich mit einem Stück Schweinefleischpastete und einer Tasse Tee für den Abend zu stärken, der anstrengend zu werden drohte. Als er in die Küche hinunterging, wo die Köchin ihr Nachmittagsschläfchen hielt, entdeckte er den kochenden Teekessel auf dem Herd und ein großes Stück Pastete auf dem Tisch. Er hatte es schon zur Hälfte verzehrt, als Nancy, die Küchenhilfe, hereinkam und sagte, an seiner Stelle würde sie die Pastete nicht essen, sie sei nicht mehr gut. Die Köchin hatte sie den Nachbarn geben wollen, für den Hund. Manning erklärte unbekümmert, es schmecke ihm vorzüglich, und aß genüsslich weiter.

Cassia trank gerade eine Tasse Kaffee im Warteraum, als eine zierliche Ärztin mit strengen Gesichtszügen auf sie zukam.

»Dr. Fallon? Ich bin Monica Gerard, Fachärztin für Gynäkologie.« Natürlich – es war das Krankenhaus von Miss Gerard. Das hatte sie ganz vergessen.

»Wird sie wieder gesund?«

»Ja, das wird sie. Eine Weile stand es auf der Kippe und sie brauchte ziemlich viel Blut; aber jetzt hat sich ihr Zustand stabilisiert. Eileiterschwangerschaft, wie Sie vermuteten. Wir mussten den Eileiter durchtrennen, aber sie ist über den Berg. Sie haben das sehr gut erkannt. Keine leichte Diagnose. Was die Fahrt durch diesen Nebel betrifft …«

»Ja, das war nicht einfach. Sie sollten mal mein Auto sehen.«

»Ach du meine Güte. Nun ja, Sie haben sich besser geschlagen als die meisten Krankenwagen. Und ich habe gehört, Ihr Mädel ist zu Fuß hier eingetroffen.«

Dass die Respekt einflößende Schwester Hampton als Mädel bezeichnet wurde, entlockte Cassia ein Lächeln. »Ja, sie war großartig.«

»Ihr Name kommt mir bekannt vor, aber ich weiß nicht mehr …«

»Ich habe eine Freundin von mir an Sie empfohlen. Edwina Moreton.«

»Ach ja, ich erinnere mich.« Das strenge Gesicht entspannte sich ein wenig. »Mrs. Moreton. Geht es ihr gut?«

»Sehr gut.«

»Das freut mich. Wo arbeiten Sie denn?«

»Oh, eigentlich nirgends so richtig. Ich mache ein paar

Beratungsstunden in der Familienplanung, in der Klinik für Schwangerschaftsverhütung in Brixton und neuerdings im St. Christopher's. Dort habe ich studiert.«

»Tatsächlich? Warum suchen Sie sich dann nicht irgendwo eine vernünftige Arbeit?«

»Nun, ich habe geheiratet und …«

»Das war allerdings ziemlich dumm.« Monica Gerard lächelte beinahe. »Es ist wirklich ein Jammer, diese ganze schöne Ausbildung nicht zu nutzen.«

»Ich weiß«, erwiderte Cassia kleinlaut. »Das wurde mir in sehr deutlichen Worten bereits gesagt. Von Mr. Amstruther. Kennen Sie ihn vielleicht?«

»In der Tat. Ein alter Freund von mir. Also haben Sie Ihre Ausbildung bei ihm gemacht?«

»Ja, ich wollte mich eigentlich auf Geburtshilfe spezialisieren, aber …«

»Hmm. Sie passen also den ganzen Tag Pessare an? Du liebe Güte.« Miss Gerard warf einen Blick auf ihre Armbanduhr. »Ich muss los. Ein Kaiserschnitt, Zwillinge, eins in Steißlage. Wir müssen unbedingt noch einmal miteinander reden. Rufen Sie doch meine Sekretärin an und vereinbaren Sie einen Termin.«

Es kam ihr offenkundig überhaupt nicht in den Sinn, dass Cassia keine Lust haben könnte, mit ihr zu reden. Und völlig zu Recht, dachte Cassia.

»Mir geht's nicht besonders gut«, sagte Mr. Manning zu Mrs. Manning, als er sich um ein Uhr morgens stöhnend aufs Bett warf, nachdem er Harry Moreton endlich sicher und wohlbehalten vor dessen Haustür abgesetzt hatte.

»Du hättest nicht so viel von dem Käse essen sollen«, meinte Mrs. Manning, »der schlägt dir immer auf den Magen.«

»Es war nicht der Käse«, erklärte Manning und stürzte dann plötzlich aus dem Bett und nebenan in das kleine Badezimmer. Fünf Minuten später tauchte er wieder auf, grün im Gesicht, doch noch bevor er das Bett erreicht hatte, musste er kehrtmachen und erneut das Badezimmer aufsuchen.

Mrs. Manning seufzte. Es würde offensichtlich eine lange Nacht werden.

Edwina dachte gerade, was für ein Riesenglück es doch war, dass sich der Nebel rechtzeitig für ihren Fototermin im Hyde Park gelichtet hatte, als Bishop ins Speisezimmer kam. Harry, dessen Laune man beim Frühstück immer daran erkennen konnte, wie viel er aß (schlechte Laune hieß größere Mengen), strich gerade Butter auf seine dritte Scheibe Toast.

Bishop räusperte sich. »Es tut mir sehr Leid, Mr. Moreton, aber Mr. Manning wird Sie heute nicht fahren können. Er ist unpässlich.«

»Verflixt! Das ist wirklich verdammt ärgerlich. Dann werde ich wohl ein Taxi nehmen müssen. Würden Sie mir bitte eines bestellen, Bishop? In etwa einer Viertelstunde?«

»Gewiss, Sir.«

»Harry«, sagte Edwina, »konntest du vielleicht auch mal an mich denken? Ich habe heute doch meinen Fototermin. Wie soll ich ohne Manning zurechtkommen?«

»Keine Ahnung. Wie wär's, wenn du es auf einen anderen Tag verschiebst?«

»Das geht nicht. Die Mannequins sind alle gebucht und der Fotograf auch. Ich muss eben selbst fahren, ein Auto nach dem anderen, und mit dem Taxi zurückkommen. Oder vielleicht ...«

»Bist du nicht ganz bei Trost? Glaubst du im Ernst, ich lasse dich mit diesen Wagen durch London fahren?«

»Was soll ich denn sonst machen? Ich brauche die Autos. Ich brauche sie unbedingt, sonst werde ich gefeuert. Harry, bitte! Es ist so wichtig für mich. Schau, es ist doch gar nicht weit von deinem Büro. Könntest du nicht wenigstens einen Wagen, zum Beispiel den Hispano, hinfahren und dir dann ein Taxi nehmen? Und vielleicht könntest du mir den Delage anvertrauen?«

»Herrgott noch mal. Gut, Edwina, ich werde den Hispano hinfahren. Aber du rührst mir keinen der Wagen an. Bishop, Sie fahren recht anständig. Würden Sie mir mit Mrs. Moreton im Delage folgen? Zum Hyde Park. Vielleicht hat Manning sich ja später erholt und kann die Autos dann wieder zurückfahren.«

»Selbstverständlich, Sir. Es wird mir ein Vergnügen sein.«

Cassia wachte spät auf und rief im Queen Alexandra Hospital an, um sich nach dem Befinden von Barbara Perkins zu erkundigen. Sie sei auf dem Wege der Besserung, sagte man ihr, würde aber mindestens noch zwei Wochen im Krankenhaus bleiben müssen. Cassia dachte an das gerötete, fleischige Gesicht von Mr. Perkins, der sie mit finsterem Blick an der Türschwelle abgefertigt hatte, als sie ihm gestern die Nachricht von Barbaras Operation überbrachte. Seine Frau war nur knapp dem Tode entronnen, aber er sah offenbar nur die Unannehmlichkeiten, die ihm ihr Krankenhausaufenthalt bereiten würde. Im Hintergrund hatte sie die Mutter jammern hören, man könne nicht von ihr erwarten, dass sie einfach alles stehen und liegen lasse, um sich um die Kinder zu kümmern. Bei der Erinnerung an diese Szene überkam sie Mitleid mit den Perkins-Kindern.

Was sie an ihre eigenen Kinder erinnerte und an die Tatsache, dass Delia gestern quengelig gewesen war und Janet mit einem strahlenden Lächeln angemerkt hatte, dass sie sich vermutlich mit Berties Windpocken angesteckt habe. Sie rief in Monks Ridge an.

»Ja, sie hat die Windpocken«, bestätigte Janet fröhlich, als ob sie die Nachricht überbrächte, dass der Weihnachtsmann in diesem Jahr früher eingetroffen sei, »und ist ein wenig reizbar. Aber kein Grund zur Sorge, Mrs. Fallon, wir haben hier alles bestens im Griff. Sie können beruhigt in London bleiben.«

»Na gut, wenn Sie meinen. Und wie läuft's bei Bertie in der Schule?« Bertie war am Montag in seine alte Schule zurückgekehrt. Der erste Tag war gut verlaufen, aber sie machte sich immer noch Sorgen um ihn.

»Alles bestens. Es ist, als ob er nie weggewesen wäre. Er ist schon wieder in der Fußballmannschaft. Und machen Sie sich keine Sorgen um Delia. Wir werden viele Bilder malen, das bringt sie auf andere Gedanken.«

»Danke. Und Dr. Fallon? Geht es ihm gut?«

»Ja, es geht ihm gut, Mrs. Fallon.«

»Sagen Sie ihm, dass ich ihn morgen Abend sehe, ja?«

Als Cassia den Hörer auflegte, fühlte sie sich unzulänglich und deprimiert. Manchmal fragte sie sich, ob es überhaupt eine Rolle spielen würde, wenn sie nie wieder nach Hause zurückkäme, ob es vielleicht nicht sogar besser für alle Beteiligten wäre, wenn sie es nicht täte. Ihr Gedächtnis war in letzter Zeit das reinste Sieb, sie vergaß alles außer ihren eigenen Problemen und – verflixt! Edwinas Fototermin. Nun, sie würde den Jaguar jetzt ganz bestimmt nicht mehr haben wollen. Aber sie hätte ihr Bescheid geben müssen.

Sie wählte Edwinas Nummer. Nein, Mrs. Moreton habe

das Haus bereits verlassen, gemeinsam mit Mr. Moreton und Bishop, um zwei der Wagen zum Hyde Park zu bringen, in die Nähe des Sees.

»Auch das noch«, stöhnte Cassia. Es blieb ihr nichts anderes übrig, als sich selbst auf den Weg zum Hyde Park zu machen.

Der Jaguar sprang erstaunlicherweise sofort an. Er sah fürchterlich aus, die schönen Scheinwerfer waren zertrümmert, der Kühler eingebeult und die Stoßstange in zwei Hälften gebrochen. Trotzdem war es das Beste, wenn sie damit zum Hyde Park fuhr – wenigstens würde Edwina dann sofort sehen, dass der Wagen tatsächlich nicht zu gebrauchen war.

»Also, Edwina, ich gehe jetzt«, sagte Harry. »Fahr unter keinen Umständen mit dem Hispano und lass auch niemand anderen damit fahren, außer Bishop. Alles klar?«

»Ja, alles klar«, versetzte Edwina mürrisch. Es war wirklich wie verhext an diesem Morgen. Justin war schlecht gelaunt, die Mannequins hatten sich verspätet, und einer der beiden russischen Windhunde, die sie für heute gemietet hatte, hatte sich gerade von der Leine losgerissen und sich begeistert ins Wasser gestürzt. »Aber ... Nein, das darf doch wohl nicht wahr sein! Seht euch bloß mal Cassias Wagen an. Was um alles in der Welt hat sie denn damit angestellt? Ich fass es nicht!«

»Sieht aus, als hätte man es im Krieg als Krankenauto eingesetzt«, bemerkte Justin. »Wirklich, mein Engel, das hat uns gerade noch gefehlt.«

»Es tut mir so Leid, Edwina«, erwiderte Cassia und hastete zu ihnen. »Oh, hallo, Harry. Ich wusste nicht, dass du auch hier sein würdest.«

»Ich auch nicht«, erwiderte er kurz angebunden. »Genau

genommen, bin ich gerade im Begriff zu gehen und – verdammt! Verschwinde, du schmutziges Mistvieh!« Der Hund war der Wasserspiele überdrüssig geworden, sprang an Harry hoch und versuchte, sein Gesicht zu lecken. Das vormals strahlend weiße, seidenglatte Fell war verfilzt und schleimig und hinterließ eine dunkle Schmutzspur auf Harrys Kamelhaarmantel.

Cassia bemühte sich, nicht zu lachen – vergeblich. Sie fing Harrys wütenden Blick auf und sagte: »Tut mir Leid. Bitte entschuldige.« Harry schwieg.

»Was um alles in der Welt ist mit dem Jaguar geschehen?«, fragte Edwina. »Wie konnte dir nur so was Dummes passieren?«

»Nun, ich hatte gestern einen Zusammenstoß mit einem Lieferwagen. Ich hatte eine Frau im Auto, die in der Klinik zusammengebrochen war – sie schwebte in Lebensgefahr, und wir mussten sie ins Krankenhaus bringen. Die Krankenwagen sind wegen des Nebels nicht durchgekommen und da mussten wir selbst...«

»Der Wagen wurde also tatsächlich als Kriegsambulanz eingesetzt«, krähte Justin und klatschte begeistert in die Hände. Die Geschichte schien ihn aufgemuntert zu haben. »Göttlich! Ich finde, wir sollten das Auto nehmen, Edwina. Als kleinen Gag am Rande, wissen Sie?«

»Nein, weiß ich nicht«, schnappte Edwina. »Es sieht furchtbar aus, und schauen Sie sich bloß das Innere an. Richtiggehend widerlich, Cassia, wirklich.«

»Na, entschuldige mal«, rief Cassia entrüstet. »Ich habe es nicht mit Absicht getan, Edwina, und bis vorhin hatte ich ganz vergessen ...«

»Du hast es vergessen? Meinen Fototermin! Cassia, wie konntest du nur?«

»Edwina, du bist ein echtes Ungeheuer. Vielleicht könntest du auch einmal einen Gedanken an mich oder wenigstens an meine Patientin verschwenden. Ich kann nämlich deine ungeheure Besorgnis zerstreuen und dir mitteilen, dass sie die Notoperation überlebt hat – die übrigens von Miss Gerard durchgeführt wurde. Obwohl es auf Messers Schneide stand und sie ohne meine Kriegsambulanz ganz bestimmt gestorben wäre. Ich fahre den Jaguar jetzt weg. Ich bin wirklich ganz zerknirscht darüber, dass ich dir solche Unannehmlichkeiten bereitet habe.«

»Ach, sei doch nicht albern«, sagte Edwina. »Natürlich bin ich froh, dass die unglückselige Person nicht gestorben ist, aber es ist so – na ja, so schwierig für mich.«

»Für mich war es auch nicht besonders einfach. Außerdem hänge ich an diesem Auto, und schau dir an, wie es jetzt aussieht.« Sie seufzte und strich zärtlich über die Motorhaube des Jaguars.

»Aber es spielt eigentlich keine große Rolle, oder?«, sagte Harry Moreton plötzlich. Seine Stimme klang so feindselig, dass sogar Justin sich erstaunt umdrehte. »Ich meine, du kannst dir ja jederzeit ein neues Auto kaufen. Oder auch ein Dutzend, wenn dir der Sinn danach steht. Edwina, wir sehen uns sicher später.« Er drehte sich auf dem Absatz um und ging.

Was Cassia aufrüttelte, war nicht die Feindseligkeit – daran gewöhnte sie sich allmählich –, sondern die schreckliche, unverhüllte Bitterkeit in seinem Gesicht, als er gesagt hatte, sie könne sich ein Dutzend neuer Autos kaufen, wenn sie wolle. Es war eine merkwürdig persönliche Bitterkeit gewesen, eine gefühlsgeladene Klage aus tiefstem Herzen. Das hatte sie aufgewühlt, ja, entsetzt. Und sie schließlich zu der Erkenntnis gebracht, dass es so nicht weitergehen konnte – dass sie etwas unternehmen musste.

31

»Cecily, du siehst großartig aus. Finden Sie nicht auch, Justin?«

»Ganz bezaubernd«, bestätigte Justin, nahm Cecilys Hand und küsste sie.

»Das ist natürlich Unfug«, protestierte Cecily, »ich sehe furchtbar aus. Aber zumindest bin ich schlank. Auch wenn ich im Moment esse wie ein Scheunendrescher.«

»Cecily«, erklärte Justin streng, »Sie können doch gar nicht furchtbar aussehen. Nicht mit diesen Augen. Oder was meinen Sie, Edwina?«

»Nie im Leben. Also, Cecily, wann kommst du hier raus?«

»Ich habe Fanny versprochen, dass ich zu deiner Modenschau komme. Also wohl in einer Woche. Ich ... nun, ich fürchte mich ein wenig davor, um die Wahrheit zu sagen.«

»Du fürchtest dich!«, sagte Edwina. »Wovor denn, um Himmels willen?«

»Ich verstehe das gut.« Justin lächelte sie an. »Solange Sie hier waren, haben Sie sich sicher und beschützt gefühlt, nicht wahr?«

»Ja.« Sie schaute ihn an, überrascht von seinem Verständnis. »Ja, das stimmt, aber ...«

»Es wird alles gut werden«, versicherte er. »Wir werden uns alle um Sie kümmern, nicht wahr, Edwina? Es wäre wunderbar, wenn Sie am Samstag dabei sein und den großen Auftritt Ihrer reizenden kleinen Töchter miterleben könnten.«

»Ja, ich weiß.«

Sie bildete eine wundervolle Brücke, diese Modenschau, überspannte die Kluft zwischen ihr und Fanny, machte es ihnen leichter, zu ihrer alten Nähe zurückzufinden. Sie war schon fast wieder sie selbst, ihre geliebte kleine Tochter, wenn auch noch etwas dünn und unleugbar immer noch ein wenig misstrauisch ihr gegenüber. Aber Cecily wusste, wenn sie den Mut aufbrachte, zu der Modenschau zu gehen, konnte sie die Kluft endgültig überwinden.

»Wie auch immer«, sagte Edwina gerade, »am Sonntag ist Generalprobe, mit allem Drum und Dran. Das heißt, falls es Leon de Rosay gelingt, bis dahin die Brautjungfernkleider fertig zu machen. Alle werden kommen, und die professionellen Mannequins machen die Probe umsonst – was übrigens sehr nett von ihnen ist, findest du nicht? – und ... Cecily, ist was?«

»Nein, schon gut.« Cecily trocknete sich mit einem zarten Taschentuch, das der Aufgabe nicht ganz gewachsen war, die Augen. »Bitte entschuldige, aber der Name von Leon de Rosay hat mich daran erinnert – na ja, an diesen unglückseligen Abend damals.«

»Sie Ärmste.« Justin zückte ein riesiges Taschentuch. »Hier, bitte, es ist garantiert sauber. Sie haben sehr viel durchmachen müssen, und das Schlimmste daran ist, dass jede Kleinigkeit, jeder Ort, jedes Lied eine Erinnerung wachruft. Alles tut weh, das Leben wird zum reinsten Minenfeld.«

Edwina warf ihnen einen halb amüsierten Blick zu. »Ich glaube, ich kann euch beide jetzt allein lassen. Ich habe furchtbar viel zu tun. Cecily, wenn du Hilfe brauchst, jemanden, der dich nach Hause fährt oder was auch immer – ich kann dir jederzeit Manning vorbeischicken.«

»Vielen Dank, Edwina«, sagte Cecily und kicherte. Ihre Gefühle lagen immer noch so dicht unter der Oberfläche, waren so durcheinander, dass Lachen und Weinen völlig unvermittelt ineinander übergingen.

»Ich weiß wirklich nicht, was daran so komisch sein

soll.« Edwina beugte sich über Cecily und gab ihr einen Kuss. »Egal, es ist schön, dich wieder auf den Beinen zu sehen. Aber ich finde, du brauchst unbedingt ein paar neue Sachen zum Anziehen. Es sieht wirklich nicht sehr vorteilhaft aus, wenn alles so sackartig herunterhängt, obwohl du bestimmt wieder reinwachsen wirst. Also, bis bald. Justin, sind Sie sicher, dass Sie bleiben wollen?«

»Ja«, sagte Justin, »ja, ich bin ganz sicher. Wir sehen uns morgen.«

Als Edwina hinausging, sahen sie einander an und lachten.

»Sie ist wirklich ein Monster«, meinte Justin. »Ihrer Ansicht nach dreht sich nicht nur die Welt, sondern das gesamte Universum einzig und allein um sie. Trotzdem muss man sie einfach gern haben, der Himmel weiß, warum. Soll ich klingeln, damit man Ihnen noch etwas Tee und ein paar Kekse bringt? Wir müssen Sie wieder ein bisschen aufpäppeln.«

»O ja, bitte«, antwortete Cecily. »Aber ich muss bald wieder aufhören, mich derart voll zu stopfen – sonst habe ich in null Komma nichts wieder den Umfang einer Tonne erreicht.«

»Unsinn. Ich fand Sie wunderschön. Ich bin diese spindeldürren Frauen wirklich leid. Ihr Mann wollte bestimmt nicht, dass Sie wie ein Gerippe aussehen.«

»Ich weiß nicht«, gestand Cecily. »Ich weiß nicht, was er wollte – jedenfalls weiß ich nicht, was er von mir wollte«, und brach wieder in Tränen aus.

Justin wischte die Tränen sanft mit dem Taschentuch ab. »Schon wieder eine Explosion im Minenfeld. Es ist wichtig, dass Sie über Ihren Mann reden, dass Sie sich richtig an ihn erinnern. Als meine Frau mich verlassen hat ...«

»Ihre Frau!«

»Ja. Sie hat mich wegen eines ziemlich unerfreulichen Italieners verlassen und ich war lange sehr unglücklich. Doch am Ende habe ich erkannt, dass man sich an die glücklichen Zeiten erinnern muss, weil sonst all die Jahre verschwendet wären. Das müssen Sie auch tun. Es ist …« Die Tür öffnete sich und eine lächelnde Schwesternschülerin kam mit einem schwer beladenen Tablett herein. »Du meine Güte, was haben wir denn da alles? Heiße Scones, herrlich. Und Dickrahm! Kommen Sie, Cecily, lassen Sie uns ein paar Wagenladungen verputzen.«

Nachdem Justin gegangen war, saß Cecily am Fenster, schaute auf die Zeder hinaus und dachte über seine Ehe nach. Wahrscheinlich hatte seine Frau ihn aus eben den Gründen verlassen, aus denen sie Benedict beinahe verlassen hätte. Merkwürdig, dass sie Justins Gesellschaft so angenehm fand, so außerordentlich wohltuend und tröstend. Merkwürdig und sehr schön.

»Dr. Fallon, wie schön, Sie zu sehen«, sagte die energische, forsche Stimme von Miss Gerard. »Ihre junge Patientin erholt sich prächtig. Und als ich ihr mitteilte, dass sie mit ziemlicher Sicherheit keine Kinder mehr bekommen kann, schien sie aus dem Bett springen und mich abküssen zu wollen. Ich empfehle eine Ligatur des zweiten Eierstocks, nur für alle Fälle.«

»Gut«, sagte Cassia. »Ich werde bei ihr hereinschauen, wenn ich Zeit habe.«

»Tun Sie das. Sie war voll des Lobes für Sie. Ebenso wie Horace Armstruther. Zwei recht gute Empfehlungen, würde ich sagen.«

»Nun, beide sind ein wenig voreingenommen, fürchte ich.«

»Mein liebes Kind, wenn Sie meinen, es sei leicht, die Sympathie von Horace Armstruther zu gewinnen, kann ich Ihnen versichern, dass Sie ihn völlig falsch einschätzen. Ich kenne niemanden, der so große Vorurteile gegenüber Frauen hat. Gegenüber Männern, die seinen bemerkenswert hohen Anforderungen nicht in jeder Hinsicht genügen, übrigens auch. Also Hut ab! Nun denn, ich mache Ihnen ein Angebot.«

Cassias Herz machte einen Sprung. Ein Angebot! Von Monica Gerard, einer der angesehensten Gynäkologinnen des Landes. Das Beste, das Allerbeste, auf das sie zu hoffen gewagt hatte, waren einige gut gemeinte und vielleicht ermutigende Ratschläge.

»Ich vergrößere die gynäkologische Abteilung im Alex, stelle ein neues Team zusammen. Ich bin auf der Suche nach jungen, talentierten Chirurgen, vorzugsweise Frauen. Ich habe eine gute Nase für Leute, mit denen ich zusammenarbeiten möchte, und Sie gehören dazu. Ich möchte Sie mit an Bord haben.« Cassia starrte Monica Gerard an, spürte, wie sie rot wurde und ihr Tränen in die Augen stiegen. Sie blinzelte sie hastig weg; sie war sicher, dass diese scharfen, dunklen Augen seit Jahrzehnten keine Träne mehr vergossen hatten, außer vielleicht vor Erschöpfung. Sie fühlte sich, als sei jemand ins Zimmer gekommen, hätte ihr den Mond in den Schoß geworfen und gesagt, sie könne ihn behalten. Und doch spürte sie gleichzeitig eine große innere Ruhe und Zuversicht, als ob sie ihr ganzes Leben lang auf diesen Augenblick gewartet hätte. Sie vergaß Harry und Edward, sie vergaß sogar ihre Kinder. Es war dieselbe klare, zielbewusste Konzentration, die sie so lange vergessen hatte und die zurückgekehrt war, als es um das Leben von Barbara Perkins ging. Ihre Antwort spiegelte diese Empfindung allerdings nicht wider.

»Aber ich habe nicht einmal mein praktisches Jahr gemacht«, bekannte sie.

»Das ist mir völlig klar. Das können Sie hier nachholen. Wenn Sie es mit Ihren familiären Verpflichtungen in Einklang bringen können, sehe ich keinen Grund, der dagegen spricht. Danach werden Sie Ärztin in der klinischen Fachausbildung. Einverstanden?«

»Ich ... also ...«

»Ach, kommen Sie«, mahnte Miss Gerard mit leichter Ungeduld in der Stimme. »Wegen der Kinder lässt sich doch sicher eine Regelung finden. Horace Armstruther deutete an, Sie hätten keine Geldsorgen. Sie müssten natürlich im Krankenhaus wohnen, aber Sie könnten ziemlich regelmäßig nach Hause fahren. Eine gute Kinderfrau, ein Haus in London ...«

Cassias Gedanken überschlugen sich, rasten vom Hier und Jetzt zu den Kindern und zu Edward, verweilten prüfend bei Janet, kreisten wirbelnd um Machbares und Mögliches. »Ja, vermutlich ...«

»Gut«, sagte Miss Gerard unvermittelt und streckte ihre Hand aus. »Großartig. Sie können nach Weihnachten anfangen, dann haben Sie genügend Zeit, alles zu regeln. Ich muss Sie jetzt leider bitten, zu gehen. Ich erwarte eine äußerst anspruchsvolle Patientin: erste Schwangerschaft, siebter Monat. Das Baby ist allem Anschein nach ziemlich groß und die Frau hat ein extrem schmales Becken, lehnt aber einen Kaiserschnitt und eine Anästhesie ab – bis jetzt jedenfalls. Also dann«, sie erhob sich mit ausgestreckter Hand, »ich freue mich. Melden Sie sich, wenn Sie in Ruhe über alles nachgedacht haben.«

Als Cassia auf die Harley Street trat, wusste sie nicht, ob sie im Himmel oder in der Hölle war.

»Unsere Ehe ist am Ende«, erklärte Edward. »Daran kann es keinen Zweifel geben.« Er schaute Cecily ziemlich hilflos an. Normalerweise neigte er nicht zu persönlichen Bekenntnissen, aber Cecily hatte selbst so viel durchgemacht, dass es ihm plötzlich ganz leicht erschien, offen mit ihr zu reden.

Er hatte sich spontan zu dem Besuch entschlossen. Er arbeitete als Vertreter der Sussexer Ärzteschaft in einem neu gegründeten Komitee mit, das die Vorschläge für einen staatlichen Gesundheitsdienst prüfen und die Reaktion der Hausärzte darauf untersuchen sollte, und am Vormittag hatte er an einer Sitzung teilgenommen. Cassia war mit ihren Freundinnen bei der Generalprobe für die Modenschau, und Janet war mit den Kindern zu einer Tante nach Hastings gefahren. Er hatte wenig Lust, allein in Monks Ridge zu sitzen und über seine zerbrochene Ehe nachzugrübeln.

Cecily tätschelte ihm lächelnd die Hand. »Das glaube ich nicht. Ich würde erst mal abwarten. Wenn es um diesen Unsinn wegen Rupert geht …«

»Ach, das ist es nicht. Das ist mir ganz egal. Ich mag den Mann nicht besonders, aber ich glaube eigentlich nicht, dass sie eine Affäre haben. Dagegen stört es mich, dass sie so vertraut mit ihm ist und ihm alles erzählt.«

»Dafür kann er nichts«, entgegnete Cecily sanft. »Cassia ist ein ungewöhnlicher Mensch, weißt du, etwas ganz Besonderes. Sicher, manchmal ist sie stur und egozentrisch. Aber sie ist klug und mutig und eine sehr treue Freundin. Was für dich natürlich ganz genauso gilt: Ich bin euch beiden zu großem Dank verpflichtet, weil ihr Fanny bei euch aufgenommen habt, als ich so krank war.«

»Das war doch selbstverständlich«, sagte Edward und dachte zerknirscht daran, wie oft er sich über Fannys Anwesenheit beschwert hatte.

»Das war es keineswegs. Und du musst bedenken«, fügte

Cecily hinzu und ergriff in selbstvergessenem Eifer seine Hand, »dass es für Cassia bestimmt nicht leicht gewesen ist, so viel Geld zu erben. Es klingt wie ein wahr gewordener Traum, aber im Grunde ist es auch ein Alptraum. Schwer zu verkraften. In erster Linie für dich, aber auch für sie.«

Edward starrte sie an, spürte ihre weiche, warme Hand in seiner und sah das Mitgefühl in ihren Augen. Er fühlte sich wie jemand, der sich auf einem Bett aus Stacheldraht hin- und herwälzt und plötzlich eine Stimme hört, die sagt, rück doch einfach ein bisschen, dort drüben ist es weicher und ganz warm und viel bequemer.

»Ich war ihr ein schrecklicher Ehemann«, brach es mit einem Mal aus ihm heraus. »Ich habe Cassia wirklich abscheulich behandelt, aber es war so schwer, als sie ... o Gott.« Er spürte, wie ihm Tränen in die Augen stiegen und schluckte, entsetzt über sich selbst.

»Das hast du ganz sicher nicht. Nun, vielleicht manchmal. So, wie ich manchmal eine schreckliche Ehefrau war. Aber ich habe gelernt ... na ja, ich versuche zu lernen«, korrigierte sie sich selbst, »es zuzugeben und auch die guten Dinge anzuerkennen. Das solltest du auch tun, denn sonst tust du dir und allen anderen Unrecht.«

Als Edward kurz darauf ging und nach Sussex zurückfuhr, fühlte er sich viel leichter. Er war noch immer sicher, dass seine Ehe gescheitert war, aber der Gedanke löste nicht mehr so große Bitterkeit in ihm aus. Und weniger Selbstvorwürfe.

»Gott sei Dank gibt es den Mythos, dass auf der Generalprobe alles schief gehen muss«, sagte Rupert und ließ sich erschöpft in einen Sessel fallen. Er und Cassia befanden sich in Francis Stevenson-Cooks imposantem Büro, das direkt unter dem Fotoatelier lag. Er hatte es ihnen für diesen Abend zur Verfügung gestellt, und es hatte sich zu einer Art inoffizieller Garderobe entwickelt, die mittlerweile übersät war von Weinflaschen, Gläsern und Thermoskannen mit Kaffee und Tee. Es war nach zehn und die letzten Mannequins waren gerade gegangen. Francis und Edwina hatten sich mit einigen Laienmannequins auf den Weg in den KitKat-Club gemacht – um ihre Nerven zu beruhigen, wie sie sagten.

»Glaubst du, es ist ein Mythos?«, fragte Cassia. »Das mit der Generalprobe, meine ich.«

»Ich fürchte, ja. Ich habe fabelhafte Generalproben erlebt, auf die eine fabelhafte Premiere folgte, und ich habe fürchterliche Generalproben erlebt, auf die eine fürchterliche Premiere folgte. Der umgekehrte Fall ist eher selten, aber der Gedanke hat etwas Beruhigendes. Was meinst du, Cassia? Wollen wir uns betrinken?«

»Lieber nicht«, wehrte Cassia ab. »Beim letzten Mal gab es danach ziemlichen Ärger.«

»Ach, mein Augenstern, es tut mir so wahnsinnig Leid.«

»Lass uns nicht mehr davon reden, Rupert, bitte. Ich kann es nicht ertragen und ich habe andere, viel schlimmere Probleme.«

»Erzähl mir davon.« Rupert beugte sich vor und wischte eine Träne ab, die über ihre Wange rollte. Das Verhältnis zwischen ihnen hatte sich seit kurzem wieder entspannt, hauptsächlich, wie er wusste, weil sein eigenes Selbstvertrauen gestiegen war: Er war nicht mehr von der fixen Idee besessen, dass er in jeder nur erdenklichen Hinsicht sogar bei Frauen – ein kompletter Versager war.

»Nein, es würde wirklich nichts nützen.«

»Auch gut. Dann lass uns über mich reden: ein erfreuliches Thema. Bis März sind wir praktisch ausgebucht. Ist das nicht wundervoll?«

»Das ist großartig, Rupert. Und es hat mir wirklich sehr

viel Spaß gemacht, dabei mitzuwirken. Es war ungeheuer aufregend.«

»Tja, du hast offenbar einen guten Riecher für Theaterstücke. Warum finanziert du nicht noch mehr? *Briefe* wird dich steinreich machen.«

»Ach, rede nicht vom Reichsein«, bat Cassia. »Ich glaube, ich habe kein besonderes Talent dafür, ganz im Gegenteil.«

Er sah sie neugierig an. »Du gibst kein Geld mehr aus, stimmt's? Schon seit Ewigkeiten hast du dir nichts mehr geleistet. Warum nicht? Keine Wünsche mehr?«

»Doch, das schon. Eigentlich sogar eine ganze Menge. Aber ...« Sie lächelte ihn an. Er kannte dieses unsichere, zögernde Lächeln sehr gut: Es kündigte stets größere Geständnisse an. So auch diesmal. »Ich habe aufgehört, es auszugeben, weil ich glaube ... also, ich glaube, ich sollte das Geld zurückgeben.«

Rupert starrte sie an.

»Es zurückgeben! Cassia, mein Herz, *an wen* denn?«

»Ich weiß es nicht genau. Aber wenn es aus der Quelle stammt, die ich vermute, werde ich es nicht behalten.«

»Und welche dunkle Quelle vermutest du?«, fragte Rupert, entschlossen, dem Gespräch weiterhin eine heitere Note zu geben. »Die Bank von England?«

»Nein«, antwortete sie schlicht. »Harry Moreton.«

Einen Moment lang war es ganz still im Raum.

»Cassia«, sagte er sanft, »ich bin ein einfacher Mensch. Mir muss man immer alles ganz genau erklären. Könntest du mir bitte erklären, warum Harry Moreton dir aus heiterem Himmel eine halbe Million Pfund schenken und dann so tun sollte, als käme das Geld von Leonora?«

»Er manipuliert gern andere Menschen«, erklärte sie leise, »und er wollte, dass meine Ehe in die Brüche geht. Er hat wohl gedacht, dass er es auf diese Weise schaffen kann.«

»Aber *wie* denn, um Gottes willen?«

»Nun, er hat es geschafft, oder? Wenn er es war. Das Geld hat meine Ehe zerstört. Sie ist nicht mehr zu retten, Rupert.«

»Hier«, er gab ihr sein Taschentuch und nahm sie in die Arme. »Wein dich aus, wenn du willst, aber dann hör mir zu. Du musst aufhören, dir selbst die Schuld an allem zu geben. Deine Ehe ist gescheitert, weil ihr, du und Edward, einfach nicht zusammenpasst. Und nicht etwa, weil du plötzlich reich geworden bist.«

»Rupert, wenn ich das Geld nicht bekommen hätte, wäre ich immer noch mit Edward zusammen. Ich glaube, Harry Moreton wusste, was passieren würde.«

»Ich verstehe immer noch nicht, warum Harry so etwas getan haben sollte. Ich weiß, dass ihr beide euch nicht besonders grün seid, dass es immer eine gewisse Feindseligkeit zwischen euch gab, aber das klingt mir doch ein bisschen übertrieben.«

Cassia zögerte. »Feindseligkeit ist es eigentlich nicht«, gestand sie schließlich. »Ganz im Gegenteil. Das ist das Einzige, was ich dir nie erzählt habe.«

Er hatte nicht den leisesten Verdacht gehabt und das schmerzte ihn am meisten. Er hatte gedacht, alles über sie zu wissen, aber diese Sache, die von so entscheidender Wichtigkeit für sie war, die hatte sie für sich behalten, die hatte sie nicht einmal ihm anvertraut.

»Ich hatte ja keine Ahnung«, sagte er schließlich, angestrengt bemüht, einen leichten Ton beizubehalten. »Wirklich ein Glückspilz, der blöde Hund.« Das war bestimmt der allerschwierigste Text, den er je gesprochen hatte, und er hatte ihn nicht einmal proben können. Doch er stand es durch und offensichtlich erfolgreich: Er sah, dass sie sich plötzlich entspannte und lächelte.

»Nein, ein Glückspilz ist er nicht. Nicht mehr. Wir haben uns gestritten.«

»Mein Herz, ihr streitet euch doch schon euer Leben lang.«

»Nein, diesmal ist es anders. Diesmal ist es endgültig. Lass uns nicht mehr darüber reden.«

Sie hielt noch etwas vor ihm zurück. Er beschloss, im Moment nicht weiter nachzubohren, und rang sich zu einem Lächeln durch. »Entschuldige, mein Augenstern«, sagte er, immer noch in demselben lockeren Tonfall, »aber ich finde deine Theorie nicht sonderlich überzeugend. Wenn Harry dich hätte manipulieren wollen, hätte er das viel einfacher haben können – und auch erheblich billiger, möchte ich hinzufügen. Gut, er ist steinreich, aber glaubst du, dass er reich genug ist, um einen derart kostspieligen Köder ins Wasser zu werfen? Und dass Leonora mit ihm gemeinsame Sache gemacht hätte? Das hätte sie nie getan. Ehrlich, mein Herz, deine Fantasie ist mit dir durchgegangen.«

»Ich weiß, dass es sich verrückt anhört. Obwohl du dich irrst, was Leonora betrifft – sie hatte es faustdick hinter den Ohren, so sehr ich sie auch geliebt habe. Und das Geld kann unmöglich von ihr stammen. Alle Beweise, die ich zusammengetragen habe, sprechen dafür, dass sie und Rollo in finanziellen Schwierigkeiten steckten.«

»Aber Leonora steckte doch immer in finanziellen Schwierigkeiten. Sie hätte sogar Geldsorgen gehabt, wenn sie mit König Midas verheiratet gewesen wäre. Und von was für Beweisen sprichst du überhaupt?«

»Ach, da ist Verschiedenes. Ich habe dir doch von den

Pfandscheinen erzählt. Miss Monkton hat herausgefunden, dass Leonora in total ärmlichen Verhältnissen in Paris gelebt hat. Ganz allein und krank. Ich bin mir sicher, dass es gar nicht Rollo war, sondern Harry, der sie aus diesem Loch herausgeholt hat.«

»Hast du ihn danach gefragt?«

»Ja, und er hat es natürlich abgestritten. Er ist so schlau, so raffiniert.«

»Tja, du solltest dich an schlichte Gemüter halten. Wie mich.« Der Schmerz wurde schlimmer. Sie schaute ihn an, und er sah, dass sie besorgt war.

»Rupert, was ich für Harry empfinde, hat nichts mit meinen Gefühlen für dich zu tun. Überhaupt nichts. Ich habe dich immer noch schrecklich lieb, du bist mein bester ...«

»Freund«, ergänzte er und versuchte nicht länger, seine Bitterkeit zu verbergen. Er fühlte sich zurückgestoßen. »Ich schätze, mehr als Freunde waren wir nie. Ich habe gedacht, dass vielleicht ... nach dieser Nacht ...«

»Ach Rupert! Wie oft haben wir uns gesagt, dass es Wahnsinn war, was wir neulich Abend getan haben. Ein schöner, glücklicher Wahn, dem wir nie hätten nachgeben dürfen, weil er fast alles zerstört hätte, was zwischen uns war.«

Und weil er sie so sehr liebte, weil er erkannte, dass dies der entscheidende Augenblick, der Wendepunkt war, an dem er sie entweder für immer verlieren oder sie als liebevolle Freundin zurückgewinnen konnte, gelang es ihm, sie wieder anzulächeln und wieder Wärme und Zärtlichkeit in seine Stimme zu legen: »Ja, natürlich. Und natürlich war es dumm von uns. Ich bedaure es genauso wie du, so schön es auch war. Es hat die Beziehung zwischen uns furchtbar belastet.«

»Nicht nur das«, sagte sie.

»Hat es deshalb Probleme mit Edward gegeben?«

»Nein. Es schien ihn merkwürdigerweise nicht sonderlich zu interessieren.«

»War das vielleicht der Grund für den Streit?«, fragte er plötzlich. »Für dieses endgültige Zerwürfnis zwischen dir und Harry? War es das, was du mir vorhin nicht sagen wolltest?«

»Ja«, antwortete sie ruhig. »Ich fürchte ja. Er hat mich eine Hure genannt.«

»Du meinst, du hast es ihm erzählt?«

»Nicht direkt, aber er versteht sich sehr gut darauf, die Wahrheit aus jemandem herauszulocken.«

»Ach Cassia«, warnte er sie halb amüsiert, halb schockiert, »deine Ehrlichkeit bringt dich noch mal in Teufels Küche.«

»Hat sie schon.« Cassia versuchte zu lächeln. Irgendwas stimmte nicht an dieser Schilderung, dachte Rupert, irgendwas war da unlogisch. Aber er kam nicht darauf, was es war.

»Es tut mir schrecklich Leid«, sagte er schließlich, immer noch um einen lockeren Tonfall bemüht. »Ich wollte mich bestimmt nicht zwischen dich und die Liebe deines Lebens stellen.« Plötzlich konnte er es nicht länger ertragen. »Hör mal, ich bin entsetzlich müde und du auch. Wollen wir für heute Schluss machen?«

»Ja, bitte entschuldige. Danke, dass du mir zugehört hast, Rupert. Wenn ich mit dir rede, geht es mir immer gleich viel besser.«

Sie gingen hinaus auf die Straße, fanden zwei Taxis und gaben sich einen Abschiedskuss. Nachdem Rupert in sein kleines, einsames Zimmer zurückgekehrt war, lag er noch lange wach und dachte, dass er zum ersten Mal in seinem Leben nachfühlen konnte, was Edward Fallon empfand. Auch er war schrecklich eifersüchtig auf Harry Moreton.

»Ich sollte wirklich nach Hause gehen«, sagte Edwina. »Es ist fast Mitternacht.«

»Gehen Sie noch nicht«, bat der Mann an ihrer Seite, dessen Name St. John Vincent war. »Unsere kleine Gesellschaft wäre ohne Sie nur halb so schön. Außerdem wollte ich Sie gerade bitten, uns noch auf eine kleine Party zu begleiten.«

»Das ist sehr nett von Ihnen, danke. Aber ich muss morgen früh wieder zur Arbeit, nicht wahr, Francis?«

»In der Tat. Genau wie ich.« Francis Stevenson-Cook schenkte ihr ein nachsichtiges, fast väterliches Lächeln. »Außerdem haben wir beide schon einen anstrengenden Arbeitstag hinter uns, während diese Bande zweifellos dem süßen Nichtstun gefrönt hat.«

»Ihr seht nicht aus, als ob ihr gearbeitet hättet. Kein bisschen müde«, konstatierte St. John Vincent leicht irritiert.

»Das täuscht«, erklärte Francis.

»Ihr braucht eine kleine Aufmunterung. Kommt einfach mit, nur für eine Stunde oder so. Janine gibt eine ihrer kleinen Partys. Myrtle, Schätzchen, sag Francis und dem göttlichen Geschöpf an seiner Seite, dass sie unbedingt mit zu Janine kommen müssen.«

Edwina hatte eine eindeutige Abneigung gegen Myrtle gefasst. Sie war ungeheuer aufwändig gekleidet, trug ein pailettenbesetztes, reich besticktes Gewand und einen mit Perlen verzierten Turban. Ihr Gesicht war dramatisch geschminkt, die Augen mit Kajal umrandet, der Lippenstift fast schwarz und sie rauchte unablässig von einer überlangen Zigarettenspitze. Außerdem schien sie gewisse Besitzansprüche an Francis zu stellen und fummelte ständig an seinem Gesicht herum. Jetzt schaute sie Edwina an und meinte: »St. John, wenn sie nach Hause will, dürfen wir sie nicht aufhalten. Man sollte niemanden vom Pfad der Tugend abbringen. Stimmt's, Francis?«

»Ich wusste gar nicht, dass du etwas von Tugend verstehst, Myrtle«, sagte Francis.

»Tue ich auch nicht. Ich weiß nur, dass sie langweilig ist.«

Edwina begegnete dem Blick der schwarz umrandeten Augen und lächelte tollkühn. »Nun, diesen Eindruck möchte ich natürlich um jeden Preis vermeiden. Also gut, ich komme sehr gern mit. Francis, wie steht's mit Ihnen?«

Er zögerte, sah sie einen Moment lang an, als versuche er, sich über irgendwas klar zu werden, und kam dann offensichtlich zu einem Entschluss. »Gut«, entschied er, »für ein Stündchen.«

Es war Montagnacht, und sie saßen seit einer Weile in einem Nachtklub namens Jack's, den Edwina noch nicht kannte. Francis hatte sie im Büro angerufen, ihr gesagt, dass er noch Verschiedenes wegen der Modenschau mit ihr besprechen müsse, und ein gemeinsames Abendessen vorgeschlagen. Harry war ohnehin unterwegs, und sie sah keinen Grund, weshalb sie die Einladung ablehnen sollte. Sie hatten einen sehr netten Abend im Daphne an der Sloane Avenue verbracht, und Francis hatte vorgeschlagen, den Abend noch etwas zu verlängern und »einen ganz kurzen Abstecher« in dieses Lokal zu machen. »Da sitzen einige Bekannte von mir, die Sie vielleicht ganz unterhaltsam finden werden.«

Sie hatte sich tatsächlich köstlich amüsiert in dieser kleinen Runde, die aus zwei Männern, beide zweifellos homosexuell, und drei Frauen bestand – zwei von ihnen ziemlich vulgär, aber sehr lustig, und natürlich der exotischen Myrtle. Edwina hatte eine Menge Champagner getrunken, mit allen drei Männern getanzt und ein paar schmutzige Witze erzählt, die mit großer Begeisterung aufgenommen wurden. Mit einem kleinen Schock war ihr klar geworden, dass sie so etwas früher nie getan hätte – jedenfalls nicht in der Öffentlichkeit, höchstens im ganz privaten Kreis. Sie hatte gelegentlich vor Harry und ihrer Mutter, die beide eine Vorliebe dafür hatten, einige Zoten gerissen, aber nie vor völlig Fremden.

Sie fragte sich, ob sie sich noch in anderer Hinsicht verändert hatte, und kam zu dem Schluss, das dem tatsächlich so war. Sie *fühlte* sich auf jeden Fall anders, ganz anders, zumindest meistens: freier, nicht nur in ihrem Tun, sondern auch in ihrem Denken. Sie hatte das Gefühl, auf der Schwelle zu einer wahnsinnig aufregenden Entdeckung über sich selbst zu stehen, und schaute mit einem Anflug von Verachtung auf die Person zurück, die sie noch vor einigen Monaten gewesen war: eine Frau, die einzig mit der Führung ihres Haushalts und ihrem gesellschaftlichen Leben beschäftigt gewesen war.

Sie lächelte St. Vincent an. »Also gut, gehen wir.«

Janine wohnte in Chelsea, in einem sehr schönen Haus, direkt am Cheyne Walk. Francis nahm sie alle sechs in seinem Wagen mit. Es war ziemlich eng, und Edwina, die auf St. John Vincents Schoß saß, merkte plötzlich, dass sich seine Hand langsam und sehr zielstrebig über ihren Oberschenkel bewegte. Hatte sie seine sexuelle Orientierung vielleicht falsch eingeschätzt?

Die Gastgeberin, eine zierliche, spindeldürre Frau in weiten Seidenhosen und einem sehr langen silbernen Pullover, öffnete ihnen selbst die Tür. »Oh, was für eine wundervolle Überraschung! Wie schön!« Sie küsste alle zur Begrüßung und blieb dann vor Edwina stehen. »Und wer ist deine reizende neue Freundin, St. John?«

»Das ist Edwina«, erklärte St. John Vincent, »eine Freundin von Francis.«

»Francis, du hast wirklich eine Begabung dafür, immer die attraktivsten Menschen aufzutun. Arbeiten Sie bei einem dieser Modemagazine? Bestimmt, Sie sehen danach aus.«

»Inwiefern?«, fragte Edwina lachend.

»Oh, so als ob Sie etwas zu sagen hätten – was sicher stimmt. Wie auch immer, herzlich willkommen!« Sie griff nach Edwinas Hand. »Man kann auf jeden Fall sicher sein, dass Francis niemals langweilige Menschen anschleppt. Kommen Sie herein, ich mache Sie mit ein paar Leuten bekannt.«

Das Haus war ein Traum, fand Edwina, und sehr, sehr modern. Vor allem das Wohnzimmer zeugte von erlesenem Geschmack: weiße Wände, weiße Vorhänge, weiße Teppiche, weiße Sofas, Chromspiegel und Chromlampen an den Wänden. An der Wand hingen einige sehr schöne moderne Gemälde. Sie erkannte einige der Künstler, modern und immens teuer: Otto Dix, Paul Klee – Harry besaß auch einige Bilder von ihnen – und ein riesengroßes Bild des Surrealisten Alberto Arinio, das ungewöhnliche Tierköpfe auf menschlichen Körpern zeigte.

In dem Raum befanden sich nur etwa zwei Dutzend Leute, alle hochelegant gekleidet, die Männer im Smoking, die Frauen in Abendkleidern oder den neuen Palazzopyjamas. Jemand spielte recht gut Klavier und einige tanzten. Mit einer Mischung aus Schock und Faszination erkannte Edwina plötzlich, dass es sich bei zweien der Paare um Frauen handelte.

Janine nahm ihre Hand. »Ich hole Ihnen etwas zu trinken. Mal sehen, wem könnte ich Sie vorstellen ...? Ah, ja – das ist Marcia Bryanston und das ist ihr Bruder Ivor. Na ja, nicht nur ihr Bruder, wie sich unschwer erkennen lässt, ihr Zwilling. Ivor, mein Engel, könntest du so gut sein und uns ein paar Zigaretten besorgen? Am besten türkische, wenn du welche findest.«

Edwina konnte in der Tat erkennen, dass Marcia und Ivor Zwillinge waren. Die Ähnlichkeit war verblüffend: zwei große, blonde, androgyne Geschöpfe mit identischem, etwas längerem Herrenschnitt, der gleichen geraden Nase und strahlend blaugrünen Augen. Ivor schien ebenso wie Marcia Wimperntusche aufgetragen zu haben. Und warum auch nicht, dachte Edwina plötzlich, wenn man so faszinierende Augen hat und es einem so gut steht. Soweit man überhaupt einen Unterschied feststellen konnte, war er vielleicht noch schöner als seine Schwester. Er trug ein schwarzes Samtjackett und einen sehr großen, locker gebundenen Schlips von derselben Farbe wie seine Augen. Marcias Kleid, lang und sehr eng, war aus dünnem, blaugrünem Crêpe de Chine. Ihre Brustwarzen zeichneten sich deutlich ab und ließen keinen Zweifel daran, dass sie nichts darunter trug.

Janine legte den Arm um Marcias Schultern. »Marcia, das ist Edwina, Francis hat sie mitgebracht, Edwina ... tut mir Leid, ich weiß Ihren Nachnamen nicht.«

»Moreton«, sagte Edwina, fand es aber irgendwie merkwürdig, Harrys Namen auszusprechen. Sie hatte plötzlich das Gefühl, dass es nicht länger ihr Name war. Aus einem unerklärlichen Grund hatte sie den Eindruck, dass sie diesen Namen, ja, ihr ganzes früheres Leben abgelegt hatte, als sie diesen Raum betrat.

»Marcia malt«, erklärte Janine, »größtenteils furchtbar unanständige Aktbilder. Seien Sie auf der Hut, sie wird Sie bestimmt überreden wollen, für sie Modell zu stehen.«

»Ich bin noch nie gemalt worden«, sagte Edwina. »Ich glaube, es würde mir gefallen.«

»Nun, dann haben Sie jetzt Ihre Chance. Aber ich warne Sie – Sie werden es nicht ins Wohnzimmer hängen können.«

Marcia musterte Edwina lange und lächelte dann. Es war ein strahlendes, seltsam verführerisches Lächeln. »Setzen Sie sich zu mir«, bat sie. »Ich möchte alles über Sie erfahren.«

»Du bist schön. So schön.«

Edwina zitterte, erschauerte vor Lust, während die sanfte Zunge zärtlich ihren Mund erforschte und die geschickten Finger ihre Brustwarzen liebkosten. Heißes Begehren durchzuckte sie, erfasste ihren ganzen Körper. Sie schloss die Augen, zwang sich selbst, sich völlig auf den Augenblick zu konzentrieren. Sie waren jetzt in einem anderen Raum, in einem dunklen Zimmer im Obergeschoss voller Menschen und hämmernder Musik. Sie wusste nicht mehr genau, wie sie hierher gekommen war, erinnerte sich nur noch an ein langes faszinierendes Gespräch mit Marcia. Dann hatte sie mit Ivor getanzt, sich langsam in einem trägen Rhythmus gewiegt, wobei sie sich bewusst gewesen war, dass Marcia jede ihrer Bewegungen beobachtete, was ihr gefallen und sie erregt hatte. Schließlich war Marcia zu ihnen gekommen, hatte eine Weile mit ihnen zusammen getanzt und dann ihre Hand genommen, sie von ihrem Bruder weggeführt, hinaus aus dem weißen Zimmer.

Die Musik schien Besitz von ihr zu ergreifen, der Rhythmus zu ihrem eigenen zu werden. Das war mehr als Tanzen: Es war noch kein Sex, aber dennoch eine merkwürdige Mischung aus beidem, geschmeidig, fließend, absolut zwingend. Ihre Hände glitten langsam an dem Körper herunter, der sich gegen sie presste. Verweilten einen Moment auf dem Bauch, tasteten sich weiter nach unten bis zu der natürlichen, kleinen Erhebung und wanderten dann langsam um die schmalen Hüften. Sie spürte die schlanken Gesäßbacken, knetete den hohen, festen Po. Eine Welle der Erregung durchströmte ihren Körper, sie spürte, wie sie feucht wurde, wie ihr Atem schneller, stoßweise ging, und dann kam die Stimme wieder: »Oh, mein Gott, wie schön du bist.«

Es war seltsam und zugleich unglaublich faszinierend, diese intensive körperliche Lust zu spüren, dieses Begehren, und dann plötzlich inmitten dieses ganzen Aufruhrs eine weibliche Stimme zu hören.

Später suchte sie nach Francis. Er saß im Wohnzimmer, etwas abseits von den anderen, und unterhielt sich mit Janine. Einen flüchtigen Moment lang fürchtete Edwina, dass er ihr Verhalten verurteilen könnte, dass er irgendwie nicht gewusst hatte, was hier vor sich ging, vielleicht sogar schockiert war, auch wenn er sie selbst hierher gebracht hatte. Aber er lächelte sie an, blies ihr fast unmerklich einen Kuss zu und setzte seine Unterhaltung fort. Es war offensichtlich, dass sie seinetwegen tun konnte, was sie wollte.

Marcia war gegangen, und jetzt tanzte sie mit Ivor. Sie fand seine Ähnlichkeit mit Marcia verwirrend und erotisch; der gleiche volle, sinnliche Mund, der sie küsste, die gleichen strahlenden, amüsierten Augen, die sie ansahen, die gleichen geschickten Hände, die über ihren Körper glitten.

Später gesellte sich St. John zu ihnen, tanzte mit ihnen gemeinsam, liebkoste sie beide. Edwina spürte, wie sie in einen Wirbel von lustvollen, sinnlichen Empfindungen, von

Musik, Berührung und Geschmack gezogen wurde. Sie wollte sie beide, konnte beide haben, fühlte eine Welle der Zuneigung, der Wärme und ein intensives Glücksgefühl. All ihre Gedanken kreisten um nichts als körperliche Lust, sexuelle Erregung. Sie fühlte sich wie betrunken, wie im Drogenrausch und wusste doch, sie war keines von beiden.

Neben ihnen tanzten zwei Frauen, die sich küssten und streichelten, und irgendwo am Rande ihres Bewusstsein registrierte Edwina noch ein weiteres Paar: Ein Mann und eine Frau (wie bizarr, dachte Edwina, wie überaus bizarr), bewegten sich in ein weiteres Zimmer, in den Raum, wo sie und Marcia gelegen und gegenseitig ihre weichen, willigen Körper entdeckt hatten, wo sie in leidenschaftlichen Umarmungen gestöhnt, vor Lust laut aufgeschrien und mit traumwandlerischer Sicherheit gewusst hatten, was die andere wollte und wo die höchsten Wonnen lagen.

Sie hatte keine Vorstellung mehr, wo sie eigentlich war oder hätte sein sollen, sie hätte kaum ihren eigenen Namen sagen können, aber sie spürte eine ungeheure Kraft in sich, eine neue, warme, lebendige Energie; sie fühlte sich stark, sicher, unverwundbar.

Irgendwann später, als sie mit Janine tanzte, fiel ihr Blick zufällig auf die Uhr; es war fast fünf. Die Nacht war vergangen, hatte sich selbst im Feuer der Lust verzehrt. Sie suchte erneut nach Francis; er war fort. Angst überkam sie. Janine sah ihre Anspannung und lächelte. »Mach dir keine Sorgen um Francis. Ich soll dich von ihm grüßen und dir sagen, dass er dich morgen sieht. Er bleibt selten lange. Ihm reicht ein kurzer Besuch, um sich uns zugehörig zu fühlen. Wir sind eine sehr glückliche kleine Gemeinschaft.«

»Das ist mir nicht entgangen«, antwortete Edwina.

Sie kam gegen halb sieben nach Hause, zog ihre Schuhe auf der Türschwelle aus, hastete die Treppe hinauf, hoffte inständig, niemandem zu begegnen, und ließ sich voll bekleidet ins Bett fallen. Dort lag sie, hellwach und staunend, und fragte sich, wie sie so lange ohne diese Freuden ausgekommen war.

32

Cassias Hand, die den Telefonhörer hielt, war schweißnass. Der Raum schien ziemlich dunkel und irgendwo in ihrer Brust spürte sie einen stechenden Schmerz. Sie fragte sich, ob sie vielleicht einen Herzanfall hatte, hoffte es beinahe. Es würde eine Menge Probleme lösen und vielen Menschen viel Kummer ersparen.

»Ja? Hier das Sekretariat von Miss Gerard.«

»Oh, könnte ich Miss Gerard sprechen, bitte? Hier ist Cassia Fallon.«

»Nein, Mrs. Fallon, sie ist leider nicht da. Sie operiert heute Morgen.«

»Ach so, verstehe.« Eine Welle der Erleichterung überkam sie, süß und tröstlich, und der Raum schien plötzlich viel heller. Die Hinrichtung war verschoben worden. »Ich rufe später noch mal an.«

Ein kurzer Aufschub, bevor sie endgültig als inkompetent, als unzuverlässig und – in den Augen von Miss Gerard – als verachtenswert gebrandmarkt wurde. Eine winzige Gnadenfrist noch, bevor sie auf das verzichten würde, was sie sich so sehr wünschte, dass es fast körperlich schmerzte, bevor sie sich endgültig damit abfinden musste, dass ihr der berufliche Erfolg versagt bleiben würde, dass sie zu einem Leben ohne die ersehnte berufliche Erfüllung und Befriedigung verurteilt war.

Cassia war klar, dass sie im Grunde keine Wahl hatte. Sie hatte drei kleine Kinder, von denen eines bereits ein schweres Trauma erlitten hatte. Zudem erwartete alle drei die schmerzliche Erfahrung, dass die Ehe ihrer Eltern gescheitert war. Denn das stand ohne jeden Zweifel fest. Es gab keine Alternative. Sie mussten sich trennen: Sie und Edward würden beide glücklicher und gestärkt daraus hervorgehen.

Doch die Kinder würden am Boden zerstört sein, hin- und hergerissen in ihrer Loyalität. Was sie brauchten, war absolute Sicherheit und grenzenlose Aufmerksamkeit, damit sie sich von diesem Schock erholen konnten – keine Mutter, die einmal die Woche nach Hause kam, erschöpft und mit sich selbst beschäftigt. Nein, sie hatte keine Wahl. Aber Monica Gerard würde das anders sehen und ihre Verachtung, in beruflicher ebenso wie in persönlicher Hinsicht, würde schwer zu ertragen sein.

Es war Mittwoch und sie hatte noch mehrere Stunden Zeit, bevor ihre Sprechstunde begann. Sie ging los und kaufte sich eine Zeitung. Ein Hauptthema war die Haltung des Königs, nicht im Hinblick auf seine Beziehung zu Mrs. Simpson, ein Thema, über das sich die britische Presse noch immer mit bemerkenswerter Zurückhaltung ausschwieg, sondern gegenüber dem Parlament und dem Land. Was einige als den simplen Wunsch des Königs deuteten, den weniger Begünstigten seiner Untertanen zu helfen, sahen andere als bewussten Bruch mit seinen Ministern – denselben Männern, die möglicherweise zwischen ihm und seinem privaten Glück standen. Er sei aus seiner verfassungsmäßigen Rolle herausgetreten und hätte sich in

Dinge eingemischt, die ihn nichts angingen, beispielsweise das Elend der Arbeitslosen. Und wie, dachte Cassia, würde sich der König letztlich entscheiden? Der Gedanke, dass sie und der König sozusagen im selben Boot saßen, sich beide zwischen persönlichem Glück und der Pflicht entscheiden mussten, amüsierte sie und hob ihre Stimmung.

Später besuchte sie Cecily im Sanatorium. Sie sah wesentlich besser aus, zwar immer noch sehr dünn, immer noch ein wenig zerbrechlich, war aber fröhlich und guter Dinge.

»Cecily, kann ich dich etwas fragen? Wegen Leonora.« Sie war selbst erstaunt über ihre Frage, denn sie hätte nicht gedacht, dass diese Sache sie zurzeit so stark beschäftigte.

»Ja, natürlich.«

Cecily bestätigte, von Benedict gehört zu haben, dass Leonora irgendwann in finanzielle Schwierigkeiten geraten sei, die sie vor ihm, vor ihnen allen, geheim gehalten hatte, und dass Harry ihm davon erzählt habe. »Benedict ist daraufhin sofort nach Paris gefahren, um sie zu besuchen«, fügte sie hinzu.

»Harry«, sagte Cassia. »Bist du sicher, dass er es von Harry wusste?«

»Ja, natürlich. Ich erinnere mich, wie er es mir erzählt hat – Benedict, meine ich.«

»Und kannst du dich noch daran erinnern, wann das war?«

»Oh ... im Vorfrühling, kurz vor ihrem Tod.«

»Und wo wohnte Leonora damals?«, fragte Cassia.

»In einer sehr schönen Apartmentwohnung, in einem von diesen Häusern mit *Porte cocherie* und einem wunderschönen Hofgarten in der Mitte.«

»Und Gresham war schon zurück?«

»Ich weiß nicht, ob er tatsächlich schon wieder da war,

aber er hatte dafür gesorgt, dass ihr ausreichend Geld zur Verfügung stand, dass sie ärztlich versorgt wurde und so weiter.«

»Du hast sie in diesen letzten Monaten nicht besucht, oder?«

Cecily errötete. »Nein, habe ich nicht und ich schäme mich deswegen, aber meine Beziehung zu Leonora war immer etwas kompliziert, weißt du. Ich war eifersüchtig auf das vertraute Verhältnis zwischen ihr und Benedict. Und sie wusste natürlich von ... von seinen Problemen, sie wusste, warum er mich geheiratet hatte. Ich fand es sehr schwierig, damit umzugehen. Ich weiß, ich hätte sie besuchen sollen, doch ich habe es immer wieder aufgeschoben ...«

Auf dem Rückweg war Cassia sehr nachdenklich. Ihr Gespräch mit Rupert hatte sie erleichtert – ihre sorgfältig konstruierte Theorie über Harry erschien ihr jetzt selbst ein bisschen unsinnig –, aber sie war immer noch alles andere als zufrieden.

Sie beschloss, nach Paris zu fahren und selbst einige Nachforschungen anzustellen.

Edwina las gerade die amerikanische Ausgabe der *Vogue* und war derart darin vertieft, dass sie die schweren Schritte, die sich auf der Treppe und dann auf dem Korridor allmählich näherten, gar nicht hörte. Erst als ihre Tür gewaltsam aufgerissen wurde und Harrys Stimme verkündete, dass er mit ihr reden wolle, schreckte sie hoch.

Sie legte die Zeitschrift mit übertriebener Geduld beiseite. »Ja, Harry?«

»Edwina, du wirst deine verdammte Stelle aufgeben. Sofort.«

»Mach dich doch nicht lächerlich. Warum sollte ich?«

»Weil ich es wünsche. Deshalb.«

»Tut mir Leid, Harry, aber *ich* wünsche es nicht. Ich habe Spaß an meiner Arbeit, ja, ich liebe sie sogar.«

»Das glaube ich gern. Das gilt wohl auch für dein Verhältnis zu diesem widerlichen Stevenson-Cook und einigen anderen ziemlich unangenehmen Gestalten.«

»Ich habe kein Verhältnis, wie du dich auszudrücken beliebst, mit Francis Stevenson-Cook.«

»Natürlich hast du das. Du gehst jeden Abend mit ihm essen, du bist mit ihm zusammen in Nachtklubs gesehen worden. Du könntest zumindest den Anstand besitzen, ein wenig diskreter zu sein. Und erzähl mir nicht, dass er homosexuell ist, denn ich kenne mindestens zwei Frauen persönlich, die eine Affäre mit ihm hatten. Ob du tatsächlich mit ihm im Bett gewesen bist oder nicht, interessiert mich nicht, aber ich werde mir nicht öffentlich Hörner von dir aufsetzen lassen. Ich dulde es nicht, dass in London über eine Beziehung zwischen meiner Frau und diesem Kerl gemunkelt wird.«

»Diesem Kerl!«, wiederholte Edwina. »Harry, du hörst dich an wie Edward Fallon. Ich bin überrascht.«

»Wenigstens hat Edward Fallon so etwas wie moralische Grundsätze. Was man von dir nicht gerade behaupten kann.«

Edwinas Wangen brannten und sie spürte, wie irgendwo tief in ihrem Innern eine kalte Furcht zu prickeln begann.

»Ich weiß, wo du gestern Nacht gewesen bist«, sagte Harry. »Ich habe gehört, wie du dich aufgeführt hast. Mit Marcia Bryanston und ihrem Zwillingsbruder. Edwina, wie konntest du nur?«

»Ganz einfach«, erklärte sie, ihren ganzen Mut zusammenraffend, wie immer, wenn sie sich in die Enge getrieben fühlte. »Ich mochte die beiden, sie waren amüsant und unterhaltsam.«

»Zweifellos. Und degeneriert und dekadent. Diese so genannte Malerin produziert reinste Pornografie, und er schläft mit jedem Homosexuellen und Bisexuellen in London. Beide sind kokainsüchtig. Und aus solchen Leuten setzt sich der Bekanntenkreis von Stevenson-Cook zusammen. Ich werde das nicht länger dulden, Edwina, unter keinen Umständen.«

Sie lehnte sich in ihrem Stuhl zurück. »Und wie willst du das verhindern?«

Er kam auf sie zu, stützte sich auf den Armlehnen ab, sodass sein Gesicht nur noch eine Handbreit von ihrem entfernt war. Sie konnte spüren, wie er innerlich vor Wut kochte, konnte seinen Zorn förmlich riechen. »Ich habe eine Menge ertragen«, sagte er. »Deine Kälte, dein Desinteresse an allem, was ich tue, deine selbst verschuldete Unfruchtbarkeit …«

»Wer hat dir das gesagt?«, fragte sie und vergaß vor Schreck jede Vorsicht.

»Niemand. Ich habe es mir selbst zusammengereimt. Aber es stimmt natürlich. Hab ich mir's doch gedacht.«

Sie spürte eine ungeheure Wut in sich aufsteigen. »Das war ein ganz mieser Trick! Du hast mich in eine Falle gelockt!«

»Ich habe jedes Recht dazu, wie mir scheint. Immerhin bin ich meines legitimen Anspruchs auf Kinder beraubt worden, und jetzt stehe ich als der betrogene Ehemann im Zentrum sehr unerfreulicher Klatschgeschichten. Das gefällt mir nicht, Edwina, und ich werde es nicht hinnehmen. Entweder es hört auf, oder du wirst dich als schuldiger Teil in einem sehr hässlichen Scheidungsprozess wieder finden. Du hast die Wahl, es liegt ganz bei dir.

Aber ich bin nicht gewillt, dieses Spiel noch länger mitzumachen.«

Nachdem er gegangen war, saß Edwina in ihrem Zimmer und versuchte, eine Entscheidung zu treffen. Sie fragte sich, wer ihm von gestern Nacht erzählt haben mochte, von der Party im Haus von Janine Sobel. Es war dumm von ihr gewesen, sich so zu benehmen, und dumm von Francis, sie dorthin zu bringen. Sie fragte sich beiläufig, warum er es wohl getan hatte, ob er irgendwelche Hintergedanken hatte. Sie vertraute ihm nicht, sie vertraute keinem von diesen Leuten. Sie fand sie ganz einfach sympathisch, wollte ... nun ja, vielleicht nicht unbedingt eine von ihnen sein, aber von ihnen akzeptiert werden.

Für Edwina hatte die Welt in dieser Nacht völlig ihren Schwerpunkt verlagert. Seit sie angefangen hatte, für *Style* zu arbeiten, hatte ein allmählicher Entwicklungsprozess eingesetzt, der in jenen Stunden vollendet worden war. Die Person, die sie zu sein geglaubt hatte, existierte nicht mehr. An ihre Stelle war eine neue Frau getreten, die stärker, klüger und mutiger war. Edwina hatte das Gefühl, dass sie in dieser Nacht die Ketten ihres alten Lebens abgeworfen hatte. Sie hatte eine Reihe von Türen durchschritten und sich in einer strahlend schönen Umgebung wieder gefunden, die mit herrlichen Möglichkeiten lockte. Sie konnte und wollte nicht zurück.

Harry liebte sie nicht, er hatte kein echtes Interesse an ihr. Sie fand, sie hatte allen Grund, sich auf eine Weise zu verhalten, die sie dafür entschädigte, und überhaupt keinen Grund, ihn und ihre zunehmend unbefriedigende Beziehung zu schützen. Ihrer Ansicht nach war es nur recht und billig, wenn sie ihre einsamen Abende mit ihren eigenen Freunden verbrachte und tat, wozu sie Lust hatte.

Das alles sagte sie auch am nächsten Tag beim Lunch zu Francis Stevenson-Cook. Sie nahmen ihn in seinem Büro ein – es schien ihr doch zu riskant, sich mit ihm in der Öffentlichkeit zu zeigen und Harrys Zorn zu provozieren. Francis Stevenson-Cook hörte ihr aufmerksam zu, lächelte dann und füllte ihr Glas nach.

»Ich hatte Recht«, erklärte er mit großer Befriedigung. »Ich habe Sie genau richtig eingeschätzt.«

Du manipulierender Mistkerl, dachte Edwina mit einer Mischung aus Belustigung und Ärger. Sie machte sich keine Illusionen über Francis. Er las Menschen auf und spielte eine Weile mit ihnen, bis er ihrer überdrüssig wurde und sie wieder fallen ließ. Das war ihr an dem Abend bei Janine schlagartig bewusst geworden, als sie gesehen hatte, wie er das Geschehen mit einer seltsam nachsichtigen Distanziertheit beobachtete. Sein manipulierendes Wesen nicht zu durchschauen war gefährlich. Aber sie hatte es erkannt, und er wusste, dass sie es wusste. Ihr konnte nichts geschehen.

Am selben Nachmittag eröffnete sich auch für eine andere Frau in London ein neuer Blickwinkel auf ihr Ehedilemma: Mrs. Wallis Simpson, die mit Esmond Harmsworth, dem Sohn von Lord Rothermere, dem Besitzer der *Daily Mail*, den Lunch im Claridge einnahm, wurde gefragt, ob sie nie an die Möglichkeit einer morganatischen Ehe gedacht hätte. In diesem Fall wird die Frau nicht Königin, sondern nur die Gemahlin des Königs, und die Kinder aus dieser Ehe sind nicht erbberechtigt. Das sei doch vielleicht eine Lösung, die sie dem König vorschlagen könne.

»Gütiger Gott«, murmelte Edward.

Cassia schaute von der anderen Seite der Küche zu ihm herüber. Er las einen Brief und war ganz bleich im Gesicht.

Die Hand, mit der er das Papier hielt, zitterte. »Was ist los? Stimmt etwas nicht?«

»Nein«, sagte er langsam. »Nein. Nur ... ein kleiner Schock. Das ist alles.«

»Darf ich mal sehen?«

»Ja, natürlich.« Er gab ihr den Brief. Seit ihrer stillschweigenden Entscheidung, sich zu trennen, gingen sie freundlicher miteinander um, konnten besser miteinander reden. Wut, Groll, sogar Eifersucht waren von ihnen abgefallen. Geblieben war ein Gefühl von tiefer Traurigkeit und Bedauern, das leichter zu ertragen war.

»Ach, Edward.« Cassia fühlte, wie sich ihre Augen mit Tränen füllten, als sie die Worte las. »... nun doch in der Lage, Ihnen im kommenden Jahr eine Stellung als Arzt in der klinischen Fachausbildung anzubieten ...« Sie sah auf den Namen des Krankenhauses: St. Mark's, Clapham, ein gutes Lehrkrankenhaus. »Edward, ich freue mich so für dich. Du wirst das Angebot doch annehmen, oder?«

»Ja, natürlich.«

Sie ging zu ihm und legte die Arme um ihn. Zum ersten Mal seit Monaten zuckte er nicht zurück, sondern erwiderte die Umarmung und meinte dann: »Ich glaube, wir sollten mal miteinander reden, meinst du nicht auch?«

Und das taten sie dann auch: Sie waren sich einig, dass sie sich trennen sollten, dass sie absolut unfähig waren, einander glücklich zu machen. Edward gestand, dass er für seinen Teil das Ungleichgewicht in ihrer Beziehung nicht länger ertragen könne, das Wissen, dass sie ihn nicht liebte. Beide erklärten, dass sie versuchen wollten, Freunde zu bleiben.

»Ich freue mich so wahnsinnig für dich«, sagte sie und küsste ihn sanft auf die Wange. »Es macht mich richtig glücklich.«

»Ich weiß. Ich sehe es dir an. Danke.«

Er würde natürlich im Krankenhaus wohnen. Das würde den Kindern den Übergang erleichtern, würde helfen, seine Abwesenheit zu erklären. Sie kamen überein, dass sie die Praxis, wenn möglich, verkaufen wollten, dass die Familie nach London ziehen und Cassia dort ein größeres Haus kaufen sollte.

»Aber wir müssen es ihnen trotzdem sagen«, meinte er. »Wir können ihnen nicht heile Welt vorspielen.« Edward seufzte schwer. »Es ist alles so traurig. Findest du nicht auch?« Er wischte sich mit der Hand über die Augen. »Bitte entschuldige, ich bin ein bisschen gefühlsduselig.«

»Ich auch.« Sie sah ihn an, und plötzlich sah sie nicht den Edward, der mit kummervollem Blick vor ihr saß, sondern den Edward, den sie an jenem ersten Tag in der Notaufnahme getroffen hatte, jung, voller Hoffnung und glücklich. Sie erinnerte sich, wie ihm das braune Haar ins Gesicht gefallen war, als er sich über ihren Knöchel beugte, ihn sorgfältig und bedächtig bandagierte und ihr zum ersten Mal sein langsames, liebevolles Lächeln schenkte. Sie brach in Tränen aus und weinte bitterlich.

Als Peggy hereinkam, um ihnen zu sagen, dass das Essen fertig sei, hielt Edward sie im Arm.

»Sie wirken viel glücklicher«, erzählte Peggy später Mrs. Briggs. »Vielleicht kommen sie ja doch noch zur Vernunft.«

An diesem Donnerstagnachmittag wartete Cecily auf den Wagen, der sie nach Hause bringen sollte. Sie fühlte sich elend. Es war ein schrecklicher Gedanke, von nun an ohne die Schwestern und Ärzte auskommen zu müssen, die sich so lange um sie gekümmert hatten. Sie sah ein Taxi durchs Tor fahren – wahrscheinlich ein Besucher für einen glücklichen Patienten, der noch ein wenig länger bleiben durfte.

Und sah dann zu ihrer maßlosen Verblüffung Justin Everard aus dem Taxi steigen.

»Ich dachte, Sie könnten ein wenig Gesellschaft brauchen«, sagte er, kam auf sie zu und gab ihr einen Begrüßungskuss. »Aufmunternde Gesellschaft, die Ihnen Mut macht. Geben Sie mir Ihre Tasche. Ah, da kommt ja schon Ihr wundervoller Daimler. Ich werde nie vergessen, wie wir mit ihm nach Devon gefahren sind und Ihre kleine Tochter sich auf Edwinas Handtasche übergeben hat. Einfach bezaubernd.«

»Bezaubernd fand ich es nicht gerade«, lachte Cecily.

Justin hielt auf dem gesamten Nachhauseweg ihre Hand. Er erzählte ihr so lustige Geschichten über Fototermine, die Modenschau und Edwinas ungeheure Egozentrik, dass Cecily ihre Nervosität völlig vergaß.

Die Kinder warteten mit ihrer Nanny vor dem Haus und hielten ein großes weißes Schild mit der Aufschrift »Herzlich willkommen« hoch. Mrs. Forbes stand hinter ihnen und ließ ihren Tränen freien Lauf. Als Cecily mit ihren beiden Töchtern im Arm in die Eingangshalle trat, bemerkte sie als Erstes den Duft von Blumen, und dann sah sie sich um und lachte aus vollem Herzen: Auf jeder erdenklichen Stellfläche standen Vasen mit Rosen, Lilien und Fresien; prächtige weiße und scharlachrote Azaleen füllten die Blumenbänke; sogar die Türen waren mit grünen Hängepflanzen geschmückt.

»Es ist herrlich«, fand sie, »einfach herrlich.«

»Das meiste hat Justin gemacht«, erklärte Fanny.

»Wirklich?«

»Na ja, zusammen mit einigen Mitarbeitern«, berichtigte er bescheiden. »Edwina hat auch geholfen.«

»Sie sind so nett zu mir«, sagte Cecily, »so unglaublich nett, ich weiß gar nicht, warum.«

»Ich mag Sie sehr gern«, antwortete er schlicht. »Ich finde Sie wundervoll.«

Später rief sie bei Edwina an, um sich zu bedanken.

»Ach, eigentlich hat Justin alles allein gemacht«, erzählte sie. »Er betet dich an.«

»Das ist doch irgendwie komisch, oder? Immerhin ist er doch ... nun ja, ich meine ...«

»Cecily«, spottete Edwina amüsiert, »du bist einfach unmöglich.«

»Ich bin überhaupt nicht unmöglich«, protestierte Cecily. Sie war so erschöpft und aufgewühlt, dass sie den Tränen nahe war. »Ich finde ihn auch wundervoll. Ich mag ihn schrecklich gern. Aber ich glaube nicht, dass ich es ertragen könnte, noch einmal ...«

»Cecily, ich kann dir versichern, dass er nicht homosexuell ist, falls es das ist, was du vermutest. Ich dachte wirklich, dass du das begriffen hättest. Er tut so, weil die Leute es von ihm erwarten, weil es in seinem Beruf irgendwie dazugehört, aber er ist einer der größten Schürzenjäger von ganz London.«

»Oh«, sagte Cecily, »ich verstehe.«

»Was ist denn los, Rupert?«, fragte Eleanor Studely. Die beiden saßen wie häufig nach der Vorstellung bei einem Glas Wein zusammen. Rupert hatte noch kaum ein Wort gesagt.

»Ach, nichts. Ich bin nur etwas deprimiert.«

»Komm schon«, bat sie, »erzähl es mir. Du weißt schon, geteiltes Leid und so weiter.«

»Ach, ich bin ein Idiot. Ein törichter alter Narr. Wie gewöhnlich. Ich werd darüber wegkommen, kein Zweifel, aber diesmal war es ziemlich schlimm.«

»Ich verstehe«, gab Eleanor amüsiert zur Antwort. »Diesmal war es wahre Liebe?«

»Eleanor«, knurrte Rupert, »ich möchte ja nicht grob sein, aber wenn du das so lustig findest, sollten wir das Gespräch vielleicht lieber beenden.«

»Sei nicht albern, Rupert. Natürlich finde ich es nicht lustig. Ich kenne dich nur schon so lange und habe schon so oft erlebt, wie du in amouröse Verwicklungen hinein- und wieder hinausgestolpert bist.«

»Ich fürchte, diesmal ist es anders«, erklärte Rupert kalt. Ihm war klar, dass er sich abscheulich benahm, aber er konnte nicht anders. Selbstmitleid, diese unattraktivste aller Eigenschaften, trübte sein Urteilsvermögen und beeinträchtigte sein Verhalten. »Vielleicht hast du vergessen, wie es ist, wenn man zurückgewiesen wird, Eleanor. Von einem Menschen, der einem wirklich wichtig ist.«

Im selben Moment hätte er sich auf die Zunge beißen mögen. Er schaute Eleanor an, sah, wie ihr die Röte ins Gesicht stieg, sah, wie ihre Augen gefährlich zu glitzern begannen, sah, wie ihre Hand zitterte, als sie das Glas abstellte.

Sie erhob sich. »Ich gehe jetzt nach Hause. Ich bin sehr müde. Gute Nacht.«

»Eleanor«, sagte er. »Es tut mir schrecklich Leid. Bitte verzeih mir. Ich weiß nicht, was in mich gefahren ist.«

»Was immer es war, ich will nichts mehr davon hören.« Sie verließ die Garderobe. »Gute Nacht, Rupert.«

Diese Frau, dachte er zerknirscht, diese Frau hatte sechs schreckliche Monate lang mit ansehen müssen, wie ihr geliebter Mann an Tuberkulose starb. Die ganze Zeit musste sie auf der Bühne stehen, um ihre Familie zu ernähren. In den drei Jahren seit dem Tod ihres Mannes hatte sie ganz allein für ihre Tochter gesorgt, ohne Hilfe von Freunden oder Angehörigen. Und dabei hatte sie sich, was das Erstaunlichste war, stets ihre positive Einstellung, ihre Heiterkeit und Großzügigkeit bewahrt. Diese Frau hatte den Mut gehabt, in sein riskantes kleines Projekt einzusteigen, hatte ihnen allen mit ihrer Fröhlichkeit und Ausdauer über viele schwere Stunden hinweggeholfen. Und er dankte es ihr, indem er sie mit seiner schlechten Laune und seinen Gemeinheiten traktierte. Nur weil er in seinem Stolz verletzt worden war. Von Rechts wegen müsste man ihn an die Wand stellen und erschießen.

»Mama«, fragte Bertie, »können wir am Sonntag kommen und zuschauen? Bitte.«

»Bertie, es wäre todlangweilig für dich«, sagte Cassia entschieden. »Es gibt nur lauter feine Damen zu sehen, die in albernen Kleidern auf einem Laufsteg auf und ab marschieren.«

»Aber wir würden dir trotzdem gern zuschauen, nicht wahr, William?«

»Na klar.«

»Das kommt überhaupt nicht infrage«, erklärte Edward scharf. »Nach fünf Minuten wärt ihr zu Tode gelangweilt und jemand müsste sich um euch kümmern.«

»Du kannst dich doch um uns kümmern«, meinte Bertie. »Du kommst doch mit, oder?«

»Nein«, erwiderte Edward. »Ich fürchte, ich kann nicht.«

Die beiden starrten ihn an. »Aber willst du Mama denn nicht auf diesem Laufdings sehen?«, fragte Bertie schließlich. »Mit Tante Edwina und allen? Und wie Fanny und Stephanie tanzen?«

»Ja, und Rupert macht auch was«, sagte William. »Wir durften schon nicht zu seinem Stück. Diesmal musst du es erlauben.«

»Vielleicht könnten sie ja mit Janet hingehen«, schlug Edward vor. Er sah Cassia mit einem Ausdruck an, der an Verzweiflung grenzte.

»Das ist eigentlich eine hervorragende Idee«, meinte sie nachdenklich. »Janet würde die Modenschau bestimmt auch gern sehen, und wenn Peggy und Mrs. Briggs auf Delia aufpassen, wäre das die Lösung. Janet, hätten Sie Lust?«

»Und ob!«, antwortete Janet freudestrahlend. »Danke, Mrs. Fallon.«

»Gut«, schloss Edward. »Das wäre geregelt. Wenn ihr mich jetzt entschuldigen würdet, ich habe noch eine Menge zu tun.«

Er ging aus dem Zimmer, und Cassia folgte ihm. »Edward, wir sollten es ihnen jetzt sagen. Ich glaube, es wäre ein günstiger Zeitpunkt.«

»Dafür gibt es keinen günstigen Zeitpunkt.«

»Nein, aber dieser ist so gut wie jeder andere.«

Später wusste sie nicht, woher diese fast panische Überzeugung oder der Mut, sie durchzufechten, gekommen waren, aber Edward gab schließlich nach, stimmte ihr zu, und irgendwie gelang es ihnen, die Sache durchzustehen. Sie saßen auf dem Sofa beim Kamin und hielten sich an der Hand. Cassia hatte den Arm um Bertie gelegt, Edward seinen um William. Zuerst erzählten sie den Kindern, dass Edward eine sehr aufregende neue Arbeit habe, was bedeute, dass er zwei oder drei Jahre lang in einem Krankenhaus wohnen müsse; und dann sagten sie ihnen, dass sie und Edward nicht mehr die ganze Zeit zusammenleben würden.

»Wisst ihr, es sieht so aus, als würden wir einander nicht mehr glücklich machen«, erklärte Cassia und wischte die Tränen weg, die über Berties Wangen rollten.

»Mögt ihr euch denn gar nicht mehr?«

»Doch, natürlich mögen wir uns noch. Sehr sogar. Aber wir sind in so vielen Dingen unterschiedlicher Meinung, wir streiten uns dauernd, das wisst ihr ja, ihr habt es gehört. Wir glauben, dass wir mit dem Streiten aufhören und einfach Freunde sein können, wenn wir nicht mehr die ganze Zeit zusammenwohnen.«

»Wenn wir uns streiten, sagt ihr immer, dass wir nicht so kindisch sein sollen«, sagte William. »Wieso könnt ihr nicht aufhören, so kindisch zu sein?«

»Es ist schwer zu erklären«, seufzte Cassia. »Es ist anders, wenn man erwachsen ist. Man kann nur mit jemandem zusammenleben, mit dem man sich nicht streitet.«

»Wollt ihr denn mit jemand anderem zusammenleben?«, fragte William argwöhnisch.

»Nein«, entgegnete Edward, »natürlich nicht. Na ja, ich schon, aber nur mit anderen Ärzten. Im Krankenhaus. Und ich komme euch so oft wie möglich besuchen, an jedem freien Wochenende.«

»Wir werden in einem neuen, großen Haus in London wohnen«, sagte Cassia, »und …«

»In London? Aber warum denn nicht hier?«

»Nun, in London sind wir näher bei eurem Vater und … und meiner Arbeit. Ich werde nicht mehr drei Tage die Woche weg sein.«

»Nein«, rief William. »Mir gefällt es hier. Und was ist mit Buffy?«

»Buffy kann mitkommen. Wir werden einen Garten haben, einen großen Garten.«

»Ich will aber hier bleiben.« Sein kleines Gesicht zuckte verdächtig und er blickte panisch. »Das ist unser Zuhause, ich will hier nicht weg.«

»Nein«, erklärte auch Bertie. »Ich gehe hier nicht weg, nie, egal, was du sagst. Außerdem hast du versprochen, dass wir ein Pony bekommen. In London kann man keine Ponys haben.«

»Na schön«, lenkte sie ein. Ihr war klar, dass dieses Zugeständnis ihr Leben noch schwieriger machen würde, aber sie wollte unbedingt die Panik beschwichtigen, den Schmerz lindern. »Wir müssen nicht nach London ziehen, wir können auch hier bleiben. Wenn ihr das wollt, wenn euch das glücklicher macht. Und ihr bekommt ein Pony.«

Bertie nuckelte an seinem Daumen und beäugte sie misstrauisch. »Und du fährst nicht mehr nach London, um zu arbeiten?«

Sie zögerte und antwortete dann ruhig: »Nein, wenn ihr es nicht wollt.«

»Also wird es genauso wie jetzt, nur andersrum? Du bleibst die ganze Zeit hier und Papa fährt weg.«

»Ja, in gewisser Weise, ja. Aber Bertie, du musst verstehen, dass ...«

»Und ihr bumst niemand anderen? Weder du noch Papa?«

»Bertie!«, brüllte Edward und lief rosarot an.

»Schon gut, Edward«, sagte Cassia. »Er hat den Ausdruck im Internat aufgeschnappt. Ich habe ihm erklärt, dass es bedeutet, einen Freund oder eine Freundin zu haben.«

»Oh, verstehe. Nein, Bertie, bestimmt nicht.«

Bertie sah seine Eltern an. In seinen Augen war ein Ausdruck, den Cassia noch nie zuvor gesehen hatte. Als sie darüber nachdachte, erkannte sie mit einem kleinen Stich, dass etwas Listiges, Berechnendes in seinem Blick lag. »Ihr seid also immer noch Freunde?«

Sie schauten einander an.

»Ja«, versicherte Cassia, »wir sind immer noch Freunde. Sehr gute Freunde.«

»Wollt ihr es beweisen?«

»Ja«, sagte Edward.

»Dann komm am Sonntag mit zu diesem Modedingsbums. Sonst glaube ich euch nicht.«

Schließlich erklärte Edward: »Gut. Gut, ich komme mit.«

»Wir können Janet jetzt unmöglich sagen, dass sie hier bleiben muss«, erklärte Cassia mit Entschiedenheit.

»Nein, das geht schon klar. Wir fahren alle hin.«

»Gut.« Bertie lächelte seinen Vater etwas unsicher an.

Cassia war nicht so dumm, zu denken, dass es damit vorbei war. Sie wusste, dass es noch viel Leid und Tränen geben würde und dass der Anflug von Berechnung, den Bertie gezeigt hatte, nur der Anfang gewesen war. Die Kinder hatten in dieser Stunde im Wohnzimmer etwas von ihrer Sicherheit und von ihrer Unschuld verloren; aber wenn sie ihr Versprechen hielt, wenn sie und Edward ihre Versprechen hielten, würden die Kinder sich wieder erholen, es überstehen. Und während sie dort saß, immer noch zitternd, und Edwards Hand hielt, kam ihr plötzlich eine Idee. Das könnte vielleicht die Lösung sein, dachte sie, und fand darin zumindest für sich selbst einen gewissen Trost.

33

Rupert hatte in dieser Nacht kaum geschlafen, so sehr schämte er sich. Jedes Mal, wenn er die Augen schloss, sah er Eleanors Gesicht vor sich, erst rot vor Zorn, dann weiß und verschlossen vor Schmerz. Er erkannte, dass es nur eines gab, was sein Verhalten ansatzweise verständlich machen konnte. Er musste Eleanor erklären, wie entsetzlich unglücklich und gedemütigt er sich fühlte – dass es dieser Kummer war, der ihn zu seiner dummen Bemerkung getrieben hatte. Und es musste schnell geschehen: Er durfte es nicht auf die lange Bank schieben. Er hatte Eleanor zu tief verletzt, um die Wunde auch nur eine Minute länger als nötig unbehandelt zu lassen.

Während er in einem Taxi zu ihrem kleinen Haus in Balham fuhr, einen großen Strauß Blumen in der Hand, dachte er nicht zum ersten Mal, wie jammerschade es doch war, dass Eleanor in keiner Hinsicht dem Typ Frau entsprach, zu dem er sich hingezogen fühlte. Es wäre so praktisch, so bequem, wenn er sich in seine Bühnenpartnerin verlieben könnte, die zudem noch wunderschön und intelligent war, sich für dieselben Dinge interessierte wie er, all das wichtig fand, was ihm selbst wichtig war. Doch das Leben war nun mal weder bequem noch praktisch. Ansonsten hätte er weniger Zeit in der Gesellschaft von atemberaubenden jungen Blondinen verbracht, die an ihm selbst nicht das geringste Interesse hatten. Alles, was sie von ihm wollten, war ein gutes Abendessen, ein paar Blumen, vielleicht gelegentlich ein Schmuckstück und – eher selten – eine sexuelle Erfahrung, die sie wahrscheinlich bestenfalls mäßig befriedigend fanden. In letzter Zeit sehnte er sich immer mehr nach einem richtigen Zuhause und einer eigenen Familie.

Er erzählte Eleanor von seiner Sehnsucht, als sie bei einem sehr guten Kaffee zusammensaßen, den sie in der Küche ihres bezaubernden kleinen Hauses aufgebrüht hatte. Eleanor hatte seine stotternd vorgetragene Entschuldigung mit einer Bereitwilligkeit und Großzügigkeit akzeptiert, die er nicht verdient hatte, wie er sehr wohl wusste.

»Ich kann mich trotz allem glücklich schätzen, das weiß ich«, sagte sie. »Portia gibt meinen Leben eine Beständigkeit und einen Sinn, den es ohne sie nicht hätte. Und ich habe Walter sehr geliebt, also habe ich viele schöne Erinnerungen, die mir Kraft geben. Wir waren auf merkwürdige Weise sehr glücklich in diesen letzten Monaten. Wir haben uns alles gesagt, was wir uns sagen wollten, alle Missverständnisse bereinigt ... Rupert, was ist denn los?«

Es war das Wort »Missverständnis«. Schlagartig erkannte Rupert, was an Cassias Erklärung über den Streit mit Harry, über seine Wut wegen ihrer kurzen Liaison, nicht gestimmt hatte. Harry hatte nicht missverstanden, *was* geschehen war, sondern *wann* es passiert war. Er stand abrupt von seinem Stuhl auf.

»Eleanor, bitte entschuldige, aber ich muss los. Ich habe gerade erkannt, dass ich ein ziemlicher Trottel war. Na, nicht nur ich, auch Cassia. Verzeih mir, aber ich muss unbedingt jemanden aufsuchen und etwas klären. Ich danke dir für deine Großzügigkeit. Wir sehen uns nachher bei der Modenschau. Bis dann. Tut mir Leid.«

Als er gegangen war, räumte Eleanor die Kaffeetassen ab, trug sie in die Küche und sah in den grauen Novembertag hinaus. Sie fühlte sich besser, viel besser. Ruperts Zerknirschung hatte ihr gut getan – auch wenn sie sich durchaus bewusst war, dass der reuige Sünder im Grunde nur eine Rolle war, die er bravourös dargeboten hatte. Doch nichts konnte den viel tieferen Schmerz lindern, den sie empfand: die Qualen unerwiderter Liebe. Sie hatte lange Zeit dagegen angekämpft, denn sie wusste sehr wohl, dass es sinnlos war, sie erkannte klar, wie gefährlich Ruperts ungeheurer Charme ihr werden konnte. Doch dann hatte sie aufgehört, dagegen anzukämpfen, hatte dem Gefühl nachgegeben, es sich eingestanden. Und es tat weh. Es tat sehr weh.

Harry Moreton stand am Fenster seines häuslichen Arbeitszimmers und starrte auf die Straße, als er ein Taxi vorfahren und Rupert Cameron aussteigen sah. Da Rupert der letzte Mensch auf der Welt war, mit dem er zu sprechen wünschte, rief er Bishop zu, dass er nicht gestört werden wolle, unter keinen Umständen, und schlug die Tür zu seinem Arbeitszimmer energisch zu. Rupert ließ sich von Bishops Erklärung, dass Mr. Moreton nicht zu sprechen sei, weder täuschen noch abschrecken und sagte dies auch in aller Deutlichkeit und außerdem so laut, dass der Klang seiner Stimme bis zu Edwina drang, die in ihrem Wohnzimmer saß.

Edwinas Nerven waren zum Zerreißen gespannt; sie rannte die Treppe hinunter, sagte Bishop, dass Mr. Moreton selbstverständlich zur Verfügung stehe und dass er Mr. Cameron auf der Stelle ins Arbeitszimmer führen solle.

»Das ist doch wirklich zu dumm! Ich versuche zu arbeiten, habe den Kopf voll und muss mich mit solchen Kindereien herumschlagen! Rupert, er ist da drin, obwohl ich keine Ahnung habe, warum du oder überhaupt irgendein Mensch den Wunsch haben sollte, mit ihm zu sprechen. Könnte ich jetzt vielleicht ein wenig Ruhe und Frieden haben?«

Harry setzte eine finstere Miene auf, als die Tür sich öffnete und Rupert Cameron hereinkam, gefolgt von einem nervösen, sich vielmals entschuldigenden Bishop.

»Cameron«, knurrte er, »ich habe Ihnen absolut nichts zu sagen.«

»Sie müssen auch gar nichts sagen«, stellte Rupert klar, »aber ich wäre Ihnen außerordentlich dankbar, wenn Sie mir zuhören würden.«

Cassia hatte um elf Uhr einen Termin im Modesalon von Leon de Rosay, wo die letzten Änderungen an ihren Kleidern vorgenommen werden sollten. Sie hatte vorgehabt, früh aufzustehen, war aber erst gegen vier Uhr morgens in einen erschöpften Schlaf gefallen, nachdem sie stundenlang wach gelegen und über die Kinder, über Harry und über ihr verlorenes Glück nachgegrübelt hatte.

Für den Rest ihres Lebens würde alles, was sie erlebte, jedes Gefühl, das sie empfand, damit verglichen, daran gemessen werden. Ihn verloren zu haben tat immer noch entsetzlich weh. Der Schmerz war immer da, egal, was sie tat, wohin sie auch ging. Doch wenigstens konnte sie sich jetzt mit ihrer neuen Idee, ihrem neuen Plan, ein wenig trösten. Wenn sie Edward doch nur überreden könnte, wenn es doch nur klappen würde …

Als sie in Panik erwachte, wurde sie von hellem Tageslicht geblendet. Zehn Uhr. Sie fühlte sich desorientiert, schlaftrunken. Es fiel ihr schwer, sich zu beeilen. Sie betrachtete sich im Spiegel, ihr blasses, abgespanntes Gesicht, die dunklen Ringe unter den Augen. Kaum das Gesicht eines Mannequins. Edwina würde nicht begeistert sein. Mein Gott, wenn diese Sache doch bloß schon vorbei wäre! Wenn sie sich doch irgendwie davor drücken könnte. Aber es ging nicht. Abgesehen von einem Herzinfarkt gab es keine annehmbare Entschuldigung.

Sie dachte an Amstruthers kleinen Scherz, dass das erste Symptom eines Herzinfarkts häufig der plötzliche Tod sei, was eine erfolgreiche Behandlung für gewöhnlich erschwere. Was er wohl sagen würde, wenn er erfuhr, dass sie schon wieder ein Angebot ausgeschlagen hatte? Und er würde ganz bestimmt davon erfahren, schließlich war er mit Miss Gerard befreundet.

Sie streifte das Kleid über, das sie gestern getragen hatte.

Für ein Zurechtmachen des Gesichts blieb keine Zeit mehr. Unter den Augen hingen sogar noch Schlieren alter Wimperntusche, weil sie sich gestern Abend nicht gründlich abgeschminkt hatte. Mit ein wenig Spucke versuchte sie, die verschmierte Farbe abzureiben, was es nur noch schlimmer machte. Sie fuhr sich flüchtig mit dem Kamm durchs Haar, schlüpfte in ihre Schuhe und sah, dass einer ihrer Strümpfe eine Laufmasche hatte. Aber das war nun auch schon egal.

Sie schnappte sich ihre Handtasche und ihre Schlüssel und stürzte aus der Haustür, die Stufen hinab und in ihr Auto. Es war aus der Werkstatt zurück und sah aus wie neu. Die Spuren des Unfalls waren vollständig beseitigt und der Jaguar erstrahlte in alter Schönheit. Wenn ich dasselbe doch nur mit mir machen könnte, dachte Cassia.

Sie startete den Motor und fuhr mit quietschenden Reifen die Walton Street hinunter. Sie war sich vage bewusst, dass ein anderer Wagen von hinten näher kam. Als sie am Ende der Walton Street abbremste, hörte sie ein lautes Hupen hinter sich. Bestimmt wieder irgendein männlicher Schwachkopf, der es nicht ertragen konnte, dass eine Frau am Steuer eines Sportwagens saß. Das passierte ziemlich häufig. Sie vermied es absichtlich, in den Rückspiegel zu schauen, gab Gas und raste mit heulendem Motor durch die Draycott Avenue. Der andere Wagen folgte ihr, immer noch hupend.

»Mensch, halt die Klappe«, rief sie verärgert in ihren Rückspiegel. Es war ein schwarzer Bentley, und wer immer am Steuer saß, war offensichtlich der Ansicht, dass die Straße ihm allein gehörte. Sie bog nach links in die King's Road ein, viel zu schnell. Der andere Fahrer hing ihr immer noch an der Stoßstange, drückte weiterhin wie verrückt auf die Hupe. Was war bloß los mit dem? Gott sei Dank, da vorn war eine Ampel, die gerade umsprang. Mit etwas Glück könnte sie gerade noch durchkommen, während der Bentley festsitzen würde. Und dann war sie praktisch schon bei Leon. Sie drückte das Gaspedal durch und schoss über die Ampel, die gerade auf Rot umsprang. Sehr gut.

»Mist!«, schimpfte sie, als der schwarze Bentley ihr weiterhin folgte. Die Sache hatte sie so in Anspruch genommen, dass sie sich nicht voll auf die Straße konzentriert hatte und jetzt das Steuer herumreißen musste, um einem parkenden Auto auszuweichen. Schon wieder die Hupe – war das vielleicht ein Geisteskranker oder so was? Der Bentley beschleunigte plötzlich, schoss an ihr vorbei, bremste dann abrupt ab und blieb quer zur Fahrbahn vor ihr stehen; sie wäre beinahe hineingekracht.

Sie blieb einen Moment lang sitzen, am ganzen Leib zitternd, atmete tief durch und stieg dann auf wackligen Beinen aus, um zu dem Bentley zu gehen. Die King's Road hallte wider von quäkendem Gehupe und den lauten Rufen protestierender Autofahrer.

»Sind Sie völlig verrückt geworden?«, brüllte sie, als die Tür des Bentleys sich öffnete und eine große Gestalt sichtbar wurde.

»Ja«, sagte Harry. »Wahrscheinlich. Mein Gott, Cassia, du siehst ja furchtbar aus. Was um alles in der Welt hast du bloß mit dir angestellt? Und wieso trägst du meine Perlen nicht?«

Mrs. Simpson war an diesem Tag auf Fort Belvedere beim König. Die beiden genossen sozusagen für kurze Zeit das Auge des Sturms, den sie heraufbeschworen hatten, nachdem der König seine Mutter und seine Brüder erst vor wenigen Tagen davon in Kenntnis gesetzt hatte, dass er bereit sei, ohne viel Aufhebens aus dem Amt zu scheiden, wenn es keine andere Möglichkeit für ihn gebe, die Frau zu heiraten, die er über alles liebte.

Derweil entbrannte in London, zu Hause bei den Ministern des Königs und bei den Pressezaren eine hitzige Diskussion über die vorgeschlagene morganatische Ehe, die von Mrs. Simpson und folglich vom König favorisiert wurde, aber im englischen Recht nicht bekannt war. Es wäre also ein Parlamentsbeschluss nötig. Der Vorschlag war offiziell dem Kabinett unterbreitet worden, obwohl die britische Presse weiterhin Stillschweigen bewahrte. Das ausgehandelte Abkommen hielt immer noch.

Cecily hatte bereits drei verschiedene Kleider anprobiert und versuchte zu entscheiden, ob sie noch ein viertes in die engere Wahl ziehen sollte, als Justin eintraf.

»Lieber Himmel«, rief sie, als sie die Türglocke läuten hörte, »das ist Mr. Everard. Ich hatte ja keine Ahnung, dass es schon so spät ist.«

»Wir haben noch jede Menge Zeit«, erklärte Susan, die ihre Herrin bereits fertig frisiert hatte und jetzt die verschiedenen Kleider darbot, wobei sie bei jedem begeistert verkündete, es sei noch schöner und vorteilhafter als das letzte. »Ich würde das blaue nehmen«, fügte sie hinzu, »das hat Ihnen schon immer fabelhaft gestanden.«

»Das ist ja das Problem«, sagte Cecily. »Ich habe es schon so oft getragen. Ich möchte mich selbstbewusst fühlen, richtig gut aussehen. Nein«, entschied sie plötzlich, »ich werde das cremefarbene anziehen. Und das heißt Perlen, Susan, die doppelreihige Kette. Ich glaube, Mr. Harrington hat sie mir zu unserem zehnten Hochzeitstag geschenkt.«

Sie war überrascht, dass es ihr gelungen war, so etwas zu sagen: überrascht und stolz. Es war die Art von Bemerkung, die normale Frauen machten, selbstsichere Frauen, die sich für nichts schämen mussten, die keine Angst davor haben mussten, was sie erwartete. So etwas sagte eine Frau, die sich auf einen schönen Abend freute, auf ein Treffen mit alten Freunden, die sie mit offenen Armen empfangen, sich nicht von ihr abwenden, sie nicht ausschließen und sie nicht wie eine Aussätzige behandeln würden.

Sie schaffte es, diese optimistische und tapfere Stimmung aufrechtzuerhalten – wenn auch mit einiger Mühe –, als sie in den Salon ging, um Justin zu begrüßen. Sie erwartete die übliche ekstatische Begrüßung von ihm, musste jedoch zu ihrer Überraschung feststellen, dass er offenkundig ungeduldig war.

»Ich habe Ihnen doch gesagt, Sie sollten fertig sein«, sagte er tadelnd. »Ich habe extra die Probe verlassen, um Sie abzuholen.«

»Das war nicht nötig«, erwiderte Cecily. »Ich bin durchaus in der Lage, eine Strecke von einer Meile eigenständig zu bewältigen.«

»Ich wollte es aber gern.« Seine Stimme klang nicht ganz so warm und liebenswürdig wie sonst. »Ich wollte nur nicht lange wegbleiben, das ist alles. Ich mache die Fotos von der Veranstaltung und …«

»Ich bin sicher, man wird Sie zehn Minuten entbehren können«, erklärte Cecily. »Ich werde uns jetzt ein Gläschen eisgekühlten Champagner einschenken und wir können …«

»Liebste Cecily«, sagte Justin, wobei die freundliche Anrede ihn spürbare Überwindung kostete, »ich habe jetzt keine Zeit für Champagner. Ich habe meinen Assistenten mit einer sehr schwierigen Sequenz allein gelassen und muss so schnell wie möglich zurück.«

»Nun, es ist jammerschade, dass Sie nicht Ihren Assistenten geschickt haben«, fuhr Cecily ihn scharf an, »denn ich möchte ein Glas Champagner, also fahren Sie besser ohne mich zurück. Fahren Sie, ich komme nach. Und Sie brauchen sich keine Sorgen zu machen, dass ich nicht kommen könnte. Mir ist es aus mehreren Gründen sehr wichtig, an dieser Veranstaltung teilzunehmen, die allesamt nichts damit zu tun haben, ob Sie mich begleiten oder nicht.«

Bei den letzten Worten schaute sie ihn nicht an und sah deshalb nicht den Schmerz in seinen Augen. Aber sie hörte, wie die Tür des Salons hinter ihm zuschlug, als er hinausging, und spürte selbst einen schmerzhaften Stich. Sie setzte sich und klingelte nach Adams. Justin hatte ihr noch nicht einmal ein Kompliment über ihr Aussehen gemacht. Erneut wich der Schmerz dem Ärger.

Ganz gleich, wie beschäftigt Benedict auch gewesen sein mochte, er hatte immer Zeit gefunden, ihr ein Kompliment zu machen, und war nie derart in Hektik geraten, dass er ihr den Wunsch, noch ein Glas Champagner zu trinken, abgeschlagen hätte ...

Justin saß in seinem Taxi und zitterte buchstäblich vor Wut. Da hatte er doch tatsächlich einen der wichtigsten Fototermine seines Lebens verlassen, war das Risiko eingegangen, dass alles schief lief – und das nur, um sich dem albernen Getue eines reichen, verwöhnten, egozentrischen Weibsbilds auszusetzen. Wie war es möglich, dass sie nicht erkannte, wie wichtig diese Sache für ihn war? Er hatte sich eigens von einem wichtigen Termin losgeeist, um sie abzuholen. Wie konnte es sein, dass sie das nicht zu schätzen wusste?

Natürlich war es kein Wunder, dass sie so verwöhnt war. Ihr Mann war einer der reichsten Männer Englands gewesen. Nun, er würde sie nicht verwöhnen. Entweder sie akzeptierte ihn, so wie er war, akzeptierte die Verpflichtungen und die eingeschränkten Finanzen, die sein Beruf und seine Lebensweise mit sich brachten, oder ihre Beziehung war zu Ende. Dann wurde ihm bewusst, dass diese Beziehung nur in seinen Wunschträumen bestand und nüchtern betrachtet überhaupt keine Zukunft hatte.

»Ach Cassia, da bist du ja. Ich finde, du hättest ruhig ein bisschen früher kommen können. Ich hätte ein wenig Hilfe beim Ausarbeiten der Sitzordnung brauchen können.«

Cassia sah Edwina an, die auf der anderen Seite des Ballsaals des Dorchester stand. Der Raum war ein einziges Chaos: Männer auf Leitern montierten Lampen, andere verlegten Kabel, wieder andere waren damit beschäftigt, den großen Laufsteg, der zwei Drittel des Raums einnahm, mit rotem Fries zu überziehen. Einige Mannequins liefen in Morgenmänteln herum, ein junger Mann mit langem braunem Haar brüllte eines der Mannequins an. Der Pianist am Klavier spielte Melodien, die offenkundig beruhigend wirken sollten, aber nicht die geringste Wirkung zeitigten, und die Frau ihres Geliebten schaute über dieses ganze Chaos hinweg zu ihr herüber. All das trug ein wenig dazu bei, sie wieder in die Realität zurückzubringen.

Bis zu diesem Moment war ihr alles äußerst unwirklich erschienen. Sie war im Laufe dieses Tage einem Ansturm von derart extremen und starken Gefühlen ausgesetzt gewesen, dass sie sich jetzt völlig leer fühlte. Vor einer halben Stunde hatte sie es geschafft, die Kleider bei Leon de Rosay abzuholen und sich dafür zu bedanken. »Ja, sie sitzen jetzt ganz wundervoll«, hatte sie ihm versichert, »wie angegossen«. Während er sie in diesen Kleidern betrachtete, hatte sie sich gefragt, ob er ihr wohl ansehen konnte, was in den Stunden zwischen der morgendlichen Anprobe und dem

Nachmittag mit ihr geschehen war, in den Stunden, in denen seine Näherinnen fieberhaft Nähte aufgetrennt und neu zusammengeheftet hatten und die sie gemeinsam mit Harry in ihrem Bett in der Walton Street verbracht hatte.

Konnte er erkennen, dass jener Körper, an dem er jetzt seine Kreationen begutachtete, bebend und drängend zu den höchsten Gipfeln der Lust emporgestiegen war, nicht nur einmal, sondern immer wieder, während der Morgen zum Nachmittag und der Nachmittag zum Abend wurde? Konnte er erkennen, dass die Stimme, die ihm ruhig und höflich versicherte, die Kleider seien jetzt perfekt, absolut vollkommen, immer wieder laut vor wilder, primitiver Lust aufgeschrien hatte, dass die Ohren, an denen er zunächst die eine Sorte Ohrringe, dann ein anderes Paar feststeckte, Worte von so archaischer, sinnlicher Begierde gehört hatten, dass die bloße Erinnerung daran ihren Körper vor Wollust erschauern ließ?

Doch die vielleicht bemerkenswertesten Worte von allen, wenn man berücksichtigte, dass sie über Harrys Lippen gekommen waren, und zwar nicht nur einmal, sondern immer wieder, lauteten: »Es tut mir Leid«.

»Es tut mir Leid«, hatte er gesagt, als sie ihn finster und fassungslos anblickte, weil ihr der Schreck über den Beinahe-Unfall immer noch in den Knochen saß. »Ich habe nur versucht, dich einzuholen, deine Aufmerksamkeit zu erregen.«

»Und dabei hättest du mich um ein Haar umgebracht, ganz zu schweigen von dir selbst und mehreren anderen Autofahrern«, schnaubte sie. »Wirklich, Harry, du bist ein hochkarätiger Kretin. Du solltest besser mal mit dem Fahrer des Riley reden. Ich fürchte, er wird gleich mit den Fäusten auf dich losgehen.«

»Es tut mir Leid«, sagte Harry zu dem Mann im Riley, dessen Kühlerhaube buchstäblich um einen Laternenpfahl gewickelt war, »das war schrecklich dumm von mir. Selbstverständlich werde ich für alle entstandenen Schäden aufkommen. Hier ist meine Karte.«

»Bitte entschuldige«, sagte er abermals zu Cassia, als sie, immer noch mit finsterer Miene, im Bentley saß. »Ich hätte nicht sagen sollen, dass du furchtbar aussiehst, aber du ... aber es stimmt. Hast du in dem Kleid geschlafen oder so was?«

»Nein«, erwiderte sie.

»Sieht aber so aus. Und Strümpfe mit Laufmaschen.« Er fuhr mit dem Daumen über die gezackte Linie, die sich von ihrem Knie hinunter zum Knöchel zog. »Also wirklich, Cassia!«

»Wie bedauerlich, dass du das alles so schockierend findest«, knurrte sie, während sie merkte und gleichzeitig zu ignorieren versuchte, dass sogar die simple Tatsache, dass er ganz leicht mit dem Daumen über ihr Bein fuhr, Auswirkungen auf völlig andere Regionen ihres Körpers hatte, der mit erschreckender Empfänglichkeit reagierte.

»Nicht schockierend, nur überraschend«, erklärte er, und dann: »Es tut mir Leid, Cassia. Es tut mir Leid, dass ich dich so falsch beurteilt habe. Ich habe voreilige Schlüsse gezogen. Wegen ... wegen Cameron.«

Und während sie ihn anstarrte, verblüfft über diese ungewöhnlichste und unerwartetste seiner Entschuldigungen, fügte er, wenn auch eindeutig mit großer Anstrengung, hinzu: »Ich neige dazu, etwas übereilt zu handeln. Manchmal. Und ich werde nicht so tun, als sei es mir gleichgültig. Das ist es keineswegs. Aber ich kann damit leben. Es macht mir nicht so viel aus, als dass ich aufhören könnte, dich zu lieben.«

Ein warmes Glücksgefühl durchströmte sie, überwältigte sie; sie blieb ganz still, wagte nicht zu sprechen, wagte nicht, sich auch nur zu bewegen.

»Feiner Kerl, dieser Cameron.« Er lehnte sich im Fahrersitz zurück und schaute geistesabwesend aus dem Fenster. »Sehr feiner Kerl. Hochanständig. Er ist zu mir gekommen, weißt du. Nein, natürlich weißt du das nicht. Heute Morgen. Um es mir zu erklären.«

»Oh, ich verstehe. Was ... was hat er denn gesagt?«, fragte sie mit leichter Nervosität.

Er schaute sie einen Moment lang nachdenklich an und meinte dann mit einem kleinen Lächeln: »Tja, das ist natürlich eine sehr interessante Situation. Immerhin habe ich jetzt die Möglichkeit, deine Version zu hören und sie mit seiner zu vergleichen. Soll ich das tun, Cassia, willst du mir deine Version der Ereignisse schildern? Könnte sie von Camerons abweichen, was meinst du?«

»Du bist unmöglich.« Wut stieg in ihr auf. »Wirklich absolut unmöglich. Ich werde dir sagen, was passiert ist, nicht um deine verdammte Billigung zu erhalten, Harry Moreton, sondern weil ich will, dass du es erfährst.«

»Sei nicht albern.« Er streckte die Hand nach ihr aus. »Ich habe doch nur Spaß gemacht. Ich kann nichts dagegen tun, dass ich eifersüchtig auf den Kerl bin, Cassia, aber ich kann es ertragen. Ich habe gesagt, dass es mir Leid tut, verdammt noch mal. Was willst du denn noch?«

Sie lächelte ihn an. Alles schien plötzlich so leicht.

»Dich«, sagte sie. »Ich will dich. So schnell wie möglich.«

Edwina nahm den ganzen Abend wie durch einen Nebelschleier wahr. Irgendwie löste sich das Chaos im Saal auf, ordnete sich, die Musik setzte ein und der Pianist spielte sich durch sein Repertoire von Gershwin, Cole Porter und

Irving Berlin. Die Mannequins trafen eines nach dem anderen ein, die Laien aufgeregt schnatternd, die professionellen mit gleichmütiger Lässigkeit. Die Kinder, die sich von ganz gewöhnlichen kleinen Mädchen in festlich geschmückte Brautjungfern verwandelt hatten, präsentierten sich Edwina stolz in einer Wolke aus Rüschen und Bändern.

Die Stuhlreihen begannen sich zu füllen. Edwina lugte durch ein Loch im Vorhang und beobachtete das Eintreffen zahlloser Freunde: Eine schrecklich nervös aussehende Cecily trat ganz allein in den Saal. Eine Bekannte ging auf sie zu, begrüßte sie, dann noch eine und schließlich scharte sich eine ganze Gruppe um sie (aber wo zum Teufel steckte Justin? Er hatte doch versprochen, sich um Cecily zu kümmern). Francis traf ein, zusammen mit Aurora Le Page und Drusilla Wyndham. Edward Fallon erschien mit seinen zwei kleinen Jungen und einem außergewöhnlich hübschen, dunkelhaarigen Mädchen, der Kinderfrau, wie Cassia sagte. Die Whittakers nahmen ihre Plätze ein; interessanterweise wirkte Lady Whittaker ausgesprochen nervös. Dann sah Edwina ihre eigenen Eltern hereinkommen und fand, dass ihre Mutter in dem perlenbesetzten schwarzen Kleid einfach phantastisch aussah. Leon de Rosay schlüpfte in die hinterste Reihe, nachdem er zuvor alle Leute in der Garderobe komplett verrückt gemacht hatte. Justin kam von irgendwo hinter der Bühne und baute seine Kamera auf einem Stativ neben Leon auf. Dann machte die Zeit einen Sprung, sie hatte ihre Willkommensrede gehalten, alle Anwesenden begrüßt, und es ging los: Die ersten Frauen schwebten in äußerst professioneller Manier über den Laufsteg, sogar Venetia Hardwicke, die doch zwei linke Füße hatte, und dann …

»Ruhe!«, rief Francis Stevenson-Cook. »Ich bitte kurz um Ihre Aufmerksamkeit. Mr. Rupert Cameron wird aus der Zeitung von morgen vorlesen, die ich durch meine hervorragenden Kontakte zur Fleet Street bereits jetzt besorgen konnte. Der Artikel sagt alles.«

Rupert erhob sich, lächelte, wedelte mit einer Ausgabe des *Daily Sketch* und fing an, in höchst dramatischem Ton vorzulesen:

»Ein Riesenerfolg der Benefiz-Modenschau. Die Creme der Londoner Gesellschaft sowie der Mode- und Theaterwelt traf sich am gestrigen Abend im neuen Ballsaal des Grosvenor House Hotels, wo eine Modenschau zu Gunsten der Universitätsklinik St. Christopher's stattfand. Geleitet wurde die Veranstaltung von Mrs. Edwina Moreton, Moderedakteurin der Zeitschrift Style ...«, frenetischer Beifall.

Als sie das hörte, war Edwina froh, dass weder Aurora Le Page noch Drusilla Wyndham mit zu der Party gekommen waren, die Francis im Dorchester ausgerichtet hatte.

»Die Plätze waren restlos ausverkauft, und Gäste des Hotels, die keine Karten mehr bekommen hatten, wohnten der eineinhalbstündigen Veranstaltung bereitwillig im Stehen bei. Viele von Mrs. Moretons Freundinnen, einschließlich Mrs. Cassia Fallon, Ärztin am St. Christopher's ...« – lauter Applaus und begeisterte Pfiffe –, *»führten Kreationen der besten Londoner Couturiers vor, aber auch zahlreiche professionelle Mannequins unterstützten die Benefizveranstaltung.*

Das Finale der großartigen Schau bildete eine Hochzeitsszene, zu der auch ein Kinderballett gehörte. Die Choreographie besorgten Madame Evelyn Brunel von der bekannten Brunel Academy und der Schauspieler Mr. Rupert Cameron, der Star des neuen Theaterhits Briefe« – ohrenbetäubender Beifall. »*Eine der schönsten Brautjungfern war die zehnjährige Portia Studely, Tochter von Mr. Camerons Bühnenpartnerin Eleanor Studely.*

Der Abend brachte über 1000 Pfund für die Universitätsklinik ein. Mr. Stevenson-Cook, Verlagsleiter des Modemagazins Style, *überreichte den Scheck Mrs. Mary Whittaker vom Krankenhausbeirat und bedankte sich bei Mrs. Moreton für ihre engagierte Arbeit«* – »Gut gemacht, Edwina«, jubelte die Menge – »*und erklärte, er sei sehr stolz auf die Mitwirkung seiner Zeitschrift an dieser Veranstaltung.«*

Einige Leute fehlten auf der Party: Edward Fallon war mit Janet Fraser zurück zum Haus in die Walton Street gefahren. Er hatte (absolut wahrheitsgemäß) gesagt, dass die Jungen nach Hause müssten, weil sie erschöpft seien und ins Bett gehörten. Er und Janet verbrachten den restlichen Abend damit, Kakao zu trinken und Canasta zu spielen.

Als Edward später im Bett lag und allmählich in den Schlaf glitt, war er immer noch überrascht darüber, wie viel Spaß die ganze Sache ihm gemacht hatte. Janets Gegenwart, ihr Lächeln, ihre vernünftigen und gelegentlich trockenen Kommentare hatten die Oberflächlichkeit von Cassias Freunden und den anstrengenden Verkehr mit ihnen irgendwie erträglicher gemacht. Außerdem konnte sie einfach wundervoll mit den Kindern umgehen (die sich schnell gelangweilt und in regelmäßigen Abständen laut flüsternd gefragt hatten, wann es denn endlich vorbei sei). Janet hatte sie streng daran erinnert, wie sehr sie darum gebettelt hatten, dabei sein zu dürfen, und sie immer wieder mit Bonbons gefüttert, die sie aus einer scheinbar bodenlosen Papiertüte in ihrer Tasche hervorzauberte. Das alles hatte ihn wirklich sehr beeindruckt. Ebenso wie die

Beharrlichkeit, mit der sie darauf gedrängt hatte, dass Cassia auf die Party gehen sollte, und die taktvolle Art, mit der sie erkannt hatte, dass er, Edward, diesem Ereignis lieber entfliehen wollte: »Aber vielleicht könnte euer Papa mit uns nach Hause kommen, das wäre eine große Hilfe für mich.«

Wirklich sehr beeindruckend.

Auch Cecily war nicht auf der Party gewesen, ebenso wenig wie Justin. Sie waren zusammen in Cecilys Haus am Eaton Place zurückgekehrt (nachdem sie sich in der Pause beinahe unisono beieinander entschuldigt hatten) und tranken eine Flasche von dem Champagner, den Cecily vorhin hatte auf Eis legen lassen. Cecily war dann zu Bett gegangen, weil sie sich tatsächlich erschöpft fühlte. Trotzdem war sie sehr glücklich und zudem fest entschlossen, in Zukunft mehr Verständnis für die Anforderungen eines Berufslebens aufzubringen, von dem sie bis dahin keinerlei Vorstellung gehabt hatte. Justin für seinen Teil war den ganzen Weg zu seiner Wohnung in Clapham zu Fuß gegangen, hatte die Entfernung jedoch kaum wahrgenommen. Auch er war entschlossen, von nun an Verständnis für eine ihm vollkommen fremde Lebensweise zu zeigen, eine Lebensweise, die sogar die liebenswürdigsten und selbstlosesten Menschen korrumpieren konnte.

Auch Eleanor Studely war nicht auf der Party. Sie hatte darauf bestanden, dass sie und Portia, die scheußliches Kopfweh hatte, die Ruhe und Abgeschiedenheit ihres Hauses in Peckham brauchten. Während sie eine Tasse starken Tee trank, versuchte sie sich einzureden, dass die Vorstellung, wie Rupert Cameron mit unzähligen hübschen jungen Frauen auf dieser Party flirtete, immer noch leichter zu ertragen sei, als selbst dort zu sein und es mit ansehen zu müssen. Der Versuch war nicht sonderlich erfolgreich.

34

»Cecily« – Cassias Stimme am Telefon klang drängend, seltsam aufgeregt. »Sprichst du Französisch?«

Cecily kämpfte sich in eine sitzende Haltung hoch. »Ja«, sagte sie, »ja, tu ich.«

»Gut. Ich wollte dich fragen ...«

Drei Tage später lag Cassia im Schlafwagen des Golden Arrow, der durch die dunklen Landstriche Nordfrankreichs ratterte, und empfand eine merkwürdige Mischung aus Hochstimmung und Panik. Cecily zu ihrer Komplizin zu machen war ein Geniestreich gewesen, dachte sie. Diese Eingebung war ihr gekommen, als sie nach der Party bei sich zu Hause in der Walton Street auf dem Sofa lag und sich den Kopf darüber zerbrach, wie sie ihrer Familie und, nicht zu vergessen, Harry erklären sollte, warum sie unbedingt nach Frankreich musste. Und es hatte fabelhaft funktioniert. Cecily hatte das Ganze spannend und aufregend gefunden, absolute Verschwiegenheit gelobt und völlig verstanden, warum sie nach Paris wollte (so wie Cassia es dargestellt hatte, war der Grund eher eine leichte Neugier als das brennende, verzweifelte Bedürfnis, mehr darüber zu erfahren, wie Leonora die letzten Monate ihres Lebens verbracht hatte). Auf Cecilys Vorschlag hin hatten sie erklärt, dass die Reise der Erholung von Cecily diene, die sich außerdem dringend neue Kleider kaufen müsse.

Sie stiegen im Ritz ab. »Ich lade dich ein«, beharrte Cassia. »Das ist das wenigste, was ich tun kann. Wir wollen doch auch ein bisschen Spaß haben.« Als sie dann an ihrem Aperitif nippten und die unglaublich umfangreiche Menükarte für das Mittagessen studierten, fragte Cassia sich, warum sie ihren Reichtum nicht öfter genutzt hatte, um ein wenig im Luxus zu schwelgen.

Sicher, sie hatte Rücksicht auf Edward nehmen müssen, eine Anforderung, der sie, wie sie jetzt reumütig dachte, nicht besonders gut gerecht geworden war. Aber es gab natürlich noch einen weiteren Grund, der anfangs keine Rolle gespielt hatte, jetzt jedoch zunehmend an Bedeutung gewann – ein wachsendes Unbehagen, ein Gefühl, dass das Geld ihr nicht rechtmäßig zustand, dass sie gar kein Anrecht darauf hatte.

Vielleicht würde die Reise ihr dieses Anrecht verschaffen, aber sie befürchtete eher das Gegenteil.

Nach einem Lunch aus Lammnüsschen, die so zart waren, dass sie im wahrsten Sinne des Wortes auf der Zunge zergingen, und Champagnersorbet bummelten Cecily und Cassia durch die hell erleuchteten Straßen des weihnachtlich geschmückten Paris.

Cecily kannte die Stadt wie ihre Westentasche. Vor ihrer Saison in London hatte sie ein halbes Jahr in Paris verbracht und jetzt spielte sie die Touristenführerin. Auf ihrem gemeinsamen Bummel zollten sie der Hochburg der Mode gebührenden Tribut: Sie kauften Kleider, Parfüm, Hüte für sich selbst, Geschenke für alle anderen. Nach fast jeder Stunde legten sie eine Pause ein, tranken einen Zitronentee oder eine heiße Schokolade mit einem Berg *Crème chantilly* obendrauf und stärkten sich mit köstlichen Konditoreiwaren, mit Obsttörtchen und Schokoladen-Eclairs.

Gegen sieben Uhr abends fuhren sie mit einem Taxi zurück ins Hotel und ließen sich erschöpft in ein heißes Bad sinken. Nachdem sie sich umgezogen und bei einem Cocktail neue Energie getankt hatten, gingen sie aus, um im prachtvollen *Art-Nouveau*-Ambiente des Maxim's zu dinieren, saßen matt und selig über ihrem Hummer Thermidor und beobachteten das Treiben der eleganten Pariser.

»Der Unterschied zu London ist«, sagte Cecily nachdenklich, »dass die Leute in Paris viel selbstsicherer sind. Sie grübeln nicht ständig darüber nach, was andere von ihnen denken könnten. Ach, ich fühle mich pudelwohl. Das war eine famose Idee von dir, Cassia.«

Am nächsten Morgen fuhren sie mit der Metro zur Porte d'Auteuil. Cassia hatte befürchtet, dass sie sich inmitten eines Slums, einer Pariser Variante von Whitechapel, wieder finden würden, und stellte erleichtert fest, dass es sich um einen Stadtteil handelte, der zwar nicht schön, aber durchaus respektabel war. Der Hauptunterschied war die Farbe. Während die Bezirke von Paris, die sie bis jetzt gesehen hatte, in allen erdenklichen Weiß- und Goldtönen geleuchtet hatten, war Auteuil von einem tristen, durchgängigen Grau, mit neu errichteten Wohnblocks an jeder Ecke.

Sie stand in der Straße, stellte sich vor, wie Leonora ganz allein, krank und voller Angst aus der prachtvollen, von Bäumen umsäumten Avenue Foch hierher gekommen war, und fühlte sich elend.

Der Wohnblock, in dem Leonora gelebt hatte, war ein riesiger, rechteckiger Betonkasten, ganz im neuen funktionalen Stil erbaut. Er erstreckte sich über einen ganzen Straßenzug, war etwa zwölf Stockwerke hoch und hatte kleine, viereckige Fenster. Etwa alle fünfundzwanzig Meter führte eine Tür geradewegs auf die Straße, jede fest verschlossen. »Sie wohnte in Nr. 110«, sagte Cassia, »das muss etwa hier liegen. Wie um alles in der Welt sollen wir da reinkommen? Es gibt keinen Haupteingang, keinen Portier.«

»Wir bleiben einfach hier stehen«, schlug Cecily vor. »Irgend jemand wird früher oder später herauskommen. Dann schlüpfen wir schnell rein.«

Nicht zum ersten Mal, seit sie nach Paris gekommen waren, warf Cassia ihr einen bewundernden Blick zu.

Sie mussten fast eine halbe Stunde warten. Schließlich tauchte ein alter Mann mit einer Zigarette im Mundwinkel auf. Er beäugte sie misstrauisch und versuchte, die Tür hinter sich zuzuziehen. Cecily schenkte ihm ein strahlendes Lächeln und streckte schnell den Arm aus, um ihn davon abzuhalten.

»Bonjour, Monsieur. Comment allez-vous? Nous visitons notre grandmère au cinquième étage.«

Der alte Mann starrte sie weiterhin missmutig an, ließ sie aber durch.

Das Treppenhaus war sauber, aber unglaublich hässlich. Die Wohnung lag im vierten Stock.

»Stell dir bloß mal vor, du musst alle deine Einkäufe hier hochschleppen«, sagte Cecily. »Und Leonora war krank. Nicht mal ein Fahrstuhl. Ich mag gar nicht daran denken.«

Sie klopften an die Tür von Nummer 110. Keine Antwort, auch nicht bei den Nachbarn linker und rechter Hand oder gegenüber. Das Schweigen hatte etwas Bedrohliches; das einzige Geräusch war das Echo ihres Klopfens.

Eine alte Frau kam langsam die Treppen hoch, schwer atmend, mit einem vollen Einkaufskorb. Cecily ging ihr entgegen und streckte die Hand nach dem Korb aus: *»Puis-je vous aider, Madame?«* Die alte Frau betrachtete sie einen Moment lang argwöhnisch, grunzte dann aber zustimmend und händigte ihr den Korb aus. »*Dans quel apartement est-ce que vous habitez?*«

»*Numéro cent sept.*« Sie ging den Korridor entlang. »*Là-bas.*« Sie sprach sehr schnell und ziemlich guttural: Cassia dankte Gott erneut für Cecily und trottete den beiden demütig hinterher.

Numéro 107 lag recht weit entfernt von Nummer 110. Als sie ankamen, stellte Cecily den Einkaufskorb ab. Während die Frau nach ihrem Schlüssel kramte, fragte Cecily: »*Madame, est-ce que vous connaissiez la femme qui habitait dans cet apartement-là? Numéro cent dix? Une femme anglaise?*«

»*Non*«, erklärte die alte Frau entschieden. »*Non, je ne l'ai jamais connu.*« Sie wandte sich ab und betrat ihre Wohnung. Cecily stellte den kleinen, eleganten Fuß in die Tür, von der die Farbe abblätterte.

»*Vous êtes sûr? Lady Beatty? Ou peut être vous la connaissiez sous le nom de Madame Gresham?*«

»*Non, Mademoiselle. Pas du tout. Non.*« Mit einem letzten bösen Blick schlug sie ihnen die Tür vor der Nase zu.

»Ach je«, seufzte Cecily. »Tut mir Leid, Cassia.«

»Sie muss sie gekannt haben. Cecily, sag ihr, wer wir sind. Sag ihr, dass Leonora gestorben ist, dass wir herausfinden wollen, wer sich um sie gekümmert hat, als sie hier wohnte, weil wir der Person danken wollen oder ...« – ihr kam eine Idee – »sie für ihre Mühe entschädigen möchten. Hier, schreib der alten Dame einen Zettel, schieb ihn unter der Tür durch. Ich wette, es funktioniert.«

Es funktionierte. Fünf Minuten später saßen sie in der Wohnung der alten Frau, die ihnen aus einer Blechkanne große Tassen bitteren schwarzen Kaffee einschenkte.

Die Wohnung war sehr einfach. Sie bestand aus einem einzigen relativ großen Raum, von dem eine Küche und ein Bad abgingen. Es war dunkel, die einzigen kleinen Fenster des Zimmers gingen auf einen weiteren großen Wohnblock hinaus, der direkt dahinter lag, und es war kalt. Cassia versuchte, sich Leonora in dieser Umgebung vorzustellen. Leonara mit ihren extravaganten Vorlieben, ihrem Hang zum Luxus, ihren schönen Kleidern. Sie versuchte sich vorzustellen, in was für einer verzweifelten Lage sie sich befunden haben musste, um hier einzuziehen – und konnte es nicht.

Es war eine merkwürdig frustrierende Erfahrung, hier zu sitzen und Cecily zu bitten, Fragen zu stellen, wichtige Fragen, und nie genau zu wissen, ob Cecily die Frage wirklich richtig stellte, die Antwort richtig deutete. Doch einige Tatsachen begannen sich herauszukristallisieren: Leonora war kurz nach Weihnachten eingezogen und nur wenige Wochen geblieben. Zumindest dieser Teil der Geschichte schien also zu stimmen. Sie war krank gewesen, zwei- oder dreimal war ein Arzt gekommen, dann nicht mehr.

Ein junger Mann, der neben ihr gewohnt hatte, war recht gut mit ihr bekannt gewesen, hatte gelegentlich Einkäufe für sie erledigt, und die alte Frau selbst hatte ihr hin und wieder einen Teller Suppe gebracht. Sie war von einer englischen Dame besucht worden – Miss Monkton, wie Cassia vermutete –, und kurz darauf war jemand gekommen und hatte sie weggebracht. Seitdem hatte die Frau Leonora nicht mehr gesehen, obwohl sie ihnen einen Brief geschrieben und sich bei beiden, dem jungen Mann und ihr, bedankt hatte.

»Frag sie …« Cassia fühlte sich plötzlich elend und zittrig, »frag sie, ob die Person, die sie abgeholt hat, ein Mann oder eine Frau war.«

»Es war eine Frau. Eine junge Frau. Wahrscheinlich eine Französin, jedenfalls sprach sie perfekt Französisch.«

Cassia entspannte sich, spürte eine ungeheure Welle der Erleichterung.

Die junge Frau war groß, blond und sehr schlank gewesen. Mit schönen Beinen. Elegant gekleidet. Offensichtlich wohlhabend. Die alte Frau kicherte und formte ihre Hände zu einer großen Kugel. Cecily lächelte.

»Sie hatte offenbar eine eindrucksvolle Oberweite.«

»Aber sie weiß nicht, wie sie hieß?«

»Nein.«

»Cecily, frag sie, warum sie nicht mit uns reden wollte.«

Das Gesicht der alten Frau nahm einen wachsamen Ausdruck an, dann sprach sie eine ganze Weile in kurzen, abgehackten Sätzen.

»Anscheinend hatte Leonora Angst vor irgendwelchen Leuten, die hinter ihr her waren. Madame vermutet, dass sie jemandem Geld schuldete. Am Ende konnte sie nicht einmal mehr den Arzt bezahlen, deshalb ließ sie ihn nicht mehr kommen.«

»Was fehlte ihr? Weiß sie etwas darüber?«

Ein weiterer langer Dialog. Die Frau gestikulierte, legte eine Hand auf den Bauch, dann auf die Brust. »Sie tippt auf Frauenleiden. Ziemlich schlimm. Und vielleicht noch etwas anderes, aber sie ist sich nicht sicher.«

»O Gott, arme Leonora. Kennt sie den Namen des Arztes?«

»Der Arzt heißt Bertillon, seine Praxis liegt in der Rue Chanez.«

»Und diese junge Frau, wann ist sie zu Leonora gekommen?«

»Irgendwann vor Ostern, an den genauen Zeitpunkt kann sie sich nicht mehr erinnern.«

Sie erhoben sich. »Cecily, frag sie, wie wir uns am besten für das bedanken können, was sie für Leonora getan hat. Was sie gern hätte – Essen, Wein, Geld ...«

Die alte Frau schaute verächtlich. »Sie will nichts. Sie sagt, Leonora war eine Freundin, sie hätte es gern getan.« Die alte Frau sprach erneut, ihre dunklen Augen funkelten. Cecily hörte zu, lachte dann. »Sie sagt, zu einer Flasche Benediktiner würde sie nicht Nein sagen.«

Dr. Bertillon war ein charmanter, recht attraktiver junger Mann mit dunklen Augen und schwarzen Locken. Er sprach sogar ein wenig Englisch, konnte ihnen aber trotzdem nicht weiterhelfen, da der Dr. Bertillon, der Leonora behandelt hatte, sein Vater war und im Augenblick Verwandte in Tours besuchte.

»Vielen Dank, Dr. Bertillon«, sagte Cassia. »Vielleicht könnte ich Ihren Vater anrufen, wenn er nächste Woche wieder da ist?«

»Aber natürlich, Madame. Ich bin sicher, er wird Ihnen gern behilflich sein, wenn er kann.«

Die Wohnung in Passy war tatsächlich so schön, wie man sie ihr beschrieben hatte. Tatsächlich war alles ganz genau so, wie man es ihr erzählt hatte, dachte Cassia und fragte sich, warum sie das irritierte. Die Apartementwohnung lag im obersten Stockwerk eines herrlichen Hauses aus dem 18. Jahrhundert, hoch über den Trocadero-Gärten. Durch eine *Porte Cocherie,* einen alten Toreingang, gelangte man in einen bezaubernden Innenhof, der sogar im kalten Dezemberlicht etwas Sommerliches hatte. Die Frau des Hausmeisters führte sie zu der Wohnung, die sich neben der befand, in der Leonora gewohnt hatte – ihre schien wieder belegt zu sein. Sie bewunderten die schöne Aussicht, die man sowohl nach hinten auf den

Hof als auch nach vorn auf den Jardin de Luxembourg hatte.

Die Frau des Hausmeisters sagte auf Französisch etwas zu Cecily. »Leonora ist anfangs offenbar gern in den Trocadero-Gärten spazieren gegangen. Später konnte sie dann die Stufen nicht mehr steigen. Sie musste sich mit dem Balkon begnügen, auf dem sie das ganze Frühjahr und den ganzen Sommer verbrachte und auf dem sie dann auch gestorben ist.«

»Wer hat sie besucht? Weiß Madame etwas darüber?«

Ein weiterer Schwall französischer Worte. »Mehrere Herren und eine sehr freundliche, ältere englische Dame.«

»Frag sie, wer sie hergebracht hat.«

Cecily tat es. »Eine Französin, ziemlich jung. Du siehst, es scheint alles zu stimmen, Cassia. Lass uns gehen und irgendwo etwas essen, ich sterbe vor Hunger.«

»Ja, natürlich. Ich möchte nur noch wissen, ob noch jemand hier wohnt, der Leonora kannte und mit dem ich sprechen könnte.«

Es gab jemanden. Eine Dame, die ein Stockwerk tiefer wohnte, eine gewisse Madame Christophe. Die beiden hatten sich recht gut angefreundet. Sie war im Moment nicht zu Hause, würde erst am Nachmittag zurückkommen. »Und sie spricht Englisch. Könnten wir jetzt bitte etwas essen, Cassia? Ich werde sonst garantiert ohnmächtig.«

Nach dem Lunch besorgte Cassia ein Taxi, das Cecily zurück zum Hotel bringen sollte, damit sie sich ein wenig ausruhen konnte. Sie selbst ging zum Boulevard Montparnasse. Sie hatte in dieser Gegend noch etwas zu erledigen.

Leonora war auf dem Friedhof von Montparnasse begraben. Während Cassia über die Kieswege zwischen den Grabreihen ging und halb belustigt, halb beeindruckt die prunkvollen Grabsteine und Statuen betrachtete, fragte sie sich, warum man wohl diese Ruhestätte für Leonora gewählt hatte. Es gab einen Friedhof in Passy. Warum hatte man sie hier beerdigt? Sie erkannte mehrere berühmte Namen: Baudelaire, Maupassant, Saint-Saëns, lächelte über eine Grabskulptur, die ein Pärchen im Bett darstellte, und über eine Nachbildung von Rodins *Kuss*.

Schließlich fand sie Leonoras Grab. Auf einem schlichten weißen Marmorkreuz standen ihr Name und die Geburts- und Todesdaten: Juni 1886 – Mai 1935.

Unter dem Kreuz lagen einige verwelkte Blumen. Cassia fragte sich, wer sie wohl gebracht haben mochte, und wünschte, sie könnte dem Betreffenden danken. Dann legte sie den kleinen Strauß weißer Rosen, den sie auf dem Weg hierher gekauft hatte, daneben.

Es war sehr kalt. Sie schlug den Mantelkragen hoch und stand eine Weile schweigend da, dachte an Leonora, die unter der harten, gefrorenen Erde lag, in der Kälte, die sie so sehr verabscheut hatte, und versuchte, sich an die Leonora zu erinnern, die sie als Kind gekannt hatte, bevor die Schatten auf ihr Leben fielen – schön, charmant, amüsant, angebetet von ihrem Mann, geliebt von ihren Freunden …

Madame Christophe bot Cassia Kaffee und Kuchen an und war sehr gern bereit, über Leonora zu sprechen. Sie war hübsch, ein wenig pummelig, gut gekleidet und trug sehr viel Schmuck. Kurz nachdem sie die Wohnung bezogen hatte, war ihr Mann gestorben. Das war einer der Gründe gewesen, die sie zu Leonora hingezogen hatten; sie waren beide sehr einsam gewesen, hatten beide in der Vergangenheit gelebt.

»Sie war so tapfer, so ungemein tapfer. Sie hatte furchtbare Schmerzen, aber sie hat nie geklagt. Nur wenn sie Bekannte von früher getroffen hat – das fand sie schrecklich. Sie müssten sie hässlich finden, meinte sie.«

»Ich wünschte, ich hätte sie sehen können. Ich wünschte, ich hätte gewusst, wie krank sie war. Sie muss sehr schlecht von mir gedacht haben.«

»Aber nein, Madame«, protestierte Madame Christophe empört. »Sie hat Sie geliebt. Sie hat stundenlang von Ihnen gesprochen, und von Ihrer *Maman*, wie viel Spaß sie mit Ihnen hatte, als Sie Debütantin waren. Sie war so stolz auf Sie, auf Ihren Erfolg als Ärztin. Sie hat Sie angebetet.« Ein Lächeln huschte über ihr Gesicht. »Sie und Ihr Cousin, Monsieur Moreton. Er hielt auch große Stücke auf Sie. Ich glaube, Lady Beatty hätte sich gewünscht, dass Sie beide heiraten. Er war oft hier, in den letzten Wochen vor ihrem Tod.«

»Tatsächlich?«

»*Mais oui!* Er war so gut zu ihr, so freundlich, so *tendre*. Als sie dann im Sterben lag, saß er eineinhalb Tage lang an ihrem Bett. Er hat sie nie länger als einen kurzen Moment allein gelassen, bis sie *sauve* war. Sie hatte große Angst vor dem Tod, vor der Dunkelheit und der Kälte. Sie hasste den Friedhof von Passy. Er liegt hier ganz in der Nähe, wissen Sie, hinter den Gärten. Immer wieder sagte sie: ›Bald werde ich da unten liegen und nicht wegkönnen‹, und am Ende nahm sie Monsieur Moreton das Versprechen ab, dass er sie woanders hinbringen würde. An diesem Ort hier wollte sie nur lebendig sein, nicht tot und begraben.«

Deshalb lag sie also am Montparnasse, dachte Cassia. Madame Christophe wischte sich über die Augen und lächelte schwach: »Er war so gut zu ihr. Als sie noch nach draußen konnte, ging sie immer gern die Treppen zu den Gärten hinunter. Er hat sie abgeholt, ist ganz langsam und geduldig mit ihr spazieren gegangen und hat sie zum Schluss auf seinen Armen zurückgetragen. Es tut mir Leid, wenn meine Worte Ihnen Kummer bereiten.«

»Nein«, sagte Cassia, »das muss es nicht. Ich höre Ihnen gerne zu.« Sie dachte an Harry, den arroganten, ungeduldigen Harry, wie er langsam durch die Gärten spaziert war, die kranke Leonora die Stufen hochgetragen hatte, wie er viele Stunden an ihrer Seite gesessen hatte, als der Tod, vor dem sie solche Angst hatte, unausweichlich wurde, wie er ihr Mut gemacht hatte. Sie erkannte, wie groß seine Liebesfähigkeit war, und fand es seltsam, weil er selbst doch so wenig Liebe erfahren hatte. Er war wirklich ein ganz außergewöhnlicher Mensch.

»Madame Christophe, haben Sie eine junge Frau getroffen, eine Französin? Groß und blond? Sie hat Leonora hierher gebracht.«

»Nein, einer solchen Frau bin ich nie begegnet, aber am Anfang hatte Leonora recht häufig Besuch. Ich kannte Lady Beatty damals noch nicht so gut.«

»Haben Sie einmal Ihren Bruder, Mr. Harrington, getroffen?«

»Ja, ein wirklich charmanter Mann. Er war nicht so oft hier wie Mr. Moreton, aber er hat sie auch häufig besucht.«

»Und haben Sie Mr. Gresham kennen gelernt?«

Ein langes, quälendes Schweigen, dann: »O ja. Ein großer, schwerer Mann, nicht wahr? Sehr, sehr kräftig, ein richtiger – wie sagt man? – ›Pfundskerl‹.«

»Könnte man vielleicht sagen, ja. Sie haben ihn also getroffen?«

»Ja, aber nur ein einziges Mal. Und auch nur im *vestibule*, zusammen mit einem anderen Herrn, einem Engländer. Wie ich es verstanden habe, war es ein Geschäftsfreund.«

»Ah ja.« Cassia fragte sich, wer das gewesen sein mochte; wahrscheinlich ein Anwalt. Nun, das war nicht so wichtig. »Es überrascht mich, dass Sie ihn nicht öfter getroffen haben. Ich dachte, er wäre häufig hier gewesen.«

»Vielleicht war er öfter hier, als ich dachte, Madame. Zeit ist etwas *compliqué*, nicht wahr? Unsere Erinnerung spielt uns Streiche. Er war nicht so freundlich zu mir wie die anderen beiden Herren. Von tadelloser Höflichkeit, *bien sûr*, aber ...« Sie zuckte die Achseln.

»Ja, verstehe. Aber er war nicht bei Leonora, als sie starb?«

»Nein, Madame, niemand war bei ihr, außer dem Arzt und Monsieur Moreton. Ich bin zu ihr gegangen, um Abschied zu nehmen, deshalb weiß ich es.«

»Und hat sie gut von Mr. Gresham gesprochen?«

»O ja, Madame. Sie hatte nur Gutes von ihm zu sagen. Dass er sich immer um sie gekümmert hat, sie gut versorgt zurückgelassen hat. Ich denke, sie war sehr traurig darüber, dass sie sich getrennt hatten, *mais c'est la vie, n'est-ce pas?*«

»Ja«, sagte Cassia abwesend. »*C'est la vie.*«

Sie fuhr mit einem Taxi zurück zum Ritz. Sie fühlte sich müde und seltsam entmutigt. Nichts von dem, was sie an diesem Tag erfahren hatte, deutete darauf hin, dass die Geschichte, die man ihr erzählt hatte, nicht stimmte. Vielleicht war es an der Zeit, ihre Ängste zu begraben, sie ruhen zu lassen ...

»Ich möchte die Scheidung so schnell wie möglich über die Bühne bringen«, sagte Harry. »Ich nehme an, dass du damit einverstanden bist.« Er sprach beiläufig, als ob es darum ginge, sie zum Tee auszuführen, und schenkte ihr ein beinahe wohlwollendes Lächeln.

Edwina lächelte etwas verunsichert zurück. Seine Stimmung war erneut so vollständig umgeschlagen, dass sie nicht wusste, was sie davon halten sollte. Seine ganze Wut, seine Feindseligkeit ihr gegenüber schienen sich in Luft aufgelöst zu haben; er wirkte entspannt, gut aufgelegt, wenn auch distanziert. Vielleicht hatte er eine andere. Vielleicht war all das Getue wegen des Kinderbekommens, seine Wut über ihre Bekanntschaft mit Francis Stevenson-Cook und sogar über ihr leichtsinniges Benehmen bei Janine Sobel nur ein sorgsam eingefädeltes Ablenkungsmanöver gewesen. Der Gedanke beunruhigte sie. Es war eine Sache, eine Ehe zu beenden, weil sie selbst kein Interesse mehr daran hatte, aber etwas ganz anderes war es, als Närrin dazustehen – als betrogene, ahnungslose Ehefrau.

»Ich bin natürlich gern bereit, die Schuld auf mich zu nehmen«, erklärte er. »Also, was meinst du? Soll ich mit Geoffrey Partington reden? Die Sache in die Wege leiten?«

»Also …«

»Was die finanzielle Seite betrifft, werden wir uns sicher einigen können. Ich möchte keineswegs, dass meine geschiedene Frau in beschränkten Verhältnissen leben muss. Ich will, dass du ein schönes kleines Haus bekommst und eine ordentliche Abfindung. Du wirst mich nicht knauserig finden.«

»Aber«, entgegnete sie, »ich habe mich noch gar nicht entschieden. Ich meine, was dein Ultimatum betrifft. Ob ich meine Stelle aufgebe und all das.«

Sie hatte sich entschieden, doch sie würde ihm die Entscheidung nicht auf einem Silbertablett servieren. Großartige Ankündigungen waren ja schön und gut, aber sie in die Tat umzusetzen, eine Ehe aufzugeben, die, wie immer sie es auch betrachtete, beträchtliche Vorteile in Bezug auf Wohlstand und gesellschaftliche Position für sie bot, bedurfte doch reiflicher Überlegung. Schlimmstenfalls wollte sie nach der Scheidung finanziell erheblich besser dastehen als vor ihrer Eheschließung. Und wenn es eine andere Frau in seinem Leben gab, was ihr plötzlich ziemlich wahrscheinlich vorkam, könnte es leichter sein, ihn zu einer wirklich großzügigen Regelung zu bewegen. Eine einmalige Entgleisung auf einer Party war kaum ein Scheidungsgrund. Die Richter würden zu ihren Gunsten entscheiden, und wenn Harry so bald wie möglich frei sein wollte, konnte sie eine Menge Kapital daraus schlagen. Im wahrsten Sinne des Wortes.

Sein Gesicht war ausdruckslos. »Dann entscheidest du dich am besten möglichst schnell, Edwina. Wie ich ja bereits erklärt habe, finde ich die derzeitige Situation alles andere als erquicklich.«

»Tja, das tut mir Leid für dich, Harry«, sagte Edwina, »aber ich muss dich leider bitten, es noch ein wenig länger zu ertragen. Sicher möchtest du nicht, dass ich unsere Ehe leichtfertig aufgebe.«

»Und wie war's in Paris?«, erkundigte sich Justin Everard. »Ich habe dich schrecklich vermisst.« Einen Tag nach ihrer Rückkehr stand er plötzlich vor der Tür. Er sagte, er habe in einem Atelier in Chelsea zu tun gehabt, und fragte, ob sie vielleicht eine Tasse Tee für einen armen Künstler erübrigen könne.

»Es war herrlich, wir hatten eine Menge Spaß. Ich habe dir auch etwas mitgebracht, was dir bestimmt gefallen wird.« Es war eine alte Kamera, die sie in einer der kleinen Seitengassen der Rue Rivoli entdeckt hatte, aus Holz, mit Messingbeschlägen, wahnsinnig teuer und wunderschön.

Justin war überwältigt, drehte das alte Stück immer wieder hin und her und streichelte es zärtlich, als ob es ein lebendiges Wesen wäre. »Wie wunderbar. Du bist unglaublich großzügig.«

»Ich wollte mich nur bedanken. Für alles.«

»Das tust du schon, indem du einfach nur da bist. Du hast übrigens viel verpasst – interessante Klatschgeschichten. Hast du schon den *News Chronicle* gelesen?«

»Nein, nur die *Times*, von der ich kaum ein Wort verstanden habe, und den *Telegraph*, der eine sehr entschiedene Position vertrat: Der König solle an seine Pflicht denken und Mrs. Simpson den Laufpass geben.«

»Völlig richtig. Furchtbare Frau. Na, im *Chronicle* steht, dass offenbar in Erwägung gezogen wird, ihm zu erlauben, sie zu heiraten, ohne sie zur Königin zu machen. Hast du je solchen Blödsinn gehört?«

»Ach, ich weiß nicht«, meinte Cecily. »Er tut mir Leid. Offenbar liebt er sie sehr.«

»Cecily, mein Herzblatt, du bist einfach zu romantisch. Deshalb bete ich dich ja auch so an. Ich glaube auch, dass er sie liebt, aber er kann nun mal nicht alles haben. Doch wie auch immer, ich bin aus zwei Gründen vorbeigekommen: Erstens, weil ich dich vermisse, und zweitens, um dich zum Dinner einzuladen.«

»Wann? Heute Abend?«

»Schau nicht so erschreckt drein. Heute, morgen oder übermorgen. Wann immer es dir passt. Ich stehe zu deiner Verfügung. Ich möchte nur, dass du mitkommst.«

»Ich weiß nicht«, sagte Cecily unschlüssig. Die Einladung versetzte sie in echte Panik. Dass er sie im Sanatorium besuchte, dass sie mit ihm auf der Modenschau lachte und plauderte – dagegen war nichts einzuwenden, damit konnte sie umgehen. Aber ein gemeinsames Dinner war etwas völlig anderes, das war praktisch eine offizielle Ankündigung mit sexuellen Beiklängen, das war …

»Schon gut.« Er lachte, schien ihre Gedanken lesen zu können. »Würde es dir weniger Angst einjagen, wenn ich dich zum Lunch einlade?«

Eine Welle der Zuneigung, der Dankbarkeit durchströmte sie. Seine Fähigkeit, ihre Ängste zu verstehen, ihre Gedanken nicht nur zu lesen, sondern sie nachzuempfinden, versetzte sie immer wieder in Erstaunen. Und Justin war trotz seines ziemlich ausgefallenen Benehmens – das sie jetzt, nachdem Edwina es ihr erklärt hatte, sehr amüsant fand – ungeheuer offen und direkt. Nach zwölf Jahren sorgsam gehüteter dunkler Geheimnisse hatte Cecily in seiner Gesellschaft das Gefühl, in helles Sonnenlicht zu treten. Außerdem war er so lustig, hatte immer einen Scherz oder eine kleine Klatschgeschichte auf Lager und schien alles, was sie sagte, amüsant oder interessant oder beides zu finden. Das allein war etwas ganz Neues für sie.

Und obendrein sah er auch noch gut aus, wie sie zugeben musste, sehr reizvoll auf etwas dekadente Art, mit seinem dichten braunen Haar und den seelenvollen, dunklen Augen. Sie wusste wirklich nicht, was er an ihr fand. Vielleicht war es einfach nur der Reiz des Neuen. Oder vielleicht betrachtete er es als gute Tat, dafür zu sorgen, dass es ihr wieder besser ging, und würde, sobald ihm das gelungen war, wieder aus ihrem Leben verschwinden. Doch bis dahin sollte sie es einfach genießen; es war so aufbauend.

»Nein«, antwortete sie. »Nein. Ich würde sehr gern mit dir zu Abend essen. Danke.«

»Großartig. Wie wäre es mit morgen? Freitag ist immer gut. Ich suche uns irgendein ruhiges, kleines Restaurant. Bis dann, mein Herzblatt.«

Es musste mehr sein als Mitleid, dachte Cecily. Warum sollte er sie sonst zum Essen einladen, ihr sagen, dass er sie anbetete, sie »Herzblatt« nennen? Er hätte sie einfach weiterhin gelegentlich besuchen können. Sie strahlte ihr eigenes Spiegelbild an, schalt sich selbst eine Närrin und fing an, darüber nachzugrübeln, was sie anziehen sollte.

»Ich schätze«, Harrys Finger fuhren langsam Cassias Bauch herunter, verweilten zärtlich in ihrem Schamhaar. »Ich schätze, wir sollten es den Leuten bald sagen. Sonst fängt die Gerüchteküche an zu brodeln.«

Er hatte ihr ein Telegramm ins Ritz geschickt: RÜCKKEHR IN DIE WALTON STREET DRINGEND ERFORDERLICH STOP. SO SCHNELL WIE MÖGLICH STOP. DRINGENDE ANGELEGENHEITEN VERLANGEN ANWESENHEIT STOP. BITTE UM BESTÄTIGUNG FÜR ANKUNFT AM FREITAG. MORETON.

Sie hatte ein Antworttelegramm geschickt. TREFFEN UNMÖGLICH, und innerhalb einer Stunde ein weiteres Telegramm erhalten: WIEDERHOLE, TREFFEN IN WALTON STREET UNABDINGBAR. SONST TREFFEN IN MONKS RIDGE STOP. GEGEBENENFALLS MIT DR. FALLON STOP. MORETON.

Sie hatte schließlich nachgegeben, was er natürlich genau gewusst hatte, und ein weiteres Telegramm geschickt, das lautete: WALTON STREET MITTAG STOP. SEHR WÜTEND ÜBER NÖTIGUNG STOP.

Als sie mit Cecily in London eintraf, war die ganze Stadt in heller Aufregung über den König und Mrs. Simpson. Jetzt, wo die britische Presse ihr Stillschweigen endlich gebrochen hatte, sprach das ganze Land von nichts anderem. Cassia machte eine Bemerkung darüber zu Harry, der in gespieltem Entsetzen die Hände in die Luft warf.

»Nicht das schon wieder. Ich leide unter ernsthaftem *ennui*, was diese Sache betrifft.« Er wartete auf sie, saß nackt im Bett, neben sich eine Flasche Champagner auf Eis. Vor dem Kamin stand ein riesiges Rosenbouquet, das den gesamten Raum auszufüllen schien.

»Beeil dich«, hatte er gefordert, als sie dort stand, immer noch halb belustigt, halb verärgert wegen der Gefahr, die er mit seinen diktatorischen Telegrammen heraufbeschworen hatte. »Ich will, dass du in weniger als dreißig Sekunden völlig nackt neben mir im Bett liegst. Wir haben schon genug Zeit verloren.« Das beklagte er ständig.

»Aber Harry, natürlich können wir es den Leuten nicht sagen«, erklärte sie jetzt und setzte sich beunruhigt auf. »Und was sollen wir denn überhaupt sagen?«

»Dass ich dich liebe. Dass du mich liebst. Dass wir beide – tja, was werden wir tun, Cassia? Heiraten? In wilder Ehe leben?«

»Weder noch ... jedenfalls noch lange nicht.«

»Warum nicht, um alles in der Welt?«

Sie nahm seine Hand in ihre, küsste sie. »Harry, ich liebe dich. Ich liebe dich mehr, als ich es je für möglich gehalten hätte, aber wir können im Moment nichts tun. Ich muss an die Kinder denken.«

»Die Kinder! Ich dachte, die Trennung zwischen dir und Edward sei eine beschlossene Sache. Ich für meinen Teil werde sofort alle nötigen Schritte für die Scheidung in die Wege leiten. Wieso kannst du das nicht auch tun?«

»Willst du das wirklich?«, fragte sie, erschreckt über das Tempo, das er vorlegte.

»Natürlich. Ich sehe keinen Grund, es aufzuschieben. Obwohl Edwina plötzlich eine verdächtige Loyalität demonstriert. Zweifellos weil ihre schönen Augen auf mein Bankkonto schielen. Aber wie es sich für einen Ehrenmann gehört, habe ich ihr natürlich angeboten, die Schuld auf mich zu nehmen.«

»Und du willst mich als Scheidungsgrund angeben?«

»Natürlich nicht dich. Irgendein Flittchen in einem Hotel in Brighton. Wie der arme Mr. Simpson. Sie hat übrigens fluchtartig das Land verlassen.«

»Ich dachte, das Thema langweilt dich. Also Edward und ich haben beschlossen, uns zu trennen. Aber von Scheidung war noch nicht die Rede. Die Kinder brauchen Zeit, um sich an den Gedanken zu gewöhnen. Sie würden die Vorstellung nicht ertragen, dass jemand seinen Platz einnimmt. Sie beten ihn an.«

»Mich werden sie auch anbeten«, meinte er unbekümmert. »Das tun alle Kinder.«

»Harry, du bist unglaublich arrogant. Es handelt sich um die Kinder eines anderen Mannes. Sie werden eifersüchtig, misstrauisch und bitterböse reagieren. Es wird nicht leicht für sie sein. Weißt du, was Bertie zu mir gesagt hat, als ich ihn aus diesem schrecklichen Internat herausgeholt habe? Schon damals hat er gesagt, er würde lieber wieder ins Internat gehen, als mitzuerleben, dass Edward und ich uns scheiden lassen. Er hat mir erzählt, dass ein Junge in seinem Schlafsaal, dessen Eltern geschieden waren, jede Nacht geweint hat.«

»Armer kleiner Kerl.«

»Siehst du. Du musst das verstehen.«

»Das tue ich doch«, sagte er mit plötzlicher Einsicht. »Selbstverständlich rechne ich mit allen möglichen Schwierigkeiten. Aber sie mögen mich. Das ist doch ein Anfang.«

»Sie mögen dich *jetzt*. Das wird sich ändern, wenn sie die Wahrheit erfahren. Im Ernst.«

»Na gut. Wir fangen unsere Ehe mit drei schwierigen, feindseligen Kindern an. Ein geringer Preis, finde ich – unter den gegebenen Bedingungen. Noch weitere Einwände?«

»Ja«, sagte sie langsam, »möglicherweise. Ich kann es dir

jetzt noch nicht sagen, es ist ein bisschen kompliziert. Vielleicht löst sich alles in Wohlgefallen auf.«

»Aber wenn nicht, würde es dich und mich betreffen?«

»Nein, nur mich.«

»Dann betrifft es auch mich. Alles, was mit dir zu tun hat, betrifft mich genauso, Cassia. Das war schon immer so. Das musst du doch wissen. Du scheinst das Wesen der Liebe noch immer nicht richtig verstanden zu haben.« Er lächelte sie an. »Was genau hast du eigentlich in Paris gemacht?«

»Hab ich dir doch gesagt. Ich war einkaufen. Hauptsächlich Weihnachtsgeschenke. Cecily hat mich gebeten, sie zu begleiten, und ich fand, das wäre das wenigste, was ich für sie tun kann. Ich hab dir übrigens etwas mitgebracht, einen ...«

»Cassia«, unterbrach er sie, »ich hoffe, das war wirklich der Grund für die Parisreise.«

35

Es kann einfach nicht wahr sein, was ich hier tue, dachte Cassia. Ich kann nicht wirklich hier auf dem Fußboden liegen, dem Fußboden eines Büros, völlig unbekleidet, es ist einfach nicht möglich – und dann verlor die Frage, was möglich war und was nicht, jede Bedeutung, als Harry zu einem Angriff auf ihre Sinne ansetzte, der jeden anderen Gedanken vertrieb, jede Logik, jede Vorstellung davon, wo sie war oder wo sie sein sollte.

Es war sein Büro, in dem sie sich befanden, und es war nach Mitternacht. Sie hatte sich überreden lassen, mit ihm zum Dinner auszugehen, trotz ihrer Angst, dass sie gesehen werden könnten, dass es Gerede geben könnte. Sie hatte sich überreden lassen, weil es sie so sehr verlangte, mit ihm zusammen zu sein.

»Aber nicht hier, Harry. Ich habe Eleanor Studely angeboten, dass sie heute bei mir übernachten kann. Irgendein ruhiges, unauffälliges Restaurant, bloß nicht irgendwo im Westend.«

»Unauffälligkeit ist nicht gerade meine Stärke, aber ich werde mein Möglichstes tun.«

Eine halbe Stunde später hatte er wieder angerufen. »Komm zu mir, in mein Büro«, verlangte er, »gegen acht. Ich habe ein sehr nettes Restaurant ausgesucht. Sehr diskret, absolut unauffällig. Du brauchst dir keine Sorgen zu machen.«

Als sie nervös und aufgeregt ankam, öffnete er ihr selbst die Tür. Der Platz des Portiers war verwaist.

»Ich hab ihm den Abend freigegeben.« Harry nahm ihre Hand. »Der arme Kerl sah fürchterlich müde aus. Außerdem ist schließlich bald Weihnachten. Komm mit hoch.«

»Harry!« In ihr regte sich ein Verdacht. »Harry, was um Himmels willen hast du …«

»Sei still«, sagte er. »Wart's ab.«

Sie folgte ihm in den ersten Stock, über den Korridor, in sein Büro – und lachte laut auf, denn auf dem Fußboden lag alles ausgebreitet, was man für ein Picknick brauchte, einschließlich Tischdecke, Picknickkorb und einigen Flaschen Wein …

»Das habe ich ganz allein gemacht«, verkündete er stolz. »Ich hab bei *Fortnum's* angerufen und alles bestellt.« Er ging zu einem Schrank und holte einen Eiskühler und eine Flasche Champagner heraus. »Man kann natürlich kein Picknick ohne Champagner halten. Zum Nachtisch gibt's dann noch einige sehr lecker aussehende Törtchen. Wirklich, Cassia, hör endlich auf, mit dem Kopf zu schütteln. Du solltest mich lieber zu meiner Originalität und meinen hausfraulichen Fähigkeiten beglückwünschen. Ganz zu schweigen von meinem Talent, das Beste aus einer Situation zu machen. Zieh deinen Mantel und deine Schuhe aus und setz dich auf die Decke. So ist es gut. Bald musst du auch Kleid und Strümpfe ablegen und dann den Rest. Wie du siehst, habe ich alles genauestens geplant. Mir schwebt so eine Art ummauertes *Déjeuner sur l'herbe* vor. Champagner?«

Sie setzte sich lachend auf die Decke und nahm das Glas entgegen, das er ihr hinhielt.

»Du siehst wunderschön aus.« Sein Gesicht war plötzlich ernst geworden. »Es gefällt mir, dass du so schön bist.«

»Harry, ich bin nicht schön. Ich bin wirklich ziemlicher Durchschnitt.«

»Unsinn.« Er setzte sich neben sie und beugte sich zu ihr herüber, um sie zu küssen. »An dir ist nichts Durchschnittliches, Cassia. Überhaupt nichts. Pass auf, wir werden aus kleinstem Raum das Überall machen. John Donne, wie du hoffentlich weißt. ›Der Morgengruß‹. Hör zu: ›Was machten wir, das hätt ich gern gewusst, eh wir uns liebten ...‹«

Es war zwei Uhr morgens, als sie das Bürogebäude verließen. Cassia fühlte sich erschöpft, gesättigt. Als sie sich schließlich wieder angezogen hatte, hatte sie an ihrem Körper heruntergesehen und sich verwundert gefragt, wie es möglich war, dass er in eine derart aufrührerische Unordnung geraten, sich in so viele zersplitterte Bruchstücke einer alles durchdringenden, fast schmerzlichen Lust auflösen konnte. Alle Teile ihres Körpers hatten sich neu zusammengesetzt, waren verschmolzen, eins geworden in einer absoluten Konzentration auf die Lust und hatten sich dann anschließend wieder zurückverwandelt in etwas, das stehen, gehen und mit Kleidung behängt werden konnte, in etwas, das sie zu beherrschen und zu steuern vermochte.

Sie schaute zu Harry auf, der die Eingangstür hinter sich absperrte, und lächelte. Er erwiderte ihren Blick und einen Moment lang gab es nur sie beide auf der Welt. Dann küsste er sie zärtlich und legte den Arm um ihre Schultern. Sie wandte den Kopf, küsste seine Hand, die auf ihrer Schulter lag, und so schlenderten sie eng umschlungen die Straße hinunter zu ihren parkenden Wagen.

Justin Everard, der gerade von einer langen, anstrengenden Sitzung in seiner Dunkelkammer kam, sah die beiden und stellte fest, dass er im Grunde nicht sonderlich überrascht war.

»Edward, kann ich mal mit dir sprechen? Vielleicht heute Abend nach der Sprechstunde?«

Er sah Cassia überrascht an. »Ja, sicher. Aber es kann ziemlich spät werden, und ich muss möglicherweise noch Hausbesuche machen, falls jemand anruft – Maureen ist zu einem Vorstellungsgespräch.«

Er sieht müde aus, dachte sie, und sehr abgespannt, was natürlich kein Wunder war, aber in letzter Zeit war er ihr fröhlicher vorgekommen.

»Du brauchst eine Pause«, meinte sie, »bevor du dein neues Leben beginnst. Es wird sehr anstrengend werden, wenn du schon völlig erschöpft an den Start gehst.«

»Stimmt«, seufzte er. »Das meint Janet auch.«

»Janet!« Sie hätte nicht überraschter sein können, wenn er ihr eröffnet hätte, dass er seine Lage mit Sylvia Fox-Ashley besprochen hatte.

»Ja«, sagte er kurz und wich ihrem Blick aus. »Sie hat es offenbar mitbekommen, als ständig jemand wegen der Praxis kam – sie war sehr verständnisvoll. Und interessiert.«

»Edward, ich dachte, du könntest Janet nicht ausstehen.«

»Da hast du mich missverstanden – wie immer. Was mir nicht gefallen hat, war die Vorstellung, dass wir eine Kinderfrau einstellen. Ich war der Meinung, dass du dich selbst um die Kinder kümmern solltest. Janet, das fand ich immer, ist ein sehr angenehmer Mensch, und sie kann fabelhaft mit Kindern umgehen. Und ich muss sagen, dass sie den Haushalt während deiner häufigen Abwesenheiten perfekt im Griff hat.«

»Oh.« Cassia fühlte sich plötzlich ausgeschlossen. »Das freut mich, Edward. Aber du solltest dir wirklich mal ein paar Tage Erholung gönnen. Wenn es sich irgendwie einrichten lässt.«

»Es hängt alles davon ab, wann ich einen Käufer für die Praxis finde. Bis jetzt war noch niemand dabei, der mir wirklich gefallen hat.«

Cassia ging zu Peggy und bat sie, Shepherd's Pie zum Abendessen zu machen. Edwards Lieblingsgericht. Sie wollte ihn vor dem Gespräch in bestmögliche Stimmung versetzen.

Später an diesem Nachmittag rief Harry an. »Ich habe deine goldene Halskette auf dem Fußboden meines Büros gefunden. Ich kann mir überhaupt nicht vorstellen, wie sie dorthin gekommen ist.«

»Ach.« Die Erinnerung an ihre Lust schien plötzlich alles um sie herum in helles Licht zu tauchen. »Nein, das ist mir auch völlig schleierhaft.«

»Ich nehme an, du willst sie wiederhaben. Ich muss für

einige Tage nach Paris. Ich lasse sie bei Miss Murray. Du kannst die Kette dort abholen, wenn du vorbeikommst.«

»Ich danke dir. Vielen Dank und gute Reise. Ich meine natürlich *bon voyage*.«

Das ließ sie an Dr. Bertillon denken. Er müsste morgen wieder zurück sein, dann würde sie ihn anrufen. Oder vielleicht auch nicht. Es schien wirklich ziemlich sinnlos zu sein.

Die Fleet Street war an diesem Nachmittag in hellem Aufruhr. Mrs. Simpson hatte in Cannes eine Erklärung abgegeben, in der sie kundgab, sie sei bereit »falls eine solche Entscheidung das Problem lösen sollte, sich aus einer Situation zurückzuziehen, die unglücklich und unhaltbar geworden ist«. Die Mehrdeutigkeit dieser Erklärung legte nahe, dass diese Entscheidung bereits von der persönlichen in die verfassungsrechtliche Sphäre verlagert worden war. Das nährte die vom Lager des Königs, angeführt von Winston Churchill und der Beaverbrook-Rothermere-Presse, ausgestreuten Gerüchte, dass der Konflikt zwischen Regierung und König andere Motive als seine *amour* hatte und Mrs. Simpson nur ein Vorwand sei. Es wurde von einem bevorstehenden Coup aus dem inneren Kreis der königlichen Familie gemunkelt.

Mrs. Simpson, die auf die große Beliebtheit des Königs setzte, hatte vorgeschlagen, dass er sein Volk ins Vertrauen ziehen und eine Radioansprache nach dem Vorbild von Roosevelts »Kamingesprächen« halten solle. Dann solle das Volk entscheiden, was zu tun sei. Premierminister Baldwin hatte diesen Vorschlag abgeschmettert, was das Gerede über Intrigenspiele noch weiter anheizte.

Mehr und mehr Menschen versammelten sich vor dem Buckingham Palast, in der Downing Street und vor dem

St.-James-Palast. Doch der König hatte seinen Bruder, den Herzog von York, nach Fort Belvedere kommen lassen, um ihm seine Entscheidung mitzuteilen.

Nach dem Abendessen, bei dem Edward sowohl Peggy als auch Janet, die einen exzellenten Apfelkuchen beigesteuert hatte, gelobt hatte, gingen sie ins Wohnzimmer. Cassia war nervös. »Kaffee, Edward?«

»Nein, danke. Ich habe es mir abgewöhnt, nach dem Abendessen noch Kaffee zu trinken. Ich kriege ohnehin kaum ein Auge zu.«

»Ach, das wusste ich gar nicht. Tut mir Leid, Edward.«

»Nun, es gibt ziemlich viel, über das ich mir Gedanken machen muss. Die Aufgabe, die vor mir liegt, wird nicht leicht zu bewältigen sein.« Die Worte »ohne dich« hingen unausgesprochen in der Luft. Cassia versuchte, sie zu ignorieren.

»Nein«, pflichtete sie ihm bei, »aber ich weiß, dass die Arbeit dir Freude machen wird, Edward. Und dass du sehr erfolgreich sein wirst.« Das klang herablassend. Sie hasste sich selbst dafür.

»Und natürlich mache ich mir Gedanken über die Kinder«, fuhr er fort, »wie du ja sicher auch. Und über die Praxis.«

Cassia holte tief Luft. »Edward, genau darüber wollte ich mit dir reden.«

»Die sind sehr schön, Justin.« Cecily strahlte ihn an. »Danke. Das Bild von Fanny ist besonders schön geworden.«

»Sie ist sehr fotogen. Wie ihre Mutter.«

»Ich bin überhaupt nicht fotogen, Justin, sei nicht albern.«

»Du bist ungeheuer fotogen, mein Herzblatt. Die Kamera liebt dich, wie man so sagt. Schau dir nur dieses Bild von der Modenschau an. Hinreißend.«

Sie musste zugeben, dass sie viel hübscher aussah, als sie erwartet hatte. Auf dem Foto unterhielt sie sich gerade lachend mit Edward. Sie wirkte wieder jung und unbeschwert und ihre Augen strahlten. Edward dagegen sah angestrengt und unbeholfen aus.

»Armer Edward. Er hasst solche gesellschaftlichen Ereignisse.«

»Kein Wunder. Er ist schrecklich langweilig.«

»Justin, sei nicht so unfreundlich. Er ist nicht langweilig, er ist nur still. Still und schüchtern.«

»Schüchtern sind wir alle«, erklärte Justin. »Ich auch.«

»Du und schüchtern! Justin, das ist das Absurdeste, was ich je gehört habe. Du bist die Selbstsicherheit in Person, du genießt es, im Mittelpunkt zu stehen.«

»Da irrst du dich. Ich bin oft schrecklich nervös. Aber ich versuche, es zu verbergen. Deshalb bin ich so laut. Reine Tarnung. Schau mich nicht so ungläubig an. Es stimmt. Wenn ich es zeigen würde, wäre ich erledigt. Deshalb liebe ich dich ja so, mein Herzblatt«, fügte er ernst hinzu. »Du vermittelst mir das Gefühl, dass ich mich gefahrlos so geben kann, wie ich bin. Vor dir muss ich keine Rolle spielen.«

»Oh.« Seine Worte hatten sie ziemlich durcheinander gebracht. Sie war tief bewegt und wusste gleichzeitig nicht so recht, ob sie ihm glauben sollte.

»Nein, Schüchternheit ist eine Sache«, fuhr Justin entschieden fort. »Sich nicht zu bemühen, eine ganz andere. Edward Fallon gibt sich nicht die geringste Mühe. Er hatte eine hübsche junge Frau bei sich, die Nanny, und die beiden reizenden Jungen, die ihn offensichtlich vergöttern. Es war nicht so, dass er völlig allein gewesen wäre. Ich halte wirklich nicht sonderlich viel von ihm, Cecily. Vielleicht bin ich auch nur eifersüchtig. Ich sehe, dass du ihn magst.«

»Unsinn. Ich meine, natürlich mag ich ihn, aber ... nun ja, nicht auf diese Weise.«

»Auf welche Weise? So wie mich, meinst du? Und wie, bitte sehr, würdest du das im Einzelnen beschreiben?«

»Justin, zieh mich nicht auf.«

»Ich ziehe dich nicht auf. Ich möchte es ehrlich wissen. Ich habe dich wahnsinnig gern – wie du sehr wohl weißt. Ist es völlig einseitig? Denn wenn dem so ist, werde ich sofort losgehen und mich in den Fluss stürzen. Oh, tut mir Leid, mein Herzblatt, das war nicht besonders taktvoll.«

»Schon gut«, lachte Cecily. Nichts hätte ihr klarer vor Augen führen können, wie gut sie sich von Benedicts Tod erholt hatte, als dieser Moment. Sie beugte sich vor und küsste Justin auf die Wange. »Ich mag dich auch schrecklich gern, das weißt du ganz genau. Aber was Edward betrifft, irrst du dich. Ich glaube, für ihn ist es besonders schwer. Cassia ist in letzter Zeit so schön und so selbstsicher und ...«

»Und etwas ungezogen, nach dem, was ich so beobachtet habe«, fügte Justin hinzu. »Und wer wollte es ihr verübeln?«

»Was? Justin, was meinst du mit ›ungezogen‹?«

Er grinste spitzbübisch und zwinkerte ihr verschwörerisch zu. »Na ja, sagen wir es mal so: Wenn du gestern Nacht oder vielmehr heute gegen zwei Uhr morgens die South Audley Street entlanggegangen wärst, hättest du gesehen, wie Cassia und Harry Moreton aus einem Bürogebäude kamen, einander umarmten und küssten. Offenbar hatten die beiden einen *sehr* netten Abend zusammen verbracht.«

»Cassia! Und Harry! Mein Gott! Bist du ganz sicher?«

»*Ganz* sicher.«

»Mein Gott!«, wiederholte Cecily. Ihre Gedanken überschlugen sich. Wusste Edwina davon? Bestimmt nicht. Und Edward, der arme, arme Edward. Sicher war auch er völlig ahnungslos.

»Bitte entschuldige, Justin«, sagte sie. »Aber das ist ein regelrechter Schock für mich.«

»Du solltest dich lieber ein bisschen hinlegen, mein Engel«, schlug er ihr mit besorgter Miene vor. »Das war abscheulich und gedankenlos von mir. Ich habe einfach nicht damit gerechnet, dass du es so schwer nehmen könntest. Ich dachte, du würdest es amüsant finden. Hier, komm. Ich bringe dich in dein Zimmer. Wo ist es?«

Cecily reichte ihm die Hand, ließ sich von ihm die Treppe hinauf und zu ihrem Bett führen. Er beugte sich über sie und küsste sie zärtlich auf die Stirn. »Soll ich dein Mädchen bitten, heraufzukommen?«

»Ja, tu das.« Sie fühlte sich dumm und kindisch, weil sie so reagierte. Sie war vielleicht emotional doch noch nicht schon wieder so stabil, wie sie angenommen hatte. Aber ... gerade *Cassia*! Cassia, der sie alle so große Hochachtung entgegengebracht hatten, die sie für ihre eigenständigen Ansichten und ihre Klugheit bewundert – und für so überaus tugendhaft gehalten hatten. Was sollte sie jetzt bloß tun? Sollte sie es Edward und Edwina erzählen? Nein, gewiss nicht, das wäre schrecklich.

Cecily fragte sich, mit wem sie sonst darüber reden könnte. Vielleicht war es ja ein Irrtum, vielleicht hatten die beiden nur ein wenig herumgealbert. Justin kannte weder Cassia noch Harry besonders gut. Wer würde es wissen, wen konnte sie fragen? Rupert, dachte sie plötzlich. Rupert würde es wissen.

Mit einem matten Winken verabschiedete sie sich von

Justin, der in der Tür stand und ihr eine Kusshand zuwarf. Dann griff sie nach dem Telefon.

Maureen Johnson wartete etwas ungeduldig darauf, dass Dr. Fallon endlich seine Sprechstunde beendete. Sie musste los, hatte an diesem Nachmittag ein zweites Vorstellungsgespräch in einer Praxis in Euston und war bereits spät dran. Früher hatte sie ihn dafür bewundert, dass er so langmütig war, dass er sich so viel Zeit für jeden Patienten nahm, aber mittlerweile hatte es angefangen, sie zu irritieren. Sein gesamtes Verhalten ging ihr zunehmend auf die Nerven – sein Hang, sich zu rechtfertigen, stundenlange Erklärungen abzugeben. Es war wohl wirklich besser, dass die Umstände eine Trennung erforderlich machten.

»Ach Maureen!« Er kam heraus und lächelte sie an. »Zeit für einen Kaffee? Ich kann Peggy bitten ...«

»Nein danke, Dr. Fallon. Ich muss meinen Zug nach London erwischen, der in einer halben Stunde abfährt. Das Taxi kommt gleich.«

»Natürlich. Bitte verzeihen Sie mir. Ich werde mich kurz fassen. Ich wollte nur gern etwas mit Ihnen besprechen.«

»Ja?«

»Meine Frau hat angeregt oder mir vielmehr den Vorschlag gemacht, dass sie die Praxis übernehmen könnte, wenn ich meine neue Stelle am St. Mark's in Clapham antrete. Was halten Sie davon?«

»Nun ...«, Maureen zögerte. Sie hegte eine heftige Abneigung gegen Cassia. Vom ersten Tag an hatte sie sie arrogant, herablassend und egoistisch gefunden, und seither war nichts geschehen, das ihre Meinung geändert hätte.

»Sie wissen nicht so recht?« Er musterte sie aufmerksam.

»Das ist interessant. Ich nämlich auch nicht. Könnten Sie mir die Gründe nennen?«

»Also …«

»Ich werde Ihnen meine nennen. In der Medizin geht es um Vertrauen, nicht wahr? Ich habe den Eindruck, dass die Patienten hier mir – und Ihnen – vertrauen. Sie kennen uns als Ärzte, als angesehene, erfolgreiche Ärzte. Sie kommen mit einem Problem zu uns und sind der Meinung, dass wir es lösen können. Mrs. Fallon kennen sie nur als meine Frau. Die Tatsache, dass sie selbst Ärztin ist …«

»Ja, aber das ist auch alles«, sagte Maureen ruhig.

»Wie bitte?«

»Sie ist Ärztin. Sie hat ihr Abschlussexamen bestanden. Sehr gut, ich weiß. Aber abgesehen von ihren Beratungsstunden in London hat sie keinerlei Erfahrung. Das mag ja eine anspruchsvolle Arbeit sein, aber …«

»Aber ein sehr begrenzter Bereich. In der Tat. Sie meinen also, es wäre notwendig, dass sie eine Zeit lang bei einem erfahrenen Allgemeinmediziner arbeitet?«

»Ja, das wäre das Beste. Ich halte es für sehr problematisch, wenn sie einfach die Praxis übernehmen würde. Sie müsste erst praktische Erfahrungen sammeln, aber das ist zweifellos schwer zu bewerkstelligen – eigentlich gar nicht, solange sie hier ist.«

»Ja, das stimmt. Obwohl sie ja noch einige Monate unter meiner Anleitung arbeiten könnte. Außerdem ist sie mit dem Dorf vertraut, mit den Patienten, mit ihren Krankengeschichten. Sie kennt die meisten Kinder hier seit deren Geburt. Und umgekehrt kennen die Leute sie natürlich auch sehr gut.«

»Das ist richtig. Aber wie Sie selbst sagten – nicht als Ärztin. Und das wäre eine Grundvoraussetzung, wenn sie ihr Vertrauen entgegenbringen sollen. Ich wüsste nicht, woher dieses Vertrauen kommen sollte. Ach je ... ich fühle mich furchtbar unloyal, wenn ich so etwas sage.«

Er lächelte sie müde an. »Tut mir Leid. Ich hätte Sie nicht fragen sollen. Das war sicher sehr schwierig für Sie. Aber dass ich Ihnen davon erzählen konnte, hat mir bei meiner Entscheidung schon geholfen. Danke. Sie müssen jetzt los und Ihren Zug erwischen. Das ist doch bestimmt Ihr Taxi da draußen, oder?«

»Ja, wahrscheinlich«, sagte Maureen.

»Dann viel Glück bei ihrem Vorstellungsgespräch.«

»Danke.«

Wenn sie es nicht so eilig gehabt hätte, hätte sie Bertie gesehen, der wegen einer Erkältung früher aus der Schule gekommen war. Er stand schon eine ganze Weile im Flur und war scheinbar damit beschäftigt, seine Schnürsenkel aufzubinden, lauschte aber in Wahrheit sehr aufmerksam auf die Stimmen, die aus der nur angelehnten Tür des Arbeitszimmers drangen.

»Ah, Mrs. Fallon.« Margot Murray lächelte sie liebenswürdig an. »Mr. Moreton sagte schon, dass Sie vorbeischauen würden.«

»Ja, ich habe es irgendwie geschafft, meine Halskette in seinem Büro zu verlieren ...« Ihre Stimme verlor sich.

Sie fühlte sich verwirrt und verlegen und war aus irgendeinem Grund fest überzeugt, dass Miss Murray ganz genau wusste, was sie und Harry getan hatten.

»Genau. Ich habe sie hier in meinem Schreibtisch, in einem Umschlag. Da ist sie. Ich denke, es ist alles in Ordnung damit, aber schauen Sie lieber noch einmal nach, ja?«

»Das ist sicher nicht notwendig«, erwiderte Cassia hastig. »Vielen Dank, Miss Murray.«

»Keine Ursache. Ich habe noch etwas anderes für Sie,

eine Nachricht von Mr. Moreton. Wenn Sie noch einen kleinen Moment Geduld haben, hole ich sie aus dem Ordner – oh, Entschuldigung, Mrs. Fallon, verzeihen Sie.«

Das Telefon hatte geklingelt. Cassia lächelte ihr zu, nahm sich die *Times* vom Beistelltisch, um zu zeigen, dass die Verzögerung ihr nichts ausmachte, schlug den Gesellschaftsteil auf und tat so, als sei sie brennend daran interessiert.

Plötzlich fiel ihr auf, dass Miss Murray Französisch sprach, und zwar ein perfektes, absolut perfektes Französisch ... Cecily, Leonora, ihre Reise nach Paris ... die alte Frau in Auteuil, ihre Beschreibung der jungen Dame, die zu Leonora gekommen war und sie abgeholt hatte ... Miss Murray war eine schlanke, hoch gewachsene Blondine mit schönen Beinen und ziemlich großer Oberweite ... Cassia erinnerte sich, wie die alte Frau mit den Händen gestikuliert hatte, um dieses Merkmal zu verdeutlichen ...

»Mrs. Fallon, geht es Ihnen gut? Sie wirken ein wenig blass.«

Cassia zwang sich zu einem Lächeln. »O ja, danke. Ich fühle mich nur ein bisschen – na ja, schwummerig.«

»Setzen Sie sich doch«, sagte Miss Murray freundlich. »Ich hole Ihnen ein Glas Wasser. Es ist ziemlich heiß hier drin.«

Sie kam mit dem Wasser zurück, ließ Cassia in kleinen Schlucken trinken und beobachtete sie dabei mit beinahe strengem Blick. Sie würde eine wundervolle Oberschwester abgeben, dachte Cassia.

»Ich danke Ihnen, Miss Murray. Ich muss jetzt gehen. Wissen Sie, ich arbeite im Universitätskrankenhaus St. Christopher's, und um zwei fängt meine Sprechstunde an.« Mein Gott, was redete sie denn da? Miss Murray musste sie für vollkommen meschugge halten.

»Natürlich, gehen Sie nur, wenn Sie sich wieder gut genug fühlen. Ich bewundere Ihre Einstellung; Pünktlichkeit ist so wichtig, finde ich immer.«

Ein weitere Erinnerung, eine weitere französische Stimme ... Zeit ist *compliqué*, unsere Erinnerung spielt uns Streiche ... Zeit, alles drehte sich bei dieser Sache um die Zeit, um die Frage, was wann geschehen war ...

Margot Murray drückte ihr irgendwas in die Hand. »Hier ist der Brief von Mr. Moreton, Mrs. Fallon.«

»Danke.«

Sie riss den Brief im Fahrstuhl auf: Es war ein großer Bogen Papier, auf dem in Harrys ausladender Handschrift nichts weiter stand als: »Ich liebe dich«. Aus irgendeinem Grund brauchte sie unheimlich lange, um die Worte zu begreifen, und als sie aus dem Fahrstuhl stieg, merkte sie, dass sie weinte.

Rupert aß gerade zu Mittag, als Cecily anrief. Sie klang völlig aufgelöst.

»Rupert, kann ich mit Ihnen reden?«

»Aber natürlich. Jetzt gleich? Am Telefon? Wissen Sie was, ich muss in einer halben Stunde im Theater sein. Wir könnten uns dort treffen und uns in meiner Garderobe unterhalten, während ich mich umziehe. Das geht ganz automatisch, Sie brauchen keine Angst zu haben, dass ich mich nicht richtig auf Sie konzentrieren werde.«

»Wenn es Sie wirklich nicht stört, würde ich gern kommen. Danke.«

Rupert fragte sich, was sie wohl auf dem Herzen haben mochte. Vielleicht hatte sich die süße kleine Fanny in den Kopf gesetzt, zum Theater zu gehen. Den Plan würde er bestimmt nicht unterstützen.

Zu seinem Glück schaute er gerade in den Spiegel, als Cecily es endlich schaffte, ihn nach Cassia und Harry zu fragen. Aber ihre Blicke hatten sich kurz gekreuzt, und er wusste, dass Cecily das verräterische Aufblitzen in seinen Augen gesehen hatte. Er versuchte, es schnell hinter einem heiteren Lächeln zu verbergen.

»Liebste Cecily, was für eine wundervolle Klatschgeschichte. Ich wünschte, ich könnte Ihnen sagen, dass es blanker Unsinn ist, aber das kann ich nicht. Dazu müsste ich selbst erst einige Nachforschungen anstellen.«

»Ich hätte gedacht«, Cecilys Stimme klang einen Hauch frostig (sie weiß, dass ich es weiß, dachte er, sie hat es durchschaut), »ich hätte gedacht, dass Sie Cassia einfach fragen könnten. Ich glaubte, Sie beide erzählen einander alles. Und haben Sie nicht selbst vor einigen Wochen sehr unter solchen Gerüchten gelitten? Ich hätte gedacht, es würde Ihnen am Herzen liegen, solches Gerede aus der Welt zu schaffen – wenn es nicht wahr ist. Es ist aber wahr, oder?«, fragte sie plötzlich. »Ich sehe es Ihnen an. Es stimmt, und Sie wissen Bescheid. Ich bin erstaunt über Sie, Rupert, wirklich.«

»Was sollte ich denn dagegen tun, Cecily?« Er erkannte, dass es zwecklos war, ihr etwas vorzumachen. »Sollte ich es etwa Edwina erzählen? Oder Edward? Das kommt nicht infrage. Das ist Sache von Cassia und Moreton, nicht meine. Ich kann nur für Cassia da sein, wenn sie mich braucht.«

»Wenn sie jemanden zum Lügen braucht, meinen Sie wohl.«

»Nein, das meine ich nicht. Cassia würde nie um so etwas bitten. Sie ist sehr offen.«

»Ach ja?«

»Cecily«, bat er sanft, »urteilen Sie nicht zu hart über Cassia. Sie – nun, sie war sehr unglücklich. Schon lange.«

»Ach, tatsächlich? Das war ich auch. Sehr, sehr lange. Die meiste Zeit meiner Ehe, um genau zu sein. Ich habe aber trotzdem keine Affären mit den Ehemännern anderer Frauen angefangen, um mich aufzuheitern.«

Rupert seufzte. »Natürlich nicht. Aber wir gehen alle unterschiedlich mit unserem Kummer um.«

»Andere Menschen unglücklich zu machen scheint mir keine besonders gute Methode zu sein. Ich finde es schrecklich, ich finde es abscheulich von ihr. Der arme Edward, der keiner Fliege etwas zu Leide tun kann ... Ich finde es nicht recht, dass Sie sie auch noch verteidigen. Ich glaube nicht, dass sie das verdient. Ich gehe jetzt nach Hause. Machen Sie sich keine Sorgen, Rupert, ich werde es niemandem erzählen. Aber es wird mir schwer fallen, weiterhin nett zu Cassia zu sein. Und zu Harry.« Sie ging aus der Garderobe und knallte die Tür hinter sich zu.

Rupert starrte ihr hinterher. »Ach du liebes bisschen!«, sagte er laut. »Das hat uns gerade noch gefehlt.«

Cassia saß in ihrem kleinen Wohnzimmer in der Walton Street und versuchte, nicht zu schreien, während die Telefonistin sie bat, sich noch etwas zu gedulden, sie bemühe sich um eine Verbindung mit der Pariser Nummer.

Eine Stimme teilte ihr auf Französisch mit, dass sie mit der Praxis von Dr. Bertillon verbunden sei. Cassia fragte, ob sie den Doktor sprechen könne.

»Le Dr. George Bertillon? Ou le Dr. Pierre?«

»Le ... le père?«, fragte sie hoffnungsvoll.

»Dr. Pierre. Un moment, Madame.«

Eine weitere Geduldsprobe, dann ein Knacken in der Leitung: *»Ici Pierre Bertillon. Bonjour.«*

»Bonjour«, sagte Cassia. »Sprechen Sie vielleicht Englisch?«

»Ein wenig, Madame.«

»Meine Freundin und ich haben letzte Woche Ihren Sohn aufgesucht. Zwei englische Damen.«

»Ah! Zwei wunderschöne englische Damen. Mein Sohn 'at mir erzählt, wie überaus *charmantes* Sie beide waren, Madame.«

»Vielen Dank. Hat er Ihnen gesagt, um was es ging?«

»Nicht viel. Lady Beatty, *n'est-ce pas*?«

»Genau. Die Sache ist die, mir war gar nicht bekannt, wie krank sie war, in welcher Notlage sie steckte. Wenn ich es gewusst hätte, wäre ich gekommen und hätte ihr geholfen. Ich fühle mich ganz schrecklich deswegen. Jedenfalls ...«

»Verzeihung, Madame, aber Sie müssen sprechen *plus lentement*. Ich 'abe nur ein kleines Englisch.«

»Entschuldigen Sie. Also, ich habe eigentlich zwei Fragen. Zum einen hoffe ich, dass es keine offenen Arztrechnungen gibt, denn in diesem Fall ...«

»Nein, Madame, gewiss nicht.«

»Ich weiß, dass Lady Beatty Ihnen nach kurzer Zeit gesagt hat, Sie bräuchten nicht mehr zu kommen, weil sie kein Geld für einen Arzt hatte.«

»Das stimmt, Madame, aber ich 'abe trotzdem gelegentlich nach ihr gesehen. Ich war besorgt um sie, 'atte sie im Laufe der Zeit in mein 'erz geschlossen.«

»Das war sehr nett von Ihnen«, sagte Cassia. »Ich danke Ihnen.« Irgendwas klang falsch. Was war es nur?

»Aber der Gentleman, er hat mich bezahlt. *Immédiatement*.«

»Oh, da bin ich froh. Aber nachdem Lady Beatty nach Passy gezogen ist, haben Sie sie nicht mehr aufgesucht, oder?«

»Nein, Madame. Der Gentleman fand einen anderen

Arzt. Einen moderneren.« Er lachte. »Das störte mich nicht. Und es ist auf alle Fälle besser, einen Arzt zu 'aben, der in der Nähe wohnt, *bien sûr*.«

»Stimmt. Vorher haben Sie ja ganz in ihrer Nähe gelebt.«

»Sicher, in den letzten paar Wochen war ich tatsächlich sehr, sehr nahe.« Da war noch etwas, das sie stutzen ließ. Was war es? Vermutlich hatte Dr. Bertillon nur Schwierigkeiten, sich in der fremden Sprache auszudrücken. »Und der neue Arzt war natürlich ein Spezialist.«

»Ein Krebsspezialist?«

Eine lange Pause, dann, etwas verlegen: »Ja, Madame. Sicher, Madame, natürlich.«

»Sie glauben also, sie musste nicht allzu sehr leiden?«

»Ich 'offe nicht, Madame. Ich 'abe mein Bestes getan.«

»Nun, ich danke Ihnen. Vielen Dank, für alles, was Sie geleistet haben. Es muss sehr schwer für Lady Beatty gewesen sein, allein zurechtzukommen, in dieser schrecklichen Wohnung.«

»Oh, so schrecklich war es nicht, Madame. Nicht in der Rue Molitor. Die andere Wohnung ... gewiss! Das war nicht schön.« Seine Stimme schien von sehr weit her zu kommen.

»Die andere Wohnung?«

»Ja, Madame. In der Rue Cauchon.«

»Entschuldigen Sie. Lady Beatty hat noch in einer anderen Wohnung gelebt? In Auteuil?«

»Ja, Madame. Wussten Sie das nicht?«

»Nein, das wusste ich nicht. Wann war denn das?«

»Das ganze Jahr davor. Das war sehr schlimm. Ich war entsetzt, als ich sie dort vorfand. Ich 'abe dafür gesorgt, dass sie die andere Wohnung bekam, die in der Rue Molitor. Ein Patient von mir war gestorben ...«

»Oh, mein Gott!«, stieß Cassia hervor. »Oh, mein Gott!« Einen Moment lang war sie so schockiert, dass diese unzulängliche kleine Floskel alles war, was sie herausbrachte.

»Pardon, Madame?«

Er musste sie für vollkommen übergeschnappt halten. Sie rang darum, ihre Fassung zurückzugewinnen. »Bitte entschuldigen Sie. Wissen Sie, ich dachte, sie wäre nur einige Monate lang in einer Notlage gewesen. Wir alle haben das gedacht.« (Auch du, Harry? Auch du?)

»O nein, Madame. Das war leider nicht der Fall. Als sie das erste Mal zu mir kam – warten Sie, das war Ende 1933.«

»Um Himmels willen, aber das hieße ja ...« Alles, was er gesagt hatte, ergab jetzt plötzlich einen Sinn – seine seltsame Bemerkung, er habe Leonora »im Laufe der Zeit« in sein Herz geschlossen, seine Anspielungen auf die »letzten paar Wochen«. Nur alles andere ergab noch immer keinen Sinn.

»Dr. Bertillon, hat ein Mr. Gresham Sie bezahlt? Ihre Rechnungen bezahlt?«

»Nein, Madame. Dieser Name ist mir unbekannt. Ein Monsieur Moreton 'at alle Rechnungen beglichen. Ich 'abe die Belege hier vor mir.«

Edwina hatte an diesem Morgen bereits dreimal bei Cecily angerufen und jedes Mal erfahren, dass sie ausgegangen sei. Als sie zum vierten Mal anrief und man ihr mitteilte, Cecily sei zurück, aber beschäftigt, war ihre Geduld am Ende.

»Bitte stellen Sie mich zu ihr durch, Adams. Ich will sie nur fragen, ob ich eine Aufnahme von ihrem Wohnzimmer machen lassen kann, für meine Zeitschrift, und ich muss sie bald sprechen, bevor sie ihren Weihnachtsbaum aufstellt. Oder steht er etwa schon?«

»Nein, Madam. Wir haben schließlich erst den sechsten Dezember.« In seinem Ton schwang ein leichter Tadel mit.

Cecily kam an den Apparat. »Edwina?«

»Ja. Was treibst du eigentlich die ganze Zeit, Cecily? Ich versuche schon den ganzen Morgen, dich zu erreichen.«

»Tut mir Leid, ich war aus.« Sie klang irgendwie merkwürdig, dachte Edwina, so angespannt.

»Ach so, verstehe. Weißt du, ich brauche dein Wohnzimmer für ein Foto. Das heißt, eigentlich nur deinen Kamin. Ich möchte einige Sachen darauf drapieren. Unter diesem göttlichen Spiegel. Du hast doch sicher nichts dagegen, oder?«

»Ach Edwina, ich möchte das lieber nicht.«

»Warum denn nicht? Justin ist der Fotograf. Ich dachte, du würdest dich freuen. Aber stell um Gottes willen noch nicht den Weihnachtsbaum auf, das Foto ist für die Märzausgabe.«

»Aber es passt mir nicht«, entgegnete Cecily, »und ich bin es leid, dass mein Haus als Fotokulisse benutzt wird. Wieso machst du das nicht bei dir zu Hause? Und wenn ich in meinem eigenen Haus meinen eigenen Weihnachtsbaum aufstellen will, dann werde ich das tun.«

Diese Grobheit war so absolut untypisch für Cecily, dass Edwina einen Moment lang völlig perplex war.

»Cecily«, sagte sie, »Cecily, geht es dir gut?«

»Ja. Nein. Ach, ich weiß nicht.«

Mein Gott, vielleicht stand sie vor einem erneuten Nervenzusammenbruch, dachte Edwina. »Hör mal«, sagte sie, »mach dir keine Gedanken wegen der Fotos. Es ist nicht so wichtig, ehrlich. Ich kann jemand anders fragen. Ähm ... bist du sicher, dass es dir gut geht?«

»Edwina, es tut mir Leid.« Cecilys Stimme klang plötzlich zerknirscht. »Ich wollte nicht grob zu dir sein. Zu dir am allerwenigsten. Verzeih mir, dass ich so unfreundlich war. Ich bin einfach ein bisschen durcheinander.« Sie brach in Tränen aus.

»Mach dir meinetwegen keine Sorgen, Cecily. Ein paar Grobheiten stecke ich locker weg«, versicherte Edwina, eifrig bemüht, sie abzulenken und ein wenig aufzuheitern. »Immerhin lebe ich mit dem gröbsten Klotz von ganz London zusammen, vergiss das nicht. Und dem größten Fiesling, würde ich sagen. Im Moment übertrifft er sich gerade selbst. Weißt du, was er ...«

Sie wollte Cecily gerade die Geschichte von Harrys Ultimatum erzählen, einfach um sie von ihren eigenen Sorgen abzulenken. Doch bevor sie sich über die unglaubliche Sturheit ausbreiten konnte, mit der Harry darauf bestand, dass sie ihre Arbeit aufgab, fiel Cecily ihr ins Wort: »Oh, Edwina, du weißt es also schon? Ich habe es fast befürchtet. Es tut mir Leid. So Leid.«

»Was soll ich wissen, Cecily? Wovon zum Teufel redest du?«

Mr. Brewster genoss gerade in aller Ruhe seine Tasse Tee und die beiden verdauungsfördernden Kekse, die er immer um vier Uhr nachmittags zu sich nahm, als seine Sekretärin ihm mitteilte, dass Mrs. Fallon am Telefon sei. »Sie klingt sehr aufgeregt, Mr. Brewster.«

Mr. Brewster legte die Kekse hin. Mrs. Fallon klang in der Tat sehr aufgewühlt, und er brauchte einige Minuten, um genau zu verstehen, was sie wollte, und auch als er es verstanden hatte, konnte er ihr die gewünschte Auskunft nicht sofort geben, sondern musste sie fragen, ob er sie zurückrufen könne. Da dies anscheinend unmöglich war, weil sie bei der Arbeit war, sagte sie, sie würde sich in etwa einer Stunde wieder bei ihm melden.

»Gibt Ihnen das genügend Zeit, Mr. Brewster?« Mr. Brewster äußerte sich zuversichtlich und machte sich an die Arbeit.

Als Mrs. Fallon zurückrief und noch aufgeregter klang als eineinhalb Stunden zuvor, konnte er ihr mitteilen, dass das Dokument, mit dem Rollo Gresham das Treuhandvermögen eingerichtet und damit Leonora ermächtigt hatte, die Vermögensverfügung zu Cassias Gunsten zu arrangieren, auf den 3. Mai 1935 datiert war. »Und das von mir aufgesetzte Testament, in dem sie ihre Befugnis zur Nachlasseinsetzung ausübte, wurde zwei Wochen später unterzeichnet.«

Er sagte Mrs. Fallon, dass er das Datum des ersten Dokuments bislang nicht in Betracht gezogen und ihm keinerlei Bedeutung beigemessen hätte, dass es jedoch seiner Ansicht nach in keinerlei Hinsicht von rechtlicher Relevanz sei. Er bemühte sich, ihr zu versichern, dass sie diesbezüglich völlig unbesorgt sein könne, aber er merkte, dass sein Bemühen umsonst war.

Janet Fraser versuchte gerade, William dazu zu bewegen, das Rührei zu essen, das sie für ihn zubereitet hatte, als das Telefon in der Küche klingelte. Sie nahm den Anruf selbst entgegen. Peggy fühlte sich nicht wohl, Maureen war bei einer Entbindung, und Dr. Fallon machte einen Hausbesuch beim alten Joe Carter, der auf dem Eis ausgerutscht war und sich den Knöchel gebrochen hatte. Es war Mrs. Fallon, und sie klang ziemlich aufgeregt.

»Janet, bitte entschuldigen Sie die Störung, und ich weiß, Sie werden mich für völlig verrückt halten, aber oben in meinem Zimmer, in der obersten Schublade der Kommode, liegt eine alte Ausgabe von *Country Life*. Könnten Sie die Zeitschrift bitte holen und mir das Erscheinungsdatum nennen? Vielen Dank.«

Janet fand die Zeitschrift sofort und nahm sie mit nach unten.

»Ich hab sie hier, Mrs. Fallon, ja. Das Datum ist ... Moment ... 30. April 1935. War das alles, was Sie wissen wollten? Gut. Nein, alles in Ordnung, alle wohlauf. William ist eifrig damit beschäftigt, für seinen Soloauftritt beim Weihnachtskonzert nächste Woche zu üben. Er singt ganz wundervoll. Und Berties Erkältung ist auch schon viel besser. Sie müssen sich überhaupt keine Gedanken machen. Wir sehen Sie dann morgen, ja? Gut. Bis dann, Mrs. Fallon, gute Nacht.«

Als sie den Hörer auflegte, hörte sie, wie die Haustür aufging und Dr. Fallon hereinkam; er war sehr blass. Als er ihren besorgten Blick bemerkte, versuchte er zu lächeln.

»Hallo, Janet.«

»Hallo, Dr. Fallon. Ist alles in Ordnung?«

»Was? Ja, ja. Das heißt, nein. Eigentlich nicht. Der arme alte Joe ist tot. Hatte einen Herzanfall, ist in meinen Armen gestorben.«

Er sah völlig fertig aus, fand Janet. Sein Kummer gab ihr einen Stich. »Das tut mir Leid«, sagte sie, »wirklich sehr Leid. Kommen Sie rein und setzen Sie sich erst mal. Ich mache Ihnen eine Tasse Tee.«

»Das wäre schön«, antwortete er. »Danke. Es ist kindisch, dass mich das so aus der Fassung bringt. Es ist nur ... ich habe so vieles mit ihm durchgestanden – die Lungenentzündung, die Brustfellentzündung, die Arthritis – und dann stirbt er mir nach einem gebrochenen Knöchel. Der Tod eines Patienten wirft mich jedes Mal wieder um. Ich kann einfach nichts dagegen machen. Bitte entschuldigen Sie.«

»Dr. Fallon, bitte, Sie müssen sich doch nicht entschuldigen. Ich kann gut verstehen, wie traurig das sein muss. Doch wenigstens waren Sie bei ihm, Sie sind nicht zu spät gekommen. Ich bin sicher, das hat ihm seinen Tod erleichtert, und für seine Familie war es bestimmt auch ein Trost. Ich gehe jetzt und hole Ihnen den Tee.«

Als sie mit dem Tee zurückkehrte, saß er an seinem Schreibtisch, den Kopf in den Händen vergraben – er hatte sie nicht kommen hören. Sie empfand tiefes Mitleid mit ihm. Ohne darüber nachzudenken, ob sich das schickte oder nicht, legte sie spontan die Arme um seine Schultern. »Nehmen Sie es sich nicht so zu Herzen, Dr. Fallon«, bat sie. »Seine Uhr war einfach abgelaufen, wie wir in unserem Dorf immer sagen.«

Er schaute zu ihr hoch, halb erstaunt, halb dankbar, und sie sah, dass er Tränen in den Augen hatte. Er rang sich ein Lächeln ab und tätschelte ihr unbeholfen die Hand.

»Ein tröstlicher Gedanke, ja. So war es wohl. Nur, wie gesagt, ich habe so viel mit ihm durchgestanden und ... ach je, Sie müssen mich für einen ziemlichen Narren halten.«

»Ganz und gar nicht, Dr. Fallon. Im Gegenteil, ich finde es ungeheuer liebenswert, dass Ihnen Ihre Patienten so am Herzen liegen. Trinken Sie jetzt Ihren Tee und sagen Sie mir einfach Bescheid, wenn Sie etwas essen möchten. Ich habe einen Schmortopf gemacht, den ich jederzeit aufwärmen kann, Peggy ist ja nicht da.«

»Das ist nett«, sagte er, nahm den Tee und lächelte wieder. »Was würden wir nur ohne Sie tun, Janet? Ich kann mir das Haus ohne Sie überhaupt nicht mehr vorstellen.«

Cecily marschierte im Wohnzimmer auf und ab. Sie fühlte sich ausgesprochen merkwürdig. Die schockierte Empörung, die das Wissen um die Affäre zwischen Cassia und

Harry anfangs in ihr ausgelöst hatte, ließ ein klein wenig nach und wich einem anderen, noch weit unangenehmeren Gefühl, das, sosehr sie es auch zu leugnen versuchte, eindeutig Neid war. Sie fand es zwar wirklich unerhört, dass Cassia sich auf eine verbotene Affäre mit einem Mann wie Harry Moreton eingelassen hatte, aber irgendwie fand sie es auch aufregend – und das war die Ursache ihres Unbehagens. Es hatte ihre eigenen lang verdrängten Sehnsüchte geweckt. Sie fühlte sich auf einmal langweilig, reizlos und um ihre Sexualität betrogen. Sie erinnerte sich an ihr unbefriedigendes Sexleben mit Benedict und Selbstmitleid überkam sie. Echte Leidenschaft hatte sie kaum kennen gelernt; sie wusste, dass es so etwas gab, hatte davon gelesen, aber selbst nie mehr als ein kurzes Aufflackern, einen schwachen Abklatsch davon erlebt. Und dabei sehnte sie sich so sehr danach. Sie hatte dieses Verlangen, dieses körperliche Begehren noch nie so intensiv empfunden wie jetzt, wo sie sich von ihrer unglücklichen Beziehung zu Benedict und ihren Schuldgefühlen erholte, wo sie entdeckte, dass Justin ihre Lust, ihre sexuelle Erregung weckte – oh, sie sehnte sich verzweifelt danach.

Sie fand Justin überaus attraktiv. Sie war überrascht und sogar etwas schockiert darüber, wie oft sie an ihn dachte, und zwar nicht nur an seine Gesellschaft, seinen Charme, seine außerordentliche Freundlichkeit und Rücksichtnahme ihr gegenüber, sondern an seinen großen, schlanken Körper, seine wunderschönen Hände, sein auf seltsame Weise gut aussehendes Gesicht, seine leuchtenden Augen, seinen ausdrucksvollen Mund. Manchmal, wenn er ihr einen zarten, flüchtigen Kuss auf den Mund gegeben hatte – darin erschöpfte sich bislang ihre sexuelle Beziehung –, hatte sie sich gewünscht, er möge weitergehen, seinen Mund fest auf ihren pressen, ihn mit seiner Zunge erforschen. Sie hatte sogar schon daran gedacht, die Initiative zu ergreifen – aber Schüchternheit, Scham und die Überzeugung, dass sie nur eine liebevolle, geliebte Freundin für ihn war, hatten sie zurückgehalten.

Und heute, wo sie an nichts anderes als eheliche Untreue dachte und das Gefühl hatte, dass die ganze Atmosphäre sexuell aufgeladen war, sehnte sie sich mit jeder Faser ihres Körpers nach Justin, sehnte sich nicht nur nach seinem Kuss, sondern nach mehr – nach seinen Händen auf ihrem Körper, nach seinem Mund, der nicht nur ihre Lippen berührte, sondern ihren ganzen Körper erforschte, sehnte sich nach …

Als sie bei dieser Vorstellung, dieser Erkenntnis angelangt war, lief sie wie gehetzt die Stufen zu den Zimmern der Kinder hinauf und versuchte, ihre Gedanken, ja ihr ganzes Selbst auf die Kinder zu konzentrieren. Die Kinder waren jetzt ihre Zukunft, das einzig Aufregende und Wichtige in ihrem Leben. Sie war eine Matrone, eine Witwe und eine gescheiterte Ehefrau. Sie hatte kein Recht, noch etwas anderes vom Leben zu erwarten, sich um etwas anderes zu kümmern als um das Wohl ihrer Kinder.

»Du siehst sehr hübsch aus, Mami«, fand Stephanie, als sie ins Kinderbadezimmer kam. »Du wirst jeden Tag hübscher, genau wie Justin gestern gesagt hat. Ich wünschte, ich hätte auch so einen Freund wie Justin.«

»Er ist nicht mein Freund«, widersprach Cecily und brach zu ihrem Entsetzen in Tränen aus.

Rupert Cameron hatte gerade seine zweite leichte Mahlzeit an diesem Tag zu sich genommen und wollte gerade seine Wohnung für die Abendvorstellung verlassen, als Cassia anrief. Sie hörte sich regelrecht hysterisch an.

»Rupert, ich muss mit dir reden.«

»Cassia, mein Schatz«, sagte er, »hat Cecily dich in die Mangel genommen?«

»Cecily? Warum in Gottes Namen sollte sie?«

»Ach, unwichtig«, antwortete er schnell. »Was ist los? Geht es um die Sache mit der Praxis? Was hat Edward dazu gesagt? Ich hoffe, er hat deinen Vorschlag nicht abgelehnt.«

»Nein, er schien sogar Gefallen an der Idee zu finden.« Das hatte sie ganz vergessen, es schien inzwischen so völlig belanglos. »Aber ... oh, Rupert, ich kann es dir nicht am Telefon erzählen. Kann ich zu dir kommen?«

»Komm ins Theater. Ich wollte gerade los.« Wenn er seinen Text heute Abend nicht vergaß, dachte er, käme das einem Wunder gleich.

Sie sah furchtbar aus: blass, angespannt, buchstäblich hohläugig. Und verweint.

»Setz dich, mein Augenstern, und trink etwas. Ich habe einen absolut grässlichen Sherry ...«

»Ich möchte nichts trinken, Rupert. Ich möchte, dass du mir zuhörst.«

»Ich bin ganz Ohr.«

»Du erinnerst dich doch noch an das, was ich dir neulich erzählt habe? Dass ich dachte, Harry hätte etwas mit meinem Geld zu tun?«

»Ähm ... ja.«

»Ich *weiß* jetzt, dass es stimmt. Leonora war schon anderthalb Jahre völlig mittellos, nicht nur in den letzten Monaten vor ihrem Tod. Das furchtbare Loch, in dem sie wohnte und wo ich neulich war, war offensichtlich nichts im Vergleich zu der Wohnung, in der sie vorher gelebt hat. Und es war keine Freundin, die sie schließlich dort herausgeholt hat, es war Margot Murray. Harrys Sekretärin, weißt du?«

»Nein, weiß ich nicht, aber …«

»Und Harry hat ihre ganzen Arztrechnungen bezahlt. Es war gar nicht Rollo.«

»Schätzchen, das beweist noch gar nichts. Nur, dass man Rollo nicht sofort finden konnte. Glaubst du nicht auch?«

»Nein, das glaube ich nicht. Denk doch bitte mal nach, Rupert.«

Sie weinte hemmungslos, offenbar vor Entsetzen. Er hielt ihr ein Taschentuch hin. »Versuch, ganz ruhig zu bleiben, mein Herz.«

»Bitte entschuldige.« Sie schnäuzte sich und atmete tief durch. »Die Sache ist die: Wenn sie über so lange Zeit in Geldnot war, dann hatte Leonora kein Geld. Es gab kein Treuhandvermögen, keine Zinsen.«

»Cassia …«

»Nein, ich weiß es. Das Treuhandvermögen wurde erst zwei Monate vor ihrem Tod eingerichtet, zwei Wochen, bevor sie das Testament zu meinen Gunsten machte.«

»Aber wenn Gresham kein Geld hatte, wie soll denn das gegangen sein? Das ergibt doch keinen Sinn.«

»Im selben Monat wurden Rollos Haus und Grundstück hier zum Verkauf angeboten. Außerdem hat er in jenem Sommer sein Haus in Cannes verkauft. Das habe ich auch herausgefunden. So verhält sich ein Mann, der in einer verzweifelten Lage ist, nicht ein Mann, der im Geld schwimmt und seiner Geliebten eine halbe Million Pfund schenkt. Ich glaube, es war überhaupt nicht sein Geld, Rupert. Ich glaube, es war Harrys.«

»Cassia, das ist absurd. Ehrlich, du hast zu viele Romane gelesen.«

»Ich lese keine Romane. Und sogar Richard wusste, dass Leonora unmöglich so viel Geld gehabt haben konnte. Er sah völlig entgeistert aus, als ich ihm davon erzählte. Er hätte gewusst ...«

»Cassia, bitte beruhige dich. Du bist ja völlig aufgelöst.«

Es klopfte an der Tür. »Noch zwanzig Minuten, Mr. Cameron.«

»Oje, ich muss mich fertig machen. Geh nicht, Cassia, es ist alles in Ordnung.«

Sie sah ihn an. »Glaubst du das wirklich? Glaubst du immer noch, dass das Geld nicht von Harry sein kann?«

»Ja, das tue ich. Das steht für mich völlig außer Frage.«

»Und woher soll die halbe Million dann plötzlich gekommen sein? Warum sollte Rollo Gresham es plötzlich hergeben und seinen gesamten Besitz verkaufen?«

»Das weiß ich nicht. Aber es muss eine vernünftige Erklärung dafür geben. Die gibt es immer. Vielleicht wollte er einfach weg aus England, sich in ... wo war das noch gleich? ... in Marrakesch niederlassen.«

»Ja, aber wenn er in einer finanziellen Notlage war, warum sollte er dann Leonora so viel Geld geben – als sie schon im Sterben lag? Das ist doch völlig verrückt.«

»Vielleicht wusste er nicht, wie krank sie war. Vielleicht dachten die Ärzte, sie würde noch viel länger leben. Ich hatte immer den Eindruck, dass ihr Tod für alle, nicht nur für dich, ein ziemlicher Schock war. Kannst du denn nicht Harry fragen?«

»Nein. Ich habe ihn schon mal gefragt, nach einigen unklaren Punkten jedenfalls, und da hat er mich angelogen, das macht mich ja so misstrauisch. Und er würde natürlich einfach weiterlügen.«

»Vielleicht solltest du Gresham mal einen Besuch abstatten«, sagte Rupert aufmunternd. »Er wird die ganze Sache aufklären können. Schau mich nicht so an, das war nur ein Scherz. Wie bist du eigentlich plötzlich auf die Daten dieser ganzen Transaktionen aufmerksam geworden? Wieso ist das nicht schon früher ans Licht gekommen?«

»Es ist mir einfach nicht in den Sinn gekommen, dass es wichtig sein könnte. Ich bin erst durch die Bemerkung einer Französin, die im selben Haus wohnte wie Leonora, auf die Idee gekommen: Sie sagte, Zeit sei etwas Kompliziertes und dass unsere Erinnerung uns oft Streiche spielt. Und da ging mir auf, dass die Zeit irgendwie eine entscheidende Rolle spielt. Die Frage ist nicht so sehr, *was* geschehen ist, sondern *wann* es geschehen ist. Wann Leonora aus der Avenue Foch weggezogen ist, wann sie Hilfe erhalten hat, wann Gresham seine Häuser verkauft hat – das alles ist irgendwie miteinander verflochten. Aber es sind noch riesengroße Löcher in dem Gewebe. Ach Rupert, ich finde das alles so furchtbar. Wenn ich Recht habe, wenn Harry das getan hat …« Tränen standen in ihren Augen und sie sah so verängstigt aus wie ein kleines Kind.

Ein weiteres Klopfen an der Tür. »Zehn Minuten, Mr. Cameron.«

»Es tut mir Leid, mein Schatz, aber ich muss anfangen, mich zu konzentrieren. Willst du hier auf mich warten? Die Vorstellung dauert nur eineinhalb Stunden und wir könnten anschließend zusammen essen gehen. Ich würde gern noch etwas anderes mit dir besprechen.«

»Ja, schön«, stimmte Cassia zu. »Gute Idee. Ich gehe für eine Weile nach Hause und komme dann wieder her. Danke, Rupert.«

Aber als sie die Garderobe verließ, war ihm klar, dass sie zerstreut war, ihm gar nicht richtig zugehört hatte. Vielleicht war es nicht der beste Zeitpunkt, sie davon in Kenntnis zu setzen, dass Cecily über sie und Harry Bescheid wusste.

Eine halbe Meile entfernt, in der Mount Street, hatte Edwina mehrmals vergeblich versucht, Harry in Paris zu erreichen. Dann würde sie eben Cassia zur Rede stellen, entschied sie. In dem Haus in der Walton Street meldete sich niemand. Sie beschloss, es in Monks Ridge zu probieren.

Edward war am Apparat; er klang müde.

»Oh, Edward, hier ist Edwina. Edwina Moreton. Ich würde gern mit Cassia sprechen.«

»Guten Abend, Edwina. Sie ist leider nicht da. Sie ist in London.«

»Nein, ist sie nicht. Da hab ich's schon versucht. Deshalb dachte ich, sie wäre vielleicht in Monks Ridge.«

»Tut mir Leid, Edwina. Sie ist nicht da. Sie ist unterwegs. Wie so häufig.«

Edwina fragte sich plötzlich, ob er Bescheid wusste. Und einen flüchtigen Moment lang sah sie das Leben durch seine Augen und konnte sich in einem seltenen Anflug von Fantasie vorstellen, wie unbefriedigend es für ihn sein musste, mit Cassia verheiratet zu sein. Cassia mit ihrer halben Million, Cassia, die in London lebte, frei wie ein Vogel, und als Grund ihre Arbeit vorschützte. Ihre Arbeit! Er muss wirklich ziemlich naiv sein, dachte Edwina. Und plötzlich wurde ihr klar, dass sie genauso naiv gewesen war, als sie diesen ganzen Unfug geschluckt hatte. Wer brauchte schon ein Haus in London? Ein Haus, praktischerweise zu klein für eine Familie, aber gerade richtig für eine Einzelperson, für eine unabhängige Frau? Gerade richtig für Cassia, die jede Woche angeblich ein paar Stunden im Krankenhaus oder in einer Beratungsstelle oder wo auch immer arbeitete. Vielleicht arbeitete sie gar nicht, vielleicht war die ganze Sache bloß ein Vorwand, eine ausgeklügelte Tarnung für ihre Affäre mit Harry. Was für eine fabelhafte Idee. Bestimmt hatten die beiden sich heimlich ins Fäustchen gelacht, weil sie ihre Ehepartner so geschickt hinters Licht geführt hatten.

Mit schmerzlicher Klarheit wurde Edwina bewusst, dass sie und Edward, den sie immer so verachtet hatte, auf genau die gleiche Weise von genau denselben Personen getäuscht worden waren. Wütend war sie vorher schon gewesen, aber jetzt kam sie sich zudem noch maßlos dumm und töricht vor. Plötzlich hatte sie das dringende Bedürfnis, Cassia in die Finger zu bekommen, ihr mit einigen ausgewählten Worten zu sagen, was sie von ihr hielt.

»Weißt du denn, wo Cassia ist?«, fragte sie. »Ich meine, kommt sie heute Abend noch zurück?«

»Nein«, erwiderte Edward leicht gereizt. »Nein, sie kommt heute nicht mehr. Sie hat gerade angerufen und gesagt, dass sie erst am Wochenende kommt. Irgendein Notfall im Krankenhaus.«

»Ach, tatsächlich?«

Harry kam auch erst am Wochenende zurück. Der Gedanke, dass die beiden irgendwo zusammen steckten, schien nicht allzu weit hergeholt. Genau genommen, war es äußerst unwahrscheinlich, dass es anders war. Edwina fühlte sich plötzlich noch törichter; töricht und sehr, sehr wütend.

»Edward«, sagte sie. »Edward, ich frage mich, ob du weißt ...«

36

Cassia war unauffindbar. Niemand konnte sie erreichen. Nicht ihr Ehemann, der sofort in der Walton Street angerufen hatte (nachdem das Gespräch mit Edwina beendet war) und es bis Mitternacht jede halbe Stunde erneut versuchte, bis er schließlich erschöpft einschlief und es dann ab sechs Uhr morgens erneut probierte. Nicht Rupert, der mehrmals in der Walton Street angerufen hatte und es dann in Monks Ridge versuchte, wo sich ein ungeheuer aufgeregter Edward gemeldet hatte. Nicht Harry Moreton, der in Paris saß und ihre Nummer in dieser Nacht fast genauso oft anwählte wie ihr Mann Edward. Nicht Schwester Hampton, die Cassia bitten wollte, etwas früher als üblich zu ihrem Klinikdienst zu kommen. Nicht der Dekan, der ihre Zustimmung für die Presseerklärung über die Stiftungsprofessur einholen wollte, die er für die medizinischen Fachzeitschriften vorbereitet hatte. Und auch nicht Edwina Moreton, die entschieden hatte, dass die einzige Möglichkeit, sich abzureagieren, eine Konfrontation mit Cassia war – je früher, desto besser.

All diese Leute – oder doch die meisten – fingen schließlich an, sich gegenseitig anzurufen. Als der Morgen des 10. Dezember voranschritt, wurde allmählich klar, dass Rupert der Letzte gewesen war, der Cassia gesehen hatte. Rupert erzählte allen die schlichte Wahrheit: Cassia war am Abend zuvor zu ihm ins Theater gekommen und hatte versprochen, nach der Vorstellung wiederzukommen, weil sie zusammen essen wollten, hatte es jedoch nicht getan. Er fing an, in Gedanken immer wieder ihr Gespräch durchzugehen, um irgendeinen Hinweis darauf zu finden, was geschehen sein könnte.

Als sein Telefon zum fünften Mal an diesem Morgen klingelte und Harry Morton dran war, war er in Gedanken gerade bei einer Bemerkung angelangt, die er halb im Scherz gemacht hatte, kurz bevor Cassia gegangen war: »Nein, ich würde sogar sagen, ganz im Scherz«, erklärte er Harry. »Ich habe vorgeschlagen, dass sie Rollo Gresham in

Marrakesch aufsuchen sollte. Natürlich glaube ich nicht, dass sie etwas Derartiges vorhatte. Es erscheint mir nur erwähnenswert, das ist alles.«

»Ich fass es nicht!«, stöhnte Harry. »So unglaublich dumm kann sie doch nicht sein.«

»Sie war sehr durcheinander«, wandte Rupert vorsichtig ein, »und zu allen möglichen Dummheiten fähig.«

»Wieso war sie so durcheinander? Kommen Sie, Cameron, Sie sollten es mir lieber erzählen.«

Rupert erzählte es ihm.

In London ging an diesem Morgen die kurze Regentschaft von Edward VIII. zu Ende, der in Anwesenheit seiner drei Brüder die Abdankungsurkunde unterzeichnete.

Die Königinmutter bemerkte: »Wie kann man nur alles für so was aufgeben«, und sprach damit vermutlich Tausenden aus der Seele.

Der neu designierte Exkönig, nicht länger von der Regierung eingeschränkt, kündigte an, dass er am folgenden Abend eine Radioansprache an sein Volk halten würde, wie er es schon viel früher geplant hatte.

Das Flugzeug war sehr laut, viel lauter, so schien es jedenfalls Cassia, als Harrys kleine Maschine. Obwohl es sich scheinbar ziemlich schwerfällig voranbewegte, erwies es sich in Wirklichkeit als erstaunlich schnell. Gegen Mittag erreichten sie Paris und landeten auf dem Flughafen von Le Bourget, wo Cassia und eine Hand voll weiterer Passagiere in ein Flugzeug umstiegen, das sich erheblich von dem ersten unterschied. Es handelte sich um eine Dewoitine, wie der Steward ihr so stolz verkündete, als ob er sie selbst gebaut hätte. Es hatte nur acht kleine Sitze mit verstellbaren Rückenlehnen und jeweils einem eigenen kleinen Tisch davor. Zielflughafen war Toulouse, wo sie die Nacht verbringen sollten, bevor sie dann am folgenden Tag gegen Mittag in Casablanca eintreffen würden.

»Von dort können Sie den Zug nehmen oder natürlich auch mit dem Auto fahren, es sind nur etwa 160 Kilometer«, hatte der freundliche junge Mann im Reisebüro gesagt, angesteckt von der Abenteuerlust der schönen jungen Frau im Zobelpelz, die heute Morgen vor der Tür seines Reisebüros in Knightsbridge gestanden hatte und wissen wollte, wie sie auf schnellstem Wege nach Marrakesch kommen könne, ihren Pass habe sie dabei. Er freute sich schon darauf, seiner Freundin davon zu erzählen.

»Und wenn Sie in einem Hotel absteigen wollen, dann empfehle ich Ihnen das Mamounia«, hatte er hinzugefügt. »Es gilt als eines der schönsten Hotels der Welt. Winston Churchill steigt oft dort ab. Die Gärten waren früher in königlichem Besitz. Ich könnte ein Telegramm schicken und Ihnen ein Zimmer reservieren lassen.« Cassia antwortete, das wäre schön.

Als sie in Toulouse landeten, war sie völlig erschöpft. Der Lärm des Flugzeugs, die unablässigen Vibrationen und die Tatsache, dass ihr die unausweichlichen Folgen ihrer verrückten, überstürzten Tat schließlich bewusst geworden waren – all das überwältigte sie. Halb benommen stolperte sie die Stufen hinunter und in einen Bus, zusammen mit den anderen Passagieren, die größtenteils in irritierend fröhlichen Grüppchen zu reisen schienen. Sie wurde durch die Dunkelheit zu einem Hotel befördert, dessen Qualität und Lage sie nicht interessierten, solange es nur ein Bett auf festem Boden zu bieten hatte. Wie sich herausstellte, war das Zimmer durchaus luxuriös ausgestattet, das Essen annehmbar und das Bett bequem. Sie schickte ein Telegramm an Edward, in dem sie ihm mitteilte, dass sie auf dem Weg nach Marrakesch und wohlauf sei. Dann ging sie ins Bett und fiel in einen traumlosen Schlaf.

Als sie um fünf Uhr morgens aufwachte, war es noch stockdunkel. Sie fühlte sich sehr allein und sehr furchtsam und war halb geneigt, wieder nach Hause zu fliegen. Was sie davon abhielt, war nur der Gedanke, dass sie sich selbst verachten würde, wenn sie es täte – und dass ihre einzige Chance, die Wahrheit herauszufinden, damit auf immer verloren wäre. Ganz abgesehen davon, dass sie dann mehrere Menschen völlig grundlos in Angst und Wut versetzt hätte.

Auch Justin Everard war früh aufgewacht, und während draußen ein grauer Londoner Wintertag heraufdämmerte, dachte er über seine Zukunft nach und über den Platz, den Cecily Harrington darin einnehmen könnte.

Er liebte Cecily aufrichtig. Er fand sie über die Maßen anziehend, sowohl körperlich als auch emotional. Er war gern mit ihr zusammen, genoss die Wärme und Herzlichkeit, die sie immer auszustrahlen schien, und fand, dass sie den häufig recht oberflächlichen Angehörigen ihrer Gesellschaftsschicht intellektuell haushoch überlegen war. Sie war klug, nachdenklich und belesen, sie teilte viele seiner Interessen, vor allem seine Vorliebe für die Kunst. Und zu seiner Freude hatte er festgestellt, dass sie trotz ihres immer noch labilen psychischen Zustands mit wachsendem Selbstvertrauen in solchen Fragen ihre eigenen Ansichten vertrat.

Im Lauf der letzten Wochen hatte sich die ungeheuer reizvolle Vorstellung, mit ihr zu schlafen, immer weiter verstärkt und mittlerweile ließ sie ihn kaum noch los. Er war regelrecht besessen von ihrem Körper, der langsam seine üppige Fülle zurückgewann, von ihren vollen, schönen Brüsten, ihren erstaunlich schlanken Beinen und dem grazilen Hals, den großen dunklen Augen, dem sinnlichen Mund und der glänzenden Woge dunklen Haars. Und obwohl er sich über Cecilys emotionale Verletzlichkeit durchaus im Klaren war, über das Unrecht, das er ihr antun würde, wenn er sie jetzt aus dem Gleichgewicht bringen und leichtfertig starke Gefühle in ihr wecken würde, hatte er zu planen begonnen, wie er sie so liebevoll, so einfühlsam wie möglich verführen könnte.

Trotzdem hatte der gestrige Vorfall ihn beunruhigt. Konnte ihre Beziehung wirklich eine Zukunft haben? War eine Beziehung zwischen zwei Personen denkbar, von denen die eine sexuelle Verwicklungen und Seitensprünge amüsant und unterhaltsam fand (auch wenn sie so etwas für sich selbst ablehnen würde), während die andere Person dies für schockierend und beklagenswert hielt? Er lebte nicht nur in einer Welt sexueller Freiheit, sondern auch sexueller Anarchie; Homosexualität war für ihn einfach eine Tatsache des Lebens, ein reiner und möglicherweise glücklicher Zufall der Biologie. Während Cecily, die nach der Hochzeit entdecken musste, dass ihr Mann homosexuell war, sie für schändlich und krankhaft hielt.

Er stammte aus, milde ausgedrückt, bescheidenen Verhältnissen, und Arbeit war für ihn nicht nur ein angenehmer, befriedigender Zeitvertreib, sondern lebensnotwendig. Cecily gehörte zur Oberschicht und lebte in einem Reichtum, der für die Mehrheit der Bevölkerung einfach unvorstellbar war.

Konnten emotionale Zuneigung, sexuelle Erfüllung und auch die innigste Liebe tatsächlich so stark sein, dass sie all diese Widrigkeiten überwanden? Oder würden am Ende, wenn die erste Leidenschaft vorüber war, nur Verbitterung, Trauer, Unzufriedenheit und Enttäuschung übrig bleiben?

Justin fand wenig Trost in den Antworten, die ihm auf diese Fragen einfielen.

Als Edwina später an diesem Tag vor ihrem Frisiertisch saß und ihr Make-up auflegte, rief Harry an.

»Ihr seid verachtenswert«, blaffte sie.

»Ach ja?« Er klang fast heiter, dachte sie erbittert.

»Ja, du und Cassia.«

»Verstehe. Aber du und die Sobel-Meute, du und die Bryanston-Zwillinge – das ist vermutlich etwas ganz anderes.«

»Natürlich ist das etwas anderes. Cassia ist meine Freundin. Glaubte ich jedenfalls.«

»Wenigstens stehen wir beide uns nun in nichts mehr nach, Edwina. Wie dem auch sei, ich rufe an, um dir zu sagen, dass ich ein paar Tage weg sein werde.«

»Gut«, sagte sie. »Wenn du wiederkommst, wirst du von meinem Anwalt hören. Meine Empfehlung an Cassia: Sag ihr, sie kann dich gern behalten. Sie hat dich verdient.«

»Sie ist nicht ...«, setzte er an, aber Edwina hatte bereits den Hörer auf die Gabel geknallt.

»Und wo ist Mama jetzt hin?«, fragte Bertie.

Janet sah ihn nachdenklich an. Zum ersten Mal klang er etwas kläglich, traurig darüber, dass seine Mutter nie da zu sein schien – nie da *war*, verbesserte sich Janet leicht bedrückt.

»Sie muss arbeiten«, erklärte sie, »und ihre Arbeit ist sehr, sehr wichtig. Sie kann die kranken Leute nicht einfach allein lassen, ebenso wenig wie dein Vater. Sie sind Ärzte, das Leben ihrer Patienten hängt von ihnen ab.«

»Sie muss ja keine Ärztin sein«, erwiderte Bertie, »sie könnte einfach wieder eine Mutter sein, wie früher. Dann müsste sie sich keine Sorgen um irgendwelche blöden Patienten machen.«

Es war der Geruch, der Cassia als Erstes an Marokko auffiel, dieser merkwürdig scharfe, intensive Geruch, der sich mit der Hitze vermischte. Jahre später, als sie mit jemandem, der sich häufig in Marokko aufhielt, über diese außergewöhnlichen Tage sprach, sagte er: »Genau. Der Geruch von Holzfeuer, Kameldung und Weihrauch. Wundervoll.« Sie war sich nicht sicher, was das wundervoll betraf, aber alle anderen Elemente waren in ihrer Erinnerung sofort wieder präsent.

Als Nächstes empfand sie ein Gefühl von Panik, das der Klaustrophobie nahe kam, ausgelöst durch die buchstäblich erdrückende Nähe von Körpern, von braunen, lachenden Gesichtern, von Menschen, die auf sie einredeten, ihr Waren anboten – meterlange Stoffbahnen, Schmuck, Zierrat. Dann Erleichterung und die Hoffnung auf Ungestörtsein, als ihr Fahrer, den sie in Casablanca angeheuert hatte, die Leute mit fast so verächtlichen Rufen verscheuchte wie die mageren, knochigen Hunde, die überall herumliefen, sie ins Auto schob und die Tür zuschlug, so dass sie sich für kurze Zeit in Sicherheit wähnte.

Anschließend hatte er sie die etwa 160 Kilometer über rote, sandige Straßen mit schmerzhaften Schlaglöchern gefahren, durch scheinbar menschenleere Ebenen, durch gelegentlich auftauchende verwahrloste Dörfer, wo im Staub spielende Kinder sie anstarrten und jämmerlich aussehende Esel, angepflockt in der glühenden Sonne, ihnen mit trägen Blicken folgten.

Die Hitze war erstickend und ihr war übel. Der Fahrer

hatte angefangen zu reden, als sie in Casablanca losgefahren waren, und redete immer noch, als sie in Marrakesch ankamen und die hohen Stadtmauern aus gestampftem rotem Lehm und die kunstvoll verschnörkelte Silhouette von Kuppeln, Türmchen und Minaretten vor Cassia auftauchten. Und dahinter der atemberaubende Anblick des Atlasgebirges, dessen schneebedeckte Gipfel sich scharf vom tiefblauen Himmel abhoben. Sie wirkten trügerisch nahe, diese Berge, kühl und beruhigend, wie ein Kontrapunkt aus kristallklarer Reinheit in der heißen, lärmenden Hölle dieser Straßen, die voll zu sein schienen von verhungernden Tieren: Überall sah man Esel, die mit turmhohen Lasten, dreimal so hoch wie sie selbst, beladen waren und deren Knochen so spitz aus der Haut ragten, dass man kaum hinschauen mochte, und Scharen von abgemagerten Hunden und Katzen, die durch die Rinnsteine schlichen.

Cassia drückte sich tiefer in den Sitz des Taxis, von einer aberwitzigen, panischen Furcht erfüllt, die sie fast vergessen ließ, warum sie hier war. Sie wollte nur noch irgendeine Form von Zivilisation erreichen, die sie als solche erkennen konnte, obwohl sie sich selbst für ihre Schwäche und ihren Chauvinismus verachtete.

Und dann fuhr der Wagen durch die Eingangstore des Mamounia, und sie lächelte vor Freude, als sie die palmenbestandene Anlage, die herrlich blühenden Sträucher und das satte Grün des Rasens sah. Es war eine Oase der Ruhe und des Friedens, ein grünes Paradies nach dem schier endlosen Rot von Lehm und Staub.

Das palastartige Hotel selbst war blassrosa und auf dem großen runden Hof davor parkten einige sehr große und teuer aussehende Autos. Ihr Fahrer nahm ihr spärliches Gepäck und führte sie in das Hotel, in dem es so kühl, so ruhig war, dass man kaum glauben konnte, im selben Land, geschweige denn in derselben Stadt zu sein.

Man geleitete sie zu ihrem Zimmer, wo sie ein riesiges Bett, einen Balkon mit herrlicher Aussicht auf die Gärten, einen Korb voll frischem Obst und große, mit Blumen gefüllte Vasen vorfand.

Sie erkannte, dass sie unmöglich zum Essen hinuntergehen konnte – sie hatte nur die zerknitterten Kleider dabei, die sie seit ihrer Abreise aus London trug, und ein einfaches schwarzes Jerseykleid, das für den prunkvollen Speisesaal eindeutig nicht geeignet war. Also nahm sie ein Bad und bestellte dann beim Zimmerservice geräucherten Lachs, Salat und ein wenig Obst. Zum Essen setzte sie sich auf das Bett, fühlte sich leicht dekadent und auf wundersame Weise neu belebt.

Danach streckte sie sich auf ihrem Bett aus und fragte sich ein wenig ängstlich, aber auch voll freudiger Aufregung, was der nächste Tag ihr wohl bringen würde.

Andere englische Gäste des Hotels versuchten ohne viel Erfolg ihre Radios auf die BBC einzustellen, um das zu hören, was möglicherweise eine der bedeutsamsten Rundfunkübertragungen in der Geschichte Großbritanniens war: die Ansprache des englischen Exkönigs, der jetzt als »Seine Königliche Hoheit, Prinz Edward« vorgestellt wurde und seinem Volk von Windsor Castle aus mitteilte, dass er seine letzten Pflichten als König erfüllt habe und loyal zum neuen König, seinem Bruder, dem Herzog von York, stehe.

Ganz England hörte diese Radioübertragung. Im gesamten Land herrschte nahezu vollkommene Stille, solange sie andauerte. Familien versammelten sich um das Radiogerät, manche betrübt, andere überrascht, aber alle, unabhängig von ihrer Meinung in dieser Sache, tief bewegt.

In Monks Ridge hielt Edward Fallon seine beiden Söhne im Arm. Janet Fraser saß ihm gegenüber in Cassias Sessel, während Peggy im Türrahmen stand und ungeniert weinte, als der König erklärte, dass es ihm ohne die Hilfe und den Beistand der Frau, die er liebe, nicht möglich sei, die schwere Last der Verantwortung zu tragen.

In London saß Cecily Harrington in ihrem Wohnzimmer, ebenfalls zusammen mit ihren Kindern, und dachte, wie verzweifelt der König diese Frau lieben musste. Sie hoffte, dass seine Mutter und seine Familie ihm tatsächlich so trostreich zur Seite gestanden hatten, wie er behauptete, und empfand tiefes Mitgefühl mit ihm, als er den »Segen ohnegleichen« beschrieb, »dessen sich so viele unter Ihnen erfreuen können und der mir nicht zuteil geworden ist – der eines glücklichen Heims mit Frau und Kindern ...«

Rupert Cameron, dem dieses Glück ebenfalls nicht zuteil geworden war, hörte die Rede in seiner Garderobe, und das Herz wurde ihm schwer, denn er hatte sich seinem Souverän immer in gewisser Weise verbunden gefühlt und war stets dafür eingetreten, dass der König das Recht habe, der Stimme seines Herzens zu folgen.

Während er dort saß, ging leise die Tür auf und Eleanor kam herein. Ihre Augen standen voller Tränen. Sie sah Rupert an, er sah sie an und fragte sich in diesem Moment offen liegender Gefühle, warum ihre Schönheit und ihre Freundlichkeit ihn nie stärker angerührt hatten. Er stand auf und schloss sie tröstend in die Arme, wobei er sich selbst einredete, dass er aus reiner Freundschaft handele.

Justin Everard hörte die Ansprache, während er in seiner Dunkelkammer arbeitete, und stellte fest, dass die emotionale Intensität des Augenblicks ihn erstaunlicherweise tief bewegte – vor allem jener Teil der Rede, in dem sich Edward für die überwältigende Freundlichkeit bedankte, die ihm von Menschen aller Schichten der Gesellschaft entgegengebracht worden sei, »wo immer ich mich auch aufhielt oder auf Reisen im Empire war«.

Und sogar Edwina Moreton, die sich die Ansprache gemeinsam mit Francis Stevenson-Cook in dessen Wohnung in der Mount Street anhörte, fühlte einen Kloß im Hals, als der Exkönig mit klarer und kraftvoller Stimme erklärte: »Jetzt haben wir alle einen neuen König. Von ganzem Herzen wünsche ich ihm und Ihnen, seinem Volk, Glück und Wohlstand. Gott schütze Sie alle. Gott schütze den König.«

An diesem Punkt schenkte Francis ihnen beiden ein Glas Champagner ein, erhob sein Glas und wiederholte die letzten Worte.

Nur Harry Moreton, der mit seiner Maschine gerade durch den Nachthimmel Südeuropas flog, hörte nichts von alldem.

37

Absurderweise zerbrach Cassia sich den Kopf darüber, was sie für ihren Besuch bei Rollo Gresham anziehen sollte. Sie hatte nichts, was der Situation und – noch wichtiger – dem Klima auch nur annähernd gerecht wurde. Sie kam zu dem Schluss, dass das schwarze Kleid die bessere der beiden möglichen Optionen war, und klingelte nach dem Frühstück. Dann ließ sich die Sache nicht länger aufschieben. Cassia durchquerte die große Halle und bat den Portier, ihr ein Taxi zu rufen.

Normalerweise arbeitete Justin samstags nicht, aber im *Style*-Haus herrschte im Moment allgemeine Panikstimmung, und jeder, der dort beschäftigt war, ob fest angestellt oder als freier Mitarbeiter, befand sich in einem Zustand akuter Anspannung. Die Amerikaner, die das Schwesterunternehmen in New York leiteten und die die unumschränkten Herrscher waren, wollten Anfang Januar zu ihrem jährlichen Besuch eintreffen und bis dahin musste das *Style*-Haus unbedingt auf Vordermann gebracht werden. Die Amerikaner erwarteten Belege für eine vorausschauende Planung, eine Präsentation von Blindbänden, laufenden Projekten, Fotos und Layouts. Das hieß, dass die *Style*-Mitarbeiter praktisch zwei Ausgaben in der Zeit fertig stellen mussten, die sie sonst für eine Ausgabe benötigten, was wiederum eine Sechs- oder Siebentagewoche bedeutete.

Folglich herrschte an diesem Samstag im *Style*-Haus dieselbe hektische Betriebsamkeit wie an einem normalen Werktag. Justin war gerade im Begriff zu gehen, um Aufnahmen in Edwina Moretons Salon zu machen, als das Telefon läutete und sein Assistent ihm mitteilte, dass der Anruf für ihn sei.

Suzanne, seine Sekretärin, lächelte ihn viel sagend an. »Deine reiche Freundin«, raunte sie, während sie mit der Hand die Sprechmuschel zuhielt. »Die solltest du dir warm halten, Justin. Dann brauchst du in ein, zwei Monaten überhaupt nicht mehr zu arbeiten.«

Justin blickte sie finster an und nahm den Hörer.

»Hallo«, sagte er vorsichtig.

»Hallo, Justin, hier ist Cecily. Wie geht's?«

»Ganz ausgezeichnet, danke.«

»Es ist sicher nicht besonders lustig, am Samstag arbeiten zu müssen. Tut mir Leid.«

»Ach, nicht so schlimm«, wehrte er ab, »aber wir sind hier alle in heller Panik. Ich bin gerade auf dem Sprung, um einige Aufnahmen für Edwina zu machen, deshalb muss ich's kurz machen.« Er klang ungeduldiger, als er tatsächlich war, zum Teil, weil Suzannes Bemerkung ihn geärgert hatte, und zum Teil, weil seine Gedanken tatsächlich schon auf die Probleme gerichtet waren, die heute Vormittag auf ihn zukamen: Er musste Aufnahmen in einem Salon machen, von dem er genau wusste, dass er für den vorgesehenen Zweck völlig ungeeignet war. Ihm hatte ein üppigeres, fast barockes Ambiente vorgeschwebt, eher in der Art von Cecilys Salon – Edwinas Haus war im zeitgenössischen Stil eingerichtet und voll von den grellen, modernen Gemälden, die ihr Mann sammelte.

»Ach so, verstehe. Sie wollte die Aufnahmen eigentlich in meinem Haus machen lassen, aber ich habe es abgelehnt.«

»Edwina hat dich gefragt?« Verdammt. Ein weiterer Hinweis auf die Unterschiede zwischen ihnen beiden. Cecily wollte nicht, dass ihr Salon fotografiert wurde. Was für ihn völlig selbstverständlich war, ein Teil seines normalen Arbeitsalltags, war für Cecily natürlich etwas ziemlich Vulgäres, Kommerzielles, eine Verletzung ihrer Privatsphäre.

»Justin, wenn du die Aufnahmen lieber hier machen möchtest …«

»Nein, nein«, erwiderte er kurz, »wir haben die Vorbereitungen schon abgeschlossen. Es ist wirklich völlig unwichtig.«

»Oh.« Sie klang erstaunt, betroffen, fing sich dann aber wieder. »Also, warum ich eigentlich anrufe – ich wollte dich fragen, ob du Lust hättest, heute Abend zum Essen zu uns zu kommen? Nichts Aufregendes, nur die Mädchen und ich. Als kleines … na ja, als kleines Dankeschön. Für alles.«

»Hmm.« Justin zögerte. Nichts hätte er lieber getan, aber die unangenehme Unterhaltung, die er vorletzte Nacht mit sich selbst geführt hatte, die Schlussfolgerungen, zu denen er sich gezwungen gefühlt hatte, schoben sich wieder in den Vordergrund. Er musste jetzt eine Entscheidung treffen. Wenn er und Cecily nun mal nicht zueinander passten, dann war es das Beste, wenn er anfing, sich behutsam zurückzuziehen, wie sehr es ihn auch schmerzen mochte.

Er holte innerlich tief Luft und sagte: »Tut mir Leid, Cecily, aber ich muss heute Abend arbeiten. In der Dunkelkammer, verstehst du?«

»Ach so. Dann vielleicht morgen?«

Mein Gott, warum musste das so schwierig sein? »Nein, morgen geht es auch nicht, fürchte ich. Morgen ist Sonntag, da muss ich meine Mutter besuchen. Vielleicht irgendwann nächste Woche.«

»Ja, gut. Vielleicht nächste Woche.« Er hörte den Schmerz in ihrer Stimme. »Bis dann, Justin.«

»Bis dann, Cecily«, sagte er und hoffte inständig, dass sie den Schmerz in seiner Stimme nicht gehört hatte.

Rollo Gresham lebte in dem als Ville Nouvelle bekannten Teil von Marrakesch, der unter französischer Kolonialherrschaft entstanden war und von der Avenue d'el-Jadida abging, ganz in der Nähe des Marjorelle-Gartens. Cassia hatte von dieser Anlage gehört, als sie im Hotel auf ihr Taxi wartete. Ein beflissener Portier hatte ihr erzählt, dass sie sich diesen »wunder-, wunderschönen« Garten, der in den Zwanzigerjahren von dem französischen Maler Jacques Marjorelle angelegt worden sei, unbedingt ansehen müsse.

Kaum hatte sie den Frieden und die Ruhe des Hotelgeländes hinter sich gelassen, lösten Marrakesch und der Gedanke an Rollo Gresham erneut panisches Entsetzen in ihr aus. Ihr war speiübel. Sie bat den Taxifahrer, anzuhalten, lehnte sich aus der Tür und musste sich mehrmals übergeben. Zum Glück hatten sie das dichte Menschengewühl hinter sich gelassen und bereits die Ville Nouvelle erreicht. Die Straße war breit, von Bäumen gesäumt und nahezu menschenleer. Der Fahrer reagierte überraschend freundlich: Er stieg aus, hielt ihren Kopf, reichte ihr ein fast sauberes Taschentuch und erbot sich, etwas Wasser zu besorgen.

»Nein«, sagte sie. »Nein, wirklich nicht. Es geht schon wieder. Bitte entschuldigen Sie. Ich bin gleich wieder in Ordnung. Wo sind wir?«

»Marjorelle-Garten, da drüben«, der Fahrer deutete auf eine kleine Seitenstraße. »Avenue d'el-Jadida dort entlang. Sehr, sehr nah.«

»Ich verstehe. Danke. Ich werde den Rest des Weges zu Fuß gehen. Ich brauche frische Luft. Sie können zurückfahren.« Sie gab ihm das Geld für die Fahrt und ein doppelt so hohes Trinkgeld.

Er schaute sie an. Sein schrumpliges Gesicht war immer noch besorgt. »Ich auf Sie warten.«

»Nein, nein, das ist nicht nötig. Es ist alles in Ordnung. Es kann Stunden dauern. Wirklich. Es geht mir gut. Aber vielen Dank für alles. Sie waren sehr nett.«

Sie schwitzte schrecklich in dem Jerseykleid; die Sonne brannte auf ihren ungeschützten Kopf. Sie überquerte die Straße, noch etwas unsicher auf den Beinen, hoffte, ihr würde nicht wieder übel werden, und ging die Straße hinunter in Richtung Avenue d'el-Jadida.

Harry Moreton ließ die Maschine auf dem Flugfeld von Casablanca ausrollen und spürte diese Mischung aus Erschöpfung und Aufregung, die manchmal fast Halluzinationen hervorzurufen scheint. Mit steifen Beinen, die ihm den Dienst zu versagen drohten, kletterte er aus dem Flugzeug und ging mit seinen Papieren über das Rollfeld zum Tower. Eine Stunde später schlief er tief und fest in einem erstaunlich komfortablen Zug.

»Was zum Teufel ist los mit Ihnen, Justin?«, schnaubte Edwina gereizt. »Das Ganze sollte nur ein oder höchstens zwei Stunden dauern. Jetzt ist es gleich Mittag und wir hocken immer noch hier.«

»Ach, halten Sie doch den Mund«, erwiderte Justin. »Ich habe es so verdammt satt, mir von irgendwelchen nölenden Redakteuren sagen zu lassen, dass wir nur ein oder zwei Stunden Zeit haben. Wenn das Licht nicht stimmt, wenn die blöden Töpfe nicht richtig zur Geltung kommen, sind Sie die Erste, die sich darüber beschwert. Es ist sehr schwierig in diesem Raum. Sie wissen ganz genau, dass ich einen Salon wollte, der nicht so kalt wirkt, nicht so modern.«

»Innerhalb von achtundvierzig Stunden war das ein bisschen schwierig zu bewerkstelligen«, erwiderte Edwina spitz. »Wenn Ihr Liebchen etwas kooperativer gewesen wäre ...«

»Falls Sie Cecily meinen – sie ist nicht mein Liebchen. Alles andere als das. Das ist das Lächerlichste, was ich je gehört habe.«

»Ach? Nun, wenn das so ist, kann ich nur sagen, dass Sie lieber aufhören sollten, sie hinters Licht zu führen und ihr falsche Hoffnungen zu machen. Sie wird sich bis über beide Ohren in Sie verlieben und das ist nicht fair. Außerdem wird es auf mich zurückfallen, wenn Sie sie einfach sitzen lassen. Schließlich habe ich die Bekanntschaft vermittelt.«

»Das wäre natürlich eine echte Katastrophe. Ich möchte auf keinen Fall Ihr perfekt geordnetes Leben durcheinander bringen. Na jedenfalls ... Edwina, was ist denn?«

»Nichts, mir geht's gut.« Sie wischte sich ungeduldig mit der Hand über die Augen, zog ihr Zigarettenetui aus der Handtasche und schnipste mit zittriger Hand am Feuerzeug.

»Ist bestimmt alles in Ordnung, Edwina?«

»Ja, ich glaub schon«, seufzte sie. »Es ist nur so, dass mein Leben alles andere als perfekt geordnet ist – es ist das totale Chaos, und ich habe keine Ahnung, was ich dagegen tun soll.«

»Da sind Sie nicht die Einzige. Was meinen Sie, wollen wir vielleicht heute Abend zusammen essen gehen? Wir könnten uns gegenseitig jede Menge vollkommen idiotischer Ratschläge geben ...«

»Fabelhafte Idee. Aber würde es Ihnen etwas ausmachen, hier zu essen? Nach Ausgehen ist mir heute überhaupt nicht zu Mute. Ich werde die Köchin bitten, uns etwas ganz Tolles zu zaubern. Gut. Könnten wir jetzt vielleicht weitermachen? Ich kriege sonst noch einen Schreikrampf.«

Cassia konnte nicht beurteilen, ob das Haus von Rollo Gresham das eines reichen Mannes war, aber ihr erschien es eher bescheiden, etwa so groß wie eine kleine Vorstadtvilla in England. Doch zweifellos war es ein sehr schönes Haus, zurückgesetzt von der Straße, die im Gegensatz zu den meisten marokkanischen Straßen ziemlich breit und von Jakarandabäumen gesäumt war.

Es war im Art-déco-Stil gebaut, weißer Stuck mit Rundbögen und einem Flachdach, und der schöne Vorgarten war das reinste Blütenmeer. Ein Mann wässerte gerade mit einem langen Schlauch die Sträucher. Als sie durch das Tor trat, grinste er sie an und zeigte dabei einen fast zahnlosen Mund, ein Anblick, an den Cassia sich zusehends gewöhnte. Sie lächelte etwas unsicher zurück.

»Sie zu Monsieur Rollo?«

»Äh, ja. Ich möchte ihn sprechen.«

»Ich rufe Mehdi. Sie warten.«

Sie stellte sich in den Schatten der überdachten Veranda und wartete. Ihr war wieder übel.

Mehdi tauchte auf, allem Anschein nach ein ranghöherer Bediensteter, mit besserer Kleidung, bestehend aus einer weißen Tunika und langen Hosen, und mit erheblich mehr Zähnen im Mund. »Sie möchten zu Monsieur Rollo?«

»Ja, bitte.«

»Ihr Name?«

»Mrs. Fallon. Mrs. Cassia Fallon.«

»Warten, bitte.«

Drei Kinder kamen aus dem Haus, zwei Jungen und ein Mädchen. Sie schauten sie unsicher an und der kleinere Junge schenkte ihr ein strahlendes, bezauberndes Lächeln. Er war überhaupt schön: ziemlich hellhäutig, mit dunklem, glänzendem Haar, nur ein wenig größer als Bertie, aber eindeutig älter. Das kleine Mädchen, das sich an seine Hand klammerte, sah jünger aus, wahrscheinlich höchstens sieben Jahre. Sie sah aus, als ob sie geweint hätte.

Mehdi kam zurück, verscheuchte die Kinder wie lästige Fliegen und murmelte dabei etwas Unverständliches. Der ältere Junge antwortete ihm, nickte, und dann rannten sie alle weg. Mehdi schaute Cassia an: »Sie allein?«

»Ja«, antwortete sie, überrascht von der Frage. »Natürlich bin ich allein. Wie Sie sehen.«

»Noch warten.« Er ging zurück ins Haus, tauchte kurz darauf erneut auf. »Monsieur Rollo sagt, in zwei Stunden wiederkommen. Ja? Drei Uhr.«

»Ja. Danke.«

Er verbeugte sich, der Gärtner verbeugte sich ebenfalls, grinste sie an, und sie ging wieder hinaus auf die Straße.

Im Mamounia teilte man Harry mit, dass Mrs. Fallon in der Tat ein Gast des Hotels sei. Sie sei jedoch kurz nach dem Frühstück ausgegangen und habe gesagt, sie werde zum Lunch möglicherweise noch nicht zurück sein. Ob Mr. Moreton vielleicht mit dem Lunch warten wolle, falls Mrs. Fallon doch noch rechtzeitig zurückkehre?

Harry ging an die Bar, bestellte einen doppelten Whisky, schickte ein kurzes Stoßgebet zum Himmel, dass Mrs. Fallon tatsächlich rechtzeitig zurückkehren möge, und versuchte zu entscheiden, was er andernfalls tun sollte.

Cassia hatte eigentlich vorgehabt, für die zwei Stunden ins Hotel zurückzukehren, wurde sich dann aber bewusst, dass sie keine Ahnung hatte, wie sie dorthin gelangen sollte. Es war kein Taxi in Sicht und zu Fuß konnte sie den Weg unmöglich bewältigen, bei dieser Hitze schon gar nicht. Wenn sie nicht in Ohnmacht fiel oder sich erneut übergeben musste, würde sie sich verirren und wahrscheinlich unterwegs überfallen oder bestenfalls ständig belästigt werden. Andererseits konnte sie hier auch nicht zwei Stunden lang herumstehen. Eine scheußliche Situation. Einen Moment lang geriet sie in Panik, doch dann fiel ihr plötzlich der Marjorelle-Garten ein. Sie atmete erleichtert auf. Dort konnte sie hingehen und sich eine Weile ausruhen.

Sie ging den Weg zurück, den sie gekommen war, bezahlte den Eintritt und betrat den Garten – und fühlte sich gleich vollkommen anders, nicht mehr im Mindesten elend, sondern nahezu berauscht von dem herrlichen Anblick. Dieser Garten war wirklich etwas ganz Außergewöhnliches, dicht bewachsen mit Palmen und Bambus, bepflanzt mit Kapuzinerkresse, Geranien und Bougainvillea, dazwischen überall überwachsene Laubengänge, Seerosenteiche und farbenfrohe Plattenwege, die in leuchtenden Rosa-, Gelb- und Grüntönen gestrichen waren. Und die Anlage war nicht nur ein Augen-, sondern auch ein Ohrenschmaus: Die Luft war erfüllt von Vogelgezwitscher und vom Klang plätschernden Wassers. Doch das Ungewöhnlichste von allem war die Farbe der Wände, der Gartenmauern und des Hauptgebäudes im Park – ein unglaublich strahlendes, lebhaftes Blau mit einem leichten Stich ins Mauve; ein Blau, das sie noch nie zuvor gesehen hatte und vermutlich auch nie wieder sehen würde.

Sie setzte sich auf eine der Bänke bei den Teichen, gleichzeitig beruhigt und belebt von diesem Ort, der, wie sie in überschwänglicher Begeisterung dachte, dem Garten Eden nachempfunden sein musste. Allein der Anblick dieses Gartens hatte die Reise gelohnt. Es war eine gute Idee gewesen, hierher zu kommen. Viel besser, als zum Hotel zurück zukehren. Dann richtete sie ihre Gedanken auf das vor ihr liegende Gespräch und überlegte, wie sie es am besten angehen könnte.

Nachdem die Lunchzeit auch bei großzügigster Auslegung überschritten war, versuchte Harry zu entscheiden, was er tun sollte. Cassia war vermutlich bei Gresham, mochte der Himmel wissen, wie sie an die Adresse herangekommen war. Nicht zum ersten Mal, seit dieses irrwitzige Abenteuer begonnen hatte, erfüllte ihn ungeheure Bewunderung für Cassia. Er kannte nur noch eine einzige andere Frau, die sich auf eigene Faust auf eine solche Reise begeben hätte, und das war Edwina. Er fühlte sich anscheinend immer zu starken Frauen hingezogen. Nachdem er einen Moment lang über die Ironie dieser amüsanten Vorstellung nachgedacht hatte, konzentrierte er sich wieder auf sein Problem.

Jeder Versuch, in Greshams Haus zu gelangen, wäre zwecklos. Er würde in hohem Bogen hinausfliegen, sobald er auch nur einen Fuß in den Garten setzte, wahrscheinlich sogar erschossen werden. Er könnte vor dem Haus warten und darauf hoffen, dass Cassia entweder noch nicht dort war oder ihn zumindest nicht eigenhändig erschießen würde, wenn sie wieder herauskam. Nach einigen Minuten entschied er, dass dies die einzige Möglichkeit war.

Er rief ein Taxi und schaute auf die Uhr: fünf vor halb drei. Mittlerweile wünschte er, er wäre direkt zu Gresham gefahren, anstatt seine Zeit in der Hotelbar zu verschwenden. Wenn er sie verfehlte, wenn sie zuerst bei Greshams Haus ankam, könnte es ziemlich hässlich werden.

Cassia beschloss, sich zurück in die Avenue d'el-Jadida zu begeben. Es war zehn vor drei. Sie wollte auf keinen Fall zu spät kommen. Immerhin konnte es sein, dass Rollo Gresham auf Pünktlichkeit hielt, vielleicht sogar noch ausgehen wollte und ihre Verspätung als Vorwand benutzen würde, um sie abzuwimmeln. Es ging ihr jetzt viel besser, sie fühlte sich gestärkt und der Lage gewachsen. Sie erhob sich, fuhr glättend über ihr Kleid, das allmählich den letzten Rest von Chic verlor, und machte sich auf den Weg zu Greshams Haus. Sie würde fünf Minuten zu früh da sein, aber das war egal. Sie konnte auf der Straße warten, vor seiner Tür. Dort würde niemand sie belästigen.

»*Yallah!*«, rief Harry und warf sich in ein Taxi.

Der Fahrer zeigte sich wenig beeindruckt von dieser arabischen Mahnung zur Eile. »Ja, Boss«, sagte er und machte sich in seinem normalen, eher beschaulichen Tempo auf den Weg in die Ville Nouvelle. Er hatte ein neues Auto, das er für niemanden in Gefahr bringen würde.

Die Straßen waren erstaunlich leer. Harry schätzte, dass sie in weniger als einer Viertelstunde da sein könnten, wenn dieser Trottel nur ein bisschen stärker aufs Gaspedal treten würde. Er wühlte in seiner Hosentasche nach einigen Geldscheinen, die er dem Fahrer vor die Nase halten konnte, und schob sie dem Mann über die Schulter: »*Vite, plus vite!*«

Der Fahrer zuckte die Achseln und steigerte das Tempo unmerklich. Es bestand durchaus die Möglichkeit, es noch weiter zu erhöhen, wollte er damit andeuten.

»Himmelherrgott noch mal!« Harry kramte einige weitere Geldscheine hervor. Der Fahrer drehte sich halb zu ihm um, schätzte den Wert der Banknoten ein – und da passierte es.

Ein Esel, der auf seinem Rücken einen gesamten Hausstand zu transportieren schien, und der kleine Karren, den er zog, kamen auf der Straße plötzlich ins Rutschen. Die dünnen Beine knickten unter ihm weg und er lag ausgestreckt mitten auf der Straße, während sein laut schimpfender Besitzer erfolglos auf ihn einprügelte. Ein Auto, das aus der entgegengesetzten Richtung darauf zufuhr, kam mit kreischenden Bremsen zum Stehen und stieß mit einem Pferdewagen zusammen, der mit mehreren Dutzend Hühnern beladen war. Das Federvieh nutzte die Gelegenheit zur Flucht und verteilte sich freudig gackernd auf der Straße. In weniger als sechzig Sekunden war die gesamte Fahrbahn unpassierbar und hatte starke Ähnlichkeiten mit einem schlampigen Bauernhof.

Harrys Taxi scherte aus, machte einen Schlenker, um dem größten Hühnerkontingent auszuweichen, und krachte in einen Lieferwagen, der aus der Gegenrichtung kam.

Harry, der sich über den Beifahrersitz gebeugt hatte und dem Fahrer Anweisungen zubrüllte, wurde nach vorn geschleudert und knallte mit dem Kopf gegen das Armaturenbrett. Das Letzte, an das er sich erinnern konnte, bevor er das Bewusstsein verlor, war ein großes Huhn, das durch das offene Fahrerfenster hereinkletterte.

»Janet«, fragte Bertie, »Janet, glaubst du, dass Mama Montagabend wieder da sein wird? Zu meinem Weihnachtskonzert? Und um Williams Solo zu hören? Sie kommt doch, oder? Ihre Patienten können doch nicht wichtiger sein als das Konzert.«

Janet strahlte ihn an. »Natürlich kommt sie, da bin ich mir ganz sicher. Das würde sie auf keinen Fall verpassen. Nicht für alle Patienten der Welt.«

»Hoffentlich.«

Später, als Bertie draußen spielte, ging sie zu Edward. Er saß in seinem Arbeitszimmer und brütete mit gerunzelter Stirn über einigen Papieren.

»Dr. Fallon, ich möchte Sie nicht beunruhigen, aber Bertie hat große Angst, dass Mrs. Fallon Montagabend noch nicht wieder da sein könnte. Zum Weihnachtskonzert. Es ist sehr wichtig für die beiden Jungen. Ich würde gern wissen, wann sie zurückkommt und was ich den Kindern sagen soll.«

»Das weiß Gott allein«, gab Edward müde zur Antwort. »Sie ist im Ausland, in irgendeiner gottverlassenen Stadt in Nordafrika. Unglaublich, was? Sie sagt, sie reist morgen wieder ab, aber wer weiß schon, ob das stimmt.«

Janet nahm diese Information in der ihr typischen Weise auf, fast so, als ob Edward ihr erzählt hätte, Cassia sei in Leamington Spa. »Wenn sie sagt, sie kommt, dann kommt sie auch. Da bin ich ganz sicher«, erklärte sie frohgemut und fügte hinzu: »Nordafrika, wie interessant. Mein Vater hat in den zwanziger Jahren eine Zeit lang in Algier gelebt und einige Ausflüge in die Gegend unternommen. Wundervolle Menschen soll es da geben. Also, Delia und ich machen jetzt einen Spaziergang. Bis später, Dr. Fallon.«

Edward schaute ihr durchs Fenster nach, als sie mit Buffy an der Leine und einer fröhlich plappernden Delia an der Hand die Auffahrt hinunterging, und dachte, dass sie überall Ruhe und Ordnung schaffen würde, und sei es in der Hölle eines Hieronymus Bosch.

Rollo Gresham war offensichtlich ziemlich krank, dachte Cassia. Er hatte eine ungesunde Gesichtsfarbe und war eindeutig kurzatmig. Außerdem war er sehr mager, nur noch ein Schatten des Mannes, den sie in Erinnerung hatte. Man hatte sie auf eine Terrasse an der Rückseite des Hauses geführt und Rollo Gresham hatte Tee bestellt. Er hatte sie höflich begrüßt, seiner Freude Ausdruck verliehen und ihre Hand geküsst; sie fragte sich, warum er wohl ihre Briefe ignoriert hatte.

Er saß in einem großen Korbstuhl mit hoher Lehne, die Füße auf einem Hocker, und sie bemerkte, dass seine Fesseln dick und geschwollen waren. Offenbar war er herzkrank. Er trug weite, legere Hosen und Sandalen. Als er sein Bein einmal hochzog, um nach einer Fliege auf seinem Knöchel zu schlagen, rutschte das Hosenbein hoch und sie sah einen Verband am Bein.

»Und wie gefällt Ihnen Marrakesch?«, fragte er.

»Oh, es ist sehr ... interessant.«

»Es ist gewöhnungsbedürftig. Je besser man es kennt, desto faszinierender wird es. Waren Sie schon auf dem Platz der Gaukler, dem Djemaa el-Fna?« Er sprach es arabisch aus.

Sie hatte keine Ahnung, wovon er sprach, schüttelte aber den Kopf. »Ich habe bislang nur die Gärten gesehen. Hier um die Ecke.«

»Nun, den Platz der Gaukler müssen Sie sich unbedingt anschauen. Er ist unglaublich. Es ist wie eine Reise in die Vergangenheit, man fühlt sich Hunderte, wenn nicht Tausende von Jahren zurückversetzt. Schlangenbeschwörer, Feuerschlucker, Prediger, tanzende Derwische – es ist wirklich faszinierend. Sie sollten gleich morgen hingehen.«

»Morgen fahre ich zurück nach England.«

»Eine sehr kurze Reise also.«

»Ja.«

Nach ein paar Sekunden des Schweigens fragte Cassia: »Wie lange leben Sie schon hier?«

»Oh, seit mehreren Jahren, mit einigen Unterbrechungen«, antwortete er vorsichtig. »Mir gefällt es hier. Ich habe hier alles, was ich brauche.«

»Ja«, bestätigte sie höflich, »es macht alles einen sehr netten Eindruck.« Sie dachte an das Herrenhaus in England, das in *Country Life* zum Verkauf angeboten worden war, mit seinen Nebengebäuden, Stallungen, Parkanlagen und Wäldern, und versuchte sich vorzustellen, wie ihm wohl dabei zu Mute war.

»Es ist natürlich nicht ganz das, was ich früher gewohnt war. Aber man muss sich anpassen. Wie Sie es sicher auch getan haben. Ich wollte eigentlich in die Politik gehen, wissen Sie«, fügte er unvermittelt hinzu.

Das war so absurd, dass sie Mühe hatte, nicht zu lächeln. »Nein, das wusste ich nicht. Wie … interessant.«

»Ja, ich fand, die Politik sei etwas, das meinen Talenten entspricht. Ich habe immer gern in der Öffentlichkeit geredet. Aber jetzt werde ich natürlich nie mehr die Gelegenheit dazu haben.«

»Nein, vermutlich nicht.« Nach kurzem Zögern sagte sie: »Es tut mir Leid, dass Sie krank sind.«

»Oh, mir geht es ausgezeichnet. Nur eine vorübergehende Unpässlichkeit« – er deutete auf das Bein –, »und natürlich verliert man im Alter etwas an ... Vitalität. Ich habe nicht mehr so viel Energie wie früher. Und dieses Klima ist, gelinde gesagt, nicht ideal.«

»Nein, das stimmt. Kümmert man sich gut um Sie?«

»Was meinen Sie?«, fragte er mit plötzlichem Misstrauen. »Was meinen Sie damit? Wenn Sie die Diener meinen, die sind nicht viel wert. Die kriegt man hier im Dutzend billiger; jeder hat welche, es bedeutet überhaupt nichts. Es ist nicht wie in England. Wenn ich an meine dortige Dienerschaft denke ... nun ja, hier ist das anders. Ganz anders.«

Seine plötzlichen Stimmungsumschwünge irritierten sie. »Eigentlich meinte ich die medizinische Versorgung. Gibt es hier gute Ärzte?«

»Sie sind nicht schlecht. Nicht so gut wie englische Ärzte, aber dafür natürlich billig.«

»Ah ja.«

»Also, was zum Teufel wollen Sie hier?«, erkundigte er sich plötzlich. »Häh? Sagen Sie, wieso sind Sie hier?«

»Also, ich ... das heißt, ich wollte ...«

»Was? Mehr? Sie denken hoffentlich nicht, dass Sie mir noch mehr abluchsen können.« Er lehnte sich zurück und sah sie mit einem Ausdruck merkwürdiger Bitterkeit an. »Denn da ist nichts mehr zu holen. Es ist alles weg, wie Sie unschwer erkennen können.«

»Ich weiß nicht, was Sie meinen«, erwiderte sie. »Natürlich will ich nicht mehr. Von was auch immer.«

»Was zur Hölle wollen Sie dann hier?« Er stellte seine Tasse ab und beugte sich ruckartig vor. »Wollen Sie kontrollieren, ob ich auch wirklich restlos ruiniert und erledigt bin? Geht's darum?«

»Nein. Nein, natürlich nicht.« War das normale Wut, begründete Feindseligkeit? Oder eine Art von Paranoia, von Demenz?

»Hat Moreton Sie geschickt? Hat er Ihnen aufgetragen, es noch mal zu versuchen? Ist es das? Garantiert. Ich könnte fast wetten, dass es so ist.«

»Nein, Rollo, bestimmt nicht. Er hat keine Ahnung, dass ich hier bin. Und ich habe keine Ahnung, wovon Sie reden. Bitte beruhigen Sie sich doch.«

Er schien sich etwas zu entspannen, lehnte sich in seinem Stuhl zurück, griff nach einer Zigarette und zündete sie an. Seine Hand zitterte ein wenig. Er holte aus, um nach einer Fliege zu schlagen, die um seinen Kopf schwirrte. Cassia fiel auf, dass sein Haar schütter geworden war; früher war es voll gewesen, dick und wellig.

Sie lächelte ihn unbeholfen an. »Das waren süße Kinder vorhin«, sagte sie in dem Versuch, ein neutrales, ungefährliches Thema anzuschlagen.

»Was für Kinder?« Seine Augen funkelten wieder zornig. War wohl doch keine so gute Idee, dachte sie.

»Die drei Kinder, die ich vorhin hier gesehen habe. Sind es die Kinder von Ihren Angestellten?«

»Ja, ja, genau.« Die Erklärung schien ihn zu beschwichtigen. »Ja, die Kinder der Dienstboten. Sie kosten mich nichts. Überhaupt nichts.«

»Nein, natürlich nicht.« Schon wieder diese wütende Besessenheit vom Thema Geld, das zwanghafte Bedürfnis, auf seine Armut hinzuweisen. Es schien bizarr.

»Also«, sagte er schließlich. »Was führt Sie hierher?«

Seine Stimme klang plötzlich schleppend, erschöpft. Er klatschte in die Hände, Mehdi erschien und Rollo sagte etwas in schnellem Französisch zu ihm. Mehdi verschwand und brachte kurz darauf ein Tablett mit Brandy, Whisky, Sodawasser und Gläsern.

»Möchten Sie einen Drink?«

»Nein, danke.«

»Na los«, drängte er ungeduldig. »Ich muss fast immer allein trinken. Das zumindest können Sie doch für mich tun. Kommen Sie schon, Cassia, nehmen Sie einen Drink.«

Sie hatte einmal mit einem psychisch kranken Patienten gesprochen und es ungeheuer verwirrend gefunden, fast desorientierend. Man musste sich den Stimmungsumschwüngen, dem abrupten Wechsel zwischen klarem Verstand und völliger Verwirrtheit anpassen, ja darauf eingehen. Sie merkte, dass das Gespräch mit Rollo die gleiche Desorientiertheit in ihr auslöste. Sie musste vorsichtig sein. »Na gut. Ja. Danke, ich nehme einen Brandy.«

»Gute Wahl. Nehm ich auch. Soda? Nein, das verdirbt einen guten Brandy. Man sollte ihn pur genießen.«

Er goss zwei große Gläser Brandy ein und hob sein Glas. Cassia merkte, dass seine Hände zitterten, und fragte sich, ob er etwa zudem noch unter der Parkinson'schen Krankheit litt. Er war zweifellos ein schwer kranker Mann. »Auf Sie, Cassia. Sie waren schon immer hübsch«, sagte er urplötzlich, »aber jetzt sind Sie schön. Sie wäre stolz auf Sie gewesen.«

»Danke«, erwiderte sie vorsichtig. »Sie meinen Leonora?«

»Ich meine Leonora, in der Tat. Vielleicht sollten wir auf sie trinken. Ein bisschen spät, aber ... auf Leonora.«

»Auf Leonora.« Sie nippte gehorsam an ihrem Glas.

»Sie haben mir immer noch nicht verraten, warum Sie hier sind.«

»Ich wollte Sie sehen.«

»Ich bin geschmeichelt. Es ist eine lange Reise. Wie sind Sie hergekommen?«

»Mit dem Flugzeug. Mit der Air France. Bis Casablanca.«

»Sehr unternehmungslustig. Und Moreton ist nicht mitgekommen? Er hat Sie nicht geschickt?«

»Nein. Nein, wirklich nicht.«

»Hoffentlich. Nun dann. Sagen Sie mir, was Sie wollen.«

Sie beschloss, zumindest teilweise bei der Wahrheit zu bleiben. »Ich bin gekommen, um ein Rätsel aufzuklären«, sagte sie. »Und Sie sind der Einzige, der es lösen kann.«

»Ein Rätsel?«

»Ja. Es geht darum ... na ja, es geht darum, wie Leonora finanziell gestellt war, als sie starb.«

»Als Leonora starb, hatte sie einen Haufen Geld«, antwortete Rollo Gresham. »Wie Sie wissen. Einen Riesenhaufen Geld.«

»Ja, ich weiß. Was sie dann mir vermacht hat.«

»Natürlich. Ganz genau. Erst war es Leonoras Geld, dann Ihres.«

»Ja. Ja, das stimmt.«

»Nicht ganz.« Sein Gesicht nahm unvermittelt wieder einen hässlichen Ausdruck an. »Eigentlich stimmt es sogar ganz und gar nicht.«

»Tut mir Leid, ich ...«

»Oh, das spielt keine Rolle. Hören Sie, ich habe das Ganze ziemlich satt. Sagen Sie mir, was Sie wissen wollen, und dann muss ich Sie bitten zu gehen.«

Er schien wieder feindselig zu werden.

Sie holte tief Luft. »Was ich wissen möchte, ist – woher kam das Geld? Das Geld, das Leonora mir hinterlassen hat.«

»Warum wollen Sie das wissen?«

»Ich möchte es wissen, weil ... weil ich befürchte, dass es nicht von ihr stammen kann.«

»Ach, kommen Sie!« Er lächelte plötzlich, wirkte beinahe belustigt. »Natürlich kam es von Leonora. Es war ihr Geld. Sie haben doch sicher die Papiere gesehen.«

»Ja, aber ...«

»Aber was? Jetzt bin ich doch ein wenig neugierig auf Ihre Sicht der Dinge.«

»Schauen Sie, ich habe herausgefunden, dass sie in dem Jahr vor ihrem Tod in sehr ärmlichen Verhältnissen gelebt hat. Achtzehn Monate lang, um genau zu sein. Sie war in Geldnot und natürlich sehr krank. Wie konnte sie da auf einmal so reich sein?«

»Ja, das ist ein Rätsel, nicht wahr?« Er lächelte sie plötzlich an, aber es war ein heimtückisches, ziemlich hässliches Lächeln. »Ich verstehe, dass Sie das interessiert. Nun, was glauben Sie, woher das Geld stammt?«

»Ich weiß es nicht. Ich glaube nicht, dass sie es von Ihnen erhalten hat ...«

»Ach nein? Und warum nicht?«

»Ich denke, Sie waren – nun ja, nicht mehr im Besitz eines solchen Vermögens. Zu jenem Zeitpunkt.«

»Verstehe. Und woher wissen Sie das?«

»Ich habe einige Gerüchte gehört.«

»Ach ja? Meine Güte, Cassia, Sie haben wohl eine Menge Detektivarbeit geleistet, was? Ich wünschte, Sie würden diesen Brandy trinken. Ist er Ihnen nicht gut genug? Das ist schon besser. Jetzt sagen Sie mir, wo haben Sie diese Gerüchte gehört? In London, nicht wahr? Hat man dort über mich getratscht? Mit wem haben Sie gesprochen? Wen haben Sie aufgespürt? Und hat Ihnen jemand bei dieser Suche geholfen?«

»Nein«, antwortete sie fest. »Niemand hat mir geholfen. Aus reinem Zufall habe ich Miss Monkton getroffen und sie schien sich ziemlich sicher zu sein …«

»Miss Monkton!« Er lehnte sich zurück, lächelte wieder. »Die arme alte Monkie. Mit ihrem fieseligen Haar und ihrem schlechten Atem. Leonora hat sich einen Spaß daraus gemacht, sie an der Nase herumzuführen. Genauso wie ich.« Sein Lächeln erstarb und seine Miene verdüsterte sich erneut. »Woher zum Teufel wusste sie, wie viel Geld ich hatte oder nicht hatte, häh? Hat sie mir auch nachspioniert?«

»Rollo, weder Miss Monkton noch ich haben Ihnen nachspioniert. Sie hat Leonora in ziemlich erbärmlichen Verhältnissen angetroffen und Leonora hat es ihr erzählt.«

»Ihr was erzählt?«, brüllte er plötzlich. »Was hat sie ihr erzählt? Häh?« Er beugte sich vor und packte Cassia beim Handgelenk. Sein Gesicht war ihrem sehr nahe. Sein Atem roch übel, einfach scheußlich.

Sie versuchte zu lächeln, den Kopf nicht wegzudrehen. »Nur, dass Sie einen Großteil Ihres Vermögens verloren hätten«, erklärte sie mit fester Stimme.

»Und sonst nichts?«

»Nein, sonst nichts.«

Er lehnte sich zurück und schien sich zu entspannen. »Verstehe. Nur das. Na ja, sie hatte vollkommen Recht. Ich hatte wirklich einen Großteil meines Vermögens verloren. Mit Leonoras Hilfe. Dafür hatte sie ein großes Talent. Das Geld rann ihr nur so durch die Finger. Ich habe das etwas unterschätzt.«

»Und deshalb habe ich nicht verstanden, wieso Leonora mir so viel Geld hinterlassen konnte. Ich begreife nicht, woher es stammen soll.«

»Aber Sie haben eine Ahnung, nicht wahr?« Seine Augen glitzerten. »Ich sehe es Ihnen an, dass Sie einen Verdacht haben. Wollen Sie ihn mir nicht verraten?«

»Nein«, wehrte sie in jäher Furcht ab. »Nein, ich habe wirklich keinen blassen Schimmer. Deshalb bin ich ja hier. Ich dachte, Sie wüssten es vielleicht.«

»Haben Sie die Urkunde nicht gesehen?« Rollo ließ sie plötzlich los. »Die Übertragungsurkunde?«

»Ja, schon, aber ...«

»Na also. Dann wissen Sie es doch. Es war mein Geld.«

»War es wirklich Ihr Geld?«

»Wessen sonst?«, fragte er ungeduldig. »Von wem hätte es sonst kommen sollen?«

Sie schwieg.

»Spucken Sie's aus, Cassia. Was für eine verrückte Idee spukt Ihnen im Kopf herum? Wer außer mir hätte Leonora eine halbe Million Pfund geben sollen? Wer in drei Teufels Namen?« Er atmete schwer und sein Gesicht war jetzt nur noch wenige Zentimeter von ihrem entfernt. Sie fühlte sich in der Falle, geriet fast in Panik. »Cassia, was glauben Sie, von wem das Geld kam?« Er hob seine Hand und einen Moment lang fürchtete sie, er wolle sie schlagen.

Sie beschloss, es ihm zu sagen. Schlimmer als jetzt konnte es eigentlich nicht mehr werden. »Ich dachte, es könnte vielleicht von ... von Harry Moreton stammen.«

»Harry Moreton! Ich werd verrückt! Das ist köstlich. Das ist wirklich köstlich.«

Er ließ sie los, sank in seinen Stuhl zurück und fing an zu lachen. Er lachte so lange, dass Cassia nervös wurde. Es war ein hysterisches Lachen, völlig außer Kontrolle, das Lachen eines Wahnsinnigen. Schließlich ging es in ein Husten über, ein hässliches Husten, sein Gesicht lief rot an und er rang verzweifelt nach Luft. Sie beobachtete ihn besorgt, stand dann auf, beugte seinen Oberkörper nach vorn und schlug ihm hart auf den Rücken. Das Husten ließ allmählich nach; sie goss ihm ein Glas Wasser ein und hielt es ihm an die Lippen.

»Danke«, keuchte er schließlich, lehnte sich zurück und wischte die Tränen aus den Augen. »Was für eine feine Ärztin Sie doch sind. Ich erinnere mich, dass immer viel von Ihnen und Ihrer Medizin die Rede war.«

»Tatsächlich?«

»Ja, Leonora war sehr stolz auf Sie. Und traurig, weil Sie Ihren Beruf aufgegeben haben.«

»Das überrascht mich. Ich hatte stets den Eindruck, dass sie nie ganz nachvollziehen konnte, warum ich unbedingt Ärztin werden wollte.«

»Im Gegenteil. Wie auch immer, lassen Sie uns zu Ihrer Idee zurückkehren. Ihrer recht seltsamen Idee. Nein, meine liebe Cassia, das Geld kam nicht von Harry Moreton. Leider nicht. Es kam von mir. Deshalb lebe ich hier in diesem stinkenden, fliegenverseuchten Loch, weit weg von der Heimat, weit weg von meinen Freunden. Deshalb kann ich nicht heimkehren, deshalb habe ich kein Haus mehr. Ich werde hier sterben – weil das Geld von mir kam. Nicht von Harry Moreton, Cassia, obwohl ...«

Er brach ab und sah sie mit solch abgrundtiefem Hass an, dass sie schauderte. Er bemerkte es und lächelte. »Sie haben doch keine Angst, oder? Doch, ich glaube, Sie haben Angst. Sehr schön. Der Gedanke gefällt mir. Ich habe auch oft Angst gehabt hier draußen, sehr oft.«

»Das tut mir Leid«, sagte sie. »Aber ich verstehe immer noch nicht ...«

»Mein Gott noch mal! Machen Sie, dass Sie wegkommen. Lassen Sie mich in Ruhe. Fragen Sie lieber Ihren Freund Harry Moreton, wenn Sie noch mehr wissen wollen. Er kann Ihnen alles erklären. Obwohl er mir versprochen hat, es nicht zu tun. Sie haben es beide versprochen.«

»Beide?«

»Ja, beide. Wie Pech und Schwefel, die beiden. Oder wie ein Gaunerpärchen, was unter den gegebenen Umständen vielleicht noch zutreffender wäre, finden Sie nicht?«

»Ich weiß nicht.«

»Ich habe mich oft gefragt ... Schon merkwürdig mit den beiden, was?«

»Was haben Sie sich gefragt?«

»Kommen Sie, Cassia. So naiv können Sie doch nicht sein. Ob die beiden ein Liebespaar waren. Was haben Sie denn gedacht, häh? Irgendwie logisch, oder finden Sie nicht? Ich war mir nie ganz schlüssig.«

Sie sprang auf, von einem neuen Schrecken überwältigt, fast buchstäblich im Schock, und merkte, dass sie es ernsthaft in Erwägung zu ziehen begann. Sollte es möglich sein? Auf die Idee war sie selbst in ihren wildesten Fantasien nie gekommen. Wenn das wahr wäre, wenn man diesen Gedanken weiterspann ... es wäre schrecklich.

»Ich habe wirklich nicht die geringste Ahnung«, stieß sie schließlich hervor.

»Also ich könnte es mir schon vorstellen. Eigentlich sogar recht gut. Denken Sie doch mal darüber nach. Seine Zuneigung zu ihr war sehr ausgeprägt. Zu ausgeprägt, um rein platonisch zu sein, würde ich sagen.«

Sie dachte daran, wie fürsorglich sich Harry um Leonora gekümmert hatte. Er hatte ihre Arztrechnungen bezahlt, sie hinaus in die Trocadero-Gärten und zurück in ihre Wohnung getragen und an ihrem Bett gesessen, als sie starb. Cassia wurde ganz schlecht bei der Vorstellung. Dann fing sie sich wieder. Sie hätte es gewusst. Sie hätte es ganz bestimmt gespürt.

»Ich bin sicher, dass Sie sich irren. Und jetzt muss ich gehen. Bitte entschuldigen Sie, dass ich Ihre Zeit so lange in Anspruch genommen habe.«

»Nein«, protestierte er, »setzen Sie sich wieder. Sie haben Ihr Glas noch gar nicht ausgetrunken.«

»Ich möchte nichts mehr. Danke. Ich fühle mich heute nicht besonders gut.«

»Ach? Tut mir Leid, das zu hören. Die Hitze, vermute ich, und das ungewohnte Essen. Wollen Sie sich eine Weile hinlegen? Soll ich vielleicht meinen Arzt anrufen, ihn herbitten? Einen Moment, ich werde Mehdi rufen ...« Plötzlich war er fast wieder der alte, charmante Rollo, den sie von früher kannte. Wieder brachte sein plötzlicher Umschwung zur Normalität sie aus dem Gleichgewicht.

»Nein«, wehrte sie ab. »Nein, wirklich nicht. Ich würde lieber zurück ins Hotel fahren.«

»Wartet ein Taxi auf Sie? Hier draußen werden Sie keines bekommen.«

»Nein. Vielleicht könnten Sie mir eines bestellen?«

»Ja, selbstverständlich. Ich kann Sie auch mit meinem Wagen zum Hotel bringen lassen. Nichts Besonderes, fürchte ich, nicht, was Sie vielleicht erwarten. Hat Moreton immer noch seine vielen Autos? Den Bugatti? Fährt er noch Rennen damit?«

»Ja, ich glaube schon.«

»Das habe ich mir gedacht. Er hat immer noch alles. Seine Häuser, seine Gemälde, seine Autos. Wie schön für ihn. Ich bin auch Autorennen gefahren, wissen Sie. Ich hatte einen sehr schönen Alfa Romeo. Ich war ein erfolgreicher Rennfahrer.«

»Ja, ich erinnere mich. Ich erinnere mich an jenen Tag in Brooklands ...«

»Als ich Moreton geschlagen habe. Ja, das war ein toller

Tag. Das habe ich genossen. Nun, inzwischen hat er mich geschlagen. Auf der ganzen Linie.«

Sie wollte ihn fragen, was er meinte, fürchtete sich aber davor. »Das tut mir Leid. Aber könnten Sie Ihren Diener jetzt vielleicht bitten, mir ein Taxi zu besorgen ...«

»Ja, sicher doch.« Erleichterung durchströmte sie. Aber dann fuhr er fort: »Aber ich möchte, dass Sie noch ein wenig bleiben. Bis Sie sich wieder besser fühlen. Essen Sie eine Kleinigkeit mit mir, ja?«

»Nein, Rollo, wirklich, ich ...«

»Kommen Sie«, beharrte er. »Machen Sie mir die kleine Freude. Ich finde, das sind Sie mir schuldig, nach allem, was ich für Sie getan habe. Meinen Sie nicht auch, dass ich das verdient habe?«

Er ging zur Tür, rief etwas. Mehdi tauchte auf und Rollo sagte etwas auf Arabisch zu ihm. Mehdi zog sich unter Verbeugungen zurück. Rollo schloss die Tür, stellte sich davor und versperrte ihr den Weg.

»Das war eine gute Idee von mir. Ich glaube, wir werden einen netten Abend miteinander verbringen. Entschuldigen Sie, dass ich ein so schlechter Gastgeber war. Wollen wir noch etwas trinken? Noch einen Brandy? Cassia, setzen Sie sich und versuchen Sie, sich zu entspannen. Ich möchte, dass Sie sich wohl fühlen.«

38

Cecily hatte in letzter Minute eine Einladung zu einer Dinnerparty bei Venetia Hardwicke angenommen, wenn auch leicht widerstrebend. Sie hatte aus zwei Gründen gezögert: Erstens schmerzte es sie noch, dass Justin ihre Einladung abgelehnt hatte, und zweitens wusste sie nicht genau, ob sie einer Abendgesellschaft schon gewachsen war. Aber Venetia war beharrlich geblieben und Cecily wäre sich ungehobelt vorgekommen, auf einer Ablehnung zu bestehen.

Schließlich wurde es noch ein sehr angenehmer Abend. Ein einfaches Abendessen, genau wie Venetia es versprochen hatte, in dem entzückenden Speisezimmer der Hardwickes in ihrem bezaubernden Haus in Keat's Grove, Hampstead. Alle waren so nett zu ihr, so freundlich, so ehrlich froh, sie wiederzusehen. Und zu ihrer großen Überraschung und Freude konnte sie ganz unbefangen mit allen plaudern. Als der Abend zu Ende ging, war sie in einer solchen Hochstimmung, dass sie wieder ganz optimistisch war, was Justin anging. Bestimmt hatte er heute wirklich viel zu tun, und schließlich hatte er ja vorgeschlagen, dass sie sich nächste Woche treffen sollten. Sie konnte sich nicht vorstellen, dass er die ganze Zeit nur so getan hatte, als würde er sie mögen.

Als sie sich von den Hardwickes verabschiedete, war sie froh und glücklich und zudem ziemlich betrunken. Sie döste ein, als das Auto in Richtung Süden fuhr, und schreckte hoch, als Preston laut hupte.

»Entschuldigen Sie, Madam. Zwei junge Herren, die die Straße für den Gehweg zu halten schienen. Wir sind gleich da.«

»Schon gut, Preston. Wo sind wir?«

»Wir biegen gerade in den Lowndes Square ein, Madam«, erklärte Preston, und als sie am Haus der Moretons vorbeikamen, schaute Cecily aus dem Fenster und sah die Tür aufgehen. Justin trat soeben auf den Treppenabsatz, drehte sich um und küsste Edwina, die ihm gefolgt war.

Wenn sie nicht einen so schönen Abend verbracht hätte, wenn sie nicht so viel getrunken hätte, hätte Cecily vielleicht ganz anders gehandelt. Aber erfüllt von Empörung und durch den Alkohol leicht enthemmt, befahl sie Preston, anzuhalten, und stieg aus.

Justin und Edwina standen wie erstarrt da und betrachteten gebannt, wie sie über den Bürgerstieg schritt und zu ihnen hochschaute.

»Ich hoffe, ihr hattet einen angenehmen Abend. Ich wusste gar nicht, dass du eine Dunkelkammer im Haus hast, Edwina. Wenn du das nächste Mal den Abend lieber mit jemand anderem verbringen willst, Justin, wäre ich dir dankbar, wenn du mir das ehrlich sagen würdest. Ich bin weder eine Idiotin noch emotional so labil, dass ich so was nicht verkraften könnte. Und überhaupt kann ich mir nicht vorstellen, wieso du angenommen hast, dass es mir etwas ausmachen würde. Wahrscheinlich hast du befürchtet, ich könnte wieder einen Nervenzusammenbruch erleiden. Doch da bildest du dir wirklich zu viel ein. Gute Nacht.« Damit wandte sie sich um und schritt zu ihrem Daimler zurück.

Preston hielt ihr die Wagentür auf, schloss sie bravourös, offenbar bestrebt, sich dem Geist der Stunde anzupassen, und brauste davon.

»Mein Gott«, hauchte Justin und blickte ihnen hinterher, »ich hatte ja keine Ahnung, dass sie so viel Stil hat.«

Harry Moreton wachte in seinem Zimmer im Mamounia auf und stellte fest, dass ein Hotelangestellter und eine uniformierte Krankenschwester ihn etwas ängstlich beobachteten. Er blickte auf seine Armbanduhr, die halb zehn anzeigte, setzte sich rasch auf und schwang die Beine über die Bettkante. Ein rasender Schmerz überfiel ihn, gefolgt von Übelkeit.

Die Krankenschwester schob ihn entschlossen wieder in

die Kissen zurück. »Bitte liegen Sie ganz still«, mahnte sie. »Ich muss den Arzt rufen.«

»Den Arzt! Himmelherrgott noch mal, ich bin doch nicht krank.«

»Sie haben eine Gehirnerschütterung«, erklärte sie, »und ich habe Anweisung, sofort den Arzt zu rufen, wenn Sie aufwachen.« Sie ging zum Haustelefon und sagte etwas in raschem Französisch.

»Eine Gehirnerschütterung!« Harry starrte wütend zu ihr auf. »Das ist doch absurd. Ich bin nur einen Moment eingenickt. Ich bin aus England hergeflogen und furchtbar müde. Und jetzt muss ich los.«

»Monsieur Moreton, Sie haben sich stark den Kopf angeschlagen, und obwohl Sie nicht lange bewusstlos waren, haben Sie mehrere Stunden geschlafen.«

»Unsinn. Ich bin kurz eingedöst, das ist alles. Ich erinnere mich schwach an so einen dämlichen Arzt im Krankenhaus, der auf einer Röntgenaufnahme bestand, und die war anscheinend vollkommen in Ordnung. Tut mir Leid, aber ich muss jetzt wirklich los.«

»Mr. Moreton, bitte! Der Arzt wird gleich hier sein.«

»Ich kann nicht auf ihn warten. Ich habe etwas Dringendes zu erledigen. Bitte lassen Sie mich gehen.«

Die Krankenschwester trat hilflos einen Schritt zurück. Harry stand vorsichtig auf, schob die Füße in die Schuhe, griff nach seinem Jackett – und eilte ins Badezimmer. Zittrig wankte er wieder heraus und kam sich kläglich vor.

Der Arzt hatte gerade das Zimmer betreten. »Ich habe scheußliche Kopfschmerzen«, bemerkte Harry im Gesprächston, »aber ansonsten fühle ich mich schon viel besser.«

»Gut«, sagte der Arzt, »das ist gut. Bitte legen Sie sich wieder hin.«

»Ich kann nicht.« Harry hörte den verzweifelten Unterton in seiner eigenen Stimme. »Es geht wirklich nicht, ich muss dringend etwas erledigen. Es duldet keinen Aufschub.«

»Monsieur Moreton, wenn Sie mir sagen, worum es geht, werde ich gerne versuchen, Ihnen zu helfen, aber Sie müssen vierundzwanzig Stunden ganz ruhig liegen.«

»Machen Sie sich nicht lächerlich! Während ich ganz still liege, ist meine ...«, nach kurzem Zögern fuhr er fest fort: »ist eine Frau in ernster Gefahr. Und jetzt helfen Sie mir bitte, ich muss hier raus.«

Cassia begann zu weinen. Sie wusste, dass es keinen Zweck hatte, dass dadurch wahrscheinlich alles nur noch viel schlimmer wurde, aber sie konnte sich nicht erinnern, sich je so allein gefühlt zu haben. Selbst in den schlimmsten Krisensituationen ihres Lebens – als ihre Mutter starb, als sie Harry endgültig weggeschickt oder als sie die Entscheidung getroffen hatte, ihren Beruf aufzugeben – war stets jemand da gewesen, auch wenn sie nicht immer richtig verstanden worden war. Jetzt war niemand da.

Es war töricht, sagte sie sich, so völlig verstört zu sein. Sie hatte sich schließlich nur verirrt. Nur verirrt. In einem fremden und gefährlichen Land, dessen Sprache sie nicht sprach, in dem sie niemanden kannte und niemand sie kannte. Sie konnte nicht nach dem Weg fragen, ja nicht einmal feststellen, wo sie sich befand. Und was am schlimmsten war, sie hatte notgedrungen ihre Handtasche bei Rollo Gresham zurücklassen müssen. Sie hatte überhaupt kein Geld bei sich.

Sie holte tief Luft, kämpfte die Panik nieder, unterdrückte die Tränen und versuchte nachzudenken. Sie war seit mindestens zwei Stunden zu Fuß unterwegs, und zwar offenbar in die falsche Richtung. Die Straße, auf der sie entlangging, schien aus der Stadt herauszuführen, nicht hinein. Inzwischen war ihr kalt und sie war vollkommen erschöpft. Wenn ein Auto sich näherte oder sogar ein Fußgänger, bekam sie Angst und versteckte sich in einer Einfahrt oder einem Hauseingang, manchmal sogar hinter einem Baum oder einem Strauch.

Einmal hatte sie gehofft, bald auf einen Bahnhof zu stoßen, da sie in nicht allzu großer Entfernung einen Zug heranrattern hörte, aber sie hatte offenbar die falsche Abzweigung genommen.

Vielleicht sollte sie einfach umkehren und dieselbe Strecke zurückgehen, doch das hatte sie schon mehrmals versucht, ohne Erfolg. Die Straßen schienen sich auf irremachende Weise zu schlängeln und zu winden, ein unentwirrbares Netz. So schien es ihr zumindest in der Kälte und der Dunkelheit.

Rollo Gresham zu entkommen war vergleichsweise einfach gewesen. Sie hatte dagesessen, bewunderswert ruhig, fand sie jetzt, und mit ihm getrunken. Sie beobachtete, wie er sich neu einschenkte, während sie an ihrem Glas nur nippte. Er redete in hochtrabenden Tönen über die alten Zeiten, mit der Großspurigkeit, die sich mit Anfällen von Paranoia abwechselte, und sprach von freundschaftlichen Verbindungen zu den höchstgestellten Persönlichkeiten des Landes. Sogar die Ritterwürde habe man ihm angetragen, erzählte er. Sie hatte höflich zugehört, gelegentlich eine passende Bemerkung gemacht und schließlich gefragt, ob sie mal die Toilette benutzen dürfe. Er hatte Mehdi befohlen, ihr den Weg zu zeigen, und sie war dem Diener gefolgt und hatte sich gemerkt, wo sich die Haustür befand.

Sie hatte die Toilette benutzt, die Spülung gezogen, die Wasserhähne aufgedreht und sich hinausgeschlichen. Niemand war in der Nähe und sie war ruhig in die Diele gegangen – nicht gelaufen – und hatte das Haus einfach durch die Vordertür verlassen.

Der Gärtner war noch bei der Arbeit, obwohl es mittlerweile dämmerte. Das war ein gefährlicher Augenblick gewesen. Aber sie hatte ihm munter zugelächelt, ihm sogar zugewinkt, und war ruhig durch das Tor und auf die Straße getreten. Und dann war sie gerannt, gerannt und gerannt, bis sie vollkommen erschöpft war. Jeden Moment fürchtete sie, Rufe hinter sich zu hören, Schritte, die sie verfolgten, doch es war still geblieben.

Eine Gruppe Touristen hatte gerade den Marjorelle-Garten verlassen. Cassia hatte sich unter die Gruppe gemischt, wo sie getarnt war, aber dann stiegen sie alle in wartende Taxis ein, und sie blieb allein zurück, wieder den Blicken preisgegeben.

Osman Jamal war sehr müde. Es war ein langer Tag gewesen, und die amerikanischen Damen, die er am Nachmittag auf ihrem Ausflug nach Asni begleitet hatte, waren nicht nur sehr anstrengend gewesen, sondern hatten sich auch als undankbar entpuppt. Dann hatte er ein Ehepaar ins Mamounia zurückgebracht, nachdem er lange vor der Medina auf sie und ihren Führer gewartet hatte. Sie hatten im Yacout gegessen. Jetzt wollte er nur noch ins Bett. Aber als er zu seinem Taxi zurückkehrte, nachdem er sich von dem Ehepaar verabschiedet und sich überschwänglich für das äußerst bescheidene Trinkgeld bedankt hatte, erfuhr er von einem der Portiers, dass die englische Dame, die er am Morgen in die Ville Nouvelle gefahren hatte, nicht zurückgekehrt war. Ein heute eingetroffener englischer Gentleman machte sich offenbar große Sorgen um sie.

Jamal erkundigte sich, warum der Engländer dann nicht

nach ihr suche. Er erfuhr, dass der Gentleman auf Anweisung des Arztes das Bett hüten müsse, da er heute Nachmittag einen Autounfall gehabt hatte. Das Hotel hatte jemanden an die angegebene Adresse geschickt, dort aber war die Dame nicht gewesen. Eine kleine Suchmannschaft war ausgeschickt worden, es war sogar die Rede davon, die Polizei einzuschalten.

Jamal war beunruhigt. Die englische Dame war charmant und großzügig gewesen und hatte ihn ungewöhnlich höflich behandelt. Er empfand es als seine Pflicht, selbst nach ihr zu suchen. Er würde ohnehin nicht schlafen können, wenn er es unterließ. Zumindest wusste er, wie sie aussah, was auf den Großteil der Rettungsmannschaft nicht zutraf.

Er fuhr aus dem Hof des Mamounia und in Richtung der Avenue d'el-Jedida.

Harry Moreton hatte bei Rollo Gresham angerufen, doch von einem Diener lediglich erfahren, dass die Besucherin das Haus schon vor Stunden verlassen hatte. Monsieur Rollo sei indisponiert. Es war nach dem Arzt geschickt worden und er stand unter Beruhigungsmitteln. Er durfte auf gar keinen Fall gestört werden. Aber die Dame sei bei bester Gesundheit gewesen, als sie das Haus verlassen habe, obwohl sie ihre Handtasche vergessen hatte. Monsieur Harry könne gern kommen und die Tasche abholen, man könne sie aber auch ins Hotel schicken. Aus irgendeinem Grund überzeugte das Harry davon, dass der Mann die Wahrheit sagte. Aber Cassia blieb verschwunden.

Cassia zitterte heftig vor Kälte, als sie hinter sich Schritte hörte. Sie ging etwas schneller und hörte, wie die Schritte hinter ihr sich ebenfalls beschleunigten. Sie ging langsamer;

die Schritte verlangsamten sich. Die breite Straße war menschenleer, bedrohlich, ohne das kleinste Versteck. Sie fühlte Angst in sich aufsteigen, bitter wie Galle.

Die Schritte kamen näher.

Sie blickte über die Schulter zurück, sah einen Mann in einer weißen Djellaba und mit Turban knapp dreißig Meter hinter sich und begann zu laufen. Anfangs ging er einfach weiter und sie begann schon, sich in Sicherheit zu wähnen. Wahrscheinlich doch nur ein harmloser Mann auf dem Heimweg. Aber da beschleunigte er sein Tempo, und sie lief schneller, aber er hatte sie fast eingeholt. Sie hörte seine Atemzüge, und er brabbelte etwas Unverständliches.

Cassia fuhr herum und sagte, blöderweise auf Englisch: »Bitte lassen Sie mich in Ruhe«, doch er grinste, das schreckliche, halb zahnlose Grinsen der Marokkaner, und kam näher. Sie rannte los.

Er folgte ihr, leichtfüßig und mühelos auf seinen weichen Sohlen. In ihren hochhackigen englischen Schuhen war sie hilflos. Sie bückte sich, um sie auszuziehen, als sie eine Hand auf ihrem Rücken fühlte, unterhalb ihrer Taille. Sie schrie, drehte sich um, schlug ihm den Schuh ins Gesicht und rannte wieder los.

Innerhalb von Sekunden hatte er sie, packte sie bei den Handgelenken, beschimpfte sie und grinste dabei. Es gab keine Straßenlaternen, aber es war Vollmond, und die weißen Mauern, die die Straßen säumten, reflektierten das Mondlicht. Die Augen unter dem Turban glitzerten. Tiefe Falten durchzogen sein Gesicht. Sein Alter war unbestimmbar, doch alt war er nicht – und er war stark.

Cassia tat das Einzige, was ihr noch blieb: Sie ließ das Knie hochschnellen und stieß es ihm in den Schritt. Er schrie auf vor Schmerz, beugte sich vornüber und ließ sie los, und sie rannte, schneller, als sie es jemals für möglich gehalten hatte. Und dann, gütiger Gott, als sie über die Schulter zurückblickte, sah sie, wie ein anderer Mann angelaufen kam, schneller noch als ihr Angreifer. Er überholte ihn. Jetzt waren sie zu zweit, wie sollte sie ihnen entkommen? Warum war sie nur in dieses furchtbare, grässliche Land gereist. Sie würde vergewaltigt werden, gefoltert, verstümmelt, ermordet.

Sie drehte sich um, um sich dem neuen Angreifer zu stellen, hob die Hände, um ihn abzuwehren, und sank weinend, wimmernd vor Furcht, auf die Knie nieder. Und hörte seine Stimme sagen, eine vertraute, sanfte, wunderbar freundliche Stimme: »Madame hätte mich warten lassen sollen. Kommen Sie mit. Kommen Sie, Madame ist bei mir in Sicherheit.«

Jamal hatte Decken im Auto, eine Flasche mit Wasser, eine Thermoskanne mit Tee. Er wickelte sie behutsam in die Decken und fuhr schnell zum Mamounia.

»Wie haben Sie mich nur gefunden?«, fragte sie.

Jamal zuckte die Achseln. »Ich wollte Sie finden«, sagte er schlicht, als würde das alles erklären. »Ich bin gefahren, bis ich Sie gefunden habe. Sehr viele Leute haben sich Sorgen gemacht.«

In diesem Augenblick änderte sich ihre Einstellung gegenüber Marokko vollständig.

Als sie vor dem Hotel ankamen, fanden sie ein richtiges Empfangskomitee vor. Cassia sah die Portiers zu beiden Seiten der Tür strammstehen, und der Hoteldirektor schob sich zwischen ihnen hindurch, gefolgt von einer Krankenschwester in einer ziemlich veralteten Uniform. Und hinter ihr wurde eine hoch aufragende Gestalt sichtbar, die leicht unsicher auf den Beinen war.

»Wie kann man nur so abgrundtief dämlich sein?«, brüllte Harry Moreton, »das ist ja fast schon kriminell!« Und sie sah ihn an und fand es eigentlich nicht verwunderlich, dass er hier war; es schien nicht mehr und nicht weniger erstaunlich als alles andere, was ihr in den letzten Tagen widerfahren war. In diesem Augenblick konzentrierte sich ihr ganzes Wesen nur auf ihn, auf die Frage, was er getan oder nicht getan hatte: Nur aus diesem Grund war sie hierher gekommen. Und weil eine dieser Fragen so ungeheuer wichtig geworden war, geradezu lebenswichtig, fragte sie, ohne die Leute zu beachten, die um sie herumstanden – das Hotelpersonal, die uniformierte Krankenschwester und vereinzelte neugierige Hotelgäste: »Harry, hattest du ein Verhältnis mit Leonora?« Seine Antwort hörte sie nicht: Er war mit einem Stöhnen auf die Stufen niedergesunken und vergrub den Kopf in den Händen.

»Hat Gresham dir das erzählt?«, fragte er viel später. Durch seinen Zusammenbruch von ihrem eigenen Schock abgelenkt, hatte sie ihn ins Bett verfrachtet und der Krankenschwester, die ihm auf Anraten des Arztes hin vorsichtshalber ein Beruhigungsmittel verabreicht hatte, versichert, dass sie persönlich dafür sorgen würde, dass er auch im Bett blieb. Dann hatte sie mehrere Tassen starken Tee getrunken und ein großes Geflügelsandwich sowie eine Portion wunderbar knuspriger, salziger *frites* verschlungen. Plötzlich fühlte sie sich ganz munter und war durchaus zufrieden mit sich.

»Er hat es angedeutet.«

»Und du hast ihm geglaubt?« Harry sah sie böse an.

»Ich weiß nicht. Es schien mir plötzlich … durchaus vorstellbar. Der Gedanke war mir vorher nie in den Sinn gekommen.«

»Na, wenigstens etwas. Nein, natürlich hatte ich kein

Verhältnis mit Leonora. Wofür hältst du mich eigentlich? Glaubst du wirklich, dass ich zu so etwas fähig gewesen wäre?«

»Ich weiß nicht«, gab sie müde zur Antwort, »das ist ja der Punkt. Ich verstehe dich nicht, weil du mir so viel verschweigst.«

»Was soll ich dir denn verschweigen?«

»Das weißt du sehr gut. Du willst mir nicht sagen, woher das Geld stammt. Die ganze Zeit bist du meinen Fragen ausgewichen, hast falsche Spuren gelegt, mir Halbwahrheiten erzählt.«

»Vielleicht wärst du so nett, ein Beispiel für diese angeblichen falschen Spuren und Halbwahrheiten zu nennen.«

»Du hast mir gesagt, dass du Leonora nicht aus diesem schrecklichen Loch herausgeholt hast.«

Er starrte sie an. »Das habe ich auch nicht.«

»Nein, aber deine Sekretärin Margot Murray. Nicht wahr, Harry?«

»Gut, ja, stimmt. Du hast mich nicht gefragt, wer Leonora da rausgeholt hat, sondern nur, ob ich es war. Ich war es nicht.«

»Aber es geschah auf deine Veranlassung hin. Du hast deine Sekretärin geschickt.«

Gereizt wandte er den Kopf ab. »Das ist ein absurdes Gespräch.«

»Finde ich auch.« Am liebsten hätte sie ihn geschlagen, so groß war ihre Wut.

»Was willst du wirklich?«, fragte er unvermittelt.

»Ich will die Wahrheit erfahren. Ich will wissen, wo das Geld herkommt.«

»Ah«, sagte er, »das.« Seine Augen schlossen sich kurz. Offenbar begann das Beruhigungsmittel zu wirken. »Und, hast du sie erfahren, die Wahrheit? Von Gresham?«

»Nein, eigentlich nicht, nicht die ganze Wahrheit. Er ist ein bisschen verrückt, glaube ich.«

»Cassia, er ist vollkommen wahnsinnig.«

»Nein, das nicht«, erwiderte sie langsam, »und ich ... Harry, du siehst furchtbar aus, ist alles in Ordnung?«

»Nein, das ist es verdammt noch mal nicht. Mein Kopf tut mir höllisch weh und ich glaube, ich muss mich wieder übergeben. Und dieses Verhör ist auch nicht gerade hilfreich.«

»Harry, als Verhör kann man das wohl kaum bezeichnen.«

»Kommt mir aber so vor.« Nach einer Pause stieß er hervor: »O Gott. Cassia, hilfst du mir ins Badezimmer?«

Fünf Minuten später war er eingeschlafen. Sie sah ihn an und seufzte. Es würde noch Stunden dauern, bis sie etwas aus ihm herausbekommen könnte.

Cecily wachte am Sonntagmorgen früh auf. Sie fühlte sich grauenhaft. Ihr Kopf tat weh und ihr war übel. Aber am schlimmsten war die Scham, das Gefühl der Demütigung. Wie hatte sie das nur tun können, wie hatte sie auf offener Straße so eine Szene machen können? Es war furchtbar. Was würden Justin und Edwina von ihr denken, besonders Justin? Ha, wenn sie sich vorstellte, wie Leid Edwina ihr getan hatte, weil ihr Mann ihr untreu war! Was für ein Witz. Justin hatte ganz offensichtlich eine Affäre mit Edwina. Und dabei hatte Cecily gedacht, er würde sie mögen, sie attraktiv finden, sie vielleicht sogar lieben. Natürlich passten er und Edwina viel besser zueinander. Zweifellos hatten die beiden über sie gelacht und zueinander gesagt, wie langweilig Cecily doch wäre, wie spießig ...

Auch Justin fühlte sich elend, als er aufwachte. Das Wissen, welchen Schmerz er Cecily zugefügt hatte, tat ihm weh. Wie hatte er nur so dämlich sein können? Wahrscheinlich würde sie nie wieder ein Wort mit ihm wechseln. Die Chance, dass sich ihre Beziehung wieder einrenken würde, war – na ja, ungefähr so groß wie die, dass er gebeten werden würde, das Coverfoto von *Style* zu machen, ein Ehrgeiz, den er schon so lange hegte, dass er manchmal den Eindruck hatte, damit geboren worden zu sein. Aber er sollte sich bei ihr entschuldigen, das war das Mindeste, was er tun konnte.

Mutig war Justin. Er würde den Versuch machen, er würde bei ihr vorbeischauen, ihr ein paar Blumen bringen, und wenn sie ihn nicht sehen wollte, würde er den Strauß beim Butler abgeben. Und wenn sie sich bereit fand, ihn zu empfangen, und anfing, ihn auszuzanken – gut, das hatte er verdient. Vielleicht bekam er dann die Chance, es ihr zu erklären. Das Problem war nur, wo sollte er am Sonntag Blumen herbekommen?

Was für ein Mitbringsel kam denn sonst infrage? Champagner vielleicht? Er besaß noch eine Flasche recht guten Champagner, Veuve Cliquot. Francis Stevenson-Cook hatte sie ihm kürzlich geschickt, zum Dank dafür, dass er einen unglaublich kurzfristigen Auftrag übernommen hatte. Sie hatten Abendkleider auf der Bühne des Royal Opera House fotografiert, vor dem Bühnenbild von La Bohème. Die Flasche könnte er Cecily mitbringen. Natürlich, für sie war das nichts Besonderes, aber es wäre sehr viel besser als nichts.

Er brachte über eine Stunde damit zu, zwei begleitende Zeilen zu verfassen, und beschloss dann, sofort loszugehen, bevor ihn der Mut verließ.

Als er gerade zur Tür hinauswollte, klingelte das Telefon. Es war Aurora Le Page.

»Justin, Engelchen, tut mir Leid, dass ich Sie am Sonntag behellige, aber ich dachte, Sie würden es gern sofort erfahren. Ich hatte gerade eine Besprechung mit Francis, und wir waren uns beide einig, dass eines der Opern-Bilder *das* perfekte Titelbild abgeben würde ... Hallo? Justin, sind Sie noch dran?«

»Ja«, sagte Justin. »Ich bin noch dran, liebste Miss Le Page, und ich bin so froh, dass Sie mich angerufen haben. Ich kann es noch gar nicht glauben. Tausend, tausend Dank. Und lassen Sie mich sagen: Ich betrachte das als ein ganz wundervolles Omen.«

»Wie bitte?«, fragte Aurora Le Page, aber er hatte bereits aufgelegt. Sie schüttelte den Kopf. Fotografen führten sich wirklich mit jedem Tag lächerlicher auf.

Cecily stand im Unterkleid im Schlafzimmer und bemühte sich, ihren Rock zuzumachen. Die Hakchen erwiesen sich als der Aufgabe nicht so ganz gewachsen. Der Rock, den sie erst vor ein paar Wochen gekauft hatte, war bereits etwas zu eng. All ihre neuen Sachen waren bereits etwas zu eng. Bald würde sie wieder die alten Sachen anziehen müssen. Sie würde wieder fett sein, fett und matronenhaft. Sie blickte in den großen Spiegel. Kein Zweifel, die alte Cecily kehrte zurück, die Cecily mit den vollen Brüsten, den runden Hüften und Dellen in den Schenkeln. Ihr kurzer Auftritt als elegantes, schickes Wesen war wohl für immer vorbei.

Es war einfach nicht fair. So viel aß sie doch gar nicht – und Edwina schlang hinunter, worauf immer sie Lust hatte, und blieb trotzdem gertenschlank. Kein Wunder, dass Justin Edwina ihr vorzog.

Wieder zerrte sie an den Häkchen. Eines verbog sich und der Stoff riss. Den Tränen nahe, zog sie den Rock aus und schleuderte ihn in die Ecke. Der Anblick des nutzlosen, kaum getragenen, erst vor einem Monat gekauften Kleidungsstücks machte sie so unglücklich, dass sie hätte weinen können.

Geistesabwesend hörte sie, wie ein Taxi vorfuhr, und dann klingelte es an der Tür. Und plötzlich hörte sie Fanny lachend rufen: »Einen Augenblick.« Das Kind sprang die Treppe hoch, den Flur entlang, die Tür ihres Schlafzimmers wurde aufgerissen und Fanny sagte: »Mama, was machst du denn? Du siehst ganz komisch aus.«

Cecily brach in Tränen aus, weinte laut und heftig, und dann merkte sie, dass Fanny sie voller Schrecken ansah, mit riesengroßen Augen, und zurückwich, und den Bruchteil einer Sekunde zu spät wurde ihr klar, dass sie denken musste, ihre Mutter hätte wieder einen Nervenzusammenbruch. Hastig lief sie hinter Fanny her, die wie gejagt nach unten rannte, und rief: »Komm, komm schnell, komm mit in Mamas Zimmer.« Cecily blieb stehen, schockiert darüber, was sie dem Kind angetan hatte, nicht nur heute, sondern in all den vergangenen Monaten, weinte noch heftiger und kehrte in ihr Schlafzimmer zurück. Und so fand Justin sie, mit gerötetem Gesicht, die Augen riesengroß, tränenüberströmt, mit zerzaustem Haar. Der Rock lag immer noch in der Ecke.

Er blieb auf der Schwelle stehen, absolut reglos, und sah sie an. Sein Blick glitt über sie hinweg, besorgt anfangs, dann zärtlich, und dann trat noch etwas anderes in seine Augen, etwas, mit dem sie nicht allzu gut vertraut war, was sie aber trotzdem erkannte und ihr wunderbar, ungemein willkommen war: Begehren.

Justin drehte sich zu Fanny um, die schwer atmend hinter ihm stand, aschgrau im Gesicht, und sagte: »Fanny, es geht ihr gut, kein Grund zur Sorge. Es ist doch alles in Ordnung, oder, Cecily?«

»Ja. Ja, natürlich. Ich habe mich nur in den Finger gestochen, an einer Stecknadel, die in dem Rock steckte. Es hat furchtbar wehgetan.« Sie sah, wie Erleichterung sich über Fannys Gesicht ausbreitete, wie sie sich entspannte und lächelte.

»Deine Mutter hätte aber sicher gern eine Tasse Tee und vielleicht ein paar Kekse«, erklärte Justin. »Läufst du mal runter und fragst die Köchin?«

Als Fanny weg war, leichtfüßig die Treppe hinunterlief und fröhlich ihrer Schwester zurief, alles sei bestens, trat Justin ins Zimmer und schloss die Tür hinter sich. Er wandte keinen Blick von Cecily, seine Augen leuchteten, und er sah sie an, als hätte er sie nie zuvor gesehen. Und dann streckte er die Hände aus, umschloss ihr Gesicht und küsste sie auf den Mund, küsste sie richtig, und jeder Zoll ihres Körpers wurde von Wärme durchdrungen, einer süßen, seltsam unbehaglichen Lust. Nachdem sie sich lange und heftig geküsst hatten, ließ er sehr langsam seine Hände hinabgleiten, liebkoste ihren Hals und dann senkte er den Kopf und küsste ihre Brüste.

»Du bist so schön«, sagte er endlich, hob den Kopf, löste sich von ihr und lächelte ihr in die Augen. »Du bist wunderschön, und ich liebe dich.«

»Ich finde eigentlich nicht, dass wir dieses Gespräch ausgerechnet im Mamounia führen sollten«, meinte Harry Moreton. »Es ist viel zu schön hier.«

Sie saßen auf der Terrasse des Hotels unter einem gestreiften Sonnenschirm und tranken einen Kaffee, der sogar für Harrys Geschmack stark genug war.

»Warum nicht hier, was spricht dagegen? Ich weiß genau, was du vorhast. Du willst schon wieder ausweichen. Aber das lasse ich nicht zu, Harry. Das lasse ich nicht zu.«

Er seufzte und lehnte den Kopf zurück. Cassia musterte ihn scharf.

»Du solltest nicht so viel Kaffee trinken. Bei einer Gehirnerschütterung ist das gar nicht gut.«

»Ach, zum Kuckuck. Hör auf, mich zu bevormunden. Es ist exzellenter Kaffee und ich trinke so viel davon, wie mir passt.«

»Zweifellos.« Doch, es ging ihm eindeutig gut genug. »Und jetzt erzähl mir bitte alles. Sonst kehre ich nach London zurück und du siehst mich nie wieder.«

»Na schön«, sagte er mit einem Seufzer und fand sich offenbar mit dem Unvermeidlichen ab. »Ich erzähle dir alles. Wo soll ich anfangen?«

»Am Anfang. Das scheint mir das Vernünftigste zu sein.«

»Nun gut. Leonora hatte sich schließlich doch an mich gewandt, im Frühjahr 1935, kurz nachdem Miss Monkton sie aufgesucht hatte. Sie war zu krank und zu elend, um weiter zu versuchen, allein zurechtzukommen.«

»Also hast du sie nie besucht, nachdem sie die Avenue Foch verlassen hatte? Ein ganzes Jahr nicht?«

»Doch, ein-, zweimal. Ich hatte keine Ahnung, dass sie krank war, und sie bestand immer darauf, dass wir uns in einem Restaurant trafen. Du kanntest sie ja, sie war eine erstklassige Schauspielerin – immer sehr munter, sehr fröhlich, und sie erzählte mir Geschichten über das angeblich wundervolle Leben, das sie führte. Natürlich konnte ich sehen, wie abgemagert und blass sie war, aber als ich nachfragte, versicherte sie mir, es sei alles bestens, doch wenn Frauen ein bestimmtes Alter erreichten, wären sie halt weniger … robust. Und einmal haben wir uns in London getroffen, ganz kurz, im Spätherbst. Sie wohnte im Basil Street Hotel und es schien ihr recht gut zu gehen.«

»Damals muss sie den Rest ihres Schmucks zum Pfandleiher gebracht haben.«

»Ja, vermutlich. Jedenfalls, als sie endlich doch um Hilfe bat, war ich gerade in Amerika. Margot telegrafierte mir, und ich schickte sie nach Paris, um alles zu klären und Leonora eine andere Wohnung zu suchen. Auf dem Rückweg habe ich sie dann besucht. Es war furchtbar, was sie hatte durchmachen müssen. Ich habe mich unheimlich geschämt.«

»Ich auch. Tue ich immer noch. Aber Harry, was war denn los, was hatte sie?«

»Nun ...« Er zögerte, seufzte und sagte dann: »Syphilis.«

»Syphilis! Mein Gott.«

»Ja. Sie litt offenbar schon seit drei, vier Jahren darunter. Sie bekam immer wieder Fieberanfälle, hatte furchtbare Gelenkschmerzen, und es war zu entzündlichen Veränderungen der inneren Organe gekommen.«

»Oh, Harry. Also war es gar nicht Krebs?«

»Doch, Krebs hatte sie auch. Arme Leonora. Gebärmutterkrebs. Er breitete sich sehr rasch aus.«

»Wie grauenhaft«, murmelte Cassia. Sie blickte zu Boden und kämpfte mit den Tränen. Ihr war hundeelend bei dem Gedanken, was Leonora hatte durchmachen müssen.

Harry nahm ihre Hand. »Alles in Ordnung?«

»Ja, mir fehlt nichts.« Plötzlich stieg Wut in ihr auf und sie schämte sich. »Warum sollte es auch? Mir ist es die ganze Zeit gut gegangen, uns allen ging es gut. Während die arme Leonora ...«

»Ja, ich weiß. Sie hatte sich natürlich bei Gresham angesteckt. Er wusste, dass er Syphilis hatte, und hat es ihr nicht gesagt.«

»O mein Gott.«

»Ja, er ist ein charmantes Kerlchen.«

Sie dachte an ihren gestrigen Besuch bei Gresham und plötzlich passte alles zusammen: die Demenz, die bei einer speziellen Form der Spätsyphilis auftrat, die Psychosen, das Zittern, das sie für Parkinson gehalten hatte, die Hautgeschwüre, die Anzeichen einer Herzschwäche.

»Sie hat es herausgefunden, als sich die ersten Symptome bei ihr zeigten. Sie hat Gresham zur Rede gestellt, und er hat es zugegeben. Er hat es sich hier geholt.«

»Aber was wollte er denn überhaupt in Marokko? Das verstehe ich nicht.«

Harry zögerte. »Er ist pädophil, Cassia. Er mag kleine Kinder. Hier ist es leicht, sich welche zu beschaffen.«

»Oh, Harry. Ich kann es nicht ertragen.« Sie dachte an die Kinder, die sie gestern gesehen hatte, so winzig, so hübsch, die ins Haus gebracht wurden, um …

Sie versuchte, sich auf die fernen Berge zu konzentrieren, die Palmen, während sie diesen Horror verarbeitete. Eine Fliege setzte sich auf ihren Teller und machte sich über die Croissantkrümel her. Cassia sah die Fliege an, die ihrer krankheitsverbreitenden Aufgabe nachging, und dachte, was für ein treffendes Symbol sie doch sei für das, was sie da zu hören bekam, für diese üble, hässliche Geschichte. »Sprich weiter«, bat sie.

»Sie hat ihn zur Rede gestellt und Gresham hat ihr von der Syphilis erzählt. Das mit den Kindern hat er ihr verschwiegen. Seine Ansteckung hat er als unglaubliches Pech hingestellt, in so was war er gut. Leonora war natürlich entsetzt, aber sie meinte, sei hätte keine andere Wahl, als bei ihm zu bleiben. Sie besaß ja kein eigenes Geld und sie hatte ihn auch immer noch sehr gern – auf ihre Art.«

»Ja. Ja, ich glaube, das hatte sie.«

»Das mit den Kindern erfuhr sie erst, als sie eines Tages aus Versehen einen für ihn bestimmten Brief öffnete, von einem seiner Freunde, der hier in Marokko lebt. Da kam alles heraus. Sie eröffnete ihm, sie würde ihn verlassen, woraufhin er erwiderte, dann würde sie mit leeren Händen dastehen. Er verlor sowieso jede Menge Geld und sie unterstützte ihn tatkräftig dabei.

Jedenfalls, sie verließ ihn, zog aus seiner Wohnung aus und verkaufte ihren Schmuck. Eine Weile ging alles gut, aber dann war das Geld durchgebracht, es kam ein neuer Krankheitsschub, und man stellte fest, dass sie zudem Krebs hatte. Den Rest kennst du.«

»Nein, Harry, tue ich nicht. Und warum, um alles in der Welt, hat sie uns nichts davon erzählt?«

»Cassia, denk doch mal nach. Sie hatte Sir Richard Beatty verlassen, um mit einem Mann zusammenzuleben, der sich als Sexualverbrecher entpuppt. Eben noch war sie die verwöhnte Lebensgefährtin eines Millionärs und kurz darauf wohnt sie in einer Absteige und leidet an einer Geschlechtskrankheit. Sie hatte eine unglaubliche Dummheit begangen. Würdest du das zugeben?«

Cassia schwieg.

»Ich besuchte sie, sobald ich aus den Staaten zurückgekehrt war, und da erzählte sie mir die ganze Geschichte. Ich glaube, wenn ich Gresham in dieser Woche zu Gesicht bekommen hätte, hätte ich ihn umgebracht. Aber wie sich herausstellte, gab es eine bessere Methode, ihn leiden zu lassen. Hoffe ich zumindest.«

»Was hast du getan?« Angst, kalt und klamm, regte sich in ihrem Magen.

»Ich habe ihn aufgespürt und nach Paris geholt. Ich sagte ihm, ich wüsste über seine widerlichen Vorlieben Bescheid, ich wüsste, was er Leonora angetan hätte, und ich würde dafür sorgen, dass jeder Mensch in England, in der ganzen Welt, es erführe. Und er bekam panische Angst. Das hätte

Entehrung und Gefängnis bedeutet. Leonora wollte es auch nicht. Es hätte auch über sie Schande gebracht, und ich fürchte, sie hing zudem immer noch an ihm.«

»Also, was hast du dann getan?«

»Er kam angeschleimt, versprach, er würde alles tun, um Leonora zu entschädigen, er würde ihr Geld geben, sie wieder in großem Stil leben lassen. Er sagte, er hätte zwar nicht mehr viel, aber er könne sein Haus in England verkaufen und seine Villa in Südfrankreich und ihr den Erlös geben. Ich saß da und hörte ihm zu, sah, wie er schwitzte und zitterte. Und mir wurde klar, dass ihn das mehr schmerzen würde als alles andere.«

»Es hätte ihm mehr wehgetan, wenn du ihn bloßgestellt hättest.«

»Vielleicht, aber das hätte auch Leonora in Mitleidenschaft gezogen. Sie hatte panische Angst davor, dass die Leute über sie lachen könnten, dass ihr Name durch den Schmutz gezogen werden würde. Ich musste ihr versprechen zu schweigen und ich habe mein Versprechen gehalten. Nur Benedict habe ich es natürlich erzählt, er musste es erfahren. Aber sonst niemandem, das schien mir wichtig. Vielleicht war das falsch von mir. Vielleicht hätte ich Gresham verhaften lassen sollen.«

»Damit wären wenigstens ein paar Kinder gerettet worden«, sagte sie ernst.

»Ich weiß, und der Gedanke belastet mich sehr. Natürlich hat er versprochen, es nie wieder zu tun, und ich habe ihm geschworen, ihn ins Gefängnis zu bringen, wenn er sein Versprechen bricht. Im tiefsten Herzen wusste ich, dass das keine Garantie war, aber … Ich breche meine Versprechen nicht, Cassia. Niemals.«

»Harry, gestern habe ich drei kleine Kinder in Greshams Haus gesehen.«

»Gütiger Himmel, wirklich?«

»Ja. Wir müssen etwas unternehmen, Harry. Ich kann es nicht ertragen, dass das so weitergeht und er …«

»Das dürfte schwierig sein. Hierzulande sieht man die Dinge ganz anders, verstehst du. Der Pascha selbst macht seinen Gästen Kinder zum Geschenk, sollten sie dies wünschen, neben Haschisch, Opium, Diamanten … Kinderleben sind nicht viel wert in Marokko.«

»Das ist kein Grund, es nicht wenigstens zu versuchen! Aber erzähl weiter.«

»Schön, sagte ich, aber ich will, dass Leonora das Geld bekommt, und zwar bald. Ich habe ihn dazu gebracht, die Häuser zum Verkauf anzubieten, ich ließ mir ständig Bericht über den Fortgang der Dinge erstatten. Ich habe ihn ganz schön schwitzen lassen.« Harry sah sie mit höchst selbstzufriedener Miene an.

»Ich verstehe«, sagte sie. »Aber Leonora war doch todkrank. Du musst doch gewusst haben, dass sie nicht mehr lange zu leben hatte.«

»Ja, aber niemand hat damit gerechnet, dass es so schnell gehen würde. Daran war die Syphilis schuld, die Krankheit hatte ihr Herz angegriffen. Aber darum ging es gar nicht. Ich wollte ihm das Geld wegnehmen, weil er die Strafe verdient hatte. Er hatte es verdient, sein ganzes Geld zu verlieren, ebenso wie Leonora alles verloren hatte.«

»Und was geschah dann? Mit dem Geld, meine ich. Wieso habe ich es bekommen?« Die letzten Worte kamen sehr ruhig heraus.

»Ach ja.« Er lächelte sie an. »Tja, das war die angenehme Seite daran. Für Leonora. Eines Abends begann sie furchtbar zu weinen, sie hatte große Angst vor dem Tod, weißt du, und ich habe versucht, sie zu trösten. Sie sagte, was soll ich denn mit dem ganzen Geld anfangen, das ist doch sinnlos. Und ich meinte, es muss doch etwas Sinnvolles geben, was du damit tun kannst. Wir mussten nicht lange nachdenken.«

»Ihr dachtet an mich.«

»Ja.« Er lächelte sie selbstgefällig an. »Wir dachten an dich. Wir überlegten, was es für dich bedeuten würde, so viel Geld zu haben. Es würde dich retten, das wussten wir. Wollen wir noch Kaffee bestellen? Er ist wirklich außerordentlich gut hier.«

»Harry, um Gottes willen! Der Kaffee ist doch jetzt vollkommen unwichtig. Was willst du damit sagen? Wovor wolltet ihr mich retten?«

»Wir wollten dich aus deiner trostlosen Ehe befreien, dich davor bewahren, weiter dein Leben zu vergeuden. Wir wollten dir ermöglichen, deine Ambitionen zu verwirklichen.«

»Ach, ich verstehe. Also stammte das Geld doch von ihr? Von Leonora? Das würdest du mich doch gerne glauben lassen, oder?«

»Natürlich war es ihr Geld. Sie war sehr angetan von der Idee, es dir zu vermachen. Sie sah es als eine Möglichkeit, alles wieder in Ordnung zu bringen.«

»Für sie.«

»Für dich doch sicher auch.«

»Ich weiß nicht«, entgegnete Cassia langsam.

»Was zum Kuckuck willst du damit sagen? Das Geld hat alles bewirkt, was wir uns erhofft hatten. Du hast ein neues Leben angefangen. Das Geld hat es dir ermöglicht, wieder in deinem Beruf zu arbeiten. Und ich habe dich zurückbekommen.«

»Genau. Du hast mich zurückbekommen, und ihr habt alles andere bekommen, was ihr für mich am besten hieltet, du und Leonora. Harry, ich weiß ja nicht, wie du das siehst, aber ich empfinde es als eine niederträchtige Manipulation. Ich habt mich manipulieren wollen. Der Gedanke, dass ihr beiden da in Paris sitzt und euch sagt, so schaffen wir es, damit machen wir ihre Ehe kaputt, damit zerstören wir ihre Familie ...«

»Mach dich doch nicht lächerlich.« Er knallte sein Glas Orangensaft auf den Tisch.

»Ist das wirklich lächerlich?«

»Ja, allerdings. Es war ... ein Vermächtnis, das ist alles. Viele Leute erben Geld, es wird ihnen von ihren Verwandten hinterlassen. Sie fangen deshalb nicht an, von Manipulation zu faseln.«

»Aber das war kein gewöhnliches Vermächtnis, nicht wahr, Harry? Es ist schmutziges Geld. Der Gedanke, aus welcher Quelle es stammt, ist mir furchtbar. Und zweitens erinnert es doch sehr an Erpressung, was ihr da getan habt.«

»Cassia, du bist verrückt. Erpressung! Der Mann hat zu Leonoras frühem Tod beigetragen, er hat sie verlassen und ist weiter seinen widerwärtigen Lastern nachgegangen. Und er hat mich angefleht, buchstäblich mit Tränen in den Augen, Stillschweigen zu bewahren.«

»Genau. Er hat dein Schweigen erkauft.«

»Selbstredend nicht. Ich habe wegen Leonora geschwiegen, weil ich es Leonora versprochen hatte.«

»Das ist eine Frage der Interpretation, würde ich meinen.«

»Na, das ist ja ein starkes Stück!«, rief er. »Als Nächstes wirst du mir noch erzählen, Gresham hätte eine solche Behandlung nicht verdient. Willst du etwa zu ihm gehen, seine widerliche Stirn abwischen und ihm sein Geld zurückgeben?«

»Ich habe nicht vor, ihm die Stirn abzuwischen. Aber ich

werde das Geld auch nicht behalten. Nein, ich werde es ihm nicht zurückgeben. Er gehört eingesperrt, und ich will, dass er eingesperrt wird, aber ...«

»Aber was?«

»Harry, ich will das Geld nicht. Allein der Gedanke daran macht mich ganz krank.«

Er schaute sie mit solcher Verblüffung an, dass sie fast gelacht hätte.

»Du verstehst es einfach nicht, oder?«

»Nein, ich verstehe es nicht.«

»Ich werde noch mal versuchen, es dir zu erklären. Ihr saßt da mit diesem großen Haufen Geld, du und Leonora, und habt euch gefragt, was sollen wir bloß damit anfangen. Und da kam euch ein Gedanke. Geben wir es doch Cassia, sie ist ja so unglücklich, sie hat ihr Leben ganz falsch angefangen, und wir wissen, wie wir alles wieder in Ordnung bringen können. Wir wissen genau, was das Beste für sie ist, wir wissen, was passieren wird: Sie wird ihren Mann verlassen und in ihren Beruf zurückkehren, und vielleicht wird sie wieder nach London ziehen und möglicherweise sogar eine Affäre mit mir, Harry Moreton, anfangen ...«

»Gott, Cassia, du bist verrückt!«

»Ich bin nicht verrückt. Du mit deinem Riesenego, du mit deiner Arroganz. Ist dir jemals der Gedanke gekommen, dass ich durchaus in der Lage sein könnte, mein Leben selbst in den Griff zu bekommen? Nein, bestimmt nicht, denn eigentlich kennst du mich überhaupt nicht. Du hörst mir nie richtig zu und du hast nie wirklich über mein Leben nachgedacht. Dich interessiert nur, was ich deiner Meinung nach tun und wie ich deiner Meinung nach sein sollte. Harry, wenn ich wirklich mein Leben hätte ändern wollen, wenn ich wirklich wieder als Ärztin hätte arbeiten wollen, hätte ich das getan. Auch ohne deine Einmischung.«

»Nein, das hättest du eben nicht!«, brüllte er. »Du warst viel zu dämlich und viel zu sehr unter der Knute dieses erbärmlichen Wichts, den du geheiratet hast.«

»Bitte sprich nicht so über Edward, Harry.«

»Ach, werden wir jetzt auf einmal ganz treu und loyal? So furchtbar treu warst du ihm nicht, als du mit mir im Bett lagst und gestöhnt hast, wie sehr du mich liebst. Als du mehrere Tage die Woche in London verbrachtest. Als du ...«

»Halt den Mund! Halt einfach den Mund.«

»Ich werde nicht den Mund halten. Was sollten wir denn deiner Meinung nach tun, Leonora und ich? Zu dir sagen, hör mal, Cassia, wenn du willst, geben wir dir ein bisschen Geld, mit dem kannst du spielen?«

»Da hast du es. Gerade hast du es zugegeben. Ihr beide habt mir das Geld zugeschustert, ihr habt es gemeinsam geplant. Das macht es ja so hässlich. Ihr habt kaltblütig darüber diskutiert, wie das Geld sich auf mich und mein Leben auswirken würde, und seid zu dem Schluss gekommen, dass es eine gute Sache wäre.«

»Aber was«, brummte er und rang um Beherrschung, »was hätten wir denn deiner Meinung nach tun sollen?« Offenbar versuchte er wirklich, sie zu verstehen.

»Ich weiß es nicht genau, aber allein die Tatsache, dass alles im Geheimen ablief, mir seltsame Halbwahrheiten aufgetischt wurden, zeigt doch schon, wie schuldig ihr euch gefühlt habt. Ihr habt genau gewusst, dass ich nicht glücklich darüber sein würde.«

»Das ist eine gemeine Lüge. Es lief keineswegs im Geheimen ab, es war eine vollkommen rechtmäßige juristische Transaktion. Ich fand es besser und sicherer, für Leonora ein Treuhandvermögen einzurichten. Ich hatte ja keine Ahnung, wie lange sie noch zu leben haben würde, ich wusste nicht, dass sie so bald sterben würde. Nur weil du diese Obsession entwickelt hast ...«

»Ja, und ich war vollkommen im Recht. Bedaure, Harry, aber ich finde deine Argumente nicht sehr überzeugend. Keine Ahnung, ob du selbst glaubst, was du sagt, aber ich bezweifle es. Ihr habt mich zu einem Bauern in eurem pervertierten Schachspiel gemacht, du und Leonora, und das gefällt mir nicht. Gott, wenn ich daran denke, wie unglaublich du dich wegen meiner einmaligen kleinen Entgleisung mit Rupert aufgeführt hast. Es ist wirklich erbärmlich. Ich spiele dein Spiel nicht länger mit, Harry. Ich fahre nach Hause und ich werde versuchen, meine Ehe wieder zu kitten. Ich wäre dir außerordentlich dankbar, wenn du mich von jetzt an aus deinem Leben streichen würdest, wie ich dich aus meinem streichen werde.« Sie stand auf. »Adieu, Harry.«

Er blickte zu ihr hoch und ein seltsames Lächeln spielte um seine Lippen. »Ich würde mich nicht darauf verlassen, dass der gute Doktor dich zurücknimmt«, warnte er. »Noch nicht mal darauf, dass er dich wieder in sein Haus lässt.«

Sie starrte ihn an. »Was willst du damit sagen? Vielleicht ist unsere Ehe nicht mehr zu retten, aber wir müssen an die Kinder denken, und außerdem ...« Sie hielt inne, da jemand ihr leicht auf die Schulter tippte.

»Madame Fallon, der Wagen wartet, um Sie nach Casablanca zu bringen. Und Ihre Handtasche ist an der Rezeption, Jamal hat sie heute Morgen abgeholt. Wenn Sie fertig sind, Madame ...«

»Ja«, antwortete Cassia, »ich bin fertig. Vielen Dank. Mir bleibt hier nichts mehr zu tun.«

Damit drehte sie Harry den Rücken zu und marschierte ins Hotel.

39

Cecily lag in Justins großem, feuchtem, leicht unebenem Bett. Es war ausgesprochen unbequem. Erstaunlich, dass einem in solch unbequemer körperlicher Lage solch außerordentliche Freuden bereitet werden konnten. Sie lag schon seit Stunden in diesem Bett; sie war sofort zu Justins Haus in Clapham gefahren, nachdem die Kinder zur Schule gegangen waren – und jetzt, stellte sie mit einem Blick auf ihre Armbanduhr leicht erschrocken fest, war es schon fast Teezeit.

»Ich muss gleich los«, sagte sie, streckte die Hand aus und strich Justin die langen Haarsträhnen aus den Augen. Er ergriff ihre Hand und küsste sie.

»Aber du kommst zurück?«

»Nein, nicht heute, aber hättest du Lust, zum Abendessen zu uns zu kommen?«

»Nein, mein Liebling. Berichtigung: Ich hätte große Lust, aber ich muss arbeiten. Nein – nicht in Edwinas Haus, also mach nicht so ein Gesicht. Vielleicht morgen?«

»Gut, morgen. Die Kinder werden begeistert sein. Es ist nett, dass ihr euch gegenseitig so gern habt.«

»Nicht so sehr, wie du und ich uns gern haben, hoffe ich.«

»Vielleicht nicht.«

»Ich liebe dich«, sagte er schlicht, »ich liebe dich so sehr. Und du bist einfach prachtvoll.«

»Sag das nicht«, wehrte sie mit einem Schaudern ab, »es hat den Beiklang von fett.«

»Cecily.« Er beugte sich über sie und küsste ihre Brüste, »du musst dich wirklich von dieser Zwangsvorstellung befreien. Du bist nicht dick. Du bist einfach göttlich, wunderschön und sinnlich. Ich finde deinen Körper einmalig, er ist üppig und prachtvoll, und ich ertrinke vor Lust darin. Es ist unglaublich, wie wunderbar du bist, in jeder Hinsicht. Ich kann mein Glück noch überhaupt nicht fassen.«

»Das geht mir genauso«, erklärte sie, verstummte und lächelte, so unwahrscheinlich war es, dass sie sich gefunden hatten, dass das unglückliche, unerfüllte Geschöpf, das sie gewesen war, sich in diese sinnenfreudige, unbefangene Frau verwandelt hatte, die unter ihrem Liebhaber lag und vor Lust schrie. Und die sich, was vielleicht noch wichtiger war, wertgeschätzt fühlte, begehrenswert, als der absolute Mittelpunkt im Leben eines anderen Menschen.

»Sieh doch«, rief William, der seit dem Mittagessen aus dem Fenster schaute. »Mama ist wieder da, sie ist wieder da, sie ist wieder da«, und Bertie, der sicher gewesen war, dass sie nicht mehr kommen würde, warf sein Buch hin, rutschte das Treppengeländer hinunter und warf sich mit lautem Freudengeheul in ihre Arme.

Edward, der im Arbeitszimmer war, hörte die Freudenrufe der Kinder, stand aber nicht auf, um Cassia zu begrüßen.

Janet steckte den Kopf durch die Tür. »Mrs. Fallon ist zurück«, verkündigte sie lächelnd. »Sie wird also mit Ihnen zum Konzert gehen können. Ist das nicht großartig?«

»Ja, ja, sicher«, sagte er. »Aber Sie werden doch auch mitkommen, oder?«

»Aber Dr. Fallon, das kann ich nicht. Wer soll denn auf Delia aufpassen?«

»Das kann Peggy machen«, bestimmte er. »Sie haben in den letzten Tagen den ganzen Haushalt in Schwung gehalten, und ich möchte gern, dass Sie mitkommen.«

Ein paar Minuten später ging die Tür auf und Cassia

stand auf der Schwelle, den Arm um die beiden Jungen gelegt.

»Hallo, Edward.«

»Hallo«, antwortete er knapp.

»Mama war in Afrika!«, rief Bertie, und seine Augen leuchteten vor Stolz. »Mit einem Flugzeug.«

»Phantastisch.« Edward erhob sich und marschierte aus dem Raum, ohne Cassia auch nur anzusehen.

Bertie schaute seine Eltern verblüfft an und machte ein ängstliches Gesicht, aber dann fing er sich wieder, nahm Cassia bei der Hand und zerrte sie ins Wohnzimmer. »Erzähl mir von Afrika. Wie groß war das Flugzeug? Sind die Leute da alle schwarz? Welche Sprache sprechen sie? Konntest du sie verstehen …?«

Janet erschien. »Willkommen zu Hause, Mrs. Fallon. Was für eine Freude, Sie wiederzusehen. Sie sind gerade noch rechtzeitig gekommen, das Konzert beginnt um vier. Dr. Fallon hat mich gebeten, ebenfalls mitzukommen. Peggy wird auf Delia aufpassen, sind Sie damit einverstanden?«

»Aber natürlich.« Cassia war zu müde, um es seltsam zu finden, dass Edward Janet bei irgendwas dabeihaben wollte.

William sang die Gegenstimme von »Auf, gläubige Seelen« und er sang wunderschön. Die lieblichen, klangvollen Töne schwangen sich in die Höhe und erfüllten die dunkle Kirche bis in den letzten Winkel. Cassia, die zwischen Edward und Janet saß, schaute ihren Sohn durch einen Tränenschleier an, sah sein ernstes Gesicht, dem Organisten zugewandt, und dachte, wie ungeheuer zutreffend doch der Ausdruck »Kloß in der Kehle« war. Ihm gegenüber, auf der anderen Seite des Chorgestühls, stand Bertie bei den größeren Jungen, ebenso ernsthaft, ebenso konzentriert, ebenso andächtig versunken. Nur gelegentlich warf er einen Blick in ihre Richtung, als sei er nicht ganz sicher, dass sie tatsächlich da war, dass sie nicht wieder verschwunden war.

Cassia saß da und nahm alles ungeheuer intensiv wahr, diese so zutiefst englische Feier, die dunkle, kalte, von Kerzen erleuchtete Kirche, den Weihnachtsbaum rechts vom Chorgestühl, die Krippe links davon, die Orgel, die die altvertrauten Weihnachtslieder spielte. Sie war umgeben von lächelnden Müttern, steifen Väter und kleineren Geschwistern, die unnatürlich ordentlich und fein angezogen waren. Was für ein Kontrast zu dem, was sie erst gestern zurückgelassen hatte, der Hitze, den Gerüchen, dem Staub, den dunklen Gesichtern, den fließenden Gewändern, ihrer Angst. Das alles kam ihr irgendwie nicht ganz wirklich vor.

Das Solo war zu Ende und mit ihm das Konzert. Langsam leerte sich die Kirche, die Kirchgänger begrüßten sich lächelnd und bemerkten, wie unglaublich es doch sei, dass schon wieder Weihnachten war.

Nach dem Abendessen, das in einer extrem angespannten Atmosphäre stattfand und nur durch Janets fröhliche, optimistische Art einigermaßen erträglich wurde, gingen die Kinder unter Protest ins Bett, und Cassia sagte zu Edward: »Wir müssen miteinander reden.«

»Und worüber?« Seine Miene verriet eine solche Wut, dass sie Angst bekam.

»Über die Zukunft.«

»Ach. Darüber.«

»Ja. Wir müssen besprechen, was wir tun wollen. Und ich muss wissen, ob du schon eine Entscheidung wegen der Praxis getroffen hast.«

»Na, zumindest das ist einfach. Natürlich kannst du die Praxis nicht haben. Ebenso gut könnte ich sie Bertie übergeben.«

»Was? Edward, das verstehe ich nicht. Du standest der Idee doch durchaus aufgeschlossen gegenüber. Hör zu, es tut mir Leid, dass ich einfach weggefahren bin, aber es war ungeheuer wichtig. Es musste sein.«

»Sicher doch. Wahrscheinlich, um mit Moreton zusammen zu sein. Ich habe nicht das Bedürfnis, das näher erklärt zu bekommen.«

Sie hatte das Gefühl, mit rasender Geschwindigkeit in eine tiefe, wirbelnde Leere zu fallen. »Du weißt es?«

»Ja, Cassia, ich weiß es. Seine Frau hat mich darüber in Kenntnis gesetzt. Sehr hübsch, findest du nicht auch?«

Wieso hatte Harry sie nicht gewarnt? Warum hatte er ihr nicht gesagt, dass alle Bescheid wussten? Gott, wie sie ihn verabscheute. »Edward, lass mich dir doch erklären ...«

»Ich will keine Erklärungen hören. Du hast gelogen. Du hast uns alle angelogen, du hast deine Kinder vernachlässigt und mich auf unerträgliche Weise gedemütigt. Mein innigster Wunsch ist, dich nie wieder zu sehen. Leider ist das im Augenblick nicht möglich. Wir müssen Regelungen wegen der Kinder treffen. Aber bitte beleidige mich nicht, indem du so tust, als gebe es eine Erklärung. Du hast seit Monaten sein Bett geteilt, vielleicht seit Jahren, was weiß ich. Vielleicht geht es schon so, seit wir verheiratet sind. Und dabei hast du immer so tugendhaft und selbstgerecht getan. Ich finde das öbszön und widerwärtig.«

»Edward ...«

»Schweig!« Einen Augenblick lang dachte sie, er würde sie schlagen. »Ich will nichts hören. Du hast dich immer zu ihm hingezogen gefühlt, das weiß ich. Du warst wahrscheinlich schon in ihn verliebt, als du noch ein Schulmädchen warst. Du hast ihn geliebt und nicht mich. Möglicherweise war das alles Teil deines Plans.«

»Es gab keinen Plan!« Sie hörte ihre Stimme lauter werden, vor Wut brechen. »Ich hatte überhaupt keinen Plan. Ich hatte jahrelang nichts mit Harry zu tun. Seit unserer Hochzeit habe ich ihn kaum gesehen.«

»Wie tugendhaft!«

»Halt den Mund!«, brüllte sie. Auch sie verlor jetzt die Beherrschung. »Halt bloß den Mund! Ich will mich nicht rechtfertigen, ich will dir nur sagen, wie sehr du dich irrst. Ich habe erst mit Harry Moreton geschlafen, nachdem ...«

»Ja, seit wann genau? Das würde mich doch sehr interessieren.«

»Seit ein paar Monaten«, sagte sie sehr leise. »Als mir klar wurde, dass unsere Ehe nicht mehr zu retten war.«

»Oh, wie lobenswert. Vergib mir, dass ich dich so falsch eingeschätzt habe.«

»Aber du schätzt mich falsch ein!«, rief sie verzweifelt aus. »Ich habe mich so bemüht, ich habe mich so lange und so angestrengt bemüht, brav zu sein, dir treu zu sein ...«

»Oh, um Himmel willen! Bitte erspar mir diese Selbstheiligsprechung. Es ist ja wirklich außerordentlich ungewöhnlich und edel, dass eine Frau ihrem Mann treu ist, sich bemüht, brav zu sein, wie du es ausdrückst. Außer in den Kreisen natürlich, in denen deine Freunde um Harry Moreton sich bewegen. Übrigens bedaure ich, dass dich die Treue derart viel Mühe gekostet hat. Da habe ich Trottel doch immer angenommen, dass wir eine glückliche Ehe führen. Offenbar habe ich mich geirrt. Was für ein Versager ich doch war. In jeder Hinsicht.«

»Edward, nun fang nicht wieder damit an!«

»Ich muss nichts anfangen – es ist immer so gewesen. Ich hätte nie etwas mit dir anfangen dürfen, Cassia, und ganz bestimmt hätte ich dich nicht heiraten dürfen. Es war eine Katastrophe für mich, dass wir uns begegnet sind, das ist dir hoffentlich klar.«

Sie verlor endgültig die Geduld. »Für mich auch!«, schrie sie. »Für mich auch. Du stellst dich gern als denjenigen hin, dem Unrecht getan wurde, als den armen, unterdrückten Ehemann – aber das Gegenteil ist wahr. Vom ersten Tag unserer Ehe an hast du mich unterdrückt. Du hast mich von der Praxis fern gehalten, so gut es ging. Gerade mal Glukose mit Wasser anmischen durfte ich gnädigerweise, oder mal ein Knie verbinden. Du wolltest alles für dich allein haben, du wolltest der große, allmächtige Arzt sein, du hattest panische Angst, dass ich dich bloßstellen könnte, dich entlarven, dass ich mich als gleichberechtigte Partnerin erweisen könnte. Du wolltest der Überlegene sein. Findest du es wirklich so erstaunlich, dass ich meinen eigenen Weg gegangen bin, mit meinen eigenen Freunden, meinen ...«

»Deinem eigenen Liebhaber in deinem Bett in deinem Haus in London. Du bist wirklich kaum besser als eine Hure, Cassia, als eine ...«

»Hört auf! Hört auf!« Das war Bertie, das Gesicht aschfahl, zwei hochrote Flecken auf den Wangen. Die Augen weit aufgerissen, blickte er entsetzt zu seinen Eltern hoch. »Das ist ja furchtbar. Ich hasse euch beide. Du hast es versprochen, du hast versprochen, dass ihr Freunde seid. Ihr werdet euch nicht scheiden lassen, hast du gesagt. Warum hast du das gesagt, wenn es nicht stimmt?«

»Bertie, Bertie. Bärchen.« Cassia versuchte, ihren Sohn in die Arme zu nehmen, ihn zu trösten, aber er stieß sie weg. Sein kleiner Brustkorb hob und senkte sich heftig.

»Nicht. Ich will das nicht. Es ist wahr, was Papa sagt, immer gehst du weg, immer lässt du uns allein. William hat gestern die ganze Nacht geweint, weil er gedacht hat, dass du nicht zu seinem Konzert kommst.«

»Bertie, ich ...« Verzweifelt ließ sie die Arme sinken.

»Bertie, komm her.« Edward streckte die Arme nach ihm aus, aber Bertie ging auf ihn los wie ein kleines, wildes Tier.

»Nein. Dich hasse ich auch. Es war gemein von dir, dass du nicht zugelassen hast, dass Mama dir hilft. Warum soll sie die Praxis nicht übernehmen? Nur weil Maureen gesagt hat ...«

»Was?«, rief Cassia. »Was war das mit der Praxis?«

»Nichts«, wehrte Edward ab. »Nicht jetzt, um Himmels willen.«

Sie nahm es hin und versuchte noch einmal, Bertie gut zuzureden. »Bertie, mein Schatz, komm her. Lass uns doch über alles reden.«

»Nein. Es gibt nichts zu reden.«

Edward versuchte, ihm die Hand auf die Schulter zu legen, aber Bertie schüttelte sie wütend ab.

Eine sanfte Stimme sagte von der Tür her: »Bertie, willst du mit mir nach oben kommen?« Es war Janet.

»Nein«, antwortete der Junge mürrisch, ging aber langsam zur Tür.

Cassia und Edward sahen sich schweigend über die gewaltige Kluft hinweg an, die sie voneinander trennte. Und dann wandte Cassia sich ab, ging in das Zimmer, das mittlerweile ihr Zimmer geworden war, legte sich vollständig angekleidet aufs Bett und weinte, bis keine Tränen mehr kamen.

»Cassia! Cassia, um Himmels willen, wach auf!« Es war Edward; sie kämpfte sich hoch. Es war noch dunkel. »Bertie ist weg. Er ist weggelaufen.«

»Weggelaufen! Oh, Edward, das kann nicht sein, wann denn, wie …«

»Ich weiß nicht. Als ich zu Bett ging, schlief er, ich habe noch nach ihm gesehen.«

»Ja, ich auch einmal, in der Nacht.«

»Und wann?«

»Ungefähr um halb vier.«

»Wie spät ist es jetzt?«

»Kurz nach sechs.«

Sie sollten diese Details in den nächsten Tagen noch oft durchgehen.

Janet hatte Berties Verschwinden entdeckt. Sie war um halb sechs aufgestanden, weil Delia geweint hatte, und nachdem sie die Kleine beruhigt hatte, wollte sie noch einmal nach Bertie sehen. Aber er war nirgends zu finden. Nach ein paar Minuten hatte sie Edward geweckt. Warum Edward, dachte Cassia voller Schmerz, warum nicht mich, bin ich wirklich schon so eine Fremde in meinem eigenen Haus? Zu dritt suchten sie das Haus und den Garten ab. Edward fuhr mit dem Wagen ins Dorf und hielt dann auf den Landstraßen nach ihm Ausschau. Er kam mit grimmigem Gesicht zurück. Es war immer noch dunkel; das schien alles noch schlimmer zu machen.

»Weit kam er nicht gekommen sein«, wiederholte Cassia pausenlos. »Nicht im Dunkeln. Es fahren keine Busse und bestimmt wäre er doch nicht …« Ihre Stimme erstarb. Sie hatte Angst, den Satz zu Ende zu sprechen.

»Bestimmt wäre er nicht per Anhalter gefahren?«, ergänzte Edward. »Wer weiß.«

»Oh, Edward, wir haben ihm doch immer eingeschärft, auf keinen Fall zu einem Fremden ins Auto zu steigen.«

»Sicher. Aber ...« Aber getrieben von Verzweiflung, elend und unglücklich, wer weiß, was Kindern da einfiel.

»O mein Gott«, sagte sie.

»Wir benachrichtigen besser die Polizei.«

Es war ein schreckliches Telefonat. Die Sache war jetzt offiziell, was alles noch viel düsterer machte: Bertie war kein kleiner Junge mehr, der weggelaufen war, er war ein vermisstes Kind, möglicherweise entführt.

Bertie näherte sich den Toren des Internats, durch die er neulich so voll tiefster Erleichterung mit seiner Mutter gefahren war. Im Speisesaal brannte Licht; wahrscheinlich waren alle beim Abendessen. Er wusste nicht mehr genau, warum er eigentlich hierher gekommen war. Irgendwie hatte er gedacht, wenn er wieder ins Internat zurückkehrte, würde er sich genau erinnern, wie furchtbar unglücklich er hier gewesen war, wie verzweifelt, und dann würde sein neues Unglück ihm nicht mehr so schlimm vorkommen. Er erinnerte sich lebhaft, wie er auf dem Schoß seiner Mutter gesessen hatte, als sie zu Hause angekommen waren, wie er sich zum ersten Mal seit Wochen warm, sicher und behaglich gefühlt hatte. Wenn ihr euch scheiden lasst, gehe ich ins Internat zurück, hatte ihr zu ihr gesagt. Er hatte sich vorgestellt, er würde einfach reingehen, ein bisschen herumwandern und sich erinnern, wie schlimm es gewesen war. Und dann würde er seine Eltern anrufen und die würden ihn abholen.

Aber ihm war kalt, ihm war furchtbar kalt. Wo könnte er Schutz suchen, während er sich überlegte, was er tun sollte? Vielleicht in der Kapelle. Ja, das war eine Idee. Er würde in die Kapelle gehen und eine Weile dort sitzen, und dann – na ja, vielleicht würde er einfach wieder nach Hause gehen. Eigentlich brauchte er an die Quälerei nicht erinnert zu werden. Er fand jetzt schon, dass es sogar noch schlimmer gewesen war, als den Streit seiner Eltern mit anzuhören.

Bertie schlüpfte in die Kapelle. Drinnen kam es ihm fast warm vor und er sank auf eine der Kirchenbänke nieder. Er war sehr müde, denn er war den ganzen Tag gewandert, nur ein kurzes Stück war er mit dem Bus gefahren. Seine letzten drei Pence hatte er dafür ausgegeben. Es würde schön sein, sich ein bisschen auszuruhen. Bertie legte sich auf die Seite und zog die Beine hoch. Nur ein paar Minuten, versprach er sich.

Sie hatten die Eltern von Berties sämtlichen Schulkameraden angerufen und alle Bekannten, die in der Nähe wohnten, auch alle Bekannten von Mrs. Briggs und Peggy. Und dann telefonierten sie ihre Londoner Bekannten durch.

Es schien möglich, dass Bertie zu Rupert gefahren war, den er sehr bewunderte. Natürlich hatten sie bei Cecily nachgefragt, weil Fanny und Bertie so gute Freunde geworden waren. »Vielleicht hat Fanny etwas von ihm gehört«, meinte Cecily, aber das war nicht der Fall. Sie hatten sogar Edwina angerufen, die bei Laurences Taufe einen ungeheuren Eindruck auf Bertie gemacht hatte – er hatte öfters gesagt, wie hübsch er sie fand –, aber vergebens. Keiner hatte etwas von Bertie gehört oder gesehen.

Er würde nicht in Panik geraten, sagte Bertie sich, auch wenn er eingesperrt war. Er hatte gehört, wie sich der Schlüssel im Schloss drehte, aber der Hausmeister schien sein Hämmern und seine Rufe nicht gehört zu haben. Kein Problem, er würde am Morgen zurückkommen, um die Kapelle zum Frühgottesdienst aufzuschließen, und dann konnte Bertie wieder hinaus. Er würde die langen, weißen Gewänder der Chorknaben auf sich türmen, um sich zu wärmen, und irgendwie würde er die Nacht überstehen. Natürlich, es war dunkel und ein bisschen Angst hatte er schon. Es gab Furcht erregende Schatten und auch merkwürdige Geräusche, eine Art Hin- und Herhuschen, das ihn zusammenzucken und beinahe aufschreien ließ, bis ihm klar wurde, dass es die Mäuse sein mussten. Es gab viele Mäuse im Orgelchor. Das gehörte zu seinen wenigen glücklichen Erinnerungen an das Internat. Die Schüler, auch Bertie, hatten die Mäuse immer mit kleinen Stückchen Käse gefüttert. Es gab gar keinen Grund, Angst zu haben.

Und in der kleinen Sakristei war ein Wasserhahn. Wenn er Durst bekam, konnte er daraus trinken. Ja, bis zum Morgen konnte ihm nichts passieren. Und dann würde er hier rauskommen und fragen, ob er seine Eltern anrufen dürfe. Alles würde wieder gut werden. Natürlich würde alles gut werden.

Am Dienstagmorgen begann die Polizei ernsthaft nach Bertie zu suchen. Am ersten Tag hatten die Beamten lediglich sein Bild herumgezeigt, es Bahnhofsvorstehern, Wachen und Busschaffnern vorgelegt und sich zuversichtlich geäußert. Am zweiten Tag waren sie deutlich besorgter. Sie durchsuchten die Wälder, Scheunen, das Flussufer, und es war die Rede davon, Taucher in der Kiesgrube nachsehen zu lassen. Als Cassia das erfuhr, schaffte sie es gerade noch rechtzeitig zur Toilette. Sie kam grün und zittrig wieder heraus, und Edward, der in der Diele auf sie wartete, sah sie zum ersten Mal seit ihrer Rückkehr aus Marokko fast freundlich an.

»Alles in Ordnung?«, fragte er.

»Ja. Nein. Ach, ich weiß nicht. Es ist alles so furchtbar, Edward, und es ist allein meine Schuld.«

»Nein«, erwiderte er scharf. »Nein, wir haben beide Schuld. Komm, setz dich doch, du siehst vollkommen erledigt aus.«

Erstaunt folgte sie ihm in die Küche und er machte ihr eine Tasse Tee.

Dienstagmittag waren Berties Fäuste ganz wund, so heftig hatte er damit gegen das große Portal der Kapelle gehämmert, und er war heiser vom vielen Rufen. Er hatte furchtbaren Hunger.

Er war aufgewacht, als es noch dunkel war, und hatte zitternd vor Angst auf die Morgendämmerung gewartet. Sein einziger Gefährte, sein einziger Trost, die Armbanduhr mit dem Leuchtzifferblatt, die so nett und beruhigend tickte (sein Vater hatte sie ihm geschenkt, als er ins Internat kam), zeigte fünf. Er starrte auf das Zifferblatt und dachte, wie lange dauert es denn noch, bis der Frühgottesdienst anfängt? Er wollte hier raus. Nur mit Mühe hielt er sich davon ab, laut loszuschreien. Später fragte er sich, ob es nicht lieber hätte schreien sollen. Vielleicht hätte ihn jemand in der stillen Dunkelheit gehört.

Als es hell wurde, fühlte er sich besser, viel ruhiger. Jetzt konnte es sich schließlich nur noch um Stunden handeln. Aber später, viel später, hörte er eine endlose Kolonne von Autos eintreffen und wieder wegfahren. Und dann herrschte eine tiefe, schreckliche Stille.

Cassia saß den ganzen Tag neben dem Telefon, nur gelegentlich legte sie sich kurz hin und nickte ein. Edward stieg alle zwei, drei Stunden ins Auto, fuhr in einem immer größer werdenden Radius herum und suchte nach Bertie. »Ich weiß, es ist wahrscheinlich vollkommen sinnlos«, erklärte er, »aber irgendwas muss ich einfach tun.«

Sehr spät am Dienstagabend schreckte sie aus einem unruhigen Dämmerschlaf auf, als das Telefon klingelte. Sie riss den Hörer von der Gabel. Es war Harry.

»Cassia?«

»Ja. Ja. Hallo, Harry.«

»Ich bin gerade aus Marokko zurückgekommen. Edwina hat es mir erzählt. Habt ihr ihn schon gefunden?«

»Nein. Nein, noch nicht.«

»Es tut mir so Leid«, sagte er, »es tut mir so Leid. Kann ich irgendwas für dich tun?«

»Finde ihn«, bat sie, brach in Tränen aus und legte den Hörer auf.

Bertie war so durchgefroren, dass er kaum noch einen klaren Gedanken fassen konnte. Er versuchte, sich warm zu halten, weil er wusste, wie wichtig das war. Scott, der Antarktisforscher, von dem er kürzlich gelesen hatte, hatte betont, es dürfe einem nicht zu kalt werden, sonst würde man einfach einschlafen und sterben. Bertie stampfte also in der Kapelle herum und klopfte in regelmäßigen Abständen mit den Fäusten seinen Körper ab, doch als es wieder dunkelte, begann er zu verzweifeln, kroch auf seine Kirchenbank und deckte sich mit den Chorgewändern zu. Er hatte solchen Hunger, dass es schmerzte.

Mittlerweile war ihm klar, dass niemand mehr im Internat war. Es konnte durchaus sein, dass erst nach Weihnachten wieder jemand in die Kapelle kam, und bis dahin würde er mausetot sein; aber er versuchte angestrengt, nicht daran zu denken. Er wusste, dass man ziemlich lange nur von Wasser leben konnte. So großen Hunger man auch hatte, man starb nicht, solange man Wasser trank. Aber man konnte durchaus an der Kälte sterben.

Beten schien die beste Lösung zu sein und sicher hörte

Gott in einer Kirche aufmerksamer zu als irgendwo sonst. Bertie fielen nicht viele Gebete ein, also betete er immer wieder das Vaterunser und zwischendurch flehte er verzweifelt: »Bitte, Gott, bitte, lass sie mich bald finden.« Endlich schlief er ein, aber er hatte vergessen, seine Uhr aufzuziehen, und als er wieder erwachte, hatte er keine Ahnung, wie spät es war. Das brachte ihn zum Weinen, und er fühlte sich vollkommen verlassen.

Am Mittwochmorgen wurde im Radio eine Suchmeldung der Polizei durchgegeben. Gesucht wurde ein kleiner Junge namens Bertram Fallon, Bertie genannt, einsfünfzehn groß, braunes Haar, braune Augen, zuletzt gesehen in seinem Elternhaus in …

Als Cassia die Beschreibung dieses kleinen Jungen hörte, der ihr Sohn war, hatte sie das Gefühl, wahnsinnig zu werden.

Mittlerweile war sie ganz sicher, dass er tot war. Sie malte sich aus, wie sein Körper kalt und steif in irgendeinem Graben oder irgendeiner Scheune lag. Und vielleicht war der Tod sogar besser als die Alternative, eine Entführung und – wie lautete noch mal der offizielle Ausdruck – ein Sittlichkeitsdelikt. In ihrem Kopf liefen grauenvolle Bilder ab, in denen der kleine, vertrauensvolle Bertie von einem Sittenstrolch angelockt wurde und einem furchtbaren Missbrauch ausgesetzt war. Das würde er nie verwinden, selbst wenn er gerettet werden sollte. Ihr Geist versuchte diese Bilder zu verscheuchen, trotzdem kamen sie immer wieder.

Sie legte sich hin und schlief ein, und als sie erwachte, hörte sie das Telefon klingeln. Es war die Polizei, die berichtete, ein Kind, auf das die Beschreibung zutraf, sei in Birmingham gesichtet worden.

»In Birmingham! Wieso denn in Birmingham, wie ist er da hingekommen? O Gott, o mein Gott ...« Der Polizist ging sehr behutsam mit ihr um. »Nehmen Sie nicht allzu viel Notiz davon, Madam, das passiert immer, wenn im Radio eine Suchmeldung durchgegeben wird. Es ist eine zweischneidige Sache – deshalb schieben wir es auch immer eine Weile auf. Es rufen alle möglichen Leute an. Wir gehen natürlich allen Hinweisen nach, aber in neun von zehn Fällen handelt es sich um eine ganz andere Person. Ja, natürlich, die Polizei in Birmingham ist benachrichtigt.«

Es kamen noch drei weitere Hinweise. Bertie sei in Oxfordshire gesehen worden, als er in den Laster eines Bauern stieg, in Glasgow beim Betreten eines Busunterstandes und in St. Ives, wie er am Strand entlanglief.

Aus irgendwelchen Gründen raubten diese Anrufe Edward jeden Mut. Irgendwann am Vormittag ging Cassia in sein Arbeitszimmer und er saß weinend an seinem Schreibtisch. Doch sie hatte keine emotionalen Reserven mehr, und statt ihm zu helfen, ging sie schweigend hinaus und schloss die Tür hinter sich.

Eine halbe Stunde später kam er wieder heraus, tränenüberströmt und bleich. »Hättest du Lust auf einen Spaziergang?«, fragte er. »Ich brauche frische Luft.«

»Edward, wir können doch nicht beide weggehen«, wandte sie ein.

Janet stand auf. »Da stimme ich zu, aber soll ich Sie vielleicht begleiten, Dr. Fallon? Ich könnte selbst ein wenig frische Luft vertragen.«

»Ja. Ja, das wäre sehr nett, vielen Dank.«

Als Cassia beobachtete, wie die beiden zusammen das Haus verließen, stieg zum ersten Mal seit dem Montagmorgen ein Gefühl in ihr auf, das nichts mit Bertie zu tun hatte. Sie war sich nicht ganz sicher, aber es schien Hoffnung zu sein. Aber wieso, konnte sie sich beim besten Willen nicht vorstellen.

Bertie hatte es mehr oder weniger aufgegeben, sich warm halten zu wollen. Er hatte solchen Hunger, dass es leichter war, nur still liegen zu bleiben. Allmählich überkam ihn ein ganz angenehmes, irgendwie träumerisches Gefühl. Er hatte noch ein wenig gebetet, aber auch in Gott setzte er langsam keine Hoffnung mehr.

Maureen hatte alle Sprechstunden übernommen. Sie war offenkundig sehr betroffen und froh darüber, irgendetwas tun zu können. Cassia schaute ihr nach, als sie nach einem hastigen Imbiss zu einem Kleinkind eilte, das nach Aussage seiner hysterischen Mutter Wäschebleiche geschluckt hatte, und fragte sich, warum sie eigentlich eine solche Abneigung gegen diese Frau gefasst hatte.

Als Maureen zurückkehrte, fragte Cassia zögernd: »Wie geht es dem Baby?«

»Ach, gut. Es hatte gar keine Wäschebleiche geschluckt, sondern Gin, und auch davon nur ein wenig. Die Mutter hat wohl gedacht, dass ich nicht komme, wenn sie mir das am Telefon sagt. Die Leute sind schon merkwürdig.«

»Ja, wohl wahr. Und diese Frau ist ein wahrer Alptraum. Ständig lässt sie alles Mögliche in Reichweite der Kinder herumliegen. Einmal war es Aspirin, da musste dem armen Wurm der Magen ausgepumpt werden. Was haben Sie dem Kind gegeben, viel Milch?«

»Ja.« Maureen sah Cassia an. »Es tut mir so Leid wegen Bertie, Mrs. Fallon. Haben Sie immer noch nichts gehört?«

»Nein.«

»Mrs. Fallon?«

»Ja, Maureen?«

»Ich habe ein furchtbar schlechtes Gewissen Ihnen gegenüber. Ich werde es auch Dr. Fallon gegenüber erwähnen, aber ich wollte zuerst mit Ihnen sprechen. Dr. Fallon hat mich neulich gefragt, was ich davon halten würde, wenn Sie die Praxis übernähmen. Er will ja seinen Facharzt machen. Ich gestehe, ich habe ihm geantwortet, dass ich das nicht ratsam fände.«

»Ja, das habe ich dem entnommen, was Bertie sagte. Warum halten Sie es nicht für gut, Maureen?«

»Ich fürchte, ich war da ziemlich kleinkariert und ich bedauere es sehr. Ich finde, dass Sie eine großartige Landärztin abgeben würden, und das werde ich auch Dr. Fallon sagen.«

»Vielen Dank, aber machen Sie sich darüber keine Gedanken. Im Augenblick kann ich an nichts anderes denken als an Bertie.«

Als es wieder dämmerte, verlor Bertie jede Hoffnung. Er machte sich nicht einmal mehr die Mühe, zum Wasserhahn zu gehen. Es war ganz angenehm, einfach still dazuliegen und dahinzudämmern. Rufen konnte er nicht mehr, dazu war er zu schwach, und er konnte auch nicht mehr gegen die Tür hämmern. Die Schnittwunden und Prellungen an seinen Händen taten furchtbar weh und es hatte ja sowieso keinen Sinn. Niemand würde ihn hören. Er würde hier sterben, allein mit Gott. Und den Mäusen.

Er lag zusammengerollt auf der Kirchenbank und dachte an seine Mutter, die er so sehr liebte, die so warmherzig war, so zärtlich. Und es war wundervoll, mit ihr zusammen zu sein. Immer hörte sie ihm ernsthaft zu, tat seine Sorgen nie als dumm oder seine Geschichten als langweilig ab. Auch wenn sie oft nach London fuhr, um zu arbeiten, war es schön, wenn sie dann nach Hause kam. Und er hatte ihr furchtbare Sachen an den Kopf geworfen. Er hatte gesagt, dass er sie hasste.

Er hatte es nicht so gemeint und er hasste auch seinen Vater nicht. Er liebte sie beide und mehr als alles andere auf der Welt wollte er seine Eltern wiedersehen. Es war sehr, sehr traurig, dass sie nicht zusammenbleiben wollten, aber wenn es nun einmal nicht ging, würde er eben mal bei seinem Vater sein und mal bei seiner Mutter. Es war ein grauenhafter Gedanke, hier allein sterben zu müssen und seine Eltern niemals wiederzusehen, ihnen niemals sagen zu können, dass er sie beide liebte und wie Leid es ihm tat, dass er solche hässlichen Sachen gesagt hatte. Sie hatten sich auch furchtbare Sachen an den Kopf geworfen, aber sie konnten sich ja alle beieinander entschuldigen und noch mal von vorn anfangen. Nur ging das nicht, wenn man tot war.

Die Polizei rief am Nachmittag noch dreimal an, um zu berichten, dass Bertie irgendwo gesehen worden war. Gegen vier Uhr hörte das Telefon dann auf zu klingeln. Die Vorstellung, noch eine so grässliche Nacht überstehen zu müssen, erfüllte Cassia mit Entsetzen. Es war sehr kalt draußen und Schneeregen hatte eingesetzt. Kein Kind konnte bei diesem Wetter im Freien überleben, dachte sie. Bertie trug ja nur seine Schuluniform und einen Regenmantel, und das war jetzt die dritte Nacht. Sie starrte in die zunehmende Dunkelheit hinaus, hörte den Wind heulen und schreckte innerlich vor dem Gedanken an das zurück, was Bertie durchmachen musste. Sie legte den Kopf auf die verschränkten Arme, wie Edward es vorhin getan hatte, und weinte. Und als sie einmal angefangen hatte, konnte sie nicht wieder aufhören.

Undeutlich hörte sie das Telefon läuten, wieder und

wieder, aber niemand ging ran. Wo waren denn bloß alle? Wo steckten die nur? Endlich hievte sie sich mit zittrigen Beinen hoch und schleppte sich in die Diele. Sie fürchtete, es wäre bloß wieder eine Falschmeldung. Aber sie hob den Hörer ab, und unfähig, auch nur ein Wort herauszubringen, schluchzte sie ins Telefon.

»Cassia? Hier ist Harry. Hör zu, mir ist da was eingefallen. Wie hieß noch mal das Internat, in dem Bertie war?«

Es war absurd, doch zumindest war es eine Idee, der man nachgehen konnte. Am ganzen Leib zitternd, rief sie im Internat an. Sie wählte die Privatnummer des Direktors. Niemand meldete sich. Natürlich, es waren ja Weihnachtsferien, es würde keiner da sein. Also konnte Bertie unmöglich dort sein. Oder?

Aber vielleicht war er doch dort.

In der Dunkelheit und dem Schneeregen kam ihr die Fahrt von dreißig Meilen sehr lang vor. Nur ein halbes Dutzend anderer Fahrzeuge war unterwegs. Alle waren so vernünftig, bei diesem Wetter zu Hause zu bleiben. Der Schneeregen wurde zum Schneetreiben und die Fahrbahn gefährlich glatt.

Sie hatte keine Ahnung, warum sie diese Idee so entschlossen verfolgte. Der gesunde Menschenverstand sagte ihr, dass es fast mit Sicherheit ein fruchtloses Unterfangen war, aber einen Funken Logik hatte die Sache, und das machte ihr Hoffnung. Und alles war besser, als neben dem Telefon zu sitzen.

Endlich tauchte das erleuchtete Haus des Hausmeisters vor ihr auf. Sie stieg auf die Bremse, geriet auf der eisbedeckten Fahrbahn leicht ins Schleudern, sprang aus dem Wagen und lief laut rufend auf die Eingangstür zu.

»Also, ich hab keinen Jungen gesehen«, sagte Mr. Worthington leicht mürrisch, als sei der Gedanke völlig abwegig. »Nicht, seit alle über Weihnachten nach Hause gefahren sind.«

»Könnten wir nicht nachsehen? Können wir zum Internatsgebäude gehen?«

»Also, ich weiß nicht. Ohne die Erlaubnis des Direktors darf ich das nicht machen und …«

»Mr. Worthington, mein Sohn wird seit drei Tagen vermisst. Einen Versuch ist es doch wohl wert. Wollen wir jetzt rübergehen?«

Bertie hatte die Scheinwerfer des Autos gesehen, die einen Augenblick lang die dunkle Kapelle erhellt hatten. Er hatte geschlafen und war aufgewacht, kurz bevor das Auto kam. Er lag da, wie betäubt vor Kälte, und fragte sich, ob er rufen oder laut schreien sollte, wie er es jedes Mal getan hatte, wenn er ein Auto gehört hatte, und kam zu dem Schluss, dass es die Mühe nicht wert war. Er wickelte sich enger in die Chorgewänder und versuchte, wieder einzuschlafen.

Der Direktor war bei einer Cocktailparty gewesen. Er war nicht erfreut, bei seiner Rückkehr auf Cassia zu stoßen, die er mit unangenehmen Auseinandersetzungen und Vorwürfen wegen Verletzung der Aufsichtspflicht in Verbindung brachte. Er habe im Radio von Berties Verschwinden gehört, teilte er Cassia seltsam befriedigt mit – als würde dadurch seine Überzeugung bestätigt, dass Bertie eben immer schwierig gewesen war, ein Unruhestifter, dass das Ganze seine eigene Schuld gewesen war, nicht die des Internats.

Bertie könne sich unmöglich auf dem Schulgelände befinden, erklärte er. Die Reinigungskräfte hätten den Jungen finden müssen, da die Schule von oben bis unten gründlich sauber gemacht worden war.

»Es ist mir egal, wie sauber es hier ist. Ich will alle Räume durchsuchen. Jetzt sofort.«

Er sah sie an und gab nach. Sie machten die Runde durch Klassenzimmer, Schlafsäle, Waschräume. Keine Spur von Bertie.

»Sehen Sie. Ich habe es Ihnen ja gesagt. Er kann unmöglich hier sein.«

»Vielleicht draußen. Gibt es irgendwelche Nebengebäude?«

»Nur den Kricketpavillon.«

»Sehen wir dort nach.«

»Mrs. Fallon ...«

»Sehen wir nach.«

Der Kricketpavillon war leer und die Waschräume neben den Spielfeldern ebenfalls.

»Sie sehen, Mrs. Fallon, er ist nicht hier.«

»Ja, scheint so. Vielen Dank, dass Sie mich begleitet haben.«

»Ich bringe Sie noch zu Ihrem Wagen.«

Sie hatte den Eindruck, dass er das nicht aus Höflichkeit tat, sondern um sicherzugehen, dass sie das Internatgelände auch wirklich verließ. Schweigend gingen sie zu ihrem Auto zurück.

»Nun«, sagte er und streckte ihr die Hand hin. »Ich hoffe, Sie finden ihn. Ich bin da eigentlich ganz zuversichtlich. Es ist vermutlich nur ein alberner Streich.«

Bis zu diesem Augenblick hatte sie vergessen, wie groß ihre Abneigung gegen ihn war, aber sie hatte nicht mehr die Kraft, sich mit ihm zu streiten. »Ich hoffe es«, erwiderte sie, stieg in den Wagen und ließ den Motor an.

»Frohe Weihnachten, Mrs. Fallon.« Der Direktor zögerte, und dann, da er das Gefühl hatte, er müsse noch etwas Freundliches sagen, fügte er hinzu: »Bertie hat uns beim Weihnachtssingen gefehlt. Er hat eine wirklich schöne Stimme.«

Sie lächelte ihn an, unfähig, etwas zu sagen, wendete und fuhr zum Tor.

Bertie hörte den Wagen wegfahren und vergrub sich tiefer in die Chorgewänder. Es war richtig gewesen, nicht noch einmal einen Versuch zu machen. Hierher kam sowieso niemand.

Als sie eine Viertelmeile entfernt war, wurde Cassia plötzlich klar, was der Direktor eben gesagt hatte. Das Weihnachtssingen! Das Weihnachtssingen in der Kapelle. Die Kapelle hatte sie vergessen. An die Kapelle, die etwas abseits auf halber Höhe der Auffahrt stand, hatten sie alle nicht gedacht. War es einen Versuch wert? Wahrscheinlich nicht. Und es würde neuen Streit bedeuten, sie würde mit ihrem erschöpften Willen den Widerstand des Hausmeisters und des Direktors überwinden müssen, aber ...

Sie war schockiert über sich selbst. Wie konnte sie auch nur erwägen, Bertie aufzugeben, ihn im Stich zu lassen, während noch ein Funke Hoffnung bestand? Sie stieg auf die Bremse, wendete und fuhr zurück zum Internat.

»Da kann er nicht sein«, erklärte Mr. Worthington entschieden.

»Und warum nicht?«

»Na, ich habe die Kapelle abgeschlossen«, sagte er, als wäre das vollkommen klar. »Am Abend vor den Weihnachtsferien.«

»Ich fürchte, ich finde diesen Grund nicht sehr einleuchtend. Kommen Sie, Mr. Worthington, lassen Sie uns nachsehen.«

»Ich muss erst den Direktor fragen.« Er sah sie wütend an. »Schon wieder. Und es ist schon spät. Warum kommen Sie nicht morgen wieder?«

»Wenn Bertie da drin ist, könnte er hungern und möglicherweise sogar erfrieren. Wollen Sie etwa seinen ...« Sie zögerte und brachte dann das schreckliche Wort heraus – »Wollen Sie etwa seinen Tod auf dem Gewissen haben?«

Der Hausmeister schaute sie an und langte dann nach seinen Schlüsseln.

Janet versuchte gerade, William zu überreden, etwas zu essen, als das Telefon klingelte. Sie holte tief Luft, ging in die Diele und nahm den Hörer ab.

Als Edward von einem Krankenbesuch zurückkehrte und schweren Schrittes in die Diele trat, sah er Janet mit tränenüberströmtem Gesicht beim Telefon stehen. Sehr behutsam legte sie den Hörer auf.

»Er ist tot, nicht wahr?«, flüsterte er. »Bertie ist tot.«

»Nein«, antwortete sie. »Nein, er ist nicht tot, er lebt, Mrs. Fallon hat ihn gefunden. Es geht ihm gut.«

»O Gott«, stieß Edward hervor, und weil ihm das die natürlichste Sache von der Welt zu sein schien, ging er zu ihr und nahm sie in die Arme. »Schsch«, murmelte er, »nicht weinen, es ist ja alles gut. Jetzt wird alles gut.«

Edwina arbeitete am Schreibtisch in ihrem Wohnzimmer, als das Telefon klingelte. Sie ging zu Harry hinunter, der in seinem Arbeitszimmer war, und sagte mit ungewohnt zittriger Stimme: »Cassia ist am Telefon. Sie möchte mit dir sprechen. Sie haben Bertie gefunden.«

Sie hörte Harry sagen: »Ich bin in Gedanken immer wieder alles durchgegangen, was ich über Bertie wusste, und es schien mir eine Möglichkeit. Siehst du, Cassia, ich höre dir also *doch* zu, ich denke sehr wohl über dich nach …« Es wurde still und dann sagte er ganz ruhig: »Ich liebe dich auch.« Edwina ging leise hinaus und schloss die Tür hinter sich.

Epilog

12. Mai 1937

Der Trafalgar Square wirkte längst nicht so gesetzt und gediegen wie sonst, als der Morgen des 12. Mai 1937 anbrach. Abgesehen davon, dass von allen Gebäuden stolz die Fahnen wehten und jeder denkbar mögliche Fleck mit Flaggen dekoriert war, waren die Ränder des Platzes von Menschen in Schlafsäcken gesäumt. Viele waren bereits wach, tranken Tee aus Thermoskannen und wedelten mit dem Union Jack. Die Dynamischsten hatten bereits ein Lied angestimmt. Sie hatten sich einen der bestmöglichen Plätze im ganzen Land gesichert, denn durch den Admiralty Arch bot sich ihnen ein weiter Blick auf die Prachtstraße The Mall. Sie würden nicht nur in der Lage sein, den Krönungszug zu verfolgen, wenn er Whitehall hinaufkam, sie würden auch zum Palast strömen und die königliche Familie sehen können, wenn sie nach den Krönungsfeierlichkeiten auf den Balkon trat.

Auch Peggy und Mrs. Briggs befanden sich in der Menge. Sie waren am Vorabend nach London gereist, wo sich bereits die ganze Familie aufhielt. Nur Maureen Johnson war in Monks Ridge geblieben und kümmerte sich um die Praxis. Sie hatte die Krönung ziemlich verächtlich abgetan, bemerkte Peggy gegenüber Mrs. Briggs. Zu Mrs. Fallon hätte sie gesagt, oder vielmehr zu *Dr.* Fallon – Peggy würde sich nie daran gewöhnen, Mrs. Fallon so zu nennen –, dass sie keinerlei Interesse daran hätte und nur allzu gern Bereitschaftsdienst machen würde.

»Ziemlich sauertöpferisch, diese Frau«, fuhr Peggy fort, und Mrs. Briggs bemerkte, das habe sie selbst auch schon oft gedacht. Aber es sei doch sehr nett von ihr gewesen, eine Stelle abzulehnen, nur um der neuen Landärztin sechs Monate zur Seite zu stehen und ihr die Eingewöhnung zu erleichtern.

»Ich kann Mrs. Fallon zwar einfach nicht als Doktor sehen, aber sie scheint gute Arbeit zu leisten, alle sind ganz begeistert von ihr. Ich hätte ja nicht gedacht, dass sie Dr. Johnson weiter im Haus haben will. Aber die beiden scheinen ganz gut klarzukommen.«

Edward Fallon, der den Großteil der Nacht mit Notfällen beschäftigt gewesen war, hatte ursprünglich geplant, ins Bett zu gehen und die Krönung zu verschlafen. Wie Maureen Johnson hatte er keinerlei Interesse daran. Aber um neun klingelte das Telefon in seinem kleinen Zimmer. Er solle so bald wie möglich eine Miss Fraser zurückrufen.

Edward seufzte, aber eigentlich ziemlich glücklich, und rief sofort Janet Fraser an, die sich außerordentlich munter anhörte. Sie teilte ihm mit, ihre neuen Arbeitgeber (eine sehr nette Familie) hätten ihr den Tag freigegeben und sie würde furchtbar gern versuchen, wenigstens einen Blick auf den Krönungszug zu erhaschen. Sie wollte wissen, ob Edward heute, wie vorgesehen, frei hätte, da er doch gerade zweiundsiebzig Stunden Dienst in der Notaufnahme hinter sich hatte.

Edward sagte, ja, er habe heute frei, aber er sei sehr müde, und sein Interesse an der Krönung halte sich in Grenzen. Janet erwiderte, das täte ihr Leid, aber sie fände keine dieser Ausreden sonderlich überzeugend. Wenn Edward wolle, dass ihre Beziehung eine Zukunft habe, müsse er sich wirklich bemühen, alles ein wenig positiver zu sehen. Als er indigniert schwieg, lachte sie und sagte, sie würde ihn nur aufziehen. Natürlich wolle sie ihn sehr gern sehen, aber wenn er zu müde sei, würde sie sich eben einen anderen Begleiter suchen müssen.

»Gut, gut, ich komm und guck mir dieses dämliche Spektakel an«, willigte Edward hastig ein, woraufhin Janet erklärte, sie hätte überhaupt keine Lust, sich die ganze Zeit anzuhören, wie furchtbar er das Ganze fände. Sie wolle, dass er Spaß habe, und wie sie stets zu ihren Zöglingen sagte, sei das hauptsächlich eine Frage der inneren Einstellung.

»Schön, ich komme und habe Spaß an diesem dämlichen Spektakel. Darf ich vorher wenigstens ein paar Stunden schlafen?«

»Solange es nur ein paar Stunden sind. Soll ich kommen und dich aufwecken? Ich glaube, mittlerweile kann ich dein trostloses, kleines Zimmer schon mühelos finden.«

Edward sagte, das fände er wunderbar.

Cecily und die Kinder würden sich den Krönungszug von einem Balkon in Whitehall ansehen, im Büro eines früheren Kollegen von Benedict. Cecily, die sich nicht wohl fühlte, fand die Aussicht auf diesen Logenplatz wenig begeisternd, aber ihre beiden Töchter waren ganz aufgeregt und redeten nur noch davon, dass sie die kleinen Prinzessinnen in der Karosse vorbeifahren sehen würden.

»Genau wie im Weihnachtsmärchen, findet ihr nicht?«, rief Stephanie. »Wisst ihr noch, wie wir alle nach Brighton gefahren sind, um Rupert als Buttons zu sehen?«

»Ich wünschte, Justin würde mitkommen«, sagte Fanny. »Alles macht viel mehr Spaß, wenn er dabei ist.«

»Ja, das stimmt«, bestätigte Stephanie. »Ich habe Justin

so gern. Warum heiratest du ihn nicht, Mama? Dann hätten wir immer so viel Spaß. Und wir könnten deine Brautjungfern sein. Wir waren noch nie Brautjungfern …«

»Ich heirate niemanden, nur damit ihr zwei Brautjungfern spielen könnt«, erklärte Cecily entschieden.

»Du musst ja nicht irgendjemanden heiraten. Nur Justin. Aber wieso willst du denn nicht? Er will dich heiraten.«

»Woher weißt du das?«

»Na, er küsst dich doch ständig und nennt dich Herzblatt.«

»Zu einer Ehe gehört ja wohl mehr«, versetzte Cecily etwas geziert.

Justin bereitete gerade im Atelier des *Style*-Hauses eine schwierige Einstellung vor, als Cecily anrief. Es herrschte eine paradiesische Ruhe, da der Krönungstag natürlich ein Feiertag war. Er war überrascht, denn er hatte angenommen, sie würde bereits auf ihrem Balkon sein, wie er es nannte.

»Hallo, mein Herzblatt. Warum hilfst du dem König und der Königin nicht dabei, gekrönt zu werden?«

»Wir haben noch etwas Zeit.«

»Es tut mir Leid, dass ich nicht mitkommen kann.«

»Schon gut. Bitte entschuldige, dass ich so sauer deswegen war. Das war albern von mir. Ich weiß ja, dass es eine einmalige Gelegenheit für dich ist.«

»Ja, ist es. Und dann kann ich guten Gewissens heute Abend deine Gesellschaft genießen.«

»Ja. Justin?«

»Ja, Cecily?«

»Fanny und Stephanie haben mir gerade erzählt, dass sie gern Brautjungfern sein würden. Bei einer Hochzeit, die bald stattfindet.«

»Ach wirklich«, meinte er leicht geistesabwesend. »Bei wessen Hochzeit denn?«

»Unserer.«

Es folgte ein langes Schweigen. »Aber Cecily, du hast doch gesagt ...«

»Ich weiß, was ich gesagt habe, aber möglicherweise habe ich mich geirrt. Zwei Jahre kommen mir plötzlich sehr lang vor. Und die Hochzeit muss bald sein, weil mir sonst all meine Röcke zu eng sein werden.«

»Was? Aber Liebling, ich dachte, diese Zwangsvorstellung, dass du zu dick sein könntest, hätten wir überwunden.«

»Nun ja, man kann aus den verschiedensten Ursachen zunehmen. Und ich muss dir noch was sagen, Justin. Mir ist heute Morgen wieder übel geworden. Gestern auch schon.«

»Mein armer Liebling, das tut mir Leid. Woran, glaubst du ... Oh, Cecily. Oh, mein Gott. Gütiger Himmel. Leg dich sofort hin und warte auf mich. Ich nehme mir ein Taxi. Ich bin sofort bei dir.«

»Du wirst nichts dergleichen tun«, sagte Cecily streng. »Du musst deine Fotos schießen. Sonst denke ich noch, dass es doch nur eine Ausrede von dir war, damit du dir die Krönung nicht ansehen musst. Es geht mir wieder blendend, ehrlich. Ich habe das schließlich schon ein paar Mal mitgemacht. Aber eine Hochzeit im Juni wäre doch nett, oder?«

»Das wäre göttlich. Absolut göttlich.«

Edwina Moreton sah sich den Krönungszug von einem Büro am Trafalgar Square aus an, in Gesellschaft von Francis Stevenson-Cook und einigen anderen engen Freunden. Am Abend würde sie in ihrem eleganten neuen Haus am

Cheyne Walk eine Dinnerparty geben, auf der ein Großteil der Londoner Beau Monde versammelt sein würde – in der Hoffnung, dass sie, ihre Kleider oder ihre Häuser in Edwinas spritziger neuer Kolumne Erwähnung finden würden. Die Kolumne hieß »Man spricht über …« und war eine wundervolle Mischung aus Klatsch und Mode, fast ein Mikrokosmos der Zeitschrift *Style*, wie Edwina dem Verlagsleiter erklärt hatte, als sie ihm ihre Idee vorstellte. Aufgrund dieser Kolumne war Edwina rasch zu einer Berühmtheit geworden. Sie wurde ständig fotografiert und zitiert und war sehr gefragt. Das war nicht nur eine unvermeidliche, sondern auch höchst erfreuliche Nebenwirkung, da sie dadurch stets mit einer Fülle von neuem Material versorgt wurde. Ihre Kolumne wurde so bewundert, dass sogar die Rede davon war, sie ab Herbst in das amerikanische *Style* zu übernehmen. Edwina war zu Gesprächen mit der dortigen Gesellschaftskolumnistin nach New York eingeladen worden.

»Edwina, Schätzchen, du siehst ja toll aus.« Eine alte Freundin aus Debütantinnentagen kam auf sie zugeeilt. »Wie schön, dich mal wieder zu sehen. Wir haben dich ja gar nicht mehr zu Gesicht bekommen, seitdem du so wahnsinnig berühmt bist. Ist dein hinreißender Mann auch hier?«

»Er ist eigentlich nicht mehr mein Mann«, erwiderte Edwina fröhlich. »Wir lassen uns so bald wie möglich scheiden.«

»Oh, Edwina, Schätzchen, das tut mir ja so Leid …«

»Das braucht es nicht, überhaupt nicht, es ist die gütlichste Scheidung seit Menschengedenken, wir sind immer noch die besten Freunde. Wir treffen uns alle zwei Wochen zum Lunch. Es ist viel besser so, er ist seitdem erheblich netter zu mir.«

»Oh, großartig«, sagte die Frau leicht unsicher. »Das freut mich. Ich habe auch schon gedacht, dass James und ich vielleicht besser zurechtkommen würden, wenn wir nicht verheiratet wären. Vielleicht sollten wir eurem Beispiel folgen.«

»Gute Idee«, pflichtete Edwina etwas vage bei. »Aber ich warne dich, du brauchst einen hervorragenden Anwalt, nur dann bekommst du genau das, was dir zusteht. Selbst Harry hat sich wegen des neuen Hauses ein bisschen angestellt, es ist nämlich ziemlich groß, aber ich habe ihm gesagt, ich brauche einfach eine anständige Wohnung, sonst bereue ich die ganze Sache noch. Und jetzt entschuldige mich bitte, ich werde da drüben gebraucht ...«

In einer großen viktorianischen Villa am Stadtrand von Dorking, dem Maple House, lauschte ungefähr ein Dutzend junger Frauen der anschaulichen Beschreibung der Krönungsfeierlichkeiten im Radio. Sie stießen auf den König, die Königin und die kleinen Prinzessinnen an, mit dem Sherry, der von der Fallon-Stiftung für diese Gelegenheit bereitgestellt worden war. Die zwei bis drei Dutzend Kinder, die sich ebenfalls im Maple House aufhielten, während ihre Mütter ihre ›Pustepause‹ genossen, wie es die Stiftung nannte, spielten im Garten, unter der wachsamen Aufsicht von drei der fünf jungen Mädchen, die für die Kinderbetreuung zuständig waren.

Später würde eine Feier im Garten stattfinden. Die Tische waren bereits gedeckt, an den Bäumen flatterten rote, weiße und blaue Fähnchen, und aus jedem Fenster hing ein Union Jack. Die älteren Kinder waren damit beschäftigt, rote und blaue Luftballons aufzublasen, die die Jüngeren munter zerplatzen ließen. Zwei der Mütter, die es leid waren, sich die Rundfunkübertragung anzuhören, trugen ein großes Grammophon durch die Terrassentür in den Garten.

Es herrschte große Aufregung, weil die Lokalzeitung einen Reporter geschickt hatte, um Mr. und Mrs. Douglas zu interviewen, die das Haus leiteten. Dieses Müttergenesungsheim, das nur das erste einer Reihe ähnlicher Einrichtungen sein sollte, hatte große Aufmerksamkeit erregt.

Der Zweck der Wohltätigkeitseinrichtung, die sich ebenfalls ›Pustepause‹ nannte, war es, erschöpften jungen Müttern, deren Körper von zu vielen Geburten ausgelaugt waren und die das Sorgen für ihre unzähligen Kinder und anspruchsvollen Ehemänner zermürbt hatte, einen Kurzurlaub zu ermöglichen. Die Frauen, die zumeist durch den Beratungsdienst für Geburtenkontrolle von der Einrichtung erfahren hatten, konnten einen ein- oder zweiwöchigen Aufenthalt beantragen. Ein von Dr. Cassia Fallon eingesetztes Leitungsgremium traf die Auswahl, denn obwohl die Einrichtung erst seit wenigen Wochen existierte, gab es bereits eine Warteliste. Bislang hatten trotz der düsteren Voraussagen zahlreicher Personen (besonders war hier Mrs. Ada Forbes zu nennen, die trotzdem unermüdlich als Vorsitzende des Beirats von Maple House tätig war) nur zwei der ungefähr hundert jungen Frauen, denen der Aufenthalt im Maple House bislang bewilligt worden war, die Situation ausgenutzt und mehr mitgenommen als das, was ihnen geboten wurde: gutes Essen, Unterkunft, angenehme Gesellschaft und vernünftige Ratschläge. Die meisten kehrten einfach erholt nach Hause zurück. Aber einige Frauen hatten sich entschieden (zur großen Befriedigung der zuständigen Personen, insbesondere von Dr. Fallon), eine nachhaltigere Veränderung ihrer Lebensumstände vorzunehmen. Sie hatten Fernkurse belegt und planten, eine Ausbildung als Stenotypistin oder sogar als Krankenschwester zu machen, wenn die Kinder erst mal größer waren.

Nachdem der Reporter das Interview beendet und ein Foto aufgenommen hatte, wurde er eingeladen, zur Gartenparty zu bleiben, doch er lehnte ab und erklärte, er müsse am heutigen Nachmittag noch über mehrere Straßenfeste berichten. Aber er dankte Mr. und Mrs. Douglas für das Interview und fügte hinzu, die angenehme, fröhliche, ruhige Atmosphäre des Hauses hätte ihn beeindruckt.

»Ach, alle denken, dass es hier zugeht wie in einer Mischung zwischen einem Armenhaus und einer Irrenanstalt«, sagte Mrs. Douglas munter. »Daran sind wir gewöhnt.« Dann ging sie in den Garten, um die patriotischen Lieder einzuüben, die etwas später gesungen werden sollten. Sie begann mit »Rule, Britannia«.

Rupert Cameron hatte sich den Krönungszug nicht angesehen, weil er Probe hatte. Der Regisseur und der Autor hatten beschlossen, das Theaterstück topaktuell zu machen, indem sie das Krönungsfieber einarbeiteten. James Piggot hatte zwei weitere Briefe geschrieben und Jasper Hamlyn bestand darauf, bei der heutigen Vorstellung bereits die neue Fassung zu spielen. Das hörte sich vielleicht nicht sonderlich schwierig an, wie Rupert klagend anmerkte, aber es bedeutete, dass im ganzen Stück leichte Änderungen vorgenommen und die Schlusssätze verschoben werden mussten, und das Ganze erwies sich als außerordentlich kompliziert.

»Rupert, mein Engel, nun werde nicht schwierig«, mahnte Jasper Hamlyn.

Rupert war nicht oft schwierig, aber er war sehr müde, und langsam machte sich die Anspannung bemerkbar. Er spielte *Briefe* achtmal die Woche und das seit acht Monaten. Und was noch dazukam: Seit er Eleanor in der Nacht der Abdankung so überraschend in den Armen gehalten hatte, empfand er es als unglaublich belastend, mit ihr zu arbeiten. Unerwiderte Liebe war immer etwas Schreckliches, aber mit ihr auf der Bühne zu sitzen, leidenschaftliche Worte zu sprechen, Worte des Bedauerns, und zu hören, wie sie ebenso antwortete, um dann nach Hause zu eilen, sobald der Vorhang fiel, völlig ungerührt – das war eine Qual, Abend für Abend.

Er hatte diesen Moment so oft bereut. Sie war danach so offensichtlich peinlich berührt gewesen, hatte sich von ihm gelöst und hastig gesagt, sie müsse nach Hause, hatte sogar sein Angebot abgelehnt, sie zur Bahn zu begleiten. Und am nächsten Tag war sie ängstlich bestrebt gewesen, klarzustellen, dass sie nur eines wollte: dass sie wieder nichts als gute Freunde waren. Er war nicht der Typ Mann, zu dem sie sich hingezogen fühlte, das wusste er. Ihr gefielen ernsthafte Intellektuelle, nicht törichte, seichte Männer mit einem Hang zu müßigem Geschwafel.

Sie musste ihn ja auch für einen Trottel halten. Ständig jagte er jungen Mädchen hinterher und leistete sich eine katastrophale Liebesaffäre nach der anderen. Er hatte sich sogar nach jenem Abend in eine derartige Beziehung gestürzt, in dem Bestreben, sich von seiner neuen schmerzlichen, zärtlichen Sehnsucht nach Eleanor zu kurieren. Die Affäre war sogar noch schneller und katastrophaler zu Ende gegangen als gewöhnlich und natürlich hatte sie es erfahren und ihn damit aufgezogen.

Sie kam zu spät zur Probe und er musste sich allein durch den ersten der neuen Briefe kämpfen. Jasper Hamlyn las ihre Rolle. Als sie endlich auftauchte, ganz außer sich vor Aufregung, weil sie, völlig unvorhergesehen, von einer Ecke des Parliament Square aus den ganzen Krönungszug hatte beobachten können, reagierte Rupert gereizt.

»Ich bin da vorbeigegangen, wisst ihr, nur so, auf gut Glück, und habe eine winzige Lücke in der Menge erspäht und mich nach vorn durchgeschoben. Es war großartig. Ich war ganz von patriotischer Begeisterung erfüllt.«

»Ausgerechnet du«, sagte Rupert streng. »Ich hätte eher gedacht, dass du das Ganze als hysterischen Unfug abtun würdest.«

»Das hätte ich auch gedacht.« Sie sah ihn ernst an. »Aber weißt du, als ich die wundervolle Karosse gesehen habe und das Königspaar mit ihren Kronen und die kleinen Prinzessinnen und die alte Königin, so tapfer und imposant, hatte ich plötzlich das Gefühl, einen historischen Moment mitzuerleben, einen ungeheuer bedeutsamen Moment. Besonders, da ich so nahe am Parlamentsgebäude war. Tut mir Leid, Rupert.«

»Das freut mich für dich«, knurrte er, was gelogen war, »aber vielleicht könnten wir jetzt endlich weitermachen. Es gibt noch viel zu tun und wir haben nur sehr wenig Zeit.«

»Ja, natürlich«, erwiderte Eleanor kühl und legte ihren Mantel ab. »Nachher, in der Mittagspause, habe ich euch etwas Wichtiges mitzuteilen.«

Sie heiratet, dachte Rupert. Sie hat irgendeinen widerlichen Intellektuellen gefunden und will ihn heiraten. Ihm war hundeelend zumute.

»Du sagst es uns besser gleich, und danach können wir vielleicht endlich probieren.« Er hörte die Gereiztheit in seiner Stimme und hasste sich dafür, aber er wollte es hinter sich bringen. »Also, was ist los?«

Sie schaute Rupert und Jasper leicht nervös an und holte dann sichtlich tief Luft. »Ich gehe weg«, verkündete sie, und ihre Hochstimmung war plötzlich verpufft. »Sobald ihr einen Ersatz für mich gefunden habt. Ich habe ein Filmangebot aus Hollywood, und mein Agent sagt, das darf ich nicht ablehnen.«

Nach einem langen Schweigen fragten Jasper und Rupert unisono: »Für welchen Film?« Beider Tonfall verriet empörte Ungläubigkeit.

»Es ist die Verfilmung einer Erzählung von Somerset Maugham, ›Winter-Kreuzfahrt‹. Ich soll die Hauptrolle spielen. Mehr kann ich jetzt noch nicht sagen, aber die Filmgesellschaft übernimmt alle Kosten für mich und Portia, und für sie wäre ein Aufenthalt in Amerika natürlich unbezahlbar.«

»Mein Engel, das ist ja großartig.« Jasper trat zu ihr und gab ihr einen Kuss. »Ich weiß zwar nicht, wie wir ohne dich zurechtkommen sollen, aber selbstredend musst du gehen. Wie aufregend. Wie klug von dir.«

»Danke«, sagte sie, lächelte ihn an und erwiderte seinen Kuss. »Ja, es ist furchtbar aufregend und Portia ist schon ganz außer sich. Sie will Fred Astaire ausfindig machen und ihm ihre Dienste anbieten.«

Rupert zeigte eine geradezu oscarwürdige Darstellung. Er lächelte ebenfalls und rief aus: »Wie großartig, Schätzchen, ich bin ja so stolz auf dich!«

Und dann gaben sie den Versuch auf, so zu tun, als würden sie proben, und gingen in den Pub, wo es Jasper gelang, eine Flasche – wenn auch ziemlich minderwertigen – Champagner aufzutreiben. Damit stießen sie auf Eleanor und ihren künftigen Erfolg an, dazwischen auch auf Ihre Königlichen Majestäten, zusammen mit allen anderen Pubbesuchern. Dann kehrten sie zum Theater zurück. »Nur eine schnelle Probe«, sagte Jasper, »ihr müsst eben improvisieren. Ach Rupert, wie sollen wir nur ohne sie zurechtkommen?« Und Rupert erwiderte, immer noch oscarreif, das wisse er auch nicht, aber es sei ja so aufregend und er gönne es ihr wirklich. Gegen halb vier entschuldigte sie sich und ging in ihre Garderobe, um sich ein Aspirin zu holen. »Ich habe Kopfschmerzen, wahrscheinlich zu viel Champagner, wie dumm von mir.« Sie blieb ziemlich lange weg.

Als sie zurückkam, war sie sehr blass und patzte dreimal bei derselben Zeile. Die fortgesetzte innere Anspannung ging langsam über Ruperts Kräfte und er fuhr sie an: Noch sei sie kein Hollywood-Star, und beim Theater sei es ja bedauerlicherweise nicht möglich, eine Szene nochmals zu drehen. Sie sah ihn einen Augenblick schweigend an, mit gerötetem Gesicht, und rannte dann von der Bühne.

»Du Schweinehund«, sagte Jasper. »Du Arschloch. Geh gefälligst hin und entschuldige dich bei ihr.«

Rupert ging zu Eleanors Garderobe und klopfte. Es kam keine Antwort. Er klopfte nochmals und rief: »Eleanor, es tut mir Leid, bitte entschuldige, es war gemein von mir, so etwas zu sagen. Bitte vergib mir.«

Immer noch keine Reaktion. Er drückte die Klinke herunter, aber die Tür war abgeschlossen. Halb gereizt, halb ängstlich ging er hinunter und holte den Generalschlüssel vom Pförtner.

Es war trotzdem nicht einfach, die Tür aufzubekommen, weil ihr Schlüssel im Schloss steckte, aber endlich schaffte er es. Er schob vorsichtig die Tür auf und machte sich darauf gefasst, mit Beschimpfungen überhäuft zu werden; aber sie saß schweigend vor dem Schminkspiegel und die Tränen liefen ihr übers Gesicht. Ihre Reaktion kam Rupert ziemlich extrem vor, aber er hatte sein Leben lang mit Frauen zusammengearbeitet, sich in sie verliebt, sie intim gekannt, und das hatte ihn gelehrt, dass bei heftigen Gefühlen die Logik selten eine Rolle spielte.

»Es tut mir Leid«, wiederholte er. »Ich hätte das nicht sagen dürfen, ich gehörte an die Wand gestellt und ...«

Das, was dann geschah, traf ihn völlig unvorbereitet: Ein Tiegel Abschminke flog durch die Luft und traf ihn am Kopf. »Sag es nicht!«, schrie sie. »Sag nicht, dass du erschossen oder aufgehängt gehörst. Ich habe das so satt!«

Rupert jaulte auf vor Schmerz, setzte sich und betastete seinen Kopf. Es fühlte sich feucht an und er spürte, wie ihm etwas Warmes das Gesicht herabrann. »Blut«, stellte er fest und starrte verdutzt auf seine rotbeschmierte Hand. »Du hast mich verletzt.«

»Gut. Das freut mich. Ich hoffe, es tut weh. Ich hoffe, es tut dir so weh, wie du mir wehgetan hast«, stieß sie hervor, und dann schlug sie die Hände vor den Mund. »Oh, Rupert, es tut mir Leid, es tut mir so Leid.« Sie griff nach einem Wattebausch und fing ziemlich ungeschickt an, damit auf seinem Kopf herumzutupfen.

»Wenn du mir wirklich wehtun willst, leistest du gute Arbeit«, bemerkte er. »Das macht es viel schlimmer.«

»Gut. Ich meine, oh, ach Gott, ich weiß nicht, was ich meine.«

»Warum bist du denn bloß so wütend auf mich?«, fragte er. »Das verstehe ich nicht, es sieht dir so gar nicht ähnlich.«

»Nein, nicht wahr? Es sieht mir gar nicht ähnlich, der süßen, sanften Eleanor, die nie schwierig ist, nie einen Aufstand macht, die sich immer geduldig all deine Sorgen anhört. Aber jetzt reicht's mir, ich bin die ganze verdammte Sache so leid, es hat mich einfach zermürbt, seit Monaten ...«

»Was für eine Sache?«, unterbrach er sie. »Ich verstehe nicht. Ich habe mich wirklich für dich gefreut, ich bedaure, was ich gesagt habe, aber ich war so müde, und der Kopf tat mir weh und ...«

»Bist du froh darüber, dass ich weggehe? Bist du tatsächlich froh darüber?«

»Ja, sicher.« Er hatte seine oscarreife Form wieder gefunden. »Natürlich, ich bin ganz begeistert«, und da sank sie auf ihren Stuhl nieder und brach in Tränen aus.

Und endlich verstand er.

»Eleanor Studely«, stellte er sehr viel später fest, nachdem er sie unzählige Male geküsst und ihr gesagt hatte, wie sehr er sie liebe, und sie ihm erklärt hatte, wie sehr sie ihn liebe; nachdem er ihr erlaubt hatte, ihm Brandy zu medizinischen Zwecken einzuflößen und den Kratzer an seinem Kopf zu säubern; nachdem er verkündet hatte, er würde sie auf gar keinen Fall allein nach Hollywood gehen lassen, und wenn sie unbedingt gehen wolle, würde er mitkommen, ihre Westend-Inszenierung könne sehen, wo sie bleibe, und zu hören bekommen hatte, dass allein der Gedanke sie mit Grauen erfüllte (sie war schon einmal in Hollywood gewesen und hatte es furchtbar gefunden), sie wolle in London bleiben und am liebsten die Schauspielerei ganz aufgeben, und ja, es würde sie glücklich machen, einem Schauspieler den Haushalt zu führen, das wäre einfach herrlich – »Eleanor Studely, *du* gehörst an die Wand gestellt und erschossen. Unglaublich, dass du mir das alles nicht früher erzählt hast. Eine emanzipierte Frau wie du.«

»Und wie fandest du den Krönungszug?«, fragte Harry Moreton. Sie aßen im Connaught, dessen Speisesaal voller Würdenträger aus Übersee war, die zur Krönung nach London gekommen waren.

Cassia hatte sich mit den Kindern und Tessa, der neuen Kinderfrau, den Krönungszug angesehen und sie bei Fish und Chips in der Walton Street in der Küche zurückgelassen (sie durften direkt aus dem Zeitungspapier essen, für sie ein wahrer Hochgenuss). Der Abend war recht unbehaglich verlaufen. Harry war in einer seltsamen Stimmung, er war abwechselnd schwierig, sogar gehässig, und von einer fast aggressiven Munterkeit.

»Einfach großartig. Der König war die Verkörperung von Tugend und Verlässlichkeit, die Königin sah sehr schön aus und die kleinen Prinzessinnen waren bezaubernd.«

»Der König kann sich glücklich schätzen«, bemerkte Harry und schaute sie finster an.

»Was willst du damit sagen?«

»Er hat es geschafft, eine Frau zu finden, deren einziger Ehrgeiz es ist, sich um ihn zu kümmern, um ihn und die Kinder, nicht etwa um Hunderte von deprimierenden Kranken. Bist du deine Landarztpraxis noch immer nicht leid, Cassia?«

»Nein, Harry, bin ich nicht. Ich fühle mich wie im siebten Himmel. Pech, dass dein Plan in die Hose gegangen ist, aber für mich ist es natürlich sehr schön.«

»Was zum Kuckuck willst du damit sagen?«

»Dank dir und Leonora habe ich jetzt meine eigene Praxis, und ich finde es absolut wundervoll.«

»Für dich mag es wundervoll sein, für mich ist es die reinste Hölle. Ich bekomme dich nur einmal die Woche zu sehen, höchstens zweimal, und auch dann kann es passieren, dass du plötzlich wegrennst, zu einer Entbindung oder so was. Kommst du wenigstens heute noch mit zu mir?«

»Harry, ich kann nicht. Ich muss ganz früh in Monks Ridge sein, rechtzeitig zur Vormittagssprechstunde. Es tut mir Leid.«

»Mir auch. Du willst also nicht mit zu mir kommen und mit mir schlafen?« Er hatte die Stimme leicht erhoben und die Leute am Nebentisch sahen interessiert auf.

»Doch«, sagte sie schnell, »natürlich will ich das, aber es

geht eben nicht. Ich muss zurück. Wir fahren morgen ganz früh los.«

»Ich weiß nicht, ob ich das noch länger aushalten kann.«

»Harry, es tut mir sehr Leid. Aber ich weiß wirklich nicht, wie ich das ändern könnte.«

»Ja, das behauptest du immer. Mir scheint es recht offensichtlich, wie du das ändern könntest. Wenn ich bedenke, wie viele Jahre du verschwendet hast, wie viele Jahre wir schon hätten zusammen sein können. Cassia, bitte, willst du mich nicht heiraten? Möglichst bald. Komm und leb mit mir zusammen. Bitte.«

»Und wo soll ich mit dir leben?«

»In meinem Haus natürlich. Wo denn sonst?«

»Harry, das haben wir doch schon so oft durchgesprochen. Das kann ich nicht machen. Ich kann die Praxis nicht aufgeben und ich will die Kinder nicht nach London verpflanzen.«

Er zögerte. »Nun, nehmen wir mal an, ich würde nach Sussex ziehen und zum Pendler werden. Würde dich das überzeugen – wenn ich ein solches Opfer bringe?« Er spürte ihre Unschlüssigkeit und setzte nach: »Das müsste doch eigentlich gehen, oder? Du könntest dich weiter um all diese grässlichen Leute kümmern und den Kindern würde es gefallen. Bertie und William könnten ein Pony bekommen. Bertie würde wahnsinnig gern reiten, wir haben uns erst neulich darüber unterhalten. Ich habe ihm versprochen, ihm das Springen beizubringen und ihn auf die Jagd mitzunehmen. Wir verstehen uns sehr gut, weißt du, dein Sohn und ich. Es hat ihn sehr beeindruckt, dass mir damals eingefallen ist, wo er sein könnte. Als er weggelaufen war.«

»Ja, ich weiß, dass ihr euch gut versteht.«

»Also?«

Cassia schwieg und er beobachtete sie. Sie spürte seinen

Blick. Der Gedanke, mit ihm in Sussex zu leben, war verlockend. Es könnte gut gehen. Und sie wünschte es sich so sehr, sie wollte ihn so gern heiraten, sie wollte so gern bei ihm sein. Aber etwas machte ihr noch immer Angst, etwas hielt sie zurück. Und sie wusste genau, was es war ...

»Was ist los?«, fragte er. »Ich begreife nicht, warum du nicht zustimmst. Was soll ich denn noch tun? Ich – ja, was ist denn?«

Der Kellner war an ihren Tisch getreten. »Kaffee, Mr. Moreton? Vielleicht ein Brandy oder ein Likör?«

»Ja, Kaffee. Und Brandy. Cassia?«

Sie schüttelte den Kopf und der Kellner entfernte sich.

»Also, was hältst du davon? Ich kann dir gar nicht sagen, mit welchem Entsetzen mich die Vorstellung erfüllt, aufs Land zu ziehen, aber ich würde es tun. Für dich.«

Sie blieb stumm.

»Himmelherrgott noch mal. Schön, wie wär's damit? Ich unterstütze deine dämliche Stiftung. Du kannst in jeder Stadt ein Armenhaus haben, wenn du willst.«

»Nenn meine Müttergenesungsheime nicht Armenhäuser. Und rede nicht so abfällig von meiner Stiftung, Harry, die Sache ist mir furchtbar wichtig. Es ist eine Möglichkeit für mich, das Geld einer angemessenen Verwendung zuzuführen, das weißt du.«

»Entschuldige. Tut mir Leid. Aber mein Angebot beeindruckt dich doch sicher?«

»Nein, das tut es nicht.« Vor Verzweiflung erhob sie die Stimme. »Nein, es beeindruckt mich nicht und genau das ist der Punkt: Es ist meine Stiftung, nicht deine. Du verstehst mich einfach nicht.«

»Aber ich versuche es. Himmelherrgott noch mal, ich versuche es.« Er schwieg, lehnte sich in seinem Stuhl zurück und sah sie sehr ernst an. »Du machst mich todunglücklich, weißt du«, sagte er. Er sah auch unglücklich aus, unglücklich und sehr müde.

Na los, Cassia, sag ihm, dass du die Praxis aufgeben oder wenigstens weniger arbeiten wirst, sag ihm, dass du ihn heiraten willst. Aber sie wollte eben nicht, sie konnte nicht. Sie hatte schon den Mund aufgemacht und zu reden angesetzt, da sah sie ihn wieder im Garten des Mamounia sitzen und ihr mit selbstgefälligem Lächeln erzählen, wie er und Leonora ihr Leben für sie geplant hatten – und die alte Wut, die alte Erbitterung stiegen in ihr auf und sie verstummte und blickte auf den Tisch nieder. Es war unmöglich, sie konnte es ihm nicht erklären. Selbst wenn sie ganz leidenschaftslos darüber nachdachte, wie er dieses Komplott geschmiedet, wie er mit ihrem Leben gespielt hatte, stieg die Wut in ihr auf. Und irgendwie konnte sie nicht glauben, dass er sich geändert hatte, was er auch sagen und versprechen mochte.

»Du kannst wohl nicht glauben, dass ich mich geändert habe, oder?«, fragte er.

»Nein, Harry, das kann ich nicht. Es tut mir Leid.«

»Oder dass ich versuche, mich zu ändern?«

Sie schwieg erneut und sah ihn an.

Er seufzte. »Ich weiß nicht, ob es noch eine Zukunft für uns gibt«, erklärte er unvermittelt. »Ich kann nicht ewig warten, Cassia. Ich kann nicht ewig darauf warten, dass dich auf deiner Straße nach Damaskus eine Offenbarung ereilt. Ich habe getan, was ich konnte. Ich habe wirklich getan, was ich konnte.«

Panik stieg in ihr auf, aber sie schwieg immer noch. Sie konnte nicht sprechen. Sie wagte es nicht.

»Angenommen ...«, begann er plötzlich und schaute sie an. »Mal angenommen ... Ja? Was ist denn?«

Der Kellner war wieder an ihren Tisch getreten. Er sah nervös aus. »Mr. Moreton, ich bedauere unendlich, aber ...«

»Ja. Was ist denn nun, brennt das Lokal oder was?«

»Mr. Moreton, aufgrund der starken Nachfrage am heutigen Abend – die ganzen Amerikaner, wissen Sie – wir haben nur …«, stammelte er. Endlich brachte er die entscheidenden Worte heraus. »Wir haben Ihre bevorzugte Kaffeesorte nicht vorrätig. Sie ist uns ausgegangen. Ich bedauere es unendlich, Sir.«

Harry schaute ihn an, einen Ausdruck absoluter Ungläubigkeit im Gesicht. Gott, dachte Cassia, gleich macht er wieder eine Szene. Eine der berühmten Moreton-Szenen, die sich schon in buchstäblich jedem Restaurant Londons abgespielt hatten. Sie lächelte den Kellner beruhigend an. Der Oberkellner wartete im Hintergrund, bereit einzuschreiten. Und dann hörte sie Harry Moreton unglaublicherweise sagen: »Der Kaffee ist mir ganz egal. Meinetwegen können Sie mir Pulverkaffee bringen. Ich führe gerade ein wichtiges Gespräch, und dabei will ich nicht mit der Frage belästigt werden, welche verdammte Kaffeesorte mir gebracht wird.«

»Ja, Mr. Moreton. Entschuldigen Sie, Sir. Vielen Dank.« Der Kellner enteilte.

Cassia sah Harry eine Weile schweigend an und er erwiderte den Blick finster. Endlich lächelte sie, und er lächelte unsicher zurück.

»Was habe ich denn gesagt?«, fragte er.

»Etwas sehr Wichtiges«, sagte sie. »Etwas sehr Wichtiges.« Dann beugte sie sich über den Tisch, nahm sein Gesicht zwischen ihre Hände und küsste ihn auf den Mund.

»Vielleicht könnte ich ja doch Teilzeit arbeiten. Und ein Haus in Sussex wäre wunderbar. Wollen wir jetzt ins Bett gehen?«

Als die 17jährige Marty Fish die Mutter ihres Bräutigams, Mrs. Hornstien, kennenlernt, ist sie von der imposanten Erscheinung mit den sommerblauen Augen, dem stolzen Lächeln und der dreireihigen Perlenkette über dem massigen Busen entsetzlich eingeschüchtert. Denn die Frage, die im Raum steht, lautet: Wird Mrs. Hornstien die kleine, unauffällige Marty als Schwiegertochter in spe akzeptieren? Erst als Marty dann tatsächlich mit Albert verheiratet ist, versteht sie, was sich hinter Golda Hornstiens großartigem Auftreten und der unglaublichen Geschichte ihres Lebens – den Anfängen als arme jüdische Emigrantin in Philadelphia, dem Aufstieg zu Millionärsehren, dem Familienleben in der perfekten Umgebung des Palastes am Rittenhouse Square – verbirgt: Die Einsicht, daß das Glück von Ehe und Familie, so groß es sein mag, nicht umsonst zu haben ist. Die beiden Frauen gehen durch einige Höhen und Tiefen, bis schließlich Marty die Verlobung ihres eigenen Sohns feiern kann ...

Fredrica Wagman

Mrs. Hornstien oder Das Glück der Frauen
Roman

»In diesem Buch geht es turbulenter zu als in so manchem viermal so dicken Buch.«
Booklist

Econon | ULLSTEIN | List

B39